白姬绾 著

青岛出版集团 | 青岛出版社

图书在版编目（CIP）数据

缥缈：典藏版.7/白姬绾著.--青岛：青岛出版社，2025.--ISBN 978-7-5736-3515-0

Ⅰ.I247.5

中国国家版本馆CIP数据核字第2025F60P37号

PIAOMIAO 7（DIANCANG BAN）
缥缈7（典藏版）
白姬绾　著

策　　划	李文峰　　侯晓辉
责任编辑	李文峰
特约编辑	侯晓辉
责任校对	高秋颖
插　　图	千　淼
装帧设计	千　淼
出版发行	青岛出版社（青岛市崂山区海尔路182号）
本社网址	http://www.qdpub.com
邮购电话	18613853563
照　　排	梁　霞
印　　刷	三河市良远印务有限公司
出版日期	2025年9月第1版　2025年9月第1次印刷
开　　本	16开(640mm×920mm)
印　　张	26.5
字　　数	447千
书　　号	ISBN 978-7-5736-3515-0
定　　价	49.80元

编校印装质量服务电话　　4006532017　0532-68068050

编校印装质量服务

目录

第一折 不死鸟

第一章 楔子 ……… 5

第二章 神都 ……… 9

第三章 妖火 ……… 15

第四章 上林 ……… 21

第五章 太初 ……… 26

第六章 东宫 ……… 32

第七章 商羊 ……… 38

第八章 傀儡 ……… 43

第九章 化虫 ……… 48

第十章 尾声 ……… 54

第二折 极乐书

第一章 楔子 …… 61
第二章 风尚 …… 63
第三章 四市 …… 67
第四章 夜宴（上） …… 72
第五章 夜宴（下） …… 77
第六章 五石 …… 81
第七章 鬼市（上） …… 86
第八章 鬼市（下） …… 91
第九章 心月（上） …… 96
第十章 心月（下） …… 100
第十一章 成觉 …… 105
第十二章 浮屠（上） …… 110
第十三章 浮屠（下） …… 115
第十四章 灭秽（上） …… 121
第十五章 灭秽（下） …… 126
第十六章 往生 …… 130
第十七章 尾声 …… 135

第三折 邙山藤

第一章 楔子 ……… 143
第二章 无禄 ……… 145
第三章 巫医 ……… 150
第四章 鱼宴 ……… 154
第五章 分裂 ……… 160
第六章 邙山 ……… 164
第七章 夜游（上）……… 167

第八章 夜游（下）……… 172
第九章 仙草 ……… 176
第十章 诅咒 ……… 181
第十一章 建木 ……… 185
第十二章 赎罪 ……… 191
第十三章 往事 ……… 197
第十四章 尾声 ……… 202

第四折 青玉飞凤匣

第一章 楔子 211
第二章 歧鸣 213
第三章 寻凤 217
第四章 阿锦 223
第五章 洛水 227
第六章 凤炽 232
第七章 前世 237
第八章 抢亲 242
第九章 若草 247
第十章 婚宴(上) 251

第十一章 婚宴(下) 256
第十二章 轮藏 261
第十三章 佛魔 267
第十四章 自在 273
第十五章 缝隙 278
第十六章 魔魂 283
第十七章 月老 288
第十八章 三生 294
第十九章 尾声(上) 301
第二十章 尾声(下) 307

第五折 半面妆

第一章 楔子 …… 315

第二章 媚灶 …… 318

第三章 龙游（上）…… 325

第四章 龙游（下）…… 331

第五章 落井（上）…… 338

第六章 落井（下）…… 344

第七章 于氏 …… 349

第八章 丫鬟 …… 354

第九章 表妹 …… 360

第十章 宦娘（上）…… 365

第十一章 宦娘（下）…… 369

第十二章 恩怨（上）…… 375

第十三章 恩怨（下）…… 379

第十四章 化冰 …… 383

第十五章 尾声（上）…… 387

第十六章 尾声（下）…… 392

番外 非鱼

盛唐，长安。

西市坊间，有一座神秘虚无的缥缈阁。

缥缈阁中，贩卖奇珍异宝、七情六欲。

缥缈阁在哪里？

无缘者，擦肩难见；

有缘者，千里来寻。

世间为什么会有缥缈阁？

众生有了欲望，世间便有了缥缈阁。

第一折 不死鸟

第一章　楔　子

仲夏，长安。

武后改唐为周，定都神都洛阳。因为已经迁都，所以长安城的文武百官和一部分百姓也纷纷拖家带口地迁去神都洛阳。长安城的车马、商贾渐渐稀少，比之以前，冷清了许多。

夏日，火伞当空，天气分外炎热。一阵阵聒噪的蝉鸣声从不远处传来，扰人清梦。

缥缈阁，里间，跪坐在青玉案旁边的元曜在读《山海经》，此时他热得心中烦躁，也没读进去。

小黑猫伏在青玉案上，无精打采。

白姬去大厅里拿了一个博山香炉、一盒须曼那华香。须曼那华香洁白如冰雪，气味芬芳，能使人心静。

"天气太热了，我点一炉香，静一静心。"白姬笑眯眯地说。

"那再好不过了。"元曜笑道。

"喵！"小黑猫打了一个哈欠，继续趴着。

白姬在博山香炉里点上了须曼那华香，一缕缕烟雾飘出香炉，缥缈如梦。

元曜闻着袅袅清香，渐渐地睡着了。

白姬却没有入睡，斜倚在美人靠上，望着一缕缕烟雾绕过熟睡的元曜，逐渐现出各种幻境。

山与海，森林与河泽，一切须弥万象，各种各样的鸟儿从烟雾之中幻化出五彩斑斓的形态。

白姬笑道："嘻嘻，我偶尔偷窥一下轩之的梦境，没想到竟然这么有趣。"

烟雾幻化的群鸟之中，有羽毛光彩夺目、形态十分优美的玄鸟；有身形如彩鸡的重明鸟，它有两只眼睛，每只眼睛都有两颗眼珠；有像丹顶鹤一样只靠一条腿独立的毕方鸟；也有赤首黑目、色泽亮丽的三青鸟。

白姬正看得尽兴，突然烟雾的幻象之中闪过一道火色鸟影，一只火焰般的鸟凌空飞起。它像一只巨大的山鹰，身上覆盖着鲜红色的羽毛，而翅膀是金黄色的。

"金乌？迦楼罗？不，是……不死鸟[①]！它不应该出现在轩之的梦里……"白姬喃喃自语。

不死鸟在熊熊烈焰之中展翅，发出了一声刺耳的鸣叫，扑向白姬。

"哎呀！糟了！"白姬脸色骤变，急忙将手边的茶水泼入博山香炉，浇灭了香火。

元曜听见动静，悠悠醒来。

元曜望向白姬，只见白姬的脸色十分苍白，神色也很凝重。

"轩之，你收拾一下行李，我们马上要去神都了。"白姬说道。

元曜一愣，问道："白姬，你不是说现在驿路上人多，我们不去凑热闹，等过阵子再搬迁吗？你怎么突然又要我收拾行李了？"

白姬讪笑，搪塞说："反正迟早也得去神都，我们还是早一些去比较好。神都里的缥缈阁早开张，我们就能早赚钱，免得入不敷出，大家喝西北风。"

元曜问道："白姬，我们在洛阳重新开缥缈阁会不会很麻烦？"

白姬笑道："不麻烦，我们只是把缥缈阁迁过去而已，并不是重新开。因为东周、东汉、魏朝、西晋、北魏、隋朝时期，缥缈阁都开在洛阳，所以洛阳那边的缥缈阁一切都是现成的，我们只需要打开结界就可以了。"

"那长安的缥缈阁怎么办？"

白姬笑道："我把它封印起来就行了。岁月还长，人类社会总会出现朝代更替，说不定我们以后还要再迁回来呢。"

元曜又问："白姬，二楼仓库和井底仓库里的东西要带走吗？"

---

① 不死鸟，西方神话中的鸟类，和中国神话中的凤凰类似。在中国，不死鸟有时被译作"火凤凰"，但与中国传说中的凤凰是不同的。明代意大利传教士艾儒略的《职方外纪》记载："传闻有鸟，名弗尼思（Phoenix），其寿四五百岁，自觉将终，则聚干香木一堆，立其上。待天甚热，摇尾燃火自焚矣。骨肉遗灰，变成一虫，虫又变为鸟。故天下只有一鸟而已。"

"井底仓库里的东西不用动,因为长安、洛阳的缥缈阁井底仓库都是相通的。二楼仓库里的货物也放着,洛阳缥缈阁的仓库里还有好多货物,几百年都卖不完,缺货时我们再来长安缥缈阁取吧。货架上摆放的时下流行的物品,我们倒是可以搬一些过去,免得再花银子买货物、装点铺面。这些琐碎的事情你不必操心,离奴会负责,你只需要按离奴说的做就行了。"白姬笑道。

　　元曜不由得咋舌:这龙妖究竟在自己盘踞的宝藏库里堆积了多少宝物啊?!

　　"白姬,洛阳的缥缈阁在什么地方?"

　　"在洛阳南市,福善坊和思顺坊交界的地方。"

　　"洛阳的南市热闹吗?小生来长安之前路过洛阳,还在那里待了几天,但是没有去过南市。"

　　"那里非常热闹,有各种各样的商铺三四千家,跟长安的西市差不多。"

　　"那洛阳的缥缈阁是什么样子的呢?"

　　"那里跟这儿差不多。不过,那里的房间要多一些,后院还有一个大池塘呢。"

　　"白姬,等到洛阳后,小生能有一个自己的房间吗?小生不想再睡大厅了,夏天倒无妨,冬天睡大厅的滋味可不好受。"

　　"可以。我会给轩之你收拾出一个房间。"

　　"白姬,去到洛阳之后,你可不可以给我涨工钱?毕竟洛阳纸贵①,神都洛阳那边的消费肯定要比长安的高一些。"

　　"不行。轩之,洛阳纸贵可不是这个意思哟!"白姬笑眯眯地说。

　　试图让白姬给自己涨工钱失败,元曜垂头丧气地说:"唉,那趁着离奴老弟还没醒,小生先去把自己的书本收拾一下。"

　　"去吧。"白姬笑道。

　　元曜起身,去二楼的杂物间收拾自己的东西了。

　　元曜离开之后,趴在青玉案上的黑猫倏然睁开了眼睛,问道:"主人,你为什么突然急着去洛阳?"

---

① 洛阳纸贵,西晋时期,都城洛阳之中,大家争相传抄左思的作品《三都赋》,以至纸张一时供不应求,货缺而贵。这个成语比喻作品为世所重,风行一时,流传甚广。

白姬神色凝重地说道:"我刚才看见了不死鸟。这种西域黑暗世界的不祥之鸟出现在中土,很不寻常。我预感洛阳可能要出大事,不,可能已经出大事了。"

"啊?主人,既然神都要出大事,我们不如躲在长安好了。等那边的大事结束了,我们再过去看一看。"黑猫说。

白姬笑道:"我们还是早点儿去吧。不死鸟是罕见且珍稀的物种,我对它很感兴趣。"

"主人,你是想早点儿去神都抓鸟吗?你早说呀,离奴很擅长抓鸟的。"黑猫舔着爪子说道。

白姬笑道:"嗯,我们还是先去神都看一看吧。"

长安离洛阳很远,他们拖着行李,赶着马车走官道的话,五六天才能到。

白姬没有和离奴、元曜一起走,而是留在长安善后。

离奴赶着马车,跑得飞快。

元曜躺在马车车厢里的一堆货物之中,被颠簸得头晕目眩。

一路上,元曜看见官道上有不少拖家带口的人,还有载着行李的车队,浩浩荡荡的,似乎都是从长安迁去洛阳的。

元曜说:"离奴老弟,你慢一点儿赶车,小生的腰都快被晃散架了!"

离奴笑道:"书呆子,你那么迂腐,多颠儿下,能去腐气。"

元曜有些生气,但是又不敢反驳,怕触怒离奴,被其丢下马车。毕竟大热天的,他如果徒步去洛阳可比在马车上颠簸辛苦多了。

"离奴老弟,白姬为什么不跟我们一起走?她会比我们晚几天到洛阳吗?"

离奴说道:"书呆子,主人会比我们早到,恐怕她现在已经在洛阳了,正在缥缈阁里喝茶、吃点心呢!"

元曜疑惑地问道:"这……她是飞过去的?"

离奴摇头,说道:"不是。主人很懒,一般不愿意飞。主人去洛阳从来不走人间之路,而是通过缥缈阁三楼里的时间荒野过去。时间荒野里有一条去洛阳的捷径,是主人开拓的。她走捷径的话,大约一个时辰,就能直接抵达洛阳南市的缥缈阁。其实,爷也很少走人间之路,都是跟着主人一起走时间荒野里的捷径,毕竟走人间之路太辛苦了。不过,因为书呆子你是人,无法穿过时间荒野,爷得送你过去,就只能辛苦一遭了。"

元曜一听,有些感动,顿时觉得离奴赶的马车也没那么颠簸了。

"多谢离奴贤弟。"

"书呆子,你不必客气。你给爷买十包香鱼干作为谢礼就行了。"

元曜嘴角抽搐。

"十包香鱼干也太多了吧!白姬又不肯给我涨工钱,我最多给你买三包。"

当然,这句话元曜没敢说出口。

元曜和离奴驾车赶路,昼行夜宿。

第五天上午,洛阳城出现在这一人一猫的眼前。

远远望去,定鼎门气势恢宏,神都的繁华隐约可见。

神都洛阳,到了。

第二章 神 都

洛阳比长安略小一些,却比长安更加繁华富饶、人烟阜盛。

洛阳城背倚邙山,有洛水穿城而过,分为外郭城、皇城、宫城、含嘉仓城、圆璧城、曜仪城、东城和上阳宫。外郭城共开有八座城门,城内街道纵横相交呈棋盘式布局。商贾贸易集中在城内的南市、西市、北市,其中北市、南市多异邦之人,异国的货物商品都聚集在此。为了贸易便利,洛阳全城通渠流水,处处通漕,南市、西市、北市都依傍可以行船的河渠,直通大运河。

神都洛阳商贾繁华,风烟鼎盛,达官显贵过着纸醉金迷的奢侈生活。平民百姓则日出而作,日落而息,努力地生活着。千妖百鬼潜伏在熙熙攘攘的人类之中,与人类一起在神都洛阳之中过日子。[①]

[①] 编者按:作者用丰富的想象力为读者虚构了一个发生在唐朝的传奇故事。作品中描写了各种妖魔、鬼魅等,借鉴了中国古代志怪小说的表现形式,整体构思属于志怪小说的文学创作范畴。现实世界中并无鬼怪,书中描写的世界虽光怪陆离,但其精神内核是积极的,引人向善的。希望读者在阅读过程中,能感受到中国传统文学想象力的瑰丽和文学形象的多面性。

离奴赶着马车进了定鼎门，行驶在天门街上。

离奴说："比起长安，爷倒是更喜欢洛阳。"

元曜不解地问道："为什么？"

离奴望着远方，说道："洛阳是爷跟主人相遇的地方，也是爷跟主人待得最久的地方。爷跟主人相遇的时候，洛阳还叫斟鄩，城市没这么大，修得没这么好，人和非人也没这么多。"

元曜说："原来如此。小生还以为洛水里的鱼比较多，所以离奴老弟你才更喜欢洛阳呢。"

离奴嘻嘻笑道："这也是原因之一啦。"

"离奴老弟，你跟着白姬一起经历过那么多朝代，待过那么多都城，想想，这也是一件奇妙的事情呢。"

"嘿嘿，反正我跟着主人有鱼吃。"

马车直行经过明教坊、宜人坊、淳化坊、安业坊，然后右拐经过崇业坊、宣范坊、道化坊，进入了南市。

南市之中，商贾云集，百业兴盛，各种店铺热闹非凡，各种商品琳琅满目，各族人往来其中，笑语喧哗。

离奴老马识途一般驾着马车东拐西绕，进入了一条幽静的巷子。

不多时，元曜的眼前出现了一座南市上随处可见的二层小楼。小楼的正门上悬着一方虚白匾，木黑无泽，字白有光，以古篆体书写着"缥缈阁"三个大字。左右门柱上各刻着一副对联："红尘有相，纸醉金迷百色烬。浮世无常，爱怨嗔痴万劫空。"

缥缈阁的四扇古旧木门大开，隐约可以看见里面的几个货架上摆着花瓶、古董、玉玩、香料。

元曜一愣，伸手揉了揉眼睛。如果不是刚才确确实实地进了洛阳城里，他都怀疑自己回到了长安，到了西市的缥缈阁前。

这时，从缥缈阁里走出一名白衣女子。

白衣女子穿着一身白底暗绣西番莲纹的长裙，披着一袭绣金色云纹的披帛。她梳着倭堕髻，发髻上插着一朵盛放的黄色牡丹。女子肤白如雪，唇红似火，扬起精心描画的却月眉，漆黑如墨的眼眸望着元曜和离奴。

白衣女子正是白姬。

元曜不由得看呆了。

白姬笑道："哎呀，轩之、离奴，你们怎么才来？我等你们好几天了。"

离奴一跃跳下马车，笑道："主人，天气太热，马在官道上跑不快，所以我们现在才到。"

白姬对着发呆的元曜问："轩之，这是神都最近流行的洛水丽人妆，我化得怎么样？"

元曜这才回过神来，有些脸红，小声说："很……很好看。"

白姬很开心，笑道："轩之，你很有眼光。"

离奴问："主人，近来神都的猫流行什么体态？"

白姬笑道："跟长安一样，这里的猫以圆肥为美。"

离奴笑道："为了做美猫，那离奴得多吃一些鱼了。"

说话间，白姬、元曜、离奴走进了缥缈阁里。

元曜发现洛阳的缥缈阁跟长安的缥缈阁格局差不多，也有店面、里间、仓库、后院、厨房，只不过更大一些。

按照白姬的说法，缥缈阁开在洛阳的岁月要比开在长安的岁月更久远，所以这边更大一些，仓库里的宝物也更多一些。

缥缈阁的后院长着郁郁葱葱的杂草，凌乱却充满了旺盛的生命力。庭院东边是厨房，离厨房不远的地方有一口古井。古井上方，飘荡着一丝丝凉爽的水汽。

庭院西边有一棵枝繁叶茂的菩提树，树枝散开如伞，叶子绿油油的。菩提树垂下无数气根，独树成林。树下放着一个草蒲团，草蒲团旁边放着一本摊开的《妙法莲华经》。

离回廊不远的地方，有一个一年四季都开满了莲花的池塘。池塘里的水清澈见底，倒映着蓝天、白云、金色的阳光，水中没有游鱼，只有盛放的七色莲花。

水照见了世界上一切可能有的色彩，也映衬出七色莲花的美丽。这七色莲花由两种荷花、五种睡莲组成，有白色、橙色、蓝色、黄色、红色、浅粉色、紫色。

元曜看见娇艳的莲花在风中半开半闭，心中感慨它们的美丽，忍不住低吟："凌波仙子欲睡去，休扰池中睡美人。"

有趣的是，元曜吟完这句诗，莲池中的七色莲花仿佛应和这句诗一般，一瞬间全变成了雪白色。雪白色莲花在碧绿莲叶的映衬下，仿佛凌波仙子一般随风摇曳，显得美丽而空灵。

元曜十分吃惊。

白姬笑道:"这七宝莲花池①是我从西方极乐世界带来人间的,已经有一些灵性了,这些莲花的颜色会随着莲池的心情而改变。所以,轩之,你看见它上午是红色的,下午是黄色的,也不必觉得奇怪。通常,它都是七色的。"

元曜好奇地问:"白姬,你去过西方极乐世界?"

白姬说:"那是很久以前的事了。天地大战之后,我在西方极乐世界旅居了一阵子……好吧,其实我是战败之后被抓去的。佛祖把我放入七宝莲花池之中,让一群佛陀菩萨天天对着我念经,想要度化我。那时候,我完全听不懂经文,只觉得那些念经声吵得我头痛,心中狂躁难抑,唯有看着七色莲花心情才能平静下来。那些佛陀菩萨对着一条被困在莲池中的白龙念经,念了一段时间,也没有什么用。可能他们也不耐烦了,不知道他们对佛祖说了什么,佛祖就让我来人间道收集因果了。我离开西方极乐世界的时候,舍不得七宝莲花池,就请求佛祖赐我一方。佛祖同意了。我带了一方七宝莲花池来到人间,后来把它放入洛阳缥缈阁的后院,就是轩之你眼前的这个。"

"原来如此。"

元曜得知这七宝莲花池是从西方极乐世界而来的,不由得肃然起敬。

白姬说:"唉,我当时太年轻了,思虑不周全,如果假装听懂了佛经,直接就成佛了,就不用来人间道走这一遭了。如今,辛苦了几千年,我还得继续熬着。"

元曜听到这话,哑口无言。

"白姬,这后院的荒草你该打理一下了,这里看上去像荒郊野外。"半晌,元曜说。

"我几百年没管过了,这里的草自然长得旺盛了一些。既然轩之你看不惯,那么打理杂草的事情就交给你了。"白姬笑眯眯地说。

---

① 七宝莲花池,指西方净土中由七宝构成的莲花池,往生净土的人在该池莲花中化生。《无量寿经》里说:"生我国者,众生于七宝莲花中自然化生。"佛经中记载,七宝莲花池有一千由旬,一由旬有四十里,一千由旬有四万里,像大海一样宽广,八定水充满其中。七宝莲花池中开满了莲花,四边的阶道都是以金、银、琉璃、珍珠、珊瑚、砗磲、玛瑙佛家七宝合成的。一些佛教的壁画上,把七宝莲花池描绘为开着七色莲花的池塘。

元曜恨不得咬断自己的舌头，支支吾吾地说："嗯，其实就这样也挺好，没有庸俗的匠气，充满了自然之美。"

白姬笑道："随便吧。反正是轩之你干活，打理与否都在你的一念之间。"

白姬在一楼安排了一个空房间给元曜。房间里有一张缅甸花梨木罗汉床，上面以浮雕技法刻着天竺语佛经。临窗处有一张黄杨木桌案，上面放着文房四宝。靠墙壁的地方还有一个竹制的大书架。元曜打开朝向后院的窗户，正好可以看见一池水莲随风摇曳。

元曜十分开心，终于不用睡大厅了，还可以读书写诗。

离奴见了，说："主人，离奴也想要一个房间。"

白姬笑道："二楼还有一间堆杂物的屋子，离奴收拾出来，倒也可以做房间。"

离奴想了想，说道："那还是算了。每天上上下下的太麻烦，离奴还是睡里间吧。"

休息了一会儿，元曜便开始从马车上搬运货物下来。

白姬将元曜搬进来的货物挑拣一番，将选中的货物放到大厅的货架上，没选中的货物则堆在一边，让元曜搬入二楼的仓库。

离奴担心集市上的鱼卖光了，和白姬说了一声，就急急忙忙地出门买鱼去了。

元曜不停地从马车上往下搬货物，忽然感觉到好像有人从死巷外走进来了。

元曜回头，便看见了三个人。

为首的是一名美丽而英气的女子，穿着一身翻领窄袖泥金五彩胡服，腰上系着一条紫色的翡翠织锦腰带。女子肤白如玉，双眸似水，却又带着淡淡的冷傲，睥睨凡庸。她后面是两名身穿胡服的男子，腰佩金错刀，看起来像是随从。

元曜认得这女子，这不是上官婉儿吗？！

元曜急忙放下东西，作了一揖，说："上官大人，好久不见，不知道您大驾光临，小人有失远迎。"

上官婉儿站住，望了一眼马车和地上的货物，冷冰冰地说："你今天才从长安过来？"

元曜回答："是的。"

上官婉儿问："我昨天跟龙祀人约好了，今天来缥缈阁找她，她没躲……不，她没出门吧？"

元曜说："白姬在里面。"

上官婉儿转身便走向缥缈阁，走了两步之后，又回过头来，吩咐身后的两名侍卫："你们就留在外面帮他搬运东西吧！这缥缈阁也太寒碜了，都没有几个可供使唤的仆人。"

"是，大人。"两名侍卫领命。

交代完，上官婉儿便只身走进了缥缈阁里。

"多谢上官大人，多谢两位侍卫大哥。"元曜感激地说。

大厅中，白姬正站在货架前面，手里拿着一盒龙涎香，琢磨着该怎么摆放。她侧头看见上官婉儿走进来，便放下了手中的龙涎香，笑道："上官大人，你来了，请去里间，我们坐下细谈。"

上官婉儿点点头，跟着白姬去里间了。

有两名侍卫帮着搬运货物，元曜轻松了许多。他见白姬和上官婉儿走进了里间，就想着去沏茶待客。

元曜拜托两名侍卫把马车上的货物都搬运到大厅里，就去厨房了。

不多时，元曜端着两杯蒙顶茶走进了里间。

洛阳缥缈阁的里间比长安缥缈阁的里间要宽敞明亮一些，因为朝着后院的一面不是墙壁，而是临水的轩窗。

里间之中摆着一架八折水墨屏风，上面的图案不是随季节变换的四时风物图，而是河图洛书①。河图是星图，二十八星宿如一条白色的旋转的龙，玄妙无穷，深奥无尽。洛书是天地空间的变化图，方圆相藏，阴阳相抱。

南边的墙壁边放着一架贵妃榻，其他的墙壁前摆着多宝槅，多宝槅上放着一些货物，比如古董玉石、金银瓷器，还有一些古籍。

临水的轩窗上悬挂着湘妃竹帘，此时半卷着。莲池的凉风习习，带着莲香的清风拂来，让人心旷神怡。

轩窗旁边摆着一方青玉案，白姬与上官婉儿隔着青玉案相对跪坐着。

元曜走进去的时候就听见白姬苦恼地说："你……你们不能因为我的真

---

① 河图洛书，古代流传下来的两幅神秘图案，蕴含了深奥的宇宙星象之理，被誉为"宇宙魔方"，是中华文化、阴阳五行术数之源。河图是星图，其用为地理，故在天为象，在地成形也。洛书是表述天地空间变化的"脉络图"。简而言之，河图洛书是远古时代人们按照星象排布出时间、方向、季节的辨别系统。

身是一条龙,看起来会喷水,就让我去灭火呀。洛阳城里屡次走水,如果是人为的阴谋,那是不良人该负责的活儿。如果是妖邪作祟,那是光臧国师的分内之事,跟我是不相干的。"

元曜心中好奇。他把两杯蒙顶茶放在了青玉案上,便顺势跪坐在一边,想听听是怎么一回事。

上官婉儿冷冷地说:"光臧国师在扬州替武皇陛下办别的事情,他现在无暇分身,所以飞鸟传书推荐了你,说你肯定能解决这件事。"

白姬一转眼珠,笑道:"武皇陛下的诉求是什么呢?"

上官婉儿端起蒙顶茶准备喝一口,但是觉得有些烫手,又放下了。

"武皇陛下刚登基,神都里却隔三岔五走水,今天这个坊里无缘无故地燃起来,明天那个坊里又突然起火,百姓死伤不少,损失惨重,闹得人心惶惶,民心动摇。武皇陛下的诉求是长治久安,无论是人在作怪,还是妖魔作祟,你去把根源找出来,将这件事情平息。最重要的是,如果哪个坊里一旦燃起来,你得马上去降水灭火,不许再让百姓有丝毫损伤。"

白姬沉默,过了一会儿,才开口:"你们人类是不是对龙有什么误会?先不说龙能不能降水,我好歹是四海之主,龙族之王,去给你们喷水灭火,我不要面子的吗?"

上官婉儿喝了一口茶,说:"武皇陛下的赏赐非常丰厚。"

白姬笑道:"其实面子这种东西也不是很重要。灭火这种事情也是造福一方百姓,算是给自己积功德,龙王我也是可以去灭火的。"

元曜汗颜。

第三章　妖　火

上官婉儿说:"这么说,你愿意接下这桩买卖了?"

白姬喝了一口蒙顶茶,笑道:"我有两个条件。"

上官婉儿挑眉,问:"什么条件?"

白姬说:"要平息神都之中的妖火,我需要一些香料。我去北市、西市、南市都看过了,现在不是旅商上货的季节,市面上乳香、没药、甘松、肉桂的存量很少，不够我所需要的量。我要武皇陛下打开宫中的仓库，这些香料任我取用。具体需要用多少，我现在还不知道，但是希望你们能够多准备一些。"

上官婉儿说："看来，你早就已经知道神都起火的内情了。"

白姬说："目前，我只知道是什么引发了火灾。"

上官婉儿说："我回皇宫禀报武皇陛下之后，会将你需要的一切都准备好。至于市面上的香料，我们也会马上让内务库的人采购入宫。"

白姬笑道："很好。"

上官婉儿又问："第二个条件是什么？"

白姬一转眼珠，笑道："第二个条件也很简单。我去洛阳三市寻觅香料时，在天门街上看见了皇榜。皇榜在招募奇人异士，上面写着能够解决神都妖火的人赏赐黄金万两、封千户侯①。黄金万两对我来说有用，可惜千户侯是人间的荣禄，我用不着。"

上官婉儿非常了解眼前的奸商，说："所以，你想把千户侯换成黄金？"

白姬摇头，笑道："不是。我想让武皇陛下把邙山赐给我，封我为邙山的千户侯。"

上官婉儿一愣，说："活人不入邙山。邙山里基本没有住户，都是历朝历代的坟墓，你当邙山的千户侯，根本收不到什么税赋……难道你是想要让埋在邙山的死人每年给你交税？你是什么魔鬼吗？！"

元曜闻言，直冒冷汗。

白姬笑道："上官大人说笑了。死人不能劳作，没有收入，哪有税赋可交？我的意思是，事成之后，我希望武皇陛下能在邙山贴上告示，公布大周朝的邙山封赐给了我，我是邙山的主人。至于邙山及其附近的活人的税赋，我一文不收。他们是大周的子民，只需要交朝廷的税赋。"

上官婉儿冷静了下来，说："你只要一个虚名？这有意义吗？"

白姬神秘一笑，说："也许有意义，也许没意义。"

上官婉儿说："你只要一个虚名的话，这个条件我可以先应下来。武皇陛下那边应该也是不成问题的。"

白姬笑道："多谢上官大人。"

---

① 千户侯：古代的封号，意为食邑千户的侯爵，有向一千户以上的人家征税的权力。

上官婉儿说:"从现在开始,神都之内,不能再有百姓因为火患而伤亡了。"

"没问题。"白姬笑道。

上官婉儿日理万机,公务繁忙,没有时间闲坐,交代完事情便告辞了。

元曜恭敬地将上官婉儿和她的两名侍卫送出了死巷。

元曜心中充满了疑问:神都起火具体是怎么一回事?是什么原因引起的?该怎么处理?白姬要当邙山的千户侯又是为什么?白姬要的乳香、没药、甘松、肉桂之类的香料究竟有什么用处?

元曜想找白姬询问,解开自己心中的疑惑。可是他回到缥缈阁之后,在大厅、里间、后院、厨房都不见白姬的踪影。

元曜便上二楼寻找,刚上二楼,便听见一间房中传出了脚步声。

那间房的门是打开的,看上去是白姬的卧房。

元曜站在门边,敲了敲打开的门。

"白姬,你在里面吗?"

"是轩之呀。你进来吧。"房间里传出了白姬的声音。

得到允许,元曜才迈步走进了房间里。

元曜一进门,便看见一架四折山海图云母屏风。山海图是用水墨画成的,并且在不断地变换图案,有时是苍茫无尽的大海,有时是绵延不绝的山脉,偶尔有罕见的奇兽在山林中奔跑,转眼间又变成了古怪的大鱼在大海中徜徉。

屏风上的山海图给人的感觉仿佛山与海一直在那里,亘古不变,而屏风上的图案只是随机地从不同的视角展示出山海之中的某一个场景。屏风上偶尔有一缕一缕白雾飘出,仿佛从香炉中飘出的烟雾一般虚无缥缈。

元曜转过屏风,发现白姬的卧房比长安那边的要宽敞一些,但仍旧布置得极简,没有多余的陈设和装饰,不像是女子的闺房。

因为是炎夏时节,房间里放着一张雪白的寒玉床,离寒玉床不远的地方摆着一面丹鹤纹饰的落地铜镜、一盏千手观音铜灯。铜镜旁边摆着两个古朴的八层妆奁,里面装着的应该是白姬常用的梳妆之物。与寒玉床相对的墙壁上挂着两幅丹青图画,一幅是《极乐世界千佛图》,另一幅是《修罗地狱万鬼图》。

元曜来不及细看这两幅图,目光被白姬正在做的事情吸引了。

白姬站在房间的正中央,脚边有一个三米见方的地形沙盘。沙盘上描绘的是洛阳城,洛水横穿整座城市,各坊如棋盘一般纵横分布。沙盘的上空有金色的光芒交织，笼罩着整座神都。

白姬站着，低头望着地上的沙盘。

元曜十分好奇地问："白姬，这是神都的地图吗？"

白姬说："是的。我施了法术，若神都之中有什么地方起火了，这个沙盘上也会有火光，我就能马上知道了。"

元曜有些吃惊，又问："上官大人才离开一会儿，你这么神速就摆好了神都的沙盘？"

白姬以袖掩面，笑道："我并没有这么神速，这沙盘是在你和离奴赶路的几天里摆好的。"

元曜暗中思忖：当时上官婉儿还没来，白姬就已经把神都的沙盘摆好了。

"白姬，即使上官大人没有上门，没有那些赏赐，你也会处理神都失火的事情，对吗？"

白姬笑道："嘻嘻，我急着来神都，就是因为预感到这边有事情发生。我过来一看，原来是发生了妖火之灾。这火灾我不得不处理，因为万一不死鸟的涅槃之火在南市烧起来，烧坏了结界，把缥缈阁给烧毁了，那我可就头痛了。虽然我不得不处理火患，但我毕竟是生意人，不能白干活。如果上官大人不来，我会去揭皇榜。"

元曜问："不死鸟？涅槃之火？白姬，神都起火究竟是怎么一回事？"

白姬游走在沙盘边缘，说："一只不死鸟出现在了神都，引发了这些火灾。不死鸟的火凤之羽一旦掉落在地上，遇风则燃，会起涅槃之火，焚烧一切。目前，一共发生了三起火灾，分别发生在从政坊、恭安坊、陶化坊。涅槃之火比一般的火焰更难扑灭。一旦坊间起火，火势蔓延，住在附近的百姓都会遭殃。听说，百姓们死伤了不少，很多人无家可归。"

元曜一听，心生悲悯。

"白姬，我们要怎么做才能阻止悲剧再次发生？"

白姬说："既然是不死鸟引发了火灾，那我们就得把不死鸟抓住。"

元曜问："怎么抓？"

白姬说："首先，我们得搞清楚不死鸟藏在哪儿。"

元曜又问："不死鸟藏在哪儿呢？"

白姬摇头，说："现在毫无头绪，我在等下一场火起。不死鸟的羽毛掉落之处，必然有它的踪迹。"

元曜看了一眼上方金光浮织的沙盘，发现各坊中十分平静，并没有起火的征兆。

"白姬,不死鸟是从哪儿来的?小生怎么从来没有听说过这种鸟呢?小生最近在读《山海经》,也没见其中有关于不死鸟的记载。"

白姬笑道:"不死鸟不是中土之物,而是西域黑暗世界里的。"

元曜一愣,问:"那它怎么会出现在神都?"

白姬摇头,说:"我也不知道。照理说,不死鸟不应该出现在东方,更不会出现在人烟阜盛的城邦之中。据《羊皮卷》上的记载,不死鸟避世而居,生活在人烟稀少的海岛,很少接近人类,因为它的火焰足以焚灭一座城池。"

元曜一惊,说:"这未免也太可怕了!无论如何,我们得先抓住不死鸟。对了,白姬,你向上官大人要乳香、没药、甘松、肉桂之类的香料做什么?"

白姬神秘一笑,说:"秘密。"

元曜又问:"白姬,你要当邙山的千户侯,又是为什么?"

白姬笑得神秘,说:"这也是秘密,我不能告诉你。"

元曜揶揄她:"白姬,你不会真的想收邙山中的死人的税赋吧?"

白姬笑道:"那我就派你去干这件事。你可以晚上去,一户坟墓一户坟墓地敲,告诉他们必须上交税赋,否则不能躺在这里,得带着棺材离开,看他们会不会吃了你。"

元曜额头直冒冷汗地说:"白姬,你难道是可怕的魔鬼吗?!"

白姬嘻嘻一笑,说:"我才不是什么可怕的魔鬼,而是一个善良的商人。"

元曜嘴角抽搐。

白姬继续观察沙盘的动静。

元曜觉得自己待在这里也帮不上什么忙,而且大厅里还堆了一些货物,就下楼收拾货物去了。

离奴拎着一条大草鱼和一篮子瓜果蔬菜,眉开眼笑地回来了。

"书呆子,你看,洛水里的鱼可真肥。你今天有口福了,爷给你做一盘乳酿鱼。不,大草鱼肉嫩多汁,还是烤着好吃,爷还是做一道香草烤鱼吧。"

元曜说:"都可以。听你说到烤鱼,小生就想到了该死的不死鸟引发火灾。离奴老弟,白姬最近要去抓不死鸟,少不得你出力。"

离奴笑道:"书呆子,你放心,抓鸟是爷的老本行。管它是不死鸟还是不活鸟,爷一抓一个准,它跑不掉。"

元曜说:"不死鸟能引发火灾,听起来挺危险的。离奴老弟,你还是小心为上,不要轻敌。"

离奴想了想，说："那鸟还能喷火吗？那我去抓它时可以带一条腌制好的鱼去，如果饿了的话，正好可以借它喷出的火烤鱼吃。"

元曜无语。

离奴开心地去厨房了。

下午，之前帮元曜搬运货物的一名侍卫来了。他奉武皇之命为白姬送来三块黄金腰牌，说是方便白姬三人随时出入皇宫，进出内务库，以及调派金吾卫。

傍晚时分，晚霞满天红。

白姬、元曜、离奴坐在后院吃饭。

一张黄杨木案上，放着一盘香草烤鱼、一盘醋渍胡芹、一碗水蒸蛋羹，主食是清爽解暑的槐叶冷淘。

元曜一边吃烤鱼，一边问："白姬，前几天你是怎么吃饭的？"

白姬一愣，说："我用嘴吃的呀。"

离奴笑了。

元曜说："不是，小生的意思是，离奴老弟不在，你又不会做饭，不进厨房里，是怎么解决饮食的？你有没有饿到自己？"

白姬促狭一笑，说："前几天，我肚子饿了时都是抓人或非人来吃。我觉得饥饿时，出门往死巷外一站，等着走过来的第一个活物。不管是人，还是非人，我把对方逮住就往嘴巴里塞，以此充饥。"

元曜惊得张大了嘴巴。

白姬看见元曜吃惊的样子，忍不住笑了。

"我逗你玩呢！神都之中，食肆众多，美食如云，我还能饿着自己吗？轩之，你应该不知道吧，鼠楼在神都也有分店，而且就在南市附近。"

元曜忍不住问："神都这边的美食有哪些？"

白姬一边吃槐叶冷淘，一边说："神都这边的美食比较有特色的是羌煮貊炙[①]。羌煮适合冬天食客们围炉而吃。食客们把羊肉、鹿肉、牛肉切薄片，在汤汁之中涮熟就可以吃了。貊炙比起长安的烤全羊来说更美味，因

---

① 羌煮貊炙，"羌煮"是指古代西北游牧民族羌人的涮羊肉。"貊炙"则是指古代东胡人留传下来的烤全羊。因为羌煮貊炙鲜嫩味美，传入中原之后，深受人们喜爱。

为烤炙的火候和切割的手法不同,所以更滑嫩肥美。还有神都的水席比较有特色,虽然都是二十四道菜,但是在寺庙里吃和在王孙贵族的府里吃是不一样的风味。"

元曜听得口水直流。

离奴见了,说:"书呆子,你不要想太多。主人说的那些食物烹饪工序太复杂,爷是不会做的。你每天有鱼吃,就已经很不错了。"

元曜有些失望。

白姬正笑眯眯的,突然仿佛感应到了什么,神色微变。

"不好了!神都起火了!"白姬说道。

元曜一惊,顾不得遥想美食了。

白姬扔下筷子,站起身来。

"轩之、离奴,你们先吃,我得去灭火了。"

说完,白姬便化作白龙,凌空飞起,灭火去了。

元曜还没反应过来,捧着饭碗,愣在了原地。

第四章　上　林

离奴一边飞快地往嘴里塞烤鱼,一边说:"书呆子,你还愣着干什么,快去主人的房间里看一下沙盘,看看是哪个坊着火了,我们马上跟去。"

元曜如梦初醒,急忙放下饭碗,起身飞奔去了二楼。

元曜进入白姬的房间,转过屏风之后,就看见地上的沙盘上有烟雾腾起。

元曜定睛一看,是挨着洛水的一个坊里起了火。他对洛阳城不熟,不知道那里是什么地方,靠过去看沙盘上的标志,这才知道起火的是上林坊。

元曜飞奔下楼,跑向后院。

"离奴老弟,是上林坊着火了。"

离奴已经化身为一只猛虎大小的九尾猫妖。九尾猫妖站在草丛里,嘴里还嚼着一条鱼尾巴。

九尾猫妖一口吞下鱼尾巴,低身伏地,说:"书呆子,快上来!"

元曜急忙扑向九尾猫妖，坐在九尾猫妖的身上。

"坐稳了。"

九尾猫妖几个跃起便跃出了缥缈阁，在坊墙与屋顶上飞奔，向东北方向而去。

下街鼓早已经敲过，街道上空荡荡的，没有什么闲人了。

九尾猫妖驮着元曜跑得飞快。

不一会儿，洛水便出现在了这一人一猫的眼前。

上林坊在洛水对岸。元曜隔岸一望，只见东北方向的天空隐隐约约有烟雾腾起，但是没有火光。

九尾猫妖正要通过浮桥过洛水，元曜却看见空中有一只火焰一般的巨鸟飞过。

那是一只金红色的鸟，身体庞大，像是一只巨大的山鹰，身上覆盖着鲜红色的羽毛，而翅膀是金黄色的，华丽的尾羽上带着火焰。在漫天霞光的辉映之下，那只奇异的巨鸟如同一只浴火的凤凰。

元曜惊奇地大喊："离奴老弟，天上有一只像凤凰一样的火鸟。"

九尾猫妖抬头一看，大喜："书呆子，这玩意儿莫非就是主人要抓的不死鸟？你抱紧爷，咱俩去把它逮住！"

元曜心中觉得有些不妥，但还是抱紧了离奴。

九尾猫妖脚踏祥云，腾空而起，驮着元曜追向只剩下一抹火影的不死鸟。

九尾猫妖在空中疾速飞驰。

元曜只觉得耳畔生风，头晕目眩。

离得近了，九尾猫妖发现不死鸟的金红色身影上笼罩着一层黑色的死气。

不死鸟似乎察觉到有什么东西在追它，蓦然回过头来。它的瞳孔漆黑如夜，却又黯淡无神，其中有诡异的旋涡在旋转，旋涡之中有咒符涌动。

九尾猫妖龇牙咧嘴，口吐碧色火焰。九尾猫妖本想一跃而起，抓向不死鸟，可后腿刚要发力，突然想起自己背上还驮着一个人。

九尾猫妖正犹豫要不要驮着元曜一起扑过去，却发现不死鸟突然迎风展翅，加快了速度，一个翻转之后，就已经飞远了。

九尾猫妖眼看着不死鸟飞远，逐渐只剩下一个红色的点，惋惜地说："唉！算了。爷扑上去，少不得跟那破鸟厮打起来，顾不上书呆子。书呆子若摔下去，人可就没了。"

元曜只觉得天风灌耳，四下皆空。他害怕自己摔下去，只能死命地抱住身下的九尾猫妖，根本听不到九尾猫妖在说什么。

九尾猫妖沿着原路返回，回到了洛水，去往上林坊。

元曜发现上林坊上空的烟雾都没有了，想必妖火已经被白姬扑灭了。

九尾猫妖刚过洛水，还没到上林坊，就看见一个白衣女子在洛水之畔，似乎在以水濯手。

"咦，那不是主人吗？"

九尾猫妖眼尖，认出了白姬，便不去上林坊了，转身朝白姬跑去。

白姬跪坐在水畔的芦苇边，探身看向水面，掬起清澈的洛水浣洗左手。她左手的小臂上有一些被火焰灼伤留下的痕迹。不过被清凉的洛水浣洗过之后，这些灼伤竟然神奇地痊愈了。

白姬看见离奴驮着元曜来了，笑道："轩之、离奴，你们怎么来了？"

元曜看见白姬在浣洗伤口，急忙从九尾猫妖身上跃下去，跑向白姬。

"白姬，你受伤了，疼不疼？"

九尾猫妖倏然化作了一只小黑猫，因为跑了许久，有些口渴，便走到洛水边，伸舌舔水喝。

白姬晃了晃左手，笑道："轩之，不要担心，我只是受了一点儿小伤，已经好了。要不是为了把一个被困在火中的婴儿救出来，还得挡住火焰，以防他被烧死，我也不会受伤。"

傍晚时分，上林坊中有一户人家的仓库突然起火。洛阳城中的楼房多为木楼，火势眨眼间就蔓延到了邻居的房子，大家纷纷汲水救火。一般来说，火焰遇水则灭，但这妖火十分诡异，不易扑灭。一团普通的火焰，浇一桶水就能熄灭；这一团妖火却得浇上几大桶水，才能熄灭一点儿。

最近，神都中妖火肆虐，百姓伤亡惨重。百姓们都知道妖火诡异，难以熄灭，所以汲水灭火的热情都不高，只顾着逃命。有些舍不得家财的人，不顾火势危急，手忙脚乱地收拾细软，可是还没收拾完，妖火就已经烧到家里了。

火势甚炽，众人绝望之时，只见一条白龙腾云驾雾，出现在了空中。

白龙身姿矫健，须鬣戟张，纵横于肆虐的妖火之上，盘旋在上林坊的上空。

洛水上空倒卷起一排排巨浪，形成一股飓风般的浩荡水势，卷向上林坊的大火。坊间的火势虽然大，但不及洛水倒卷而来的水浪，火焰一点儿一点儿地被水势给压制住，渐渐地熄灭了。

"哇哇——哇哇哇——"一个婴儿躺在摇篮里大哭。

婴儿所在的房间里已经燃起了火焰，眼看火就要烧到摇篮了。

婴儿的母亲被大火阻隔在了坍塌的院子里。她想要闯进汹涌的火势之中去救自己的孩子，但是周围的邻居担心她的安全，害怕母子俱亡，苦劝着把她拉住了。

婴儿撕心裂肺的哭声与母亲悲伤绝望的眼泪，被无情的妖火隔断了。

白龙在半空中，金眸灼灼，看见地上尚未熄灭的大火之中有啼哭的婴儿，便凌空咆哮一声，冲进了火焰里。

白龙掀开了屋顶，推翻了墙壁，将哭泣的婴儿从着火的摇篮里抓起，因为怕太用力把婴儿的身体勒坏了，抓起的动作十分轻柔，险些害得婴儿掉落。白龙护着婴儿飞出了妖火，为了替婴儿挡住火焰的侵袭，被涅槃之火灼伤了龙爪。

白龙将哭泣的婴儿带出火海后，轻轻地将他放在了他的母亲的面前。

一条巨大的白龙出现在眼前，众人既震惊又恐惧。

白龙放下婴儿之后，便腾云驾雾飞上了天空。

母亲抱起婴儿，止住了悲伤的眼泪，心中感激，伏地道谢："多谢龙神！"

众人从震惊之中回过神来，也纷纷伏地，说："多谢龙神大人显灵灭火——"

白龙在上林坊半空中盘旋了一圈，见妖火基本熄灭了，便离开了。

白姬说："涅槃之火燃起来很快，扑灭很费力，幸好我去得及时，百姓没有什么伤亡。"

元曜心中感慨，说："白姬，为了救婴儿，你不惜自己受伤，令人感动敬佩。你真是一个好人！"

白姬嘻嘻一笑，说："我才不是什么好人呢！我只是履行职责，完成任务而已。婴儿也是人，万一被烧死了，上官大人会以此为借口克扣理应给我的赏赐。"

元曜无言以对。

白姬又说："我光顾着扑火救人，忙活了半天，连不死鸟的一根羽毛都没看见。"

离奴一听，说："主人，刚才我和书呆子在浮桥那儿看见一只跟凤凰长得很像的火鸟。它是从上林坊飞过来的，应该就是不死鸟。我们追了上去，我还朝它扑了过去,差一点儿就抓到它了。"

元曜一愣,说:"离奴老弟,你根本就没扑过去!你追了那火鸟一段路,它就展翅飞远了,然后咱们就回来了。"

离奴说:"书呆子,就你话多。主人,是这样的。我本来想扑过去,把不死鸟抓住,但突然想起背上还驮着书呆子这么一个话多的累赘,担心扑过去之后与不死鸟厮打起来,会害得书呆子摔落丢了性命,所以就没有扑上去。早知道,我就把书呆子扔在浮桥上,独自去追不死鸟,说不定就抓住它了。"

白姬望着自己的左手,说:"离奴,幸好你没有贸然扑上去。不死鸟的涅槃之火连我的龙甲都能焚毁,你招架不住,会受伤的。"

离奴一惊,说:"那破鸟这么厉害?"

白姬沉默。

离奴又说:"主人,离奴近距离查看过,发现不死鸟有些奇怪。"

白姬问:"你这话是什么意思?"

离奴说:"不死鸟身上好像有人类的咒术,浑身散发着黑气,眼睛里有咒符的旋涡,仿佛被咒术控制住了。"

白姬问:"离奴,你看清是什么咒术了吗?佛门咒语、道家封印,还是巫蛊厌胜之咒?"

离奴回忆了一会儿,挠了挠头,为难地说:"主人,我虽然是妖,但也分不清人类的复杂的咒术,而且我当时只是和不死鸟有一瞬间的对视,看得不太清楚,不知道是什么咒术。"

白姬当即不再问,只是喃喃自语:"如果不死鸟真的是被人类的咒术控制了,那神都出现妖火的事情就复杂了。"

元曜忍不住问:"白姬,你何出此言?"

白姬说:"人类的欲望像是无底洞,解决起来更加复杂、麻烦。我大概猜到此事的一些眉目了。如果真是这样的话,人心实在是太不堪了。幕后之人为了野心与权势,或者仅仅为了发泄心中的怨怒,居然不惜伤害自己无辜的子民。"

元曜心中疑惑。

白姬站在洛水之畔,看着水面的粼粼波光,说:"轩之,神都的腥风血雨刚刚开始,看来这一万两黄金和千户侯很烫手啊!我们还是先回缥缈阁吧。"

月出洛水,晚风微凉。

离奴本想化作九尾猫妖驮白姬和元曜回去。白姬见洛水边的月色很美,便提议沿着河岸走一段路，等到了慈惠坊，再让离奴驮着他们回缥缈阁。

白姬、元曜在水岸走着，小黑猫则在草丛中一蹦一跳，捕捉鸣虫。

元曜问："白姬，你是怎么灭火的？"

白姬一愣，说："我用水灭的呀。"

元曜说："小生的意思是，你是喷水还是降雨灭的火？俗话说，龙行雨，虎行风。小生去晚了，没有看见你灭火的样子，所以有些好奇。"

白姬笑了，说："轩之，龙行雨，虎行风，只是一种说法而已，你不要当真。龙并不是天生会行雨，也不是天生会喷水，这些都得靠后天法术修炼。龙要行雨，得先学会祈雨与降雨之术。龙要喷水，得先学会吐纳之术，去河边或海中喝足量的水。我刚才来不及喝水，更来不及摆阵祈雨，就直接用风行之术卷起了洛河之水，用洛河之水灭火。"

元曜说："原来如此。"

白姬促狭一笑，说："幸好起火的上林坊在洛河之畔，如果起火的地方离洛河远一些，附近没有水源，那就糟了。"

元曜听了有些担心，问："如果起火的地方不在洛水边，那你该怎么办呢？毕竟下一个起火的地点还不知道在哪儿呢。"

白姬也愁，说："看来，我只能多喝水了。哎呀，我喝多了水，撑得肚子圆滚滚的，可不好受呢。"

元曜心疼白姬喝多了水肚子难受，不过转念一想，又说："白姬，你又在糊弄小生。神都之内，漕运通达，很多坊间有水源。即使有些坊间没有水源，只要有住户，就一定会有水井，你根本就不需要喝水。"

白姬笑道："哈哈，轩之，你好像变聪明了，逗起来不好玩了。"

元曜生气地说："白姬，请你不要再把小生当傻瓜！"

白姬笑道："嘻嘻，月色这么美，轩之，你不要生气嘛。"

第五章　太　初

缥缈阁，里间。

仲夏虽然酷热，但偶尔有一丝微风拂过，湘妃竹帘动，莲风满室香。

元曜独自坐在青玉案边，托着腮发呆。他从轩窗望向后院，看见离奴蹲在古井边，将刚买来的一个碧幽幽的大西瓜放进水桶里，然后连同水桶浸入冰凉的井水之中。

菩提树下，白姬结跏趺坐在草蒲团上，正在闭目冥想。

自从白姬去上林坊扑火之后，已经过了三天。这三天里，沙盘上没有丝毫动静，这说明神都安然无恙，并没有发生什么事情。

对于不死鸟的行踪，白姬依旧毫无头绪，但是也并不着急，只是观察沙盘，耐心地等待。这三天里，白姬写了几封信。纸人带出去的，是给上官婉儿的。至于纸鹤带出去的，元曜也不知道是白姬写给谁的，只看见纸鹤飞向了西南方。很快，纸人带回了上官婉儿的回信，可纸鹤至今还没回来。

这三天里，元曜稍微适应了洛阳的缥缈阁。有时候闲来无事，他会去逛一逛南市，熟悉一下南市的环境。

元曜正在发呆，突然看见后院上方的天空闪过一道金光。

坐在菩提树下的白姬蓦然睁开了眼睛。

金光进入了缥缈阁，原来是一只纸鹤。

纸鹤在缥缈阁的后院盘旋一圈，而后飞向白姬。

白姬伸出手，纸鹤便落在了她的手上。

纸鹤嘴里衔着一只竹制的信管，刚落在白姬的掌心上就放下了信管。完成使命之后，它便瘫软成一团因为被风吹雨淋已经泛黄的旧纸。

白姬从信管之中取出了一封信。她展开信，读了之后，便笑了。

白姬站起身来，隔着七宝莲花池对元曜说："轩之，我们出去走一走吧。"

元曜问："这么热的天，我们去哪儿？"

白姬笑道："皇宫。"

元曜心中好奇洛阳的皇宫长什么样子，便说："好呀。"

白姬、元曜便出门了。

他们沿着洛河缓步而行。盛夏时节，洛河边杨柳成荫，不时有凉风扑面而来，让人暑热顿消，只觉得凉爽宜人。

元曜问："白姬，我们去皇宫干什么？"

白姬笑道："我们去办一些事情。"

"我们去办什么事情？"

"等到了皇宫，你就知道了。"

"白姬，刚才纸鹤给你送的是谁的来信？"

白姬笑道："光藏国师。"

元曜好奇地问："光藏国师在信中说了什么？"

白姬笑道："光藏国师同意把他的上清观借给我用。"

"上清观在哪儿？你借上清观做什么？"

白姬笑眯眯地说："上清观在皇宫的东北角。我要在上清观布置陷阱，捉鸟。"

元曜问："你想要在上清观里捕捉不死鸟？"

白姬笑道："是的。我本想在神都中随便找一块空地设陷阱捕捉不死鸟，但是不死鸟的涅槃之火十分厉害，万一控制不住它，恐怕会伤及无辜。而武皇陛下的诉求是不能让百姓有伤亡。我查看了沙盘地图，只有皇宫里面没有百姓，所以不如就在皇宫里设陷阱捕捉不死鸟，要烧就烧皇宫吧。"

元曜冷汗直冒，说："白姬，这……好像更不妥吧！你想要找没有人迹的地方，城外北郊的邙山不是更好的选择吗？"

白姬沉吟，说："从起火的情况来看，我不认为那只被人类控制的不死鸟能够飞出神都，飞到邙山。据我猜测，它极有可能被困住了，只能在城内活动。"

"啊？！"元曜有些吃惊。

白姬笑眯眯地说："更重要的是，我以后可是邙山的千户侯。皇宫与邙山，让我选择的话，那还是拿皇宫来冒险吧。"

元曜无语。

白姬又说："当然，捕捉不死鸟而已，也用不着整个皇宫，我只需要皇宫中的一个合适的地方。离为火，坎为水，按照五行相生相克之理，上清观方位正好，是一块捉鸟宝地。我想要使用上清观，即使武皇陛下同意，也得先知会光藏国师一声，免得他嘴上不说什么，心里却生闷气。如果他气得长不出头发和眉毛，又会怪罪于我，将来恐怕会寻机找我的麻烦。"

元曜笑道："原来纸鹤是飞去扬州给光藏国师传信的。他同意了吗？"

"他同意了。他在信里说已经飞符回上清观，传令给门人。上清观我可以随意使用，那里的道士我可以随意差遣。即使不死鸟把上清观烧了，都没关系。"

元曜感慨："光藏国师还真是深明大义。"

白姬笑道："他那算什么深明大义，分明是老奸巨猾。"

元曜疑惑地问："白姬，你此言何意？"

白姬笑道："光臧国师早就知道神都起火是因为不死鸟。而不死鸟为什么会在神都之中一次又一次地引发妖火，他大概也早就猜到了，所以躲在扬州不回来，把这件让他为难的事情交给我去做。毕竟他是人类，他的师父曾是大唐的旧臣，蒙受过李氏隆恩，他有很多顾忌与为难之处，想效忠武皇陛下，也只能采取折中的方式。而我是非人，故而无所顾忌。"

　　元曜听不懂："小生……不明白……"

　　白姬说："等到以后，你就会明白了。"

　　元曜又问："白姬，你计划捕捉不死鸟设的陷阱是什么？"

　　白姬笑道："当然是要以猎物的食物或喜好为诱饵来设置。不死鸟以乳香为食，喜欢收集肉桂、甘松、没药之类的香料。我打算以这四种香料在上清观布置陷阱，引诱不死鸟现身。"

　　元曜疑惑地问："这样的陷阱能有用吗？"

　　白姬笑道："我们试一试，就知道有没有用了。"

　　白姬、元曜一路闲谈，不知不觉便走到了新中桥。

　　元曜往北一看，不由得愣住了，此处离皇宫还有一段距离，但他已经能遥望皇宫里绵延不绝的建筑了。

　　元曜首先看见的是两座高耸的圆顶高堂。它们气势恢宏，矗立在苍穹之下，仿佛铁凤入云，金龙隐雾。

　　元曜不由得感慨："白姬，这洛阳的皇宫比长安的皇宫还要辉煌壮丽啊！"

　　白姬说："这紫微宫……不，现在它被武皇陛下改名为太初宫了。太初宫比长安的大明宫更华美壮丽，规模更加宏大。你看见的是万象神宫和天堂。万象神宫就是以前的乾元殿。当初武皇陛下力排众议，将乾元殿拆了，不惜劳民伤财地修成了如今的万象神宫。天堂比万象神宫还要高一些，是洛阳城内最高的地方。不过你看，天堂后面，白云之上，邙山之巅的翠云峰其实才是洛阳最高的地方，也是俯瞰神都的最佳之处。"

　　元曜心情激荡，连连点头。

　　白姬笑道："太初宫最壮观的城门是应天门，有五凤楼、两重观、双向三出阙，是接受万国来朝的所在。今天还有要事，我就不带你去看了。我们要去的地方是含嘉仓①和东宫，从承福门走，要便捷一些。"

元曜点点头。

白姬、元曜来到承福门前，向看守宫门的卫兵呈上了通行的金牌。这块金牌的分量似乎比出入皇宫必备的腰牌更重一些，其中一名卫兵急忙去向上司禀报了。

不多时，一辆有华盖遮阳的大凉步辇停在了承福门后。大凉步辇由四个身强力壮的宫人抬着，旁边有一个禁卫军长。

元曜对皇宫禁军不是很了解，从服饰上看不出这位禁卫军长属于南衙十六卫中的哪一支，但知道对方肯定不是金吾卫。

禁卫军长说："两位大人请上辇，高公公在含嘉门等候你们。"

白姬挑眉，问："高公公？上官大人呢？她怎么不亲自来接我们？"

禁卫军长说："这……我等也不知道，只是听命行事。"

白姬乘上大凉步辇。

元曜犹豫了一下，才颤巍巍地跨步上了步辇。

在皇宫之中，辇是最高规格的代步工具，只有帝王才能乘坐。太后、皇后乘辂车、安车，妃嫔只能乘坐舆、轿。

大凉步辇被四名宫人抬起，行走在东城之内。步辇所过之处，闲人尽皆行礼退避。

元曜忍不住问："白姬，高公公是谁？"

白姬脸上露出古怪的神色，沉默了一会儿，才说："那……是一个奇人。"

元曜好奇地问："什么意思？"

白姬说："高公公名叫高延福，是这太初宫的大内总管。武皇陛下还是皇后时，他就跟着武皇陛下了，一直深得武皇陛下的喜爱。"

---

① 含嘉仓，隋朝在洛阳修建的最大的国家粮仓，经考古发掘，遗址面积达40多万平方米，有数百个粮窖。仓窖口径最大的达18米，最深的达12米。隋唐时，每逢关中地区有灾情，中央政府就会迁往水运便利、舟车所会的洛阳，因为洛阳有粮。当时，洛阳"帑藏积累，积年充实，淮海漕运，日夕流衍"，而长安"武库及仓，庶事实缺，皆籍洛京传输"。武则天长期居住在洛阳，并将大周的都城定在洛阳，也是因为洛阳有含嘉仓，有充足的存粮。

元曜还是不解，又问："你为什么说他是一个奇人？他奇在哪儿？"

白姬说："待会儿见了，你就知道了。"

大凉步辇快要接近含嘉门时，元曜远远地就看见一个清瘦的紫衣太监垂头丧气地站在城门下，他的身后站着两个年轻的小太监。

紫衣太监年过半百，穿着一身紫色圆领襕袍，头戴幞头，手拿拂尘。他身形清瘦，长着一双八字眉，显得愁眉苦脸。他眼神空洞无神，看上去像是对红尘俗世的众生都失望至极，只是勉为其难地活着。

高公公看见大凉步辇停下，便走了过来。

"白姬大人，好久不见了。"

白姬走下步辇，笑道："高公公，你还是这么丧气呀。"

高公公耷拉着八字眉，说："老奴每天都是这么丧气地活着，已经习惯了，就等着死了。今天这么热，武皇陛下还给老奴派活儿，真让老奴觉得格外丧气。"

白姬笑道："你忍一忍吧，说不定明天就死了。"

高公公说："唉，白姬大人这话更让老奴丧气了。"

元曜听到这番对话，直冒冷汗。

高公公望向元曜，问："白姬大人，这后生是谁呀？他是缥缈阁新收的伙计，还是你新招的夫婿？"

白姬嘻嘻一笑，说："他是缥缈阁新收的伙计。"

元曜急忙作了一揖，说："小生姓元，名曜，字轩之。小生见过高公公。"

高公公打量了元曜一番，说："你看上去也丧丧的，跟老奴很投缘呀。"

"多谢高公公。"元曜说。

高公公说："武皇陛下和上官大人今天在万象神宫里接见外来使节，走不开，所以派老奴过来迎接您，任您差遣。"

白姬笑道："高公公，内务库中的乳香、肉桂、甘松、没药有多少？"

高公公反问："您要多少？"

白姬说："越多越好。你让人把内务库里的乳香、肉桂、甘松、没药悉数搬运到上清观去。"

高公公耷拉下八字眉，说："您要把那些东西搬运到上清观？光臧国师不在，可他的徒弟们一向心高气傲、脾气大，只听他的话。老奴派人把那些香料搬过去，会被他的徒弟们扔出来的。"

白姬笑道："无妨。我已经跟光臧国师说好了，你只管照我的指令做事就行了。"

"行。"

高公公招手,一个小太监便走上前来。

高公公便按照白姬所言吩咐了下去。

小太监领命而去。

高公公说:"这日头太毒辣了,热得让人烦躁。白姬大人,那些力气活儿我安排禁卫军去干了,咱们去飞香殿歇一会儿,喝一杯冰茶吧。"

"行呀。"白姬笑眯眯地说。

第六章 东 宫

飞香殿在东宫以西,含嘉仓城以南,毗邻上清观。

飞香殿廊腰缦回,檐牙高啄,宫墙上爬满了盛放的蔷薇,中央的藻井里种了成片的绣球花。殿内四面通风,虽然人身处其中还是很燥热,但比在外面还是要阴凉许多。

白姬、元曜、高公公跪坐在飞香殿里。

小宫监端来了浮着冰块的凉茶和一些花式宫廷点心。

元曜喝了一口冰茶,内心的燥热被一丝凉意抚平,方才觉得似从火炉蒸烤中辟出了一方凉爽的天地,"活"过来了。

高公公喝了一口冰茶,却还是很丧气。

白姬问:"高公公,武皇陛下改朝称帝,难免会有李唐的旧臣反对,现下谁反对得最厉害呢?"

高公公愁眉苦脸地说:"白姬大人,这可不是您应该操心的事情。"

白姬笑道:"我也不想操心这些事情,只是接下了这桩为神都灭妖火的活儿,不得不操心,毕竟妖火只是表象,人心才是灾难的症结。我得对症下药,才能治本。"

高公公一听,更丧了。

"原来神都突起妖火之事是他们干的……这下子糟了,武皇陛下盛怒之下,例竟门①里又要多一堆冤魂,又有一堆李姓王孙要丧命了。"

白姬说:"如果我能找到罪魁祸首,说不定能少死几个人。"

高公公丧气地说:"多死少死都是死,早死晚死也是死,都差不多。"

元曜忍不住说:"高公公,这……还是有差别的。"

高公公耷拉着八字眉,说:"你这后生还年轻,等你到了老奴这个岁数,看多了世事之后,就知道这个世界不行。唉,男人不行,女人也不行。"

元曜一愣,问:"那谁行?"

高公公说:"我们太监行。做了太监之后,我们对这天地山河的感观都不一样了,对于世间万物也超脱了。在丧气之中,我们勉强有了那么一点儿生机。这方天地,这个世界,迟早是我们太监的。后生,你要不要净身当太监?老奴正好缺一个投缘的徒弟继承衣钵。"

白姬以袖掩面,笑了。

元曜吓得急忙摆手,说:"多谢高公公抬爱。小生才疏学浅,不能担此大任。"

高公公沮丧地说:"唉,你这反应怎么跟老奴的族人的反应一模一样。你们这些人,都不懂当太监的好。"

元曜有些好奇地问:"高公公,你的族人怎么了?"

高公公丧气地说:"老奴蒙武皇陛下抬爱,成了大内总管,穿上了一身紫衣,位列三品之上,也算是光宗耀祖。老奴的族人们纷纷找来,也想要荣华富贵,奔一个锦绣前程。老奴见族人们在这丧气的世界里还有进取之心,很高兴,就马上安排兄弟子侄们净身入宫,希望我们高氏一族能在太监这一行中有所作为,青史留名。结果,兄弟子侄们连夜跑了,逃回家乡之后说老奴是不肖子孙,要灭绝高氏一族,还怂恿族长把老奴从族谱中除名了。老奴为族人们的前程操碎了心,可他们不仅不领情,还恩将仇报,真是没良心。"

元曜无语。

---

① 例竟门,武则天称帝时,于洛阳丽景门内置制狱,令来俊臣、侯思止等审理案件。来俊臣残暴,诛斩人不绝。凡入丽景门者,百不全一。因此有人称丽景门为例竟门,言入此门者,例皆竟也。

白姬笑道:"高公公,要不你收我做徒弟吧。我觉得当太监应该很有趣。"

元曜喷出了一口冰茶。

高公公有些为难地说:"白姬大人,女子是不能当太监的,没有先例。"

白姬笑道:"女子都能当皇帝了,为什么不能当太监呢?没有先例,但并不代表这不能实现啊。"

高公公说:"这……那老奴琢磨琢磨,去找史料研究一下,回头再给您回复。"

"行呀。"白姬笑道。

元曜想说什么,却没有说出口。

白姬望着东方,东宫在蓝天白云之中探出了一片宫顶的檐牙。

白姬笑道:"高公公,东宫里现在住着谁呀?"

高公公说:"东宫嘛,里面自然住着太子。"

白姬笑道:"现在谁是太子?"

高公公说:"皇四子,旦。"

李旦是武则天的第四个儿子。唐高宗驾崩后,他登基为帝。不过朝政被他的母亲武则天把控,他一直没有什么实权。武则天称帝之后,他从皇帝被降为皇嗣,住在东宫。

"哦。"白姬若有所思地应了声。

白姬、元曜、高公公又天南海北地闲聊了一会儿。一个禁卫军士过来禀报,说香料都搬运得差不多了。

白姬站起身来,笑道:"走,我们去上清观看看吧。"

元曜放下茶杯,站起身来。

高公公耷拉着八字眉,说:"天气真热,我一点儿也不想动。这破天气真是让人丧气。"

白姬、元曜、高公公离开了飞香殿,去往上清观。

从飞香殿到上清观,如果走正门过去会绕一点儿路,所以高公公提议走侧门的近路,直接过去,能省一点儿力气。

白姬、元曜没有异议。

抄近路众人会经过一条僻静的夹道,路过东宫的西侧门。

白姬、元曜、高公公以及两个小太监顶着烈日走在宫城的夹道之中,远远地就看见从东宫的侧门里走出来三个人。

烈日当空，热浪袭人，那三个人却还穿着一身黑色的风衣，头上戴着风帽，把全身都遮住了。

那三个人远远地看见高公公，似乎有些惊慌，急忙闪身进了东宫里。

高公公虽然很丧气，但是耳聪目明，早就看清楚了那三个人。不过，他见那三个人躲着自己，便假装没有看见，带着白姬、元曜走过东宫的西侧门，去往上清观。

走远了之后，白姬才问："高公公，刚才东宫门口那三个鬼鬼祟祟的人是谁？"

高公公丧气地说："一个是南安郡王李颖，另外两个是章怀太子①贤的两个儿子，一个是安乐郡王李光顺，另一个是永安郡王李守义。"

元曜有些惊讶地说："高公公，您的眼神真好！小生就只看见三个黑影一闪而过，连他们的脸都没看清。您竟然都认出来了？！"

高公公语重心长地说："后生啊，在这皇宫里，你若眼睛比别人的瞎，耳朵比别人的聋，嘴巴比别人的笨，反应比别人的慢，是活不下去的。这些活命的看家本事，等你净身入宫了，老奴会慢慢地教你的。"

小生并不想当太监！元曜在心中说。

白姬又问："高公公，这三位郡王出入东宫为什么要鬼鬼祟祟地走偏门？"

高公公丧气地说："谁知道呢！反正武皇陛下一向忌讳李氏王孙和旧臣聚会……南安郡王与曾经在扬州起兵谋反的徐敬业是旧交。徐敬业一向反对武皇陛下称帝，武皇陛下忌惮他背后的一些旧臣，没有治罪于他。大周成立之后，武皇陛下还给了他封赏。真没想到，他跟太子又鬼鬼祟祟地来往，还把章怀太子的两个儿子带来，这是要拿章怀太子的下场吓唬太子吗？……唉，天太热了，真让人觉得丧气，我们不说这些了。"

白姬笑道："历朝历代，太子登基变成皇帝，挺常见。皇帝退位变成太

---

① 章怀太子，李贤。唐高宗李治第六子，武则天第二子（长子为李弘）。太子李弘死后，李贤继立为太子，其间，多次监国，得到朝野内外的一致称赞。李贤曾召集文官注释《后汉书》，史称"章怀注"，具有较高的史学价值。后来，李贤因为谋反被废，被贬往巴州。武则天派丘神勣监视他。之后，丘神勣害死了李贤。此事实际上是武则天指使丘神勣做的，原因是她怕李贤与自己争夺权力。

子,我还是第一次见到。想必,太子面对如今的大周朝,心情也是颇为复杂的。"

高公公叹了一口气,说:"这种情况确实不多见,甚至女子称帝也是头一次,所以神都突起妖火才人心惶惶,谣言四起。一些风言风语都传到了宫里,说是什么牝鸡司晨,违逆天道,所以苍天降妖凤于世间,以业火惩罚神都。武皇陛下盛怒之下,才重金悬赏想解决这个事情。"

白姬笑道:"明明是人在作乱,却搞出了苍天鬼神这一套说辞。"

高公公说:"谁叫百姓们就吃这一套呢。"

说话间,白姬、元曜、高公公一行人已经走到了上清观。

上清观位于皇宫东北角,是武则天赐给光藏国师的居所。因为武则天是以《大云经》承天授命才成为阎浮提①的帝王,如今大周又比较重佛法,所以上清观不如皇宫西边的白马寺金碧辉煌,恢宏气派,但也别有一番仙家的离境坐忘,幽静雅致。

上清观之中有三重殿、四阙楼,种植了四季常青的松柏和丹桂树,还有仙鹤与麋鹿游走其间。上清观的主殿之前有一块宽敞的空地,空地中央是一方道家的祭台,上面刻着伏羲八卦图。禁卫军搬来的乳香、没药、甘松等香料,就被堆在了空地上。

上清观外,一排道士正站在烈日下等候着。为首的年轻道士身穿八卦衣,头戴紫阳巾。他体形圆胖,红光满面,神采奕奕。此人正是光藏的大弟子,名叫玄清。

玄清一见到白姬、元曜、高公公,便迎了上来。

"白姬大人,师尊早就飞鸟来信,让我等听候您的差遣。"

高公公见玄清仿佛没看到自己,也不跟自己打招呼,便丧气地退到一边去了。

白姬笑道:"你们会画破邪阵、念破邪咒吗?"

玄清点头:"会。"

白姬说:"那我就省事多了。"

白姬走进上清观里,站在堆满香料的山门口,观望了一下四周的布局,

---

① 阎浮提,须弥山四大部洲之一,又称南赡部洲、南阎浮提。阎浮是树,提是洲名。因树立称,故名阎浮提。这个词在佛经中出现,一般泛指人间世界。

然后走到了空地中央的八卦祭台上。

白姬琢磨了一番，说："这个祭台的大小正好，你们拿朱砂画上破邪阵吧。"

"是！"玄清应声。

离八卦祭台不远的地方有一个六角亭，因为旁边种着松柏、丹桂，所以亭子中十分阴凉。白姬、元曜、高公公便在六角亭里坐着，望着玄清和几名道士在祭台边忙忙碌碌。他们在用朱砂画符阵。

小道士送来了三杯清茶和一盘松子、一盘葡萄、一盘蜜瓜。

白姬一边喝茶，一边望着祭台，不知道在想些什么。

元曜喝了一口道家的茶，觉得有些苦，便开始吃松子。

一只仙鹤飞过来，啄食荷叶盘中的葡萄。高公公见了，便拿拂尘去撵仙鹤。那仙鹤气急，便啄了高公公一口，飞走了。

高公公被仙鹤一啄，八字眉垂下，神色更显颓丧。

一只麋鹿跑了过来，围着元曜转。元曜轻柔地摸摸麋鹿的头，给它喂蜜瓜吃。

不多时，玄清等人画好了驱邪阵。

白姬便放下清茶，走了过去。

元曜只见白姬跟玄清说了几句，玄清便急急忙忙去门口叫了一队禁卫军过来。这些禁卫军又开始干力气活儿，将乳香、没药、甘松、肉桂各拿了一百斤，堆放在祭台下的四个方位上。

白姬拿起朱砂在驱邪阵上写写画画，似乎是在驱邪阵上又加了一重阵法。

元曜看不懂，想问一下高公公，却发现高公公因为没有自己什么事情，无聊地打起了瞌睡。

当白姬在祭台上画好阵法的最后一笔，开始喃喃念咒语时，元曜嗅到了一股浓郁且复杂的香味。

元曜看见祭台四方堆放香料的位置红光乍起，香料开始发生变化——东方的乳香一点点地变成半透明的玻璃状，西边的没药一点点地散作黄色粉尘，北边的肉桂以极其缓慢的速度变成了黑紫色，南边的深棕色的干松则一点点地燃烧起来。四种香料散发出浓郁的香味，混合成一种奇特的味道，逐渐在上清观上空弥散开来，然后蔓延整个皇宫，甚至随风飘向了神都各处。

"宫里走水了吗？什么东西燃起来了，味道这么奇怪？"高公公一下子惊醒，惊慌失措地大喊。等他看清祭台上发生的事情时，八字眉又耷拉下来，感觉更丧了。

"白姬大人，您这是在做什么？"高公公大声问。

白姬忙完了一切，正好朝六角亭走了过来。

"高公公，我这是在灭妖火呢！"

"哟！依老奴看，您这明明是在放火。您烧这些香料做什么？"

白姬笑眯眯地说："我烧这些香料，当然是有妙用呀。一百斤香料，也就够烧一个时辰，所以禁卫军必须不断地往符阵中添加香料。不知道不死鸟什么时候才会出现，所以香料的耗费量是很大的。我希望宫里储藏的香料在烧完之前，不死鸟能够出现。"

第七章　商　羊

夏木阴阴，风吹香涌。

白姬、元曜、高公公坐在六角亭里喝茶，下面的八卦祭台上香雾涌动，随风飘远。一队禁卫军和几名道士在不远处的空地上将乳香、没药、干松、肉桂分门别类地摆放好，准备一个时辰后补充到符阵中。

玄清画完驱邪阵之后就消失了，此时才拿着一幅画急急忙忙地跑过来。

玄清一边擦额头上的汗水，一边把手中的画展示给白姬看。

"白姬大人，我去找了半天也没找到雨师赤松子[①]的画，那画可能是落在长安大角观里了，赤松子没有带过来。您看这商羊[②]图行不行？商羊也能降雨的。"

元曜定睛一看，只见玄清手中的挂图上画了一只在风雷之中翱翔的鸟

---

① 赤松子，中国神话传说中的上古仙人。相传为神农时雨师，能入火不焚，随风雨而上下。
② 商羊，古代神话中只有一只脚的神鸟，每当大雨到来之前便会翩翩起舞。东汉王充《论衡·变动》中云："商羊者，知雨之物也；天且雨，屈其一足起舞矣。"

儿。商羊鸟颈细腹大，羽毛呈蓝绿色，只有一只脚。

白姬笑道："也行。"

玄清当即将商羊图挂在一棵松树上。

白姬走到商羊图前，伸手拂过画，口中念念有词。

一道金色光芒闪过，一只商羊鸟从画中飞了出来，在空中盘旋了一圈，停在了白姬的手臂上。

商羊鸟大小如鹦鹉，眼珠子圆溜溜的，羽毛光鲜艳丽，看起来十分可爱。

高公公望了商羊鸟一眼，说："哟！这鹦鹉长得俊，可惜只有一只脚。"

白姬抬手。

商羊鸟展翅飞起，停在了松树上。

元曜问："白姬，这商羊鸟有什么用吗？"

白姬笑道："不死鸟纵火，商羊鸟能灭火。万一皇宫燃起来了，灭火就靠它了。"

元曜有些担心地说："白姬，依小生那天所见，不死鸟如巨大的山鹰一般，双翼展开能遮天蔽日。这商羊鸟是不是太小了，我总觉得它灭不掉不死鸟喷出的火焰。"

白姬笑道："轩之，人不能貌相，海水不可斗量，能力和体形大小之间没有必然的联系。你放心吧，就算是整座太初宫燃起来了，商羊鸟也可以瞬间把火扑灭。"

"这……"元曜还是有些怀疑。

高公公一听，坐不住了。

"白姬大人，老奴刚才是不是听错了？你说太初宫燃起来，是什么意思？"

白姬笑道："高公公，因为怕吓到你，所以我刚才没跟你说清楚。是这样的，神都妖火的起因是一只不死鸟。不死鸟飞过，它的火凤之羽落下，就会迎风起火。我必须把不死鸟抓住，不让它在神都里乱飞，才能杜绝火患。抓鸟的场所就是这上清观了。八卦台上的咒符阵与香料堆是我设置的捕鸟的陷阱。我们现在只需要等不死鸟出现了。"

高公公觉得有些眩晕，说："白姬大人，您这是把祸根往皇宫里引啊！万一那个什么鸟飞来，羽毛掉得到处都是，整个皇宫岂不成一片火海了？"

白姬笑道："确实有这种可能。所以，我把商羊鸟召唤了出来。"

高公公站了起来，说："这个事情不妥，万一出了状况，干系太大了，老奴不敢做主。咱们还是去一趟万象神宫，禀报武皇陛下，她同意了，才行。"

白姬笑道："武皇陛下日理万机，为国事操劳，这种可能会烧皇宫的小事就不用惊动她了。反正，我只要能抓住不死鸟，就算大功告成了。"

高公公急得扯住白姬的衣袖，说："不行，事关重大，我们一定得先去武皇陛下那儿说清楚。您自然不怕，即使烧毁了皇宫，到时候也没人能找得到您，罪责都是老奴的。武皇陛下把这活儿派给了老奴，若这皇宫里被烧毁了一砖一瓦，老奴都是要被诛九族的。"

白姬笑道："高公公，你都已经在高氏族谱中被除名了，还怕什么诛九族！"

高公公不听，仍旧坚持要带白姬去万象神宫，而白姬推托会打扰到武皇陛下不愿意去。两个人在六角亭中拉拉扯扯。

元曜在旁边剥松子，忽然听见外面传来了一阵动静。

元曜停下剥松子的动作，转头一看。

上清观外，一队仪仗分两列排开，一架华丽的八人龙辇停了下来。一列金吾卫、一队宫女依次站定，护卫着从龙辇中走下来的帝王。

"皇帝陛下——驾到——"

上清观里的道士和禁卫军急忙伏地，迎接帝王。

元曜赶紧放下松子，站起身来。

高公公也顾不得跟白姬拉扯了，急急忙忙地走下六角亭，去门口迎接武则天。

武则天穿着一袭隆重的十二章纹衮冕，冕服上绣着日、月、星、龙等图纹，腰束玄玉钩，脚踏赤舄①。她戴着通天冠，垂白珠十二旒。这么热的天气，她还朱袜赤舄，裘冕华服，可见很关心神都突起妖火之事。她刚在万象神宫接见完外邦使节，连礼服都没来得及换下，就赶来上清观了。

高公公行礼之后，对武则天低声说了几句。

武则天微微一惊，便跟着高公公走进了上清观里。

元曜见武则天、上官婉儿、高公公等人朝六角亭走来，急忙伏地行礼。

"草民元曜，参见武皇陛下。"

---

① 赤舄，古代天子、诸侯所穿的鞋，赤色、重底。

白姬微微颔首，说："龙祀人恭迎武皇陛下。"

"都免礼吧。"

武则天不怒自威。

元曜站起身来，静静地退到了一边。

武则天用冷厉的凤目扫了一眼八卦祭台，问："龙祀人，高公公说你要烧了皇宫，是怎么回事？"

白姬笑道："您放心吧，烧不起来的。那是高公公多虑了。"

武则天皱眉，又问："神都频起妖火，百姓诸多伤亡，究竟是什么缘故？"

白姬说："神都妖火是由一只不死鸟引起的。不死鸟飞过的地方，如果羽毛掉落，就会起火。不死鸟的涅槃之火比普通火焰更难扑灭，而神都的房舍布局又比较密集，所以百姓伤亡惨重。"

武则天沉吟了一下，问："无缘无故的，怎么会有妖鸟在神都之内乱飞？这件事究竟是天灾，还是人祸？"

白姬沉默了一会儿，才答："人祸。不死鸟并非中土之物，而是西域黑暗世界里的，向来离群索居，不近人类。不死鸟出现在繁华的神都，必定是人为。有人想要利用不死鸟能够焚毁一座城池的力量，所以用巫术操纵了它。"

武则天眼中闪过一丝愠怒，说："他们想要毁灭神都？谁是幕后之人？"

白姬说："想要毁灭神都之人是冲着摧毁大周而来的，肯定不会是拥戴您、效忠您的人。"

武则天望向八卦祭台，叹了一口气，说："朕还是太仁慈了！朕献祭给大周的人命和鲜血还不够多，不足以稳住社稷的根基，所以才触怒了神灵，给神都带来了火患。"

白姬说："陛下还是少杀一些人吧，毕竟您借《大云经》立世称帝，也算是一位佛门弟子。佛门一向以慈悲为怀，怜惜众生。"

武则天挑眉，说："朕不杀他们，他们便会想尽一切办法反对朕，甚至不惜残杀神都的百姓，伤害朕的子民。朕若将他们赶尽杀绝，对天下百姓来说才是以慈悲为怀。"

白姬轻轻地说："也许吧。人类总是站在自己的立场上将内心的欲望正义化。"

武则天说："那你呢？龙祀人，你站在谁的立场上？"

白姬伸手，遥遥指着万象神宫，笑道："武皇陛下，您看见万象神宫顶上雕刻的神龙了吗？那就是我的立场。我来这人间做客，谁是这天下的主人，我就是谁的客人。客人嘛，自然站在主人的立场上。"

　　武则天笑了，说："你还真是墙头草，随风而倒。"

　　白姬笑道："从某种意义上来说，您这话没错。毕竟人类的生命不过百年，人间帝王更迭的速度太快了。"

　　武则天问："你能根除神都妖火吗？"

　　白姬说："我能捉住不死鸟。"

　　武则天说："也行。你只要捉住不死鸟，就完成我对你的委托了。至于人祸的事情，朕自己来处理。"

　　白姬点点头。

　　武则天说："万象神宫顶上的飞龙是照着你的真身雕刻的。不过，为了让那飞龙更耀眼一些，朕让人给它全身漆上了金色。"

　　"匠人的手艺一般，那飞龙看起来有些呆傻，不及我威风霸气。"

　　……

　　武则天和白姬正在闲聊，上清观外又来人了。

　　一名小太监上来禀报："武皇陛下，太子在外面求见。"

　　武则天眉头皱了起来，说："让他进来吧。"

　　一名穿着华服的中年男子走了进来。

　　李旦面白微须，气质儒雅，看上去十分温和，与世无争。他宁静淡泊，眼神淡然深沉，如一片波澜不惊的湖泊。但是，白姬仔细一看，总觉得这片湖泊深处隐藏着一团熊熊燃烧的烈火。

　　李旦明显十分害怕自己的母亲，跪地请安之后，恭敬地说："儿臣听说母皇陛下驾临上清观，因为上清观离东宫很近，所以儿臣便过来请安了。"

　　武则天说："你来得正好。神都妖火一事已经有眉目了，现在上清观里的人正在捉一只不死鸟。时候不早了，朕马上要去瑶光殿赴接待外邦使节之宴，你就代替朕在这里主事吧。"

　　李旦一听到不死鸟，身体不由得一颤，额头上渗出了冷汗。

　　"是，母皇陛下。儿臣一定为您分忧。"

　　"这位是白姬，是光臧举荐的异人。神都妖火之事由她全权负责，在这上清观里，你一切都要听她的。"武则天说。

　　李旦颤声说："是！"

　　武则天又交代了李旦几句，看时辰不早了，便离开上清观，去瑶光殿赴宴了。

武则天一行人走后，元曜觉得轻松了许多。

白姬去八卦祭台旁边查看情况了，跟高公公在说着什么。

元曜刚坐下准备继续剥松子，方才想起李旦还站在旁边。按照尊卑礼数，太子在一边站着，他一介平民坐着是不合适的。按照年龄来说，长者站着，晚辈也不能坐着。思及此，元曜便站起身来。

李旦问："你们怎么知道是不死鸟引发的火灾？"

元曜便如实回答："几天前，上林坊起火时，小生恰好经过洛水上的浮桥，看见一只不死鸟飞过。"

李旦说："听说上林坊的烈火在烧起来之前，就被一条从天而降的神龙扑灭了，百姓没有任何伤亡。"

元曜说："是的！那是不幸中的万幸了。"

李旦问："你们真的能抓住不死鸟吗？"

元曜回答："应该能。太子殿下请放心，白姬做事一向稳妥。"

李旦脸色变得苍白，似乎有些乏力，几乎站不稳。半晌，他喃喃自语："我觉得我快要死了……"

第八章　傀　儡

元曜一听，又见李旦恐惧得魂不守舍，不由得疑惑，但也不敢多问。

李旦坐了下来，望着地平线的方向，眉头紧皱，愁绪满怀，似乎有心事。

李旦问元曜："你是何方人氏？姓甚名谁？"

元曜回答："小生是襄州人士，姓元，名曜，字轩之。"

李旦又问："你家中有兄弟吗？"

元曜回答："小生家中人丁单薄，没有兄弟。"

李旦说："我有三个兄弟。"

元曜点点头。

李旦说："我是兄弟之中最小的一个。大哥死了，二哥也死了，如今只剩下三哥和我。三哥远在千里之外的房州,房州乃穷山恶水,环境很艰苦。我听说他患了心疾,一直缠绵病榻。他一听说有母皇陛下的使臣抵达房州,就想自杀。"

元曜心中难过,但不知道该怎么安慰李旦。

李旦流下了眼泪,说:"三哥比我强一些,还有机会逃走,远离是非,可我身陷旋涡之中,连逃都逃不掉。我是一个傀儡,李氏旧臣要拿我对付母皇陛下。我是一个被竖起来的靶子,母皇陛下要拿我抵挡住她的敌人。他们都躲在背后,却把我推到了腥风血雨之中。如今,我命悬一线。"

元曜安慰他:"太子殿下,您不要想得太多。无论是大唐,还是大周,您都是太子,是国家的栋梁。"

李旦绝望地说:"很快,我就不是太子了。"

白姬和高公公一边说话,一边走了过来。

"白姬大人,我们接下来就是等待吗?那妖火真的不会烧到皇宫吗?"

"高公公,你就把心放在肚子里,去睡一会儿吧。"

"唉,一想到皇宫可能被烧,老奴就丧气得睡不着。"

"你多丧气一会儿,就能睡着了。"

李旦看见高公公过来了,急忙擦干眼泪,收敛了脸上的愁容。

白姬、元曜、李旦、高公公便坐在六角亭里等待。

李旦望着地平线,仍旧心事重重。

高公公又开始打瞌睡。

商羊鸟见高公公睡着了,就从松树上跳下来,单脚站在他的幞头上。

八卦祭台上,破邪阵隐隐泛着红光,一丝丝若有若无的香雾随风飘远。

元曜将一把剥好的松子递给白姬。

"白姬,吃吧。"

"多谢轩之。"白姬笑眯眯地接过,开始吃了起来。

白姬见李旦神色忧愁,坐立不安,便笑道:"太子殿下,天气炎热,也不知道要等到什么时候不死鸟才会出现,您如果身体不适,不必强撑,可以先回东宫或者去观内的阴凉处休息。"

李旦说:"母皇陛下命我在此主事,我不能离开,否则便是失职。"

白姬一边吃松子,一边说:"太子殿下,您觉得不死鸟会出现吗?"

李旦说:"我不知道。"

白姬笑道:"那您希望它出现吗?"

李旦说:"我……我不知道。"

"您见过不死鸟吗?"

"我……没……没见过。"

"那您见过神都的坊间被妖火焚烧的样子吗?房屋一瞬间便被火焰吞没,妇孺稚子身陷火海,逃跑不及,被烈焰焚烧成焦炭,临死前眼中充满了痛苦和绝望。其他人即使侥幸活下来了,余生也活在丧失亲人的阴影之下,无法再开怀。"

"你不要再说了……"李旦颤声说。

白姬喃喃地说:"权力这种东西,就跟火焰差不多。对人类来说,权力像是飞蛾眼前的灯火,有着致命的吸引力。"

白姬说话时,东方闪过一点儿红光。

上清观楼上,有道士站得高,看得真切,纷纷惊呼:"不好了!东宫走水了!"

李旦一听,面色变得苍白。

高公公惊得弹跳起来,头顶上的商羊鸟吓得振翅而飞,飞到了白姬的肩膀上。

元曜急忙站起来,手搭凉棚,向东方望去。

东方有烟雾和火光腾空而起,看位置是东宫。

元曜急切地问:"白姬,东宫着火了,我们该怎么办?"

白姬朝东方看了一眼,悠然坐下,继续吃松子。

"轩之,你别急,不死鸟还没出现呢。"

元曜很急:"可是,东宫起火了呀!"

高公公也急得团团转,说:"白姬,东宫都冒烟了,你快降雨灭火呀!"

白姬望了一眼李旦,笑道:"太子殿下都不急,你们俩急什么!"

高公公对李旦说:"太子殿下,东宫怎么突然起火了?是不是宫女们粗手笨脚,打翻了火烛?您要不要回去看一看,调遣禁卫军灭火?"

李旦不悦:"高公公,你这是在教我做事?既然母皇陛下命我在上清观主事,别说是东宫着火,就是东宫塌了,我也哪儿都不去。"

高公公一听,十分丧气。

"这……还是老奴去东宫看看吧。"

白姬神情严肃地说:"高公公,我劝你别过去,就在这儿待着。"

高公公一听便止住了脚步,丧气地站在一边。

元曜手搭凉棚,望向东方,说:"东宫的火好像越来越大了,我们放着不管，真的没问题吗？"

李旦神色复杂，喃喃地说："他们能够控制住的。"

白姬望了一眼东方，说："未必。太子殿下，您太高看他们了，不死鸟的力量不是一般术士能够控制得住的。从东宫的火势来看，不死鸟被你们饿了太久，又闻到了香料的味道，现在正在发狂，很快就会挣脱出来。"

白姬话音刚落，东宫上空有火焰腾起，一只金红色的火鸟飞上了碧蓝的天空。

火鸟的体态像是一只巨大的山鹰，身上覆盖着鲜红色的羽毛，而翅膀是金黄色的，华丽的尾羽上带着火焰，如同一只浴火的凤凰。

"不死鸟！"元曜惊呼。

不死鸟从东宫飞起，在半空中盘旋了一圈，被香料的味道吸引，扑向了上清观的八卦祭台。

不死鸟落在八卦祭台上。祭台上顿时火焰冲天，四周堆积如山的香料熊熊燃烧起来。一股巨大的火浪散开，火光冲天而起，禁卫军和道士们都急忙逃开了。

不死鸟在火焰之中飞快地吞食乳香。它的瞳孔漆黑如夜，其中有诡异的旋涡，旋涡之中有咒符涌动。

祭台上的破邪阵红光炽烈，幻化成一条条锁链，将不死鸟重重围困住。

不死鸟贪食乳香，并没有反抗，也没有逃离。

一阵热浪迎面袭来。

元曜发现不仅东宫那边冒红光，连上清观也开始燃烧起来。

"白姬，快灭火呀！"元曜惊呼。

白姬却盯着八卦祭台上的不死鸟。

"不急，再等一会儿。"

高公公一听，十分丧气，恨不得晕过去。

不死鸟飞来的时候，有四个人跟着不死鸟从东宫跑了出来。他们穿着黑色的连帽斗篷，十分慌张地跑到了上清观。

因为起火，上清观内外也乱成了一团。禁卫军和道士被火焰驱赶，惊慌逃窜。

这四个人在混乱之中进了上清观里，其中三个人朝李旦跑来，另一个人却不畏火焰，冲着祭台上的不死鸟跑去。

朝李旦跑来的三人分别是南安郡王李颖、安乐郡王李光顺、永安郡王李守义。而奔着不死鸟而去的那个人高鼻深目，皮肤黝黑，脸上布满了诡异的刺青，鼻子上戴着巨大的鼻环。此人是异邦的巫师。

巫师口中念念有词，四周的火焰便无法侵袭他的身体。他逆着火风一步一步朝着祭台走去，想要重新控制住不死鸟。

不死鸟不断地吞食着乳香，眼睛漆黑如墨，里面的旋涡飞快地旋转着，浑身迸发出滔天的烈焰。

巫师念着咒语，顶着烈火，走向不死鸟。

"原来是他把不死鸟带到中土的，那他得付出代价了。"白姬嘴角浮起一抹诡异的笑。

巫师踏上八卦祭台的一瞬间，咒术被某种更高深的法术破解，失去了本该有的效果。他防火的屏障仿佛被一瓢沸水浇化的冰雪，一瞬间就消失不见了。

"啊啊啊——"

火焰焚身，巫师发出了凄惨而痛苦的号叫。他在涅槃之火中逐渐蜷缩成一团，化作了黑色的焦炭。

巫师死后，不死鸟仿佛从囚笼之中脱困，获得了重生。它眼中的阴霾和旋涡消失了，眼睛恢复了琥珀一般明澈的金黄色。

不死鸟展开鲜艳的翅膀，盘旋在祭台上，吃着祭台周围的香料。

东宫和上清观的火焰越来越大，眼看就要控制不住了。

白姬低头，对肩膀上的商羊鸟说："天将大雨，商羊鼓舞。你去灭火吧！"

商羊鸟仿佛有灵性一般，展翅飞向天空。

商羊鸟随风而舞，迎风而长，体形渐大。它飞到苍穹之上，张开嘴巴，口中涌出甘霖，大雨倾盆而下。

如果此时从万象神宫之巅向东方望去，便可以看见一幕水与火交织的奇特的盛景。一只蓝绿色巨鸟盘旋在苍穹之上、白云之巅，下方大雨滂沱，甘霖如泉。

大雨落下，东宫的火焰逐渐被浇灭了，只有上清观的祭台上仍旧火光烛天。火焰之中，一只金红色的火鸟正在吞食香料。

雨鸟在上，火鸟在下。

蓝鸟飞天，红鸟伏地。

这水与火交织成的奇妙景色，令元曜惊叹不已。

高公公不再丧气，也吃惊地望着眼前的一切。

李旦沉默地望着祭台。

李颖、李光顺、李守义垂头丧气。看见巫师被烧死之后，他们仿佛斗败了的公鸡，又仿佛即将被宰杀的羔羊。

　　白姬说："太子殿下，神都突起妖火是你们四人的杰作吗？"

　　李旦还没开口，李颖急忙地说："这一切都是我做的！异国巫师是我找来的，太子殿下被蒙在鼓里，完全不知情。"

　　李旦叹了一口气，开口："算了，你不必替我开脱。我没有阻止你们，这件事情便等于是我做的。我现在想来，才发现一切都错得离谱。你们恨母皇陛下，恨她冷酷无情，嗜杀成性，可是在这件事情上，你们的所作所为跟她没什么区别。为了一己之私，为了夺回权势，你们不惜让神都陷入业火，不惜让百姓无辜惨死。她如果是修罗，你们便是恶鬼。对我来说，大唐和大周都是地狱，都差不多……我夹在你们中间，就像是身处无间地狱，每时每刻都在业火之中饱受煎熬。母亲把我当成她的傀儡，操纵我来构建她的帝国，而你们把我当成棋子，当成你们与她争斗、谋取权力的工具。谁关心过我的感受？谁又能体会我的处境？每个午夜梦回，我胆战心惊，彷徨无助，吓得像孩子一样哭泣，却没有人帮我……无所谓了，最近我常常梦见大哥、二哥，他们跟父皇在一起，在大明宫里饮宴歌舞，很快乐，还叫我也赶紧去呢！我也好想去……"

　　李旦一边哭，一边笑，突然冲向八卦祭台，似乎想要跃入火海之中。

第九章　化　虫

　　元曜手疾眼快，顾不得尊卑礼数，急忙纵身抱住了李旦，劝说："太子殿下，您千万不要冲动。"

　　被元曜拦住之后，李旦仿佛一瞬间失去了力气，也失去了投身于火海的勇气，瘫倒在地上，在雨中无声地流泪。

　　李颖、李光顺、李守义见大势已去、败局已成，垂头丧气、默然不语。

　　八卦祭台上，不死鸟吃足了香料，展开了金红色的翅膀，发出了一声嘹亮的长鸣。

　　红色火焰冲天而起，但是被蓝色的雨水压制，仿佛一块蓝宝石之中囚禁着的一点儿猩红。

浇灭东宫的火焰之后,商羊鸟降下的蓝雨便只限上清观的范围。

白姬冒着蓝雨走向八卦祭台,在火焰边停下了脚步。

不死鸟隔着水与火和白姬对视,清澈如琥珀的眼眸中映出白龙的幻影。

"你现在没有主人了。你就是我的了。"白姬笑眯眯地说。

不死鸟摇尾而起,浑身爆发出炽烈的火焰,仿佛一只浴火重生的凤凰。

不死鸟在火焰之中燃烧,一点点地被烧成了灰烬。

大雨滂沱,火焰逐渐熄灭,不死鸟的骨肉化作了劫灰。

火焰熄灭之后,天上的蓝雨也停了。

八卦祭台上一片凌乱,地上满是香料的残渣。

白姬走上去,低头在灰骸之中寻找,不多时,找到了她想要的东西——一只金红色的蠕虫。

白姬伸出手,金红色的蠕虫从灰骸里爬上她的手心。

白姬笑了笑,对着手心的蠕虫吹了一口气。

蠕虫蜷缩成一团,缓缓化作一个虫茧。虫茧逐渐僵化,变成灰白色,看起来像是一块小石头。

"你就先睡着吧。"白姬笑道。

不死鸟化虫之后,皇宫里的火焰彻底熄灭了。

苍穹之上的商羊鸟停止降雨,逐渐变小,飞回地面,停在了白姬的肩膀上。

白姬收起虫茧,离开八卦祭台,走回六角亭。她肩膀上的商羊鸟便飞回了松树上的画卷里。

白姬笑道:"高公公,事情已经解决了,神都从此不会再出现妖火了。"

高公公早就已经吩咐禁卫军看住了李旦、李颖、李光顺、李守义四人。高公公此时既高兴又忧愁,显得更丧了。

高公公高兴的是事情顺利解决,能交差了,忧愁的是这件事情牵扯到了皇嗣,去交差会很麻烦。武则天喜怒无常,措辞不当或运气不好的话,他也会获罪。

白姬甩了一下湿淋淋的衣袖,笑道:"这件差事真麻烦!我全身都湿透了,黏糊糊的,真难受。高公公,你能找个地方让我和轩之沐浴更衣吗?"

高公公说:"老奴吩咐宫人带你们去九州池吧。"

元曜好奇地问:"九州池在哪儿?"

高公公说:"九州池在后宫大内。"

元曜一惊,说:"后宫?小生是男子,去妃嫔居住的后宫沐浴不太妥当吧!"

高公公说:"哎哟,今时不同往日,现在是女帝临朝,后宫没有妃嫔。除了几个年迈的老太妃在吃斋念佛,后宫里各殿基本是空的,你没必要避忌。"

元曜点点头。

高公公一边吩咐宫人备下大凉步辇,带白姬、元曜去西大内九州池畔的温泉殿沐浴更衣,一边让禁卫军将李旦等四人软禁在东宫里,一边还得查看东宫和上清观的损坏情况。还算是幸运,虽然起了火,但是灭火及时,没有宫人伤亡,东宫只烧坏了一个偏殿,上清观仅烧坏了大门,都属于很小的损失。

高公公去向武则天禀报事情的经过,白姬、元曜乘着大凉步辇去往西大内。

白姬因为浑身湿漉漉的,而且白衣上沾染了火灰,有些脏黑,心情不好,便歪在步辇上,不愿意说话。

白姬抬头,看见元曜的脸上沾了一块炭灰,便忍不住拿衣袖去抹。

"轩之,你脸上有炭灰。我替你擦一下。"

白姬的衣袖上也有灰,不抹还好,这一抹便使得元曜脸上的炭灰更多了。

"多谢白姬。"

元曜看不见自己的脸,以为白姬替自己擦掉了灰,十分感激。

"轩之,你不必客气。"白姬心虚地说。

"白姬,这件事情真的解决了吗?"元曜问。

白姬说:"对我来说,这件事情已经解决了。可对武皇陛下来说,这件事只能算是开始,接下来的事情需要她自己去解决。"

"白姬,不死鸟自燃之后变成了一条虫,这又是怎么回事呢?"

白姬笑道:"这是不死鸟的生死轮回。虫生鸟,鸟生虫,这条虫在适当的时候又会化作不死鸟。"

"白姬,你打算将不死鸟的虫茧放在缥缈阁里吗?"

"当然,它可是被我抓住的。"

"那会不会有危险?万一它哪天突然变成了不死鸟,又喷出火来……"

"没关系。轩之,你不用担心,我会将它放在时间荒野里,很安全的。"

白姬笑眯眯地说。

元曜又说:"白姬,太子殿下太可怜了。"

白姬说:"大千世界,芸芸众生,谁不可怜呢?我也很可怜啊!轩之,你看,我全身湿漉漉的,白衣都变黑了。"

"小生也淋了一身雨。"

不多时,大凉步辇进入了西大内,来到了九州池畔的温泉殿。

白姬、元曜下了步辇,在宫女的带领下分别去沐浴了。

温泉殿内有不同规格的宫室,最奢华的龙池是帝王池,其他如牡丹池、芍药池、丹樨池等是皇后和妃嫔所用的。

元曜进入的莲花池是宫嫔沐浴的地方。

虽然莲花池是温泉殿中最普通的宫室,但是在元曜眼里已经非常奢侈华丽了。而且,他做梦也没想到,自己一个须眉男子竟然能在后宫妃嫔沐浴的地方沐浴。他总觉得这个行为不合礼数,有违圣人教诲,但是因为得到了帝王的应允,好像也没有违背什么。

元曜婉拒了宫女们的帮助,自己在温泉中沐浴。

在元曜沐浴的时候,宫女们已经将他换下来的衣服浣洗干净,并且在薰笼上烘干了。

元曜沐浴完毕,焚香更衣。他穿戴整齐地走出来时,发现高公公跪坐在大殿里,正垂头丧气地等待他和白姬。

白姬似乎还没有沐浴完毕,龙池殿中隐约传来了水花声和宫女们的笑声。

白姬为什么在帝王池中沐浴?这龙妖也太僭越了吧!元曜心中暗忖。

温泉殿的大殿三面通风,面朝九州池,此时天色已黑,华灯初上,元曜隐约能够看见对面的瑶光殿里灯火摇曳,衣香鬓影,似乎在开一场夜宴。凉风吹过九州池,传来了瑶光殿里的丝竹之声,听曲调像是西域胡人欢快的羌管之调。

"后生,你洗完了?"高公公问。

元曜走过去,跪坐下来。

"是的。劳高公公久候了。"

高公公说:"无妨,这是老奴的分内之事。对了,天已经黑了,恐夜行不便,武皇陛下留你们在宫中住一晚。待会儿,你们是去瑶光殿参加武皇陛下招待西域使节举办的夜宴,还是去宫室休息?"

元曜一愣,说:"小生也不知道,此事得问白姬。"

高公公说:"那我就再等会儿吧。"

元曜忍不住问:"高公公,太子殿下没事吧?"

高公公说:"李颖、李光顺、李守义三人已经被押赴天牢了。他们包藏祸心,意图谋反,死罪难逃。太子殿下被软禁在东宫里,武皇陛下还没有处置。咦,老奴和你说这些干什么?这不是你该操心的事!"

元曜心中百味杂陈,有些难过。他想起了李旦悲戚的面容,不由得在心中祈祷他能够平安。皇权争斗,一向残酷无情。玄武门无兄弟,太极宫无父子,大明宫里无姐妹,太初宫里无母子……这些天家的恩怨争端他不能理解,但好像又能明白。他无能为力,只希望野心勃勃的人不要再制造更多难以挽回的悲剧了。

高公公看见元曜丧气的样子,打心眼里喜欢他,说:"后生,你跟着白姬干这些左道旁门的营生,跟怪力乱神之物打交道,不仅危险,还没有什么前途,工钱也没有多少吧?"

元曜回答:"我的工钱确实不多,一个月才两吊钱。"

高公公挑了挑八字眉,说:"两吊钱?这也太少了。后生,你若跟着老奴在皇宫里听差,一天不止两吊钱。不瞒你说,老奴有时给达官显贵们行方便,私底下得的赏钱就是万贯。而且,宦官好歹也是官,有品衔,有月俸,也能光耀门楣。"

元曜一脸无奈,还没有开口拒绝,就听见白姬的声音传来。

"哟,高公公,你给谁行了方便,私底下赏钱就拿了万贯啊?我明天可要去问一问武皇陛下。"

元曜回头一看,只见白姬神清气爽地走了出来。

白姬穿着一袭高腰十字瑞花纹石榴红宫装,挽着一道翠蓝金泥五彩轻纱披帛,脚踏镶嵌宝石的黄金履。她梳着宫中流行的单刀髻,发髻上插着碧玉玲珑簪,还戴着一朵红色的牡丹花。她双耳上坠着明月珰,脖子上戴着珍珠璎珞圈,手腕上戴着七宝珊瑚镯,显得珠光宝气,光彩耀人。

白姬目如明珠,唇似红莲,脸上贴着艳丽的花钿,笑吟吟地朝元曜和高公公走来。

元曜看呆了。

"白姬,你怎么穿上宫装了?小生还是第一次见你穿不是白色的服饰。"

高公公却吓傻了。

"白姬大人,您听岔了。老奴勤勤恳恳,赤胆忠心,只效忠于武皇陛下,那万贯自然是武皇陛下给老奴的赏钱。"

白姬笑道:"我那白衣的衣裙上被火焰烧出了好几个洞,穿着实在不雅,就换了一身新衣。宫女们又给我梳了宫里流行的发型,化了神都时新的妆容。轩之,我好看吗?"

"你好……好看。"元曜脸一红,小声说。

白姬笑道:"我还是喜欢白色。对非人来说,穿跟本色接近的衣饰更有安全感,更舒心一些。"

"你穿……白色的衣裳也好看。"元曜红着脸,小声说。

白姬说:"沐浴之后,我肚子好饿,现在回缥缈阁,离奴恐怕没有准备我们的吃食。高公公,你带我和轩之去吃珍馐佳肴,万贯赏钱的事我就假装没听见。"

高公公说:"白姬大人,武皇陛下留您在宫中住一晚。这珍馐佳肴您是想去瑶光殿的夜宴上吃,还是在住的宫殿里吃?您打算住哪座宫殿?"

白姬环顾了一下九州池,目光停在了东北方向。

高公公循着白姬的目光望去,心中暗道不妙。

白姬指着矗立在月光中的天堂,说:"我今夜就住在天堂了。高公公,你让人把吃食端上去吧。对了,别忘了带上宫中的金谷酒。"

元曜汗颜,说:"白姬,蒙武皇陛下天恩浩荡,我们才能在皇宫中留宿一晚。正所谓客随主便,我们听从安排就行,自己挑住处不太合适吧!"

高公公搭腔:"这倒是无妨。白姬大人一向挑剔,而且并非一般的客人。再者,武皇陛下交代过,随她高兴,不可怠慢。只是天堂太高了,毕竟是武皇陛下念佛冥想的地方,陛下自己都很少上去。这上上下下地登楼伺候,老奴的双腿可受不了。"

白姬笑道:"高公公,你多走动一下,可以延年益寿。"

高公公丧气地说:"白姬大人,您别忽悠老奴了。您知道这世界上活得最久的是什么吗?"

白姬正在思考。

高公公已经给出了答案:"是乌龟。乌龟长寿,就在于它好静不好动,从来不多动。"

高公公说完,便起身在前面引路。

元曜见白姬还站着发呆,说:"白姬,你还愣着干什么?走吧!"

白姬回过神来,说:"不对,我刚才算了一下,我比玄武年纪大……高公公说得不对,比起乌龟,龙才是最长寿的呀!"

元曜无语。

此时高公公已经走到温泉殿外，正吩咐小太监们点灯笼，没有听见白姬的话。

第十章　尾　声

月明星稀。

天堂又名天之圣堂，是武则天修建的礼佛堂，是一座高耸入云、恢宏壮观的释迦塔。

天堂高约千尺，是整个洛阳城中最高的建筑，比不远处的万象神宫要高很多。天堂只有一座独塔，没有塔林之类的建筑群，所以看起来一枝独秀，唯我独尊。据说，建造天堂时，每天都有一万个工人来做苦力，从天南海北运来石料和木材，花费的钱财数以万亿计，内务府都差点儿为之耗竭。

天堂分为五级，人登上第三级后，就能够俯瞰万象神宫；到第五级时，整座洛阳城尽收眼底。天堂之中伫立着一尊高约九百尺的巨大的金佛像。佛像的鼻子大如千斛船，可以容纳十人并肩而坐。天堂的四壁上皆是彩色的绘画，庄严而绚烂。

天堂的顶层是武皇礼佛冥想的静室。静室之中，四面通达，西面摆着一尊玉佛像，地上铺着柔软的波斯绒毯，放着蒲团、香炉、木案，墙壁边的书架上堆着经卷，书架旁边有一方贵妃榻，看上去十分雅致。

高公公让人端来了精致的饭食。

白姬吃得很满足，元曜却激动得吃不下。

吃过晚饭之后，白姬一边喝着金谷酒，一边在书架边翻看佛经。

元曜则走到外面，站在栏杆边。夜风吹拂着他的头发。他伸出手，只觉得天风浩荡，手可摘星。

元曜低头望向下面，万象神宫就在脚下，月光映照在万象神宫顶部的琉璃瓦上，泛起一片金光。不远处是九州池，瑶光殿的夜宴还在继续，灯火闪闪烁烁，仿佛一片摇曳的莲灯。

白姬拿着一壶金谷酒，一边喝，一边走到了栏杆边。

元曜有些激动,手舞足蹈地说:"白姬,小生从未见过这么高的佛塔,也没见过这么壮观的景色。"

白姬说:"轩之,白玉京的景色比这里的景色壮阔奇美多了,也没见你激动成这样。"

元曜说:"神仙福地景色奇美壮阔是意料之中的事,而人间之景这般奇美,就让人觉得人力无极,凡人亦能通天,让人格外激动呀。"

白姬思考了一下,还是不明白人类的思维。

"轩之,你要喝一杯金谷酒吗?"

元曜说:"这里是佛堂,我们不能在这里饮酒。"

白姬笑眯眯地说:"没事的,佛祖估计睡着了,会睁一只眼,闭一只眼的。"

元曜说:"还是要有虔诚之心,不可欺瞒佛祖,小生就不喝了。对了,白姬,小生想下去观看佛像和壁画,刚才上来得太匆忙,没有看清楚。"

白姬笑道:"去吧。高公公在楼梯口,你去找他要灯烛。这座通天佛塔是木制结构,很容易着火,你最好让宫人跟着你,帮你掌灯,免得没有拿稳灯烛,把天堂烧了。"

"好。"元曜点头。

元曜兴奋地去找高公公,打算夜游天堂。

元曜离开之后,白姬便坐在栏杆上,愉快地自斟自饮,赏月观星。她双脚悬空,长裙飞舞,披帛与绶带在月光下舞出优美的弧度。

忽然,她身后传来了轻微的脚步声。

白姬问:"轩之,你这么快就看完佛像和壁画了?"

她身后的人没有回答。

白姬转过头,看清了来人,不由得笑了。

武则天头戴冠冕,穿着一袭绣着赤黄色大团花的常服,腰扣九环带,脚踏六合靴。她脸色潮红,有些微醺,似乎在夜宴上喝了不少酒,但是眼神仍旧明亮而冷厉,浑身带着睥睨天下的霸气。

白姬低头望了一眼瑶光殿,笑道:"夜宴还没结束,武皇陛下怎么有空登上天堂了?"

"夜宴上人多,太吵了,朕出来散散心。"

武则天走到栏杆边,望了一眼下面。千尺之下,黑不见底,她微微退了一步。

白姬笑道:"您害怕了?"

武则天冷冷一笑，说："朕怕什么！通往帝王之位的道路上充满艰难险阻，朕可是从白骨累累的无底深渊里一步一步走上来的。"

"一步一步走到了这个能与日月争辉的高处，陛下确实不容易。"白姬说。

"自古以来，皆是飞龙在天，朕偏要让凤鸣于天下。"

白姬说："所以，野心勃勃之人招来很像凤凰的不死鸟，不惜焚烧神都，残害百姓，让您失去民心。"

"最终，还是朕赢了。"

"您打算怎么处置这些谋逆之人？"

"全部处死！若不这么做，朕无法告慰在妖火中身亡的百姓。"

"那太子殿下呢？"

"留着。让他反省思过，也让他看一看苍天与神佛都是站在朕这边的，这天下是朕的。臣服，是他唯一的选择。"

星汉灿烂，人间的帝王意气风发。

白姬笑了，喝了一口金谷酒，遂将玉壶递给武则天。

"敬您的天下。"

武则天接过玉壶，仰头喝了一口金谷酒。

"平常在佛堂里朕是不喝酒的，但你敬的酒例外。"

"我无比荣幸。"

白姬坐在栏杆上，武则天站在栏杆边，两个人望着云出海外，星河长明。

白姬说："星辰掌管着尘世运转的轨迹，唯有站在高处才能解读其中的预言。"

武则天说："朕与你脚下的地方是帝国最高的位置了。"

白姬望了一眼邙山之巅，笑而不语。

武则天说："祀人，朕听说你想做邙山的千户侯。朕很好奇，明明邙山中什么也没有，荒凉得无法拿来做封地，你要它干什么？你想要封地的话，洛阳之南有沃野千里，城池无数，朕都可以赏赐给你。"

白姬喝了一口金谷酒，说："我经常出入邙山。邙山中有一些碍眼的家伙，一个个自称邙山之主。我每次去都要跟它们纠缠一番，实在头痛。"

"哦，你想把它们都杀了？"

"这倒是……没必要。"

"那你是想把它们从邙山中赶走？"

"这也没必要。"

"那你是想做它们的主人,压榨它们?"

"您说的和我想的有点儿接近了。"

"行!过几天,朕派人去邙山贴封诰的告示。"

"陛下,请派人多贴一些,最好贴上一百张,深山无人之处也要贴到,不然它们会假装没看见。"

"朕让人每隔十里贴一张。"

"多谢陛下。"

"祀人,你能不能把今天抓到的不死鸟送给朕?"

"这……不能。"

"那封诰的告示就只贴一张吧。"

"这……我可以送您圣人之治。等您年末在洛河祭天时,我让白泽①出现,给您献书,如何?"

"麒麟出云,白泽啸风。不只白泽,麒麟也得在云中出现,才能双兽祥瑞。"

"行。"

"今晚瑶光殿的夜宴会开一整夜,宴会上有异国使臣带来的歌舞团,还有一群控鹤监的美男子,深夜还会放绚丽多彩的烟火。你在这云端枯坐,多无趣呀,带上你的小书生,随朕一起去夜宴上寻欢吧!"

"好呀,那我们就随陛下一起去吧。"白姬一口饮尽金谷酒,笑眯眯地说。

一阵夜风吹过,天堂入云,星河灿烂,神都的仲夏夜繁华如梦。

---

① 白泽,中国古代神话中的神兽,是能令人逢凶化吉的吉祥之兽。白泽能说人话,上知天文地理,下知过去未来。当圣人治理天下时,白泽会奉书而至。

第一章　楔　子

明月初升，竹林摇曳。

洛阳城外，伊水之畔，一名醉醺醺的男子提着灯笼踽踽独行。

男子住在伊水下游的浮屠村，今天在城郊的胡姬酒肆与朋友们聚会，多喝了几杯，故而回家有些晚了。

男子摇摇晃晃地走着，因为很久没有喝过这么多酒了，感觉头有些晕，身体十分燥热。

男子站在一棵竹树边，打算歇一会儿再走。

此时已是白露时节，深夜严寒，从伊水之上吹来的凉风冷得有些刺骨。不过，他浑身像火炉一般，五脏六腑里仿佛有火焰在烧，不仅不觉得冷，反而还很热。

一阵寒风吹过，灯笼灭了。

男子从怀中掏出了火折子，打算重新点燃灯笼。

不知道为什么，男子忙活了半天，火折子也打不燃。

心烦意乱之时，男子闻到了一阵香味。这阵香味若有若无，十分好闻，仿佛旖旎的脂粉香，又像是芬芳的花草香，还仿佛寺庙里的香灰味，带着一种肃穆的庄严感。

男子正好奇这香味是从哪儿传来的。竹林深处，风移影动，仙乐飘飘，人影幢幢。

男子看见曼陀罗花飞舞，白鹤、孔雀、迦陵频伽等奇妙之鸟飞出，一队宝相华丽的佛陀缓缓地走出竹林，吟唱着庄严的佛经。佛陀们穿着檀金色的法衣，身后的圆光光华耀夜，如三千大千世界。

男子惊得张大了嘴。

各色花瓣从天空中纷纷坠落，众佛陀走下了伊水，站在水中央。水中顿时佛光普照，七色妙莲盛开。

佛陀说："极乐众生，思衣得衣，思食得食，一切自然俱足。无贪，无嗔，无痴愚。一切众生，恒闻妙法，是为极乐世界。"

男子本就信佛，今夜看见佛陀显灵，便觉得是自己的佛缘到了，鬼使神差地跟着佛陀走下了伊水。

男子站在水中。一名佛陀走了过来，捧给他一件光华灿烂的法衣。

男子便脱掉衣服，站在水中。又有两名佛陀掬起伊水，替他濯身。

男子本来身体燥热，心神不宁，此刻却觉得清凉了许多，浑身说不出的舒服，甚至有些飘飘欲仙。

佛陀们在身边低唱，曼陀罗花漫天飞舞，四周妙莲盛开，男子露出了幸福的微笑，整个人如同回到了极乐世界。

胡十三郎走在伊水之畔，赶往洛阳城。

胡十三郎嘴里咬着一个竹篮，竹篮里放着几个乌木药盒。胡十三郎的姑姑心月狐夫人住在洛阳，在鬼市经营一家乐坊，最近生病了。胡十三郎奉父亲之命去洛阳探望姑姑，竹篮里放的是老狐王送给义妹的珍贵的丹药。

胡十三郎白天走岔了路，错过了投宿的地方，深夜还在伊水边赶路。

胡十三郎一边走，一边考虑着探望完姑姑后顺便去缥缈阁一趟。胡十三郎好久没见过那只黑猫了，总想着要去跟黑猫吵一架，看看黑猫有没有精神，自己心中才踏实。而且，胡十三郎最近新学了几道胡人的菜肴，可以做给白姬和元公子吃。

忽然，胡十三郎远远地看见伊水中有一个人。

深秋时节，夜风寒凉，河水冰冷刺骨，那人却赤裸裸地跪坐在水中。

胡十三郎心中好奇：那人在干什么？他不冷吗？

胡十三郎朝河畔走去，走得近了，看清那人后，顿时吓得魂飞魄散。

那是一名男子。

他跪坐在伊水中，衣服扔在河边。他魂不守舍，神思恍惚，手里拿着一把匕首，不停地在自己的身上划。

男子的鲜血浸染了周围的河水，仿佛开出了无数红色的莲花。

男子的表情非常诡异。他陶醉地微笑着，一点儿也不痛苦，反而十分快乐。

"极乐众生，思衣得衣，思食得食，一切自然俱足。无贪，无嗔，无痴愚。一切众生，恒闻妙法，是为极乐世界。"男子喃喃地念着。

胡十三郎觉得男子是被妖物迷惑了，可是胡十三郎四处张望并没有察觉到任何妖气。周围除了自己，没有任何妖物。

胡十三郎急忙放下竹篮，走入水中，想去救男子。

可惜，等靠近时，胡十三郎发现男子已经五脏俱裂，鲜血流尽，轰然倒在了水中。他一半脸在水上，另一半脸在水下，嘴角凝固着一抹诡异的微笑，仿佛身处极乐世界中。

小狐狸胡十三郎站在血泊中，不知道是因为河水太冷，还是因为心中恐惧，浑身瑟瑟发抖。

第二章　风　尚

时间无始无终。

空间无边无际。

世界无穷无尽。

恍恍惚惚之中，元曜来到了一片极乐净土，眼前所见皆是一座座宝殿精舍，有七宝池，八功德水充斥其中。鲜花盛开，金沙布地，许多佛陀坐在大如车轮的莲花之上念佛布道。

天花乱坠，梵音声声，许多善男信女正在虔诚地聆听。

如是我闻，妙音入耳，令人灵台清明，心情宁静。

元曜游走在极乐净土之中，十分快乐。他走着走着，忽然感觉到地动山摇，眼前起了一阵骚动。

一条发狂的白龙突然从七宝池中腾空而起。

白龙巨大，身体如灵蛇一般覆盖着光澈如琉璃的鳞甲。白龙的犄角如珊瑚，利爪如镰刀，须鬣如枪戟，威猛而美丽。

白龙身上遍布金色与冰蓝色交织的火焰，瞳孔里泛着妖异的红色。

白龙发狂地咆哮着，一阵灼热的飓风卷地而过。白龙张开巨口，吞食了一些普法的佛陀。

元曜大吃一惊。

善男信女们四散奔逃。

白龙吞食了一些佛陀后，七宝池中的清水变成了妖红色。

白龙盘踞在莲花之上，妖瞳如血，獠牙森寒。白龙倨傲地说："从现在开始，我与佛祖平起平坐。"

元曜心中恐惧，大声惊呼："白姬，不要啊——"

白龙听见了元曜的喊叫，再次张开血盆大口，朝他扑了过来，一口将他吞下。

"白姬，救命——"

元曜一下子惊醒了。

元曜睁开眼睛，发现自己躺在缥缈阁后院的菩提树下。

秋日午后的阳光透过菩提树叶，洒下了一片金绿色的光影，晶莹闪亮，仿佛琉璃一般。

"轩之，你没事吧？你做噩梦啦？"白姬一边咀嚼着玫瑰乳酥，一边凑过来关切地问。

黑猫正蹲在一个草蒲团上，也在吃玫瑰乳酥。黑猫一边咳出喉咙里的玫瑰乳酥，一边怒骂："死书呆子！大白天的，你做什么噩梦！你喊这一嗓子，把正吃乳酥的爷吓得都呛着了。喀喀喀——"

元曜这才想起来。

午饭过后，秋阳明媚，白姬闲来无事便坐在菩提树下读佛经，他在旁边晒太阳，观赏莲池。因为阳光温暖，秋风和煦，他不知不觉睡着了，然后就做了刚才的噩梦。

"离奴老弟，你没事吧？"

元曜歉然，急忙去拍黑猫的背，给黑猫喂茶水。

"我差一点儿就呛死了。"黑猫没好气地说。

白姬一边吃玫瑰乳酥，一边笑道："轩之，你刚才做了什么噩梦？你为什么在梦中喊我的名字？"

元曜便把刚才没头没尾的噩梦说了一遍。

白姬笑道："好好的极乐世界，却被你梦成这样……不过，你梦中的我还是不太像我。"

"当然不像你，毕竟只是梦而已。白姬，你一向心善敬佛，是不会做出吞食佛陀、想与佛祖平起平坐这么可怕的事情的。"元曜说。

白姬笑道："我的意思是，和佛祖平起平坐太无趣了，不像我做事的风格。唯我独尊才有意思呀。"

元曜汗颜，说："白姬，请对佛祖心存敬畏，而且要注意自己的言行，多行善事。小生会替你多念几句阿弥陀佛的。"

白姬听得头痛，无奈地咬了一口玫瑰乳酥。

黑猫突然竖起耳朵，说："主人，有客人来了。我听到了脚步声，有些耳熟。"

白姬说："轩之，你去看一看。"

"好。"元曜当即起身。

难得有客人上门，元曜快步离开了后院，去大厅接待。

大厅中，一名年轻英俊的华服公子正站在大门口。他一只脚跨进了缥缈阁里，另一只脚留在外面，看上去既像是要进来，又像是要出去。

元曜一看，笑道："丹阳，好久不见呀！"

韦彦看见元曜，另一只脚才跨进了缥缈阁里。

"轩之，刚才恍惚之间，我还以为回到了长安。正在纳闷，就看见了你，这下我就放心了。"

之前元曜他们在长安时，韦彦在举家搬迁来洛阳前去缥缈阁跟他们挥泪告别。因为他要随父亲来洛阳任职，很难有时间回长安，见元曜也就不方便了。当时白姬说不用告别，要把缥缈阁也搬来洛阳，让韦彦有空去南市寻找。以他的命格，很容易就能找到缥缈阁。没事的时候，他可以像在长安一样常来缥缈阁走动。

元曜一边招呼韦彦去里间坐，一边说："丹阳，好久没见你了，小生还以为你不来缥缈阁了。"

韦彦笑道："我来洛阳之后就奉命去江州办事了，前些日子才回来。刚交完差，闲下来了，我就来南市找缥缈阁了。"

元曜笑道："丹阳，你现在住在哪里？等有空了，小生去拜访你。"

韦彦说："尚善坊。你进坊里一打听韦府就知道了。"

元曜说："那儿离皇宫很近呀！"

韦彦笑道："是的。我们一家人住在尚善坊，方便父亲大人每日出入宫。"

元曜和韦彦亲亲热热地走进里间。

韦彦倒是不见外，欣赏了一番里间的布局陈设，透过轩窗看见白姬和离奴坐在后院的菩提树下吃东西，便招手询问："白姬，你在吃什么？"

白姬转头，看见了韦彦，笑道："是韦公子呀，好久不见。我在吃七巧斋刚烤出来的玫瑰乳酥。"

韦彦垂涎欲滴，说："七巧斋的牛乳玫瑰酥可是全神都最好吃的酥糕，大家都排队抢着买。我家仆人去晚了，都买不着。"

白姬笑道:"韦公子,过来吃一些吧!"

"好呀!"韦彦开心地往后院走去。

自从到了洛阳之后,白姬吃点心就方便多了。只要她想吃七巧斋的点心,都不必劳烦元曜出门去买了。七巧斋的店主巧娘是一只彩雀妖,带着一群鸟儿在洛阳北市开了七巧斋,做各种美味的花式点心。因为鸟儿们心灵手巧,做出的点心很受贵妇们欢迎,所以七巧斋生意兴隆,在神都中很有名气。白姬想吃七巧斋的点心时,元曜去北市排队没买到,她就会让纸鹤带着字条飞去七巧斋,字条上写着点心的名字。不多时,就会有几只彩雀叼着一篮子鲜花点心送到缥缈阁。

白姬、韦彦坐在菩提树下,一边吃玫瑰乳酥,一边闲聊。

元曜见茶水不多了,又去泡了一壶韦彦喜欢的阳羡茶。

离奴吃饱喝足之后,蜷缩在蒲团上,睡着了。

白姬笑道:"韦公子,你今天不买一些宝物吗?这神都的缥缈阁比长安的缥缈阁有更多的诡异的东西呢!"

韦彦咬了一口玫瑰乳酥,说:"我来都来了,不买一点儿东西,也说不过去。白姬,你这里有能让人飘飘欲仙的宝物吗?"

白姬一愣,说:"我没听错吧?韦公子,你说你想要什么宝物?"

韦彦说:"我想要……能让人飘飘欲仙的宝物。"

白姬说:"韦公子,你不是一向喜欢诡异的宝物吗?怎么现在改了喜好?"

韦彦笑道:"白姬,我其实还是喜欢诡异的物件,毕竟对我来说恐怖才是快乐之源。不过最近,裴先,就是那个倾慕你的裴先,生日快到了。他好歹是我的表哥,我得送他一份礼物。听说最近神都里刮起了一阵极乐之风,所以我就想送裴先与流行风尚相关的礼物。毕竟若给他送人骨杯,或者巫蛊环佩,或者食尸蜥蜴,他会揍我的。"

白姬有些疑惑地问:"韦公子,什么叫极乐之风?我最近很少出门,也很少参加宴会,不太清楚如今坊间流行的风尚。"

元曜想了想,说:"是不是指学佛?毕竟去往极乐世界是佛家的追求。"

韦彦摇头,说:"不是学佛。轩之,大家虽然向往佛家的极乐世界,但活得好好的,没人想去。"

元曜挠头,问:"那极乐之风是指什么?"

韦彦神秘一笑,说:"所谓极乐之风,就是让人体验到极致的快乐。最近神都流行的风尚是大家都在追求快乐,彻夜宴饮欢歌,纵情声色犬马……"

白姬笑了，说："追求美酒欢歌、声色犬马不是贵族们一直在做的事情吗？这些可不是最近才兴起的风尚呀！"

韦彦说："我话还没说完呢。彻夜宴饮欢歌、纵情声色犬马只是人初级的快乐。坊间有人在秘密售卖一种极乐散，能让吃下的人烦恼顿消，快乐无比。不过，一个人如果没有门路的话，极乐散很难买到，千金难求。"

白姬神色逐渐凝重起来，问："这极乐散是谁在卖？"

韦彦摇头，说："不知道。我只听说有人卖，但不知道怎么买。如果买得到的话，我也想买来试一试。"

白姬说："韦公子，我劝你最好不要试。万事皆有代价，能让人得到极乐体验的东西很贵。这种贵跟金钱无关，金钱太廉价了，付不起极乐的代价。人们想要体验极乐，是要以生命为代价的。"

韦彦冷汗直冒地说："这……其实我对极乐没什么兴趣，更喜欢恐怖的东西。对了，我话还没说完。极乐散还不是最让人快乐的，坊间传言，最让人快乐的是参加极乐之宴。极乐之宴非常神秘，听说是妖鬼举办的。只有有缘人才能得到邀请，参加极乐之宴。无缘之人是不知道怎么去参加极乐之宴的。这一点跟缥缈阁的做派很像呀。据说，有人悬赏万贯钱财买极乐之宴的入场券，都不得门路。"

白姬陷入沉思。

元曜问："丹阳，这极乐之宴是干什么的啊？听起来怪怪的。它真的是妖鬼举办的宴会吗？"

韦彦说："我没去过，不清楚。听去过极乐之宴的人说，极乐之宴上会传阅一本极乐书。宾客们打开了极乐书，才能抵达极乐之源。"

白姬笑了，说："极乐书？真巧，那是我卖出去的。"

第三章　四　市

元曜好奇地问："白姬，极乐书是什么？"

白姬神色有些不自然，喝了一口阳羡茶，含糊其词地说："所谓极乐书，当然是能让人获得极乐体验的书。喀喀喀，韦公子，我对极乐散和极乐之宴很感兴趣，你知道更具体的情况吗？"

韦彦笑道："白姬，你刚才不是还劝我不要尝试极乐散吗？一转眼的工夫，你怎么就对它感兴趣了？"

白姬神秘一笑，说："因为我对极乐书感兴趣。"

韦彦说："极乐散我不是很清楚，不过我知道极乐之宴……与鬼市有关。"

白姬嘴角勾起一抹笑。

元曜问："丹阳，鬼市是什么？"

韦彦说："轩之，神都中有四个集市……"

元曜打断韦彦，说："不对。丹阳，神都中只有三市，那就是南市、北市和西市。"

韦彦笑道："轩之，东南西北，四方俱全，既然有南市、西市、北市，你就不好奇为什么神都没有东市吗？"

元曜好奇地问："为什么呀？"

韦彦还没回答，白姬已经笑道："轩之，神都是有东市的，只不过很少有人知道，也很少有人去过。东市又称鬼市，位于邙山之下，往来的商客皆是非人，交易的东西是人间没有的奇物，交易的方式不是以钱易物，而是以物易物。

"很久以前，鬼市刚开市的时候，是欢迎人类去的。那时，人类可以自由出入鬼市。但是人类心思难测，心性易变，经常不守信用，把买卖做成一笔笔非人收不回本的烂账。久而久之，非人吃了很多亏，就谢绝人类踏入鬼市了。在某些时期，人与非人的矛盾比较尖锐。误闯入鬼市的人类会被夺走性命，曝尸荒野。在人类口中，鬼市便逐渐成为不能提及的恐怖禁地。不过，自魏晋开始，世风日下，非人们开始沉迷于金银，虽然明文上还是禁止人类进入鬼市，但是对于一些法力深厚的人进入鬼市售卖人类的魂魄或躯壳，非人们总会睁一只眼，闭一只眼。到了如今，这个规定就更宽松了。对了，现在在鬼市做交易已经可以用金银了。"

韦彦惊奇地说："白姬，你对鬼市的了解居然比我知道的还多。"

白姬笑道："嘻嘻，我是商人嘛，在市集中讨生活，自然要对市集多了解一些呀。"

韦彦说："你知道鬼市，那就好办了。据说，极乐之宴的入场券在鬼市之中可以买到。"

白姬问:"鬼市那么大,商户也很多,我该找谁买极乐之宴的入场券?"

韦彦说:"心月狐夫人。"

白姬听到这个名字,神色又凝重起来。

韦彦搓了搓手,问:"白姬,你有办法去鬼市吗?我一直对鬼市很感兴趣,非常想去逛一逛,总觉得鬼市里卖的东西都是我喜欢的。"

白姬说:"韦公子,你不要去鬼市,最好打消独自去邙山下找鬼市的念头。虽然现在非人对人类踏入鬼市是睁一只眼,闭一只眼的,甚至还有一些异国巫师隐居在鬼市之中做一些见不得人的巫蛊营生,但是出入鬼市的人类只限于法力高深的方士、道士、巫师。普通的人类进入鬼市,运气不好的话,遇见因循守旧、憎恶人类的非人,还是会曝尸荒野的。"

韦彦闻言,心中害怕,不过还是很向往鬼市,想去看看。

韦彦哀求:"白姬,你可以陪我去鬼市逛一逛吗?有你在,我就死不了。"

"这倒是可以。"白姬一转眼珠,笑道,"不过,我是生意人,时间很宝贵,不能白陪你去逛鬼市。你让轩之陪你去逛鬼市,一次十两银子。你若让我陪你去逛鬼市,比轩之要贵一些,一次十两金子。韦公子,我们是老朋友了,不能让你吃亏。你若让我陪你去逛鬼市,我就白送你一次轩之陪逛鬼市的机会,不收你银子,如何?"

韦彦寻思了一下,说:"十两金子?这也太贵了!白姬,若给你十两金子,我在鬼市就买不了多少东西了。"

元曜苦着脸,说:"白姬,小生对鬼市不感兴趣,一点儿也不想去。你们俩去逛就是了,为什么要白白搭上小生?"

白姬笑道:"反正你闲着也是闲着呀。"

韦彦盘算了一番,说:"这样吧。白姬,我给你十两金子,你带我去见识一下鬼市,一定要把我活着带出来。另外,你再送我三次轩之陪逛鬼市的机会。"

白姬笑眯眯地说:"成交!"

元曜欲哭无泪:"小生不想去鬼市!"

韦彦兴奋地说:"白姬,我们什么时候去鬼市?我们今天就去,怎么样?"

白姬说:"我们今天去不了。鬼市并不是每天都开市的。每逢三、六、九日,黄昏时,鬼市才开。我掐指一算,明天正好逢九,鬼市会开。明天傍晚，在城门关闭之前，我们在上东门外见。"

韦彦搓手说："去逛鬼市，我要带些什么吗？"

白姬促狭一笑，说："你去逛鬼市主要是买东西，当然必须带钱财。如果你嫌累赘，不带也没关系，反正交易过后，即使你逃到天涯海角，也会有非人上门讨债。"

韦彦、元曜听了，有些不寒而栗。

白姬、元曜、韦彦继续闲聊，消磨着秋日悠闲的午后时光。

韦彦临走前，在白姬推荐的一些与极乐有关的宝物之中，买下了一个桫椤木雕刻的极乐世界里一些佛陀讲经用的盒子，打算送给裴先当生日礼物。因为比起玉如意、黄金扇、宝石匕首，这个木盒子比较便宜。突然加了去鬼市的行程，他给裴先买礼物的预算就不充裕了。

韦彦离开之后，白姬跪坐在里间的青玉案边，不知道在想什么。

元曜将青玉案上的玉如意、黄金扇、宝石匕首等韦彦没有挑中的宝物收起来，打算放到多宝槅上去。

白姬说："轩之，我觉得很奇怪。"

元曜问："你觉得什么东西奇怪？"

白姬说："我卖出的极乐书很奇怪。"

元曜没好气地说："白姬，你卖出的东西就没有正常过，没什么好奇怪的。"

白姬说："轩之，你有所不知，我刚才也没跟韦公子说实话。严格来说，极乐书不是我卖出去的，而是我在鬼市跟人以物易物时交换出去的。最重要的是，我拿来以物易物的极乐书很普通，不可能让人一打开就能看见极乐世界。"

"为什么？"

白姬以袖掩面，有些不好意思："因为它是假的，只是一幅空白的卷轴而已。"

元曜大惊："你竟然拿一幅空白的卷轴去鬼市忽悠非人？！"

白姬眨了眨眼，笑道："极乐这种事情本就自由心证，毕竟每个人的极乐体验不一样，甲之蜜糖，乙之砒霜。一幅空白的卷轴，让观看者自己参悟，才能代表世间所有的极乐呀。"

元曜深知白姬能说会道，自己根本说不过她，便沉默了。

白姬又说："假的极乐书不应该有这么神奇的力量。"

元曜想了想，说："也许，刚才丹阳所说的极乐之宴上的极乐书并不是你卖出的空白卷轴。小生总觉得极乐散、极乐宴,还有什么极乐之风,都怪怪的。"

"你说得有道理。极乐之宴上的极乐书不一定是我卖出去的空白卷轴。"白姬又琢磨了一会儿,说,"可我总觉得此事很离奇,还是找人打听一下吧。"

"你想找谁打听?"元曜问。

"既然极乐之风是坊间流行的风尚,那我自然要找这神都之中最懂得时尚、一直引领时尚的人打听呀。"

"谁?"

"太平公主。"

"哦。"元曜恍然。

白姬翻出了花笺,滴水研墨,提笔写了一封信,让飞鸟带走了。

狼毫上还有墨汁,白姬又提笔在花笺上写下了"极乐"两个字。

元曜坐在白姬对面,看着白姬写字,又看见窗外后院的厨房上空升起了袅袅炊烟,空气中隐隐飘浮着烤鱼的香味——那是离奴在生火做晚饭。

元曜感觉十分快乐。如果世间真有极乐世界,那此时此刻,此情此景,就是他的极乐净土。

"白姬,极乐世界在哪里?"

白姬笑道:"按照佛家的说法,人间叫娑婆世界,离娑婆世界十万亿佛土之遥处就是极乐世界。"

元曜有点儿蒙,说:"听起来很神奇,极乐世界应该是一个很遥远的地方。"

白姬笑道:"极乐世界跟人间的桃花源一样,也是很多人心中向往的地方呢。"

"白姬在吗?元公子在吗?"

忽然,一个怯生生的声音在大厅中响起。

这声音十分耳熟,元曜和白姬都听出来了。

元曜急忙起身,走了出去。

大厅中,一只小红狐狸礼貌地蹲着。小红狐狸的面前放着一个三层食盒,食盒里隐隐飘出诱人的食物香味。

元曜大喜:"十三郎,好久不见了。"

"元公子,好久不见。"小红狐狸打量了一眼四周,笑道,"洛阳的缥缈阁还是老样子,没有什么变化。某是来看望白姬和元公子的。这是某做的几道适合在秋日吃的菜肴。因为不想跟那只臭黑猫抢厨房，某在姑姑家做好了才拿来的。请白姬和元公子尝一尝。"

元曜提起食盒，笑道："十三郎太客气了，快进来坐吧。"

小红狐狸起身，跟着元曜走进了里间。

里间中，一只黑猫气鼓鼓地蹲在轩窗外。

白姬侧坐在轩窗边，一边把手探出窗外抓着黑猫，一边对黑猫训话。

"离奴，十三郎是客人，你不许无礼！"

"主人，那狐狸来就来，为什么要带吃的？它分明是讥讽离奴的厨艺不行。"

小红狐狸一听，说："黑猫，某没有讥讽你，你的厨艺本来就不行。"

离奴一听，火冒三丈。

"爷的厨艺全神都第二，怎么就不行了？"

元曜有些好奇，忍不住问："谁的厨艺是第一？"

离奴没好气地说："鼠楼的那些老鼠。"

小红狐狸一听，笑道："某四处学做新颖的菜肴，偶尔会去鼠楼，与鼠楼的厨师们切磋厨艺。鼠楼的厨师们做的很多新式菜肴都是某教给它们的。徐掌柜一直想聘请某去管理它的厨房，不过某没有时间就婉拒了。黑猫，如果你认为鼠楼的厨师们的厨艺是第一，那某就是鼠楼的厨师们的师父，比你强多了。"

离奴有些尴尬，垂下了耳朵，但还是不服气，还想再争辩一番。

白姬翕动鼻翼，嗅了嗅，问："什么味道？是不是什么东西烧煳了？"

元曜也闻到了一股肉类烧煳的焦味。

离奴闻了闻，突然一跃而起，一溜烟飞奔向厨房。

"我忘记了，忘记了，火炉上还烤着鱼呢！爷的大草鱼烤煳了，啊啊啊——"

第四章　夜宴（上）

夕阳西下，草木染金辉。

一张花梨木案放在后院的回廊中，木案上摆着胡十三郎带来的精美食物——一盘同心生结脯、一盘八宝葫芦鸡、一盘天竺饆饠、一盘花折鹅糕。木案的角落里，放着一条烤得焦煳的草鱼。

白姬、元曜、离奴、胡十三郎跪坐在木案边吃晚饭。

元曜吃了一口八宝葫芦鸡，觉得胡十三郎似乎改良了调味汁，葫芦鸡的味道比以前更有层次、更丰富，让人回味无穷。

白姬津津有味地吃着花折鹅糕。

元曜忍不住说："白姬，你最好饭后再吃糕点。你先吃糕点，就吃不下饭了。"

"哦。"白姬不高兴地说。

胡十三郎说："白姬、元公子，你们一定要尝一下这天竺饆饠。这是某新学的菜肴，里面的羊肉加了天竺黑盐、白胡椒、番红花、肉豆蔻、阿月浑子，今天的天竺饆饠与市面上卖的羊肉饆饠口味截然不同。"

白姬、元曜一听，急忙拿了一个天竺饆饠吃了起来。

元曜咬了一口天竺饆饠，皮薄松脆，肉汁鲜美，确实与市面上卖的羊肉饆饠不一样。它的肉汁中带着奇异的香料味道，口感独特。他吃第一口时有些不习惯，但多吃了两口之后就觉得十分美味。

白姬、元曜赞不绝口。

元曜赞道："十三郎，这些普通的食物经过你改良之后，变得格外美味了。"

白姬笑道："十三郎，你很有做厨师的天赋呀！"

离奴倔强地吃着自己烤煳的鱼，说："哼，有什么了不起的！爷也会做，就是懒得做而已。"

胡十三郎夹了一个粉红色同心生结脯放到离奴的碗里，说："一般的同心生结脯都是用羊肉或猪肉切条做的。你喜欢吃鱼，某特意改用了鱼肉。为了去掉生鱼的腥味，某在鱼肉上刷了一层薄薄的胡荽子油，还撒了一点儿郁金香粉，使得鱼肉变成了晶莹剔透的粉红色，而且口感格外细嫩。黑猫，你尝尝看。"

离奴勉为其难地吃了一口，鱼肉条入口之后，眼里忍不住放光。

胡十三郎问："黑猫，好吃吗？"

离奴默默地将烤煳的草鱼端起来放在了地上，又夹了一块同心生结脯，一边狼吞虎咽，一边嫌弃地说："这玩意儿马马虎虎，我凑合着吃吧。"

白姬问："十三郎，你怎么有空来洛阳？"

胡十三郎吃了一口八宝葫芦鸡，说："某是奉父亲大人之命来洛阳探望姑姑的。"

白姬问："心月狐夫人病了？"

胡十三郎有些担忧地说："是的，姑姑生病了。"

白姬关切地问："她没事吧？"

胡十三郎说："父亲大人说姑姑可能还是多年来的心病。不过，某过来一看，发现姑姑不只是心病，身体也病了。她瘦了许多，看起来没什么气色，而且心事重重，仿佛一个失了魂的空壳。"

元曜问："心月狐夫人看过大夫了吗？大夫怎么说？"

胡十三郎说："看过了。大夫说姑姑是思虑过度引发了心疾，导致身体衰竭。大夫劝某的姑姑要少思虑，多静养。"

白姬说："明天晚上我正好要去鬼市，就去心月楼探望一下心月狐夫人吧。"

胡十三郎高兴地说："太好了！白姬，你去探望姑姑，她一定会很开心。"

白姬笑道："我也正好有事想问心月狐夫人呢。"

元曜有些好奇地问："心月狐夫人是什么人？"

白姬、胡十三郎还没回答，离奴一边吃同心生结脯，一边道："书呆子，爷劝你离这心月狐夫人八丈远，因为心月狐夫人最恨你这样的书呆子。心月狐夫人年轻时爱上了一个读书人，爱得死去活来，陪着那个读书人从一贫如洗到功成名就。那个词叫什么来着，对了，倒贴。心月狐夫人连狐的内丹都倒贴出去了，最后还是被抛弃了。心月狐夫人就得了心病，时不时发作一下。从那之后，心月狐夫人看见读书人就去勾引，玩腻了就吃掉。你这样的书呆子，就是心月狐夫人的猎物。"

元曜惊了惊。

胡十三郎沉默了一会儿，说："元公子，你不要听黑猫胡说八道。某姑姑自从在鬼市开了心月楼之后，已经从旧事中走出来了。某姑姑一心经营乐坊，很少再报复人类了。"

白姬也说："离奴说的都是一些陈年往事罢了。心月狐夫人对那个男子一往情深，却痴心错付，这也是很常见的事情。"

元曜不知道该说什么，只是点点头。他觉得心月狐夫人的过往听起来有些可怜，但心月狐夫人无差别地报复人类、杀害人类，又有些过分。

一时间，大家陷入沉默，气氛有些尴尬。

为了打破尴尬，胡十三郎说："对了，前几天，某刚到洛阳时遇见了一件诡异可怕的事情。"

白姬问："你遇见了什么？"

胡十三郎脸上露出了一丝恐惧，说："某深夜沿着伊水赶路，看见一个人一丝不挂地跪坐在水里，一边拿匕首划自己的肚子，一边念着'极乐众生，思衣得衣，思食得食，一切自然俱足。无贪，无嗔，无痴愚。一切众生，恒闻妙法，是为极乐世界'。等某走近一看，发现他已经死了，死状很惨，脸上却露出了快乐的笑容。某吓得差点儿晕过去，急忙就跑了。"

元曜一惊，说："这也太可怕了吧！"

白姬若有所思地说："又是极乐世界呀！……"

离奴说："听起来像是妖怪在猎食！那妖怪吃相未免也太难看了。"

胡十三郎揉脸，说："某觉得不是妖怪在猎食，因为周围没有一丝妖气。某惦记这件事情，后来又回去打听了，死的是浮屠村的一个村民。某偷听了不良人的谈话，听到不良人说那个村民的死因是极乐散服用过量。坊间有好几起类似的自杀事件，都跟极乐散有关。白姬，极乐散是什么？"

白姬放下碗筷，说："极乐散是能让人快乐的可怕的东西。"

胡十三郎十分疑惑："能让人快乐的东西，为什么会可怕呢？"

白姬轻轻地说："因为快乐是有代价的。"

胡十三郎似懂非懂。

吃过晚饭之后，胡十三郎就礼貌地告辞了。

白姬见天色已晚，赶路不便，便挽留胡十三郎住一晚再走。可胡十三郎觉得自己彻夜不归，姑姑会担心，谢过了白姬的好意，就踏着月色离去了。

白姬站在草地上，望着宛如一把玉梳的上玄月，陷入沉思。

离奴一边哼着小曲儿，一边在厨房里刷锅洗碗。

元曜关好店门，在里间之中点上了铜雀九枝灯。

元曜望向窗外，看见白姬穿着一袭胜雪的白衣站在草丛中。一阵秋风吹过，白姬挽着的月光色鲛绡披帛飞扬，给草木染上了一层梦幻般的白霜。

一只纸鹤在夜色中飞来。

白姬伸出手。纸鹤在秋风中盘旋了一圈，最后停在她的指尖上。

白姬打开纸鹤。

原来，是一封信。

白姬读完了信，嘴角扬起一抹笑。

她侧过头，笑道："轩之，今晚月色很美，我们出去走走吧！"

元曜说："好呀！"

离奴正好收拾完厨房，经过白姬身边，说："主人，离奴今天晚饭吃得太多，感觉有些积食，得运动一下，想跟你们一起去。"

白姬笑道："你也去？那我们就不用召唤天马了。"

"主人，我们去哪儿？"

"明义坊，太平公主府。"

于是，离奴幻化成一只猛虎大小的九尾猫妖，驮着白姬、元曜离开了缥缈阁，穿街跨坊，去往明义坊。

月光下，城坊中，九尾猫妖在寂静无人的街道上奔跑。

元曜忍不住问："白姬，咱们为什么要深夜拜访太平公主？这样会不会有些失礼？"

白姬笑道："太平公主今夜开极乐宴，如果我们明天白天去，宴会就散场了。"

"白姬，刚才的纸鹤是太平公主来的信吗？"

"是的。"

"信里写了什么？"

"信里写她有极乐散，而且今晚她府中有一场极乐宴。"

"那是丹阳所说的极乐宴吗？"

白姬沉吟，说："也许是吧。我们去看一看就知道是不是了。其实，我比较感兴趣的是极乐书。"

不多时，九尾猫妖就抵达了明义坊，远远地停在了太平公主府外。

太平公主府外，朱门高墙，沿街停着一辆辆装饰华丽的马车。看来，今晚参加极乐宴的客人还不少。马夫们都不在，想必是深夜风寒，在府内歇息——闭坊之后，大街上不能有行人，但人们在坊内是可以自由走动的，王孙贵族也可以在自己的府内举行夜宴。

元曜望了一眼太平公主府的朱门，问："白姬，我们有宴会的请帖吗？"

白姬说："没有。"

"那怎么办？我们直接敲门拜访吗？"

白姬促狭一笑，说："不必那么麻烦。我们从天而降，给公主一个惊喜。离奴，直接进去吧！"

"是，主人。"

九尾猫妖一跃而起，驮着白姬、元曜跨过太平公主府的高墙，进去了。

"白……白姬,咱们这叫私闯太平公主府,是死罪。"元曜颤声说。

第五章　夜宴(下)

太平公主一向喜欢奢华,她的府邸占地面积极广,府中院落重重,飞檐斗拱,五步一亭台,十步一楼阁,又引通济渠水入后花园,汇聚成一方碧绿明净的莲池。

莲池之畔有一座华丽的水殿,水殿由四根汉白玉柱支撑,白石墙壁上用黄金雕刻着曼陀罗花。

夜已深,太平公主府中别处院落在黑暗中显得沉寂,唯有这水殿之中还亮着灯火。水殿之中,血红色的纱帘随风飞舞,墙壁上的金色曼陀罗花妖娆地绽放着,男男女女的欢笑声回荡在水面上。

九尾猫妖进入太平公主府后,循着灯光和人声来到了后花园。

"主人,那边的房子里有人,看起来十分热闹,似乎是在开宴会。离奴直接跳进去吗?"九尾猫妖问。

元曜手搭凉棚望向水殿,只见红纱舞动,人影憧憧。

"不妥!咱们突然出现,会吓到宴会上的客人。"元曜说。

"离奴,你停在僻静的地方。"白姬说。

"是,主人。"

九尾猫妖得令,一跃而起,跨过莲池,跳上水殿,最后停在了宴会厅后面的一根汉白玉柱旁。九尾猫妖动作轻巧,落地无声。

白姬、元曜下地,九尾猫妖瞬间化作一只小黑猫。

白姬、元曜、离奴离开汉白玉柱,沿着白石墙壁绕去宴会厅前面的入口。

元曜跟在白姬后面,耳边传来轻柔的丝竹声和男女欢快的笑声,鼻子嗅到了浓郁的熏香味,其中还夹杂着一股药石的味道。

黑猫说:"夜风好凉,爷想喝一杯温酒,不知道宴会里有没有。"

突然,一名年轻的美男子从宴会厅里跑出来,与白姬、元曜、离奴迎头遇上。

男子只穿着一袭薄薄的单衣,披散着头发,赤着脚,眼神迷离,双颊酡红,嘴角浮现出诡异的微笑。

元曜心中一惊。

这下子被人迎头撞见,他们躲避也来不及了,该找什么借口搪塞过去呢?

谁知那美男子根本就不在意白姬、元曜、离奴,对白姬笑了笑,便擦肩而过,径自沿着白玉台阶跳进了莲池里。

寒冷的秋夜,美男子将身体浸泡在冰冷的池水中。他似乎一点儿也不觉得寒冷,反而很舒服,享受地眯上了眼睛。

白姬、元曜、离奴吃惊地看着。

离奴打了一个哆嗦,说:"看着就好冷,爷真是越来越不懂人了。"

白姬、元曜正感到疑惑,从宴会厅里又陆续跑出来几名衣衫单薄的美男子,经过白姬、元曜身边后,有的在台阶边脱掉了单衣,有的连单衣都没脱就直接跳进莲池里,以凉水濯身。

月光下,莲池中,美男子们浸在水里,仿佛一朵朵盛开的莲花。

又一名美男子从宴会厅中跑出来,经过白姬、元曜身边时却停下了。

元曜一看,只觉此人十分眼熟。

这不是张昌宗吗?!

张昌宗俊美的脸上有着一丝酡红,瞳孔放大,眼神迷离。秋风寒凉,他却只穿着一袭白色单衣,赤脚走在地上,似乎丝毫不觉得冷。

张昌宗认出了白姬,笑道:"白姬,你也来参加极乐宴?"

白姬一转眼珠,笑道:"是的。我有事耽误了,所以来晚了一些。"

张昌宗望了一眼元曜,说:"来参加极乐宴,你还带着这个丑八怪!"

元曜十分生气。

白姬笑道:"我这个人比较悲观,害怕乐极生悲。我带着轩之,也能有一个照应。"

张昌宗笑道:"白姬,你又在说笑了。极乐之宴是没有悲伤的。至少,对你们这些公主、贵妇之类的大人物来说,极乐之宴能够让一切烦恼暂时消失,仿佛到了云巅的极乐世界一般,欢乐无比,幸福无尽。"

白姬笑道:"这听起来真是美妙呀!"

张昌宗浑身燥热,脸上的酡红更深了,仿佛涂了胭脂一般。

白姬心中好奇,伸出手摸了摸张昌宗的脸,倏然仿佛被烫到了。

"哎呀!六郎,你这是怎么了?你的脸怎么这么烫?"

张昌宗神秘一笑，说："吃了极乐散的人都会这样，发作之后，浑身燥热，五内俱焚，要浸在冰水之中才能舒服。"

元曜望了一眼莲池中的美男子，忍不住问："他们都是吃了极乐散后才变成这副不成体统的样子的吗？"

张昌宗没好气地说："什么不成体统？这叫浴水行散。他们都是控鹤监里万里挑一的美男子，姿色自是不比我和兄长，但比一般人好看多了。你这丑八怪是没有福气吃极乐散的，因为你长得太丑，没有贵妇看得上你，愿意与你欢好行散。"

元曜一愣，问："什么叫欢好行散？"

张昌宗翻了一个白眼，懒得回答。

白姬若有所思地问："六郎，宴会上还有极乐散吗？"

张昌宗说："还有，在公主那儿。你可以去找她要。白姬，早知道你要来，我就晚一些吃极乐散了。"

白姬笑眯眯地说："没事，你待会儿还可以多吃一些。既然是极乐之宴，那快乐是没有极限的。"

"那我们待会儿见。"

张昌宗邪魅一笑，脱了单衣，就跳进莲池里了。

离奴望着莲池中醉生梦死的赤裸男子，说："这跟一锅馄饨似的。爷越来越不懂人了。"

元曜仍旧疑惑，又问："白姬，什么叫欢好行散？"

白姬走向宴会厅，笑道："你进去看一看就知道了。"

灯火朦胧，红纱飞舞，宴会厅地上铺着名贵的波斯长绒毯，一张张虎皮、豹皮、熊皮叠加其上。桌案上杯盘狼藉，一股药石的味道在浓郁熏香之中若隐若现。

中央的舞池之中，一名妖娆的胡姬正跳着充满异域风情的舞蹈。她几乎全身赤裸，只披着一袭金色薄纱，身姿如灵蛇，舞步像波浪，妆容似火焰，整个人仿佛一朵绽放的金色曼陀罗花。

每一张虎皮、豹皮、熊皮之上，都有三三两两衣衫不整的男女在纵情声色。他们神情迷醉，仿佛到了极乐世界。

元曜看见宴会厅中的旖旎风光，终于明白了张昌宗说的欢好行散是什么意思。他顿时脸一红，不敢细看周围。

不过，宴会厅中的男女都已经进入了痴狂的状态，再加上红纱遮蔽，没有人注意到经过的白姬、元曜和离奴。

元曜面红耳赤，低垂着头，说："白姬，我没想到极乐宴是这样的。"

白姬四处观望，笑道："轩之，那你心目中的极乐宴是怎样的呢？"

元曜想了想，说："一群文人墨客在一起饮酒作诗，谈论圣贤之道。"

白姬无语。

离奴也四处张望，然后说："桌案上的酒都是冷的，难道就没有一杯温酒吗？这些人……实在不堪入目……爷有一次正在切姜，突然眼睛痒，就拿手擦眼睛，结果姜汁糊在了眼睛上，火辣辣地疼。现在看见这些人，爷觉得眼睛又像是糊了姜汁，火辣辣地疼。"

元曜说："圣人云，非礼勿视，非礼勿听。白姬，咱们还是走吧。"

"不急。等我先找到公主，问几句话。"白姬笑道。

"主人，再看这些人做不雅的事，离奴的眼睛就要瞎了。"

白姬：："离奴，你可以坐在舞池边看舞娘跳舞，婆罗舞是很优美的。"

离奴看了看舞池中的舞娘，说："她跳得还不错，就是转圈转得爷脑袋晕乎乎的……呀，跳舞转圈既可以暖身，又可以消食，我也可以跳啊。"

离奴说完，倏然变成了人形。

俊俏的黑衣少年飞奔向舞池，踏着音律的节奏，跟胡姬一起扭腰转圈，跳起了婆罗舞。

胡姬一开始有些吃惊，但很快接受了新舞伴，很配合地跟离奴一起翩翩起舞。

"这……"元曜汗颜。

白姬左右张望，目光停在一张金色虎皮上。一名美丽的女子端着一杯血红色的葡萄酒，歪躺在软垫上，看舞池里的胡姬和离奴跳舞。她的身边跪着两名美男子，一名美男子在给她捏肩，另一名美男子在她耳边说着什么，似乎想逗她笑。

她正是太平公主。

白姬当即走向太平公主。

元曜急忙跟上。

太平公主抬头，看见白姬和元曜，不由得笑了。

"祀人，你怎么来了？"

白姬在太平公主旁边跪坐下来，笑道："我对极乐之宴很感兴趣，所以不请而至，望公主恕罪。"

太平公主笑道："我还以为你对纵情声色的事情不感兴趣呢……哟，元曜看上去还是呆头呆脑的。"

小生并没有呆头呆脑！元曜也跪坐在一边，暗自腹诽。

一名美男子倒了一杯葡萄酒，递给白姬。

白姬接过，喝了一口，笑道："这极乐宴看上去很有趣呀！"

太平公主眼中露出一丝落寞，说："极乐宴一开始挺有意思，但越来越无趣。不过是一群寂寞的寡居女人找一些转瞬即逝的乐子，聊以度过丧夫的清苦日子罢了。"

白姬说："驸马去世也有两年了吧？请公主节哀，不要太过悲伤。"

太平公主说："生离死别，鸳鸯失伴，一开始我还是很难过的，但习惯了也就好了。"

美男子给元曜也倒了一杯葡萄酒，熟练地从黑漆木盒里拿出一个小纸包，准备将小纸包里的东西加入酒杯中。

太平公主见了，说："你不必放极乐散，元曜跟你们不同。"

"是，公主。"

美男子放下纸包，将葡萄酒递给元曜。

元曜接过葡萄酒，心中迟疑，不敢喝。

"你们去别处伺候，我要跟我的朋友聊聊天。"太平公主吩咐。

两名美男子行了一礼，便起身离开了。

第六章　五　石

烛光朦胧，红纱如梦。

白姬问："公主，我听说极乐宴上有极乐书，您能否给我看一看？"

太平公主喝了一口酒，说："你听谁说的？"

白姬说："坊间传言。"

太平公主说："坊间传言大部分是假的。极乐书是什么？我的极乐夜宴上并没有极乐书，我也从未听说过极乐书。"

白姬问："那您听说过心月狐夫人吗？"

太平公主疑惑地问："谁是心月狐夫人？"

白姬说："据说极乐宴的入场券，得找心月狐夫人买。"

太平公主笑了，说："祀人，你找错地方了。你要找的有极乐书的极乐宴不是我这儿的。"

元曜忍不住问："难道还有不同的极乐宴？"

太平公主笑道："当然有。妖缘，你看见天边的弦月了吗？"

元曜顺着太平公主的目光望去，水殿之外，莲池之上，一弯明月如梳。

"小生看见了。"

太平公主说："此时此刻，神都月下，有不少极乐宴会。男人有男人的极乐，女人有女人的极乐，人类有人类的极乐，非人有非人的极乐。每个人心中的极乐世界都不一样，所以极乐宴也有很多。"

元曜一脸呆滞，似有所悟。

白姬问："公主，能给我看一看极乐散吗？"

太平公主伸手，从虎皮上的黑漆木盒子里拿出一个小纸包，递给白姬。

白姬接过纸包，打开一看，里面有一些五色粉末，散发着一股药石的味道。

白姬皱眉，说："这……这不就是五石散①吗？"

太平公主笑道："这就是五石散，不过被改良了配方，药劲更强了。"

白姬将纸包叠好，还给太平公主，说："魏晋时期，很多名士因为贪服五石散陷入癫狂，死于非命。五石散固然有能让人快乐如仙的功效，但对身体无益。公主还是要保重身体，少服用一些为好。"

太平公主笑了。她指了指水殿之外，浸泡在莲池之中行散去热的美男子们。

"我从不吃这个。这都是给他们准备的。当然，一些贵妇喜欢追求极乐，也会吃一些。我是一丁点儿也不碰的。我的极乐除了寻欢作乐，就是

---

① 五石散，一种古代中药散剂。它的主要成分是石钟乳、紫石英、白石英、石硫黄、赤石脂，此外还有一些辅料。据说，五石散是张仲景发明的，用以医治伤寒病。因为这个散剂性子燥热，对伤寒病人有一些补益。但是到了魏晋时期，上流社会的士人没有伤寒，也都开始吃五石散。服药后，人体忽而发冷，忽而发热，肉体暂时陷入一种莫名其妙的苦痛中，精神却可以进入一种恍惚和忘我的境界中。世俗的烦忧、内心的迷惘，都可以被忘怀，剩下的是一种超凡脱俗的感觉。人们吃下五石散后，可以"天地为一朝，万期为须臾，日月为扃牖，八荒为庭衢"，什么都不放在眼里，什么都不配拘束自己，只有膨胀的自我意识，任意所之。

看着他们陷入癫狂，不能自已。"

　　白姬笑道："您还是这么恶趣味！"

　　"哈哈！"太平公主欢乐地笑了。

　　白姬一口饮尽杯中的葡萄酒，说："既然找错了地方，那我们也该离开了，就不耽误公主享受欢乐了。"

　　太平公主有些好奇地问："你究竟在找什么？"

　　白姬说："我在找一场极乐宴，与肉欲无关，与死亡有关，很有可能与妖鬼有关。"

　　白姬站起身来，准备离开。

　　太平公主想了想，说："祀人，你等一等。"

　　白姬又坐下了。

　　太平公主将手伸向黑漆木盒，抽出最底下的一层。黑漆木盒最底下的暗格里，放着一个红色纸包。

　　太平公主拿出了红色纸包，递给白姬。

　　"这有可能是你要找的极乐散。"

　　白姬接过红色纸包，打开了。

　　元曜低头望去，只见红色纸包里的仍旧是五色粉末，应该是五石散，但仔细一看，五色粉末之上又闪烁着一抹金色的光泽。

　　太平公主轻轻地说："据说这包极乐散里加入了曼陀罗花粉，药劲儿更强，效果更好，甚至能让人欢乐至死。我隐隐觉得它不妥，所以搁置没用，只在极乐宴上使用普通的五石散。"

　　白姬皱眉，说："公主，这些五石散您是从哪儿买的？"

　　太平公主笑了，说："从小到大，我要什么，很多想讨好我的人就会绞尽脑汁把我想要的东西呈给我。我从不关心东西是从哪儿来的。你想知道的话，我把管家叫来，他可能知道。"

　　白姬的目光停留在红色纸包的一角，那里画了一个月形狐尾图案。

　　"不必了。我知道这是从哪儿来的了。"

　　白姬望着红纸上的五石散，又问："公主，您知道这种极乐散的效果吗？"

　　太平公主摇头，说："我不知道，没试过。"

　　白姬凝神思索。

　　张昌宗行散完毕，穿着一袭半湿半干的单衣，披着湿漉漉的头发，从水殿外走进来了。

太平公主远远望见张昌宗，眼前一亮，有了一个主意。

"祀人，你想知道这种极乐散的效果吗？"

白姬顺着太平公主的目光望去，嘴角浮起一抹诡笑。

"看来，我马上就能知道了。"

白姬与太平公主对视一眼，心照不宣地笑了。

元曜却一头雾水。

太平公主远远地朝张昌宗招了招手，露出了灿烂的笑容。

张昌宗一进入水殿就留意着太平公主的一举一动，想讨好这位权势滔天的公主。但是，他看见太平公主与白姬在窃窃私语，又知道太平公主一向骄横跋扈、喜怒无常，担心贸然过去会惹太平公主生气，所以犹豫着该不该过去。此时，他见太平公主朝自己招手，当即便开心地走了过去。

"公主，刚才我在莲池之中看见了极乐幻境，里面只有你与我。"张昌宗亲昵地跪坐在太平公主身边。

太平公主伸手抚摩张昌宗的手，笑道："六郎，你的手这么冷，你得再喝一杯极乐酒，我们才能再次进入极乐幻境。"

张昌宗一听，心花怒放，驾轻就熟地去找黑漆木盒。

"等等，六郎。这儿还有一包呢。"白姬笑着将手中的红色纸包递给张昌宗。

张昌宗接过，笑道："白姬，你手中的这包极乐散为什么是红色的？"

白姬笑道："红色的极乐散效果更妙不可言呢！"

张昌宗有些犹豫。

太平公主笑着将元曜面前没有动过的葡萄酒递给张昌宗。

"六郎，你害怕了？"

张昌宗接过太平公主递来的葡萄酒，说："怕什么！只要能让公主快乐，我就算死也值得。"

元曜见白姬和太平公主一起坑张昌宗，忍不住劝说："来历不明的药石你还是不要乱吃为好，万一吃下去身体不适，可不是闹着玩的。"

张昌宗本来有些犹豫，一听元曜的话，反倒不犹豫了。

"你这丑八怪是在忌妒我吗？我吃下极乐散能与公主享受极乐，却没人与你共欢。"

张昌宗一把拿过白姬递过来的极乐散，仰头倒入嘴中，又喝了一口葡萄酒，将药粉咽了下去。

元曜无语。

白姬和太平公主都好奇地盯着张昌宗，观察他有什么变化。

"公主、白姬，你们就像是月下的一株并蒂莲花，一朵美艳绝伦，另一朵洁白无瑕……"

张昌宗以为自己容颜俊美，吸引了白姬和太平公主的目光，便开始赞美她们的美貌，试图展示自己谈吐不凡、风姿优雅。

元曜懒得听张昌宗夸夸其谈，转头去看离奴跟舞娘跳婆罗舞。

不多时，张昌宗突然站了起来，朝着东方跪下。

"武……武皇陛下，您怎么来了？"

太平公主吓了一跳，左右张望，问："我的母亲在哪儿？"

白姬微微一怔。

元曜急忙回头。

武则天并没有出现，但张昌宗神色迷离，仿佛得了癔症一般，对着虚空说："武皇陛下，您真的要赐我享受不尽的荣华富贵吗？太好了！我与兄长终于得偿所愿，以后再也没有人瞧不起我们了。"

白姬、元曜、太平公主好奇地盯着张昌宗。

张昌宗神色癫狂，仿佛陷入了梦境，一会儿在享受着王侯的待遇，趾高气扬地呼喝仆从；一会儿似乎衣锦还乡，正快意恩仇地报复曾经欺负过自己的乡邻。

元曜额头直冒冷汗地说："这……他是吃出了什么怪症吗？"

太平公主笑道："哈哈哈，笑死我了！我没看出来他还有演独角戏的天赋呢！他城府极深，我还以为他献媚讨好母亲和我，包藏狼子野心，没想到竟高看他了。他居然只是想求一点儿荣华富贵而已。"

白姬望着张昌宗，神色凝重。

桌案上，放着一盘烤羊肉、一些水果冷盘。烤羊肉上，插着切割羊肉分食用的小刀。

张昌宗一边演着独角戏，一边仿佛浑身被虫蚁啃咬一般难受地抓来抓去。

忽然，他梦游一般扑向烤羊肉，抽出小刀朝自己的身上划去。

白姬反应极快，见要出人命了，急忙过去抓住了张昌宗的手腕，将他摔倒在地上，用膝盖压制住了他。

张昌宗在梦癔之中，力气很大，拼命挣扎，可是白姬的力气更大。

张昌宗的手逐渐松开，小刀掉在了地上。

太平公主惊呆了。

见白姬压制住了张昌宗，元曜本来想上去帮忙，可望向张昌宗时一下子愣住了。

张昌宗趴倒在地上。白姬跪坐在他的背上，用膝盖压制住了他。他们正在僵持。

张昌宗双眼泛白，口吐白沫，嘴角却带着一抹诡异的微笑。

元曜清楚地看见张昌宗的天灵盖上溢出了一个金色幻影，那是他的灵魂。

第七章　鬼市（上）

元曜正心中惊奇，却见白姬在张昌宗的额头上画了一个咒符，口中念念有词。

那一抹金色的灵魂似乎挣脱不出咒符的束缚，又回到了张昌宗的体内。

张昌宗浑身抽搐了几下，昏厥过去。

白姬放开张昌宗，说："好险！原来这极乐散还真能让人乐极生悲呀！"

太平公主疑惑地问："祀人，他死了吗？"

白姬笑道："他没死。如果我刚才迟了一步，他的身体遭到损坏，魂魄离体，那就死了。"

元曜问："白姬，刚才小生看见他的魂魄离体，是怎么一回事？"

白姬说："那应该是极乐散的药效所致。这种极乐散之中除了五石散，还混合着让人致幻和离魂的药石，使人的魂魄抽离身体，挣脱身体的束缚，享受更多的感官刺激，在幻觉之中去往另一个极乐世界。配出这种极乐散的人十分恶毒，其目的是让人在极乐的幻觉中摧毁自己的身体，让灵魂回不了躯壳。"

元曜一惊，说："这也太吓人了！可是，配出这种极乐散的人为什么要这么做呢？"

白姬说："只有找到这个人，我们才能知道原因。"

太平公主收敛了惊容，说："幸好我先前觉得这极乐散不对劲，只用了普通的极乐散,不然我这极乐夜宴就变成血尸之宴了。"

白姬笑道:"公主,我想知道的事情已经了解得差不多了。夜已深,您继续享受欢乐,我们就此告辞了。"

太平公主没有继续挽留。她担心张昌宗醒了之后还会发狂自残,让自己受到惊吓,便叫人把他绑起来,扔在了殿外。

元曜去舞池中叫离奴,可离奴还没跳够婆罗舞,磨磨蹭蹭地蹦了一会儿,才依依不舍地离开了舞池。

夜宴之中的男女仍然在纵情欢乐。在红纱的遮蔽下,他们陷入了短暂的疯狂。

离奴在水殿之外的僻静处幻化成一只九尾猫妖,驮着白姬、元曜,踏着月色,离开了太平公主府,回到了缥缈阁。

第二天,秋阳明媚,晴空万里。

因为今天傍晚要去鬼市,所以元曜心中十分不安,一整天都心神不宁,连记账都出错了好几次。

白姬打算顺便去看望生病的心月狐夫人,看望病人总不能空手去,所以买了一盒七巧斋的玫瑰乳酥。妖雀们送来点心之后,白姬拿漂亮的朱漆礼盒装了,又用秋日的重阳菊装点了一番。装点完之后,白姬又觉得颜色不合适,便把重阳菊丢了,改用木芙蓉。

离奴昨晚在极乐宴上跳婆罗舞似乎跳过了头,乐极生悲,今天一直叫唤着腰酸腿疼。离奴使唤元曜去集市上找走方郎中,买来了活血止疼的狗皮膏药,胡乱地贴在了腰上和腿上。

"离奴老弟,你今晚去鬼市吗?"元曜问。

离奴愁眉苦脸地说:"爷倒是想去,但去不了了。昨夜爷跳舞跳过了头,今天爷的猫腿又酸又疼,买鱼做饭都很勉强。书呆子,爷去不了鬼市,你替爷从鬼市带点儿东西回来。"

元曜问:"带什么?"

离奴说:"你进入鬼市后会看见一条主街,叫百鬼街。百鬼街上有一家棺材铺,外面挂着一个猫形的牌子。你进去找掌柜,掌柜是一只三花猫,就说爷让你取东西,掌柜就会把一包东西给你。你拿回来就是,不用给掌柜钱,爷已经付过钱了。"

元曜有些好奇地问:"离奴老弟,你让小生取的是什么东西?"

离奴犹豫了一下,才说:"鼠肉干。"

元曜一想，又问："离奴老弟，你为什么要去鬼市的棺材铺买鼠肉干？"

离奴含糊地说："鬼市里的鼠肉干要肥一些。书呆子，就你问题多。我让你去取，你就去取啦。"

"哦。"元曜乖乖地应下。

因为白姬、元曜傍晚要出门，离奴早早地做好了简单的晚饭，一起吃了。

可晚饭过后，白姬并不急着出门，而是在后院的草丛中走来走去，似乎在寻找什么。

元曜一看时辰，觉得再不出门的话，就赶不及在城门关闭之前出城了。

元曜正要去催促白姬，离奴一瘸一拐地走出来，拦住了他。

离奴把一包狗皮膏药递给元曜。

"书呆子，把这个给那只臭狐狸带去。"

元曜一惊，问："十三郎没伤没病，你送十三郎狗皮膏药做什么？"

离奴说："那狐狸昨天送来的同心生结脯很好吃，都被爷吃光了，爷没什么东西可以作为回礼，就送十三郎狗皮膏药吧。这膏药还挺管用的，贴上去凉凉的，十分舒服，爷现在觉得脚好多了。你帮我给十三郎送一些，等将来十三郎扭伤脚或腰了，可以用。"

"这……也行吧。"元曜接过狗皮膏药，放入怀中。

此时，白姬在草丛中找到了自己想找的东西。

白姬摘下三个白花灯笼，放入了衣袖中。

"轩之，拿上礼盒，我们出发吧。"白姬笑眯眯地说。

"好的。"元曜答道。

元曜提着送给心月狐夫人的礼盒，在漫天霞光之中，跟白姬一起离开缥缈阁，朝上东门而去。

上东门离南市不算远。从浮桥穿过洛水，再经过三个坊，他们就到了。

白姬、元曜走出上东门时，示意城内闭坊的下街鼓刚刚响起。

元曜走出城外，手搭凉棚，看到韦彦坐在不远处的一座茶肆里正在喝茶。

韦彦心不在焉地喝着茶，目光一直盯着上东门，似乎等白姬、元曜等了许久。

"丹阳——"元曜大喊。

"轩之！"韦彦看见了白姬、元曜，十分激动。

韦彦急忙在茶桌上扔下了几枚铜钱，拿起沉甸甸的包袱，跑向了白姬、元曜。

"白姬、轩之，你们怎么才来啊？我还以为你们不来了，正愁今晚怎么在这郊外过夜呢。这近郊的旅店都是给行路客商住的，没有一个像样的，估计被子里还有跳蚤。"

白姬笑着打量了韦彦一眼，目光落在他沉甸甸的包袱上。

"韦公子说笑了。我最讲诚信，怎么可能食言不来呢？如果我们不来的话，你岂不是白带了那么多金银？"

元曜望了一眼韦彦沉甸甸的包袱，忍不住说："丹阳，你不会把你的积蓄都带来了吧？你究竟准备在鬼市里买多少东西呀？"

韦彦笑道："嘿嘿，我总觉得鬼市里卖的都是我想要的玩意儿，难得去一次，打算把这些钱都花光。白姬，你见多识广，又能说会道，可得替我砍价呀。"

白姬笑道："韦公子，我忘了告诉你，鬼市跟人市不一样，鬼市里做买卖都是不还价的。鬼市里没有欺诈，没有强买强卖，只有买或不买。你觉得贵，可以不买，但不能还价。"

"这样做买卖，干脆且省事，我喜欢。"韦彦笑道。

元曜望了一眼逐渐黑下来的天色，问："白姬，我们怎么去鬼市？我们该往哪个方向走？"

白姬望了一眼地平线，说："我们若是走着去鬼市，天亮了都走不到。我订了一辆鬼车载我们去鬼市，但现在还没到约定的时间，我们到那边荒无人烟的地方去等着吧。"

于是，白姬、元曜、韦彦便沿着荒野行走。三人走了一会儿，在荒野之中的一棵死树下停了下来。

"我们就在这儿等吧。"白姬笑道。

白姬见死树的枝杈上可以坐人，便飘上死树，背靠着枝杈坐着，闭目养神。

元曜、韦彦上不去，只好站在树下聊天。

"轩之，你提着的礼盒里装着什么？"韦彦问。

"玫瑰乳酥。"元曜回答。

"我……我肚子饿了，能吃一块吗？"韦彦垂涎欲滴。

元曜说："不行！这可是我们要去探病带的礼物。"

"谁病了？"韦彦好奇地问。

"心月狐夫人。"元曜说。

韦彦若有所思地说:"哦,你说的是那位卖极乐宴入场券的心月狐夫人啊!"

元曜一听到极乐宴就觉得头痛:"丹阳,你不要再提极乐宴了。小生现在一听见极乐宴,脑子里就有不好的联想,眼睛疼,头也痛。"

…………

元曜、韦彦正在闲聊,突然荒野之中传来了马车行驶的声音。

"啊,鬼车来了。"树上的白姬说。

元曜、韦彦停止闲谈,四处张望。

天色已经彻底暗了下来。今夜乌云遮月,荒郊野外也没有灯火,所以他们看不清马车是从哪个方向来的。

元曜举目四望。

韦彦却颤声说:"轩之,看天上。"

韦彦颤抖的声音中带着抑制不住的兴奋。

元曜抬头一看,正好看到乌云散开,明月如灯。

天上飞来了一只巨鸟,有九头,其状如鸡,羽毛赤红,两翅如车轮般推行。

刚才元曜听见的马车行驶的声音,就是它飞行时发出来的。

白姬飘下了死树,站在韦彦、元曜身边,笑道:"这是鬼车鸟。鬼车鸟以前可是神鸟呢!我们今夜搭乘它,去往鬼市。"

鬼车鸟敛翅停下,说:"什么神鸟不神鸟的,那都是以前的事情了。如今在这人间过日子,鸟生不易,生计艰难,不像别人只有一个头,我有九个头,九张嘴等着吃饭,只能做一些拉人载货的营生糊口罢了。白姬,你是熟客,我载三个人本来要十五两银子,就只收你十两银子吧。你要不要加车身?"

白姬笑道:"要加。有车身的话,我们会坐得舒适一些。"

鬼车鸟说:"一共二十两银子。"

白姬笑道:"韦公子,我出门匆忙,忘了带钱包。"

韦彦没有办法,只好解开包袱,取了二十两银子,递给鬼车鸟。

鬼车鸟接过银子,退到了荒野之中。

元曜见鬼车鸟的一个头倏然吐出一阵烟雾,笼罩了鸟身。不多时,烟雾散去,鬼车鸟的身上多了一个车身,就跟马车一样,不过没有车盖。

鬼车鸟蹲下。

白姬便走了上去。

元曜、韦彦也急忙走了上去。

白姬、元曜、韦彦三人跪坐在鬼车鸟上。

夜云缥缈，月光如纱。

鬼车鸟展开巨大的翅膀，载着白姬、元曜、韦彦飞上了夜空，朝鬼市而去。

第八章　鬼市（下）

秋夜的荒郊十分安静，没有风声，月光洒在河面上，将黑夜变成了一片无垠的深蓝色，一直延伸到远方。

月明星稀，鬼车鸟载着白姬、元曜、韦彦穿过田陌荒林，向邙山而去。

不多时，邙山峰峦隐现，寂静的荒野之中出现了点点星光。星光闪烁，聚集成一片通明的灯火。灯火之中，又隐隐浮现出一片城镇的轮廓，有纵横交错的街道，有重叠排布的屋舍，还有熙熙攘攘的行人。

白姬遥遥指着前方的灯火，说："那儿就是鬼市了。"

元曜、韦彦惊讶地点点头。

鬼市外有一座断裂的石碑，掩埋在荒烟蔓草之中。断裂的石碑只剩下一半，上面用金文刻着一个"市"字。因为石碑断裂，上面的那个字只剩了一丁点儿笔迹，看不出是什么字了。

鬼车鸟在石碑旁边停下，说："鬼市到了。"

白姬、元曜、韦彦便走了下来。

一阵烟雾之后，鬼车鸟收起了车身。它伸了伸腿，敛了敛翅膀，忧愁地说："唉！我还得去拉下一单活儿，今晚得飞三趟，想想就觉得好累，鸟生艰难啊！"

说完，鬼车鸟就飞走了。

元曜见鬼车鸟飞走了，有些担心地问："白姬，鬼车鸟飞走了，咱们待会儿怎么回去？"

韦彦一听，也担忧地说："这儿是荒郊野外，看起来前不着村，后不着店，连被子里有跳蚤的旅店都找不着一家，咱们恐怕得挨一晚上冻了。早知道，我就把棉袄穿来了。"

白姬笑道："轩之、韦公子，你们不用担心，今晚我们就住在鬼市了。而且，我们是住在鬼市中美人如云的心月楼里。"

韦彦问："心月楼里有干净的被子吗？"

白姬笑道："有的。那里还有很多美丽多情的狐狸仙子。"

韦彦说："有被子就行。狐狸仙子就算了，我的银子不充足，只打算买奇珍异宝，不打算买狐狸。"

元曜正要往鬼市里走。

白姬制止了他："等一等，轩之。"

元曜停住了脚步。

白姬从衣袖中拿出了三个白花灯笼，笑道："俗话说，不提鬼灯，不入鬼市。虽然现在很多人已经不守旧规矩了，但我还是比较守旧的。"

眨眼间，白姬手中多了三盏幽蓝的鬼灯笼。

白姬递给元曜一盏鬼灯笼，又递给韦彦一盏。

元曜接过鬼灯笼，好奇地问："白姬，你一向不爱守规矩，怎么突然改变了心性？"

白姬笑道："嘻嘻，以往我和离奴来鬼市，是懒得提鬼灯笼的，但是今夜我带你和韦公子来鬼市，还是提鬼灯笼行路为好。因为鬼灯笼散发出来的幽光能够遮掩住你们身上的生人气息，让鬼市里的非人察觉不出来，避免不必要的麻烦。"

元曜、韦彦恍然。

白姬、元曜、韦彦提着鬼灯笼，进入了鬼市。

街衢纵横，房舍俨然，摊贩众多，光亮幽幽，来来往往的人影飘忽不定。除了有一种诡谲的气息和一股冰冷的氛围，鬼市看起来跟缥缈阁所在的南市差不多。唯一不一样的是，一个是白天的人市，另一个是黑夜的鬼市。

白姬带着元曜、韦彦来到了主街。主街上摊贩密布，行人如织，人们摩肩接踵而过，看起来十分热闹。不过，他们仔细一看，发现其实并没有多少人。

摊贩们贩卖的东西十分奇特。元曜本以为鬼市之中贩卖的东西会很血腥猎奇，但是鬼市中并没有。

鬼市中交易的商品大多数是器物，有葫芦、瓶子、玉衡，还有锅、碗、瓢、盆等，看起来平平常常，没有什么特别的。有的店铺还卖一些叫不出名字的植物，其中有些还带着花盆，是活的；有些植物则像是药材，被晒干了。有的店铺里面贩卖一些装在笼子里的长得很像壁虎的动物，还有一些神奇的叫不出名字的动物。最奇特的是，有些商贩没有商品，只是面色阴沉地站在那里，面前摆着笔墨纸砚和一张写着"寿"字的纸。

元曜有些好奇，小声地问："白姬，这些人是卖什么的？"

白姬还没回答，韦彦已经抢先答道："看他们这架势，应该是卖字的，是给人写对联的。"

白姬"扑哧"一声笑了，说："不是。他们是卖阳寿的术士。"

元曜愣了愣。

韦彦的眼睛一下子亮了，他问："白姬，什么是卖阳寿？"

白姬说："就是字面意思，他们专职卖阳寿呀。比如一个人想多活十年，就可以跟这些术士交易，买十年阳寿。这些术士拿来贩卖的阳寿大多数是通过偷、抢、骗而来的，是见不得光的。不过，韦公子，我劝你打消买阳寿的念头。一来，你买不起，这些术士的要价高，高到离谱。二来，这种交易逆天而行。逆改阳寿跟饮鸩止渴一样，是下下之选，迟早会遭到命运的反噬，付出的代价比得到的更大，你会悔不当初。这些术士做的是剑走偏锋的玩命买卖，不到万不得已，你千万不要去赌命跟他们交易。"

韦彦眼中的光芒瞬间黯淡了。

白姬、元曜、韦彦继续往前走。

元曜左顾右看，感叹："深更半夜，荒郊野外居然有这么热闹的集市！我像是出现了幻觉一般。"

白姬笑道："生命才是天地宇宙之中最大的幻觉。"

元曜觉得白姬的这句话十分有禅机，不由得陷入了沉思。

忽然，一口在空中移动的棺材出现在元曜眼前，冷不防吓了元曜一跳。

元曜仔细一看，棺材并不是凭空飞行，而是由排成两列的六只猫抬着。这些猫抬棺材的姿势很灵活，步伐灵动，表情夸张，似乎在跳舞。

六只猫一会儿把棺材举高，一会儿把棺材举低，还一起唱着歌谣。

躺棺棺，睡板板，敲锣打鼓埋山山。
埋山山，哭喊喊，鼓盆而歌把家还。
我今生，则谁后，长歌当哭薤露难。
天地为墓，日月为碑，良辰吉日福寿安——福寿安——

这些猫一边抬着棺材跳舞，一边唱着送葬的歌谣。它们唱完歌谣后，正好停在一家古旧的店铺前，当即把棺材扔下，有的累得瘫坐在地上，有的跑去喝水了。

元曜、韦彦吃惊地看着。

元曜发现这家古旧的店铺是一家棺材铺，没有名字，只挂着一个猫形的招牌。

白姬笑道："这些应该是猫棺材铺的新伙计，刚才在排练抬棺呢。"

元曜好奇地问："它们为什么要排练抬棺？"

白姬笑道："因为猫棺材铺近年来为了招揽生意，多卖出几口棺材，所以附赠客人抬棺送葬的服务。听说，按照客人买的棺材不同，有四只猫、六只猫、八只猫这几种抬棺规格，最豪华的排场是十六只猫抬棺。"

"这……真有人去买吗？"元曜不解。

白姬笑道："有的。而且，这生意还很好呢。毕竟人与非人都会死亡，只要订下棺材，等死亡的那一天，无论远在天涯海角，还是近在神都街巷，猫咪们都会按时送棺材上门，并且替客人抬棺下葬。"

元曜疑惑地问："这些猫怎么知道客人在哪一天死呢？"

白姬笑道："这就不用轩之你操心了。猫棺材铺的掌柜是一只三花猫，名叫太极，有通生死的异能。签下契约的那一刻，它就知道客人大限何时将至。"

"哦。"元曜觉得很神奇。

韦彦听了觉得有趣，问："我能去订一口棺材吗？如果我死了，能被这群猫唱着歌谣抬棺下葬，挺好玩的。"

白姬笑道："当然可以。"

元曜哭笑不得地说："丹阳，你现在订棺材是不是太早了一些？"

韦彦笑道："不早。天有不测风云，人有旦夕祸福。我这是未雨绸缪，早做打算。"

韦彦说完，就走向了棺材铺。

白姬跟了进去。

元曜想起离奴托他找猫棺材铺的掌柜要东西，便也走了进去。

猫棺材铺里阴森冷清，摆着一些不同材质的棺材。

一盏橘灯下，一只异瞳三花猫正在柜台上翻看账簿。

太极叹了一口气，喃喃自语："最近好几个客人都到吉时了，还凑巧赶在了同一天，抬棺的人手却不够，我好愁啊！这些新来的猫都笨手笨脚的，还娇气，吃不得苦，训练了一个月还是抬不好棺材，真是一代猫不如一代猫……哟，白姬大人，您怎么来鬼市了？好久不见呀！"

白姬指了指韦彦，笑道："太极掌柜，我给你带生意来了。"

韦彦看了一眼太极，说："这猫长得圆圆胖胖的，挺喜庆，看不出来是卖棺材的。"

太极笑道："这位客人，你要什么棺材？"

"我也不懂，躺着舒服的就行。"韦彦说。

太极又问："那您的预算是多少？"

韦彦想了想，随便报了一个数目。

太极跳下柜台，带着韦彦在店铺中四处逛看，给他介绍各种棺材。

白姬见韦彦和太极在谈生意，便走到棺材店的门口，望向不远处的一个地方。

元曜不知道该干什么，又不想跟着韦彦去选棺材，便走到了白姬身边，顺着她的目光望去。

元曜看见了一座三层高楼。那高楼檐牙高啄，红栏粉墙，月光下，楼顶的琉璃瓦反射着水晶般的光芒，十分华丽，但是楼里没有灯火，看起来没有人。

白姬转头问太极："太极掌柜，心月楼今夜怎么没开？"

太极停止跟韦彦说话，回话："白姬大人，心月楼已经很久没开了。"

白姬问："为什么？是因为心月狐夫人生病了吗？"

太极说："生病？那老妖婆才没生病呢！老妖婆在干一些见不得人的勾当，所以懒得开心月楼。"

白姬又问："太极掌柜，你为什么这么说？"

太极顾不得跟韦彦推销棺材了，交代韦彦自己看，就走了过来，跳到一口棺材上，凑到白姬的耳边，说："白姬大人，您来得正好，您不来，有些话我都不知道该和谁说。大家都知道，在这条百鬼街上，我跟心月狐不合，我们两家没少吵架。心月狐嫌弃我在桃花方位开棺材铺晦气，挡了心月狐青楼的买卖。我嫌心月狐在我的财运方位开青楼污浊，影响了我的棺材生意。但是，接下来我要告诉你的是我抬棺的伙计看见的，绝对没有造谣诋毁心月狐。

"离鬼市不远的伊水下游有一个浮屠村，浮屠村里有一座浮屠寺，是一座古寺。心月狐最近往浮屠寺里跑得勤，还跟寺里的住持勾搭，在寺里开极乐宴。我让伙计潜伏在浮屠寺外留心查看，发现参加极乐宴的不仅有人，还有非人。无论是人，还是非人，参加极乐宴之后，总会少几个。这些消失的人和非人，不知道去了哪里，也不知道是死是活。这件事情处处透着诡异，我一直想查清楚……"

白姬听着，陷入了沉思。

第九章　心月（上）

太极说完，又回到了韦彦身边，继续忙生意。

白姬想了想，走到正在逛看棺材的韦彦身边，笑道："韦公子，我跟轩之得去探望一位生病的朋友，就在不远处的心月楼。这样吧，你自己在这儿挑选棺材，选完之后，还可以在百鬼街上逛逛，买你喜欢的东西。"

韦彦说："行，你们去吧。"

白姬从衣袖里拿出了一个纸人，递给韦彦。

"韦公子，拿着这个。你将纸人带在身上，一旦遇到危险，我马上就能知道。记住，在百鬼街上行走，你一定要提着鬼灯笼。还有，你只能在百鬼街上逛，不要走进主街之外的巷子里，更不要去地下。"

韦彦接过纸人放入怀里，好奇地问："我为什么不能去地下？"

白姬说："百鬼街只是鬼市的冰山一角，鬼市的大部分区域都隐藏在地下，而地下徘徊着恐怖的亡灵，栖息着可怕的非人。人类去地下，十分危险。韦公子，记住，只能在百鬼街上逛一逛，买一买你喜欢的东西。"

韦彦点头，说："好的。等我逛够了，就去心月楼找你们。"

因为马上要离开猫棺材铺，元曜不敢忘记离奴的嘱咐，对太极说了离奴交代的话。太极一听就明白了，让元曜稍候，便去里间取了一个扎好的纸包，递给了元曜。

元曜掂量了一下，发现纸包很轻，不过一斤重。

太极说："现在还没入冬，坟墓里吃尸体的老鼠都还不肥，好货只有这些了。"

元曜一听，吓得差点儿把手里的纸包扔掉。

太极又说："你给离奴带句话，就说我最近活儿多，人手少，让离奴来帮忙抬几次棺材，都是神都范围内的活儿，不用出远门。酬谢之礼是腊月时我会白送离奴十斤鼠肉干。"

"这……离奴老弟会抬棺吗？"元曜硬着头皮着将鼠肉干收入衣袖中，问道。

太极笑道："会的。因为我做着棺材送葬的生意，很熟悉陵寝的位置，所以我这儿的鼠肉干都是从陵寝里拿出来的极品。因为自己都不够吃，所以只卖给熟人。很久以前，离奴为了换鼠肉干来我这儿套近乎，学过抬棺，抬得还挺好。后来，离奴不抬了。但我和离奴成了熟人，会卖离奴一些鼠肉干。"

"小生一定把话带到。"元曜应下。

"谢了。"太极笑道。

白姬、元曜便告辞离开了。

"韦公子，我好心提醒你一句，最好只买能够用金银交易的货物。卖方不收金银，代表其货物是要拿别的东西交换的。你还年轻，分不清人生中什么重要，什么不重要，不要一时大意，贸然失去了现在无所谓但将来很需要的东西。"白姬带着元曜走出棺材铺时，又回头叮嘱韦彦。

韦彦似懂非懂地点点头。

白姬、元曜离开了猫棺材铺，走在百鬼街上。

不多时，白姬、元曜便来到了心月楼。

心月楼没有营业，看上去黑灯瞎火的。

白姬驾轻就熟地沿着院墙拐到了侧门，伸手敲了敲布满花藤的木门。

不一会儿，木门"吱呀"一声打开了，从里面探出了一张狐狸的脸。

"你们找谁？"狐狸口吐娇滴滴的女声。

白姬笑道："我是缥缈阁的白姬，听说心月狐夫人生病了，特意前来探望。"

"哦！"狐狸一听，急忙打开了木门。与此同时，狐狸幻化成了一个身穿彩裙的小丫鬟。

"快请进！十三公子交代过，今天晚上缥缈阁的白姬大人会来访，我特意在侧门等候呢。"

白姬、元曜走了进去。

元曜借着鬼灯笼发出的光望过去，发现侧门里面是一个院落，有亭台楼阁、花草树木，但是看不太清楚。

"请随我来。"小丫鬟笑道。

小丫鬟在前面引路，白姬、元曜跟在她后面，踏着石头小路在花园之中穿行。

不一会儿，元曜看见前面有光亮，一座华丽的轩舍映入眼帘。

元曜望向轩舍，透过飘荡的银色窗帘看见轩舍之中生起了壁炉，地上铺着波斯绒毯，有七八个美丽的女子，有的在玩六博戏，有的在喝酒聊天。一个俊美的红衣少年坐在这群美丽的女子中间，跟她们一起谈笑玩乐。

小丫鬟走进去，禀报："十三公子，白姬大人来了。"

红衣少年急忙站起身，迎了出来，笑道："白姬、元公子，你们来了。"

白姬将鬼灯笼放在屋外，走了进去。

元曜也将鬼灯笼放下，只提着礼盒跟了进去。

白姬看了一眼胡十三郎和众狐女，笑道："十三郎，你这儿好热闹呀！我们在外面就听见你们的欢笑声了。"

胡十三郎笑道："长夜漫漫，又闲来无事，某就跟狐狸姐姐们一起玩游戏了。"

一名温柔的绿衣狐女笑道："白姬大人，秋夜风寒，坐下喝一杯温酒吧。"

另一名妖艳的红衣狐女掩唇笑道："哟，这位儒雅的人类公子看起来文质彬彬的，是心月姐姐喜欢的那一款。"

元曜不寒而栗。

白姬笑道："听说心月狐夫人病了，我特意前来探望。"

胡十三郎笑道："某告诉姑姑今晚你要来，姑姑十分高兴。不过，傍晚时，姑姑身体有些不适，早早地就回房间休息了。某去看一看，说不定姑姑还没睡着，毕竟姑姑最近天天都关在房间里睡觉，白天还睡了一整天呢。"

白姬笑着点点头。

胡十三郎高高兴兴地去心月狐夫人的房间了。

绿衣狐女给白姬递了一盏温酒。

白姬接过温酒，顺势坐在了绿衣狐女身边，一边喝酒，一边看另外两名狐女玩六博戏。

那名妖娆的红衣狐女见元曜拎着礼盒呆呆地站着，笑着过去拉他："公子，你还傻站着做什么，坐下来跟我们一起喝酒呀！"

元曜有些害怕地说："小生站着就可以了。"

红衣狐女笑道："公子，我们都坐着，你是客人，却站着，这太说不过去了，看着好像我们心月楼的人都是粗鄙的山野之狐，不懂待客之礼似的。"

白姬也笑道："轩之一向比较拘谨，你们不要介意。轩之，你就坐下来，跟狐狸姐姐们一起玩吧。"

元曜便放下礼盒，跟着红衣狐女坐下了。

一时间，三四个妖娆的狐女一起围住了元曜，有的给他递温酒，有的摸他的头和脸，有的嗅他身上的气味，有的给他宽衣解带。

元曜一下子站了起来，说："你们住手！男女有别，你们这样的行为不符合圣贤之道。圣人云，道之以德，齐之以礼，有耻且格……"

众狐女一下子愣住了。

元曜滔滔不绝地讲述圣贤之道，希望这些狐女能够明白圣人的教诲，懂得什么该为，什么不该为。

白姬扶额，听得头痛，说："你们谁能赶紧拿酒堵住他的嘴？"

众人正在闹着，胡十三郎忽然飞快地跑了进来，有些惊慌地说："白姬，姑姑不在房间里……好像不见了……"

元曜停止讲述圣贤之道。

白姬问："什么叫你的姑姑不见了？"

胡十三郎揉脸，说："姑姑的房间里没人，罗汉床上的被子叠得好好的，不像是姑姑睡过的样子。某找遍了整个心月楼，也没看见姑姑。"

众狐女面面相觑，面露担忧之色。

一名蓝衣狐女说："十三公子，别急。心月姐姐许是因为生病了心里太闷，踏着月色，出去散心了。或许过一会儿，心月姐姐就会回来的。"

另一名黄衣狐女犹豫了一下，才说："夫人最近……啊！没事……没事……"

白姬笑了，接过黄衣狐女的话，说："你想说心月狐夫人最近经常深夜出门，是不是？"

黄衣狐女嗫嚅着说不出一句完整的话："夫人……经常深夜出门，白姬大人今晚要来探病，夫人不该出去的……"

胡十三郎大惊地问："姑姑经常深夜出门？某怎么不知道？"

白姬说："十三郎，心月狐夫人想要独自出门，肯定像今晚一样瞒着你呀。"

胡十三郎有些担心："姑姑去哪儿了？"

这时，刚才给白姬、元曜开门的小丫鬟匆匆地走了进来，声音颤抖，略显慌张。

"十三公子，我发现夫人把一些贵重的珠宝首饰带走了。"

众狐女闻言，都有些惊慌。

胡十三郎则疑惑不解。

白姬说："看来，心月狐夫人知道我要来探病，非常心虚，连夜逃走了，连心月楼也不打算要了。"

胡十三郎颤声问："白姬，姑姑为什么心虚？"

白姬起身，说："我们找到心月狐夫人问一问，就知道了。"

胡十三郎问："我们去哪儿找姑姑呢？"

白姬说："浮屠寺。"

第十章　心月（下）

伊水潺潺，芦苇荡漾。

伊水下游，有一个浮屠村。浮屠村后，有一座香枫山。在香枫山的半山腰上，有一座古老的寺庙，名叫浮屠寺。

胡十三郎幻化成一只巨大的九尾狐，驮着白姬、元曜沿着伊水而行，来到了浮屠村外。夜已深，浮屠村的村民们都已经歇息了，村落中十分寂静。

月光如银，清辉满地，照得天地间一片通明。

胡十三郎看见了香枫山上的古寺。

"白姬、元公子，你们看，那山上的古寺是不是浮屠寺？"九尾狐口吐人言。

白姬睨目一望，不由得皱起了眉头。

"那座寺庙里有一股诡异的气息，而且，我觉得那股气息有些熟悉。"

深秋时节，枫红如火，落叶尽是心头血。月光下，枫林中，掩隐在红枫深处的浮屠寺仿佛一头沉寂的猛兽。

元曜问："白姬，心月狐夫人在那座寺里吗？"

白姬摇头，说："我不知道。十三郎，我们去看看吧。"

九尾狐得令，驮着白姬、元曜朝着半山腰上的古寺飞奔而去。

不一会儿，九尾狐在古寺外停下。

白姬、元曜下地后，九尾狐倏然缩小，变成了一只红色的小狐狸。

元曜抬头望向古寺的山门，朱红色的山门上面悬挂着一块匾额，借着月光可以看见匾额上写着"浮屠寺"三个大字。

"啊！白姬、十三郎，咱们没有找错，这就是浮屠寺。"元曜说。

白姬突然变得很警惕，四处张望，不知道在看什么。

"姑姑真的在这座寺庙里吗？"小狐狸心烦意乱地揉脸。

元曜抬手，敲了敲庙门。

"轩之，别敲！"

白姬急忙阻止，可是已经晚了。

在元曜伸手敲门的那一瞬间，浮屠寺朱红色的庙门应声而开。庙门之内，是一处荒烟蔓草的院落，他们隐约能看见三座石制佛塔。

一阵夜风吹过，血红色枫叶漫天飞舞。

"白姬，怎么了？"元曜不解地问。

"唉！轩之，我们现在很难走出去了。"白姬说道。

元曜循着白姬的目光望去，只见身后原本是山林的地方突然多出了无数庙门。那些朱红色的庙门纵横交错，一扇接着一扇，呈扇形排列。他一眼望去，庙门无穷无尽。

元曜再回头一看，浮屠寺的庙门消失了，浮屠寺也消失了，漫天飞舞的血红色枫叶中是呈扇形分布的无数庙门。

胡十三郎焦急地问："白姬，我们进入了谁的'术'中吗？这里怎么出现了这么多门？某感觉头好晕。"

白姬环顾四周，说："这浮屠寺中有一股力量布下了千门迷宫，似乎是特意为了阻止我们踏入。在刚才轩之敲门的那一刻，'术'就开启了。如果我没猜错的话，这是千门之术，这些门分为开门、休门、生门、伤门、杜门、景门、死门、惊门，一共有四千三百二十扇，其中只有实门是真正的浮屠寺庙门，其他的都是虚门。踏入实门，我们就能回到现实世界，进入浮屠寺。我们一旦踏入虚门，等着我们的就不知道是什么了。"

元曜大惊："白姬，那我们现在该怎么办呢？"

白姬叹了一口气，说："我们只能碰一碰运气了。"

白姬走进离她最近的一扇门中。

元曜、胡十三郎急忙跟了进去。

门后是一片夜色笼罩的山林。山石险峻，树林茂密。白姬、元曜、胡十三郎走在山林里，黑暗之中似乎潜伏着什么，风声里夹杂着野兽的低吼声。

胡十三郎警惕地望着周围。

忽然，一道黑影疾速冲了过来。一只巨大的饿虎张牙舞爪地扑向白姬、元曜，似乎想要吃掉他们。

元曜大惊。

"白姬，有老虎！"

白姬微微抬手，一道白光闪过。

饿虎被白光击毙，继而连同山林一起消失了。

白姬、元曜、胡十三郎回到了千门的迷宫之中。

白姬说："就像刚才那样，一旦走入虚门，我们就会遇到各种各样的危险。如果刚才我们不小心被老虎吃掉的话，就会困在那扇虚门中，永远出不来了。"

元曜问："白姬，我们还要继续往门里走吗？"

白姬说："我们只能继续碰运气，因为站在这儿也是在'术'中。"

胡十三郎疯狂地揉脸，焦虑不已。

白姬、元曜、胡十三郎继续在千门之中徘徊，一会儿遭到巨蟒偷袭，一会儿被剧毒的蜂群蜇咬，一会儿碰见了食人花，一会儿又遇上刀山，一会儿陷入沼泽，一会儿又被困在荒漠里……

虽然有白姬和胡十三郎在，这些危险都能够得到化解，但是一扇门一扇门地闯过去，元曜时而吓得心惊胆战，时而跑得疲惫不堪，苦不堪言。

一群吸血蝙蝠被白姬的风行之术卷飞，剩下的吸血蝙蝠被胡十三郎的狐火烧成灰烬之后，白姬、元曜、胡十三郎又回到了千门迷宫，都累得气喘吁吁。

白姬一边喘气，一边环顾四周无穷无尽的门，脸上露出了忧愁之色。

元曜瘫坐在地上。刚才被吸血蝙蝠追逐，他跑出了一身汗，只能一边擦汗，一边以袖扇风。他很想问白姬几句话，但是累得连说话的力气也没有了。

胡十三郎一直歪着脑袋，不知道在干什么。过了一会儿，胡十三郎才说："白姬、元公子，刚才的打斗之中，某不小心扭到了脖子，现在脖子好疼……而且，某的脖子疼得扭不过来，好像只能歪着头了，这可怎么办？"

元曜一听，想起了离奴托他带给胡十三郎的狗皮膏药，急忙从怀中取了出来。

"我刚才忘记了。胡十三郎,这是离奴老弟托小生带给你的礼物,万万没想到居然恰好能用上。"

看清了离奴送给自己的礼物,胡十三郎沉默了。

元曜取了一张狗皮膏药,小心翼翼地给胡十三郎贴上。

胡十三郎歪着头坐在地上。

元曜也坐在地上。

白姬走了过来,也坐下了。

白姬说:"好累!我们还是歇一会儿吧。"

元曜问:"白姬,咱们被困在这些门中多久了?"

白姬摇头,说:"不知道。千门中时光流逝的速度与现实世界的不一样,也许才过去一个时辰,也许已经过去一天了。我们运气差一点儿的话,可能已经过去一年了。"

元曜发愁:"那咱们怎么才能出去?"

白姬也愁:"我们想要从千门之术中出去,要么找到实门,要么发生奇迹。"

元曜一听,得知出去的希望渺茫,十分沮丧。

"白姬、十三郎,都怪小生,刚才擅自敲门,才会惹出这么大的祸事。"

胡十三郎歪着头安慰元曜:"元公子,这不能怪你,任谁都会去敲门的。你不敲,某也会去敲……哎哟,某的脖子好疼……"

元曜急忙去帮胡十三郎揉脖子。

"轩之,你不必自责。这千门之术就是为了阻挡我们。即使你不敲庙门,我们也会以别的方式触发机关。嘘,等一等……"白姬突然屏气凝神,侧耳倾听。白姬仿佛在感应着什么,笑道:"哎呀,轩之、十三郎,奇迹发生了!"

元曜和胡十三郎有些疑惑。

白姬站起身来,从衣袖中拿出来一个纸人,对着纸人吹了一口气。

纸人飘飞坠落,立在了地上,身上发出了耀眼的金光。

与此同时,元曜的耳边传来了韦彦的声音。

"奇怪!白姬给我的纸人怎么在这庙门口突然活了,而且还在发光?"

在耀眼的金光中,千门的迷宫幻象瞬间如破镜般碎裂了。

阳光照了进来,明亮而灿烂,有些刺眼。

元曜用手遮了一下眼睛,再睁眼看周围时,发现已经是白天了。他和白姬、胡十三郎正站在浮屠寺外,四周枫叶如火,落叶飘飞,而韦彦拿着纸人站在他们面前。

韦彦一见到白姬、元曜、胡十三郎，不由得惊愕地问："白姬、轩之，你们怎么突然出现了？"

元曜有些恍惚，一时间不知道该怎么回答。

白姬笑道："韦公子，多亏你拿着我给你的纸人来到浮屠寺，否则我们永远不能相见了……对了，离我们在鬼市分别有多久了？"

韦彦一听，觉得奇怪，说："白姬，你在胡说什么！我们不是昨晚才分别嘛。我逛完百鬼街之后去心月楼找你和轩之，结果没人给我开门。"

白姬掩唇笑道："哎呀，我们昨晚走得匆忙，忘了交代心月楼里的人你会去拜访。想必你去敲门时太晚了，小丫鬟已经睡下了。"

韦彦委屈地说："你和轩之丢下我就走了，我又敲不开心月楼的门，只好在鬼市里闲逛。我逛累了，好想睡觉，又不想露宿荒郊野外，只好走回了猫棺材铺，想请那位猫掌柜看在我定了棺材的分儿上留我住一宿。"

白姬说："真是不好意思！我一时大意，把你给忘了。太极掌柜留你住了吗？"

韦彦说："留了。我昨晚就睡在自己订的棺材里了。"

元曜一听，安慰韦彦："丹阳，委屈你了。"

韦彦笑道："不委屈，挺好的，我发现睡在棺材里很舒服。虽然棺材里漆黑，很有诡异的气氛，但是暖和、不透风，秋冬睡起来比罗汉床好多了……我打算回去之后，把我的罗汉床换成棺材。"

这……你在家里天天睡棺材，韦世伯会气得把你撵出家门吧！元曜暗想。

韦彦继续说："早上我起床之后，猫掌柜跟我一起去敲心月楼的门，这次敲开了。一个小丫鬟告诉我们，你们昨晚去了浮屠寺，还没回来。我本想自己先回洛阳城，但总是心神不宁的，有些担心你们，就向猫掌柜打听了浮屠寺的地址，来找你们了。我刚走到寺门口，怀里的纸人就动了起来，还开始发光。我刚把纸人拿出来，就看见你们了。"

白姬笑道："韦公子，幸好你来了浮屠寺，还带着我给的纸人，纸人上有我的妖气，能够与我的灵力相连，所以才能打破千门迷宫。你帮了我一个大忙，这次鬼市之行我就不收你十两金子了。"

韦彦十分高兴地说："太好了！白姬，我可以再买一口舒适的棺材作为床了。"

元曜无语。

白姬回头，望向白日里浮屠寺的朱红色大门，说："现在我们可以真正进入浮屠寺了。"

一阵秋风吹过，卷起了满地红叶。

第十一章　成　觉

因为白天会有香客来拜佛，所以浮屠寺的朱红色大门一半敞开，另一半关闭。

白姬、元曜、韦彦和歪着头的胡十三郎一起走向了浮屠寺，进去后，入目的便是一座有三座石制佛塔的院子，种着几棵枫树，再进去便是大雄宝殿。

一个小沙弥正在大雄宝殿前打扫落叶。

小沙弥见白姬、元曜、韦彦和一只小狐狸走了进来，以为是来拜佛的香客，便停止了打扫。

小沙弥双手合十，礼貌地说："阿弥陀佛！三位施主，上香请往左边走。"

白姬笑道："小师父，你们寺里的住持在吗？"

小沙弥刚要回答，从大雄宝殿中走出来一位布衣僧人。

布衣僧人大约而立之岁，相貌平平，身形圆胖，看起来十分普通。

布衣僧人双手合十，说："贫僧成觉，是这浮屠寺的住持。"

元曜打量成觉，无论怎么看都觉得他就是一个普通人，只不过身上有一缕若有若无的金光。元曜仔细一看，发现这缕金光之中夹杂着一丝黑色的污浊气息。

白姬问："成觉禅师，请问有一位叫心月狐夫人的女子来过浮屠寺吗？"

成觉抬头望了白姬一眼，说："没有。"

白姬又问："请问，贵寺之中会举办极乐宴吗？"

成觉皱眉，说："女施主，贫僧听不懂你在说什么。"

白姬伸手，拂过成觉的耳畔。

"哎呀，都秋天了，这里居然还有蚊子！"

元曜清楚地看见白姬将成觉身上散发出来的一缕黑气捕入手中。

"嗡嗡嗡——"一只蚊子从白姬手边飞走了。

成觉退后了一步,双手合十。

"女施主,浮屠寺中没有心月狐夫人,也不会举办什么极乐宴,你恐怕找错地方了。"

胡十三郎一听,十分着急,似乎不是很相信成觉的话,可因为自己现在是小狐狸的样子,贸然开口说话,怕惊吓到众人,惹来麻烦,故而只能干着急。

白姬笑道:"既然如此,那我就在贵寺上一炷香吧。我曾经发愿,遇见寺庙,一定会进入跪拜佛陀。"

成觉没有办法拒绝。

白姬、元曜、胡十三郎便在浮屠寺中参拜佛陀、菩萨。

韦彦因为一大早就开始赶路,从鬼市走到浮屠村十分辛苦,对参神拜佛也没兴趣,就坐在枫树下的石凳上休息。

白姬、元曜、胡十三郎从大雄宝殿开始,一边参拜神佛,一边将整座浮屠寺走马观花地逛了一遍。

浮屠寺并不大,共有三重院落,最外面是一座大雄宝殿,后面是两座偏殿、一座藏经楼,靠近后山的地方有一排僧舍。寺里的僧人不多,正在洒扫、种菜、诵经,一共七八个。

趁着无人时,元曜小声地说:"白姬,你刚才在成觉住持的耳边抓住了什么?"

白姬笑了笑,从衣袖中伸出了手,掌心里躺着一只黑色蠕虫。

元曜不知道那是什么。

胡十三郎小声地问:"这是妖噬虫?"

白姬说:"是的。"

元曜问:"白姬、十三郎,什么是妖噬虫?"

白姬说:"妖噬虫是以妖魔气息为食的小虫。如果一个人内心被妖魔侵袭过,身上一定会留下妖魔的气息,而这些气息会吸引无处不在的妖噬虫。"

元曜似乎明白了。

"白姬,你的意思是成觉住持被妖魔附体了。"

白姬摇头:"不是。成觉禅师没有被妖魔附体,情况没那么严重。人类若被妖魔附体会失去意识,而成觉禅师有自己的思维和意识,只是被妖魔蛊惑了。"

元曜有些担心地问:"那我们现在该怎么办呢?"

白姬对着掌心里的妖噬虫吹了一口气,就使得妖噬虫如飞灰一般彻底消失了。

白姬说:"我们得先弄清楚蛊惑成觉禅师的是什么妖魔。"

胡十三郎小声地说:"白姬、元公子,蛊惑成觉禅师的妖魔会不会是某的姑姑?某刚才以妖力感应过了,虽然感应到的气息十分微弱,但某可以确定这浮屠寺里有姑姑残留的气息,姑姑一定来过这里。"

白姬摇头,说:"恐怕不是。从昨晚困住我们的千门迷宫来看,这浮屠寺里的妖魔比心月狐夫人强多了……我们先探察一下浮屠寺吧。"

元曜点点头。

胡十三郎歪着头,艰难地点点头。

白姬、元曜、胡十三郎以在寺里赏景为名,在浮屠寺中继续闲逛。不一会儿,他们走到了藏经楼前。藏经楼是木制结构,飞檐斗拱,一共两层。藏经楼前,是一片空地,空地上有九座石制佛塔,里面供奉着僧人的舍利子。

白姬停下了脚步,盯着藏经楼。

藏经楼大门紧闭,两边各有一副对联:"禅门居此地,苍生如梦中。"

门口站着一名僧人。

白姬朝藏经楼走去,笑着询问:"这位小师父,我能进去看一看贵寺收藏的典籍吗?"

守门僧人双手合十,说:"阿弥陀佛!女施主,十分抱歉,鄙寺的藏经楼不对香客开放。"

白姬遗憾地走开了。

白姬一边观赏藏经楼附近的佛塔,一边绕到了藏经楼的侧面。

白姬的嘴角露出一抹诡异的笑。白姬见四周无僧人,便从衣袖中拿出一个纸人,并将纸人放在地上。

纸人在地上抖动了一下,"活"了过来。

纸人飞快地跑向藏经楼的大门,趁着守门僧人不注意,侧过身体,努力地从大门的缝隙挤了进去。

"妥了。"白姬笑道。

元曜问:"白姬,你让纸人进入藏经楼干什么?"

白姬笑道:"我让它去替我探察藏经楼呀。"

看到纸人进入藏经楼后,白姬便转身离开了。

胡十三郎跟着白姬走了。

元曜站在原地,抬头望向掩藏在红色枫叶后的藏经楼。二楼半开的窗户里,露出了一张老僧人的脸。

那名老僧人站在藏经楼里,隔着窗户望着元曜。他古眉如雪,面容沧桑,眼神空洞如一口枯井。

元曜与老僧人对望,只觉得老僧人枯井般的眼神看似平静无波,实则却仿佛潜藏着一条可怕的魔龙。

白姬回过头来,问:"轩之,你还愣着干什么?"

元曜回头望向白姬,说:"白姬,藏经楼上有一位老僧人。"

白姬望向藏经楼,疑惑地问:"哪儿有老僧人?"

元曜说:"他就在二楼的窗户边。"

白姬皱眉。

元曜再度回头望去,只见藏经楼二楼的窗户紧闭,根本就没有什么老僧人。

元曜挠头,说:"奇怪,难道刚才小生眼花了吗?"

一阵秋风吹过,枫叶漫天飞舞,仿佛火焰之蝶。

白姬、元曜、胡十三郎回到了大雄宝殿外。

韦彦仍坐在枫树下的石凳上,面前的石桌上摊开了一个包袱,里面放着杯子、指环、葫芦之类的器物。等白姬、元曜、胡十三郎等得百无聊赖,韦彦正饶有兴味地在阳光下观赏着昨晚在鬼市里买的玩物。

白姬、元曜、胡十三郎走了过去。

白姬笑道:"哟,韦公子,你昨晚买的东西还真不少。"

韦彦笑道:"嘿嘿!昨晚买得可开心了,我把带来的银子都花光了。"

元曜说:"丹阳,你在佛寺里观赏在鬼市里买的东西,貌似对佛祖有些不敬。"

韦彦说:"轩之,佛祖大慈大悲,大度大量,不会见怪的。我刚才突然想起,坊间传言有人在鬼市里买了东西,结果第二天早上一看,买的东西都消失了。我担心我买的宝贝消失,所以才忍不住拿出来看一看。"

白姬笑道:"鬼市里的买卖公平公正,童叟无欺,绝不会出现韦公子你说的那种情况。这种坊间传闻是假的,一般是人类被人设局坑了,故而托言是妖鬼所为。好了,我们走吧。"

韦彦将东西一一收了起来。

白姬在大雄宝殿外给知客僧留下了香油钱,便跟元曜、韦彦、胡十三郎一起离开了浮屠寺。

三人一狐走在下山的路上。

白姬说:"哎呀,我好累,肚子也好饿啊。"

在千门幻境之中折腾了一整夜,元曜也觉得又累又困又饿。

韦彦说:"刚才我来的时候看见山下的村子里有酒肆,我们可以去吃点儿东西。这个村子的村民好像是以卖山货为生,我还看见一些马车运送山货去神都。"

胡十三郎歪着头,说:"某虽然也很累,但还是好担心姑姑啊。"

韦彦问:"小狐狸,你的姑姑是谁?"

胡十三郎说:"某的姑姑名叫心月狐。"

韦彦的眼睛一亮,他说:"你的姑姑就是那位卖极乐宴入场券的心月狐夫人啊!你能让你的姑姑卖给我一张吗?"

胡十三郎说:"什么极乐宴入场券?某不知道你在说什么。"

白姬一心想着浮屠村酒肆里卖的吃的,飞快地在前面飘着。

胡十三郎和韦彦在中间一边走,一边聊天。

元曜浑浑噩噩、怏怏无力地走在最后。

香枫山的山路两边种满了枫树,枫树下怪石嶙峋,地上落叶堆积。

眨眼间,元曜看见路边的一块山石后露出了一点儿白色。那一点儿白色被落下的枫叶掩埋着,他不仔细看的话,根本看不清楚是什么东西。

元曜仔细一看,发现那一点儿白色竟然是一只手——一只女人的纤纤玉手。

元曜一惊,大喊:"白姬,那儿有一只手!"

白姬早已经飘出很远,听见元曜大喊大叫,只好又飘了回来。

胡十三郎、韦彦停下脚步,往回走了过来。

胡十三郎翕动鼻翼,似乎嗅出了什么,脸色一变,飞快地跑向石头。

石头后面,枫叶掩埋了一个红衣女人。

红衣女人美艳绝伦,肤如凝脂,黑发如瀑,但七窍流血,唇色乌紫,不知道是生是死。

小狐狸一见到躺在枫叶中的红衣女子,惊得歪着的头都扭正了过来,哭道:"姑姑……姑姑,你怎么了?"

红衣女子正是心月狐夫人。

白姬、元曜、韦彦都围了过来。

白姬看见心月狐夫人,急忙俯身蹲下,伸手探了探心月狐夫人的鼻息,说:"还好,心月狐夫人还有一丝气息。"

白姬将手覆上心月狐夫人的额头,默念咒语,一道冰蓝色的光芒如流水一般浸入了心月狐夫人的体内。

冰蓝色的光芒源源不绝地从白姬身上进入心月狐夫人的体内。

半晌,白姬的额头上渗出了冷汗。

一盏茶的时间后,心月狐夫人唇上的乌紫色褪去了一些,有了一点儿正常的红色。

心月狐夫人缓缓地睁开了眼睛,长长地吐出了一口气息。心月狐夫人看清白姬、胡十三郎后,似乎有些羞愧,想要开口说什么。不过,心月狐夫人一张口,一口血便吐了出来。

白姬的衣袖上顿时多了一朵朵血红的"梅花"。

心月狐夫人挣扎着起身,想要对白姬说什么,可心月狐夫人太虚弱了,一下子又歪倒在地上。

白姬叹息一声,说:"你别着急!你虽大难不死,但现在身体还很虚弱。你千万不要情绪波动,小心毒气攻心,还是先休息一会儿吧。"

心月狐夫人虚弱地点点头。

心月狐夫人躺在地上,倏然化作了一只金红色的狐狸。

第十二章 浮屠(上)

因为遇见了身受重伤的心月狐夫人,所以白姬、元曜等人都没有心情去浮屠村的酒肆里吃饭了。

胡十三郎急着带心月狐夫人回心月楼养伤,白姬、元曜便打算陪着胡十三郎一起回鬼市。

韦彦明天还有事情,就与白姬、元曜、胡十三郎告辞,独自去浮屠村,搭乘运送山货的马车回洛阳。

韦彦走后,胡十三郎化作一只九尾狐,驮着白姬、元曜、心月狐夫人回到了鬼市。

元曜发现,白天的鬼市是一片杂草丛生的荒野,只有那块断裂的石碑还立在草地上。

九尾狐在鬼市的石碑边绕圈,绕到第三圈的时候,仿佛某种结界轰然打开,荒野之上出现了一条街道、一片城镇,此处正是鬼市。

鬼市白天没有晚上热闹,百鬼街上也没有人,两边的店铺大多关门闭户,十分安静。连猫棺材铺也只开了半扇门,几只猫在店门口的棺材上或躺或坐,眯着眼睛晒太阳。

九尾狐驮着白姬、元曜、心月狐夫人回到了心月楼。

众狐女看见受伤的心月狐夫人,都有些惊慌失措。大家急忙把心月狐夫人安顿好,又张罗着去鬼市的地下请鬼医。

鬼医被请来之后,给心月狐夫人看诊,说它服下了鸩毒,命在旦夕。幸好,之前老狐王让胡十三郎送了一些灵丹妙药来。鬼医给心月狐夫人服下了一些灵丹妙药,总算让心月狐夫人保住了性命。

白姬、元曜、胡十三郎在浮屠寺里折腾了一整晚,十分疲累。尤其是白姬,先前为了给心月狐夫人保命,损失了不少妖力。

白姬见心月狐夫人暂时无事了,便吵着肚子饿,要吃东西。

众狐女急忙安排了精致的食物,招待白姬、元曜。

白姬、元曜在花厅里吃完了饭,便去火炉边烤了一会儿火。

胡十三郎因为担心心月狐夫人的安危,一直守在她的房间里,连饭都没有吃。

白姬烤暖身子后,歪在花厅里的贵妃榻上睡着了。

元曜也觉得很困乏,便躺在花厅的绒毯上睡着了。

元曜睡得十分香甜,一觉醒来时,已经是黄昏时分了。

元曜揉着眼睛坐起身来,发现贵妃榻上空空如也,白姬不知道去了哪里。花厅里十分昏暗,没有人掌灯,四周十分安静。

元曜四处探看,发现心月楼里外都是空的,一个人也没有。

元曜觉得奇怪,大喊:"白姬、十三郎,你们在哪里?"

没有人回答元曜。

元曜走出花厅,来到了院子里。

黄昏时分,光线昏暗,院子里白雾缭绕,他只能隐隐约约看见一些花草树木,还有亭台楼阁的轮廓。

元曜在院子里转了一会儿,找不到白姬,有些慌。

"白姬……白姬,你去哪儿了?"

走着走着,元曜看见了一棵樱花树,繁花满枝,如云似霞。一阵风吹过，樱花纷纷扬扬，飘飞如雪。

"樱花最美丽的时候，不是盛开时，而是凋零的刹那芳华。"一只金红色的狐狸坐在樱花树下，悲伤地说。

元曜一看：这不是心月狐夫人吗？

元曜急忙作了一揖，说："小生姓元，名曜，字轩之，见过心月狐夫人。请问夫人看见白姬了吗？小生找不到她了。"

心月狐夫人回头望了一眼元曜，说："你找不到白姬，便是你们之间的缘分尽了。人与非人迟早是要分开的。"

元曜一听，急了："夫人不要胡说，小生与白姬是不会分开的。"

心月狐夫人喃喃自语："问世间情为何物，直教人生死相许。世间的情侣，迟早要各走各的路。世间的男子，大多薄情寡义，是最不可信的。"

元曜本想争辩几句，但是他记得之前离奴叮嘱过自己的话——心月狐夫人一片痴情被人类男子辜负，最厌恨读书人，还会吃掉读书人。现在，白姬不在身边，他有些害怕，当即就不打算跟心月狐夫人争辩了。

元曜沉默地望着心月狐夫人。

心月狐夫人抬头，望着飘飞的樱花。

"我要走了。"

元曜一愣，问："你要去哪里？"

心月狐夫人悲伤地说："去地狱。"

元曜大吃一惊："你……你要去……地狱？！"

心月狐夫人说："自从宁郎死后，这世间对我来说就如同地狱。我妄图在地狱中寻求极乐，便做了一场镜花水月的美梦，害死了很多人。可惜，在镜花水月的美梦之中寻求的极乐是虚幻的，这里仍旧是地狱，反而害死了我自己。"

元曜说："心月狐夫人，你不能……你要挺住啊！你如果有什么不测，十三郎会伤心，老狐王也会难过的。心月楼里的狐狸姐姐们都希望你能平安无事啊！"

心月狐夫人望着元曜，说："你这人真有趣，居然能够进入我的心梦，还鼓励我活下去。"

元曜疑惑地问："什么是心梦？"

心月狐夫人没有回答元曜，只是说："在别人看来，我像是一个痴心的疯子，其实我只想永远跟我的爱人在一起。爱情是这世界上最美妙的事情，若能与爱人一起品尝爱情的甜美，我就像是到了极乐世界。即使那份甜美有剧毒，我也甘之如饴。我太贪恋极乐的幻觉，才会被人利用，如今落得被灭口的下场。"

元曜一听，急忙地问："谁利用了你？"

心月狐夫人咬牙切齿地说："浮屠寺，灭秽。"

元曜又问："灭秽是谁？"

心月狐夫人突然陷入了癫狂，说："不，不是灭秽，是极乐书……是极乐书……"

心月狐夫人脚底的泥土突然层层翻卷，露出了一架森森骸骨。

心月狐夫人低头，望着泥土中露出的骸骨，目光突然变得温柔而缱绻。

心月狐夫人喃喃地说："宁郎，你来了。"

骸骨从泥土中坐起来，朝心月狐夫人张开了双臂。

心月狐夫人扑入了骸骨的怀中，与眼神空洞的骸骨深情凝望。

"宁郎，我们永不分离。"

骸骨抱着金红色的狐狸躺下，陷入了泥土之中。骸骨和金红色狐狸一起沉入了地下，缓缓地被泥土掩盖。

元曜看见这样诡异的情形，又惊又急，扑上去，想把心月狐夫人从泥土里扯出来。可他还是晚了一步，跑到樱花树下时，骸骨与金红色狐狸相拥沉入了地下。

元曜只好蹲下，一边用手挖土，一边焦急地喊："心月狐夫人，你快回来呀！"

突然，泥土之中伸出了一只雪白的骸骨手，一把抓住了元曜的手。

元曜吓得急忙挣扎。

可那只骸骨手力量极大。

元曜感觉自己稳不住脚步，眼看就要被骸骨手拖入地下。

"放开小生，放开小生——"元曜一边挣扎，一边胡乱拍打。

"书呆子，你突然胡拍乱打做什么！"离奴的声音猛然响起。

元曜一下子睁开了眼睛，坐起身来，惊魂未定，大口大口地喘着粗气。

元曜环顾四周，发现自己正躺在心月楼的花厅之中。已经过了掌灯时分，外面漆黑一片，花厅里却灯火通明。白姬坐在不远处的木案边，正托腮望着自己。离奴蹲在一边，没好气地盯着自己。

原来，他刚才只是做了一场噩梦。

元曜大喜："白姬，太好了，你还在。离奴老弟，你怎么来了？"

离奴说："爷见主人和你许久没回缥缈阁，担心你们出事，就来鬼市看一看。书呆子,爷的鼠肉干呢?"

元曜急忙从衣袖里摸出了纸包,递给离奴,说:"在这儿。"

离奴拿手掂了掂纸包的重量,不是很满意。

"就这点儿?这点儿还不够爷塞牙缝的!"

元曜说:"太极掌柜说棺材铺最近人手不够,想让离奴老弟你去帮忙抬棺材,到时太极掌柜会给你三斤鼠肉干当报酬。"

离奴一听,没好气地说:"哼,太极怕不是猫脑袋被棺材板夹坏了。区区三斤鼠肉干,太极就想使唤爷,没门!待会儿爷去棺材铺跟太极谈一谈,怎么也得十斤。"

白姬在旁边说:"离奴,你改天再去棺材铺,待会儿还得去浮屠寺呢。"

元曜一听,问:"白姬,你还要去浮屠寺吗?"

白姬叹了一口气,说:"心月狐夫人还是很危险,一直昏迷不醒,随时有性命之忧。刚才你睡着的时候,心月狐夫人差一点儿就去了。我没法等心月狐夫人醒来告诉我们发生了什么事,我们还是再去浮屠寺探察一番吧。"

元曜发现,白姬面前的木案上有一块纸人的残片和半朵曼陀罗花。

白姬见元曜望着纸人,解释说:"这是上午在浮屠寺中进入藏经楼的纸人。它刚才回来了,带回了半朵曼陀罗花。因为纸人已经残破,我无法从它的嘴里获知藏经楼里的具体情况,所以我决定待会儿再去一趟浮屠寺,亲自去藏经楼里看看。"

元曜沉默半响,对白姬说了自己刚才做的怪梦。

白姬听完之后,陷入了沉思。

元曜有些好奇地问:"白姬,心月狐夫人对着一具骷髅叫'宁郎',宁郎是谁?"

白姬还没回答,离奴已经搭腔:"抛弃心月狐的那个男人,就姓宁。那个姓宁的,听说最后被心月狐给杀了。书呆子,你这梦做得真奇怪。按道理,你不可能知道心月狐的相好姓什么呀。"

元曜挠头,说:"小生也觉得这个梦好奇怪!梦里,心月狐夫人说小生进入了心月狐夫人的心梦。在心梦里面,我总觉得心月狐夫人在向这个世界告别。"

白姬说:"轩之,你当真听到心月狐夫人说自己被浮屠寺灭秽利用了?"

元曜点点头,说:"是的。心月狐夫人还提到了极乐书。"

"灭秽……极乐书……极乐书……灭秽……"白姬喃喃,倏然站起身来说,"轩之、离奴,我得去一趟鬼市地下,你们在这儿等我。"

说完,白姬便匆匆地离开了。

元曜有些茫然。

"离奴老弟,白姬去鬼市地下做什么?"

离奴摇头,说:"不知道。"

坐了一会儿,元曜清醒了一些,见心月楼里的众狐女都不在,问:"离奴老弟,心月楼里的狐女呢?"

离奴一边舔爪子,一边说:"你很关心那群狐女嘛!发生了这么大的事,心月狐生死未卜,狐女们有的在照顾心月狐,有的在房间里伤春悲秋,还有的在后花园里拜月祈福。"

元曜又问:"那胡十三郎呢?"

离奴说:"那只臭狐狸在照顾心月狐呢。"

"哦!"

元曜的肚子忽然咕咕叫。

离奴一听,乐了:"书呆子,你饿了?"

元曜有些脸红地说:"还好,我不是很饿。"

离奴说:"嘴硬!不过那些狐女乱成一团,哭哭啼啼的,没空给你做饭。"

元曜可怜兮兮地望着离奴。

离奴无可奈何地说:"唉,好吧,爷去厨房给你做饭。爷就知道,离了爷,你跟主人都没法过日子,都得饿死。"

元曜笑道:"多谢离奴贤弟!"

"不知道狐狸的厨房里有什么,那爷就随便做几道菜给你吃吧。"

离奴跳下木案,跑出花厅,奔向了厨房。

第十三章 浮屠(下)

白姬去鬼市地下,离奴去厨房做饭,元曜一个人待在花厅里。他闲坐了一会儿,觉得应该去探望一下心月狐夫人,才算是讲礼数。

元曜走出花厅，在后花园里拦住了一位狐狸女侍，询问了心月狐夫人房间的所在，就去探望了。

心月狐夫人躺在罗汉床上，昏迷不醒，气若游丝。

自从上午回到心月楼之后，胡十三郎就一直在照顾心月狐夫人。胡十三郎忧心忡忡，无精打采，担心心月狐夫人醒不过来。

胡十三郎揉脸，忧愁地说："鬼医说虽然缓解了鸩毒，但是姑姑陷入了心魔，也许永远醒不过来了。"

元曜安慰胡十三郎："十三郎，你不要太过担心。心月狐夫人吉人自有天相，会没事的。你回来之后就没有休息过，还是回屋好好休息一下吧，不要把自己也累病了。"

胡十三郎打了一个哈欠，说："某再守着姑姑一会儿，再去休息。"

元曜问："十三郎，白姬去了鬼市地下。鬼市地下有什么啊？"

胡十三郎说："鬼市地下有一条暗河，是三途川的支流。暗河边有一座城池，叫鬼市幽都。幽都里聚集着一些不能来到地上的妖怪，好像还有一些逃入大唐的异国巫师……鬼市幽都是一个与世隔绝的地下王国，里面的妖怪都残忍嗜血。我们这些普通的非人，在没事的情况下都不会下去。鬼市幽都，越深处就越危险。"

元曜有些担心地说："不知道白姬会不会有危险。"

胡十三郎说："元公子，你不用担心。鬼市幽都对白姬来说就跟缥缈阁的后院一样。东都西京，地上地下，白姬才是最令大家敬畏和恐惧的存在。白姬很安全。"

元曜还是有些担心。

"书呆子，你怎么跑到这儿来了？"离奴跑了进来，打断了小狐狸的话。

元曜说："离奴老弟，小生是过来探望心月狐夫人的。"

离奴远远地望了一眼心月狐夫人，说："心月狐还昏睡着呢。狐狸的厨房里没什么吃的，只有一些米、面。厨房外的菜园子里倒是养着几只鸡。深更半夜，爷懒得烧水杀鸡了，就拿鸡蛋做了一锅蛋花馎饦汤。书呆子，爷给你盛了一碗，放在花厅里。你快去趁热喝吧。"

元曜一听，说："多谢离奴老弟。"

胡十三郎有些抱歉地说："元公子，最近心月楼停业，厨子和一些仆人都放假回家了。今天姑姑又出了事，上下一团乱，招待不周，还请见谅。"

元曜急忙说："没事的。是我们打扰了。"

离奴对胡十三郎说:"臭狐狸,你要不要也去喝一碗馎饦汤?"

胡十三郎揉脸,说:"某没有心情喝。"

元曜、离奴便回到了花厅。

元曜坐在木案边,开始喝离奴做的馎饦汤。

离奴回到厨房,盛了一碗馎饦汤放在托盘上,给胡十三郎端了去,并坚持让胡十三郎喝下。

胡十三郎不想跟离奴吵架,只好顺从地喝下了。

狐女们闻到了馎饦汤的香味,纷纷跑到厨房,找离奴要馎饦汤喝。

离奴没有办法,只好又开始揉面、切片、打蛋做汤,做了一大锅馎饦汤,给众狐女喝。

"爷不在的话,这一窝狐狸都得饿死。"离奴一边在厨房里挥汗如雨地忙碌,一边说。

元曜和众狐女正在花厅里喝馎饦汤时,白姬回来了。

白姬看见众狐女和元曜在喝馎饦汤,笑道:"哎呀,真香呀。"

元曜和众狐女与白姬打了招呼后,继续喝馎饦汤。

白姬在元曜对面坐下,笑道:"轩之,你赶紧喝,一会儿我们去浮屠寺。离奴呢?"

元曜说:"离奴老弟在厨房里给大家做馎饦汤呢。白姬,你不喝一碗吗?"

白姬说:"我就不喝了,没什么心情。"

元曜好奇地问:"白姬,你怎么了?"

白姬以手托腮,说:"刚才我去鬼市地下找卜佬打听了一些事情。"

元曜又问:"卜佬是谁?你找卜佬打听了什么事?"

白姬有些忧愁地说:"鬼市地下有一座幽都,卜佬就住在幽都里。卜佬是一株活了几千年的蓍草,精通占卜之术。卜佬只需要掐指一算,就知道鬼市之中流通的东西的前尘过往。我去找卜佬打听曾经在鬼市卖出去的极乐书的下落。"

元曜问:"那你打听到了吗?"

白姬点点头,说:"我打听到了。我卖出极乐书是在南北朝时,当时我把极乐书卖给了一位鬼市游商,然后就把这件事忘记了。卜佬占卜之后,发现我卖出的极乐书从游商手中辗转到了一位叫作灭秽的僧人手中。灭秽就是当时浮屠寺的住持。如今,极乐书还在浮屠寺里。"

元曜说:"那坊间传言中的极乐宴上的极乐书,果然是你曾经卖出去的?"

白姬点点头,又摇摇头,说:"是,但又不是。我卖出的假极乐书不可能让人看见什么极乐世界。"

元曜停止喝馎饦汤,说:"白姬,当时你为什么要卖假极乐书?"

白姬眯目回忆,说:"这件事说来话长。当时,南北分裂,十六国战争频繁,国与国之间经常打仗,百姓遭受着战乱、饥饿、疾病的折磨,生活在水深火热之中。由于战乱,人们每日与死亡为邻,衣不蔽体,食不果腹,生命中充满了痛苦,所以心中特别向往极乐世界,向往一方没有战乱、饥饿、疾病、痛苦的净土……那时候,洛阳城中也掀起过一股极乐风。贵族们都用五石散麻痹自己,追寻极致的快乐。因为当时流行极乐,所以与极乐相关的东西很好卖,但是我又没有什么能让人极乐的东西,所以偶尔卖一些假货。"

元曜说:"白姬,商人当以诚信为本,才能生意兴隆,不能坑蒙拐骗!"

白姬说:"轩之,你说得对。后来,我再也不卖假货了……说回假的极乐书吧。当时,为了让假的极乐书看起来像是那么一回事,我在空白卷轴上附上了一些妖力,还在空白卷轴的纹理缝隙之中涂了能让人致幻的曼陀罗花粉。拿到空白卷轴的人,一开始会有一些奇妙的体验,具体是怎样的体验,因人而异。不过,最多十年,妖力和曼陀罗花粉都会失效,假的极乐书会变回一幅普通的卷轴。现在已经过去了几百年,按理说我卖出的极乐书早就是一幅普通的空白卷轴了,不可能让人看见极乐世界。"

元曜有些疑惑地问:"那极乐书到底是怎么一回事呢?"

白姬说:"我也不知道,所以得去浮屠寺一探究竟。我心里很不安,总觉得最近神都里流行的极乐风尚,无论是极乐散,还是极乐宴,都与我卖出的假极乐书有关。我想赶紧去把假的极乐书拿回来。"

元曜一口气喝完馎饦汤,说:"白姬,咱们现在就去浮屠寺。"

白姬说:"行。你去把离奴叫上。另外,这件事情与心月狐夫人也有关系,你最好把十三郎也叫上。"

元曜便跑去厨房叫离奴了。

离奴正在煮一锅馎饦汤,几只花枝招展的狐狸捧着碗等在锅边。

离奴一听白姬叫自己去浮屠寺,便把木勺扔给一只花狐狸,说:"爷不伺候你们这窝娇生惯养的女狐狸了,自己煮。等水开了,你们就能吃了。"

狐狸们便捧着碗,围着锅等水开。

元曜、离奴又去心月狐夫人的房间，打算叫胡十三郎一起夜行。谁知胡十三郎喝了馎饦汤后，居然睡着了。昨天在千门迷宫中折腾了一夜，今早回来之后，胡十三郎又一直在照看心月狐夫人，还没有休息过，自然很疲累。元曜、离奴见小狐狸蜷缩在罗汉床的一角上睡得香甜，不忍心叫醒小狐狸。

于是，白姬、元曜、离奴离开心月楼，去了浮屠寺。

香枫山，浮屠寺。
白姬、元曜、离奴站在浮屠寺外。
元曜有些担心地问："白姬，我们会不会又像昨晚一样被困在千门迷宫之中？"
白姬笑道："不会。我还向卜佬借来了一个东西。"
白姬从衣袖中拿出了一面巴掌大小的古旧铜镜。铜镜上绿纹斑驳，透雕繁芜，还镌刻着一些元曜看不懂的字符。
"这是知返镜。有了这面知返镜，我们即使进入了千门迷宫，也能立刻找到回来的那扇实门。"白姬说道。
元曜一听，便放心了。
离奴早已按捺不住地翻墙进入浮屠寺，从里面打开了浮屠寺的大门。
"主人、书呆子，快进来吧。"
白姬收起了知返镜，走进了浮屠寺里。
"看来，今晚浮屠寺外没有设置千门迷宫。"白姬喃喃。
夜已深，浮屠寺中一个人都没有。
白姬、元曜、离奴借着月光而行。因为白天已经在浮屠寺里探察过，熟悉了浮屠寺内的布局，所以白姬、元曜、离奴驾轻就熟地穿过庭院径直走向了藏经楼。
佛塔漆黑，藏经楼的檐牙上挂着一弯弦月。从外面望去，藏经楼内亮着灯烛，似乎有不少人。那些人影有的扭曲，有的飘荡，有的僵直，发出或痛苦或欢乐的奇怪声音，不知道在干什么。
一阵夜风吹过，枫叶一片一片地飘落，空气中浮动着浓烈的血腥味。
离奴盯着藏经楼，小声地说："主人，藏经楼里面好像不对劲。"
白姬说："我们进去看看。"
元曜环顾四周，说："白姬，咱们怎么进去？咱们要不要悄悄地攀上二楼，从窗户潜入？"

"轩之,昨晚在千门之中,我早已经憋了一肚子闷气。今天,我的纸人也被毁坏了。我现在对浮屠寺已经没有什么耐心了。"

白姬伸出手,一阵狂风卷地而起,袭向藏经楼的大门。

"砰——"藏经楼的大门瞬间碎裂。

白姬走向藏经楼,说:"我们直接进去,做一次不速之客吧。"

元曜、离奴跟了进去。

踏进藏经楼里的一刹那,元曜有些恍惚,仿佛踏入了虚空,十分不真实。

元曜闻到了一阵香味。

这阵香味若有若无,十分好闻,仿佛旖旎的脂粉香,又像是芬芳的花草香,还仿佛是寺庙里的香灰味,带着一种肃穆的庄严感。

藏经楼内空间很大,不知道是不是此刻是夜晚的缘故,看上去似乎无穷无尽。一个个圆柱形书架仿佛佛塔,拔地而起,延伸向黑暗的虚空。书架上堆满了各种各样的经卷。虚空中长出了碧绿的藤蔓,藤蔓缠绕在经卷上,开出了妖娆的曼陀罗花。

白姬、元曜、离奴经过一个个书架,往里面走去。

走了一会儿,元曜听见了奇怪的声音。

在元曜绕过一个书架时,他的眼前出现了一片空地。空地上坐着许多人,似乎在举行一场宴会。

这些人有男有女,有老有少,有的坐在蒲团上,有的趴在地上,有的躺着,有的跪着,有的清醒,有的沉睡……这些人的表情十分快乐,又非常恍惚,仿佛半醉半醒,半生半死,各自陷入了梦境。

这些人的面前放着酒杯,还有一些红色纸包。一部分红色纸包被打开了,里面是药石粉末。

元曜闻到了极乐散的味道。

醉生梦死、癫狂倾倒的男女中间,跪坐着一位白眉僧人。白眉僧人的身后,成觉捧着一幅卷轴,安静地跪坐着。

白眉僧人气定神闲地闭目坐着。当白姬、元曜、离奴出现在宴会上时,他倏然睁开了眼睛,与白姬对视。

白姬与白眉僧人目光交会,电光石火之间,四周的空间有些扭曲,但最后又恢复了正常。

元曜闻到了一股浓烈的血腥味。他转目四望,目之所及,并没有尸体与鲜血,看不见血腥味的来源。

离奴神色警惕，碧眸如刀锋。

白眉僧人望了一眼宴会中的众人，说："阿弥陀佛！成觉啊，时间已经到了，该把极乐世界的大门向这苦难的众生打开了。"

成觉说："是，灭秽师祖。"

成觉跪正了身体，将手中的极乐书缓缓打开。

第十四章　灭秽（上）

随着极乐书缓缓打开，众男女突然变得狂躁不安，有的在极度的欢乐中咬断了自己的舌头，有的一头撞上了不远处的墙壁……

大厅之中，人们一下子陷入了癫狂。宴会变成了血尸盛宴，腥甜的气味弥散开来，分外浓烈。

元曜想要阻止他们自残，可是不知道为什么，仿佛有一道无形的屏障将他阻隔住，让他无法向前迈步。

男男女女的头上冒出了一缕缕金色的灵魂。那些灵魂仿佛被一股无形的力量牵引，纷纷进入了成觉手中的卷轴里，卷轴上便多出了许多图画。

因为隔得太远，元曜看不清楚卷轴上画了什么。

元曜莫名其妙地觉得恐惧，想靠近白姬一些。谁知他往旁边一看，空空如也。

白姬竟然不知道什么时候不见了。

元曜望向地上的黑猫，颤声问："离奴老弟，白姬呢？"

黑猫说："书呆子，咱们从踏进藏经楼里开始就已经陷入幻境了。主人早就察觉到了，先去找'路'了。咱们就在这儿等着吧。"

元曜点点头。

宴会中的人一个接一个地在醉生梦死、颠倒错乱中丧命。血色的曼陀罗花在无风的黑暗中飘荡，安抚着躁动的亡魂。

不一会儿，灭秽猛地抬起了头，空洞的眼睛直直地瞪向元曜。

元曜不寒而栗。

忽然，大厅里的蜡烛熄灭了，四周顿时暗了下来。

人们的声音消失了,连一丝风声也没有,死一般安静。

元曜有些害怕。

"离奴老弟,发生了什么事?小生有些害怕。"

黑猫紧张地说:"爷也不知道出了什么事……书呆子,你不要害怕,一会儿看爷的眼色行事。"

元曜低头,四处张望,忧愁地说:"离奴老弟,四周一片漆黑,你又是黑猫,小生看不见你的眼色啊!"

"那你就听爷的号令行事。"

"行……行吧。"

"哎呀——喵——"

突然,离奴发出了一声惨叫。

"离奴老弟,你怎么了?这个号令是什么意思?"元曜颤声问。

黑猫没有回答元曜。

离奴好像也消失不见了,只剩下元曜独自一人站在无尽的黑暗里。

元曜恐惧地大喊:"离奴老弟,你在哪儿?"

漆黑如夜,四周十分安静,只余呼呼的风声。

站在原地不动,元曜更加心慌。他抬起脚,往前面走了几步。

"一切众生,心本无二,著妄迷真,幻为地狱。六道众生,依业受报,轮回流转。堕落三途,沉溺六欲,受苦无量……"

元曜的耳边响起了念经声。

听起来,是灭秽的声音。

元曜往前走去,黑暗之中,看见了一些幻象。

乱世烽烟,山河染血,一座村落萧条凋敝,新坟四立。

一群村民拿着从战场上捡来的残刀驱赶着一对衣衫褴褛的母子。男孩儿与母亲都面黄肌瘦,衣不蔽体,皮肤上布满褥疮,流着脓血,看上去像是染了某种疫病。

男孩儿跟着母亲光着脚走在黄土路上,双手都被绳索绑缚着。母亲脸上没有表情,目光呆滞,看起来很麻木。人生充满了无穷无尽的苦难,她已经心如死灰了。

因为受到饥饿和疾病的折磨,男孩儿破烂不堪的衣衫下,身体瘦得可以看见肋骨。他跟跟跄跄地走着,眼神里充满了痛苦和恐惧。

男孩儿的父亲去年因瘘病而死,母亲带着他和弟弟艰难度日。为了生存,孤儿寡母以在附近的古战场上捡拾尸体,扒拉尸体上的铠甲和值钱的东西为生。

今年夏天格外炎热，一种传染性的疫病从腐烂的尸体上蔓延开来。很多捡尸人得了疫病。

疫病爆发，古战场附近的城市和村落里死了很多人。

因为以捡尸为生，男孩儿的弟弟也得了疫病，没钱医治，死了。不幸的是，照顾弟弟的过程中，他和母亲也被传染了。

村落里的人发现他们得病了，害怕被传染，便驱赶他们。可是，他们孤儿寡母，身无分文，又疾病缠身，根本没有地方可去，只有村里的一处破房子还能为他们遮风挡雨。

外面兵荒马乱，民不聊生，他们又有疫病，无论去哪儿都是死路一条。与其像野狗一般在荒野上忍受风吹雨淋，最后病饿而死或者靠近城邦村落被人打死，还不如待在自己的家里等死。

母亲心如死灰，只想留在破房子里，守着丈夫和小儿子的坟过完所剩无几的日子。所以，被驱赶后，她屡次带着大儿子偷偷跑了回来。

乱世之中，人命如草芥。

村人赶不走这对母子，又害怕被他们传染疫病，便决定把他们杀了。

众人绑着这对母子出村，来到荒野，逼迫他们跪下。

母子二人跪在地上。

母亲目光呆滞，神情麻木，干裂出血的嘴唇微微翕动，似乎在念着什么。

男孩儿十分恐惧，瑟瑟发抖。他转头朝母亲望去，颤声说："娘，我害怕。"

母亲转头望向儿子，目光空洞。

"世间如地狱，人世煎熬，众生皆苦……"母亲喃喃自语。

长老一声令下，一个壮实的村人举起了残刀。他正好站在男孩儿身后，所以打算先斩杀男孩儿。对他来说，先杀谁都一样，反正只是一瞬间砍下两刀的事情。

一道光芒划过，残刀劈了下去。

男孩儿看不见背后的残刀，只觉得十分绝望、十分哀凉。

母亲看见刀落，一瞬间恢复了一丝神采。本能的母爱让长期被苦难侵袭而变得麻木的她清醒了。

母亲纵身扑向男孩儿，替他挡住了下落的残刀。

"啊——"

母亲温热的鲜血溅落，如同猩红的甘霖。

男孩儿听见母亲临死前对着他大喊"快跑"。

男孩儿脑中一片空白，下意识地起身，带着满脸满身的鲜血，飞快地上前跑去。

持刀的村人愣了一下，直到男孩儿跑远了，才反应过来。

其他村人望着男孩儿的母亲倒在血泊中的尸体，犹豫着要不要去追杀男孩儿。

长老叹了一口气，说："算了。他走了就行。作孽啊！把她埋了吧。埋在山上，离村里的土地远一点儿，她有疫病，不要感染了村人。"

男孩儿游荡在荒郊野外，像野狗一样，又病又饿，时日无多。

人群聚集的城市和村子男孩儿是不敢去的，去了就会被杀。他不知道该去哪儿，能去哪儿，于是就来到了曾经捡尸的古战场。

男孩儿躺在一堆尸骸之中，望着浩瀚无垠的灿烂星空。

男孩儿想起了母亲临死前说的话——世间如地狱，众生皆苦。他年纪还太小，不太明白这句话的意思，但是他懂得苦难。在他的记忆里，生活中全是苦难。贫困、辛劳、饥饿、寒冷、疾病、战乱、死亡、悲伤、痛苦、恐惧，是他短暂生命中的全部。他从未有过欢乐，一刻的欢乐也没有过。

星空下，男孩儿身上的痛楚、腹中的饥饿与内心的空虚交织，整个人在痛苦与绝望之中煎熬。他看见过路边的野狗是怎样在伤病与饥饿中凄惨地死去的，觉得自己此时此刻就跟野狗一样。

一滴眼泪从男孩儿的眼角滑落，仿佛流星一般。

男孩儿安慰自己，也许再苦挨一会儿，就能飞上星空，体会到欢乐了。

"阿弥陀佛！战乱四起，疫病横行，这人间如炼狱一般，众生皆苦……"

一个沧桑的声音响起。

男孩儿听见"众生皆苦"四个字时，想起了母亲，便睁开了眼睛，从一堆尸骸中坐起来。

"啊！师父，这儿还有一个活着的，是一个孩子。"另一个年轻的声音响起。

男孩儿朝声音传来的方向望去，因为太过饥饿和虚弱，又浑身病痛，头昏眼花，产生了幻觉。他看见，一群金光闪闪的佛陀降临在这古战场上。

男孩儿晕了过去。

其实，男孩儿看见的是一群僧人。

这群僧人来自浮屠寺，为首的老僧人法号枯灯，是浮屠寺的住持。每隔三年，枯灯会带着弟子们出门化缘游历，在乱世中传播佛法，普度苦难众生。这一晚，他们正好经过古战场，准备给战死疆场的亡魂念经超度，恰好遇见了男孩儿。

也许是佛光普照的缘故，也许是小孩子只要不再挨饿身体自然会强壮起来的缘故，在枯灯和弟子们的照料下，男孩儿的疫病竟然奇迹般地痊愈了。

男孩儿活了下来，做了枯灯的徒弟，排灭字辈。因为见到男孩儿时，他全身布满褥疮，脓血污秽，枯灯就给他起了法号叫灭秽。

从此以后，灭秽一直跟着枯灯修行。大多数时候，他们待在浮屠寺里研习经卷，有时候会出去云游普法。

通晓佛法，又在云游中看遍乱世的狰狞万象，灭秽对于人心和苦难有了更深刻的认识。他对于佛理的参悟比众师兄弟要深刻很多。枯灯经常夸赞灭秽灵台清明，很有慧根。

可灭秽心中一直有一个迷障——他永远忘不了母亲临死前说的"众生皆苦"。他救不了母亲，不能给予母亲快乐，心里很难过，所以想要普度众生，给予众生极乐世界。

这一年，又战乱四起。

北魏攻打宋朝①时，枯灯正好带着众弟子游历到了郿城，挂单在圆通寺。

这时灭秽已近中年，而枯灯老迈体弱。这是枯灯最后一次带着弟子们游历了。这一次回浮屠寺后，枯灯打算把住持之位传给灭秽，自己闭关静修，不再出门。

郿城是一座小城，圆通寺是郿城中最大的佛寺。

北魏的军队围困了郿城，郿城的城主和将军们不肯开城门投降，满怀希望地等待宋军救援，双方便僵持着。

因此，枯灯、灭秽一行人被困在了圆通寺里。

从入秋到寒冬，这一僵持便是三个月。宋军被困在了渭水，根本来不

---

① 宋朝，420-479年，南北朝时期南朝的第一个朝代，共传四世，历经十帝。宋朝跟唐宋元明清中的宋朝名字一样，但实际上是两个不一样的朝代。

了。但是郾城的人不知道,还困守围城,誓死苦等。

郾城中的粮草早已断绝,家家户户都已经没有一粒粮食了,牛、马、狗之类的牲畜在下第一场雪时都被吃掉。隆冬时节,连树叶和草木都没有能吃的了,从士兵到百姓,都饥肠辘辘的,吃土果腹。

有些人身体虚弱,因为吃土腹胀下坠而死。这些人的尸体被放在了圆通寺前,第二天就会变成了一架血淋淋的白骨。

灭秽有些崩溃。

不过,更让灭秽崩溃的是后来发生的事情。

第十五章　灭秽(下)

那个年代,佛法并未普世,各种信仰繁多,各国各城都有着不同的信仰,有些国家重佛,有些城邦则灭佛。

郾城的人们对佛教并不尊崇,有些贵族甚至认为佛家的神迹是异端,佛家的理论是邪说,又因为圆通寺外的尸体屡化白骨,一时间流言四起,都说和尚们是食尸之鬼。

城主和将军们本就不喜佛教,听到这个流言,便下令将圆通寺里的妖僧煮食,分给众人。

灭秽十分崩溃,颤声问:"师父,这里就是地狱吗?"

枯灯叹了一口气,平静地说:"阿弥陀佛!灭秽,人世如炉,众生皆苦,这婆婆世界本就是地狱,离这里十万亿佛土之遥的佛国才有极乐净土。极乐众生,思衣得衣,思食得食,一切自然俱足。无贪,无嗔,无痴愚。一切众生,恒闻妙法,是为极乐世界。"

其他僧人听了枯灯的话,纷纷双手合十,垂首念佛。

枯灯说:"灭秽啊,为师大限已到,不能再弘扬佛法,普度众生了。为师此生最大的心愿是让佛光普世,苍生脱离苦海,给人世间一片极乐净土。"

说完,枯灯主动走了出去,走向了沸腾的汤鼎。

一时间,士兵们都愣住了。

"师父——"灭秽哭喊着,跪在了地上。

"阿弥陀佛——"

其他僧人低头念佛。

枯灯的弟子们流下了眼泪。

灭秽泪流满面,望向那群麻木冷漠的士兵,还有饿鬼一般的城民,心中充满了仇恨。可是,仇恨到达巅峰之后,又化作了怜悯。众生在苦难之中沉沦了太久,心灵被罪孽侵染,已经变成了魔鬼。

僧人们一个个被抓走,轮到灭秽时,突然城门外响起一阵骚乱。

北魏的铁骑踏入了城中。

原来,因为煮食僧人之事太过残忍,一部分佛教信众和有良知的城民实在看不下去了,趁着城主和军队在圆通寺外聚集时,悄悄地发动了变乱,打开了城门,拖家带口地逃了出去。

北魏的军队看见郾城城门大开,便集结铁骑,冲了进来。

郾城中战火纷飞。

北魏的铁骑入城之后,大肆烧杀抢掠。

郾城的士兵和百姓死伤无数。

郾城的城民们看见北魏的铁骑杀来了,纷纷逃散,可来不及了,在刀光剑影之中,死在北魏的铁骑之下。

哭喊声和哀号声此起彼伏,芸芸众生皆成了战争中的亡魂。

圆通寺外,灭秽和所剩无几的僧人都安静地站着,并不打算逃走。此时此刻,天地如烘炉,世间是地狱,没有极乐净土可供他们逃亡。

北魏重佛,军队有严令,不许屠杀僧侣。所以,一群铁骑在圆通寺外与郾城的军队交战,大肆屠杀城民,却没有伤害灭秽一行人。

灭秽最终活了下来。

不久后,灭秽带着枯灯的舍利子,与几名师兄弟一起离开郾城,回了浮屠寺。

灭秽将枯灯的舍利子供奉在浮屠寺的佛塔之中,并按照枯灯的遗愿当了浮屠寺的住持。

在余生的岁月中,灭秽继续修习佛法,参悟禅理。有时候,他也跟师父枯灯一样四海云游,给芸芸众生普及佛法。

在乱世之中游历,他总是能看见无穷无尽的苦难。苦难万象,让他感到悲伤。他心中逐渐产生了一个执念——净化这个苦难的人间,将人们带入极乐世界。

这是他一生不能释怀的执念,也是他求佛之路上无法克服的魔障。

灭秽晚年的时候，机缘巧合之下，得到了极乐书。据说，只要打开极乐书，众生便能进入极乐净土，得到永恒的快乐。

灭秽打开极乐书后，看见了父亲、母亲和弟弟，没有战乱，没有饥饿，没有疾病，没有生离死别，一家四口幸福地生活在极乐净土中，寒冷时有衣服可以御寒，饥饿时有食物可以充饥，孤独时有家人陪伴。他们无忧无虑地生活着，心中充满了快乐……

这是灭秽此生第一次，也是最后一次体会到欢乐。

灭秽在极乐幻境中圆寂了。

死的时候，他神色平静，嘴角挂着幸福的笑容。

因为灭秽对普度众生入极乐有执念，灭秽的灵魂便附在了极乐卷轴上。他吸收了极乐卷轴上的龙之灵力，在漫长的岁月之中化作了妖灵。

灭秽死后，极乐书被放在了浮屠寺的藏经楼里，跟诸多经卷一起被尘封了，无人问津。

时光荏苒，岁月如梭，转眼就到了大周，浮屠寺的住持变成了成觉。

武则天登基之后，十分重佛，非常喜欢各种佛家珍宝。成觉琢磨着浮屠寺也算是年代久远的古寺，藏经楼里说不定有珍稀的贝叶经，可以进献给女帝，得到封赏。

成觉在藏经楼里翻找经书，无意中翻出了极乐书。

灭秽的妖灵一直栖息在极乐书之中。随着岁月的流逝，他的执念越来越深，最终化为恶灵。

成觉打开极乐书时，被灭秽所化的恶灵蛊惑，答应帮助他达成普度众生入极乐世界的夙愿。

灭秽的执念让藏经楼中开满了能让人致幻的曼陀罗花。

灭秽想起了自己所处的时代，人们为了追求极乐而服用五石散，于是将自己的执念所化的曼陀罗花与五石散结合，制成了极乐散。

服用了极乐散之后，人们就会产生美妙的幻觉，进入极乐世界。而灭秽将会用死亡来普度这些苦难的人，让他们的灵魂进入极乐书中，与自己一起永远留在极乐世界中。

成觉是心月狐夫人的情人。心月狐夫人偶尔会来浮屠寺，与成觉幽会。

灭秽看出心月狐夫人对成觉有一种难解难分、爱恨交加的执念。

那是心月狐夫人的心结。

成觉是心月狐夫人的极乐幻境，是心月狐夫人生生世世也走不出来的迷宫，就像灭秽一直困于普度苦难众生的心之迷宫一般，不得解脱。

灭秽利用极乐书蛊惑了心月狐夫人，因为他需要心月狐夫人和成觉替他将极乐散给予更多的人，他还需要心月狐夫人和成觉将苦难的人们带入浮屠寺，在一场又一场的极乐盛宴之中，让他们脱离苦海，进入永恒的极乐净土。

灭秽希望把世界上所有苦难的人都带入极乐净土。这是他哪怕死后化为妖灵也仍旧执着的夙愿。

一切幻象都消失了。

元曜觉得十分难过，心情沉重。

黑暗中，一个白眉老僧缓缓地走向元曜。他瞳孔漆黑如墨，眼底却清冽如水。

白眉老僧向元曜伸出了手，说："阿弥陀佛！人世如炉，众生皆苦，这娑婆世界是地狱，离这里十万亿佛土之遥的佛国才有极乐净土。你跟老衲一起走吧。"

"不，不要——"元曜摇摇头，下意识地后退了几步。

白眉老僧身后有无数曼陀罗花从天而降，漫天飞舞。曼陀罗花化作血红色的手，从虚空飞来，抓住了元曜。

"阿弥陀佛！你们一起踏入了极乐盛宴的幻境，却只有你一个人走进了老衲的灵台里，看见了老衲的一生。你很有慧根，老衲想带你脱离苦海，进入极乐净土。你不要害怕，痛苦只是一瞬间，你的灵魂马上会进入卷轴，得到永恒的极乐。"

元曜十分害怕，拼命挣扎，却逃不开。

"白姬，救命啊——"

突然，虚空之中出现了一只巨大的龙爪，一把攥住了白眉老僧。

黑暗中，响起了白姬的声音。

"你这老和尚，要把我的轩之带去哪里？"

白眉老僧在龙爪之中挣扎。

抓住元曜的许多人手瞬间化作曼陀罗花，一阵风吹过，飞散开来。

白龙的头在黑暗中逐渐浮现出来。白龙须鬣戟张，金眸灼灼，盯着被自己抓住的白眉老僧。

白眉老僧一见到巨龙，有些恐惧，颤声问："你为什么能从极乐书里的幻境之中找到'路'？"

白龙龇牙，说："极乐书是我创造的，你不过是依附我的灵力而生的执念化作的魔物，我当然能从你的幻境之中找到'路'。老和尚，你为了自己的执念杀了那么多人。啧啧,你真的是佛门弟子吗?"

白眉僧人说:"老衲没有杀人,老衲是在度人。"

白龙把金眸眯成了一弯金月,说:"你自己看看极乐书吧。"

虚空之中飞来了一幅发光的卷轴,无穷无尽地延伸开去。

卷轴上画着许许多多形形色色的人,每一个人都栩栩如生。他们幻化成佛陀的样子,穿着华丽的衣饰,脸上带着极乐的笑容,浑身焕发着闪闪的金光。

众生芸芸,皆入极乐。

白眉僧人满意地笑道:"阿弥陀佛!他们都在极乐世界里。"

白龙冷冷地说:"老和尚,你再仔细看一看!"

卷轴上画的是一具具血淋淋的尸体,保持着死亡时的样子,脸上都带着痛苦的表情,狰狞而恐怖。

芸芸众生,皆入地狱。

第十六章　往　生

"啊啊啊——"白眉僧人在白龙的爪中发出了痛苦的嘶喊。

他不能直视极乐书,不能接受真相。

白龙说:"老和尚,你仔细看一看你所谓的极乐世界。你所谓的极乐世界,是众生的地狱。你所谓的慈悲,是众生的苦难。"

"住口!你不要再说了!"白眉僧人疯狂地大吼。

白龙继续说:"他们的灵魂被你困在卷轴上,一直在痛苦中煎熬。你蒙蔽了自己的双眼,不去看他们的苦难。你为了满足自己的欲望,用曼陀罗花迷惑众生的心灵,带给他们痛苦的死亡和永恒的虚无。"

白眉僧人摇头,说:"不是的,不是这样的!这不是老衲的愿望。老衲只想让苦难的众生进入极乐净土,老衲想洗涤这人世间的污秽,救赎堕落的灵魂。"

白龙望着白眉僧人,眼中有一丝怜悯,说:"老和尚,我见过很多像你一样执迷于幻觉中的人。身为火宅佛狱之内的蝼蚁,却想做无量天上的神明，可惜，不自量力，必然业障重重，误入歧途。"

白眉僧人望着虚空中的极乐图。

极乐图上，芸芸众生痛苦万状，走马灯一般地经过白眉僧人的眼前。一个个枉死的亡魂五官扭曲，发出了凄惨的哀号声，怨恨地瞪着白眉僧人。

白眉僧人顿时崩溃了。

"这……这不是老衲想要的。天哪，老衲都做了些什么……师父，徒儿对不起您。徒儿被妄念蒙蔽了心智，迷失了本心，犯下了大错。"

白龙发出一声微不可闻的叹息。

"老和尚，他们都被困在你的执念里，不得解脱。你放过他们，也放过你自己，让他们去该去的地方吧。"

白眉僧人双手合十，默念："阿弥陀佛！"

一阵夜风吹过，曼陀罗花漫天飞舞。花朵围绕着白眉僧人旋转，逐渐包围住了他。

"阿弥陀佛！极乐众生，思衣得衣，思食得食，一切自然俱足。无贪，无嗔，无痴恚。一切众生，恒闻妙法，是为极乐世界。"白眉僧人口中念念有词，血红色的曼陀罗花化作一团团火焰。

火焰熊熊燃烧，吞没了白眉僧人。白眉僧人在火焰之中逐渐化作一具骷髅。与此同时，漫天飞舞的曼陀罗花变成了一句句经文。

虚空中，卷轴上，被禁锢的芸芸众生飘飞到半空中，附身于经文之上，缓缓地升上了天空。

非善，亦非恶。

往死，亦往生。

芸芸众生脱离了灭秽的禁锢，离开了极乐书，乘着经文去往轮回。

当最后一个灵魂离开极乐书，极乐书变回了一幅空白的卷轴时，灭秽的骷髅瞬间化作齑粉。

一群枯败如叶的蝴蝶在虚空之中振翅飞散，逐渐无影无踪。

一阵风吹过，空白的卷轴飞到白龙的爪中。

元曜侧头，望向半空中的卷轴。卷轴之上，逐渐浮现出一个白眉老僧的人像。

白龙说："老和尚，你不想入轮回吗？哦，我明白了，你还是舍不得极乐世界，贪恋虚幻的极乐呀。"

没有人回答白龙的问话。

不过，极乐卷轴上的白眉老僧双手合十，垂下了双目。

元曜望着极乐卷轴上的灭秽，心情十分复杂。

突然，虚空开始晃动，四周地动山摇。

白龙说："走吧，轩之，我们该离开老和尚的极乐幻境了。"

"我们该怎么离开？"元曜稳住身形，问。

白龙没有回答元曜，拿着极乐卷轴凌空盘旋了一圈，消失了。

与此同时，元曜的脚下出现了一条虚无缥缈的"路"。

元曜急忙踏了上去。他在踏上"路"的一刹那，眼前出现了一片光明。

元曜急忙往前跑去，奔向光明。跑着跑着，元曜看见前面的光芒之中有一团漆黑的东西也在跑。

元曜仔细一看，是一只黑猫。

"离奴老弟？！"

黑猫回头一看，说："书呆子，你也来了啊！"

"离奴老弟，你之前去哪儿了？"

"爷跌进了一个坑里，到处是幻境，走不出去。刚才爷听见了主人的声音，脚下才有了'路'。"

元曜惊愕不已。

"书呆子，快跑吧，再跑几步，我们马上就能出去了。"

元曜跑了几步，突然一脚踏空。光芒瞬间笼罩了他，亮得让他睁不开眼睛。

等他能够看清周围时，发现自己和离奴已经回到了藏经楼。

此时的藏经楼跟刚才有很大不同，没有无穷无尽的空间，只有一间很大的书室，圆柱形的书架上摆满了经卷。书架与经卷上有一些灰尘，并没有盛开的曼陀罗花。藏经楼里没有宴会，也没有人群，更没有鲜血和尸体。

一盏昏暗的油灯下，成觉伏在桌案上，昏迷不醒。

白姬静静地站在成觉的旁边，手中拿着一幅泛黄的卷轴。

白姬抬头，看见元曜和离奴，笑道："哟，轩之、离奴，你们出来了？"

元曜环顾四周，问："白姬，这到底是怎么一回事？我们刚才看见的宴会，还有人呢？"

白姬笑道："今晚，这藏经楼里并没有极乐宴会，也没有人。我们进入浮居寺时就踏进了灭秽的极乐幻境里，看见的都是过往的幻象。"

元曜、离奴走到白姬身边。

离奴看了一眼伏在桌案上的成觉，问："主人，这和尚是不是要死了？"

元曜低头看了一眼昏迷的成觉，不由得一惊。

成觉半伏在桌案上，双眼紧闭，面如白纸，看上去似乎已经死了。

元曜弯下腰，伸手去探成觉的鼻息。

成觉死气沉沉，气息似有若无。

元曜问："白姬，成觉住持还活着吗？"

白姬望了一眼成觉，说："他还没死，但也活不了了。他被灭秽的恶灵迷惑了心智，替灭秽举行极乐宴，残害无辜。恶灵侵体之人，寿命无多。"

元曜有些怜悯地说："成觉住持是被灭秽的恶灵迷惑了心智才会做下错事……白姬，你能不能救救他？"

白姬有些为难地说："轩之，之前被困在千门迷宫之中时，我耗费了不少灵力。后来，为了保住心月狐夫人的性命，我又损耗了许多灵力。现在若再救他，我恐怕得跟你说再见了。"

元曜疑惑不解地问："什么意思？"

白姬说："短时间内消耗灵力太多，损耗了元神的话，我就得关闭缥缈阁，冬眠几十甚至上百年，休养生息了。"

"这……"

元曜望着成觉，还是有些难过。

极乐散通过成觉和心月狐夫人传入神都，导致许多人丧命。成觉害死了许多无辜的人，可他也是被灭秽的恶灵迷惑了心智，只是被灭秽利用的一枚棋子。

白姬说："轩之，你不必难过。世间万事各有缘法。人行诸事，自有因果。成觉是助纣为虐的帮凶，还用鸩毒毒害了心月狐夫人，这样的宿命也是他的果。"

元曜问："心月狐夫人不是被灭秽禅师的恶灵迷惑利用的吗？心月狐夫人怎么会是被成觉住持毒害的呢？"

白姬沉默了一会儿，才说："心月狐夫人也是盘踞一方的大妖怪，有着千年的修为，灭秽的恶灵在心月狐夫人面前根本不算什么。心月狐夫人不会被灭秽迷惑，只会为成觉失魂。这是心月狐夫人的宿命。"

元曜疑惑不解，正要再开口询问，忽见两道红色的影子疾风一般飞掠而至。

原来，是两只红色的狐狸。

一只是胡十三郎，另一只金红色的狐狸落地之后化作了一名美艳绝伦的红衣女子。

红衣女子正是心月狐夫人。

心月狐夫人面色苍白，看上去有些虚弱。心月狐夫人扑向昏死的成觉，将他抱在怀里。

心月狐夫人低头望着成觉，眼神温柔且深情，眼角滑落了一滴清泪。

"宁郎……"

元曜记得自己在梦中看见心月狐夫人拥着一架骷髅沉入泥土中，口中叫着"宁郎"。宁郎应该是心月狐夫人曾经的情郎。据说，宁郎始乱终弃，辜负了心月狐夫人的一片深情，被心月狐夫人杀了。心月狐夫人为什么抱着成觉叫宁郎？

胡十三郎揉脸，对白姬说："白姬，刚才姑姑突然醒了，说宁郎有难，快要死了，非要起床出门。某拦不住，只好跟姑姑一起来了。"

离奴嘀咕："这心月狐果然疯疯癫癫的，看到一个和尚都像心月狐的情郎。"

白姬叹了一口气，说："成觉住持是宁郎的转世。心月狐夫人一直在追寻宁郎的每一世，接近他们，与他们再续前缘。只可惜，每一世都是悲伤的结局。这一世，成觉又伤害了她。"

心月狐夫人抬头，望向白姬，哀求："白姬大人，您能救救宁郎吗？他快要死了。"

白姬问："他害你险些命丧黄泉，你不恨他吗？"

之前，心月狐夫人从胡十三郎口中得知白姬要来心月楼拜访，探问极乐散的事，心月狐夫人就知道浮屠寺里的极乐宴已经败露了。白姬迟早会查到浮屠寺。到时候，心月狐夫人和成觉做下的伤天害理的事情也会败露，难以善终。于是，心月狐夫人就收拾了细软，悄悄地离开了心月楼，去浮屠寺里找成觉，想跟成觉在事发前私奔，远走高飞。

心月狐夫人想跟成觉一起逃走，成觉却想保住浮屠寺。他认为只要毒死了心月狐夫人，断了白姬追查的线索，白姬就查不到浮屠寺了。所以，成觉在茶水里下了鸩毒，骗心月狐夫人喝下。

心月狐夫人中毒之后拼死逃出了浮屠寺，昏死在了香枫山中。第二天，心月狐夫人被白姬、元曜一行人救下。

心月狐夫人点点头，又摇摇头，说："白姬大人，我爱宁郎。生生世世，我都爱他。求求您，救救他吧。只要您能救他，我愿意付出任何代价。"

白姬望着心月狐夫人，说："我不明白爱情是什么，也不明白你为什么会为了爱情如此痴狂。心月狐夫人，你冷静一些。成觉对你毫无爱意，只有利用。这一世，你又续缘失败了。不如让成觉进入轮回，你再等下一世的宁郎吧。"

心月狐夫人摇头,说:"不!一旦成觉进入轮回,我又得再等上几十年甚至几百年。这一次,成觉可能不会再转世,那我就永远也见不到宁郎了。即使他这一世不爱我,我也想救活他。只要他与我在同一个天地,同一个时代,我就心满意足了。"

离奴说:"这心月狐果然是疯了!"

白姬尚未说话,胡十三郎已经走到了成觉身边,探了探成觉的鼻息,说:"姑姑,成觉住持还有一丝气息,还没有死。父亲大人让某带给您的丹药之中有金髓丸和玄元丹,都是可以让濒死之人恢复生机的灵丹妙药。您不如带他回心月楼,给他喂下金髓丸和玄元丹,再诚心祈祷,说不定能有转机。"

白姬说:"心月狐夫人,十分抱歉,我无法救成觉。你就听十三郎之言,用灵丹妙药和你的真情去拯救他吧。也许,真的能够发生奇迹。"

心月狐夫人抱起昏迷不醒的成觉,一步一步走出了藏经楼。

"白姬、元公子、臭黑猫,某先告辞了。"胡十三郎告辞后,急忙跟了上去。

心月狐夫人、胡十三郎离开之后,元曜心中有很多疑惑还未解开,想要开口询问,却又不知道该问些什么。

白姬卷好了极乐卷轴,拿在手中。

"轩之、离奴,事情解决了,我们回缥缈阁吧。"

离奴说:"是,主人。"

白姬、元曜、离奴离开了藏经楼。

离奴幻化成一只猛虎般大小的九尾猫妖,驮着白姬、元曜踏月而行,向神都而去。

第十七章　尾　声

缥缈阁,后院。

秋高气爽,阳光明媚,虽然满院子的秋草已经衰黄,但菩提树碧绿得如一把金绿色的巨伞,七宝莲花池碧波荡漾,莲花盛开,熠熠生辉。

吃过早饭之后,离奴便出门买鱼去了。

白姬见阳光很好,便在草地上铺了一方波斯绒毯,摆上了几个软垫,又拿出了一瓶西域流霞酿,一边品尝美酒,一边靠在软垫上晒太阳。

元曜一直在店里忙活。他把大厅打扫了一遍,又把最近的账目清算了一番,还把需要配送的货物拿礼盒装好,打算吃过午饭之后去送。

元曜从里间的轩窗向外望去,只见白姬在后院一会儿躺着晒太阳,一会儿趴着晒太阳,一会儿侧身晒太阳,一副百无聊赖的样子,忍不住说:"白姬,你从早饭之后就躺着晒太阳了。如果你觉得很无趣的话,可以去把货物送了。你一边走路,一边晒太阳,看一看洛河的风景和神都的风物,比躺着晒太阳要有趣一些。"

白姬睁开眼睛,端起琉璃杯,喝了一口西域流霞酿,笑道:"轩之,你自己去送货吧。我在吸收日之精华,吐纳灵气,不能走动。"

什么吸收日之精华,吐纳灵气,我怎么没听说过妖怪修行是一边喝酒,一边晒太阳的。这龙妖分明是懒得动,只想躺着。元曜在心中暗忖。

元曜突然想起了什么,说:"对了,白姬,小生昨天下午送货时遇见了丹阳,一起聊了几句。仲华后天过生日,他拜托丹阳邀请咱们,主要是邀请你,一起去牡丹楼参加他的生日宴会。"

白姬一听,说:"裴将军要过生日了?一旦去了,我不仅得给他送礼物,还得听他倾诉衷情,光是想一想就觉得好麻烦。我就不去了。轩之,你要去吗?"

元曜挠头,说:"仲华对小生很好,既然他邀请了,小生还是想去的。"

白姬说:"那你自己去吧。你就说我这几天去长安收账了,不在神都。"

"好的。"元曜应下。

元曜继续忙忙碌碌,白姬继续喝酒晒太阳。

这时,一只小狐狸叼着一个竹篮走进了缥缈阁里。小狐狸的竹篮里装着许多秋日里采摘的野浆果,有红色的山莓、蓝色的藤果。

"有人吗?白姬、元公子,你们在吗?"胡十三郎在大厅里放下竹篮,礼貌地问。

元曜从里间走出去,笑道:"十三郎,你怎么来了?快进来坐吧!"

小狐狸礼貌地说:"元公子,某是来告辞的。明天,某就要回翠华山了。这些是鬼市附近山林里的野浆果,市面上买不到,某看着不错,就采了一些,送来给你们尝尝。"

元曜说:"十三郎有心了。白姬在后院晒太阳,小生带你进去。"

元曜提起竹篮,带着小狐狸来到了后院。

小狐狸向白姬说明了来意。

白姬便留小狐狸在缥缈阁吃晚饭,权当给小狐狸饯行。

小狐狸高兴地答应了。

白姬给小狐狸满上一杯西域流霞酿,也给元曜倒了一杯。

小狐狸把竹篮里的野浆果在水井边洗干净,用琥珀盘装了。

白姬、元曜、小狐狸一边坐在波斯绒毯上晒太阳,一边品尝酸甜的野浆果,一边闲聊。

白姬问:"十三郎,心月狐夫人的身体好些了吗?"

小狐狸吃了一颗野浆果,酸得眯上了眼睛。

"姑姑好多了,现在心月楼又营业了。今天某出门时,姑姑还托某邀请您有空了去心月楼玩呢。对了,狐狸姐姐们都盼着那只臭黑猫去玩,说从没喝过那么美味的馎饦汤。如今厨子复工了,却被狐狸姐姐们挑三拣四。狐狸姐姐们嫌弃厨子的厨艺不行。"

元曜哭笑不得。

不过,离奴做的馎饦汤确实很美味。

白姬笑道:"成觉住持呢?"

小狐狸脸上露出一丝愁容:"在姑姑的悉心照顾下,成觉住持苏醒了。他能起身之后,就回浮屠寺了。成觉住持无法面对自己的所作所为。对于自己无意中害死了那么多人,他还是很悔恨的,觉得愧对佛祖。不过,某觉得对于给姑姑下毒的事情,他没有丝毫悔恨,但是姑姑毫不在意。某看不懂,也不知道该说什么,很担心姑姑。"

白姬说:"感情这种事情比较复杂,外人很难懂。这是心月狐夫人自己的选择,我们也不好多说什么。也许,这也是冥冥之中注定的因果吧。"

元曜问:"白姬,此话怎讲?"

白姬喝了一口西域流霞酿,眍目回忆,说:"当年,心月狐夫人被情郎背叛,遭抛弃,失去了内丹,命悬一线,心中充满了仇恨。心月狐夫人来缥缈阁找我,与我做了一笔交易。我让心月狐夫人重获新生,心月狐夫人获得了力量,就去复仇了。心月狐夫人一怒之下杀了宁郎全家。宁郎的父母、妻子、子女都惨遭毒手,无一幸免,唯独宁郎活了下来。因为心月狐夫人对宁郎还有旧情,所以没有杀他,还希望和他破镜重圆。宁郎却对心月狐夫人充满了仇恨,临死前发下毒誓,生生世世都不会爱心月狐夫人,都要惩罚心月狐夫人,然后就自杀了。心月狐夫人不甘心,一直寻找宁郎的转世,每一世都与他结缘,重续欢爱。我当时一头雾水,完全想不明白心月狐夫人为什么这么做。离奴也认为心月狐夫人疯了。不过,现在想想,世界上有各种各样的人,感情也复杂多样,爱情自然也并不是单一的样子。心月狐夫人和宁郎这生生世世的纠葛,也许就是扭曲的爱情所结出的孽果吧。"

元曜说:"原来还有这样的前因,这其中的情感纠葛还真是复杂啊!"

小狐狸疯狂地揉脸:"某完全不懂。某总觉得姑姑有些疯狂。"

白姬说:"这大概就是爱情吧。爱和恨到了极致,人都是疯狂的。"

离奴买菜回来了。离奴拎着一条大草鱼,还拐着一个竹篓,里面装着一些比较细小的青竹鱼。

离奴一看见胡十三郎坐在后院悠闲地喝酒,就想要和胡十三郎吵架。但是白姬也在,离奴不敢发作。

元曜问:"离奴老弟,你今天怎么买了这么多鱼,又有草鱼,又有青竹鱼?"

离奴指着竹篓,笑道:"爷天天去买鱼,那卖鱼的老翁都认得爷了。这一篓青竹鱼是他送的。中午就不做饭了,爷烤青竹鱼给你们吃。"

离奴说完,便去厨房收拾了。

不多时,离奴拿出了一个红泥火炉,将腌制好的青竹鱼用竹签串好,放在火炉上,以小火慢慢地炙烤。

小狐狸过去帮忙,拿着蒲扇开始扇火。

一猫一狐狸开始烤青竹鱼,空气中弥漫着烤鱼的香味。

一阵风吹来,衰草低伏,菩提树上挂着的卷轴随风飘动,发出了呼呼的声响。

自从白姬拿回极乐卷轴后,就把它挂在菩提树上,没事就对着卷轴上的灭秽冥想,不知道在参悟什么。

元曜问:"白姬,小生一直想问,你把极乐卷轴挂在菩提树上做什么?"

白姬喝了一口西域流霞酿,说:"轩之,我一直在思考人心、信仰和宗教的关系。灭秽信仰佛教,笃信佛法无边,终其一生都想用佛教的理念普度众生。他的执念是带众生入极乐净土。如果说让心月狐夫人陷入疯狂的是爱情,那么让灭秽陷入疯狂的则是信仰。"

元曜叹了一口气,说:"我总觉得灭秽禅师很可怜。他终其一生,所想要的极乐不过是让人们衣食温饱,没有战乱死亡。"

白姬说:"是啊,在他生活的时代,因为战争频繁,充满了苦难和死亡。苦难众生,红尘万象,让他陷入了执念。如今,盛世繁华,人们安居乐业,众生已经生活在他所期盼的极乐世界里了。可惜他被执念障目,看不见真实的世界,反而把苦难和死亡带给了众生,害死了不少无辜的人。"

元曜十分难过,唏嘘不已。

白姬说:"轩之,不提灭秽了。最近我天天对着极乐卷轴思考,有所收获。"

元曜竖起了耳朵,问:"什么收获?"

白姬侃侃而谈:"信仰是宗教的基础,信仰创造了神佛,信仰发源于人心,是众生最真实的幻觉。同时,信仰也能给予众生的心灵以滋养,给予众生的灵魂以救赎,还能给予众生无穷无尽的力量。"

元曜不解:"所以呢,白姬,你思考之后得到的收获是什么?你要更虔诚地信奉佛祖,每天多诵经文,多做善事吗?"

白姬摇头,说:"不是。轩之,我思考之后得出的结论是,我也可以创造一个宗教。"

元曜没听清,问:"什么?"

白姬认真地说:"人心既然需要信仰,宗教又因为信仰而产生,那我也可以借用人心的力量创造出一个宗教。如果这个宗教深入人心,受众广泛,遍布世界,那不出一年,恒河沙数的因果就能集齐了。我就不用开缥缈阁,一个接一个辛辛苦苦地收集因果了。"

"噗——"元曜喷出了一口酒。

这龙妖每天在菩提树下冥思苦想,得出的结论竟然是新创一个宗教。

"白姬,创造新宗教是很难的!"

"也不算很难。你看,极乐图是我创造的,这不也受众广泛,在神都掀起了一股极乐风尚吗?"

极乐风尚之所以兴起,是因为灭秽的执念,以及极乐散迷惑了众人,并不是因为你那假极乐图呀。元曜暗自腹诽。

"我该创造一个什么宗教呢?那必须得信众广泛才行呀!"白姬思考着。

离奴一边烤青竹鱼,一边说:"主人,民以食为天,人人都得吃饭,吃饭是信众最广泛的,你可以创造一个美食教。"

白姬有些为难地说:"美食教信众是很多,可是我不会做饭。"

离奴说:"主人,离奴会做。你就不用操心了。你当神明就行,离奴来当教主,替你招揽信众,收集因果。"

小狐狸一把把烤好的青竹鱼放入荷叶盘,端过来给白姬、元曜,一边说:"某也有一些厨艺,那某就来做美食教的护法吧。"

白姬拿起一串烤青竹鱼,咬了一口,笑道:"这烤鱼又香又嫩,太好吃了!看来,这美食教说不定能成!"

元曜本来有一肚子话想说,可是在咬了一口烤鱼之后便忘记要说什么了。

元曜一边吃美味的烤鱼,一边听白姬、离奴、小狐狸侃侃而谈。听着一人一猫一狐,你一言我一语地构建关于美食教的宏图,他突然觉得这个温暖的秋日午后十分美好。极乐世界,也不过如此。

一阵风吹过,菩提树下,极乐卷轴随风飞舞,卷轴上灭秽的图像嘴角上扬,表情幸福且快乐,仿佛进入了永恒的极乐净土。

深秋,又到了。

第三折 邙山藤

第一章　楔　子

洛阳，邙山。

树木森然，苍翠如云，山林之中人迹罕至，唯有一条条藤蔓悬挂在鳞次栉比的坟墓之间。

邙山土厚水低，宜于殡葬。自古以来，帝王名士大多葬于此地，平民百姓也有不少人埋骨于此山中。

深山幽林之中，有一座坍塌了一半的古墓，古墓被一堆藤蔓覆盖，连正午的阳光都照不进来。

古墓之中，有一间昏暗的墓室，墓室里放着一堆大大小小的药罐，地上堆着一些奇形怪状的药材。

一堆篝火上，悬挂着一个百叶双耳陶罐，陶罐里装着绿褐色的液体，正咕嘟咕嘟地冒着气泡。

一个长得很像鬣狗的妖怪蹲坐在火堆旁边。它伸出爪子，拿一根木棍搅拌着陶罐里的绿褐色液体。

这是一只毕舍遮①。

毕舍遮的指甲锋利如刀，还在滴着鲜血。

"这该死的巫医，一去神都就忘了时辰，还不回来。"毕舍遮一边搅拌药液，一边喃喃抱怨。

"救命——救命呀——"隔壁的墓室里传来呜呜咽咽的哭声，还夹杂着求救的喊声。

毕舍遮一边听着隔壁传来的求救声，一边继续搅拌药液。

过了许久，陶罐里的巫药熬成了碧绿色、半凝固状的黏稠物。

---

① 毕舍遮，印度神话中的食尸鬼。

"嗯，这巫药差不多了。"

毕舍遮放下木棍，不再搅拌药液，用火棍将篝火拨到半熄灭的状态。

"救命啊——"隔壁墓室里传来的求救声越来越轻微。

毕舍遮站起身来，伸了一个懒腰。

"啊，我好饿，该做饭了。"

毕舍遮穿过一道墓门，走向隔壁的墓室。

墓室之中，藤蔓环绕。一个青年被藤蔓绑缚在一根圆柱上。

青年看见毕舍遮走过来，顿时满脸惊恐，十分害怕。他的力气已经用尽，声音变得嘶哑。

"救命啊——"

毕舍遮没有理会他，任由他喊叫。反正这邙山深处人迹罕至，根本不会有人听见古墓里的求救声。

毕舍遮经过青年身边，走向一方巨大的石台。石台上血迹斑斑，放着斧头、剔骨刀、菜刀之类的刀具，还散落着一些骨肉。

青年看见毕舍遮走向石台，不由得脸色惨白，瑟瑟发抖。

毕舍遮站在石台前，弯腰从地上拎起半扇猪肉，砰的一声，摔在石台上，抄起斧头，开始剁肉。

青年看见毕舍遮虎虎生风地挥舞斧头剁肉，吓得惨叫一声，双眼泛白，昏死过去。

毕舍遮回头，看见昏死的人类青年，说："啧啧，你真胆小！今天又不吃你，虽然我很想吃你，但是你还得给巫医试药呢。"

这时，一根藤蔓从半空中探了下来，绕在毕舍遮的长颈上，然后猛地缩紧，仿佛要将它勒死。

毕舍遮伸爪箍住了藤蔓，说："喀喀，你别调皮了！你再调皮的话，小心我回头告诉巫医。"

一听见"巫医"两个字，藤蔓倏然松开了毕舍遮，迅速且安静地缩走了。

第二章　无　禄

仲夏，洛阳。

缥缈阁，后院墙上爬满了野蔷薇的藤蔓，碧绿与火红交织，相映成辉。

一阵微风吹过，花瓣纷飞，送来一缕缕清香，仿佛是渺茫的歌声。

白姬穿着一袭雪白的莲花纹广袖留仙裙，梳着半翻髻，发髻上簪着姚黄牡丹，垂着乳白色的珍珠流苏。

白姬坐在廊檐下，身边放着一坛金谷酒、一盘荷花糕、一盘蜜瓜、一盘葡萄。

白姬一边观赏野蔷薇盛开，一边自斟自饮。她目若青莲，双瞳剪水，脸颊因为微醺而浮现出一抹酡红，仿若云霞。

白姬拿起酒坛倒酒，才发现一坛金谷酒已经喝完了。

"轩之——轩之——"白姬大声喊叫。

元曜正跪坐在里间的青玉案边记账，听见白姬喊他，急忙停笔，从轩窗探出头来。

"怎么了，白姬？"

白姬摇了摇空酒坛子，笑道："嘻嘻，金谷酒喝完了，麻烦你再给我取一坛。"

元曜一听，连忙劝说："白姬，这大白天的，你少喝一点儿。"

白姬叹道："缥缈阁没有生意，我闲得无聊，除了喝酒，不知道可以干什么。"

元曜说："你可以读一读诗歌。最近坊间传抄的新诗挺好的。"

白姬摇了摇青瓷杯，笑道："酒是装在杯子里的诗，我这就是在'读诗'呢。轩之，给我再拿一坛金谷酒，我继续'读'。"

元曜无语。

元曜起身，在多宝槅的下层取了一坛金谷酒，送去后院给白姬。

白姬接过金谷酒，笑道："多谢轩之。"

元曜愁道："白姬，这个月已经过去二十天了，缥缈阁还没开张，一文钱的进账都没有。兰亭竹、金谷酒都是神都中名贵的东西。这金谷酒五十两银子一坛，你这个月已经喝了三十坛。不对，加上这一坛，你已经喝了三十一坛。光是酒水，这个月就支出了一千五百两银子……这个月入不敷出,不是个办法呀。"

白姬停下欲拍开酒坛泥封的手,说:"听你这么一说,我好像确实花销太大。奇怪,以前在洛阳时我也这么尽情地喝金谷酒,怎么没觉得有多大花销呀。"

"那是因为离奴老弟从不记账。"

白姬一听,愉快地拍开了酒坛上的泥封,倒了一杯金谷酒。

"那你也不记账就可以了呀。"

元曜无语。

白姬又倒了一杯金谷酒,递给愁眉苦脸的元曜。

白姬笑道:"轩之,你不要发愁。我已经有主意了。这个月缥缈阁不会亏损。"

元曜接过金谷酒喝了一口,问:"你有什么好主意?"

白姬笑道:"之前武皇陛下不是封我为邙山的千户侯吗?缥缈阁里没有生意,也不能强求,我们去封地上转一转,看看能不能弄到一些银子。"

元曜颤声说:"白姬,小生不太明白,你这是打算去邙山找谁要银子?"

白姬眨眨眼,坏笑道:"这得看进邙山里之后我能抓到谁了。"

元曜还想细问,突然看见院墙的蔷薇花后面冒出了一颗猫脑袋。

那是一只花狸猫。

花狸猫有着一双圆溜溜的大眼睛和一头蓬松凌乱的猫毛。

花狸猫看见元曜之后,发出了一道轻微的叫声。

"喵!"

白姬抬头,望向蔷薇花,正好对上了花狸猫的目光。

白姬笑道:"哎呀,是玉鬼公主呀!"

元曜也笑了,问:"玉鬼公主,你怎么有空来神都了?"

花狸猫见元曜跟自己说话,十分羞涩,急忙缩回了头,躲在蔷薇花后把蓬松凌乱的猫毛整理顺滑之后,才又露出了脑袋。

"白姬、元公子,好久不见!"

白姬笑道:"玉鬼公主,快进来坐。正好这儿有一坛金谷酒,我们一起赏花喝酒。"

"好。"玉鬼公主羞涩地说。

花狸猫灵巧地跳进了缥缈阁里,穿过杂草丛生的庭院,来到了廊檐下。

花狸猫蹲在元曜对面,十分羞涩,又很紧张。

白姬倒了一杯金谷酒,放在花狸猫面前。

花狸猫紧张地喝了一口，突然惊觉，说："酒？！我刚才太激动，听成了喝茶……不……不，我不能喝酒，一旦喝酒就犯了戒律。"

　　白姬说："这……那你吃一些点心吧。刚才你喝那一小口是无心之过，佛祖不会怪罪你的。"

　　元曜问："玉鬼公主，你还在凌霄庵修行吗？"

　　花狸猫听见元曜问话，激动地说："没有。师父早就把我送人了。"

　　白姬、元曜闻言愣了愣。

　　花狸猫急忙解释："师父有一个好友，也是尼姑，法名云空，是洛阳云花庵的庵主。云花庵主来凌霄庵做客，觉得我很可爱。师父便把我送给她了。我本来不想跟着云花庵主走，但是一想到云花庵在洛阳，元公子你也在洛阳，所以就没反对。我在云花庵已经待了半个月了。"

　　元曜问："云花庵在哪个坊？"

　　花狸猫激动地说："云花庵不在洛阳城内，在建春门外。你沿着伊水往下走三里路就能到云花庵。元公子，你有空的话，请一定要来云花庵玩。"

　　元曜哭笑不得。

　　尼姑庵一般是女香客去上香，他一个男人没事去尼姑庵玩好像不是很合适。

　　白姬笑道："玉鬼公主，你在云花庵住得还习惯吗？"

　　花狸猫笑道："很习惯。大家都很亲切，也颇为照顾我。无禄师姐担心我吃素没营养，偶尔还偷偷地喂我吃从伊水中抓到的鱼……对了，无禄师姐现在还在茶肆里等着我呢！"

　　白姬、元曜面面相觑。

　　花狸猫说："今天我来缥缈阁，一来是探望……元公子和白姬，二来是陪无禄师姐来求助的。她最近有很苦恼的事情，希望白姬您能替她解决。"

　　白姬眼睛一亮："呀！生意来了！"

　　花狸猫讪笑，说："白姬，无禄师姐十分清贫，没有钱财，虽然她一直很想发财。"

　　白姬笑道："没事，既然是玉鬼公主的师姐，我会算她便宜一些。她人呢？"

　　花狸猫说："无禄师姐好像走不进缥缈阁里。我跟她一起在南市找缥缈阁，找了几圈，脚都走酸了，一直找不到。无禄师姐走累了，就找了一家茶肆歇息。我让她等着，独自来找，结果还是找不到，但是我能感应到一股隐藏的结界的气息，就破开结界进来了。"

　　白姬沉默了一会儿，猛然站了起来。

　　元曜吓了一跳，问："白姬，你怎么了？"

白姬说:"轩之,我知道这个月为什么二十天都没有客人上门了。"

元曜问:"为什么?"

"我忘了打开结界。上个月月底,我重新加固了结界,但是因为急于喝酒忘了打开。酒醒之后,我误以为已经打开了结界。缥缈阁一直关着门,拒绝外人踏入,当然没有生意了。"

元曜无语。

"白姬,喝酒误事,请你以后不要再贪杯了。"

玉鬼公主说:"我这就去把无禄师姐带来。"

白姬说:"轩之,你陪玉鬼公主一起去,替她们引路。你们回来之前,我会把结界打开。"

于是,元曜便和花狸猫一起离开了缥缈阁。

南市之中,商贾云集,人来人往。

无禄歇脚的茶肆其实离缥缈阁并不远,元曜和花狸猫很快就走到了。

无禄是一个年轻的尼姑,穿着一身灰色僧衣,身形圆润丰满,长得很和善,十分有精神。

无禄看见了花狸猫,便结了茶钱,走出了茶肆。

花狸猫跳上无禄的肩膀,小声地说:"无禄师姐,我找到缥缈阁了,我们一起去吧!这位是缥缈阁的元公子。"

元曜和无禄见过礼之后,两人一猫穿过闹市,走到了死巷外。

元曜、无禄、花狸猫还没走入死巷,正好碰到离奴提着一条大黄鱼,哼着小曲儿回来了。

离奴看见花狸猫、元曜、无禄,笑道:"野山猫,你怎么也来长安了?书呆子,这胖尼姑是谁呀?"

元曜呵斥:"离奴老弟,休得无礼!这位无禄比丘尼是缥缈阁的客人。"

无禄好奇地望着提着一条大黄鱼的黑衣少年。

花狸猫说:"无禄师姐,不要理他,这只黑猫是缥缈阁里吃闲饭的。"

离奴本想反驳,但是又怕花狸猫发怒变成猞猁,自己打不过花狸猫,便不作声了。

无禄望着离奴手里提着的大黄鱼,叹了一口气,说:"玉鬼,等我发财了,也给你买大黄鱼吃。"

花狸猫高兴地点点头。

离奴撇撇嘴,说:"野山猫,你别指望了。她都无禄了,还能发什么财!"

元曜一听，急忙说："离奴老弟，你快住口！"

拌嘴间，元曜、离奴带着花狸猫和无禄穿过死巷，走进了缥缈阁里。

缥缈阁，里间。

白姬和无禄、花狸猫分别跪坐在青玉案边。

元曜去沏了一壶香蕊茶，端来了一盘蜜瓜和一盘葡萄。

白姬笑道："无禄师太，你有什么烦忧呢？"

无禄喝了一口香蕊茶，皱起了眉头，说："是这样的。我俗家的兄弟最近遇上了奇怪的事情，发了疯癫之症。寡母实在没有办法，就到云花庵找我，希望我能借佛祖的庇佑，让我的兄弟恢复正常。我每天虔诚地念经祈祷，我的兄弟也没有好转。玉鬼说遇到怪力乱神的事情可以来缥缈阁求助您，所以我就来了。"

白姬问："无禄师太，你的兄弟怎么了？"

无禄说："听母亲说，我的兄弟跟朋友去邙山观景，结果两个人都失踪了。几天后，一队经过山外驿道的商队发现我的兄弟倒在草丛里，就救了他，把他带到了神都。恰好西市里有我家的邻居在做买卖，认出了我的兄弟。母亲感谢了商队，把我兄弟接回了家。我的兄弟醒来之后就神志不清、疯疯癫癫的，说什么鼍狗、藤蔓妖怪、吃人……大夫也医治不了，母亲请道士驱鬼也没有用。母亲都快要愁死了，就来找我想办法。"

白姬说："邙山啊……这样吧，无禄师太，我去你家看一看你的兄弟是什么状况，再做打算。"

无禄松了一口气，说："太好了！我俗家住在大同坊。大同坊，二条街，卖豆腐的吴家就是我俗家。您去大同坊一打听就知道了。贫尼今天是借口采买针线才出来的，还得赶回云花庵，无法带您去大同坊了。"

白姬笑道："无妨。我跟轩之去就可以了。"

无禄挠头，问："请问报酬是什么？听玉鬼说，缥缈阁的规矩是一物换一物，万事皆有代价。"

白姬笑道："我现在还不清楚你的兄弟究竟是什么情况，至于报酬的事情，等我去看过了再说吧。"

无禄双手合十，说："阿弥陀佛！有劳白姬施主了。"

无禄喝完了香蕊茶，便和玉鬼公主一起告辞离开了。

第三章　巫　医

大同坊，二条街。

白姬、元曜进入大同坊之后，向人一打听，没费什么功夫，便来到了吴家的豆腐坊。

无禄俗家有两个兄弟，一个是她的哥哥，另一个是她的弟弟。无禄的大哥大嫂和寡母经营着豆腐坊，以作生计。她的弟弟吴悠年方二十岁，没什么正经事做，就在洛阳街头当游侠儿。与朋友一起去邙山游玩失踪，归来后得了邪症的是吴悠。

吴大娘一听白姬、元曜是女儿请来的术士，急忙热情地招呼，将两个人带到了内院。

白姬、元曜走进内院里，跟随着吴大娘去往南边的厢房。

进入内院之后，吴大娘便放轻了脚步。

"啊啊啊——"

突然，厢房里传出男子充满恐惧的尖叫声。

白姬伸手捂住了耳朵。

元曜一惊，问："吴大娘，这是怎么了？"

吴大娘哭着说："这是我的小儿子……他肯定是听见了你们的脚步声。他一听见脚步声就会发出尖叫，仿佛是被什么吓破了胆。自从他回来后，怕他犯病，我们在院子里走路都小心翼翼的。"

说话间，白姬、元曜、吴大娘已经走到了厢房门前。

吴大娘推开了房门，白姬、元曜走了进去。

厢房中十分凌乱，烛台、香炉、桌几、饭碗散落在地上，地上还残留着一些驱邪仪式用过的香灰和烧化的符纸，窗户下还有半碗粗盐和一些豆子。

一个面黄肌瘦的青年瑟瑟发抖地蜷缩在屋角的一张绒毯上。青年应该就是吴悠。

吴悠脸色苍白，嘴唇也毫无血色，眼睛里满是恐惧，貌似陷入了一种失智的呆滞状态。

白姬、元曜、吴大娘进来之后，吴悠一边喊着"不要过来，救命啊"，一边拼命地往房间的角落里挤，似乎只有这样才能躲开一切危险。

看到一个风华正茂的青年变成了这副模样，元曜有些难过。

吴大娘一边落泪一边问："两位高人想要怎样驱邪？你们需要些什么东西？我前天请道士驱过邪，檀香、符纸、朱砂还剩了一些。"

白姬望了一眼吴悠，说："我们不需要这些。吴大娘，您的儿子没有中邪。他只是受到了惊吓，神志被困入了心魔……您看，他的灵台上缠绕着一些藤蔓的阴影。那些藤蔓是他的噩梦之源，对于藤蔓的恐惧蒙蔽了他的心智。"

吴大娘抹了抹眼泪，望向自己的小儿子，疑惑地问："什么藤蔓？老身怎么看不见？"

元曜仔细地望向吴悠，只见他的头顶有一团污糟糟的黑气，并没有什么藤蔓。不过，白姬说有藤蔓，那就肯定有藤蔓，她能看见人类看不见的东西。

白姬环顾四周，笑道："吴大娘，您能给我倒一杯茶水吗？"

吴大娘一听，以为白姬想喝茶，顿时有些惭愧地说："老身光顾着说明小儿的邪症，都忘了给两位高人端来茶水，招待不周，还请见谅。"

说完，吴大娘急忙出去沏茶了。

元曜环顾四周，说："白姬，看样子吴家做了很多次驱邪法事呀。不过，那些驱邪法事好像都没有什么效果。"

白姬说："他又没中邪，驱什么邪？吴家就算做一百次驱邪法事，也是白费功夫。"

元曜望了一眼吴悠，担忧地说："白姬，你能治好他吗？"

白姬说："大力士捡起一根稻草。"

元曜有点儿蒙，问："什么意思？"

白姬笑道："轻而易举。"

元曜无语。

"白姬，你这是在自创什么乱七八糟的歇后语？"

"嘻嘻。"

两个人说话间，吴大娘端着一个红漆木托盘来到了厢房里，托盘里放着两杯茶。

"老身怠慢了，两位高人请用茶。"

元曜急忙接过一杯，说："有劳吴大娘了。"

白姬端起一杯茶，走向蜷缩在屋角的吴悠，将茶杯放在离吴悠七步远的地方。

吴悠十分恐惧，不明白白姬在干什么。但是有人接近自己，他本能地感到害怕，想要逃走。

白姬说："吴大娘、轩之，你们过来按住他，不要让他动弹。"

吴大娘这才明白白姬要茶水不是为了喝，而是要驱邪。她急忙走到墙边，驾轻就熟地一边安抚儿子，一边按住儿子。因为多次举行驱邪法事，为了防止儿子疯狂奔逃，她早就已经习惯这样做了。

元曜放下茶杯，走过去，帮着吴大娘按住吴悠。

白姬走向窗户，窗边放着半碗粗盐，还有一些散落的豆子。

白姬伸手，抓了一些粗盐，回到了茶杯边，将粗盐丢入茶杯中。

白姬对着茶杯念念有词，粗盐在水中溶化。随着粗盐的溶化，茶杯上腾起一缕缕金色雾气。金色雾气飘到吴悠的头顶，去纠缠他灵台上的黑影。

黑影在与金色雾气的纠缠之中，一点儿一点儿地消失了。

蒙蔽吴悠神志的恐惧心魔被驱散了，吴悠的灵台逐渐恢复了清明，眼神也恢复了正常。

那杯加盐的茶水，则变成了混浊的黑色。

吴悠清醒地望向四周，看见吴大娘，虚弱地叫了一声"娘"。

吴大娘一见儿子清醒了，又惊又喜，激动得说不出话来。

元曜放开了吴悠。

白姬笑道："好了。吴大娘，您的儿子已经没事了，不会再被恐惧的心魔所困。他身体因为恐惧而变得虚弱，需要卧床静养一段时日。"

吴大娘十分高兴地说："太好了！多谢两位高人。"

白姬笑道："既然事情办完了，我们也该告辞了。"

吴大娘千恩万谢，要酬谢白姬银钱。

白姬却说是帮朋友无禄的忙，不肯接受银钱，只讨要了那杯变黑的盐茶水。

吴大娘过意不去，坚持送给白姬、元曜一大包自家做的豆腐。

白姬、元曜不好推辞，只得接受。

元曜捧着一大包豆腐，白姬端着一杯茶水，走在回南市的路上。

元曜说："白姬，小生现在满腹疑问。"

白姬笑道："离南市还有四个坊呢，轩之你可以慢慢地问。"

元曜问："茶水里为什么要加粗盐？"

白姬笑道："盐是很重要的东西，能够化解煞气。恐惧的心魔也是煞气的一种。茶水中加盐，叫安引水，加上安神之咒，可以清洁人的灵台、安定人的心灵。"

元曜又问:"白姬,你不好奇吴悠在邙山之中有什么离奇的遭遇吗?他清醒之后,你为什么不问问他?"

"我问不出什么的,因为吴悠现在已经不记得在邙山里的遭遇了。令他恐惧失智的记忆随着心魔进入了安引水里。"白姬摇了摇手中的茶杯,笑道,"喏,轩之,吴悠关于邙山的恐怖记忆在这里面呢!等回到缥缈阁后,我自有办法弄清楚。"

元曜恍然大悟。

白姬、元曜一边闲聊,一边走路。

"白姬,你为什么不收吴大娘的银子?这可不像你。"

白姬说:"因为我这是在帮玉鬼公主的忙呀。"

元曜说:"难道你打算向玉鬼公主要银子?"

白姬笑道:"玉鬼公主那么可爱,我怎么忍心向玉鬼公主讨要报酬?这笔账就记在轩之你的头上,我会从你的工钱里扣。"

元曜顿时拉长了苦瓜脸,问:"为什么你帮玉鬼公主的忙,却要扣小生的工钱?"

"因为你的问题太多,所以我忍不住想扣你的工钱。"

"白姬,这包豆腐好重呀!我们今晚喝豆腐鱼汤,好吗?"元曜转移话题。

"这个问题,你得问离奴。嗯,豆腐鱼汤,听上去还不错哟!"

"砰——"

白姬侧头跟元曜说话时,冷不防跟一个迎面走来的人撞在了一起,手中装着安引水的杯子掉在了地上。"啪嚓"一声,杯子摔碎了。

黑色的污水渗入了泥土之中,消失无痕。

与白姬相撞的是一名壮年男子。

男子穿着一身半新不旧的鸦青色长袍,长袍上绣着薜荔花纹。他脚踏一双沾满泥土的芒鞋,拄着一根竹杖,背着一个药箱。药箱上用木杆挑着一块苍色的旧布,旧布的一面写着"医"字,另一面写着"巫"字。看模样,他是一位走街串巷的巫医。

游方巫医正值壮年,身躯凛凛,相貌堂堂,但是脸上充满了难以化解的忧郁,两鬓也已染上了不合年龄的飞霜。

"真是抱歉!"

看到白姬手上的杯子摔碎了,游方巫医急忙为自己的冒失冲撞而道歉。

白姬低头看了一眼消失的安引水,惋惜地说:"真可惜,我的好奇心得不到满足了。"

白姬又抬头看了一眼游方巫医，用饶有兴味的目光打量了他几眼。

"没关系。我也有错，只顾着说话，没注意看路。"白姬笑道。

游方巫医行了一礼，便与白姬、元曜二人擦肩而过。

白姬回头，目光灼灼地盯着游方巫医的背影。

元曜问："白姬，你看什么？"

白姬说："这个人身上有很重的妖气，还有许多恶毒怨念的残影。"

元曜揉了揉眼睛，望向游方巫医，说："他是一个妖怪吗？可是小生明明看见的是一个人啊！"

白姬说："他是人。不过，人长期跟妖怪混居在一起，身上也会有妖气。比如轩之，你长期跟我和离奴待在一起，身上也会沾染妖气。"

"白姬，你的意思是这位巫医跟妖怪混居在一起？"

白姬说："是的。巫交鬼神，医寄生死。对游方巫医来说，跟非人混居在一起倒也不是什么奇怪的事情。不过，这位巫医身上有一种说不出来的怪异。"

元曜说："巫医跟人还是非人混居在一起，跟我们关系不大。白姬，天色不早了，我们还是赶紧回缥缈阁吧。走得快一些的话，我们还来得及回去让离奴老弟做豆腐鱼汤呢。"

一听到有豆腐鱼汤喝，白姬便转身快速而行，说："嗯，轩之，我们快走吧。"

第四章　鱼　宴

白姬、元曜回到缥缈阁时，下街鼓还没有敲响。

平常这个时辰，离奴已经在厨房里热火朝天地做晚饭了。今天，离奴却懒洋洋地蹲在里间的青玉案上发呆。

"主人、书呆子，你们回来了。"看见白姬、元曜走进里间，离奴起身说。

白姬伸了个懒腰，在青玉案边跪坐下来。

"我们回来了。离奴,你今天怎么还不做晚饭?"

离奴回答:"主人,米饭已经蒸在锅里了,快熟了。"

元曜把一大包豆腐放在青玉案上,也跪坐下来,伸了个懒腰。他一路走回来,还抱着一大包豆腐,十分疲累。

"离奴老弟,今晚你正好可以煮豆腐鱼汤。"

离奴看了一眼豆腐,有些吃惊地问:"这……这豆腐恐怕得有十斤吧。主人、书呆子,你们买这么多豆腐回来做什么?"

白姬喝了一口凉了的香蕊茶,说:"哦,这是别人送的。离奴,今晚你就做豆腐鱼汤吧。"

离奴挠头,说:"主人,我今天做不了豆腐鱼汤。"

元曜好奇地问:"为什么?难道你买的那条大黄鱼跑了?"

离奴抖了抖胡须,说:"大黄鱼没跑。是这样的,你们离开之后,玳瑁来了。玳瑁给爷送了一罐八和齑[①]。有八和齑,我们自然要吃鱼脍。鱼脍得吃的时候现切才鲜美,所以我就等你们回来了。"

白姬笑道:"我很久没吃鱼脍了,听起来也不错。"

元曜问:"那豆腐怎么办?"

离奴说:"我们可以切一块豆腐拌着八和齑吃,剩余的用木桶盛冰块吊在井底保存,以后慢慢吃吧。"

夕阳西下,晚风和煦。

后院,廊檐下摆着一方梨花木案。木案上放着一盘八和齑豆腐、三碟八和齑、三碗米饭、三杯金谷酒。

白姬、元曜跪坐在梨花木案边等待,离奴在厨房里运刀如飞地切着鱼脍。

不多时,离奴便端出了一大盘薄如蝉翼的鱼脍。

白姬、元曜、离奴开始吃晚饭。

元曜夹起一片鱼脍放入八和齑之中蘸了蘸,放入口中。

鱼脍口感柔嫩,软滑而腴润,八和齑恰到好处地隐去了鱼脍的土腥味,

---

① 八和齑,一种调味品,用蒜蓉、姜米、腌橘皮、白梅、熟粟黄、粳米饭、盐、酱八种料制成。出自北魏贾思勰所著的《齐民要术》。

只剩下鱼片的滑嫩和鲜甜。

元曜忍不住摇头晃脑地说:"《礼记》云:'脍,春用姜,秋用芥。'可惜现在是夏天,芥子还没有成熟,如果八和齑中再加入一些捣碎的芥子,那鱼脍的味道就更美妙了。"

离奴没好气地说:"就书呆子你话多!有八和齑就不错了,你还要什么芥子!"

元曜不敢再作声,默默地吃鱼脍。

白姬笑道:"离奴,玳瑁今天怎么想到来缥缈阁给你送八和齑啊?"

离奴放下筷子,说:"前几日,我去北市购买一些异域舶来的香辛料,在铜驼陌①遇见了玳瑁。我们俩多日不见,就闲聊了几句。闲聊之中,我诉说了最近的苦恼,玳瑁今天就给我送来了八和齑。"

白姬也放下筷子,关切地问:"离奴,你有什么苦恼?"

元曜也关切地问:"离奴老弟,你有什么苦恼,可以说出来。白姬和小生都愿意替你分忧。"

离奴叹了一口气,说:"那倒也不是什么大事。而且,我的这个苦恼只能自己解决,你们都帮不了。"

元曜问:"离奴老弟,你究竟出了什么事?"

离奴挠了挠头,说:"主人、书呆子,你们没发现最近我做的饭菜不好吃吗?"

白姬摇头,说:"没觉得。可能是我最近都沉迷于喝金谷酒,没怎么吃饭。"

元曜也摇头,说:"小生对于一日三餐没有什么要求,只要能填饱肚子就行。不过,听你这么一说,我觉得你最近做的鱼与以往相比好像确实少了些什么。"

离奴垂头丧气地说:"爷最近味觉退化,对于菜肴的美味度都不敏感了。而且,爷也没有什么烹饪的灵感了。没有新的想法,爷就缺少澎湃的激情,做出来的食物就缺少美妙的滋味。爷去北市找异域舶来的香辛料,

---

① 铜驼陌,隋唐洛阳的一个里坊。它南襟洛水,西傍瀍河,北边隔一个里坊,正是东都内三大热闹市场之一的北市。铜驼陌冠盖云集,繁荣豪华。后世以铜驼陌比喻最繁华的街道。

就是为了寻找一些不一样的味道。玳瑁今天送来调味的八和齑，就是为了让爷振作起来。"

白姬想了想，说："离奴，我不会烹饪，你的苦恼我帮不上什么忙。不过，我有一个主意——你可以去鼠楼待一阵子，跟厨艺精湛的老鼠厨师们切磋交流，想必能够重拾对烹饪的激情。"

元曜急忙点头。

离奴苦恼地说："主人，离奴早就去过鼠楼了。可那些老鼠不思进取，怠于研究新的菜式，洛阳万珍楼的菜单还跟长安万珍楼的菜单一模一样。我在鼠楼找不到不一样的味道。"

元曜说："神都之中，酒楼众多，在万珍楼里找不到的话，你可以多去拜访几家酒楼，说不定能够找到烹饪的奥义，消除你的苦恼。"

离奴一听，更愁了。

"爷都去过好几家了。爷变成黑猫躲在后厨的房梁上偷师，偶尔跳下去偷吃一口菜肴，基本都很难吃。厨师的厨艺还不如老鼠的呢。爷去了好几家，十分失望，心灰意懒，就没什么心情继续去各大酒楼的后厨偷师了。"

白姬想了想，说："离奴，十三郎的厨艺很好，说不定十三郎能帮助你。"

元曜说："离奴老弟，小生可以替你写一封信，托人送去长安翠华山给十三郎，邀请十三郎来缥缈阁。"

离奴脑袋摇得跟拨浪鼓似的，说："不要！千万不要！我会被那只臭狐狸嘲笑的！"

白姬安慰离奴："离奴，你不要烦恼了。也许，是酷暑影响了你的心绪。等过一阵子，你就会好了。"

元曜也说："对，离奴老弟，你想找烹饪的灵感和不一样的味道的话，小生可以陪你去胡人经营的食肆看一看。"

离奴有些感动地说："书呆子，爷刚才不该凶你。等到了秋天，爷亲自去山里采芥子，让你能吃到有芥子的鱼脍。"

元曜受宠若惊地说："多谢离奴老弟。"

离奴心情顿时好多了。离奴和白姬、元曜继续一边吃饭，一边闲聊，不多时，便在红霞漫天的美景之中吃完了这顿生鱼宴。

掌灯之后，月色朦胧。

白姬跪坐在青玉案边，一边凝神思考，一边提笔在纸上写着什么。

白姬对于自己写的内容似乎十分不满意，每次都是刚写了几句，就把纸揉成一团扔掉了。白姬的脚边已经有好几团废纸了。

元曜不知道白姬在写什么，也不敢打扰她。他倚坐在不远处的贵妃榻上，品读一本最新的坊间诗抄。

离奴蜷缩在元曜身边，闭目养神。

当看到白姬再一次把写的东西揉成纸团，准备扔掉时，元曜忍不住问："白姬，你在写什么？"

白姬扔掉纸团，笑道："作为邙山侯，我在给邙山的子民们写规矩。"

元曜一惊，合上坊间诗抄，坐起身来，问："什么规矩？"

白姬垂头，说："唉，我写了半天，怎么写都觉得不合适。算了，我不写了。邙山之中，千妖百鬼太复杂，看来我定不了统一的规矩了。"

元曜问："白姬，邙山之中究竟有什么？"

白姬说："邙山之中有许多陵墓，埋葬着历朝历代的帝王将相。这些人有些已经往生了，只留下空墓。有些夙愿未了，化作厉鬼，徘徊在邙山上。那些风水极佳的空墓里聚集了充沛的地脉灵气，是最好的修行之地，所以成了大妖怪们舒适的巢穴。那里盘踞着一些比较难缠的大妖怪。我思来想去，觉得为了挣一些银子去邙山招惹那些妖鬼并不值得。若是触犯众怒，那我就麻烦了。我还是不定规矩，不收税赋，做一个挂名的邙山侯算了。"

离奴竖起了两只耳朵，睁开了一只眼睛，说："主人，离奴有一个主意，可以让您既得银子，又不惹众怒。"

白姬问："什么主意？"

离奴起身，伸了一个懒腰，说："盗墓！咱们趁夜去邙山盗墓，盗着了金银珠宝就跑，万一不小心被逮住，再把主人您邙山侯的身份亮出来，就说您是深夜在领地上巡视。"

元曜拉长了苦瓜脸，说："离奴老弟，你这出的都是一些什么缺德的馊主意！小生才不要跟你们一起去盗墓。"

白姬也说："不妥！盗墓有失我邙山侯的身份。算了，我还是不指望拿邙山敛财来弥补缥缈阁经营上的亏空了。毕竟我向武皇陛下讨要邙山侯的职位，还有更重要的用处。"

元曜笑道："这就对了。"

白姬笑道："不过，邙山的景色很不错。从翠云峰上俯瞰整个洛阳城，伊水、洛水、山川、城坊尽收眼底，非常壮美呢！等哪天天气好，我带轩之去邙山游玩吧。"

"好呀。"元曜开心地说。

既然放弃了去邙山敛财的想法,白姬便不再绞尽脑汁地写规矩了。她又抱着一坛金谷酒去后院,对着月色开怀畅饮。

元曜继续品读坊间诗抄,不多时便困了,就回房间睡觉去了。

仲夏时节,暑热难耐。

第二天,白姬在二楼睡觉,都快中午了,还没起床。

离奴今天打算做豆腐。离奴把冰在井底的豆腐取了出来,切了一块。

离奴对着白玉石一般的豆腐发了半天呆,也没有烹饪的灵感,想不出来做什么菜肴。闲得无聊,离奴便坐在后院廊檐下,用小刀把豆腐雕刻成一朵盛开的牡丹花。

元曜看见离奴在聚精会神地雕刻豆腐,十分惊讶。不过,他没空理会,因为缥缈阁今天生意兴隆,上门的都是结浅缘的客人。仅仅一个上午,他就已经做成了五单买卖。

元曜站在柜台边,心情很不错。等白姬起床后,他告诉她今天的买卖情况,她一定会很高兴。

元曜正高兴,突然一个人匆匆地走进了缥缈阁里。

元曜抬头一看,只见走进缥缈阁里的是一位白发老妪。白发老妪惊恐且焦急,眼圈乌黑,眼睛里布满了血丝,似乎一宿未眠。

元曜认得这位白发老妪,正是昨天在大同坊见过的吴大娘。

吴大娘十分恐慌,顾不得礼数,进门看到元曜之后,就拉住了元曜的衣袖,哭喊:"高人,请您二位务必再救我儿一命。"

元曜一头雾水,不知道发生了什么事。

"吴大娘,您怎么来缥缈阁了?究竟发生了什么事?"

吴大娘颤声说:"元公子,昨晚老身的小儿子身上发生了十分怪异的事情,全家人都吓得六神无主。老身隐隐记得您二位说是从南市缥缈阁而来,所以老身今天就找来了。请您二位高人再救小儿一命。"

元曜问:"吴大娘,究竟发生了什么事?"

吴大娘惊恐地说:"我儿他……他分开了……"

元曜蒙了,又问:"什么分开了?"

吴大娘不知道回忆起了什么,惊恐到身体颤抖,语无伦次。

"就是……分开了,变成了两半……整个人从中间分开了,变成了两半……"

第五章　分　裂

元曜还是听不懂，见吴大娘惶恐无助，便说："吴大娘，您先别急，请进里间喝一杯凉茶冷静一下。小生去把白姬叫来。一般来说，任何古怪离奇的事情，她都能够想办法解决。"

吴大娘强作镇定，跟着元曜进入里间，绕过河图洛书屏风，在青玉案边跪坐下来。

元曜给吴大娘倒了一杯凉茶之后，便去楼上找白姬了。

"咚咚！咚咚！"元曜站在白姬的房间外，伸手敲了两下门。

"白姬，你醒了吗？"

门内没有反应，元曜便推门走了进去。

元曜绕过挂着白姬衣裳的山海图屏风，走向罗汉床。元曜只见一条手臂粗细的白龙盘踞在罗汉床上，睡得正熟，仿佛一团发出鼾声的白色云朵。

"白姬，你快醒醒！"元曜对着宿醉未醒的白龙呼喊。

白龙睁开了一只龙目，无精打采。

"轩之，我现在不饿，就不吃早饭了。你和离奴先吃吧，我只想睡觉。"

元曜无语。

"现在已经中午了……白姬，小生不是来叫你吃饭的。大同坊的那位吴大娘来缥缈阁了，她的小儿子好像又出了什么事情。她十分惶恐焦急，却又语无伦次，小生没有听懂，你快下去看一看吧。"

白龙闻言，睁开了另一只龙目，如灵蛇一般探起身来。

眨眼的工夫，白龙不见了。

元曜看见寒玉床上坐着一个睡眼惺忪的赤裸女子，女子漆黑的长发凌乱地披散在雪白的皮肤上。

元曜不由得脸一红，大声说："白姬，请把衣裳穿上！你衣不蔽体有失体统。"

白姬伸了一个懒腰，笑道："轩之，你此言差矣。不着寸缕入眠是自然之态，才是以赤子之心与天地万物坦诚相待。我的衣裳挂在屏风上，请你替我拿来。"

元曜急忙去给白姬取衣裳。把衣裳递给白姬时，他十分害羞，红着脸侧过头。

白姬接过衣裳,一边披上,一边笑道:"轩之,你也可以试着裸睡。炎夏时节,身无一物,你能更轻松地入眠,很舒适的哟!"

元曜考虑了一下,摇头说:"还是不了。万一深更半夜突发事情,我来不及穿衣裳,那就糟了。你倒是可以变成龙,离奴老弟可以变成猫,旁人都看不出来你们穿没穿衣服,就小生一个人光着身子到处跑,太丢人了。"

白姬沉默了一下,才说:"嗯,果然还是做妖怪方便一些。"

说话间,白姬已经穿好了一身雪色云纹长裙,挽着一袭半透明的鲛绡披帛,站在立地铜镜前,用碧玉发簪随意地绾了一个半翻髻,然后便和元曜一起下楼了。

里间,青玉案边,白姬与吴大娘相对跪坐。

元曜站在轩窗边将湘妃竹帘卷起,往后院一看,见离奴还坐在廊檐下雕刻豆腐牡丹花。

白姬问:"吴大娘,您的小儿子又出了什么事?"

吴大娘神色惊恐地说:"昨天,你们走后,一开始一切都好好的……"

昨天,白姬、元曜离开吴家之后,吴悠就恢复了神志,能够认出母亲、大哥、大嫂,也不再恐惧害怕,还说肚子饿,要吃东西。

吴大娘十分高兴,就炖了一锅鸡汤给他补养身体。

诡异的事情发生在晚上。

傍晚的时候,吴悠觉得身体有些疼,就早早地睡下了。

吴大娘以为他身体疼痛是久病之后太过虚弱所致,只要好好休息,补养一番,就会好起来,所以没有往心里去。

半夜,吴悠在睡梦中喊疼,并发出了难以忍耐的叫唤声。

"哎哟哟,好疼啊——我的身体好疼啊——"

吴大娘在隔壁厢房里听见小儿子的叫唤声,急忙披衣起身,拿着油灯来到小儿子的房间。

吴悠躺在绒毯上,脸色苍白,额头因为疼痛难耐而冒出了冷汗。

"娘,我的手和脚好像裂开了一般疼。"吴悠看见母亲举着油灯走了过来,虚弱地举起双手,说。

吴大娘拿油灯照看吴悠的双手,一看之下,只觉得脑袋嗡嗡作响,眼前发黑。

吴悠的双手已经裂成了两半,仿佛被刀斧劈开一般,裂缝从中指和无名指处延伸开来,一直延伸到了手腕上。

油灯照在吴悠裂开的双手上,在墙壁上投下两道分杈的树枝一般的诡异可怖的影子。更诡异的是，吴悠双手的裂伤并没有出血，仿佛是一种神秘的力量令其自然分裂一般。

吴大娘又举着油灯去看吴悠的双脚。他的双脚跟双手一样，是从第三趾和第四趾之间裂开，裂缝一直延伸到了脚掌。

吴悠看清了自己的手和脚，吓得惨叫一声，昏死了过去。

吴大娘六神无主，急忙去找大儿子夫妇。

吴悠的大哥、大嫂闻讯而来，看见这种诡异的情形，也十分震惊和恐惧，不知道该怎么办。

吴悠的身体以缓慢的速度逐渐裂开，到了今天上午，两条腿变成了四条，两只手上的裂缝延伸到了肩膀的位置。

吴家其他三人一晚上不曾合眼，到了早上，吴悠的大哥出坊去请大夫。大夫来到吴家问诊之后，认为这种离奇恐怖的怪症是怪力乱神的事情，岐黄之术医治不了。于是，吴大娘就匆匆来到南市找白姬和元曜求助。

"一……一个人裂成了两半？"

虽然吴大娘将事情说得很详细了，但是元曜还是无法想象一个活人裂成两半是什么状况。

白姬沉吟了一会儿，说："吴大娘，您别急。我和轩之这就跟你去大同坊，看一看是什么情况。"

吴大娘急忙点头。

白姬交代离奴看店之后，便和元曜、吴大娘一起离开了缥缈阁。因为吴悠的身体正在分裂，情况比较紧急，所以白姬、元曜在南市雇了一辆马车，三人乘着马车飞驰前往大同坊。

大同坊，二条街，吴家豆腐坊。

白姬、元曜站在吴悠面前。

吴悠直挺挺地躺在一张绒毯上，昏迷不醒。他此刻的样子诡异而可怖，双手上的裂缝延伸到了肩膀，双脚上的裂缝延伸到了腰部。而且，这种分裂的怪象还在以极其缓慢的速度继续。

吴悠虽然双目紧闭，面如白纸，但他的胸部因为呼吸而微微起伏，显示着他还活着。

元曜看得头皮发麻，小声地问："白姬，这究竟是怎么一回事？"

白姬站在吴悠身边，垂头观望，说："我从没见过这样的情况。虽然他此时的情形看起来很诡异，但并不是妖魔附体，怪力乱神……"

吴大娘着急地问："请问高人可有办法救治？"

白姬跪坐在绒毯上，仔细地看了看吴悠分裂的手，靠近之后，发现他的皮肤隐隐泛着一点儿绿色。

白姬用指甲轻轻地划过吴悠的手背，皮肤破裂之后，几滴泛着碧绿幽光的鲜血涌了出来。

白姬说："他这是中毒了。"

吴大娘惊疑地说："中毒？他没吃什么毒物啊！而且，老身活了一辈子，从未听说过有什么毒物会让人变成这种样子。"

白姬说："能引发这种症状的毒物挺罕见……据我推测，他并不是回来之后才中毒的，十有八九和他在邙山之中的经历有关。"

吴大娘说："昨天老身问过，可他已经不记得在邙山之中的遭遇了。"

白姬说："对症才能下药，我不知道根源，这就比较难办了。这样吧，我今天去邙山一趟，问一问邙山的熟人，碰一碰运气，看能不能问出您的小儿子遭遇了什么。"

吴大娘疑惑地问："您在邙山之中还有熟人？"

白姬搪塞说："我曾经做药材生意时会去邙山外的村落中采买药材，跟村人们混了个脸熟。采药的村人偶尔会进入邙山，对邙山的状况比较熟悉。我去替您打听一下。"

吴大娘感激地说："多谢高人。"

白姬站起身来，正要告辞离开。

突然，吴悠的大哥领着一名游方巫医匆匆地走了进来。

"娘，这位大夫正好经过，被我看见了。我想着多一个大夫看一下，弟弟也能多一分生机，就把他领进来了。"

元曜望向游方巫医，见他穿着一身半新不旧的、绣着薜荔花纹的鸦青色长袍，脚踏一双沾满泥土的芒鞋，拄着一根竹杖，背着一个药箱。药箱上用木杆挑着一块苍色的旧布，旧布的一面写着一个"医"字，另一面写着一个"巫"字。

此人正是昨天撞翻了白姬手上的安引水的人。

游方巫医似乎还记得白姬、元曜，朝他们俩微微点了一下头。

元曜赶紧回了一礼。

吴大娘抱着死马当活马医的心态，急忙请游方巫医给儿子看诊。

游方巫医放下了药箱，走向在地上昏睡的吴悠。

第六章　邙　山

游方巫医跪坐在吴悠身边，望、闻、问、切，观察他的情况。

望着情状诡异的吴悠，游方巫医的眼睛一亮，他露出了一丝难以察觉的兴奋的笑，仿佛在黑暗世界中长途跋涉的旅人终于看见地平线上有了一抹曙光。

不过，很快，游方巫医便恢复了平静。

"这种怪症我从未见过，看起来很凶险。"游方巫医说。

吴大娘十分惊忧。

元曜不由得为吴悠的安危担心。

"不过，如果方便的话，我可以留下，多观察令郎的病症，说不定能想出办法救治他。"游方巫医说。

吴大娘急忙说："方便，当然方便了。有劳您了。"

白姬、元曜帮不上什么忙，便告辞离开了。

回到缥缈阁之后，白姬和元曜准备去邙山。

得知白姬、元曜要去邙山，离奴停止雕刻豆腐牡丹花。离奴觉得独自待在缥缈阁里太无聊，也想要一起去邙山。

白姬同意了。

白姬从大厅的《百马图》上召唤出了三匹雄赳赳、气昂昂的天马，因为这是白姬受封之后第一次去自己的封地，虽然没有子民的承认和迎接，但白姬认为必须有邙山侯的威仪，于是便去梳洗穿衣了。

离奴打点出行的行李，说："书呆子，你去前街胡人的食肆里买一些羊肉馎饦和胡麻饼。我们这一去也不知道什么时辰能回来，邙山里可没什么吃的。为了不饿肚子，我们得带一些羊肉馎饦和胡麻饼充饥。"

元曜点点头，拿着一吊钱出门买吃的去了。

离奴十分心细，拿了一个包袱，打包了火折子、博山香炉、一盒驱蚊的艾草香丸、一个装了消暑的香蕊茶的水囊、一把匕首、一串葡萄、两个蜜瓜、一张西番莲图案的波斯绒毯，还有一床离奴自己夏夜盖的小被子。

元曜提着一包羊肉馎饦和胡麻饼回来时，看见离奴正在打包这一堆杂七杂八的东西，不由得问："离奴老弟，你这是在干什么？"

离奴头也不抬地说:"我在收拾去邙山要用的东西。"

元曜哭笑不得地说:"去一趟邙山而已,你要带这么多东西?别的也就算了,你带绒毯和被子干什么?"

离奴说:"爷爱干净。爷怕冷。"

元曜说:"现在是炎夏,你怎么会冷?"

离奴正要回答,白姬已经穿戴整齐,下楼来了。

白姬穿着一身男装,身着金丝银线绣云波纹的白色窄袖胡服,腰束七星九环带,脚踏六合靴。她墨发束髻,头戴白玉冠,双眉斜飞入鬓,显得丰美而华丽。

因为是夏天,白姬还特意拿了一把风雅而华贵的泥金玉骨蝙蝠扇。

白姬一展蝙蝠扇,笑道:"轩之,怎么样?好不好看?"

元曜的脸一红,他小声地说:"好看。"

白姬又问:"我有没有邙山侯的威仪?"

元曜摇头,说:"因为太好看了,所以我感觉你没什么威仪。"

白姬发愁:"轩之,你的话真是让人又高兴,又不高兴。"

离奴急忙说:"主人,您不用愁没有威仪。您变成巨龙,在空中一吼,就有威仪了。"

白姬一抖蝙蝠扇,笑道:"你说得也对。"

白姬、元曜、离奴骑着天马,离开了缥缈阁,去往邙山。

邙山位于洛阳城的北部,是崤山的支脉,东西绵亘,如一条黑绿色的巨蛇。

白姬、元曜、离奴抵达邙山时,日头已经偏西。

深山幽林,冢墓嵯峨,绿色的山林之上泛着夕阳的金色光芒。

虽然是仲夏时节,进入邙山之后,元曜却莫名其妙地觉得有些阴冷。一路上,他已经打了好几个寒战。

元曜在心中琢磨:也许是因为已经接近傍晚,太阳马上就要下山,所以山中才会这么阴冷,早知道我就把披风带来御寒了。

元曜问:"白姬,已经这么晚了,我们现在该干吗?"

白姬笑道:"轩之,你此言差矣。现在不是太晚,而是太早,大家还没醒来……既然时间还早,在山中闲逛也无趣,今天天气不错,没有雾气,适合远眺,我就带你去翠云峰观景吧。邙山晚眺,是很美的盛景呢!"

元曜笑道:"好呀!"

离奴懒洋洋地说:"主人,去翠云峰的路很陡,马儿上不去,咱们还得下马走一段路……不,为了省事,不如让天马载着我们飞上去吧。"

白姬望向邙山的最高处,说:"吴悠也是跟朋友来邙山观景才遭遇了不测,也许去过翠云峰。我们还是跟人类一样走上去吧,说不定沿路能够发现些什么。"

离奴耷拉下耳朵,说:"主人,离奴背着一大包东西呢,实在是不想爬山。离奴能不能先乘天马飞上翠云峰?"

白姬笑道:"也行。"

离奴竖起了耳朵,高兴地说:"那离奴就先去翠云峰顶等您和书呆子。"

"去吧。"白姬笑道。

离奴默念咒语。

"扑棱——"天马缓缓地长出了一双翅膀。

天马振翅,驮着离奴凌空而行,飞向了翠云峰。

离奴走后,白姬、元曜骑着天马在山林里走了一段路,地势突然而起,开始变得险峻。山中便没有马儿能走的道路了,他们只能下马步行。

白姬、元曜下马,徒步向翠云峰而去。

一路上,山石森森,杂花生树。

白姬四下观察,也没有发现什么异常。

白姬说:"这儿根本没有人走过的痕迹,看来翠云峰上虽然景色很美,但很少有人上来呢。吴悠和他的朋友可能是在别处观景,没有登上翠云峰。"

元曜说:"唉,不知道吴悠的朋友怎么样了。听吴大娘说,他也失踪了。"

白姬说:"那人估计是凶多吉少了。"

"白姬,这邙山之中有吃人的妖怪吗?"

白姬说:"很多。"

元曜颤声问:"小生会不会被吃掉?"

"嗯,虽然你跟我和离奴在一起,不至于被吃掉,但是活人不入邙山。轩之,你这个样子,确实不方便在邙山之中走动。"

白姬低头思索,正好看见不远处的山石旁有一株紫色鸢尾花。她走了过去,将鸢尾花摘下。

白姬对着鸢尾花吹了一口气。

白姬走向元曜,踮了踮脚,伸手将鸢尾花插在了元曜的发髻上。

元曜不解。

白姬笑道:"我借你一点儿龙的气息。一般的妖怪会以为你是龙哟!等这朵鸢尾花凋零的时候,你身上的龙气就会消失。"

元曜低头看了看自己的双手。

我有了龙气,可与刚才也没有什么区别啊!元曜在心中说。

"多谢白姬,虽然不知道龙气有什么用处,但小生好像不再害怕了。"

"轩之,你不必客气。借给你的龙气,我会折算成银子,从你的工钱里扣。"

元曜无语。

白姬、元曜一边闲聊,一边爬山。他们俩爬到翠云峰顶的时候,夕阳已经落幕,红霞满天。

元曜有些遗憾地说:"我们还是晚了一步,观赏不到夕阳沉入地平线的美景了。"

白姬笑道:"不晚,不晚,时间正好合适。邙山晚眺,欣赏的盛景并不是落日。唉,肚子好饿,一整天没吃东西了,我们先去找离奴,一起吃饆饠吧。"

"好。"元曜说。

白姬、元曜二人在翠云峰顶寻找离奴。

翠云峰顶并不大,白姬、元曜二人绕过了一块巨大的山石之后,就看见一片杂草地上铺着一块西番莲图案的波斯绒毯,波斯绒毯上摆着一串葡萄、两个切好的蜜瓜、一包羊肉饆饠、一包胡麻饼,还有一个水囊。上风向的位置,一个博山香炉里正点着驱蚊的艾草香丸,香炉中袅袅飘出一缕缕烟雾。

一只黑猫和一只鬣狗并肩坐在波斯绒毯上,各自拿着一个胡麻饼,一边吃,一边欣赏夕阳的余晖。

元曜小声地说:"离奴老弟好惬意呀!白姬,这鬣狗是你和离奴老弟在邙山的朋友吗?"

白姬摇头,说:"不是。我不认识它。"

听见说话声,黑猫和鬣狗一起回过了头。

第七章 夜游(上)

当鬣狗回过头时,元曜才看清它并不是一只鬣狗,而是一个长得很像鬣狗的妖怪。

毕舍遮看见白姬、元曜，翕动鼻翼，咧了一下嘴，说："我还以为是人，原来是两条龙！"

离奴站起身来，笑道："主人、书呆子，你们上来了！离奴已经挑了一处最好的观景位置，还把吃的喝的都摆好了。你们走累了吧，快过来歇一会儿。"

一路爬上来，白姬、元曜确实有些累了。他们俩走到波斯绒毯上，跪坐下来。

离奴顺手在旁边的杂草地上摘了两朵六角荷①。离奴将六角荷倒过来，花朵便幻化成了两个六角杯。

离奴打开水囊，给白姬、元曜倒了两杯消暑解渴的香蕊茶。

离奴晃了晃水囊，问正在啃胡麻饼的毕舍遮："你要喝吗？"

毕舍遮摇头，说："我不喜欢喝花草茶。"

离奴说："主人，这只鬣狗妖是离奴在山顶遇见的，它在找它家少郎君。它说它肚子饿了，离奴就发了善心，请它吃了一个胡麻饼。"

毕舍遮说："黑猫，再说一次，我不是鬣狗妖，我是一只毕舍遮。"

元曜忍不住问："毕舍遮是什么妖怪？"

毕舍遮一边啃胡麻饼，一边说："就是饿鬼。"

白姬拿起一个胡麻饼，一边吃，一边说："毕舍遮是佛经中记载的吃尸体的饿鬼。"

元曜一听，默默地挪了一下屁股，坐得离毕舍遮远了一些。

毕舍遮问："你们俩上来时有没有在山路上看见我家少郎君？"

元曜回答："我们一路行来，并没遇见任何人……哦，我们也没有遇见非人。"

毕舍遮说："嗯，那我家少郎君可能是跑到别的山头上玩去了，也可能已经回家。小孩子坐不住，静不下来，一天到晚就喜欢到处乱跑。"

元曜好奇地问："你家少郎君多大了？"

毕舍遮正要回答，只见从一块山石之后突然闪出了一个人影。

那是一名穿着若草色圆领布袍的少年。

---

① 六角荷，桔梗花。

少年大约双十年岁,长得白净俊秀,有一双明亮而纯澈的眼睛,眼神中闪烁着孩童般的天真,手中拿着一个哗哗作响的雕刻着绣球花的陶响球[①]。

毕舍遮看见少年,惊喜地说:"少郎君,我终于找到你了。"

元曜有些惊讶。

这就是毕舍遮要找的少郎君?!

他还以为毕舍遮说的少郎君也是一只毕舍遮呢,却没想到竟是一个少年。而且,这位少年看上去怪怪的,手中的陶响球跟拨浪鼓一样,是垂髫小儿的玩具,与他的年龄极不相符。

少年一只手叉腰,另一只手指着毕舍遮生气地说:"阿达,你在这儿跟人玩耍,都不叫我!"

少年言谈举止看上去稚气未脱,像孩童一般。

毕舍遮急忙起身,走到少年身边,说:"少郎君,我的小祖宗,我不是在玩,而是在到处找你。你不要再到处乱跑了。趁你爹回来之前,我们赶快回去吧。"

少年望向白姬、元曜、离奴,咯咯笑道:"阿达,能不能带这三个人回家?我想跟他们一起玩游戏。"

毕舍遮一惊,说:"不能!这三位是来邙山游玩的神龙和九尾猫。"

"你胡说!"少年指着元曜坏笑道,"这明明是人。"

元曜有些心虚。

毕舍遮望了元曜一眼,只见他身上龙气环绕,灵力迫人。

"少郎君,你别胡说八道了!走,回家去!你那挨千刀的爹回家后找不到你,又得骂我了。"

毕舍遮一只手抓住少年,另一只手指了指自己的脑袋,对白姬、元曜、离奴说:"我家少郎君五岁的时候出了一场意外,脑子坏掉了,心智一直停留在小时候。他胡言乱语,你们千万别见怪。我得带少郎君回去了,就此告辞。哦,多谢你们的胡麻饼!"

"慢走!不送了。"离奴说。

"阿达,你才脑子坏掉了。"少年不高兴地说。

"走啦,回去了!"

---

① 陶响球,古代儿童玩具,有内核,摇动时可以发出悦耳的响声。

毕舍遮扯着少年，离开了山顶。它走了几步后，又回过头来，见白姬、元曜、离奴正望着它，便挥了挥手。

白姬、元曜、离奴急忙挥手，目送毕舍遮和少年拉拉扯扯地消失在了苍茫的暮色中。

元曜好奇地问："白姬，你不是说'活人不入邙山'吗？这个少年是什么情况？"

白姬和离奴面面相觑。

白姬说："轩之，你胡说什么！这个少年是非人。"

"书呆子，你连人和非人都分不清了吗？"

元曜一愣，说："他明明是人。小生对于人和非人还是分得很清楚的。"

白姬想了想，笑道："其实，轩之也没说错。这个少年有一半人类的血脉。唉，邙山之中什么奇怪的事情都有。这些萍水相逢的过客，与我们无关。"

"我总觉得这只毕舍遮和这个少年有点儿奇怪。"元曜挠挠头，说。

毕舍遮和少年离开之后，天色便彻底黑了。

白姬、元曜、离奴坐在波斯绒毯上，一边喝香蕊茶，一边吃羊肉饸饹和胡麻饼，一边远眺神都。

暮色四合，山川尽隐。神都之内，城坊之中，逐渐燃起了万家灯火，点亮了一片璀璨星海。

"好美啊！"元曜忍不住赞叹。

白姬笑道："每一盏灯火都是一个欲望，由人类的欲望聚集而成的星火之海确实无比璀璨。"

离奴觉得山顶夜风冷，早就拿出小被子把自己裹住了。

离奴说："羊肉饸饹冷掉之后就有腥膻味了，太难吃了。爷越看越觉得这下面的万家灯火像是一盆烧旺了的炭火，可以拿来烤鱼。这么大的一个火盆，能同时烤好几条肥嫩多汁的鱼。"

离奴一边咽口水，一边想象着用意念在神都的万家灯火上烤不存在的肥鱼。

虽然从邙山往下远眺的夜景很美，但是看了一会儿，他们也就觉得无趣了。

一阵夜风吹来，元曜打了一个寒战。

"白姬，山顶太冷了，我们还是下去办正事吧，办完了，好回缥缈阁睡觉。"

白姬说:"行。这个点,大家差不多该醒过来了。"

离奴、元曜收拾波斯绒毯上的残物。

白姬走到一块石头边,从杂草之中采摘了一株灯笼草。

转瞬间,灯笼草在白姬的手上化作一盏发出青色鬼火的灯笼。

白姬把鬼灯笼递给元曜,说:"轩之,你拿着。"

"好。"元曜接过了鬼灯笼。

离奴拿着收拾好的包袱去了一棵松树后,将包袱挂到了在松树后吃草的天马背上。

"主人,今晚你也要召唤那条冥蛇吗?"

白姬点点头。

"我难得来邙山一趟,就见一见故友吧。不知道冥蛇还在不在邙山。"

离奴说:"那我先让天马下山去了。"

离奴拍了拍马头,天马仿佛能通猫意,仰头嘶鸣,振翅而起,下山去找同伴了。

白姬站在山崖边,在猎猎天风之中伸出了一只手。

一道龙气从白姬的手心升腾而起。

天云之上,响起了一声声惊雷。

"轰隆隆——"

不一会儿,邙山的山林之中响起了一阵沙沙的声音,仿佛在回应惊雷之声。一个庞然大物穿过黑暗之林,缓缓而来。

元曜转头,朝沙沙声传来的方向望去。

弦月之下,一条巨大的青白色蟒蛇穿山越岭,朝他们而来。

蟒蛇身环如巨轮,身长约百尺,耸峙如山峰。它双目是碧色的,头上有一只角,身上发出青白色的冷光。

元曜一看,见这条邙山巨蛇比长安的蛇夫人还要大三倍,不由得心中害怕。

"白姬,好久不见了。"巨蛇站在悬崖下,在半空中探出头,睁着绿灯笼一般的眼睛,和白姬打招呼。

白姬笑道:"其实也没有多久,不过百年而已。青冥,我还以为你已经回乌荼国了,没想到你还留在邙山之中。"

巨蛇说:"好不容易逃出了乌荼国,我才不想回去。"

白姬笑道:"青冥,今晚月色很美,你带我们去邙山转一转吧。"

巨蛇扫了一眼元曜、离奴,目光最后停留在了元曜身上。

"这是龙族?不对,这家伙虽然身上有龙的气息,但是人的气息更浓。"

白姬笑道:"一点儿小把戏,果然骗不了你这样的大妖怪。轩之是人,是我在长安时新买的仆人。"

第八章 夜游(下)

巨蛇倏然贴近元曜,用铜镜一般的眼睛打量他,说:"这家伙看起来呆头呆脑,想必脑子也不灵活,长得也很一般。白姬,你挑选仆人的眼光真是堪忧。我有很多漂亮的仆人,男女都有,要不要送你几个?"

巨蛇吐出的芯子在元曜的脸上徘徊,冰凉如寒水。

元曜十分害怕,急忙退到了白姬身后。

白姬还没开口,离奴已经开骂:"你的仆人都是蛇,爷跟蛇八字犯冲,你可千万别把它们送来缥缈阁。你若是送来了,爷就把它们炖成一锅葱蒜蛇羹。"

白姬笑道:"青冥,多谢你的好意。离奴不喜欢蛇,这就没办法了。"

巨蛇绕到小黑猫身边,张开巨口,作势要吞下它。

离奴翻了一个白眼,不屑地转过了头。

巨蛇只是吓唬离奴而已,并不敢真的吞下离奴。见离奴不理会自己,巨蛇自讨没趣,也就作罢了。

白姬、元曜、离奴坐在巨蛇身上,由巨蛇驮着,在邙山中游走。

月光下,邙山中,树木森列,林木之中掩藏着一座座古墓。妖怪在山中行走,亡魂在坟墓外游荡,时不时还会出现一些奇形怪状的存在。

白姬跪坐在巨蛇身上,四处观望。

白姬说:"一百多年没来,这邙山的树木更加茂密,看起来更加幽森了。"

离奴裹紧了身上的小被子,说:"这里的阴气也更重了。爷快冷死了。"

元曜打了一个寒战,不敢作声,更不敢细看密林深处的憧憧鬼影。

巨蛇一边游走,一边说:"白姬,你一向无事不出缥缈阁,今晚来邙山是为了什么事?"

白姬说:"我此次来邙山,其实也没什么大事。因为武皇陛下把邙山封赏给了我,作为邙山侯,我是来巡视自己的领地的。"

巨蛇说:"邙山侯?哦,我想起来了,春天时是有这么一张皇榜告示贴进了邙山里。白姬,虽然我们是朋友,但是我也得把丑话说在前面,就算你是邙山侯,我的冥界之渊也不归你管。冥界之渊里的宝物和涌出的黑暗之力,我是不会分给你的。"

白姬说:"唉,我就知道你们这些大妖怪会这样……青冥,你放心吧,我不会抢属于你的东西。我要的,是别的。"

巨蛇扭动身体,说:"那太好了!白姬,过几日我给你举办一场邙山妖宴,邀请邙山之中的所有妖鬼参加,庆贺你成为邙山侯,在宴会上为你加冕。"

离奴撇嘴,说:"你这独角蛇真是一肚子坏水!你举办邙山妖宴是想坑死我的主人吧!"

元曜一想,如果邙山中的大妖怪都跟青冥一样不想放弃自己的领地,不想失去自己的宝物,那这场加冕之宴就会变成决斗之宴。到时候,大家都会跟白姬打起来,弄不好会血染邙山。

白姬笑道:"青冥,邙山妖宴迟早会举行,但不是现在。我暂时还不需要邙山里的东西。对了,今晚我来邙山还有一件事情要办。"

巨蛇问:"什么事情?"

白姬说:"前段时间,有人来到邙山,不知道遇见了什么,受到了惊吓。他好像还中了毒,整个人从四肢开始分裂,变得奇形怪状。我想知道这是什么缘故,是不是跟邙山中的某个妖怪有关。"

巨蛇想了想,有些茫然。

"邙山中伏居的妖鬼不比洛阳城中伏居的妖鬼少。邙山中的妖鬼会猎食人,所以活人不入邙山。我一向盘踞在冥界之渊,很少上来,不清楚这些地面上的事。不过,我可以让我的属下去打听。你给我几天时间,我的属下定能打听出来。"

白姬正在考虑。

元曜忍不住说:"白姬,吴悠情况比较危急,说是命悬一线也不为过,恐怕等不了几天。"

白姬说:"轩之说得对。青冥,事关生死,我们想要救人,所以比较急迫。你知不知道谁比较清楚邙山上的事情?"

巨蛇想了想,说:"有了,我带你们去找织叶。它和它的族人每天都在邙山四处觅食，消息十分灵通。地面上的事情，很少有它们不知道的。"

白姬有些疑惑地问："织叶是谁？"

青冥说："织叶一族是你去长安之后才迁徙到邙山的。"

白姬恍然，说："哦，原来是新来的。"

月光下，巨蛇驮着白姬、元曜、离奴在邙山之中潜行。不多时，巨蛇来到了一棵参天大树下。

元曜觉得有些奇怪。在靠近这棵大树的时候，空气明显变得燥热了许多，像是到了仲夏的正午。

离奴也觉得热，便把小被子放在了一边。

白姬问："这树中放着火炽珠吗？怎么这么热啊？"

巨蛇说："织叶一族是从南方迁徙来的，比较怕冷，所以把火炽珠放在这棵死树之中，以保持巢穴的温度。"

"死树？"元曜觉得奇怪。

眼前的大树明明枝繁叶茂，生命力旺盛，怎么看都觉得这不像是一棵死树。

"哟，青冥，真稀奇，你竟然从冥界之渊上来了，这还真是难得一见的事！"

一个轻柔而魅惑的女声响起。

大树上的树叶无风而动，在夜色之中飘摇，并且缓缓地移动。

树叶怎么会动？！

元曜震惊，定睛细看，才发现这大树是一棵死树，光秃秃的树枝上根本就没有树叶。那些树叶是由一群密密麻麻的树蚁吐丝结网而形成的。而发出声音的是一只树蚁，体形巨大，呈琥珀色，被众树蚁簇拥在中心。

巨蛇说："今夜有朋友来到邙山，我当然要上来一聚。织叶，我能向你打听一件事情吗？"

"什么事情？"织叶问。

巨蛇说："有关活人进入邙山的事情。"

巨蛇当即把白姬要打听的事情说了一遍。

织叶听了，与众族人交头接耳一番，才说："你们往北边走，去峡谷深处的古墓里找一找，或许能找到你们想知道的答案。"

白姬问："峡谷那边的古墓里有什么？"

织叶说："那边有一片藤蔓覆盖之地。那片藤蔓覆盖之地十分阴森，还有咒术结界，我们觅食的时候都不敢过去。"

白姬问:"既然你们从未去过藤蔓覆盖的古墓,怎么知道那里有我们想知道的答案?"

织叶说:"前些时候,我们在峡谷外捡到一只分裂成了两半的人的手。"

白姬一听,说:"多谢!那我们去峡谷里看一看。"

与织叶一族告辞之后,巨蛇驮着白姬、元曜、离奴掉转了方向,向北方而行。

月光下,邙山中,一处山脉之间的峡谷掩藏在树木之间。

巨蛇在峡谷前停下了,说:"白姬,我就只能送你们到这里了。这座峡谷里有许多陵墓,而且地势高低不平,不适合我这种身躯庞大的大妖行走。"

白姬、元曜、离奴便下了地。

白姬笑道:"青冥,今晚多谢你陪我们走一程。你闲来无事的话,可以去缥缈阁找我一起喝酒。"

"行,我最爱喝金谷酒。"巨蛇开心地摆动身躯。

白姬笑道:"没问题,我会多准备几坛的。"

巨蛇摆尾离去之后,白姬、元曜、离奴踏着月色往峡谷之中的古墓而去。

山中树木森列,坟墓阴森,夜风之中不时地传来一声声夜鸟的哀啼。

元曜提着碧绿的鬼灯笼走在树林之中,有些不安。不知道为什么,进入峡谷之后,他就很少看见奇形怪状的鬼影了。

白姬喃喃地说:"踏进峡谷里之后,就没什么妖气了,但我总觉得气氛怪怪的。"

离奴翕动鼻翼,说:"主人、书呆子,你们闻到了吗?好香啊!好像是谁家在做饭。"

元曜急忙闻了闻,夜风之中隐隐约约飘来一股烤肉的香味。

白姬翕动鼻翼,说:"似乎还有一股药材的味道,像是谁在熬药。"

"主人、书呆子,我们循着香味去看一看吧。"离奴提议。

白姬、元曜没有反对,反正他们也不知道该去哪儿,不如听离奴的提议去碰一碰运气。

离奴闻着香味,在前面带路。

白姬、元曜跟在后面。

大约一炷香的时间后,白姬、元曜、离奴来到了一片坍塌的古墓前。古墓前,有断作两半的石碑,石碑上覆盖着藤蔓,他们看不清上面写了什么。

古墓的入口隐隐散发出一团红光,像是点着灯火。

烤肉的味道就是从古墓里传出来的。

离奴翕动鼻翼,说:"焦香,却无烟味,还带着一股油脂混合石蜜、胡椒、紫苏、香茅的肉香……一闻到这味道,爷就知道对方厨艺不错。怪不得爷在洛阳四处都找不到像样的厨子,原来大厨都在坟墓里啊!"

元曜也闻到了香味,顿时觉得肚子有些饥饿。

白姬四下观望。

忽然,一条隐在黑暗中的藤蔓仿佛灵蛇一般悄无声息地从石碑上退开了。

白姬正好看见了,神色一凛,要去追那条藤蔓。

此时,从古墓的入口走出来一只鬣狗妖。

那鬣狗妖的双手上还沾着油和香料粉,它看见白姬、元曜、离奴,有些惊讶。

"你们三个怎么来这里了?"

白姬、元曜、离奴定睛一看,正是傍晚时在翠云峰上与离奴一起欣赏落日的毕舍遮。

第九章 仙 草

白姬、元曜还没说话,离奴已经抢先说:"哟!鬣狗,这里是你家啊!"

毕舍遮回头望了一眼墓穴,搓手,说:"这一处是我新搬来的家,以前住的那个墓穴因为下暴雨坍塌了。"

白姬笑道:"你家看起来挺不错的,不请我们进去坐一坐吗?"

毕舍遮想了想,说:"反正今天巫医不在家,那就请你们进来坐一坐吧。对了,我正在做晚饭,你们不嫌弃的话,也来吃点儿?"

元曜还记得毕舍遮是吃腐尸的饿鬼,正要拒绝。

白姬却笑道:"好呀!我们走了许久,正好肚子饿了。"

于是，毕舍遮便带白姬、元曜、离奴进入了古墓。

白姬、离奴跟着毕舍遮走在前面，元曜犹犹豫豫地跟在后面。

离奴问："鬣狗，你在做什么菜？好香啊！"

毕舍遮说："烤肉……嘿，你这黑猫，不要再叫我鬣狗。我不是鬣狗，我是毕舍遮！"

"知道了，鬣狗。"离奴调皮地说。

元曜穿过古墓的甬道时只觉得阴森幽冷，后背不由得泛起一阵恶寒。

在经过第二道墓门时，元曜发现石门边的镇墓兽倏然眨了眨眼睛，又张了张嘴巴，但没有发出声音。

元曜仔细一看，镇墓兽的口型好像在说"快逃"。

元曜顿时想逃走，但是白姬、离奴已经跟着毕舍遮进了墓室里。

元曜虽然惴惴不安，但也只好硬着头皮跟了进去。

毕舍遮领着白姬、元曜、离奴进了一个半坍塌的墓室里，墓室的东北角点着一盏仙鹤立地宫灯，墙边堆着许多大大小小的药罐，地上放着一些奇怪的药材。一堆篝火上悬挂着一口陶罐，陶罐里装着一些黄褐色的液体，正咕嘟咕嘟地冒着泡。

毕舍遮有些为难地说："这里是药室……我们从来没有接待过客人，所以没有收拾出一间待客的客厅。"

离奴往四处一看，问："鬣狗，你还会炮制药草啊？"

毕舍遮摆摆手，说："不是，这里是巫医的药室。我不会炮制药草，一看见药草就头痛，连花草茶都不喝的。巫医不喜欢别人乱动他的药草和药罐，所以我不方便在这里招待你们。你们跟我进厨房里吧。厨房原先是古墓里的一处祭台，地方还挺宽敞的，能凑合着待客。"

白姬问："巫医是谁？巫医是你的主人吗？"

毕舍遮摇头，说："不是。巫医是少郎君的爹。"

元曜有些不解地问："少郎君是你的小主人，那少郎君的父亲为什么不是你的主人呢？"

毕舍遮说："我的主人是少郎君的母亲。我跟那挨千刀的巫医可没关系，只不过是看在少郎君的分儿上，跟巫医凑合着在这古墓里过日子。"

元曜又问："那少郎君的母亲，你的主人在哪里呢？"

毕舍遮一听，凶恶的眼神顿时变得有些黯淡，说："主人已经去世好些年了。"

元曜便不再问了。

说话间，白姬、元曜、离奴、毕舍遮已经走进了里面的墓室里。

墓室十分宽敞，有几根断掉的圆柱光秃秃地立在地上。墓室中央有一方巨大的石台，石台上血迹斑斑，放着斧头、剔骨刀、菜刀之类的刀具，还放着一个三彩耳罐，里面装着一些磨碎成糊状的香辛料。

离石台不远的地方，有一片地面下凹的方坑，原本应该是与墓室祭台相连的，是举行仪式时给殉葬的祭品放血的血槽。血槽被毕舍遮改良了一番，坑更深一些，周围还堆砌了一圈高高低低的石头，变成了一个地炉。

地炉中，火焰旺盛，正炙烤着用一把古墓中陪葬的长剑串着的一大团肉。

离奴翕动鼻翼，仔细地品闻烤肉味，说："我走近一闻，发现这肉不怎么样，又柴又不新鲜。不过，这香辛料很独特，很勾人食欲。而且，这地炉也不错，半封口的，左高右低，这样的构造，能让燃烧的火焰有层次，烤出来的肉味道也有层次。烤肉或烤鱼好不好吃，就看火候了。"

毕舍遮闻言，眼睛一下子亮了。毕舍遮有些激动，一把抓住离奴的猫爪，仿佛伯牙遇到了子期。

"黑猫，原来你也懂做饭？！我好久没有遇到能交流厨艺的同伴了！"

离奴欲抽出猫爪，说："你快把烤肉翻一下，快烤煳了！"

毕舍遮急忙松开离奴，去翻烤肉。

离奴和毕舍遮在火炉边交流做美味烤肉的技巧，谈得不亦乐乎。

白姬一边环顾四周，一边走到了祭台边。

离奴和毕舍遮还在一边烤肉，一边交流厨艺。

离奴问："鬣狗，你烤肉时用了哪些香辛料啊？"

毕舍遮忙着翻烤肉，说："那罐子里还剩了一些。你自己看。"

离奴飞奔到祭台边，一跃而起，跳了上去，蹲在三彩耳罐边，对着捣碎的香辛料又看又闻。

"石蜜、胡椒、紫苏、香茅……爷只能辨识出这几种……还有一种很独特的香辛料，是什么啊？"

毕舍遮顺口答道："那是我家少郎君。"

"啥？"离奴诧异。

"什么？！"元曜大吃一惊。

"啊！"白姬愣了愣。

毕舍遮这才惊觉自己失言。毕舍遮想了想，虽然自己跟离奴同爱烹饪，一见如故，但是毕竟萍水相逢。对这三个妖怪并不知根知底，毕舍遮觉得还是不能暴露秘密。

毕舍遮咽了一口唾沫，搪塞说："那是我家少郎君……最喜欢的香料。"

元曜一听，松了一口气。他还以为这只吃尸体的饿鬼把自己的少主人磨成了烤肉用的香料。

白姬沉吟不语。

离奴好奇地追问："那是什么香料？"

毕舍遮说："那是一种藤叶，名叫仙草，长在百越之地的深山之中。当地的越人喜欢仙草的香味，常拿来捣碎做成烹饪菜肴的香料。"

离奴恍然，说："原来是中原没有的东西，怪不得爷闻不出来是什么。"

白姬饶有兴味地问："你和巫医是从百越之地来的？"

毕舍遮思考了一下，觉得虽然秘密不能说，但是白姬的问题还是可以回答的。

"巫医不是百越之民，我家主人是。百越之地最南边的深山中有一处与世隔绝的山谷，那里生活着一个隐世的部族。因为这个部族把仙草当作崇拜的图腾，当地人称其为仙族。仙族的人都有奇特的异能，能通鬼神，我家主人就是仙族人。"

白姬张口还想问什么，但沉吟了一下，最后还是沉默了。

毕舍遮翻转了一下烤肉，继续说："仙族人有一个族规，族人一生不能离开隐居的山谷，也不能与外人通婚，否则会被诅咒。可是，我的主人被挨千刀的巫医拐走了。"

元曜忍不住问："什么叫拐走了？"

毕舍遮说："就是私奔。巫医这家伙四海为家，有一年游历到了仙族人隐居的山谷，在山上采草药时从山石上跌落，摔伤了腿，被经过的主人救了。巫医在主人家养伤，两个人郎情妾意，就看对眼了。可仙族人不能与外人通婚，主人就跟巫医一起私奔，逃离了百越之地，后来还有了少郎君……这些我都是听主人说的。我是主人在路上救的。为了报恩，我便跟着主人，侍奉主人。主人偶尔会思念族人，巫医便为主人在住处种下一些仙草。主人会拿仙草当作烹饪的香料放入菜肴中，我也就学会了。"

白姬问："你的主人是怎么去世的？"

"主人是……病死的。"毕舍遮沉默了一下，才说。

"主人病死之后，我本来也就自由了。但是，主人对我有恩，我放心不下少郎君，想着怎么也得把少郎君照顾长大，才能放心离去。于是，我就留下来照顾少郎君，跟巫医凑合着过日子。"

元曜问："你家少郎君呢？"

毕舍遮说："少郎君睡着了。少郎君一向睡得早。啊，这烤肉已经熟了。"

离奴兴奋地搓爪，说："嘿，书呆子，快去拿盘子。"

元曜便走向祭台，寻找盘子。

祭台上摆着斧头、剔骨刀、菜刀之类的刀具，以及几个陶制的碗盏瓶罐，并没有盘子。

盘子在哪儿呢？元曜一边寻找，一边寻思。

一条碧绿的藤蔓悄无声息地从墓室的断壁残垣处爬入，缓缓地游移在祭台上，从一个黄陶耳罐下抽出了三个葡萄纹圆盘，轻轻地托起来，送到了元曜的手边。

元曜看见三个圆盘被送到自己的手边，顿时松了一口气，顺手接过盘子，说："多谢。"

藤蔓在半空中扭了扭，用稚气未脱的声音说："不客气。"

元曜一愣，望着眼前扭动的藤蔓，张大了嘴巴。

藤蔓摆来摆去，好似在伸懒腰，又娇憨地说："阿达，我也要吃烤肉。"

元曜一听，这藤蔓口吐人语，发出的声音十分耳熟，正是他傍晚见过的少郎君的声音。

这情形比较诡异。元曜有些害怕，抬脚想跑开。

一片藤蔓在地上扭来扭去。元曜迈步奔跑时，不小心被一根扭动的藤蔓绊住了脚，一下子跌倒了。

"啪嚓——"元曜手中的三个葡萄纹圆盘顿时摔碎了。

元曜发髻上插的紫色鸢尾花也掉落下来，龙息遮住人气的伪装顿时失效。

藤蔓立马惊觉起来，蓦然腾空而起，疾速卷向惊呆了的元曜。

"有人的味道！太好了，我又可以玩游戏了！"

元曜跌坐在地上，看见一片绿色藤蔓向自己卷来，顿时吓得大喊："白姬，救命啊——"

白姬望向不远处凌空飞舞的藤蔓，眼前一亮，又侧头思考着什么，并没有动。

离奴一心盯着烤肉，见白姬不动，离奴也不动。

于是，藤蔓倏然圈住了元曜，将他紧紧地缚住。

毕舍遮站起身来，翕动鼻翼，走向元曜："你竟然是人。"

毕舍遮警觉地回头，望向白姬和离奴。

"你们怎么会跟人在一起？你们俩不会也是人吧？"

白姬、离奴对望一眼，异口同声地说："我们跟他不熟！"

白姬笑道："我是一条龙，如假包换。这人是我在半路上遇到的，本以为他也是一条龙，所以才结伴游玩，原来他竟是人。"

离奴说："爷是一只猫，你一看就知。爷就觉得他怪怪的，不像非人，原来居然是人伪装的。"

元曜见白姬、离奴假装不认识自己，不由得有些生气，但是他又没有办法，只好压下心中的恐惧，沉默忍耐。

第十章　诅　咒

毕舍遮心中犹豫，不知道该不该相信白姬和离奴的话。

离奴大声说："喂，鼯狗，你到底让不让我们吃烤肉？"

毕舍遮说："黑猫，你先别急。"

离奴不高兴了，正要发作，白姬急忙朝离奴使了一个眼色，示意离奴忍耐。

离奴便不再作声了。

藤蔓无风而舞，扭来扭去地说："阿达，我也要吃烤肉。"

毕舍遮说："少郎君，你先把这个人绑在柱子上，等你爹回来，拿他来试药。"

藤蔓一听，倏然而动，扭曲飞舞，像捆粽子一般将元曜紧紧地捆在了墓室里的圆柱上。

毕舍遮站在元曜身边，在他身上嗅来嗅去，龇牙咧嘴。

"因为我的疏忽大意，之前那个被巫医抓来试药的人逃了。巫医把我骂得狗血喷头，责怪我让最有可能试药成功的药人跑掉了。我一直想再抓一个人回来，可是很少有活人来邙山，在邙山中很难找到人。我今天倒是走运，你自己送上门来了。"

"白姬、离奴老弟，救救小生——"元曜哭丧着脸，恐惧地呼喊。

白姬向左边扭过了头,离奴朝右边扭过了头,假装没有听见元曜的求救声。

白姬问:"毕舍遮,你家巫医拿人试什么药呀?"

毕舍遮回过头来,说:"这与你们不相干。你们吃了烤肉就离开。唉,盘子都摔碎了。你们先等一等,我去隔壁的器物陪葬室里再找几个盘子。少郎君,你替我看着他们。"

藤蔓摇晃了一下,稚气地说:"好的。"

毕舍遮便离开了。

白姬望着在半空中摇摆的藤蔓,眼珠一转,亲切地问:"少郎君,你叫什么名字?"

藤蔓稚气地说:"我叫羽。"

白姬笑道:"小羽,你几岁了?"

藤蔓说:"五岁了。"

白姬又问:"小羽,你爹拿人试什么药呀?"

藤蔓回答:"我爹是在替我试药,因为我生病了。"

白姬有些好奇地问:"你得了什么病?"

藤蔓苦恼地说:"我也不知道。我觉得我没病,可我爹和阿达都说我生病了。"

离奴忍不住小声地说:"主人,少郎君得了痴傻症。"

藤蔓不高兴了,争辩说:"我没有得痴傻症,我可聪明了。我知道我爹拿人试的药不是治痴傻症的,因为那些人吃了药之后身体就裂开了哟!"

元曜一听,不由得大吃一惊。

白姬一愣,正要细问,这时墓室外传来了脚步声,还夹杂着毕舍遮和人说话的声音。毕舍遮的声音里带着些意外,又带着一丝为难。

"巫医,你怎么突然回来了?"

一名男子说:"阿达,你上次弄丢的那名药人逃回神都了,我已经找到他了。他果然是试药最成功的。他还活着,但身体分裂开了。"

这名男子的声音听起来有些耳熟,但是元曜一时间没想起这男子是谁。

"这么说,少郎君有活下去的希望了!"毕舍遮眼睛一亮,但是它的表情还是有些为难。

男子的声音中也有压抑不住的兴奋:"是的。阿达,羽儿有救了。不过,我需要再观察那个药人几天,并且得再喂他吃一些药,看他最终能不能成功活下来。我是回来取药的。药草配方我早就记下来了,就放在药架第三层……阿达,你怎么了?你怎么看起来怪怪的?"

毕舍遮吞吞吐吐地说:"巫……巫医,我不知道你今晚要回来,我……我招待了几位客人……来家里吃饭。"

男子嫌弃地说:"谁会吃你做的饭!哪里来的客人啊!"

毕舍遮不高兴地说:"巫医,你这是什么话!你吃我做的饭都吃了二十年了。如果没有我给你做饭,你早就饿死了。今天的客人是我新结交的朋友。"

男子震惊地说:"你还能结交到朋友?!"

毕舍遮嘀咕:"巫医,瞧你这话说的,我怎么就不能结交到朋友了?"

男子问:"你结交的是什么朋友啊?"

毕舍遮正好走进了墓室里,指着白姬、离奴和被藤蔓五花大绑的元曜,说:"我的朋友就是他们。"

男子也走进了墓室里。

元曜定睛朝男子望去,不由得愣了愣。

他穿着一身半新不旧的、绣着薜荔花纹的鸦青色长袍,脚踏一双沾满泥土的芒鞋,挂着一根竹杖,背上背着一个药箱。药箱上用木杆挑着一块苍色的旧布,旧布的一面写着一个"医"字,另一面写着一个"巫"字。

这不是他们在吴悠家见过的巫医吗?他居然是少郎君的父亲?!他说的拿人试药是什么意思?

元曜正在思考这是怎么一回事。

绑缚他的藤蔓看见巫医,突然摇曳起来,语气天真烂漫。

"阿爹,你回来了。阿达的客人里居然隐藏着人,我又可以玩游戏了。"

巫医看见白姬、元曜、离奴,不由得吃了一惊。

白姬看见巫医,笑道:"原来是你呀!看来,我们还真是有缘呢!"

巫医神色一凛:"阿达,这三个人留不得。"

毕舍遮还傻乎乎地说:"巫医,他们不是三个人,只有被少郎君绑住的那个才是人。这位是龙,这位是黑猫。"

巫医怒骂:"你这笨食尸鬼。这三个人就是为了药人的事情才来邙山的。他们是来找我们的!留着他们,羽儿就没救了!"

毕舍遮闻言,似乎明白了什么,倏然跳起,就要去攻击白姬。

离奴却比毕舍遮更快一步。离奴瞬间化作一只猛虎大小的九尾猫妖,冷不防地扑向毕舍遮,一爪将它掀翻在地,并且踩住了它。

"鬣狗,别动,你可打不过我的主人。"

白姬手掌之中发出金光，一道金红色的龙火凌空卷向绑缚元曜的藤蔓。藤蔓被龙火灼烧，似乎疼痛难耐，发出一声哀号。

"呜呜，好烫！我好疼啊——"藤蔓号啕大哭，四散退走了。

元曜得到自由，急忙手脚并用地爬起来，朝白姬跑去。

毕舍遮看见藤蔓被龙火灼烧，不由得大怒，倏然妖化成了碧绿色，浑身溢出尸毒黏液。

九尾猫妖见状，嫌弃地松开了爪子。

"啧，真脏！鬣狗，你这么邋遢，还真不是一个好厨子！"

毕舍遮朝离奴喷出一口碧绿的尸毒黏液，怒道："黑猫，再说一次，我不是鬣狗！"

九尾猫妖歪头，躲过了毕舍遮喷出的尸毒黏液，并且朝毕舍遮吐出一团妖火。

"知道了，鬣狗。"

妖火瞬间就将毕舍遮炸飞了。

毕舍遮哀号一声，撞在墙壁上，跌落在地上。

"阿达……阿达，你没事吧？"一条绿叶藤蔓从古墓墙壁上的缝隙里探出来，但又十分害怕，只敢冒出一点儿绿色的叶子。

巫医见毕舍遮不敌离奴，心知今夜遇上了难缠的对手，一时间不知道该如何是好。

白姬笑眯眯地问："巫医，吴悠的怪症究竟是怎么一回事？"

巫医脸色惨白，闭口不言。

白姬笑道："你不说也没关系，反正我已听明白了。吴悠是因为你才会变成现在这副浑身分裂的模样。吴悠的朋友，也就是和他结伴同游邙山的人失踪了，也是你杀的。你是罪魁祸首，我把你带去交给吴家就行了。"

巫医一听，摇头说："不！不！我就快成功了，不能功亏一篑，羽儿会死的。"

白姬望着巫医，声音缥缈："那你告诉我一切，说不定我能够实现你的愿望，满足你埋藏在心底深处的真实的欲望。"

巫医抬头望向白姬，只见她的金色眼眸仿佛一个迷宫般的旋涡，旋涡尽头隐伏着一股强大的近乎神佛的力量。世人仿佛只要对着那股力量倾诉与祈祷，便能够实现心中的愿望。但那股力量也会吞噬一切，作为众生实现愿望付出的代价。

巫医问："你真的能够实现我的愿望吗？"

白姬说:"缥缈阁就是为了实现众生的愿望而存在的。你有什么愿望呢?"

巫医喃喃地说:"缥缈阁?我听说过缥缈阁,也曾走遍街头巷尾,努力寻找过,可是从未找到。"

白姬说:"没有缘分的人是走不进缥缈阁里的。缘分未至时,人是看不见缥缈阁的。一切缘起,皆在冥冥之中。一切因果,自有定数。你有什么愿望呢?"

巫医神色哀戚地说:"我……我希望羽儿能够摆脱被诅咒的命运,能够平平安安地活下去。"

白姬问:"这究竟是怎么回事?"

第十一章　建　木

巫医缓缓道来,神色十分悲伤。

"我的妻子阿萝是仙族人。仙族是隐居在南疆深山之中的一个部族,以仙草为供奉的图腾,与世隔绝,不与外人往来。仙族人有能通鬼神的异能,十分神秘。很久以前,我游历南疆时误入仙族居住之地,与阿萝相遇,对她一见钟情。后来,我们彼此相爱。但是仙族人不与外人通婚,阿萝的族人们反对我们在一起。我们不想分离,便私奔了。仙族人不与外人通婚,也不能离开族人聚居之地,否则会受到命运的诅咒。然而,我们私奔时并没有意识到命运的诅咒是多么可怕的事情,甚至阿萝当时也不知道自己离开族人之后会遭受怎样可怕的命运。大多数时候,人们因为无知,在当时无法明白命运发出的警示,直到亲身经历了一切,才明白命运的警示究竟是怎么一回事。原来仙族人并不是人,而是仙草的后人……"

元曜听得有些蒙,忍不住打断巫医,问:"什么叫仙草的后人?这仙族人都是仙草妖怪吗?"

巫医摇头,说:"不是妖怪,他们是人类,只不过是半人半仙草的存在。"

元曜还是有些蒙,神色十分迷茫。

半人半仙草，却又不是妖怪，这样的存在实在让人很难理解。

离奴见元曜神色迷茫，便说："书呆子，这很好理解，仙族人都是植物人。"

元曜问："离奴老弟，什么是植物人？"

离奴说："既是植物，又是人呗。"

元曜仍旧不明白，还想追根究底。

白姬说："好了，轩之、离奴，你们先别聊植物人了。巫医，你继续说。"

巫医陷入了回忆，神色悲哀。

"我和阿萝私奔之后才知道，仙族人是仙草的后裔，是半人半仙草的存在。仙族人有能通鬼神的异能，但是族人们必须群居才能正常生存。仙族人无法离开族人独自存活。他们一旦离开族人，生命力就会快速地枯竭。这就是命运对仙族人的诅咒。阿萝跟我离开南疆之后，生命力逐渐丧失，身体变得衰弱。后来，因为怀孕生育，耗损过甚，更加速了她的衰亡。生下羽儿之后，她便一直卧病在床。我常年行医，通晓医理，也知巫鬼之道，便用我的方式勉强延缓了她生命的流逝。然而，阿萝后来……"

巫医顿了顿，还是艰难地说："羽儿五岁那年，阿萝还是……病死了。阿萝去世的时候，才二十三岁。羽儿的体内流着仙族人的血，羽儿跟阿萝一样也承受着命运对仙族人血脉的诅咒，离开仙族人的聚居之地是活不了太久的。羽儿今年十九岁，能够活到这个岁数，大概是因为羽儿有着一半人类血统。不过，最近几年，羽儿身体也逐渐衰弱。阿萝当年身体衰竭时出现的各种症状，开始在羽儿身上出现了。我预感到羽儿活不了多久了。羽儿也将很快衰竭，离我而去。做父亲的，我最不能承受的事情就是白发人送黑发人。我不能让羽儿死去，我一定要让羽儿摆脱命运对仙族人血脉的诅咒，让羽儿像人类一样活下去。羽儿身上既流着人类的血，也流着仙草的血，那么我只要想办法把人类的羽儿和仙草的羽儿分裂开就行了，这样羽儿就能正常地活下去。"

白姬叹了一口气，说："所以，为了让你的儿子活下去，你就潜伏在邙山之中炮制药石，并且拿人来试药，让人像藤蔓植物一样身体分裂开来。这还真是无比疯狂的想法！你在做无比疯狂的事情啊！"

元曜忍不住说："巫医，虽然你的初衷是出于天伦情深，可是那些被你拿来试药的人未免太无辜、太可怜了。"

巫医垂下了头，痛苦地说："我没有别的办法，为了让羽儿能够活下去，我只能这么做。也许我这么做很自私，可是作为一个父亲，我只是想让自己的孩子摆脱命运的诅咒，能够活下去而已。"

元曜既生气又难过地说："可被你拿来试药的那些人，比如吴悠，也是有父母的啊。他们的父母也希望自己的孩子能够好好活着，而不是被你拿来试药，命丧邙山之中。"

巫医垂下了头，沉默不语。

白姬望着巫医，说："你对仙族人了解多少？"

巫医抬起头，神色迷茫。

"我至今不清楚仙族人是一种怎样的存在，有着怎样的秘密，甚至连阿萝对自己的族群也所知甚少。如果一开始她就知道自己和孩子的命运，就不会跟我私奔了。"

离奴忍不住说："爷听着，你的老婆和孩子短命是因为离开了仙族人，那他们俩离开你回到仙族不就能活下去了？你也不用再昧着良心干捉人试药的营生了。"

巫医眼神凄哀地说："他们回不去了。当年，阿萝生命力逐渐衰竭的时候，意识到自己的生命飞速流逝是因为离开了族人，于是我们便一起回到仙族人隐居的山谷。然而，山谷空荡，已经没有仙族人了。仙族人早就迁徙了。据阿萝回忆，仙族人虽然会隐居在某一处很久，但并不是永远定居在一处固定的地方。阿萝小时候听父母说过，在阿萝出生之前，仙族人才迁徙到我们相遇的那个山谷。仙族人为什么迁居，根据什么迁居，什么时候迁居，将迁往何处，这是大巫和族长才知道的秘密，族人只是听令行动。阿萝也不知道族人迁去了哪里，也许仍旧在南疆群山之中的某处，也许已经远去天之涯海之角，根本无从找起。我们在南疆打听了很久，也没有打听到仙族人的消息。很多人根本没有听说过仙族人，根本不知道仙族人的存在。我们只能放弃寻找。仙族人有着太多秘密，那是我和阿萝都不知道的秘密。这些年，我一边收集有关仙族人的资料，一边为了羽儿能够活下去而炮制各种草药，然而研究了这么多年，我至今还是不明白仙族人究竟是一种怎样的存在。"

白姬说："我知道仙族人是一种怎样的存在，也知道他们为什么迁徙。在毕舍遮说起它的主人是仙族人时，我就隐约猜到是怎么一回事了。"

巫医抬头望向白姬，眼中露出了一丝希望，问："仙族人为什么要迁徙？他们去哪儿了？我还能不能找到他们？如果我能够找到他们的话，只要让羽儿和他们一起生活，说不定羽儿还能够活下去。"

白姬笑道:"我告诉你仙族人的秘密,你拿什么和我交换呢?"

巫医说:"你想要什么?只要能让羽儿活下去,我什么都可以给你。"

白姬望了一眼从墓室墙壁上的缝隙中冒出一点儿绿叶的藤蔓,嘴角浮现一抹似有似无的笑。

"巫医,你听说过建木吗?"

巫医一愣,神色迷茫,不明白白姬为什么突然问起建木。

元曜也不明白白姬为什么突然转换了话题。

"白姬,我们不是在说仙草吗?你怎么又扯到建木上去了?"

白姬笑道:"轩之,要说仙草就必须谈到建木,仙族人的秘密和迁徙的原因都跟建木有关。"

元曜问:"白姬,这究竟是怎么一回事?"

白姬说:"建木是上古时期的圣树,是沟通天、地、人、神的桥梁。仙草是一种生长于建木上的藤蔓植物,因为建木存在于人间与天界的交会处,是人间与天界的'门'之所在,'门'所在的地方灵力充沛,是仙草的生命之源。仙族人是仙草的后裔,与建木共生,必须生活在'门'附近才能活下去。上古时期,发生了一些事情,神拒绝再与人沟通,建木被神明摧毁,早就消失在了天地之间。但是,仙草还在依靠着'门'的灵力而存活,仙草的后人也仍旧在看守着人间与天界的'门',希望有朝一日建木能够重现人间。'门'并不是一个具体的地方,而是在时间与空间之中移动的。仙族人会追逐'门'的所在而迁徙,只有'门'的充沛灵力才能让他们活下去。离开了'门',仙族人得不到灵力的滋养,生命力就会逐渐衰竭,继而死亡,就跟阿萝一样。阿萝跟你私奔,离开了族人们聚居的'门'的所在,得不到灵力的滋养,生命力便衰竭了。时光如梭,千年弹指而过,在漫长的岁月中,大部分仙族人自己估计都忘了为什么要追逐'门'而迁徙,只有大巫和族长还在口口相传的族训中窥见一些远古的秘密,遵循着古老的启示,带领着族人避世而居,辗转存活。"

巫医有些吃惊地说:"原来仙族人迁徙是这个缘故。当年我和阿萝回到山谷,却没有找到仙族人,是因为'门'换了地方,所以他们跟随着'门'迁走了?"

白姬点头,说:"天界与人间的入口会随着时间的流逝而改变位置。很不巧,你和阿萝私奔之后,'门'恰好改变了位置,仙族人也就跟随着'门'迁徙了。你们回到仙族人隐居的山谷,自然也就人去谷空了。"

巫医焦急地问:"仙族人迁去哪儿了?你既然知道仙族的秘密,也知道

'门',那肯定知道仙族人现在在哪儿。求求你,告诉我,该去哪儿找仙族人。"

白姬摇头,说:"很遗憾,我不知道仙族人现在在哪儿。仙族人的秘密我知道,但'门'的所在我不知道。这三界众生之中,估计只有仙族人才知道'门'的所在,毕竟他们与'门'血肉相融、灵魂相印。'门'是仙族人的生命之源。"

巫医很失望,继而眼神又变得冰冷而坚毅。

"那么,我就把羽儿送回仙族,让他和仙族人一起生活,以保全他的性命是没有指望了。现在,唯一能让羽儿活下去的办法就是把羽儿分裂开,彻底变成人了。"

白姬笑了。

"巫医,我劝你停止你那疯狂而可笑的试验,毕竟即使吴悠在分裂试验之中成功活了下来,你的儿子也未必能够活下来。吴悠是人,你的儿子只是半人,他们是截然不同的两种存在。你在吴悠身上试验成功的药物,对你的儿子可未必管用,说不定运气不好,你的儿子可能会直接因为分裂而死。"

巫医心中清楚,白姬的话是有道理的。他行医多年,深谙药石的性能是因人而异的,即使吴悠在分裂之后成功活下来了,吃下同样药物的羽儿未必能够活下来。不过,白姬一行人出现之后,尤其是白姬说出了仙族人的秘密,解开了他多年来笼罩在心头的疑云,他看到了一丝曙光,并不像之前那般陷入绝望的黑暗,没有丝毫头绪,一点儿希望也看不见。

"求求您,指引我一条明路吧。"巫医匍匐在地上,向白姬哀求。

白姬沉吟了一下,却笑了。

"轩之、离奴,我们是来做什么的?"

元曜说:"白姬,咱们是来救吴悠的。"

离奴说:"主人,我们是来吃夜宵的。哎呀,光顾着听他掰扯他的老婆和儿子的事,烤肉早就烤煳了,我们没得吃了。"

白姬笑道:"吴悠是要救的,夜宵也得吃。我肚子饿了。巫医,你让毕舍遮给我们做一些吃的吧。对了,我们就不吃肉了,毕竟烤人腿、烤人手什么的,轩之吃了会吐。我们吃一些简单可口的素食就可以了。"

巫医还没说话,元曜已经开口:"白姬,都什么时候了,你还吃得下夜宵!我们还是救吴悠要紧。"

白姬笑道:"轩之,不要急嘛。民以食为天,吃饱了,我们才有力气救人。更何况我得出去转一转,看一看这个地方适不适合种建木。"

元曜疑惑地问:"白姬,你要种什么建木?"

白姬神秘一笑,说:"这是秘密,我不能告诉你。"

元曜不明白白姬想干什么,但是也知道白姬不想说的话,他现在肯定是问不出来什么的,所以干脆不问了。

巫医没有办法,只好吩咐毕舍遮去做吃的。

毕舍遮爬起来,开始准备做饭。因为白姬说要吃素,毕舍遮就打算简单地烤一些下午采摘的蘑菇应付了事。

白姬走出了墓室,不知道干什么去了。

巫医垂头坐在墙壁边,不知道在想什么。

元曜坐在巫医旁边,心中充满了疑惑,不知道该干什么,只能看着不远处的毕舍遮在祭台边忙碌。

藤蔓见墓室里剑拔弩张的气氛消失,似乎没事了,便悄无声息地潜了进来,徘徊在毕舍遮身边,在它身边摇曳。

离奴嬉皮笑脸地凑过去,给毕舍遮打下手,打算学厨艺。

"鬣狗,烤蘑菇配什么酱料好吃?"

毕舍遮因为刚才离奴打了它,心中生气,不理离奴。

"鬣狗,你生气啦?刚才是你先动手,爷才打你的。"

毕舍遮歪过身子,顺手揪了几片摇曳的藤蔓的叶子丢进石钵里,然后往石钵里加了一些盐,闷头用石杵捣酱料,不理离奴。

"鬣狗,烤蘑菇的酱料里得加一些糖,才能提鲜。"离奴认真地提议。

"我说了多少次了!我不是鬣狗,我是毕舍遮!我一听就知道你这是外行人的吃法。蘑菇本身就很鲜美,哪里还需要加糖提什么鲜!烤蘑菇只需要加一点儿盐就可以了。不过按我烤蘑菇的经验,捣一些仙草汁洒在蘑菇上会更美味。"

毕舍遮说到仙草,似乎想起了过世的主人,看了一眼摇曳的藤蔓,眼神温柔又悲伤。

"黑猫,你们能救救我家少郎君吗?只要你们能救他,我愿意把我毕生的厨艺都教给你。倾我所有,我决不藏私。"

离奴一边翕动鼻翼嗅着石钵中飘散的酱料味,一边说:"鬣狗,你放心吧。我家主人既然决定留下来吃夜宵,那就说明你家少郎君有救了。如果我家主人不打算管这件事,早就转头离开了。不过,如果你的夜宵做得太难吃,让我家主人不满意的话,我家主人可能会改变主意,不管你家少郎君了。"

毕舍遮一听，急忙又揪了几片藤蔓上的叶子丢进石钵里，更卖力地捣了起来。

藤蔓吃疼，生气地说："阿达，你轻一点儿揪我的叶子啦！"

离奴见了，嘀咕："这鬣狗有植物人在身边，做菜倒是挺方便的。可惜，书呆子不是植物人……"

第十二章　赎　罪

元曜没有听见离奴的嘀咕，正在思考吴悠的病症，担心吴悠的安危。

"巫医，被你拿来试药的吴悠还有救吗？"元曜问。

巫医闻言，回过神来。

"我给吴悠吃的能让人分裂的药石，其实是一种慢性毒药。我炮制这种慢性毒药时，会准备相应的解药。但是，药石这种东西，尤其是试验中的药石，试药之人入口之后，症状与反应是难以控制的，解药不一定有用。吴悠吃下解药之后也许有救，也许没救。"

元曜既生气，又难过地说："巫医，你做出这种伤天害理的事情，不会觉得良心难安吗？"

巫医的眼神一黯，他有些羞愧："我没有良心。"

元曜正要说话，白姬的声音响了起来。

"真正没良心的人是不会这么说的，对于'良心'这两个字根本没有丝毫的认知。"

巫医痛苦地垂下了头。

元曜问："白姬，你干什么去了？"

白姬笑道："我去探查和感应了一下邙山的地脉灵力，还是很丰沛的，能承载建木重生。"

元曜又问："白姬，建木重生是什么情况？"

白姬双手掐腰，笑道："轩之，作为新上任的邙山侯，我有一个伟大的构想。"

"什么伟大的构想？"

"我打算在邙山之中让建木重生,重新构建天与地、神与人沟通的桥梁。"

元曜一愣,一时间不知道该说什么,半晌,问:"建木不是早就被神明摧毁了吗?你上哪儿去找建木,让建木在邙山之中重生啊?"

白姬笑道:"轩之,你忘了吗?我有建木的种子呀。"

元曜回忆了一下,才想起在浮世床事件中,作为让黄先生入梦的交换,白姬从黄先生手中得到了建木的种子。后来,建木的种子被白姬放进了缥缈阁的仓库里。此次白姬不提的话,元曜几乎都忘记了它的存在。

"白姬,你打算把建木的种子种在邙山里?这……这里能种出建木吗?毕竟建木是传说中的神物,而邙山是人间的土壤,咱们又没有种花种树的技能,我总觉得种不出来。"

"轩之,不是咱们种,是他们种。"白姬指向不远处在毕舍遮和离奴身边摇曳的藤蔓说,"确切地说,是少郎君种。只有拥有仙草血脉的少郎君才有可能让建木重生。"

元曜疑惑不解。

巫医也十分疑惑地问:"你想让羽儿替你种建木,为什么?"

白姬说:"为了让少郎君活下去。少郎君必须种出建木,才有可能活下去。"

巫医还是不明白。

元曜也听不明白白姬的话。

白姬反问:"巫医,你认为仙族人可以独活吗?"

巫医犹豫了一下,才说:"仙族人必须群居生活,不能单独生存,这是仙族人的存活方式。"

白姬笑道:"巫医,你只看见了表象,并没有看见表象下的本质。表象确实如你所言,仙族人无法离开族人单独生存。一旦离开族人,仙族人就如同失去了阳光和水分,生命力便会逐渐枯竭。更准确地说,仙族人不是无法离开族人,而是无法离开'门'。'门'的灵力是仙族人赖以生存的阳光和水分。而'门'的位置会随着时间的推移而变化,会改变存在的地点。只有仙族的大巫和族长才有能力知晓'门'的变迁,继而带领着族人们追逐'门'的所在而迁徙,所以仙族人只能群居,无法独活。其实,仙族人能不能独活不是重点,重点是拥有'门'。如果能拥有'门',汲取'门'的灵力,那仙族人也是可以独活的。你没有办法找到仙族人,我也找不到仙族人,小羽没有办法回归仙族,余生只能独活了。为了能让小羽独活,我们得让小羽拥有'门'。只要小羽拥有'门'，能汲取'门'的灵力，生命力便不会枯竭，就能活下去了。"

巫医还是十分疑惑地问："只有仙族的大巫和族长才知道'门'的所在，小羽怎么可能拥有'门'？"

白姬扶额，说："巫医，你必须发散思维，跳出人类思考问题的局限性，再想一想这个问题。"

离奴忍不住说："主人，就他那笨脑子，比书呆子还要蠢，也就只能琢磨出捉人试药、想方设法把自己的儿子分裂的傻办法了。"

元曜倒是听明白了，说："巫医，白姬的意思是，建木是人间与天界的交会处，是人间与天界的'门'之所在。如果令郎把建木种出来了，那就相当于自己拥有了'门'。仙族既然依靠'门'而活，令郎吸取'门'的灵力就能活下去了。白姬正好有一颗建木的种子，白姬打算把建木的种子送给令郎，让令郎在邙山之中种出建木，平安地活下去。"

巫医有些惊愕地问："建木真的能在邙山之中种出来吗？"

白姬笑道："轩之，你只说对了一半。我是打算让小羽在邙山之中种建木，但是建木的种子并不是送给小羽，而是借给小羽。等种出了建木之后，建木是我的。沟通天界与人间的桥梁，也是我的。"

元曜沉默。

巫医望着白姬，说："按照你说的去做，羽儿真的能活下去吗？"

白姬说："也许能，也许不能。不过，我可以保证，小羽种建木活下去的可能性比你用毒药让他分裂而活下去的可能性大很多，毕竟你的毒药还在试验阶段，他吃了后不知道会变成什么样子，也不知道会有什么可怕的后遗症。而我这建木的种子可是货真价实的，也是天地之间绝无仅有的。仙草自古以来便依靠、攀缘建木而存活。小羽既然是仙草的后裔，那建木是肯定能让小羽活下去的。虽然现在建木只是一颗种子，种子的灵力可能不够让所有仙族人存活，但只要建木不被小羽种死，能在邙山之中生根，建木的灵力让小羽活下去是完全没问题的。"

巫医便不再说什么了。

不远处，毕舍遮和离奴已经烤好了蘑菇。

毕舍遮忧心忡忡，心事重重，一边时不时地歪头望一眼沉默的巫医，一边在祭台边心不在焉地摆碗布盘。

藤蔓见可以吃烤蘑菇了，倏然从墙壁的缝隙之中退走了。

不一会儿，一个拿着陶响球的天真少年蹦蹦跳跳地走进了墓室里。

少年走到巫医身边，蹲下来。

"阿爹，你怎么一副闷闷不乐的样子？"

巫医挤出了一个笑容，说："羽儿，阿爹很高兴，你的病有办法治好，你能活下去了。"

羽笑道："阿爹，我并没有生病啦。"

巫医慈爱地笑了。望着儿子，他又想起了亡妻，眼中顿时浮现哀伤。

离奴在祭台边大喊："主人、书呆子，蘑菇烤熟了，可鲜香了，你们快过来吃夜宵。"

白姬伸了一个懒腰，笑道："吃夜宵之前，我还得把一件正事办了。不然，这夜宵轩之是吃不畅快的。"

元曜一愣，问："什么正事？"

白姬望着巫医，说："巫医，我可以救你的儿子，作为交换，你愿意把自己的生命交给我吗？"

"啪嚓！"

毕舍遮一听，失手打碎了一个从隔壁器物陪葬室里取来的盘子。

羽十分迷茫地望着白姬。

巫医咬牙，说："可以。只要羽儿能够活下去，我愿意给你我的生命。"

元曜不太明白，问："白姬，你要巫医的生命做什么？"

白姬笑道："送给你呀。你如果不得到巫医的生命，是无法安心吃夜宵的。"

元曜更加疑惑了。

白姬严肃地说："武皇陛下封我为邙山侯，我就是这邙山的主人。邙山之中的居民都是我的子民，由我管辖。他们所做的事情，对错赏罚由我来决断。他们的生死，也由我掌管。轩之，我现在将巫医的生命交给你。你来决定他是生，还是死。"

元曜愣了愣。

巫医为了让自己的儿子能够活下去，在邙山之中拿无辜的人试药，害死了不少人。运气好一点儿的人，比如吴悠，如今还命悬一线，生死不定。运气不好的人，比如吴悠的朋友，早已经命丧黄泉，化作邙山之中的一缕冤魂了。

欠债还钱，杀人偿命，巫医的所作所为令人发指，应该以死赎罪。可是，巫医其实并不是坏人。比起断指戒事件中，因为贪婪的欲念想要占有名利财富而夺取四十九个女魄、残害四十九个少女的雷全，巫医拿人试药只是因为天伦情深，只是为了让自己的儿子能够活下去。

巫医和雷全是不一样的。但是，被巫医拿来试药的人也是有父母的，他们的父母也会因为痛失子女余生陷入悲痛，不得解脱。

元曜十分矛盾，不知道该怎么办。

巫医叹了一口气，说："我自知罪孽深重，做下了无法原谅的错事，愿意以死谢罪。不过，请容我先去治好吴悠，保住他的性命，再拿自己的性命偿还欠下的血债。我是一个医者，从小师父给我的训诫就是悬壶济世，治病救人。我一直未敢忘记自己的使命。学成出师之后，我四海为家，游走各地，但凡遇见求医的病人，无论对方出身于富庶之家，还是寒门贫苦之人，我皆是全心全力地医治，不敢懈怠半分，只愿以自己的绵薄之力让世间少一些被病痛折磨、被疾病夺走生命的人。直到……直到我遇见了阿萝，羽儿出生，阿萝去世，羽儿也命不久矣……我被心魔所困，被一己之私蒙蔽，忘记了自己学医的初衷，忘记了自己作为医者应该悬壶济世的使命。我违背自己的良知，做下了难以原谅的错事……"

巫医说着说着，声音逐渐哽咽。

元曜听了，十分难过，也十分矛盾。

对于一个真心忏悔、有悔改之心的人，死亡并不是最好的赎罪与偿还。

元曜思来想去，不知道该怎么办，便转头望向白姬，希望白姬能给出一个主意。

谁知白姬早已经离开，闻着诱人的香味跑去篝火边，去吃烤好的蘑菇了。

元曜不由得心中生气：这龙妖把这么为难的事情交给我来决断，自己却跑去吃夜宵了。

元曜问巫医："被你拿来试药的人一共有多少？"

巫医说："一共有十个人，吴悠是第十个。"

元曜顿了一下，又问："那九个人都死了吗？"

"死了。他们都是因为熬不住毒药的毒性，在身体分裂的过程中逐渐死亡的。"巫医神色痛苦，声音中有懊悔，"现在想来，我根本不该那么做。这对他们来说，太残忍了。如果能够早些遇到你们，早些知道仙族人被命运诅咒的秘密，早些找到能够救羽儿的方法，我绝对不会做那么残忍的事情……如果能够早些遇见你们，早些找到摆脱仙族人被命运诅咒的方法，阿萝……阿萝说不定也还能活着。"

可惜，世间没有如果。而人与人之间的相遇，人与事之间的因果，都是冥冥之中早已注定的，不会提早，无法延迟，没有偶然，只有宿命的必然。

元曜叹了一口气，说："巫医，白姬将你的生死交给小生，可小生只是一个微不足道的凡人，自认为无法决定你的生死。"

巫医疑惑地望着元曜。

元曜深深地叹了一口气，说："你的生死，就由吴悠来决定吧。如果吴悠死了，那你就为他偿命。如果你能治好吴悠，保住他的性命，那你就能活下去。但是小生有一个条件——余生你每年必须无偿治好九个人的疾病，算是你为自己曾经犯下的过错赎罪。这也是让你提醒自己，你是一名医者，你的使命是悬壶济世、治病救人，而不是为了私欲残害无辜。"

巫医闻言，以首顿地，说："我一定照做。我会尽力救治吴悠，不是为了让自己能活着，而是羽儿有救之后我不想再伤害别人了。我真的想救他。他是因为我的一念之差才会变成如今的样子，我一定要治好他。如果余生我能苟活，一定会多行善事，多治病救人，绝对不会再害人了。"

元曜点点头，心中难过，却又觉得如果巫医余生真的能够救治更多的人，给更多的人带去健康，让这个世界变得更美好，这么做未尝不是一件好事。对于彻头彻尾的恶人，死亡是惩罚，也是对众生的慈悲。但是，对于有忏悔之心并立志赎罪的人，死亡这一惩罚并无意义。让他们活着赎罪，才是对世界的慈悲。

白姬不知道什么时候走了过来，一边津津有味地吃烤蘑菇，一边说："人非圣贤，孰能无过。放下屠刀，立地成佛。轩之，事情解决了，你可以吃夜宵了哟。"

元曜苦着脸说："白姬，小生一点儿吃夜宵的心情都没有。虽然事情看起来解决了，可是其实都还悬着呢。小生现在十分担心吴悠不能好起来，也担心建木不能在邙山之中被种出来。"

白姬拿起一串烤蘑菇塞进元曜嘴里，笑眯眯地说："轩之，你就爱瞎操心，还是先吃烤蘑菇吧。"

元曜吃了一口烤蘑菇，觉得鲜嫩可口、肥美多汁，而且带着一股仙草酱料特有的清香，十分美味。

元曜吃下一串烤蘑菇后便食欲大增，跟白姬一起去篝火边吃烤蘑菇，暂时把吴悠和建木的事情忘在了脑后。

第十三章　往　事

烈阳高照，夏木荫荫。

南市，缥缈阁。

这一天下午，缥缈阁里依旧没有生意。

白姬、元曜闲来无事，便并肩坐在廊檐下，一边喝玉露茶消暑，一边看天上云卷云舒。

万里碧空中飘浮着朵朵白云。这些浮云形状各不相同，并且会随风变换模样，有时像一座座重峦叠嶂的雪色远山，有时又像一层层翻涌如潮的银色海浪。

七宝莲花池里的池水如一方净澈的琉璃，波光潋滟之中，倒映着蓝天白云和浮世幻象。莲池今天的心情宁静而旷远，所有的莲花都是纯净深邃的蓝色。蓝莲花在水波之中随夏风摆动，摇曳生姿。

一只黑猫坐在古井边，身边排布了一些大大小小的石钵，地上还杂乱地堆放着一堆生姜、肉蔻、茱萸、胡椒之类的香辛料。黑猫正在尝试着把不同的香辛料混合，调配成不同口感的调味酱料。

一只鬣狗，不，毕舍遮蹲在一边，正在打井水浇洗一些碧绿的藤叶。

这些藤叶是仙草叶，是毕舍遮今天来缥缈阁拜访给离奴带的礼物。

从仙草叶青翠欲滴的莹润色泽以及叶尖上犹带着山中露珠的新鲜程度可以推测出，应该是毕舍遮从邙山出发前临时从它家少郎君身上薅下来的。

那晚邙山之行后，白姬回到缥缈阁，便把建木的种子从井底仓库中找了出来，亲自拿去邙山，交给了巫医父子。

白姬拿建木种子去邙山时，元曜并没有跟去，后来他听说建木种子已经被巫医儿子种在了邙山，由巫医父子和毕舍遮看护着。

离奴因为厨艺陷入瓶颈，就跟毕舍遮交流，争取突破瓶颈，让厨艺更上一层楼。离奴偶尔会去一趟邙山，拜访巫医父子和毕舍遮，主要是拜访毕舍遮。回来时，离奴除了带回一些毕舍遮秘制的调味酱料，还带回了一些有关建木的消息。

也许是因为邙山本身就是人界的风水宝地，灵力充沛，又或是因为羽是仙草的后裔，仙草和建木之间有着深厚而神秘的共生渊源，建木种子居然没被种死，在邙山之中活了下来，但是也没有发芽的迹象。

用白姬的话说，建木能在邙山之中存活就已经是奇迹了，离发芽还早着呢。

巫医、羽、毕舍遮便不再干捉人试药的罪恶勾当，在邙山之中安静本分地种建木，守着建木过日子。

小羽靠着建木种子的灵力倒也没有早夭的迹象，这让巫医终于放心了。

巫医按照约定在吴家医治吴悠。

解铃还须系铃人。经过巫医的一番尽心尽力的救治之后，吴悠保住了性命，身体分裂的症状停止，并且逐渐康复了。

巫医还依照与元曜的约定，经常在神都街巷或神都附近的城池村落之中游方行医，医治那些被病痛折磨或者被魑魅侵害的人，挽救他们的生命。对于富庶之家，巫医会接受对方因为感激而主动给予的酬劳；对于贫困之人，巫医都是无偿出诊，甚至还倒送钱财让对方能够按药方抓药续命。

一些身陷病痛折磨、命悬一线的人，因此保住了性命。一些悲雾笼罩的家庭因此阴霾散去，重拾团聚的欢乐。这是巫医对自己曾经犯下的罪过的赎罪，也是对天地万物的偿还。

吴悠康复后，吴大娘一家人十分欢喜。无禄带着十斤吴家豆腐坊做的豆腐和一篮子云花庵种的瓜果，和玉鬼公主一起来缥缈阁登门道谢。

玉鬼公主再次害羞地邀请元曜去云花庵玩。

元曜没有办法，推却不过，只好约了一个时间，打算拉着白姬一起去云花庵拜佛上香。

离奴望着埋头洗仙草叶的毕舍遮，十分羡慕它家有一个植物人。

离奴放下手中的石杵，隔着七宝莲花池对白姬说："主人，离奴的厨艺停步不前，无法更上一层楼，很可能是因为缥缈阁里没有植物人。主人，咱们能不能也去找一个能拿来做调味料的植物人，放在缥缈阁里养着？"

元曜闻言，差点儿呛出一口茶。

白姬本来正望着浮云冥思，听离奴这么说，便说："大千世界，芸芸众生，人与人、人与非人相遇是需要缘分的。有缘者，才能相遇，彼此命运交织。无缘者，寻遍千山，走过万水，踏破铁鞋，也是擦肩而过，是不会结缘的。像仙族这样古老的存在十分稀少，没有缘分我们是根本找不到的，更无法拿来养在缥缈阁里。"

离奴挠头，说："既然找不到植物人，那主人能不能把书呆子变成植物人呢？他也没什么用，如果能拿来做调味料倒是还不错。"

元曜一听，生气地说："离奴老弟，小生才不要被变成植物人呢！"

白姬笑道:"如果把轩之变成植物人,拿来做调味料,估计只能调出一股酸腐的味道。离奴,你确定要这样做吗?"

离奴想了想,嫌弃地说:"那还是算了。拿书呆子做调味料,肯定是酸腐味,简直是糟蹋了爷的鱼。"

元曜十分生气地说:"你们这是什么话!小生哪里酸腐了?"

毕舍遮一边清洗仙草叶,一边对离奴说:"黑猫,做厨子一需要天赋,二需要努力,跟别的关系不大。你做不出美食,就怪调料不行,推卸责任说自己没有植物人,这是不对的。"

离奴伸出爪子,指着地上大大小小的石钵,说:"爷这不是正在努力地调制各种不同的味道吗!"

毕舍遮顿了一下,又说:"不,黑猫,我的意思是,你没有做厨子的天赋,不是说你不努力。"

离奴一听,跳起来就打毕舍遮。

"嘿!就你这鬣狗话多。你才没有做厨子的天赋!你全家都没有做厨子的天赋!"

毕舍遮一边躲避离奴的追打,一边说:"黑猫,你这话就错了。我们毕舍遮一族可是世界上最有做厨子天赋的族群。你想想看啊,我们是吃腐尸的食尸鬼,那腐尸又脏又烂,多难吃啊!我们要想吃饱、吃好,自然就得拥有化腐肉为美食的力量,也就是做厨子的天赋啦!在我们毕舍遮一族,没有厨艺天赋的最后都饿死了,活下来的都是我这样天赋极佳的厨艺高手。"

离奴顿时停止追打,觉得毕舍遮说的话好像有那么一丁点儿的道理。

离奴思考了一会儿,说:"爷如果是鬣狗,那就有厨艺天赋了……可是,爷现在重新投胎改做鬣狗也来不及了……主人,缥缈阁里有没有能让离奴重新投胎,改换种族的宝物?"

白姬摇头,说:"缥缈阁里没有那种东西。如果有的话,小羽也不用种建木就能活下去了。"

毕舍遮倏然神色一黯,说:"白姬大人,其实我心里还埋藏着一个秘密。我答应过主人,不告诉巫医。现在少郎君得救了,能活下去了,理应告诉巫医,可我又不确定该不该说。我脑子笨,求您给我拿一个主意。"

白姬问:"什么秘密?"

毕舍遮犹豫了一下,才说:"少郎君痴傻的秘密。"

白姬说:"你说来听听。"

毕舍遮眼眶一红:"少郎君一开始是很正常的,从出生到五岁,既不痴,也不傻,是一个温柔懂事的乖孩子。少郎君出生之后不久,就变得十分虚弱。那时候,主人生命力衰竭,如风中残烛,无法再跟随巫医天涯漂泊,四方游历。所以,巫医便选了人迹罕至的邙山定居,住在一处古墓里——不是我们现在住的这个,那个墓穴比现在这个豪华气派多了——一住就是五年。

"主人和少郎君靠着巫医调配的药石,勉强支撑着。少郎君因为一出生就远离仙族人,生命力弱,都五岁了,还没办法走路,整天气若游丝地躺着,眼看着撑不住了。主人爱子心切,也知道自己命不久矣,就……就做出了一个决定——让少郎君吃了自己,汲取和拥有自己残存的生命力,活下去。主人不想让巫医知道这件事情,打算背着巫医去做。

"主人说,仙族人被火焰焚烧致死后会化作一颗灵珠。这颗灵珠之中,聚集了被烧死的仙族人的灵力。火焚之刑,一直是仙族处罚犯了不可饶恕的罪过的人的严苛刑罚。罪人遭受火刑,在火海之中被焚烧致死,最后化为一颗灵珠。罪人的灵珠归族长保管,拿来赏赐给对仙族有功的人。得到灵珠的仙族人可以吃下灵珠,获得被烧死的仙族罪人的灵力。我听主人说想要把自己活活地烧死,就不肯答应,可是主人很严厉地命令我达成这件事。主人一向温柔可亲,很少命令我做什么。我也知道主人命不久矣,而少郎君是主人最放心不下的人。这是主人最后的心愿。于是,我强忍悲痛含泪答应了。

"有一天,巫医出门去洛阳之后,主人让我在古墓外的后山空地上堆木柴,燃起足够烧死主人的篝火。我知道,到了与主人告别的时候了。这是主人的决定,也是主人最后的心愿,我虽然很难过,但还是哭着照办了。"

白姬、元曜、离奴静静地听着。

毕舍遮一边抹泪,一边陷入了悲伤的回忆。

毕舍遮在古墓外的后山之中堆好了木柴,按照阿萝的吩咐在木柴上面浇了墓室里照明用的松油。做完了这一切,毕舍遮回到了墓室中。

墓室里,阿萝已经强撑着病体梳洗了一番,走去了另一间墓室,那里躺着阿萝的儿子羽。毕舍遮十分悲伤,跟在主人身后。

羽躺在石床上,瘦弱得只剩皮包骨,脸色苍白,神色十分倦怠。

"娘亲。"羽看见阿萝,强打精神,开心地打招呼。

阿萝笑道:"小羽,今天感觉好些了吗?"

羽笑道:"好多了。"

五岁的孩子虽然懵懂,但是也知道父母为了自己的健康操碎了心,父亲从未笑过,母亲也跟自己一样得了无法医治的重病。所以,为了宽慰父母,为了让父母不再为自己操心,小羽总是每天都说自己好多了。其实,小羽一天比一天衰弱。父亲虽然医术精湛,但是调配的药石只能延缓他生命力枯竭的速度,他的身体一天比一天衰弱,很快将回天乏力。

阿萝像平常一样坐在石床边,笑着与儿子闲聊。

"小羽,娘在你这个年纪时生活在仙族之中,每天都和小伙伴一起漫山遍野地疯跑,玩捉迷藏的游戏。"

羽神色黯然,十分向往。羽自出生开始身体就十分病弱,从未自己走下过床,更不要提漫山遍野地疯跑,与小伙伴玩捉迷藏的游戏了。

"娘亲,什么是捉迷藏?"

阿萝温柔地笑道:"捉迷藏是一个游戏。一群人先猜拳决定谁做'鬼',然后大家躲藏起来,让做'鬼'的人来捉他们。娘不擅长猜拳,总是成为'鬼',只能去捉小伙伴们。"

羽虚弱地笑道:"娘亲,我将来也要玩捉迷藏,也当'鬼',去捉小伙伴们。"

阿萝望着羽,慈爱地笑道:"小羽,你很快就能好一些了,说不定真的能和小伙伴们一起玩捉迷藏呢。"

羽点头,说:"到时候,我和娘亲、爹、阿达一起玩。"

阿萝十分悲伤,眼泪从苍白而光洁的脸庞上滑落。

羽奇怪地问:"娘亲,你怎么哭了?"

阿萝伸手擦干眼泪,说:"娘没有哭,是眼睛里进了沙子。小羽,你先休息。娘也累了,想去休息了。"

羽点头,说:"嗯!娘亲,你也要保重身体,将来我们还要一起玩捉迷藏呢!"

阿萝含泪,笑着点点头。

阿萝站起身来,离开了羽的墓室。

毕舍遮跟在阿萝身后,因为悲伤不发一语。

在走出墓室前,阿萝又恋恋不舍地回头看了一眼自己的儿子,喃喃自语:"对不起,小羽。这一切都是娘的错。娘年少无知,才害了你。如果没有你,娘不后悔跟你爹私奔。可是,有了你,娘后悔离开仙族,让你一出生就背负诅咒,承受痛苦,生而无望。娘害了你一生。"

阿萝离开古墓,来到了后山。

空地上,毕舍遮堆的木柴很足,上面的松油明亮。

阿萝吩咐毕舍遮点火,毕舍遮含泪照办了。

火焰腾空,如火龙般卷地而起,化作了一片巨大的火海。

阿萝怔怔地站在一地篝火外,神色十分悲戚,最后仿佛终于下定了决心,先是双手合十,向着故乡的方向遥遥祝祷,然后,决绝地一步一步走进了火海里。

"阿达,记得我对你最后的恳求和你对我最后的承诺。再见了,我可爱的仆人。你自由了。"阿萝在火海之中回头,笑道。

毕舍遮肝肠寸断,十分悲伤地哭喊:"主人,呜呜……主人……我一定会让少郎君活下去的……"

火海之中,阿萝化作一地碧绿的藤蔓,被滚烫的火焰灼烧,痛苦地摆来摆去。一条条藤蔓飞舞,仿佛漫天带火的触手。

"啊啊啊——娘亲——"

一个瘦弱的身影在不远处看见了这一切,顿时发出了一声恐惧而痛苦的惨叫,而后昏厥过去。

毕舍遮回头一看,顿时大惊失色。

那个人竟然是生病多年、从未下过床的羽。

第十四章 尾 声

白姬、元曜、离奴都安静地听着。

元曜一如既往地多愁善感,为阿萝的牺牲而感动,双目通红,眼中泛泪。

毕舍遮擦了一下眼泪,吸了一下鼻涕,才继续说:"也许是因为母子连心,感应到了什么,那天少郎君居然走下了床。少郎君来到后山,正好看见主人葬身火海,便昏厥了。少郎君醒来后,似乎精神受到了巨大的刺激,不仅忘记了一切,还变成了现在这种痴傻的状态,心智永远停留在了主人去世的时候。那时,少郎君才五岁。

"主人葬身火海之后,火焰的灰烬之中果然有一颗灵珠。我按照主人的盼咐，给少郎君吃下灵珠。少郎君果然恢复了一些生命力，也变得健康了许多。那时候，正好巫医又研制出了新药。少郎君获得了主人的灵力，再加上巫医的新药，便如正常人一般开始健康成长。当然，少郎君并不是人，有时候会变成藤蔓。主人去世之后，我获得了自由，但始终不放心少郎君，毕竟少郎君是主人生命的延续，所以我就留下来了。

"巫医从神都回来之后对着火焰的灰烬放声痛哭。他没有问我主人的下落，从此更沉默了。他每天废寝忘食，埋头在一堆药材之中，研制各种能让少郎君活下去的新药。我每天照顾少郎君、做饭，巫医每天埋头炮制新药，偶尔出门游方行医或者寻找草药，就这么凑合着在邙山之中过日子。日子过得很快，一晃就十多年了。巫医一直没有问我主人的下落。主人生前曾叮嘱过我不要告诉巫医，我就一直没说。现在少郎君守着建木，能够平安地活下去了，按理说，我该告诉巫医这个秘密了。这些年来，我能看得出巫医深爱着主人，一直在思念主人，可我不确定要不要告诉他。"

离奴说："鬻狗，你也太蠢了。听你的描述，巫医早就知道你家主人的选择了。你想啊，他回家之后，老婆不明不白地消失了，怎么可能不追问仆人一句？他不问，肯定是知道啊！说不定你的主人在寻死之前，早就和他告别过了。"

"啊？！"毕舍遮有些吃惊，又有些疑惑，"不对吧！如果巫医早就知道，那主人为什么叮嘱我保守秘密，不让我告诉巫医？"

白姬说："人类有一句俗话叫心照不宣，看破不说破。巫医和阿萝大概就是这种情况吧。"

元曜同意白姬的看法，说："巫医尊重阿萝的选择，没有阻止阿萝，也无法阻止阿萝，可是内心又不能接受生离死别，便选择了沉默。阿萝不知道如何说出诀别的话，也不希望你让巫医直面一切，所以做了无言的告别。阿萝去世之后，巫医一心扑在炮制新药让小羽活下去的事情上，还被邪念蒙蔽，走上歧途，也许是因为他不希望阿萝白白牺牲，想要以自己的力量和阿萝完成同一件事吧。可怜天下父母心！小羽拥有阿萝的母爱和巫医的父爱，还有你的关爱，是很幸福的。"

毕舍遮喃喃自语："原来，巫医那家伙一直知道主人的选择。唉，那我就不用说了。不说也好，我也无法开口，一想到主人的死就难过得心都要碎了，还是继续心照不宣地过日子吧。"

离奴问："鬻狗，你打算跟巫医在古墓里过一辈子吗？"

毕舍遮一愣，说："这……按道理，主人去世后，我就自由了。可我放心不下少郎君，所以留下照顾少郎君。少郎君现在虽然性命保住了，但是还痴痴傻傻的，我也放心不下，还是继续留下来照顾少郎君吧。白姬大人，缥缈阁里有什么灵丹妙药或神仙法宝能治好我家少郎君的痴傻之症吗？"

白姬说："当然有。不过，我并不认为用外力强行治好小羽是一件好事。巫医医术精湛，又通鬼神，肯定有办法让小羽恢复神志。可是这些年来，他没有那么做。"

元曜忍不住问："为什么？"

白姬说："因为那样做实在是太残忍了。小羽是因为看见最爱的母亲葬身火海，精神上受到巨大的刺激，承受不了这个打击，才封闭了心灵，把自己保护起来。一旦清醒过来，小羽还得面对一个更难承受的现实——自己吃了母亲，才活了下来。这对小羽来说，太残忍了。"

毕舍遮难过地说："难道我家少郎君一辈子就这么痴傻着吗？"

白姬说："心病还须心药医。小羽封闭的心灵，还是由小羽自己打开比较好。时间是治愈心伤的良药，打开封闭的心灵也需要一个契机。小羽将来也许会康复。等小羽足够强大，能接受一切，并且能把沉重的悲伤化作活下去的力量，而不是人生的负累的时候，就可以打开封闭的心灵了。"

毕舍遮点点头。

"那我只能看天意，等那一天到来了。"

"对了……"白姬笑眯眯地说，"阿达，你们可能还要等一些客人。"

毕舍遮一愣，问："什么客人？巫医孤僻，没亲戚，没朋友。少郎君痴傻，也没朋友。我虽然有亲戚，但是为了照顾少郎君，很多年没来往了，不会有客人来拜访我们的。"

白姬笑道："仙族人。"

毕舍遮惊奇地问："仙族人？主人和少郎君的族人？当年主人和巫医到处找仙族人都找不到，现在仙族人为什么要来拜访我们？"

白姬说："因为你们种活了建木，'门'很快就会感应到建木的灵力，转移到邙山之中。仙族人逐'门'而居，迟早会跟随着'门'而来。"

毕舍遮心情复杂地说："有事找仙族人时找不到，没事了仙族人却自动找上门来了，我真不想招待仙族人。"

元曜急忙说："阿达老弟，这也不能怪仙族人，仙族人也只是遵循本能，跟随着'门'迁徙而已。只不过，机缘巧合，造化弄人，酿成了阿萝和巫医的悲剧。"

毕舍遮说："元公子说得对，我不该怪仙族人。仙族人好歹是主人和少郎君的族人，如果来了，我还是要热情招待的。少郎君与族人相逢，同根同源，血浓于水，说不定能够交到朋友，慢慢地心结也就打开了。白姬大人，仙族人什么时候来？"

白姬笑道："这可说不准，得看你们自己了。"

毕舍遮疑惑地问："什么意思？"

白姬笑道："如果你们尽心尽力，建木种得好，灵力充沛，'门'便能与建木互相感应，移动到建木扎根之处。仙族人就会跟着'门'迁徙而来。如果你们偷懒，建木种得不好，半死不活，灵气不足，就无法吸引'门'移动到邙山之中，那仙族人自然也就不会跟过来了。不过，'门'的移动除了取决于建木的灵力，还需要机缘，所以仙族人什么时候会来邙山真的很难说。"

毕舍遮说："虽然客人不知道什么时候会来，但我也得做好招待客人的准备，才能不失礼数。看来，我得在古墓之中清扫出几个大墓室，多囤积一些食物了。仙族人有多少啊？我该准备多少肉干才够招待他们？我回头问一问巫医，毕竟他在仙族待过，应该知道仙族有多少人。"

元曜一惊，说："阿达老弟，仙族人可能不吃腐肉干，你就不必费心准备了。等仙族人来了，你再来神都采购食物也不迟。"

毕舍遮说："元公子，市面上卖的那些吃的都不卫生，都不如我自己动手做的干净，我自己动手做的才吃得放心。"

"这……"元曜哭笑不得。

烈日高悬，夏风薰热，古井上腾起一缕缕若有似无的幽凉水汽。

离奴一边捣鼓香辛料，一边愁眉苦脸地说："最近，爷还是没有做菜的灵感，缥缈阁很少开火做饭，大多数时候吃书呆子出门买回来的食物。爷之前买的一条鳜鱼放在木桶里，因为没有做菜的灵感，都放臭了。还有野山猫和那个不能发财的师姐送来的十斤豆腐，也都放臭了。爷去邙山拜访鬣狗你，你做各种好吃的招待爷。今天你来缥缈阁了，爷好歹也得做点儿好吃的招待你，才是礼数。可是，爷还是不知道该做什么。"

毕舍遮一听，豪爽地说："今天我来缥缈阁了，还需要你下厨吗？黑猫，厨房借给我用一下。我下厨，做给你们吃。"

离奴说："那也行吧。鬣狗，你打算做什么菜？爷这就去集市买菜。"

毕舍遮笑道："你不用去买菜了。食材不是都有吗？放臭的鳜鱼、放臭的豆腐。嘿嘿嘿，把腐臭的东西做得鲜美可口，可是我们毕舍遮一族的拿手绝活！"

离奴有点儿疑惑地问:"腐臭的鳜鱼和豆腐真的能吃吗?"

毕舍遮拍着胸脯,说:"黑猫,相信我的厨艺。我保证你吃得停不下来。"

于是,离奴和毕舍遮一起去厨房做饭去了。

白姬、元曜面面相觑。

元曜担心地问:"白姬,这真的没有问题吗?我总觉得今天的晚饭会有一些不可描述的味道。"

白姬漫不经心地说:"轩之,多尝试一些不同的味道,也是一种难得的人生体验。"

元曜说:"可小生还是有些担心,万一吃坏了肚子……"

白姬笑道:"还有巫医呢!你若吃坏了肚子,去邙山把巫医请来就行了。"

元曜愁道:"用臭鳜鱼和臭豆腐做菜,我总觉得味道会很奇怪。"

白姬笑道:"也许,会是意外的美味,毕竟阿达的厨艺是得到离奴首肯的。要知道,离奴可是很难认可别人的厨艺的。阿达做出来的东西,不会难吃的。"

元曜忧心忡忡地说:"小生还是有点儿担心。"

白姬微微一笑,继续一边喝玉露茶,一边抬头欣赏天边的浮云。

过了一会儿,元曜问:"白姬,小生偶尔能去邙山之中拜访巫医和小羽吗?"

白姬笑道:"当然可以。不过,你之前不是很害怕邙山,不想去邙山吗?你为什么现在却想去邙山拜访巫医和小羽?"

元曜说:"小生想跟小羽做朋友。"

白姬问:"为什么呢?"

元曜说:"小生觉得小羽很可怜,也很孤单寂寞。在仙族人迁来之前,小生闲暇之余就多去陪陪小羽,跟小羽做朋友吧。小生可以跟小羽在邙山之中玩捉迷藏。"

白姬震惊地盯着元曜。

元曜问:"白姬,你为什么用这种眼神看小生?"

白姬笑道:"轩之,你还真是勇气可嘉,居然敢去邙山玩捉迷藏。离奴都不敢在邙山里玩捉迷藏。小羽所谓的'游戏',也只限于在有毕舍遮保护的古墓范围内玩。小羽可不敢在邙山之中跟人玩捉迷藏。"

元曜疑惑地问:"为什么?"

白姬诡秘一笑,说:"因为邙山中充满了未知的危险,你不知道会捉住什么,或者被什么捉住。现在,建木在邙山之中扎根,沟通天界和人间的'门'在缓缓打开。你说不定会不小心踩在'门'上,跌入另一个未知的世界之中。"

元曜震惊地说:"啊!那小生只去探望巫医和小羽,就不跟他玩捉迷藏了。"

"嘻嘻。"白姬诡笑。

元曜问:"白姬,小生有些好奇,你为什么要巫医和小羽在邙山之中种建木?"

白姬神秘一笑,说:"这是秘密,我不能告诉你。"

元曜气鼓鼓地喝了一口玉露茶,说:"你不想告诉小生,那就算了。"

白姬笑道:"不要生气,以后你就会知道了。"

元曜便不再生气了。

过了一会儿,白姬说:"轩之,把金谷酒收起来吧。以后我不再白天喝酒了。"

元曜问:"为什么?"

白姬说:"建木种下,以后我可就有得忙了。我不能白天酗酒,虚度光阴,耽误了正事。"

元曜欣慰地说:"太好了。白姬,你终于开始干正事了。不过,你的正事是什么呢?"

白姬掐腰,大声地说:"轩之,我打算做一个超级大魔王,成为天地八荒、三界六道之中最可怕、力量最强大的存在。"

元曜抽搐了一下嘴角,苦着脸说:"白姬,要不你还是继续喝金谷酒吧。"

白姬笑道:"不喝了,我真要做正事了。不过,我今天倒是可以再喝一坛。阿达做的腐臭鳜鱼和腐臭豆腐,配上金谷酒,应该会更美味。"

元曜皱着眉头,说:"那种东西,小生想象一下,就知道是不可能美味的。"

白姬笑道:"唉,轩之,你的想象力还是不太行呢。美不美味,等晚饭时吃了,我们就知道了。哎呀,我的肚子好饿呀!"

元曜说:"小生也饿了。阿达和离奴老弟正在做晚饭呢。再等一等,我们就可以吃了。"

白姬、元曜一起托腮，歪头望向厨房的方向，期待着晚饭快点儿做好。此时，厨房里响起了锅碗瓢盆碰撞的声音，飘来一阵阵难以描述的复杂的香味。

　　古井边，毕舍遮洗好后晾晒在簸箕里的仙草叶被夏风卷起，一片绿叶跟随着轻风飘荡飞舞，仿佛在诉说着某种深刻的爱意。

　　当仙草叶落在七宝莲花池上的一刹那，莲池仿佛感应到了其中凝聚的情感，蓝莲花缓缓地变成了绿色。

　　一阵夏风吹来，碧草低伏，绿莲摇曳。

　　仲夏又到了。

第四折 青玉飞凤匣

第一章　楔　子

夏朝，斟鄩。

春日，桃花盛开。

粉红色的桃花如一团团梦幻的云霞，一阵春风吹过，落下了漫天花雨，芬菲烂漫，妩媚妍丽。

皇宫之内，太庙之中，正在举行一场祭祀。

帝王身穿有着龙形图案的衮衣，冠冕以金衡固定，脚踏赤舃，手执玉琏，对着祭台跪拜。

文武百官皆穿着庄严的正装，跪在帝王的身后，肃静无声。

宗庙之祭，藏礼于器。

祭台周围，专司祭礼的祭司们手执各种器具呈三列排开。这些器具有玉璧、玉圭、玉琮、玉璜、玉璋、玉琥，这六种重要的礼器又名"六瑞"。此外，还有彩垫、鼙革、金觥等，其中有一个青玉飞凤匜[①]和一个白玉狐花盘。

帝王为了表示祭天的诚心，会亲自向上天呈上供奉的祭品；而呈上贡品之前必须先净手。

一名年长的祭司捧着青玉飞凤匜，另一个年轻的祭司捧着白玉狐花盘。

年长的祭司从青玉飞凤匜中倾倒出汩汩清水，清水流下，净涤帝王的双手。

清水顺着帝王的双手流下，落入白玉狐花盘中。

等帝王洗净双手后，一名祭司恭恭敬敬地用金盘端上来一樽浊酒。

帝王看见浊酒，脸色有些不悦，但是又勉强忍下了。

---

① 匜（yí），古代盥（guàn）洗时舀水用的器具。其形状像瓢。

今年，过国①没有按时上供滤酒的青茅草，所以祭天用的酒液无法过滤，只能用浊酒。而用浊酒祭天不符合祭祀的礼数，是比较敷衍的行为。

帝王又想起了过国的国君野心勃勃，并不安分。根据暗探的奏报，过国从去年夏天开始就偷偷地冶炼了许多兵器，暗中蓄积军事力量。

过国今春没有按照以往的常例上贡青茅草，可以说是一种无言的挑衅，意味着某种不祥的兵祸征兆。

念及此，帝王不由得皱起了眉头。

桃花纷飞中，祭天的仪式按部就班地进行着。

不远处，一棵高过宫墙的桃花树上坐着一名眉清目秀的少年和一名豆蔻年华的少女。

少年穿着一身青衣，容颜俊秀，斜飞入鬓的眉毛下有一双细长的凤目。他的气质如昆仑美玉，散发着淡淡的华彩。

少女穿着一身白衣，墨发如同润泽的黑玉，皮肤细腻如瓷器。她如琼树一枝，又似冰山之巅的积雪，气质清冷绝尘。

少年笑道："小狐，人类的祭祀过程真是烦琐呀，不过我看着觉得挺有趣的。"

少女轻轻地说："小凤，今年过国没有进贡青茅草，这可不是一个好兆头。王都之中，可能会有兵祸。"

小凤说："人类有兵祸，跟我们也没有什么关系。"

小狐说："那还是有关系的。"

小凤想了想，说："你是指一旦有兵祸，皇宫之中就不会举行祭祀活动，我们就没办法这样肩并肩地坐在一起看祭天典礼了？"

小狐皱起了眉头，说："一旦有了兵祸，我们很可能就要分开了。"

小凤眼神顿时黯淡了。

"小狐，我不想和你分开。如果看不见你，我会觉得很寂寞。"

小狐望着不远处祭天的人群，盯着帝王手中洒下的那樽浊酒，也陷入了隐隐的担忧和悲伤。

小凤想了想，说："有了。小狐，如果发生兵祸，我们分开了，那我们

---

① 过国，过国是夏朝早期在莱州的封国，也是胶东地区建立的年代较早的封国。过国故址在今山东省莱州城北过西镇东，后为夏帝杼所灭。

就去寻找对方吧。"

小狐有些疑虑，又有些忧伤地说："可是……我们真的能够去寻找对方吗？我们甚至没有办法自由行动。"

小凤望着小狐，眼神坚定地说："只要有想要相见的愿望，并且付诸行动，无论天涯海角，还是碧落黄泉，我们都一定会相见的。"

小狐还是不确定，担忧地问："我们真的能够相见吗？"

一阵春风吹过，桃花纷飞，花瓣飘过小凤和小狐携手并肩而坐的身影，飞到了祭天的人群之中。

粉红色的花瓣被春风卷起一阵细小的旋涡，绕过了手持祭天器物的祭司们，落在他们手中的青玉飞凤匜和白玉狐花盘上。

小凤说："一定可以的。如果我们分开了，无论相隔多远，我一定会去找你的，小狐。"

小狐脸上阴霾散去，露出了笑容，说："嗯，小凤，我也会去找你的。"

小凤和小狐相视而笑，两个人脸上的明媚笑容在春日暖阳的映照之下熠熠生辉。

"如果分开了，我们一定要去寻找对方，直到找到为止。"

"那么，我们就这么约定好了。"

"一言为定。"

"一言为定。"

第二章　歧　鸣

春分时节，一候玄鸟至，二候雷乃发声，三候始电。此时正是一候玄鸟飞回的时节。神都之中，桃花盛开，春暖燕归。

南市，缥缈阁。

昨夜下了一场春雨，雨水随风潜入夜。

今天廊檐下的回廊上有一些雨痕，雨痕中夹杂着一些泥土、落叶、残花。

元曜看不下去，就挽起衣袖，打了一桶井水，拿了一块抹布开始擦洗回廊。

离奴蹲在大厅的柜台上,一边吃香鱼干,一边看店。

白姬闲来无事,便站在廊檐下,抬头欣赏春燕飞舞。

三三两两的燕子在攀爬于院墙的紫藤上低飞徘徊。它们灵动可爱,用剪刀似的尾羽裁剪着明媚的春风。

元曜擦地经过白姬的脚边时,说:"白姬,你能抬一下脚吗?"

白姬笑着飘了起来。

"当然可以。轩之,你真勤劳呀!"

元曜说:"反正缥缈阁最近没什么生意,小生没有账目可记,闲着也是闲着,就擦一擦地板吧。"

白姬笑道:"那你顺便把店面、里间、仓库、杂物间,还有我的房间的地板都擦了吧。"

元曜问:"为什么?"

白姬笑眯眯地说:"因为你闲着也是闲着呀。"

元曜拉长了苦瓜脸,说:"行。"

白姬飘在半空中,继续悠闲地观看春日的燕雀翩飞于花间。

元曜则挥汗如雨地埋头擦洗地板。

突然,一只紫鸟从天边飞来,发出了一声嘹亮的嘶鸣,拖曳着华丽而飘逸的尾羽飞进了缥缈阁里。

埋头擦地的元曜听见鸟鸣声,抬头一看,便看见了一只长得很像凤凰,但是只有喜鹊一般大小的紫鸟在后院上空盘旋了一圈,然后收敛了双翅,停在了七宝莲花池之畔。

元曜一愣,不知道这是什么鸟,也不知道它来缥缈阁干什么。

白姬一看见紫鸟,便笑了。白姬从半空中飘了下来,缓步走下回廊,走向了庭院中的草丛。

"岐鸣,你怎么来了?真是稀客啊!"

那紫鸟口吐人言,是一个浑厚的男声。

"白姬大人,好久不见,今天我来缥缈阁是为了……唉,这个事情说来话长。"

白姬沉吟了一下,问:"是凰后让你来的吗?"

岐鸣点点头。

白姬笑道:"那就请进里间喝一杯茶,你再慢慢地说吧。"

岐鸣又说:"其实,凤王也有话让我带给您。"

白姬说:"那你就在这儿说吧。反正凤王那家伙也不会有什么好话,凤王说的话我一向不爱听。"

岐鸣抖了抖翅膀,有些为难的样子。

元曜见气氛有些尴尬,便打圆场:"白姬,紫鸟兄远来是客,不管紫鸟带来的是谁的话,茶还是要喝的。我们不能待客不周,有失礼仪。"

岐鸣望了元曜一眼,又望了一眼七宝莲花池里的水,说:"这倒也不必麻烦了。我本来就不爱喝人间的混浊的茶水。这七宝莲花池里的水倒是十分清澈,我就喝它了。"

白姬笑道:"岐鸣,你来缥缈阁究竟有什么事?"

岐鸣低头喝了一口七宝莲花池里的水,才说:"白姬大人,这件事情与凤炽少主有关。"

凤炽是凤王和凰后的儿子,是一只白色的凤凰。

白姬疑惑地问:"凤炽怎么了?"

岐鸣露出为难的神色,张了张嘴,似乎有很多话想说,却又不知道该怎么说。

最后,岐鸣还是开口了:"白姬大人,凤炽少主来神都了。事情是这样的……

"凤王和凰后成婚多年只有一个孩子,就是凤炽。凤王和凰后将唯一的儿子凤炽视如掌上明珠,对他一直非常溺爱。这导致凤炽长大成人后依然保持善良、天真烂漫的本性,不知人情世事,同时十分任性妄为,我行我素。

"等凤炽长大之后,凤王才意识到凤炽将来是要继承自己的王位,承担起作为王者的重担和责任,成为统领大局的百鸟之王的。于是凤王转换了态度,突然从慈父变成了严父,严加管教起凤炽,而且总是干涉凤炽的自由。因为凤王的态度转变得太大,而凤炽早已养成任性妄为、我行我素的性格,所以父子俩之间的矛盾很大。幸亏有温柔聪慧的凰后居中调停,缓和父子关系。

"时光飞逝,岁月如梭,凤炽已经到了婚配的年龄。凤王出于政治联姻考虑,选择了青鸾族的长公主作为凤炽的妻子。凤炽见过青鸾族的长公主,并不喜欢青鸾,觉得青鸾与自己并不合适,不想和青鸾结为夫妻。在凤炽看来,与自己不喜欢的青鸾结为夫妻,强行在一起,对彼此是一种伤害。凤炽拒绝了这场联姻。可凤王不顾凤炽反对,执意要凤炽与青鸾族长公主联姻。凤炽十分反感凤王的强硬态度,坚决不同意联姻。凤王却认为儿子任性妄为,不顾大局,一定要他听从自己的安排,于是父子二人之间又起了矛盾。凰后见丈夫与儿子各持己见，互不妥协，心中十分为难，不知道该怎么调和劝解。"

岐鸣说到这儿，突然不再说话，陷入了沉默。

白姬和元曜听到一半，都心中好奇，不知道联姻这件事情后来怎么样了。

白姬问："岐鸣，后来呢？你刚才说凤炽来神都了，凤炽是不是不愿意联姻，所以背着凤王偷偷地跑出了火焰岛，逃来了神都？"

岐鸣摇头说："不……不，白姬大人，凤炽少主不是偷偷跑来神都的，是光明正大地来的。凤王和凰后都知道凤炽来神都了。"

元曜忍不住问："那联姻的事情呢，后续怎么样了？"

白姬笑道："轩之，既然凤炽都跑来神都了，那联姻的事情肯定黄了啊！"

岐鸣说："联姻的事情倒是还没黄，不过暂时悬着。"

元曜好奇地问："这是什么意思？"

岐鸣叹了一口气，说："唉，我不知道该怎么说，因为我也不知道凤炽少主身上发生了什么事。凤炽少主赌气不肯联姻，凤王非要凤炽联姻，父子俩一直在闹矛盾。凤炽少主的一个朋友在月老手下当差，就建议凤炽去问一问月老，想办法求月老告知凤炽的婚配姻缘。如果姻缘簿上凤炽和青鸾公主没有缘分，那凤炽正好可以以姻缘簿上没有记载，那就是没有夫妻缘分为由，让凤王打消与青鸾族联姻的念头。于是，凤炽少主就去了清净天都罗山风月姻缘之地见了月老。谁也不知道发生了什么事，凤炽少主从月老那儿回来之后就跟中了邪一样，说自己前世是一个洗手用的瓢，并且要去找一个洗手用的盘子。"

白姬和元曜都听得一头雾水。

岐鸣看见白姬和元曜迷茫的表情，知道他们肯定没有听懂自己的话。其实岐鸣自己也没弄清楚凤炽身上究竟发生了什么事，自然说不清楚。

于是，岐鸣说："我也说不清楚是怎么回事，总之凤炽少主执意要找洗手用的盘子，认为盘子极可能在人间，就来到了神都。凤炽少主是第一次来人间。凤王和凰后都不放心凤炽少主，就派我跟着凤炽少主，好歹有个照应。另外，凤王和凰后都叮嘱我到了人间后一定要找您，毕竟人间险恶，妖鬼横行，凤炽少主又不谙世事，恐怕会闯祸，又或者年少气盛，不知天外有天，人外有人，被恐怖邪恶的大妖吃掉。白姬大人，请您看在曾经凰后跟您有一段师徒情谊的分儿上，务必帮着照顾一下凤炽少主。至于洗手瓢和洗手盘的事情，您还是见到凤炽少主后亲自问他吧。"

元曜好奇地问:"白姬,凰后跟你还有师徒之谊?"

白姬笑道:"是的。凰后是世界上最美丽的凰鸟,不仅美丽,还十分温柔,更拥有高贵典雅的仪态和贤良淑德的品质。不瞒你说,我刚来人间道收集因果时,除了性别是女性,其他的都不太像人类女性。因为言谈举止不太像女性,所以那时候我经常以'龙公子'的模样示人。幸好,当时我遇见了凰后。我被凰后高贵典雅的淑女气质吸引,就跟着凰后学习怎么做一个优雅温婉的女性。凰后耐心地教会了我淑女该有的言谈举止,打磨我的气质,还教会了我女红。凰后的刺绣技艺天下第一,我的针线技术都是凰后教的。虽然我不太有耐心,对于刺绣也没什么兴趣,只学到凰后刺绣技艺的一点儿皮毛,但是已经很不错了。"

元曜吃惊地张大了嘴巴,说:"白姬,你学针线活就罢了,毕竟是一门技术,需要学习。但是,做女性你还需要学习吗?"

白姬转了一个圈,摆出一个优雅的姿态,以袖掩唇,笑道:"轩之,做淑女当然也是需要学习的呀。你看看我,跟凰后学习了言谈举止之后,就逐渐变成了一个高贵典雅、仪态万千的女性。自从学会了女性的优雅仪态,培养了温婉的气质,我就很少伪装成'龙公子',更喜欢以'白姬'的面貌示人了。"

高贵典雅?仪态万千?这龙妖也太自恋了,自夸都不脸红。元曜嘴角抽搐,在心中说。

白姬问岐鸣:"那么,凤炽现在在哪儿呢?"

岐鸣一听,垂下了鸟头,哭了。

"问题就出在这儿。凤王和凰后派我来照应凤炽少主,可是……可是我不常出远门,更很少来人间道走动,一个不注意,就把凤炽少主跟丢了。我不知道凤炽少主现在在哪里。白姬大人,这神都是您的地盘,请您帮我找一找凤炽少主。"

第三章　寻　凤

白姬问:"岐鸣,凤炽是怎么不见的?"

岐鸣愁眉苦脸地说："白姬大人，跟着凤炽少主来到神都之后，我本想按照凤王和凰后的吩咐来缥缈阁找您。但是，凤炽少主年少贪玩，认为如果找您的话，您会管束凤炽少主，甚至还会劝凤炽少主回火焰岛。凤炽少主借口说先熟悉一下神都，再来缥缈阁找您，我拗不过他，只好同意了。我们俩就在定鼎门附近的明教坊找了一家客栈住下了。

"凤炽少主每天在洛阳城里闲逛，寻找洗手盘子。哪儿人多，凤炽少主就去哪儿。我就在后面跟着凤炽少主。三天前，凤炽少主带着我在铜驼陌转悠，那天阳光特别好，景色十分美，游人也很多。洛阳春风扬春柳，铜驼陌上桃花红，洛水边种了许多桃树，花团锦簇，如锦似霞。凤炽少主在洛水边看桃花纷飞，看得竟有些痴了。我当时肚子很饿，想着凤炽少主出门了一天肚子也该饿了，就叮嘱凤炽少主站着不要动，我去旁边的北市买一些吃的。凤炽少主欣赏风景，我去北市买吃的，我本想着不会有什么事。然而，等我从北市买了吃的回去，凤炽少主就不见了。

"我当时倒也没有着急，还以为凤炽少主只是贪看洛河畔的风景，不知不觉地走远了。等凤炽少主游玩赏景尽兴之后，肯定会回来找我或者直接回客栈。谁知，凤炽少主就此失踪了，连我们俩住的客栈都没回。这都三天了，我在铜驼陌四处打听，也没有凤炽少主的消息。神都中有很多可怕的大妖怪，我很担心凤炽少主的安危。白姬大人，请您一定要帮我找到凤炽少主。"

白姬说："岐鸣，你先别急，我去帮你打听一下。想必是凤炽初来人间，比较贪玩，跑去哪里玩耍，乐不思蜀了。哎呀，时间过得真快，我跟着凰后学习如何做一名举止优雅的女性时，凰后还没跟凤王成亲呢。不知不觉，凤炽都已经长大了。"

岐鸣说："唉，希望凤炽少主平安无事。白姬大人，凤王和凰后分别私下让我传话给您。他们共同的嘱托是希望凤炽少主在洛阳的日子里，您能照顾凤炽少主，不要让凤炽少主遇见危险。"

白姬笑道："这是当然。凤炽是凰后的孩子，我肯定会用心照顾的。"

元曜好奇地问："分别私下传话？难道凤王和凰后还有不一样的嘱托吗？"

岐鸣犹豫了一下，说："凤王和凰后确实有不一样的嘱托。白姬大人，凤王希望您不要帮着凤炽少主找什么盘子，让凤炽少主在人间任性一阵子，等凤炽少主死心之后，就让凤炽少主回火焰岛，跟青鸾族联姻。凰后的嘱托是请您尽量帮助凤炽少主，实现他的心愿，毕竟做母亲的总是希望孩子快乐，在婚姻大事上得到凤炽少主想要的幸福。"

元曜一头雾水地问岐鸣："凤炽少主为什么要找一个盘子？难道凤炽少主想跟一个盘子成亲？"

岐鸣愁眉苦脸地说："我也不清楚。我跟着凤炽少主找了这么久，只知道凤炽少主认为那盘子跟凤炽少主有什么前世之约，是凤炽少主此生一定要找到的。"

元曜心中有很多疑问，却又不知道该从何问起。

白姬笑道："轩之，你别管什么盘子、桌子、凳子了。我们要助人为乐，凤炽想要什么，我们就尽量帮凤炽找到。"

元曜惊奇地问："白姬，你什么时候变得乐于助人了？"

白姬笑眯眯地说："凤王是一个讨厌的家伙。凤王总是介意龙凤在世人眼中的排名。凤王位列仙班，住在玉清天上，而我还是一个被放逐人间的妖，每次遇见，凤王都得挑衅嘲弄我一番。我帮助凤炽找盘子能让凤王不快乐，而凤王不快乐，我就快乐了。所以，帮助凤炽是一件令我很快乐的事情呢。"

元曜嘴角抽搐地说："白姬，助人为乐可不是这么理解的。"

岐鸣小声地说："白姬大人，助人为乐的事情先放在一边，当务之急是先把凤炽少主找到。"

白姬笑道："行。事不宜迟，我这就出门打听打听。岐鸣，你是待在缥缈阁里休息，还是跟我一起去打听凤炽的消息？"

岐鸣拍了拍翅膀，说："凤炽少主不见踪影，我现在心急火燎，根本坐不住。白姬大人，就让我跟您一起去打听消息吧。"

白姬笑道："那就走吧。"

元曜问："白姬，需要小生跟你一起去吗？"

白姬笑道："不用了。我只是去找朋友问一问消息而已，不需要你跟着，你还是留在缥缈阁里擦地板吧。你可不要偷懒哟！"

"好吧。"元曜继续埋头擦洗地板。

白姬和岐鸣一起离开了缥缈阁，去打探消息了。

元曜勤劳地擦洗地板，一直忙活到中午。

离奴做了简单的午饭，叫了元曜一起吃。

吃完午饭，离奴打算午睡，就吩咐元曜去集市买鱼。元曜因为大厅的地板还没有擦，不同意去，就和离奴争执了起来。

"爷只不过让你去买鱼,你就推三阻四。书呆子,你不要一天到晚只知道偷懒不干活!"离奴蹲在柜台上,颐指气使地说。

元曜放下水桶,挽起了衣袖,说:"离奴老弟,小生还得擦地板呢,没有时间替你去跑腿。集市又不远,你自己去一趟吧。"

离奴说:"呸!什么没时间,刚才叫你吃午饭,你放下抹布,来得比谁都快,也没见你忙着擦地板没时间吃饭呀。"

元曜说:"离奴老弟,吃饭是不一样的,吃饭的时间我还是有的。"

离奴掐腰,说:"吃饭有时间,去买菜你就没时间了?哼,死书呆子,爷看你就是想偷懒。"

元曜争辩:"离奴老弟,小生没有偷懒。"

"那你就去集市买鱼!"

"离奴老弟,小生要擦地板,没有时间去。"

…………

当元曜和离奴正在大厅里你一言我一语地争执时,一只小红狐狸和一只白色小狐狸一起走进了缥缈阁里。

小红狐狸嘴里还叼着一只柳条编织的篮子,篮子里放了一些新鲜的野菜,有春笋、芦芽、春韭,还有少许野果,比如樱桃和春莓果。

两只小狐狸看见正在争执的黑猫和小书生,一时间都愣住了,不知道发生了什么事,也不知道自己该不该退出缥缈阁。

离奴眼尖,看见了两只狐狸。

"哎,臭狐狸,你又来缥缈阁做什么?"离奴不高兴地问。

元曜回头,看见了小红狐狸和白色小狐狸,顿时笑了。

"十三郎,你又来神都了,今天怎么有空来缥缈阁玩?"

小红狐狸放下柳条篮子,并爪坐好,说:"某又奉父亲大人之命来洛阳探望姑姑了,这次还要在姑姑家里住一阵子呢。"

胡十三郎的姑姑心月狐夫人住在洛阳的鬼市,经营着一家乐坊——心月楼。心月狐夫人因为曾经的情感经历患有心病。老狐王不放心义妹,偶尔会派儿子胡十三郎来洛阳探望一下。

上一次,心月狐夫人患病是在极乐书事件中。因为灭秽的执念,心月狐夫人被心魔所困,成为被灭秽操纵的帮凶,售卖极乐散和极乐宴的入场券,导致很多无辜的人惨死。

想起这件事,元曜就心中后怕,颤声问:"十三郎,难道心月狐夫人又病了?"

小红狐狸摇头说:"没有,没有,这次姑姑没有生病。"

元曜松了一口气,说:"心月狐夫人没病就好。"

小红狐狸礼貌地说:"春日风暖,万物蓬勃,鬼市附近的田野和森林里的野菜野果长得很好,某采摘了一些送来缥缈阁,给白姬和元公子……还有某只厨艺很糟糕的臭黑猫尝尝鲜。"

离奴一听,大怒:"臭狐狸,你说谁的厨艺糟糕?"

小红狐狸说:"谁生气,那我就是说谁。"

离奴一听,一跃而起,说:"书呆子,爷去买鱼了。"

元曜本想感谢胡十三郎送野菜野果的好意,听离奴突然说要去买菜,一时间忘了跟胡十三郎道谢,问:"离奴老弟,你怎么突然自己要去买菜了?"

离奴飞速地从柜台上的陶罐里拿了一吊钱,一溜烟儿跑了。

离奴的声音远远地从缥缈阁外的死巷子里传来。

"爷今晚露一手,展示一下精湛的厨艺,给这两只乡下来的狐狸开开眼界,让这两只狐狸知道什么叫珍馐佳肴。书呆子,你看住这两只狐狸,千万别让这两只狐狸跑了。"

小红狐狸和白色小狐狸坐在原地,面面相觑。

白色小狐狸既震惊又恐慌。

小红狐狸以爪揉脸,安慰白色小狐狸,说:"阿锦,你别害怕!那只黑猫是在留我们吃晚饭呢!大不了今天我们晚一点儿回鬼市。"

元曜也急忙打圆场:"对对对,离奴老弟这是在留你们吃晚饭呢!离奴老弟就是不太会说话,其实心肠很好的,也十分热情好客。十三郎,这位是……?"

和胡十三郎一起来缥缈阁的白色小狐狸元曜从没见过,但见白色小狐狸体态轻盈,毛色似雪,长得十分秀气,眼神明亮而坚毅。

胡十三郎双爪并拢,说:"啊,某失礼了,被那只黑猫一打岔,忘了先介绍。元公子,这是某的妹妹,家中排行十九,名叫阿锦。阿锦,这是缥缈阁的元公子。"

胡阿锦微微颔首,发出了银铃般的声音:"元公子好。"

元曜急忙作了一揖,说:"阿锦姑娘好。十三郎、阿锦姑娘,请里间坐。"

胡阿锦问:"元公子,请问白姬在不在?"

胡十三郎说:"元公子,其实我们今天来缥缈阁是有一件事情想拜托白姬。"

元曜说:"白姬上午出门办事去了,还没回来。一般来说,吃晚饭时白姬会回来。你们且在里间稍坐,喝茶休息一下。"

元曜将两只小狐狸让进里间,请两只小狐狸坐下,又去厨房烧水沏茶,切瓜果招待两只小狐狸。

胡阿锦看见里间的多宝槅上放着一些佛经,有些感兴趣,征得元曜的同意后,便拿了一卷佛经,坐在临窗的蒲团上,认真地读了起来。

胡十三郎把一篮子野菜野果拿进了厨房里,打了井水,将樱桃和春莓果小心翼翼地清洗干净,用琥珀盘装着,端去里间。

元曜继续擦洗地板。

胡十三郎不忍心看着元曜独自忙碌,自己又曾经在缥缈阁里干过杂活,便主动帮他擦地。

元曜推却不过热心勤劳的小狐狸,一人一狐便一起擦洗大厅的地板。

小书生和小狐狸一边干活,一边闲聊。

"十三郎,阿锦姑娘真的是你的妹妹吗?我以前怎么没有听说过阿锦姑娘,也没有在狐谷见过阿锦姑娘呢?"元曜问。

狐骨酒事件中,白姬和元曜在翠华山的九尾狐之谷住过一阵子,当时几乎见过九尾狐王家的所有成员,却没有见过胡阿锦。

胡十三郎说:"元公子,阿锦当然是某的妹妹呀。不过,某和阿锦不是一母所生。但是这也没什么,某一直很喜欢阿锦,也努力做一个关心妹妹、疼爱妹妹的好哥哥。阿锦经常去外祖母家里住,不常留在翠华山的狐谷。阿锦的外祖母是玄天狐一族的家主,被大家称为'无生老祖'。阿锦的母亲去世得早,无生老祖特别疼爱阿锦,常常要阿锦去新月涯陪伴自己。千年狐会的时候,正值无生老祖生病,阿锦就留在新月涯照顾外祖母,没有回翠华山的狐谷参加千年狐会,所以你没有见过阿锦。"

元曜说:"原来如此。不过,当时狐谷一团乱,还十分危险,阿锦姑娘不在也是很好的。"

胡十三郎点点头,说:"幸好当时阿锦不在。阿锦从小就很聪明,而且正义感很强,十分勇敢。阿锦如果当时在狐谷的话,肯定第一个冲上酒窖山崖跟九头狐妖作战,那就危险了。"

元曜笑道:"聪明勇敢,正义感强,阿锦姑娘和十三郎很像呢!"

胡十三郎一听元曜夸奖自己顿时脸红了,疯狂地揉脸,说:"这……这……这……元公子,某和聪明勇敢还差得远呢,正义感也需要提高,因为某有时候也挺胆小的。"

元曜笑了,问:"十三郎,你和阿锦姑娘找白姬有什么事情呢?"

胡十三郎的脸色一下子变得有些苍白,眼神也黯淡了一些。

沉默了一会儿,胡十三郎才说:"阿锦有一个朋友,叫若草,若草最近遇到了糟糕的事情,阿锦想帮助若草。其实,某也很想帮若草,可是某能力太弱,正义感也不够强,不敢违抗规矩。"

"啊?十三郎,那究竟是怎么一回事啊?"元曜停止擦地,好奇地问。

第四章　阿　锦

胡十三郎叹了一口气,说:"事情是这样的。这次,某和阿锦一起来神都探望心月狐姑姑,就在心月楼住下了。阿锦在心月楼交了一个朋友,叫若草。若草也是狐妖,在心月楼里当艺伎,性格温柔,擅长弹箜篌,很受大家欢迎。元公子,你知不知道鬼市幽都的魔尊波旬?"

元曜一听,急忙摇头,说:"鬼市地下有一座幽都,这个小生知道。但是,小生不知道魔尊波旬。魔尊波旬是什么?"

胡十三郎若有所思地说:"看来,白姬和那只臭黑猫没有告诉元公子……嗯,白姬和臭黑猫估计是关心元公子,不希望纯善的元公子看见神都之中恐怖邪恶的一面吧。"

这时,离奴正好买菜回来了。离奴拎着一条大草鱼,抓着一把香茅草,怀里还抱着一些青葱、绿蒜、香菜。

离奴正好听见胡十三郎的话,立马接茬儿:"狐狸,你说错了,不是爷和主人不想让书呆子看见神都之中恐怖邪恶的一面,而是那个魔尊波旬就没什么好说的。就魔尊波旬那点儿道行,给我的主人提鞋子都不配。"

胡十三郎说:"臭黑猫,你快别吹牛了。哪次看见魔尊波旬,你不吓得瑟瑟发抖、夹着尾巴逃跑?强大如白姬,都不会去招惹魔尊波旬,魔尊波旬可是东都西京之中唯一不参加恶妖之宴的大恶妖。而且,当年,鬼市也有一个缥缈阁,白姬和魔尊波旬争夺鬼市的地下幽都,约战邙山下,结果白姬没有按时赴约。从此,幽都就成了魔尊波旬的巢穴,缥缈阁也从鬼市消失了。"

离奴顿时不说话了。

元曜有些震惊,急忙问:"离奴老弟,白姬当年为什么没有按时赴约?魔尊波旬真的那么可怕吗?"

离奴大声地呵斥:"书呆子,你问这些陈年破事做什么?主人当时睡过头了,又懒得梳洗出门,就干脆不去了。"

离奴声音虽然大,但是外强中干,有些底气不足。

元曜觉得当时白姬没有按时赴约肯定不是因为睡过头又懒得梳洗,这个理由实在荒诞。他决定回头闲聊时问一问白姬本人。

胡十三郎说:"元公子,这只臭黑猫嘴里就没有半句实话,还是某来给你解释魔尊波旬是什么人吧。魔尊波旬是天魔之祖,恶中之恶,魔中之魔。据说佛祖得道成佛之前,魔尊波旬常常追逐佛祖及其众弟子,扰乱他们修行,想阻止他们修成正果。魔尊波旬一直与佛祖作对,后来就发生了佛魔大战。佛魔大战之后,魔尊波旬被佛光困在六欲顶的魔天宫里,从此无法带领一堆魔众行走于人世间,惑乱人心,直到天地大战发生。天地大战之后,笼罩在六欲顶魔天宫的佛光消失了,魔尊波旬重获自由,能够继续行走于人世间,蛊惑人心,无恶不作。不知道为什么,魔尊波旬最近居然来到了洛阳,盘踞在鬼市幽都,不回六欲顶了。自从魔尊波旬盘踞在鬼市幽都后,东都西京的非人都遭殃了。很早以前,因为魔尊波旬是外来的非人,又无恶不作,十分猖狂,大家就联手讨伐魔尊波旬,希望把魔尊波旬赶走,但是都敌不过魔尊波旬,反抗魔尊波旬的大妖怪都被魔尊波旬杀了。本来大家还寄希望于白姬,希望白姬能赶走魔尊波旬,可是白姬当时不仅不赴战约,还连夜把缥缈阁搬离了鬼市……没办法,大家只能任由魔尊波旬为非作歹,忍受魔尊波旬的欺凌压迫。有些邪恶的大妖怪甚至还投靠了魔尊波旬,成为魔尊波旬的义弟或下属,为虎作伥,助纣为虐。"

离奴一听,急忙说:"臭狐狸,你别听信谣言乱说话!主人和爷当年哪有连夜把缥缈阁搬离鬼市?我们明明花了七天时间才搬完。还有,主人在和那个大魔头约战之前就已经决定搬迁缥缈阁,因为缥缈阁是收集众生欲望因果的,众生之中人的数量最多,缥缈阁开在鬼市不如开在人市,那样才能收集到更多的因果。主人还花重金请玄武起了一卦,算好了从鬼市搬迁走缥缈阁的吉时,谁知迁店的吉时恰好是约战的那天晚上。爷说的都是实话,不信的话,你可以去曲江池畔向玄武求证。也不知道是哪个缺德的长舌妖怪乱嚼舌头,说主人不敢赴战约,还连夜搬迁缥缈阁,说得好像主人怕了那个大魔头似的。"

元曜、胡十三郎沉默。

过了一会儿,胡十三郎又说:"白姬和魔尊波旬究竟谁更强大一些,在东都西京的非人看来仍是一个未解之谜。争夺鬼市幽都事件后,白姬和魔尊波旬就再也没有发生过冲突。白姬从来不去招惹魔尊波旬,除非有必要。白姬甚至很少踏足鬼市幽都。魔尊波旬也一直不与白姬起冲突。坊间传言,魔尊波旬的手下有一些恶妖,因为曾经被白姬欺负过,在东都西京待不住了,就躲进了鬼市地下,投靠了魔尊波旬。这些恶妖报复心很重,也居心不良,妄图挑拨魔尊波旬和白姬起争端。结果,凡是想引起魔尊波旬和白姬争端的恶妖,都被魔尊波旬给杀了。渐渐地,恶妖们就知道在魔尊波旬跟前是不能提白姬的。谁提了,都得死。白姬的名字,就是鬼市幽都的禁忌。久而久之,就形成了如今的局面——恶鬼们既害怕魔尊波旬,又忌惮白姬。比如恶鬼道的鬼王,是魔尊波旬的义弟之一,鬼王既害怕义兄魔尊波旬,又忌惮白姬。"

元曜震惊地说:"啊?鬼王居然是魔尊波旬的义弟?!"

离奴撇嘴,说:"是的。那个大魔头有两个爱好,一个是娶老婆,另一个是收义弟。魔尊波旬有一大堆义弟呢!魔尊波旬的义弟们都不是什么好东西。"

元曜更震惊了。

胡十三郎揉脸,解释说:"魔尊波旬收义弟是为了壮大自己的恶势力,所以只收鬼王那种大恶妖做义弟。但是,魔尊波旬娶新娘……某都不知道该怎么说了。魔尊波旬每隔十年要娶一个新娘。魔尊波旬的新娘都很可怜……元公子,某这次就是为了魔尊波旬娶新娘的事情来恳求白姬帮忙的。"

离奴一听,急了,说:"臭狐狸,你快别给我家主人找麻烦事了。魔尊波旬娶老婆是魔尊波旬的家事,就算娶一万个老婆也是魔尊波旬的事情,魔尊波旬的老婆再可怜也跟缥缈阁没关系。我们是不会管的。"

元曜听得一头雾水。

"十三郎,小生不太明白,魔尊波旬的新娘子为什么可怜?难道那些新娘子并非自愿,都是被强迫的吗?"

胡十三郎正要解释,胡阿锦不知道什么时候拿着佛经从里间走了出来。

胡阿锦说:"哥哥,还是我来说吧。元公子,魔尊波旬娶妻并不是人们认为的婚嫁,不存在感情。说白了,新娘是魔尊波旬的祭品。魔尊波旬会在新婚之夜杀死新娘，吞噬新娘的灵魂。每隔十年，鬼市就得给魔尊波旬献祭一位年轻貌美的女子，作为魔尊波旬的新娘，被魔尊波旬享用。

"今年又是献祭之年，轮到心月楼献上祭品。心月狐姑姑按照多年来执行的规矩，用抓阄的方式在心月楼众年轻貌美的艺伎之中选择新娘。看上天的意思，谁抓中了写着'新娘'二字的纸团，那就是谁去赴死。若草十分不走运，抓中了。若草十分悲伤、恐惧、绝望。我看不下去，就劝若草跟我一起逃走，我们可以逃去新月涯，恳求外祖母庇护我们。可是若草实在太善良了，担心自己逃走会给心月楼带来厄运。魔尊波旬一怒之下，会伤害心月楼的姐妹们。于是，若草决定认命，自己去赴死，以保全众人。可我不希望若草去赴死，不仅因为若草是我的朋友，我不忍心看若草送命，更因为给魔尊波旬奉献祭品这件事情本身就是错的。屈服于邪恶的力量，让无辜者沦为祭品，这不是正义之事，我们应该反对和阻止。"

胡阿锦明亮的眼睛里有着耀眼的光芒，那是坚定的信念和正义的光辉。

胡十三郎揉脸，悲伤地说："阿锦，虽然某也觉得这件事情不对，可是一直以来鬼市都是这么做的。每隔十年，给魔尊波旬献祭一位新娘，这是鬼市的规矩。唉，那些新娘真的好可怜！一想到若草也要成为魔尊波旬的新娘，某就很难过。某也很想救若草。可是，魔尊波旬太强大了，某打不过魔尊波旬。"

胡阿锦毅然决然地说："哥哥，既然遇见不正义的事，我就没办法放任不管，一定要阻止它发生。若草是我的朋友，我是不会看着若草死在魔王波旬手下的。我要去向魔尊波旬挑战，如果不幸战死，请你将我的遗骨拿回翠华山安葬。请转告父亲大人和外祖母，阿锦不孝，为了正义而战死，不能尽孝膝前了。"

胡十三郎疯狂地揉脸，说："阿锦，你先不要冲动，等白姬回来后，跟白姬商量一下再做决定好不好？唉，某总觉得这次不该带你一起来洛阳探望心月狐姑姑。"

离奴不由得笑了，小声对元曜说："书呆子，跟臭狐狸沾亲带故的这些女狐狸就没有一只是头脑正常的。你还记得吧，那只跟爷和杠精狌狌被狐筋索绑在一起，最后炸了的紫狐狸精，就是一个心狠手辣、水性杨花的蠢货。你看心月狐夫人，是一个疯疯癫癫的蠢货。你再看这一只，是一个满口正义，还要为了正义去死的蠢货。"

元曜根本就没听离奴说话，正感动于胡阿锦坚持正义、不畏惧死亡的选择。

元曜走到胡阿锦身边，说："阿锦姑娘，小生跟你一起去阻止这件不正义的事情的发生。哪怕我们力量不够，也绝对不能屈服于邪恶，一定要拯救若草姑娘。"

离奴震惊得手里的大草鱼都差点儿掉了，大吼："书呆子，你也是一个蠢货吗？！哎呀，爷怎么忘了，你本来就是一个笨蛋书呆子啊！"

胡阿锦十分高兴地说："元公子，为了正义，我们一起去阻止魔尊波旬吧！"

元曜说："好！子曰：'舍身取义，杀身成仁。'为了正义，小生也不畏惧死亡。"

离奴急得拎着大草鱼团团转，说："天哪，怎么办啊？爷也打不过波旬那个大魔头啊！"

胡十三郎站在原地，疯狂地揉脸。

第五章　洛　水

元曜十分同情若草，决定与胡阿锦一起拯救若草。

胡阿锦见元曜古道热肠，善良正义，与元曜十分投缘，便放下了佛经，来大厅帮着擦洗地板。

胡阿锦和元曜一边擦洗地板，一边商量怎么对抗魔尊波旬，帮助若草。

胡十三郎一边擦地，一边劝胡阿锦和元曜从长计议，不要贸然去犯险。

离奴见状，十分发愁，看时间不早了，就愁眉苦脸地去做饭了。

下街鼓即将敲响时，白姬回来了。

白姬看见胡十三郎和胡阿锦，十分高兴，在里间与两只小狐狸热情地寒暄。

当白姬得知胡十三郎与胡阿锦的来意后，这狡猾的龙妖推托说："我只是一个弱女子，手无缚鸡之力，虽然十分同情若草姑娘，但是也毫无办法，爱莫能助。

"我只是一个柔弱的龙妖，对付鬼王就已经很勉强了。魔尊波旬邪恶且恐怖，我可是完全不敢招惹的。一听见魔尊波旬的名字，我都退避三舍，苟全性命。当年因为害怕魔尊波旬，我连夜把缥缈阁从鬼市搬走了，再也不敢回去，现在更不敢去触怒魔尊波旬。你们可以去求光臧国师。光臧国师神通广大，法力通天，又最恨妖邪，还跟魔尊波旬有旧仇，一定会帮助你们的。"

"啊，什么？轩之也要去送死！这……还真是令人发愁呢！将来缥缈阁里的活儿没人干了，我也没有人可以捉弄了。魔尊波旬娶新娘一直以来就是鬼市幽都的规矩，都存在这么久了，你们今年为什么偏偏就看不惯这个旧规矩？"

胡阿锦悲伤地说："若草是我的朋友，我不能眼睁睁看着若草去送死。白姬大人，难道您真的没有办法了吗？"

元曜也悲愤地说："白姬，不只若草姑娘，魔尊波旬的那些新娘也太可怜了。小生不知道也就罢了，既然知道了这件不正义的事情，就一定要去阻止。"

白姬扶额，说："轩之，在这个世界上，不正义的事情多如过江之鲫，我们无法全部阻止。要知道，连神佛也无法除尽世间的一切'恶'，所以魔尊波旬才会出现在鬼市幽都。"

元曜说："虽然我们无法阻止这世间一切的不正义，但是我们可以阻止眼前发生的不正义。子曰：'勿以善小而不为。'我们要阻止不正义的事情发生，就从帮助若草姑娘开始。白姬，你要对抗不义，助人为乐呀！"

白姬愁道："轩之，助人为乐不是这么用的……对抗魔尊波旬还真不是一件快乐的事情。"

胡十三郎揉脸，说："白姬，阿锦从小就正义感十足，为了守护正义的信念，不惧危险，这一次恐怕要跟魔尊波旬起冲突了。如果您能保住阿锦的性命，我们的父亲大人一定会重谢您。某也愿意把全部积蓄都给您。"

白姬正要回答，离奴却站在轩窗外大声喊道："主人、书呆子、两只臭狐狸，晚饭做好了，快来吃晚饭了。"

于是，白姬、元曜、胡十三郎、胡阿锦停止有关魔尊波旬的话题，先去后院吃晚饭了。

缥缈阁，后院。

廊檐下摆放着一张花梨木案，木案上放着离奴烹饪的菜肴。

一条香茅烤大草鱼，火候恰到好处，鱼肉烤得油脂金黄，外酥里嫩。空气中，鱼肉焦香味四溢，还混合着香茅草特殊的清香味，让人垂涎欲滴。

因为胡十三郎带来的野菜里有春韭，离奴就配了一些青葱、青蒜、香菜、油菜，做成了五辛盘。五辛盘又叫春盘，有春日尝新的意思，可以祛除人五脏六腑之中的陈腐之气，开胃生津。

胡十三郎还带了一些野春笋，因为食过春笋，方知春味。离奴便把春笋切成碎丁，放在炊甑中与菰米一起煮熟，做成了雕胡饭。

因为胡阿锦是女孩子，离奴认为小姑娘大多数爱吃甜食，正好胡十三郎带来了刚采摘的野莓果和野樱桃，离奴便将野莓果和野樱桃都捣碎，加上麦芽糖，熬成了胶牙饧，当作饭后甜品。

白姬、元曜、离奴、胡十三郎、胡阿锦坐在后院吃晚饭。

虽然离奴做的饭菜十分美味，但是因为胡阿锦、胡十三郎、元曜各有忧愁的心事，所以食不知味。

胡阿锦心系若草的安危，发愁该怎么拯救若草才能免其送死；胡十三郎既担心胡阿锦，又担心若草；元曜则想要阻止魔尊波旬残害他人的不正义之举，但是又不知道该怎么办。

白姬和离奴倒是抛开了一切烦恼，认真地吃饭，吃得津津有味。

白姬笑道："离奴，雕胡饭里加入了春笋丁，还真是鲜美呀！"

"嘿嘿，主人喜欢吃的话，离奴以后天天做春笋雕胡饭给您吃。"

白姬笑道："离奴，这五辛盘也很适合在春天吃，我感觉五脏六腑都清爽了不少。"

离奴说："这五辛盘书呆子应该多吃一些，正好能祛一祛他满肚子的腐气。"

元曜急忙说："小生不太能吃辛辣的食物，多谢离奴老弟的好意。再说，小生的肚子里才没有腐气呢！"

胡阿锦本就没胃口，略过了主食，吃了一口樱桃莓果胶牙饧，顿时口齿生津。

"白姬大人、离奴大人，我能……带一些樱桃莓果胶牙饧回心月楼吗？若草一向喜欢甜食。这胶牙饧太好吃了，我想带回去让若草也尝一尝。"

白姬笑道："当然可以呀。"

离奴说："没问题。待会儿爷把剩下的一小罐胶牙饧给你带回去。那只女狐狸挺可怜的，运气不好，抽中了新娘签，活不了几天了，就让那只女狐狸做一个饱死鬼吧。"

胡阿锦一听离奴的话，顿时神色又黯淡了。

元曜急忙说："离奴老弟，你胡说什么！若草姑娘还不一定会死呢！"

胡十三郎揉脸，叹了一口气，说："臭黑猫，你要是不长嘴就完美了。"

离奴一愣,问:"什么意思?"

胡十三郎说:"臭黑猫,你化作人形后也算是一位翩翩美少年。你的心肠不坏,脑子也聪明,妖力也算强大,厨艺……在神都之中也算是不错的了。如果你能站在那儿不说话,怎么看也算是一个让人忍不住想亲近的优秀而温暖的存在,可惜你偏偏长了一张嘴……你一张嘴,就让人生气。"

离奴撇撇嘴,说:"哼,你这种肤浅的乡下野狐狸懂什么!爷纵使有一万个优点,也都是浮云,嘴才是爷的灵魂。"

元曜一听,不由得笑了。

白姬、胡阿锦也笑了。

沉重的气氛顿时缓和了许多。

众人暂时放下魔尊波旬的事情,愉快地吃饭。

元曜问:"白姬,岐鸣怎么没跟你一起回缥缈阁?你们打探到凤炽的下落了吗?"

白姬说:"还没有。岐鸣担心凤炽回客栈,如果自己来缥缈阁会与凤炽错过,就回客栈去了。"

听到凤炽的名字时,胡十三郎和胡阿锦面面相觑。

白姬察觉到了,问:"十三郎、阿锦,你们怎么了?"

胡十三郎说:"白姬,你说的凤炽是不是一只白凤凰?"

白姬笑道:"是的。不过,严格来说,凤炽是凤,不是凰。当然,对不熟悉凤凰的人来说,很难分得清楚凤与凰的区别。胡十三郎,你见过凤炽吗?"

胡十三郎急忙点头:"我见过。"

白姬眼睛一亮:"十三郎,你在哪儿见过凤炽?"

胡十三郎说:"心月楼。几天前,凤炽跟着阿锦和若草一起来到了心月楼,凤炽因为受了一点儿伤,就暂时在心月楼休养。凤炽对若草有着很执着的感情。大家都认为凤炽的脑子有问题,觉得凤炽得了失心疯。"

胡阿锦说:"其实凤炽还是挺不错的,就是脑子……有点儿问题。"

元曜疑惑地问:"凤炽为什么跑去心月楼了?这究竟是怎么回事?"

胡十三郎和胡阿锦对望了一眼,缓缓道来。

那天抓阄之后,若草顺承天意预备成为魔尊波旬的新娘,献祭自己的生命。

当一个人并不想死却又不得不赴死时,心里肯定充满了恐惧、绝望、痛苦、悲伤。可若草是一个善良的人，为了不让胡阿锦担心自己，就把一切负面情绪压制在心中，独自消化，不表露出来。

这一天，春阳明媚，花开如锦。

听说铜驼陌洛水两畔的桃花都盛开了，若草就邀请闷闷不乐的胡阿锦一起去踏青赏花，排解忧郁的心情。

胡阿锦和若草结伴来到铜驼陌，在洛水之畔游玩，欣赏盛开的桃花。

洛水潺潺，乳燕飞舞，桃花在暖阳之中开得如锦似霞，粉红色的花瓣偶尔被一阵春日的花信风吹落，漫天飞舞之际，卷起一个小小的粉红色旋涡。

胡阿锦站在洛水畔，望着纷飞飘落的桃花，心中觉得十分美好，不知不觉竟看痴了。若草站在岸边，陪胡阿锦一起欣赏春日桃花盛开的美景。

若草开心地说："洛水之畔，桃花盛开的景色真美，虽然每一年春天我都会来看，却怎么看都看不厌。"

胡阿锦也笑道："这景色真的很美！若草，我以前从未来洛水之畔赏过桃花，这景色我却好像在哪里见过一样。"

若草笑道："这景色美得像是沉睡在记忆深处的梦境一般。阿锦，也许你曾经梦见过这样的美景。"

胡阿锦挠头，笑道："也许吧。"

若草说："阿锦，难得来一趟铜驼陌，不如待会儿我们去北市买一些花糕点心，带回心月楼给大家吃。"

胡阿锦说："若草，你太善良了。你就要被当作祭品去送死了，其他狐狸姐妹却都只想保全自己，完全没有考虑过救你。可你甚至连出门游玩都记挂着给狐狸姐妹带花糕点心。"

若草神色一黯，说："那是通过抓阄决定的，是天意，是没有办法的事情。我不能怪大家。"

胡阿锦生气地说："那我们要怪就只能怪魔尊波旬。魔尊波旬残害无辜，恶贯满盈，是一个大坏人。若草，你放心，我一定会打败魔尊波旬，保护你的。"

若草眼眶一红："阿锦，还是算了。你是我最好的朋友，如果连累你受到伤害，我……我死都不能瞑目。"

突然，若草似乎发现了什么，转移了话题，声音颤抖，显得有些紧张。

"阿锦，我刚才就发现有一个非人一直盯着我们，眼神有点儿可怕。你看，那个非人现在朝我们走过来了。"

胡阿锦闻言，顺着若草的目光回头望去，看见了一名容颜俊美的雪衣青年。

　　雪衣青年身姿挺拔，玉树临风，长得十分英俊，看上去倒是一位翩翩贵公子，但此刻雪衣青年的眼神之中有一股可怕的狂热——雪衣青年好像在寻找某种东西，找了许多年，找到那件无比珍贵的东西，那是刻入雪衣青年生命和灵魂深处的执念。

　　胡阿锦和若草不寒而栗。

　　雪衣青年眼眶发红，眼神狂热，失魂落魄地朝着胡阿锦和若草走去。

　　雪衣青年喃喃自语："小狐……小狐，我终于找到你了。"

　　因为隔得颇远，胡阿锦和若草没有听见雪衣青年在说什么，只远远地看见雪衣青年双目通红，神色狂热地朝胡阿锦和若草走来。

　　雪衣青年状若癫狂，实在是令人害怕。

　　胡阿锦颤声说："这雪衣青年不知是从哪儿来的登徒子。"

　　若草瑟瑟发抖地说："阿锦，这雪衣青年看上去好可怕。"

　　胡阿锦急中生智，说："若草，你别害怕。等雪衣青年走过来时，我一脚将雪衣青年踢飞，然后我们就跑。"

　　若草犹豫着说："你无缘无故地踢雪衣青年，不太好吧。"

　　胡阿锦说："这登徒子一看就没安好心，不像是什么好人。与其让雪衣青年跑来纠缠咱俩，不如我先下手为强。"

　　"这也……也行吧。"若草说。

第六章　凤　炽

　　当雪衣青年疾步走到胡阿锦和若草身前时，还没有开口，雪衣青年就被胡阿锦拼尽全力地一脚踹飞了。

　　"啊啊啊——"雪衣青年发出一声声惨叫。

　　"扑通"一声，雪衣青年掉进了洛水里。

　　胡阿锦和若草手拉手地跑了。

　　雪衣青年从洛水中挣扎着坐起身来，看见胡阿锦和若草跑了，顿时急了。雪衣青年顾不得右腿疼痛，也顾不得浑身被水打湿了，急忙翻身爬起，拔腿便朝跑远的胡阿锦和若草追去。

"小狐……小狐……你别跑，你等等我，我是小凤啊！"

胡阿锦和若草逃跑时回头一望，只见浑身湿漉漉的雪衣青年更加来势汹汹地追来。胡阿锦和若草心中十分慌乱，不敢停下脚步，跑得更快了。

胡阿锦和若草在前面跑，雪衣青年在后面紧追不舍。

雪衣青年面露狂热的表情，一边追，一边呼喊："小狐，你别跑！难道你忘了我们前世的约定了吗？我找了你好久，终于找到你了。我绝对不会放过你，再让你跑掉了。小狐，你站住！你听我说啊，我真的好想你……"

春风送来了雪衣青年被吹散的只言片语，可胡阿锦和若草依稀只听见"别跑""站住""不会放过你"，不由得恐惧、心慌。

胡阿锦和若草回头，用灵力打量追来的雪衣青年，发现雪衣青年灵台上有金光环绕，周身灵力充沛，明显妖力比胡阿锦和若草的要强一些。

胡阿锦和若草十分害怕，见雪衣青年在后面紧追不放，倏然化作两只小狐狸，飞快地朝鬼市的方向跑去，打算回心月楼求救。

雪衣青年一跃而起，化作一只雪白的凤凰。白凤舒展双翼，跟着两只小狐狸，穷追不舍，一直追到了鬼市。

元曜忍不住说："原来凤炽在铜驼陌消失不见，是去了鬼市。"

白姬吃了一口樱桃莓果胶牙饧，饶有兴味地问："后来呢？阿锦，后来发生了什么事？"

胡阿锦说："后来，我和若草跑回了鬼市，回到了心月楼，可凤炽也跟来了——当时，我们还不知道雪衣青年叫凤炽。我和若草回到心月楼后，因为有众姐妹在，姑姑在，哥哥也在，我们人多一些，自然不怕那个登徒子，就质问雪衣青年为什么要跟着我们。雪衣青年说他叫凤炽，是凤凰一族的少主，来人间是为了寻找前世有过一个约定的恋人。凤炽从月老的三生石上得知自己的前世是青玉飞凤匣，凤炽的恋人是白玉狐花盘。凤炽与恋人预感战乱将至，将会分离，于是约定即使将来分离了也要寻找对方，直到相见。可发生了一些事情，最后凤炽与恋人没有实现相见的约定。凤炽在三生石上觉醒了前世的记忆，就想找到白玉狐花盘的转世，实现前世未能兑现的约定。凤炽来到人间寻找白玉狐花盘的转世，在洛水边感应到若草就是白玉狐花盘的转世，顿时惊喜激动，所以才失态地追着我们不放。不过，若草十分震惊，完全不记得前世的事情。"

凤炽在洛水边被胡阿锦踢下了洛水，摔伤了右腿，虽然不严重，但是有一些红肿瘀青。于是，凤炽就留在了心月楼，一边养腿伤，一边围着若草转，希望若草能够在自己的提醒之下想起前世的约定。

心月楼是一座青楼乐坊，是开门做生意的地方，凤炽作为客人住下养伤，众人没有理由撵凤炽走。更何况凤炽彬彬有礼，待人客气，而且出手阔绰，连心月狐夫人都很欢迎凤炽。

不过，因为凤炽一直情真意切地说着洗手瓢和洗手盘的前世约定，而若草完全想不起任何关于前世的事情，大家都认为凤炽的脑子有毛病。

一开始，胡阿锦也认为凤炽关于前世的说法是托词，是凤炽这个登徒子贪图若草的美色编造的谎言而已。而且，因为刚相遇时产生了误会，胡阿锦一脚把凤炽踢进了洛水里，让凤炽摔伤了腿，两个人本就有矛盾，一见面就吵架。

胡阿锦认为，凤炽只要知道若草即将成为魔尊波旬的新娘，去鬼市幽都赴死，就会脚底抹油般地溜掉，毕竟谁也不会为了贪图美色而付出生命的代价。谁知道，凤炽得知了若草注定悲剧的命运，并没有选择怯懦地逃离，而是打算对抗魔尊波旬，帮助若草。

胡阿锦在心月楼找不到能够帮助若草摆脱命运的人，大家都认为魔尊波旬是不可战胜的，每十年向魔尊波旬献祭一位新娘是不可违逆的规矩。就连若草自己都放弃了抵抗，选择了屈服。难得凤炽和胡阿锦一样，愿意帮助若草，愿意为了坚持自己的信念对抗恐怖的魔尊波旬。

胡阿锦开始对这只脑子有毛病的白凤刮目相看。胡阿锦与凤炽每次吵架之余，会商量怎么才能拯救若草。

凤炽和胡阿锦决定一起对抗魔尊波旬。而胡十三郎十分担心胡阿锦，也想帮助若草，觉得来缥缈阁找白姬商量更为妥当。于是，趁着魔尊波旬娶新娘的日子还没到，胡十三郎就带着胡阿锦来到了缥缈阁，向白姬求助。

白姬听完胡十三郎和胡阿锦的话，放下了手里的樱桃莓果胶牙饧，若有所思地说："凤炽居然也被卷进这件事情里了，这下子麻烦了。"

白姬沉吟了一会儿，说："十三郎、阿锦，今晚我和轩之跟你们一起去鬼市心月楼。"

胡十三郎开心地说："太好了！白姬，只要您肯出手相助，魔尊波旬就不得不退让了。"

白姬笑道："十三郎，我只是一个弱女子，哪里敢对抗魔尊波旬？对抗魔尊波旬，与众天魔为敌，是凤凰一族才敢做的事情。毕竟凤凰一族可是位列仙班的神族，尤其是凤王，英明神武，强大无敌。想必凤王是不会惧怕与魔尊波旬为敌的。总之,我们先去鬼市一趟,看一看凤炽是怎么一回事吧。"

胡十三郎揉脸,笑道:"白姬,无论如何,只要您肯去心月楼,若草就有救了,阿锦也能保住性命了。"

离奴有点儿发愁地说:"主人,波旬那个大魔头可是佛祖都灭不掉的邪恶的存在。万一真跟那个大魔头打起来了,咱们可没什么胜算。"

白姬说:"所以,我们得让凤王来一趟人间。毕竟凤王一向认为与龙比起来,凤是更加强大的存在呢!离奴,待会儿我写一封信,你连夜送去定鼎门附近明教坊的客栈,交给岐鸣。你让岐鸣回一趟火焰岛,把信交给凤王。"

离奴应道:"是,主人。"

春日夕阳的余晖之下,白姬、元曜、离奴、胡十三郎、胡阿锦吃完了晚饭。

白姬坐在青玉案边,滴水研墨,沉思一会儿后,提笔写了一封给凤王的信。

离奴在厨房里收拾锅碗瓢盆,顺便将剩下的一小罐樱桃莓果胶牙饧用陶耳罐装好,让胡阿锦带回心月楼给若草品尝。

元曜看了一眼夕阳的余晕,觉得今晚可能又会下一场春雨,急忙将菩提树下白姬乱放在蒲团上的坊间读本和佛经都收拾好,连同蒲团一起拿进了里间,以免被夜雨淋湿。

胡十三郎和胡阿锦坐在七宝莲花池边,一边想心事,一边欣赏莲花。

月上柳梢头的时候,白姬、元曜、胡十三郎、胡阿锦一起离开缥缈阁,去往鬼市。

鬼市。

心月楼位于鬼市的百鬼街上,是一座檐牙高啄、富丽华美的青楼乐坊。

今晚鬼市不开。白姬、元曜、胡十三郎、胡阿锦一路踏着月色行去,只见百鬼街上冷冷清清,人烟稀少,但是到了心月楼所在的这片区域,街上沸反盈天,十分热闹。

元曜心中好奇,仔细一看,原来是一群猫和一群狐狸在吵架。

为首的猫是猫棺材铺的掌柜——太极。

太极带着一群抬棺的猫伙计正和一群花枝招展的女狐狸唾沫横飞地吵架,为首的女狐狸正是心月狐夫人。

猫棺材铺和心月楼都开在鬼市的百鬼街上，两家店铺正好是对街，相隔很近。但是，太极掌柜和心月狐夫人一向不睦，互相嫌弃对方的营生污浊、晦气，影响自己的生意，经常发生矛盾。

今天的矛盾是这样发生的：鬼市每十年一次的给魔尊波旬献祭新娘的事轮到了心月楼，而心月楼选定了若草当新娘。太极掌柜觉得若草有些可怜，打算免费送一口很好的棺材给若草殓尸，却惹怒了心月狐夫人。心月狐夫人觉得太极送棺材是来侮辱和嘲笑心月楼的。于是，双方一言不合就起了冲突，在百鬼街上吵了起来，吵架时难免在言语之中提起了往日的积怨，就越吵越激烈。反正今天鬼市不开，不用做生意，闲着也是闲着，猫伙计们和狐女们就从下午吵到了现在，还没有停。

棺材铺和青楼吵架，引得鬼市里好事的妖怪们聚堆看热闹，有些妖怪还是从幽都地下上来看热闹的，所以心月楼的正门前聚集了一大群非人，吵吵嚷嚷的。

胡十三郎看见姑姑在和猫掌柜吵架，急忙跑上前去劝架。

胡阿锦四下一望，没有在众妖鬼之中看见若草和凤炽，就对白姬说："白姬大人，两家掌柜经常这样子吵闹，您不用管。我带您从侧门进去见若草和凤炽。"

白姬点点头。

胡阿锦带着白姬、元曜从心月楼的侧门进去，沿着幽静雅致的庭院七绕八拐，来到了一间素雅的轩舍外面。

还未踏入轩舍所在的院落，白姬、元曜、胡阿锦就听见了一阵空灵悠远的筌篌乐声。筌篌弹的是一曲《湘妃竹》，曲调十分优美，乐音悦耳动听，溶溶如荷塘绿水之夜，泠泠似雪山清泉之声。

胡阿锦一听见筌篌声，就笑了。

"是若草在弹筌篌！若草弹筌篌可好听了！我一直在跟若草学习弹筌篌的技艺。"

胡阿锦话音刚落，白姬、元曜的眼前便出现了一个轩窗，轩窗边跪坐着一名长相秀美的青衣女子，正以纤纤玉指拨弄着一管凤首筌篌。

轩窗外，梧桐树下站着一名雪衣青年，正出神地聆听筌篌之音。

若草侧头，看见白姬、元曜、胡阿锦，当即停止弹筌篌。

若草笑道："阿锦，今天一整天我都没有看见你，你去哪儿了？"

胡阿锦笑道："我跟哥哥去了一趟神都，把缥缈阁的白姬大人请来了。哎呀，若草，这只呆凤凰又在纠缠你，逼你承认你是一个洗手用的盘子了吗?"

若草不由得苦笑。

箜篌声中断,凤炽才回过神来,听见胡阿锦说他是呆凤凰,不由得生气,反驳说:"我是凤凰一族之中最聪明的,不是呆凤凰。再说了,我是凤,不是凰。白姬,好久不见,你怎么来心月楼了?"

白姬笑眯眯地说:"凤炽,你要叫我'白姬大人'。算起来,我是你的长辈。你出生的时候,我还送了贺礼去火焰岛呢。"

凤炽说:"白姬,你曾经跟着我的母亲学习礼仪、女红,算起来是我母亲的学生,那跟我是同辈,我没有必要叫你'白姬大人'。"

白姬笑道:"凤炽,怎么说,我活得也比你久。"

凤炽说:"我们凤凰一族是神族,拥有漫长的生命,迟早我会比你活得更久。"

白姬愁道:"现在的年轻人啊,一点儿也不懂得尊重长者。"

元曜忍不住说:"白姬,你的口气怎么听起来像二舅?"

白姬摆摆手,说:"算了,算了,我不计较这些了。凤炽,岐鸣在客栈里等了你好几天,还以为把你弄丢了,都快急疯了。你倒是十分悠闲,还在这儿听箜篌。"

第七章 前 世

凤炽望向轩窗里的若草,说:"我不能让岐鸣知道我在这儿。我找到了小狐,不想再失去小狐。我要保护小狐,岐鸣若是知道,一定会阻止我接下来要做的事。"

白姬问:"你接下来想做什么?"

"我想挑战魔尊波旬。"

白姬沉吟了一下,笑了。

"凤炽,你这是想跟你的小狐一起殉情吗?"

凤炽说:"不是殉情,我想要保护小狐。"

白姬笑道:"你去挑战魔尊波旬跟殉情没有区别。反正小狐会死,你也会死。"

凤炽说:"白姬,魔尊波旬真的那么厉害吗?"

白姬没有回答凤炽,反问:"凤炽,小狐对你来说真的那么重要吗?你在月老那儿究竟发生了什么事?"

于是,凤炽将自己在月老那儿发生的事情娓娓道来。

凤王逼迫凤炽和青鸾族联姻,凤炽不同意。父子二人闹矛盾,起了争执,互不相让。对于此事,凤炽十分烦闷苦恼。

凤炽有一个朋友,名叫阿鸳。

阿鸳是一只鸳鸯鸟,在月老手下当差,负责看管三生石。

阿鸳来找凤炽喝酒,凤炽十分愁苦,酒过三巡,就对阿鸳诉说了自己的烦恼。

阿鸳灵光一闪,就给好朋友凤炽出了一个主意。

阿鸳建议凤炽去见月老,想办法求月老告知凤炽的婚配姻缘。如果姻缘簿上凤炽和青鸾公主没有缘分,那正好可以以姻缘簿上没有记载,那就是没有夫妻缘分为由,让凤王打消与青鸾族联姻的念头。

于是,凤炽就去了清净天都罗山风月姻缘之地见了月老。

天界规定,姻缘簿是需要保密的,不能随便给人看。

凤炽恳求再三,月老也不同意给凤炽看姻缘簿。

阿鸳又灵光一闪,告诉凤炽,从自己在月老手下当差的所见所闻来看,姻缘有一个不成文的规律——一般是前世今生有着千丝万缕的联系,冥冥之中前世有羁绊的人才会互相感应。如果凤炽觉醒了前世的记忆,说不定能够一窥今生的姻缘。

阿鸳看守三生石,可以偷偷地背着月老让凤炽在三生石上寻找和觉醒自己前世的记忆。

凤炽和阿鸳偷偷地执行了这个计划。

凤炽在阿鸳的帮助下进入三生石,觉醒了自己前世的记忆。

前世的残影在凤炽的脑海之中如流星般划过,凤炽依稀看见了一座人间的城池,看见了一座皇宫,看见了祭祀的太庙,看见了沿着宫墙种满的桃花和柳树,还看见了一位一身白衣、墨发如同润泽黑玉的少女。少女如琼树一枝,又似冰山之巅的积雪,气质清冷绝尘。

少女坐在宫墙外的桃树上,对着他微笑。

"小凤,这太庙外的桃花开得真美。"

凤炽正要回答,转眼间,眼前的美景逐渐破碎了。

皇宫里起了大火，一队凶神恶煞、气势汹汹的蛮族士兵冲进太庙里，逢人便杀。

太庙的祭司们鬼哭狼嚎，四散奔逃。

蛮族士兵们闯入了太庙的仓库，抢夺仓库里收藏的各种祭祀用的器物。混乱之中，一些器物被摔碎了。

凤炽看见那名白衣少女被一群士兵强行掳走。白衣少女拼命挣扎，却挣脱不得。

白衣少女望向凤炽，神色哀戚，不断哀求："小凤，救我……"

凤炽脱口而出："小狐……你们放开小狐……"

可是，凤炽用尽全力都无法行动。而且，凤炽感觉身体一阵剧烈的疼痛，低头一看，自己的身体竟然一分为二，倒在了血泊之中。

青玉飞凤匜破碎成了两半，静静地躺在地上。

凤炽眼睁睁地看着小狐被暴乱的士兵们拖走，心中十分难过，随着一阵剧烈的疼痛袭来，昏死了过去。

不知道过了多久，凤炽逐渐恢复了意识，感觉到自己的身体正被人拼凑修补。

原来，过国的国君谋反，带着士兵进攻斟鄩，打进了皇宫里。乱军血洗了皇宫，闯进了太庙里，抢夺了祭祀器物。

夏王在护卫的保护下逃走了，后来借着大将军的兵力又打回了斟鄩，赶走了叛乱的过国国君，收复了皇宫。

夏王收复皇宫后，下令清点太庙内残存的祭祀器物，修补各种破损的器物。

一个负责修复玉器的匠人一边修补青玉飞凤匜，一边说："唉，可惜了，这青玉飞凤匜摔碎了之后补起来也不太好看了，不能拿来做祭器了。"

自此，青玉飞凤匜被收进太庙的仓库里，被随意搁置在一个木架上，尘封不用。

有一天，一只青鸟从仓库的窗口飞入。

青鸟盘旋一圈，停在了青玉飞凤匜边。

"请问你是小凤吗？在遥远的过国皇宫之中，有一个叫小狐的姑娘托我来找你，小狐想知道你是否平安。"

青玉飞凤匜急忙说："我就是小凤。小狐……小狐还好吗？"

青鸟说："小狐挺好的。过国国君每逢祭祀时，都会使用小狐。不过，小狐很想念你，所以托我来斟鄩找你。"

青玉飞凤匜说:"我也很想念小狐,十分想见小狐。可是,我没有办法离开太庙。青鸟,你会飞翔,能带我去过国,去小狐身边吗?"

青鸟打量了一眼,发现青玉飞凤匜早已断裂,只是被拼凑黏合了起来。

青鸟说:"你看起来脆弱易碎,而天空之中风很疾很大,此去过国遥隔千里,山水万重,我不确定能将你平安地带到过国,万一你半路上碎了,到了无法拼凑的地步,就会死去。"

青玉飞凤匜恳求:"我不怕!我很想见小狐!我们约定过,一旦分开了,就要去寻找对方。可惜,我不是飞鸟,而是一个无法自由行动的器物。如果有来世,我愿化作一只飞鸟,能够自由飞翔,飞到小狐的身边。青鸟,求求你,将我送去小狐的身边吧。"

青鸟本想拒绝,但是架不住青玉飞凤匜苦苦哀求,就同意了。

青鸟衔着青玉飞凤匜,飞出了太庙,飞出了皇宫,飞向了过国。

然而,半路上,一个春雷冷不防劈下来。

青鸟受惊,一张嘴,青玉飞凤匜掉落在地上,摔碎了。

凤炽说到这里,陷入了沉默。

元曜震惊地说:"青玉飞凤匜居然就这么摔碎了?!这还真是一个悲伤的故事。"

白姬却大笑:"哈哈哈!这也太冷幽默了!"

元曜说:"白姬,这件事情很悲伤,你不应该笑!"

白姬笑道:"轩之,可这真的很好笑呀!对不起,凤炽,我不该笑话你的前世,你不要生气地瞪着我。人与非人的一生,偶尔也是会发生意料之外的遗憾的。事情已经发生了,那也没有办法。幸好你现在有了来世,可以继续去找你的小狐。不过,为什么你会知道若草就是小狐呢?"

凤炽说:"我就是知道。我有一种直觉,说不上来,无法用语言描绘。当我在三生石上觉醒了前世的记忆之后,总觉得有什么在呼唤我、吸引我,让我去往人间。我到了人间后,寻找着吸引我的那股灵力。在洛水边看见若草时,我马上就感应到那股吸引我的无比熟悉的灵力就是从若草身上发出来的。若草一定是小狐!我能从若草身上感觉到专属于小狐的熟悉的灵力,肯定没错。"

若草苦笑,说:"凤炽公子,我真的想不起你说的事,也不记得自己的前世。"

白姬转头望向轩窗内跪坐在凤首箜篌前的若草。

若草容颜秀丽,身形窈窕,穿着一身青色长裙罗裙,披着一袭浅碧色鲛绡披帛。若草跪坐弹箜篌的姿态,加上如鱼尾一般散开的长裙罗裙,让若草映照在轩窗上的侧影看上去如同一只优雅的飞鸟。

白姬盯着若草一会儿,只看出普通狐妖的灵力,没看出有什么不寻常的地方。大概,有些东西,只有前世有过羁绊的人,比如凤炽,才能感受得到吧。

白姬笑道:"凤炽,你愿意成为缥缈阁的客人吗?"

凤炽反问:"我若愿意成为缥缈阁的客人,你就能让若草不死了吗?"

白姬笑道:"你成为缥缈阁的客人,我就会实现你的愿望。"

凤炽警惕地问:"那我需要付出什么代价?"

白姬望了一眼凤炽,又望了一眼若草,眼神之中露出了一丝疑惑。

"奇怪,我看不出这次的因果脉络,总觉得有一团绕成乱麻的线……这样吧,凤炽,等我实现了你的愿望,再向你索取代价。"

凤炽摇头,说:"不行。白姬,你先说清楚代价是什么,我才能接受你的帮助。若先接受了你的恩惠,再任由你索取代价,这才是最昂贵的代价。谁知道你这个奸商到时候会怎么漫天要价呢?!"

白姬挑眉,问:"凤炽,谁告诉你我是奸商的?"

凤炽说:"我的父亲说的。"

白姬沉默了一下,才说:"凤炽,我帮定你了。代价是十根羽毛,凤王的。"

凤炽有点儿畏惧地问:"你要的十根羽毛是现拔的还是曾经掉落的?"

凤炽还记得,有一次父亲回家,一身羽毛几乎被人拔光了。大家十分震惊,问凤王究竟发生了什么事。凤王说是天气太热,觉得羽毛太多,非常燥热,影响修行,就自己一根一根地拔掉了。大家都不相信,但是凤王自己都这么说了,也不好再追问。后来,岐鸣无意中从云中君那儿得知,凤王羽毛被拔光的那一天,龙王来到东皇太一的白玉京做客,中途为了给白玉京寻找凤凰羽来过火焰岛。但是,事情已经过去很久了,而且凤王说羽毛是因为天气炎热自己拔的,所以大家只是私下谈一谈这件事,并不说破。

白姬说:"都行。反正我帮你是助人为乐。"

元曜忍不住说:"白姬,助人为乐不能这么理解。"

白姬说:"反正,帮助凤炽,凤王不快乐,我就快乐。"

凤炽一头雾水,不过白姬肯帮自己,还只收十根自己的父亲掉落的羽毛,凤炽还是很高兴的。

凤王喜欢收集自己涅槃掉落的羽毛,积攒了一大捆,都放在宝物库里。凰后十分嫌弃丈夫这个敝帚自珍的癖好,劝凤王不要在宝物库里囤放"垃圾",赶紧把羽毛扔回涅槃的火焰之河中,按照凤凰族的规矩,尘归尘,土归土,但是,凤王根本不听劝告。

凤炽也不喜欢父亲积攒掉落羽毛的癖好,打算找个机会偷偷地去宝物库里抽十根父亲的羽毛,交给白姬,反正也不是什么珍贵的东西。

第八章 抢 亲

夜云缥缈,弦月如梳。

鬼市,心月楼。

白姬、元曜、胡阿锦、凤炽跪坐在若草的房间里,若草吩咐狐狸婢女去给客人准备香茶和点心。结果,狐狸婢女只端来了清茶,说是厨房里没有人准备点心,厨子们都被心月狐夫人叫出去了,正在大街上和一群猫吵架。

若草十分不好意思,向众人致歉,又叫狐狸婢女去厨房找些瓜果,算是待客的点心。

若草的房间布置得简单而雅致,并没有繁杂华丽的装饰。若草喜欢浅草色,所以她房间里的物件一律都接近浅草色。

一架千山浮云水墨画屏风隔绝了入寝的内室和待客的外室。

一架凤首箜篌停放在轩窗边,箜篌龙身凤形,线条优美生动。

这架凤首箜篌显然是若草非常珍惜的东西,琴身一尘不染,琴弦剔透华润,明显被若草经常抚摩擦拭,保养得十分润泽。

白姬喝了一口清茶,望向凤首箜篌,笑道:"这凤首箜篌倒是一件好东西,应该有些年头了。"

若草笑道:"白姬大人好眼力!我家世代都是弹箜篌的乐师。这架凤首箜篌是我家代代相传的宝物,由我的外祖母传给我的母亲,我的母亲又传给了我。我即将做魔尊波旬的新娘,不能从幽都活着回来,所以把这凤首箜篌送给了阿锦。"

若草努力让自己的语气显得平静，声音中却还是带着一丝即将赴死的恐惧。

胡阿锦说："若草，我不会让你独自去送死的。"

凤炽也说："小狐，这一次，我一定会保护好你。"

元曜说："魔尊波旬漠视人命，残忍无道，有违圣人之训，是不正义的。若草姑娘，小生会帮助你的，白姬也会帮助你的。"

若草望了一眼众人，露出了温柔的微笑，说："我真的很高兴能够遇见你们。有了你们这些关心我的朋友，我感觉很温暖。即使将来死了，我也没有遗憾了。阿锦，有生之年能和你成为朋友，是我最大的幸运。不知道为什么，我觉得和你很投缘，一见倾心，仿佛我们前世就认识一般。凤炽公子，我虽然一直不知道你在说什么，但是看得出来你对小狐的情感发自肺腑，真挚诚恳。元公子，我只听说过你，和你并不相识，但是你和传闻之中一样是个善良的好人。白姬大人，虽然大家都怕你、误解你，但是我看得出来其实你也是一个内心善良的人。

"我既然在抓阄之中抽中了最坏的那个签，那是天意如此。当时，我就已经决意去死了。我不想连累心月楼的众姐妹，更不想连累心月狐姐姐。如果我不成为魔尊波旬的新娘，惹怒了魔尊波旬，到时不仅心月楼会被摧毁，百鬼街上的所有非人都得死。我不能那么自私，连累大家。阿锦，谢谢你请来白姬大人。这段时间，你为了救我而愁闷烦恼，为了我操碎了心，我都看在眼里。凤炽公子，虽然我们相识没多久，但是我很感谢你为了我不惜成为缥缈阁的客人。魔尊波旬身怀恐怖的力量，可以让鬼市幽都乃至神都洛阳瞬间化为灰烬。白姬大人恐怕也无法对抗魔尊波旬，我也并不想连累缥缈阁，就让我去成为魔尊波旬的新娘吧。"

胡阿锦、凤炽陷入了沉默。

若草说得没错，魔尊波旬的确具有能够毁天灭地的强大的力量，连佛祖都无法彻底将其打败，只能将其困在六欲顶魔天宫里。

白姬望着若草，笑道："若草，你想做魔尊波旬的新娘吗？你真的甘愿为了大家而牺牲自己吗？你不害怕吗？"

若草错愕地望向白姬。

白姬说："请你说出内心真实的想法。你这张美丽的嘴，不应吐出谎言。"

若草望着白姬，沉默了一会儿，眼角有泪水滑落，哽咽说："不愿意，我不愿意做魔尊波旬的新娘。我不想死，一点儿也不想死。我好害怕，我真的不想死。可是,我没有办法,只能选择赴死。"

白姬叹了一口气,说:"若草,现在的你才是真实的你。有时候,你太过体贴别人,太为别人着想,未必是一件好事,因为那样会失去真实的自己。你一旦失去真实的自己,就会满口谎言,言不由衷。即使有人能够帮助你,愿意伸手拉你一把,可因为听不到你真实的想法,也无从伸手。虽然魔尊波旬很可怕,但是只要你不想死,我就能救你。"

若草闻言,喜极而泣,却又心生恐惧。

"真的吗?白姬大人,我能够活下来吗?可是,如果我惹怒了魔尊波旬,会不会给心月楼的姐妹们带来灭顶之灾?"

白姬没有回答若草的话,陷入了沉思,喃喃地说:"邙山的建木还没长起来,缥缈阁的时间荒野还没有彻底完成……现在我就和魔尊波旬正面对抗,胜算不是很大。如果把不死鸟唤醒,我倒是多了一成胜算,但是又怕不死鸟一个不小心就烧毁了整座洛阳城……我现在传信把龙隐叫来,让龙隐去送死,时间上来不及,甚至凤王可能都赶不及在魔尊波旬娶亲之前来到人间。"

元曜一听到龙隐的名字,说:"白姬,即使时间来得及,你也不能故意让龙隐兄台去送死,这样未免不太厚道。"

白姬一愣,继而笑道:"轩之此言差矣。子曰:'君待臣有礼,臣事上以忠。'我是君,龙隐是臣,我从未亏待过龙隐,那么龙隐就应该对我忠心耿耿。龙隐也说过誓死效忠于我,如果国君我遇到危险了,让作为臣子的龙隐先上,有什么不对吗?这完全遵从了圣人之训,并没有不厚道的地方呀。"

元曜一时语塞,沉默了一会儿,才说:"白姬,你什么时候也开始懂得圣贤之道了?"

白姬笑眯眯地说:"不瞒你说,为了和你抬杠……啊,不,理论,我可是把你放在青玉案上的《论语》看了无数遍,甚至都能倒背如流了。"

元曜无语。

凤炽问:"白姬,你怎么还打算把我的父亲也叫来啊?"

白姬促狭一笑,说:"反正凤王在火焰岛上闲着也是闲着嘛。凤炽,你这次来人间,凤王和凰后都让岐鸣传话,拜托我照顾你。作为你的长辈,我当然得照顾你。我不仅会照顾你,还打算教你做一件事。"

凤炽挑眉,好奇地问:"什么事?"

白姬笑道:"抢新娘!我们要从魔尊波旬手中抢走新娘!"

凤炽笑道:"这个我喜欢。白姬,快教我。"

白姬沉吟了片刻,笑道:"择日不如撞日,晚抢不如早抢,不如我们现在就抢。这件事不宜让其他人知道,以免打草惊蛇。为了保护你们的安全,你和阿锦现在就带着若草去缥缈阁。你们到了缥缈阁之后,告诉离奴,我让你们进入时间荒野。之后,你们就不必回来了,一直待在时间荒野里,等待魔尊波句的婚期过去。时间荒野是连佛祖也去不了的地方,魔尊波句更去不了。你们待在时间荒野里很安全,可保性命无忧。运气好的话,我会回缥缈阁。运气不好的话,就得靠凤王保全你们了。说白了,抢新娘是一场豪赌,胜负难料,变数极多。我赌的是轩之的性命。凤炽、阿锦,你们赌的是可能会失去至亲、至爱、生命中重要的人。你们自己考虑清楚,究竟要不要进行这场豪赌。赌输了,你们会失去一切。不赌的话,你们失去的是若草。赌赢了,你们什么也不会失去,皆大欢喜。"

凤炽和胡阿锦异口同声地说:"白姬,我愿意赌。"

白姬笑道:"年轻真好呀!生而为非人,最了不起的事是以莫大的勇气和知其不可为而为之的决心,赌上自己最重要的东西,去面对一切困难和挑战。"

元曜忍不住问:"白姬,别的小生都明白,但为什么你赌上的是小生的性命?"

白姬说:"因为这是你为坚守正义必须付出的代价呀。轩之,你总不能口口声声为了正义帮助若草,却什么也不付出吧?"

元曜想了想,说:"那也行吧。只要能帮助若草姑娘,小生愿意用性命一搏。不过,白姬,你为什么在这场正义对抗邪恶的豪赌之中什么也不付出呢?"

白姬笑眯眯地说:"轩之,我已经赌上了我最重要的东西呀。我赌上的东西比我的性命还重要呢。"

白姬赌上的是元曜的性命。

元曜不由得害羞,脸色仿佛身前的梨花木案上琥珀盘里装着的红樱桃,心情也跟熟透的红樱桃一样微微甜蜜。

白姬说:"轩之,我把若草藏入时间荒野,赌上的可是缥缈阁。缥缈阁里有我辛辛苦苦攒下的宝物和黄金,比我的性命更重要。"

元曜脸渐渐地白了。

"白姬,你就不能有更高尚的追求,比如把正义、善良、勇气看得更重要吗?"

"轩之，你有所不知，正义、善良、勇气都只是我绚烂生命长河的点缀，并不太重要。"白姬如此说。

凤炽、胡阿锦、若草趁着夜色悄悄地离开了心月楼，去往缥缈阁。按照白姬的吩咐，若草临走时留下了一根青丝。

凤炽、胡阿锦、若草离开之后，只剩下白姬、元曜二人对月临窗而坐。

白姬望着元曜，笑道："轩之，你会弹筝篌吗？"

元曜摇头，说："不会，小生只会吹笛。"

白姬笑道："这就有点儿麻烦了。不过，反正也只剩两天了，你可以推托手臂疼或者心情忧郁，不想弹筝篌，应该能够遮掩过去。"

元曜诧异地问："白姬，你在说什么？"

白姬笑道："轩之，把手伸出来。"

元曜闻言，朝白姬伸出了左手。

白姬拿出若草留下的那根青丝，缠绕在了元曜的左手腕上，并打了一个死结。

白姬挥袖，拂向元曜。

一道金色光芒闪过，元曜感觉自己发生了变化，歪头朝摆在东边的立地铜镜望去，只见娇美的"若草"跪坐在白姬旁边。白姬则正促狭地望着"若草"笑。

元曜表情逐渐从惊愕变成木然，倏然站起身来，抱着头在原地转了两圈，号叫："果然又是这样！白姬，难道没有其他办法了吗？你就不能不坑小生吗？"

白姬笑眯眯地说："我没有别的办法了，轩之。我只能委屈你代替若草成为魔尊波旬的新娘了。你不用担心，我一定会在婚礼上把你抢回来的。"

铜镜中，"若草"十分犹豫，又很害怕。

白姬鼓励元曜："轩之，加油，这就是你为了坚守正义应该付出的代价。你总不能什么都不付出，就只想坚守正义呀。"

元曜垂头丧气地说："可是小生并不想变成若草的样子来坚守正义呀。"

白姬笑道："坚守正义是不能拘泥于方式的。轩之，你不要太挑剔细节了。"

元曜还想说什么，忽然听到胡十三郎嘶哑的声音从外面传来。

"白姬、元公子、阿锦，你们在若草这儿吗？"

第九章　若　草

白姬大声说："十三郎，我们在若草这儿呢。"

胡十三郎走了进来，环顾四周，只看见白姬和"若草"，没看见元曜和胡阿锦，便问："白姬、若草，阿锦去哪儿了？"

"若草"正要回答，白姬抢先说："我突然想起忘了一件重要的事情，就让轩之回缥缈阁去办了。阿锦担心轩之夜行发生危险，陪着轩之一起去了。"

胡十三郎跪坐下来，揉脸，说："这样子啊。"

"若草"见胡十三郎一脸疲惫，忍不住问："十三郎，外面怎么样了？大家还在争执不休吗？"

胡十三郎有气无力地回答："大家越吵越厉害了。某苦口婆心地劝了半天，说得口干舌燥，姑姑和太极掌柜都不听。猫伙计们和心月楼的姐姐们谁也不肯少说一句，估计今晚能吵一整夜。因为吵了一天很累了，大家又都没吃晚饭，所以暂时先各回各家去吃夜宵了。等大家吃完了，还得继续吵呢。"

"若草"震惊。

白姬莞尔一笑，说："大家还要吵一整晚？大家还真是精力十足呢！"

胡十三郎突然意识到了什么，转头盯着"若草"，警惕地说："不对！若草一向叫某'十三公子'，怎么忽然叫某'十三郎'了？你的语气也不像若草的语气，你是谁？"

"若草"望向胡十三郎，欲言又止。

白姬笑了，说："轩之，你的伪装连十三郎都瞒不住，看来这两天很难不被心月楼的姐姐们发现。"

"若草"发愁地说："白姬，这可如何是好？小生今天才第一次见到若草姑娘，对若草姑娘完全不了解，不熟悉若草姑娘的言谈举止，不知道若草姑娘的习惯，根本没办法伪装得十分像若草姑娘。"

白姬思索片刻，说："幸好魔尊波旬也不认识若草。你瞒过魔尊波旬问题不大，就只怕这几天瞒不住心月楼的其他姐妹们。"

胡十三郎冰雪聪明，一听就明白大概是怎么一回事了，高兴地说："原来是元公子呀。白姬，您打算救若草了吗？太好了！若草有救了！"

白姬说:"我还不一定能救得了若草呢,毕竟轩之的演技拙劣到连十三郎你也没有瞒过去,心月楼的其他姐妹们肯定会察觉。"

"若草"和胡十三郎面面相觑。

就在这时,一名狐狸婢女在外面柔声禀报:"白姬大人,心月狐夫人听说您来了,特意前来拜见。"

白姬笑道:"快请心月狐夫人进来。"

"是。"狐狸婢女在外面应道。

白姬说:"抢新娘这件事情干系重大,一个不慎,心月楼就会有灭顶之灾,咱们瞒着心月狐夫人终归不厚道,还是得知会她一声。更何况,轩之演技拙劣,这两天也无法瞒过心月楼的其他人,还需要心月狐夫人协助。"

"若草"点点头。

胡十三郎忧愁地揉脸。

随着一阵脂粉香风迎面而来,一名华衣丽饰、美艳绝伦的女子走了进来。

女子正是心月狐夫人。

心月狐夫人一脸愁容,蛾眉之间还有几丝刚才和猫掌柜吵架之后尚未平复的愠怒。心月狐夫人扫了一眼胡十三郎和"若草",看见白姬,才露出了礼貌的笑容。

"白姬大人,您怎么有空驾临心月楼?今夜鬼市不开,心月楼也未准备开门迎市,我只恐招待不周,怠慢了您。"

白姬笑道:"夫人请坐!您太客气了。我今天来心月楼其实是为了办一件事。"

心月狐夫人在白姬对面跪坐下来。

"什么事?"

白姬想了想,笑道:"是一件喜事。我有一个晚辈,一片痴心,爱上了心月楼的一位姑娘。作为贴心的长辈,我就来替晚辈提亲了,还请心月狐夫人能够成人之美。"

心月狐夫人微微一愣,转头看了看"若草"。心月狐夫人心念电转,思忖白姬一来心月楼哪儿都不去,直接来了若草的房间,白姬口中的这个姑娘八成是若草。最近心月楼上下,就连后院地上爬的蚂蚁和阁楼房梁上结网的蜘蛛都知道,有一只白凤凰倾慕若草,跟着若草来到了心月楼,甚至还住在了心月楼里。龙和凤没准儿有一些亲戚关系,这白凤凰可能就是白姬的后辈。

心月狐夫人十分为难地说:"白姬大人,不是我不答应,只是若草……若草是魔尊波旬的新娘啊……还有两天,我们就得送若草去地下幽都了。"

白姬笑道:"夫人,您看这样行不行?您把若草交给我,我把轩之交给您。"

心月狐夫人苦笑,说:"白姬大人,您真会开玩笑。魔尊波旬要心月楼献祭一位新娘,我要您的元公子有什么用啊!"

白姬指着"若草",说:"轩之也可以做魔尊波旬的新娘。反正魔尊波旬又不认识若草,只是要一个新娘而已。"

刚才心月狐夫人心情愁闷,没有注意,现在用灵力仔细一探,才发现"若草"根本不是若草。虽然有一丝狐妖的灵力附身,但是根本遮盖不住"若草"身上人类的生人气味。

"这是……元公子?!若草去哪儿了?"心月狐夫人震惊。

白姬说:"我已经让凤炽和阿锦带若草走了。若草去了一个魔尊波旬无法进入的地方。"

心月狐夫人闻言,身体顿时瘫软下来。

"夫人,我需要您的帮助。"白姬诚恳地说。

心月狐夫人沉默半晌,才开口:"事已至此,我还能怎么办呢?白姬大人,您真的打算为了若草对抗魔尊波旬吗?"

白姬点点头:"此举既是为了若草,也是为了坚守善良与正义。其实,我内心疾恶如仇、充满热血与正义,我是断然不可能眼看着无辜的人在我的眼前遭遇不幸的。"

"若草"望着眼前油嘴滑舌的龙妖,在一旁拼命地翻白眼。

心月狐夫人却被白姬的话触动了内心深处,咬咬牙,说:"行,白姬大人,我帮您。我也受够了。这些年来,心月楼一共为魔尊波旬献祭了一百零八个新娘,惨死了一百零八个姐妹。我力量弱小,不敢反抗魔尊波旬,无法做些什么,只能眼睁睁地看着姐妹们赴死。我作为心月楼的主人,本该保护姐妹们,最后却不得不送姐妹们去死。我早就看不惯魔尊波旬了,只是不敢反抗。既然这次您出手了,我也就豁出去了,最坏的情况不过是一死。一想到将来还要被迫继续送姐妹们去死,我内心就饱受煎熬,也是生不如死。"

胡十三郎安慰心月狐夫人:"姑姑,您不要难过。白姬一定能够打败魔尊波旬。我们只要帮助白姬,魔尊波旬就无法再作恶了。"

心月狐夫人点点头。

白姬说:"夫人,您需要做的就是替轩之遮掩,不让任何人知道他不是若草,再按照献祭的正常程序送他去地下幽都就可以了。"

心月狐夫人点头,说:"好。"

白姬笑道:"那轩之这两天就住在心月楼里,拜托夫人您照顾了。"

"若草"一听,急了:"白姬,你不陪着小生一起住在心月楼里吗?"

白姬以袖掩唇,笑道:"轩之,我也很想陪伴你,只是不知道婚礼上会发生什么,所以得做万全的准备。我还有一些事情要做,必须回缥缈阁。而且,魔尊波旬手下耳目众多,我一踏入鬼市,就会有眼线告诉魔尊波旬。如果我一直待在心月楼里,待在'若草'身边,那些耳目一定会起疑,有所防备。不过,你不用担心,安心住在心月楼里,心月狐夫人和十三郎会照看你,我有空了就来看你。"

元曜没有办法,只好同意了。

一切计议妥当。

一名狐狸婢女过来禀报夜宵做好了。

心月狐夫人便邀请白姬、元曜一同去吃夜宵,白姬愉快地答应了。

大家吃完夜宵,心月狐夫人便带领众狐女出去,和太极掌柜及其猫伙计吵架去了。

白姬吃饱喝足,叮嘱元曜好好待在心月楼里,扮演好若草,不要露馅儿,就离开了。

元曜待在若草的房间里,既发愁又担忧,幸好胡十三郎体贴地安慰他、陪伴他。

元曜住在心月楼里,认真地扮演着若草。

元曜与若草不熟悉,更不清楚心月楼的人情世故,但是因为有心月狐夫人和若草的贴身婢女小青帮着遮掩,便称病闭门不出,不与众狐女来往交谈,倒也没有露出马脚。

胡十三郎时常做好吃的,端来给元曜吃。

心月狐夫人偶尔会来看望元曜,告诉他一些地下幽都的事情,以及魔尊波旬的新娘该怎么去幽都。

按照心月狐夫人的说法,魔尊波旬娶新娘的那一天,元曜得斋戒沐浴,盛装打扮,在傍晚之前完成与心月楼姐妹们的告别。傍晚时分,逢魔时刻,会有一队骷髅鬼抬着迎亲的喜轿从鬼市幽都上来,到心月楼迎接魔尊波旬的新娘。骷髅鬼们还会带着一颗魔魂之珠。新娘必须把魔魂之珠悬挂在胸口,然后乘上喜轿,去往鬼市幽都。新娘这边可以有两名随从一起去幽都,负责隔天把新娘的尸体带回来。

鬼市幽都里,魔尊波旬会举行盛大的婚宴,参与宴会者是一些很少来到地面上的恶妖魔物。不过,心月狐夫人从没有去过魔尊的婚宴,不知道详细情况。至于新娘的下场,第二天无一例外都会死去。新娘具体是怎么死的,心月狐夫人也不知道。

心月狐夫人只知道,每次收殓回来的新娘尸体的心脏都有一个血淋淋的窟窿。那些死去的新娘表情各异,有些十分幸福安详,仿佛根本没有死去,只是沉浸于一个永远不会醒来的美梦中。而有些新娘表情十分狰狞扭曲,仿佛死前遭受了极大的痛苦,死后长眠于一场永远无法解脱的噩梦中。

元曜越听越心惊胆战,一连两天茶饭不思,一连两夜噩梦连连,每天伸长了脖子盼着白姬能够来看他。可是,白姬自从回缥缈阁之后,一连两天,不仅没来心月楼,甚至毫无消息,仿佛把他彻底忘记了。

时间过得很快,转眼就到了魔尊波旬娶亲的这一天。

白姬还是没有来心月楼。

元曜心哀如死,又忐忑恐惧,斋戒沐浴之后,任由众人给他盛装华服地打扮了一番。他此时愁容满面,惊恐不安——如果此时的新娘是真正的若草,估计也是这种心情。

元曜知道白姬不会不管他,但那龙妖既懒散又不可靠,万一睡过头,又懒得梳洗,就不来了,他可怎么办?

第十章　婚宴(上)

元曜十分愁闷,便推托身体不舒服,想要一个人静坐冥想。

众狐女心知这并不是值得庆贺的婚礼,若草今夜便会成为赴死的祭品,狐女们也十分难过,但又不知道该怎么劝慰,见若草愁闷,便都无奈地离开了。

小青送走了众人,然后陪着元曜一起待在房间里。

元曜跪坐在凤首箜篌前,心中愁苦不安。

小青见元曜一脸忧愁,惴惴不安,便安慰他:"元公子,您不用担心,白姬大人肯定会来救您的。"

元曜愁道:"小青姑娘,你有所不知,那奸诈的龙妖根本不靠谱,说不定觉得麻烦就不来救我了。小生到时候叫天天不应,叫地地不灵,可怎么办呢?"

小青说:"这……白姬大人也不至于这么不靠谱吧……大家都能看得出来,白姬大人非常重视您。千妖百鬼传言,缥缈阁虽然囊括了天下的奇珍异宝,但是您才是缥缈阁里最珍贵的宝物。您可是白姬大人最珍视的人,您就放心吧。"

元曜惊奇:"还有这种传言?大家肯定是哪儿弄错了。小生怎么可能是缥缈阁里最珍贵的宝物?而且,白姬才不珍视小生呢。"

元曜又抬起纤纤玉手,拨弄了一下凤首箜篌,一串空灵的弦音响起。

"好美的音色!这凤首箜篌才是宝物呢!"元曜说。

小青笑道:"这凤首箜篌当然是举世难寻的宝物。说到这凤首箜篌,我家小姐被命运选为魔尊波旬的新娘时,小姐以为自己必死无疑,便把凤首箜篌送给了阿锦小姐。而阿锦小姐也把自己的一件宝物当作回礼,送给了我家小姐。我家小姐因为自己已是必死之人,本来推辞不收,可是阿锦小姐坚持要回礼,我家小姐就只好收下了。我家小姐还悄悄地嘱咐我,等婚期一过,就把那件宝物还给阿锦小姐。不过,现在我家小姐没必要让我去办这件事了,将来要还也是小姐亲自归还。"

元曜有些好奇地问:"阿锦姑娘送给若草姑娘的宝物是什么?"

小青笑道:"一块白玉。据说,这块白玉是阿锦小姐出生时口中便衔着的,上面有灵气环绕,还会发出桃红一般的粉色光芒。阿锦小姐从小就把这块白玉带在身边,因为我家小姐把祖传的凤首箜篌送给了阿锦小姐,所以阿锦小姐便坚持把这块白玉回赠给我家小姐了。"

元曜说:"还有这样的事情?阿锦姑娘和若草姑娘还真是很要好的朋友呢。"

小青笑道:"是的。多亏了阿锦小姐,才能让白姬大人出手相助,我家小姐才有了一线生机。当然,也多亏了元公子您仗义挺身,代替我家小姐去鬼市幽都。"

元曜听小青这么说,想到傍晚得去鬼市幽都,又开始害怕了。

元曜唯唯诺诺地问:"小青姑娘,鬼市幽都是什么样子的啊?魔尊波旬真的那么可怕吗?我去了鬼市幽都后还能回来吗?"

小青软言安慰元曜:"元公子,我只是一只道行很浅的小狐妖,虽然在鬼市谋生，但是从不敢涉足地下幽都，更没见过魔尊波旬。我也不知道。不过，您不用担心，白姬大人一定会救您的。"

元曜和小青正你一言我一语地闲聊。

庭院里，胡十三郎带着两个人走过来，最后停在了轩窗外。

元曜侧头望去，不由得一惊。

胡十三郎身后的两个人，一个是凤炽，另一个是胡阿锦。

之前凤炽和胡阿锦陪着若草去了缥缈阁。白姬的计划是让若草、凤炽、胡阿锦躲藏在缥缈阁三楼的时间荒野里，等到魔尊波旬的婚礼结束之后再出来。

不知道为什么，凤炽和胡阿锦今天居然来了鬼市心月楼。既然凤炽和胡阿锦都来了，那……白姬呢？

元曜急忙奔到轩窗边，探出头去，伸长了脖子四处张望。

然而，庭院里只有胡十三郎、凤炽、胡阿锦，并没有白姬的身影。

胡十三郎问："元公子，你在找谁？"

元曜急忙问："胡十三郎，白姬没有来吗？"

胡十三郎还没有回答，凤炽已经抢先回答："白姬还在睡觉，没有起床。我和阿锦先过来，傍晚陪你一起去鬼市幽都。"

元曜十分失望，转身而去："白姬果然睡过头了……这龙妖太不靠谱了。"

胡阿锦解释说："元公子，不是的。白姬为了对抗魔尊波旬去了一趟六欲顶，寻找佛祖留下的能够困住魔尊波旬的梵加夷光。今天早上白姬才匆匆赶回缥缈阁，因为几天没合眼，十分疲累，晚上又要去赴魔尊波旬的婚宴，所以不得不睡一会儿，以恢复体力。"

可惜元曜已经走开了，没有听见轩窗外胡阿锦的解释。

胡十三郎、胡阿锦、凤炽来到了若草的房间里。

元曜问："凤炽兄弟、阿锦姑娘，白姬不是让你们跟若草姑娘一起待在时间荒野里，等事情结束后再出来吗？你们今天怎么来心月楼了？"

凤炽和胡阿锦对望一眼。

胡阿锦说："我和这只蠢凤凰商量了一下，一致认为为了保护若草我们总得做点儿什么。与其待在时间荒野里空等，束手无策，我们不如助白姬一臂之力。"

凤炽点点头，说："这只傻狐狸说得没错。我前世不能为小狐做什么，导致我们分隔两地，终生遗憾。这辈子，我总得为小狐做点儿什么。"

"蠢凤凰，不许叫我傻狐狸！"胡阿锦生气地说。

"那你也不许叫我蠢凤凰！还有，我是凤，不是凰！"凤炽也生气地说。

"啧，蠢凤凰，为了若草，我暂时不跟你多费唇舌。"胡阿锦歪头说。

"哼，傻狐狸，为了若草，我暂时不跟你计较。"凤炽也歪头说。

元曜担忧地问："凤炽兄弟、阿锦姑娘，你们俩来心月楼，白姬和若草姑娘知道吗？"

凤炽和胡阿锦一起摇头。

凤炽说："白姬不知道，我们是偷偷来的。"

胡阿锦说："若草也不知道。若草如果知道了，肯定不会让我们来冒险。我们背着若草，还有白姬，偷偷来的。"

凤炽说："我们刚才已经和心月狐夫人商量好了。傍晚时分，我们俩作为新娘的随从，一起去地下幽都。"

胡阿锦说："其实，之前我们也是这么决定的。若草去地下幽都，我们俩就陪若草一起去，一起对抗魔尊波旬。"

元曜忧愁地说："这不太妥当吧。"

胡十三郎疯狂地揉脸，说："阿锦，你不要胡闹了。某还得把你平安带回翠华山，才能对父亲大人有一个交代。既然白姬已经出手了，你就不要去地下幽都了。你如果不放心的话，某代替你去，见机行事，保护元公子，帮助白姬。你在心月楼乖乖地待着。"

胡阿锦说："哥哥，我必须亲自去。若草是我的朋友，这是我唯一能够为若草做的。"

胡十三郎说："这太危险了！若草肯定也不想你去冒险。不如这样，某和这只凤凰陪元公子去地下幽都，毕竟某也不放心元公子一个人去地下幽都。"

元曜感动地说："十三郎，你太好了。还是你对小生最好，不像白姬，总是坑小生。不过，今晚的幽都之行危险莫测，一个不慎，我们就会丧命。你们还是不要去，就让小生一个人去吧。"

胡十三郎说："那可不行！万一白姬真的不来或者来晚了一步，元公子你可怎么办呢？某还是得陪你去。"

凤炽说："你别劝我，我是一定要去幽都会一会魔尊波旬的。"

胡阿锦说："我也是一定要去幽都的。"

元曜担心胡十三郎、胡阿锦、凤炽的安危，劝他们不要去，但是好像也没有什么用。

但是，魔尊波旬的新娘只许带两个随从去地下幽都，胡十三郎、胡阿锦、凤炽争执了半天，也没有争出个结果。

小青见了，便提议抓阄决定谁去谁留，结果凤炽和胡阿锦抓中了，被留下来的是胡十三郎。

傍晚时分，阴阳交界，一列骷髅鬼从百鬼街的另一头徐徐行来。它们有百个，有的吹着丧笛，有的奏着哀乐，还有的捧着托盘。有些托盘上放着绑着红缎的丝绸绫罗，有些托盘上则放着滴着鲜血的骨器玉石，像是人类迎亲时的聘礼。

骷髅队伍的中央，有一架八个骷髅抬着的华丽喜轿。喜轿的前面，有一个骷髅捧着一个托盘，托盘上放着一件用红布蒙盖着的东西。因为被红布蒙盖住了，所以看不见那个东西是什么，只看到一缕缕带着邪恶气息的黑烟从红布之中溢出，让人望而生畏。

迎亲的骷髅队伍经过百鬼街时，街边所有的商户都关门闭户，非人早就躲藏起来了，街上空荡荡的。

心月狐夫人带着众狐女站在心月楼外，远远地看见迎亲的骷髅队伍过来，不由得恐惧地跪伏在地上。

很快，迎亲的骷髅队伍停在了心月楼外。

"若草"被小青搀扶着走出心月楼，"若草"的左边跟着凤炽，右边跟着胡阿锦。

这两个人作为随从，将陪"若草"一起去往鬼市幽都。

"若草"看见一队浩浩荡荡的吹着丧乐的骷髅，心中十分害怕，差点儿吓晕。最终，"若草"与心月狐夫人和众狐女拜别之后，带着凤炽和胡阿锦颤巍巍地走到喜轿前面。

捧着蒙着红布托盘的骷髅突然屈膝跪下，另一个骷髅走上前来掀开了托盘上的红布，露出了一个黄金璎珞，黄金璎珞上有一颗鸡蛋大小的黑色珠子。那黑色珠子不断地溢出黑色的污浊之气。

"若草"一看见那颗黑色珠子，就下意识地觉得非常不舒服。

骷髅示意"若草"低头，将黄金璎珞戴在了"若草"的颈上，黑色珠子正好垂到心口的位置。

戴上黄金璎珞的一瞬间，"若草"浑身如遭雷击，意识变得有些恍惚，感觉到一股寒气伴随着隐隐的绞痛从胸口逐渐蔓延全身，仿佛置身于冰窖之中，受着剜心的煎熬。

恍恍惚惚之时，"若草"被骷髅扶进了喜轿里。

迎亲的骷髅队伍放下了绑着红缎的丝绸绫罗，放下了滴着鲜血的骨器玉石，开始吹奏哀乐，踩着阴阳交界处的阴霾，带着魔尊波旬的新娘，浩浩荡荡地沿着来时的路返回，去往地下幽都了。

心月狐夫人抬头，望着走远的迎亲队伍，脸上露出了哀愁的神色。

胡十三郎望着远去的喜轿和跟着喜轿走远的胡阿锦与凤炽，脸上露出了担忧的神色。

胡十三郎揉脸，问："姑姑，这可怎么办啊？"

心月狐夫人望向百鬼街的尽头，望着黄昏时分的血红晚霞，说："十三郎，我们只能祈祷了，祈祷白姬大人今夜武运昌隆，能够得胜。我们已经欺骗了魔尊波旬，送去了假新娘，没有退路。如果白姬大人输了，不仅元曜、阿锦和凤炽回不来了，甚至连心月楼，不，整条百鬼街，都将灰飞烟灭，不复存在。"

第十一章　婚宴（下）

鬼市，幽都。

幽都位于鬼市地下，常年不见阳光。无论是白天，还是黑夜，幽都中都一片昏暗。因为有地下暗河从此流过，又兼冥界三途川的支流汇聚于此，所以幽都的空气中弥漫着潮湿的腥腐之气。

一阵带着腥味的阴风吹过，掀起了婚轿的帘幕。

元曜不由得打了一个寒战。

元曜透过被阴风吹起的轿帘缝隙向外望去。因为光线昏暗，他只隐隐看出幽都好像也是一座城池，只是空旷低洼，形状奇特，山川、河流、草木都曲曲折折地排布着。与一马平川、方方正正的长安、洛阳不一样，幽都大量的城郭、房舍排布独特，屋宇皆是高低错落，有些甚至是倒悬而立的。

元曜十分好奇，待要细看，轿帘在轿身颠簸时猛地合上，再没有一丝缝隙了。

元曜正要伸手去掀轿帘,却突然感觉到心脏一阵一阵地绞痛。他胸口悬挂的魔魂之珠正溢出一缕缕诡异的黑烟。

元曜感觉十分乏力,瘫坐在轿子中,意识也变得模糊起来。

不知道过了多久,骷髅队伍停了下来。

"请新娘下轿。"迎亲的骷髅队伍中的司仪说。

元曜闻言,只能强忍着身体的不适,硬着头皮下去了。

下轿之后,元曜抬头望去,发现迎亲的骷髅队伍停在了一道金色的宫墙外。

魔尊波旬盘踞之地竟然是一片金碧辉煌、气势恢宏的宫殿。

刚才一路行来,元曜看到所有的地方都是昏暗的,唯独这片金色宫殿光芒万丈,熠熠生辉,在黑暗中如同一颗金色的夜明珠一般耀眼。

元曜所在的位置明显不是宫殿的正门口,而是宫墙角落的一处偏僻的侧门口。

因为宫墙十分高阔,元曜看不清里面,只能隐隐看见一些飞檐斗拱、重楼宫宇的轮廓。侧门之内,另有一些奇形怪状的妖魔打扮成人类的样子,抬着一架装饰着红绸的金色莲花肩舆,似乎在等待着迎亲队伍。

骷髅司仪说:"请新娘乘坐肩舆入内。"

元曜只好任由骷髅扶着,进入宫门,坐上了肩舆。

元曜忍不住问:"光明正大地嫁给魔尊波旬,新娘为什么要从边角侧门而入?魔尊波旬此举未免也太失礼了。"

骷髅司仪说:"姑娘,不是魔尊大人失礼,而是因为婚宴来了很多客人,现在魔宫正门口的广场上有一大堆魔兽盘踞着呢。参加大婚的大多是来自东都西京的妖鬼,甚至还有从外地赶来的大恶妖,它们的坐骑和属下都停在魔宫外的广场上饮酒作乐。酒令人昏,非人也一样。这些魔兽魔物一旦喝醉,就没有理智了,若发狂纵性,连我们这些小骷髅一个不慎都会被抓住吃掉,更不要说细皮嫩肉的您了。因为魔尊娶亲是喜事,而贵客们都是千里迢迢赶来贺喜的,即使您或我们被喝醉发狂的魔兽吃了,魔尊大人也不好动怒,给贵客们难堪。我们若被那些魔兽吃了,那就白死了。所以,为了避免麻烦,咱们就从侧门进去吧。您放心,明天您的尸体一定会从正门抬出去,绝不会失礼。"

元曜一听,心里十分害怕,很想逃跑,但又清楚跑不掉。

凤炽和胡阿锦看见元曜进了魔宫里,也想跟进去,却被骷髅们拦住了。

骷髅司仪说:"新娘的随从是不能进去的,你们就在这儿等着吧。明天早上,我会通知你们进去收殓的。"

凤炽一听,十分生气,就要发作。

胡阿锦偷偷地扯了扯凤炽的衣袖,对凤炽使了一个眼色。

凤炽这才按捺住了。

莲花肩舆被骷髅们抬起。元曜跪坐在肩舆上,被抬走了。

宫门缓缓关闭。

迎亲的骷髅队伍完成了任务,四下散去。

凤炽问:"傻狐狸,你刚才为什么制止我?"

胡阿锦说:"因为你太笨了!你刚才若和那些骷髅起了冲突,有什么好处?那只是一群小喽啰而已。"

凤炽说:"可咱们是来保护那书生的,现在跟他分开了,怎么保护他?"

胡阿锦说:"你不必担心。至少在婚宴结束之前,元公子不会有危险。"

凤炽问:"那咱们现在该干什么?"

胡阿锦沉思了一下,说:"白姬还没有来。咱们先潜进去,一边等待白姬,一边见机行事。"

凤炽望着金光闪闪的宫墙,说:"这可是魔尊波旬盘踞的魔宫,宫墙上肯定有防止外人闯入的结界,咱们错过了刚才从侧门进入的机会,现在还能进去吗?"

"你也太笨了,蠢凤凰。即使魔尊波旬的宫殿平常有森严的结界,今天肯定会收了结界。那么多参加宴会的客人呢,很多客人的坐骑和属下饮了酒还会发狂,如果结界误伤了客人或其坐骑、属下,魔尊波旬会很失礼的。"

胡阿锦纵身一跃,踩着宫墙进入了宫内。

凤炽也急忙纵身跃入。

元曜跪坐在肩舆上,被抬向一座巍峨华美、金光闪耀的宫殿。

元曜远远望去,只见那座宫殿上悬挂着一块匾额,匾额上用朱砂写着"自在天"三个大字。

看见元曜一行人过来,宫殿门口的无面司仪发出了声音。

"新娘到了。"

无面司仪一张口,宫殿里面次第响起了相同的传信。

"新娘到了——"

"新娘到了——"

"新娘到了——"

随着传信声响起,宫殿里的乐声变得轻缓,宾客们的喧哗声顿时小了一些。

鬼怪们抬着元曜所坐的肩舆,进入了自在天。

元曜十分害怕,很想跳下肩舆逃跑,但是又不敢跑。

自在天内,白玉为柱,青玉引阶,翡翠镶嵌在门楣上,琉璃雕镂为花窗,屋梁上装饰着琥珀。佛家七宝随意地散落在大殿之中,这些佛家宝物在这妖魔的宫殿里毫无光泽,如同断落的森森枯骨,又仿佛地上的尘埃。

虽然自在天外面金光环绕,但是殿内阴气森森。

自在天内正在举行一场群魔乱舞的盛宴。

参与宴会的贵客有百余个,这些非人都长得奇形怪状、凶恶恐怖。有着血红双目的独角犀牛名叫紫翼独角兽,倚靠在白玉柱石上,正在品尝着美酒;一条巨蟒大小、上身是人形的千足蜈蚣盘踞在青石阶上,正在咀嚼一根骨头;一只墨斗大小的妖蛾隐藏在珍珠帘后,正享受着宴席上摆放着的一盘冒着三色烟雾的佳肴;许多半人半狮、虎、熊、黑、鹰之类的恶妖,比如狮麋兽、赤血雷豹、双头魔狼、烈焰魔猿、银獠暴熊等,都在宴会上肆意地饮酒作乐。

坐在上首的是魔尊波旬。

魔尊波旬是这群凶神恶煞、恶形恶状的非人之中最像人的存在了。

魔尊波旬身材伟岸,俊美绝伦。魔尊波旬褒衣阔袖,头戴远游冠,腰束碧玉带,一袭金色华衣拖曳在地上。魔尊波旬的头发漆黑如墨,皮肤隐隐泛着白玉石一般的光泽。

魔尊波旬看起来就像是一位普通的美男子,眉目和善,甚至还带着一丝平易近人的气质,让人忍不住想靠近。如果不知道真实情况,可能会误以为魔尊波旬是被这群妖魔鬼怪掳进妖魔巢穴里的无辜凡人,而非整个地下幽都的主人。

魔尊波旬望向被抬入殿的新娘,凤目扫视了元曜一眼,眼中有金光闪过。

魔尊波旬似乎感应到了什么,神色微微一凛,脸上露出一丝不悦之色。魔尊波旬继而似乎又想到了什么,凤目微睨,弯成了月牙。

魔尊波旬喃喃自语:"本尊闻到了龙的气息。今晚也许会有不速之客到来,这场婚宴想必会变得很有趣。"

元曜被抬进自在天里,环顾四周,几乎被这群参加婚宴的恶妖吓破了胆。元曜远远地看见一个身穿华服的人高坐在上首,那人长相俊美,面容和善。元曜心中感到亲切,正想向那人求救,下一瞬却看见无面司仪向那人行礼。

"禀报魔尊,新娘已经带到了。"

犹如一盆冷水当头浇下,元曜心灰意懒,万念俱灰。

魔尊波旬一边喝着金樽中的美酒,一边说:"离子夜还早,还不到举行仪式的吉时。无面,你先带着美丽如同皎洁明月一般的新娘去接受大家的祝福吧。"

"是,魔尊。"无面司仪恭敬领命。

于是,无面司仪按照以往的惯例,带着元曜依次接受赴宴恶妖的祝福。

元曜远远看着凶神恶煞的大妖怪们,吓得心惊胆战,更不要提靠近它们了。

这些大恶妖碍于魔尊波旬的威慑,倒也不敢对魔尊的新娘无礼,都客客气气的,在元曜经过它们身边时,按照礼节说了几句吉祥话。一些礼数周全的大妖怪还准备了要送给新娘的贺礼——钗环、手镯之类的,让无面司仪呈递给新娘。

元曜浑浑噩噩地走在众妖鬼之间,接受众妖鬼的祝福。

他悄悄侧头望向殿外,发现圆月已经升上中天,越来越接近子夜时分了,可白姬还没有出现的迹象。

元曜既忐忑又恐惧,不知道谁可以救自己。

就在这时,元曜被无面司仪带到了一个巨型僵尸的面前。

那僵尸高大威猛,肌肉结实,瞪着如铜铃般的眼睛。

元曜一看,觉得十分眼熟:这不是长安平康坊恶鬼道的鬼王吗?鬼王怎么跑来洛阳参加魔尊波旬的婚宴了?

元曜突然想起离奴说过,鬼王是魔尊波旬的众多义弟之一,顿时明白了。

虽然以前在长安城生活时元曜十分害怕鬼王,但是现在命悬一线,无人可以指望,在幽都遇见了鬼王这个老熟人,心里莫名其妙有些温暖。

元曜越看鬼王越觉得亲切,忍不住纵身扑向鬼王,扯住了鬼王的衣袖。

"鬼王陛下,救命啊——"

"你……你为什么向本座求救?"

鬼王放下手中的人骨酒樽,望着扯住自己衣袖的魔尊新娘,一头雾水。

"鬼王陛下，咱们算是故交，求您看在往日同在长安的情分上出手相救。"

鬼王本来正和几个多年未见的妖友借着婚宴的由头豪爽畅饮，喝得醉醺醺的，此刻被"若草"一扯袖子，听了"若草"这一番话，酒都被吓醒了。

一旁的几个大妖怪见此情形，议论纷纷。

"鬼王，这是你的旧相好吗？"

"鬼王，这可是义兄的新娘，是咱们的大嫂。你怎么和大嫂相好？"

"鬼王，咱们是多年好友，说句掏心窝子的话，义兄咱们可惹不起，你还是狠心斩断这段孽缘吧！"

鬼王的脸色一阵青一阵白，鬼王辩驳说："你们别胡乱猜测，本座根本不认识新娘！"

鬼王抡起巨手将"若草"甩开，说："你这妇人休得胡说八道！你是义兄的新娘，本座跟你可没什么往日情分，也从来没有见过你。"

元曜这才反应过来，刚才情急之下他忘了自己仍是若草的样子，就直接向鬼王求助，才引起了误会。

元曜又起身扑向鬼王，扯住他的衣袖小声说："鬼王陛下，是小生啊！长安缥缈阁……"

鬼王本想再次甩开"若草"，但是"长安缥缈阁"五个字入耳，仿佛雷霆在他的脑海中炸响。

鬼王一下子愣住了，低头望着"若草"，瞬间明白了什么，紧接着又似想到了什么。坏了，今晚魔宫恐怕要出大事了。我现在马上离开，还来得及吗？鬼王心想。

第十二章　轮　藏

鬼王脸色大变，脑海中刚浮现出这一念头，外面突然响起一阵骚动。

"轰隆隆——"两个巨大的东西被扔进了殿内。

众妖鬼转头一看，尽皆哗然。

那赫然是两颗妖兽的头，约有水缸大小，双目圆睁，龇牙咧嘴。

参加妖宴的众妖鬼都认出，被砍掉头的是在魔宫外广场上看守魔尊波旬宫殿的铁甲狮鹫。

铁甲狮鹫是护卫魔尊宫殿的守卫，它们的头被人扔进了自在天里，就意味着有不请自来的客人闯入了魔尊的宫殿。

下一刻，一名披头散发的白衣女子一边打着哈欠，一边缓步走了进来。

女子穿着一袭月白色单衣，披着半透明的鲛绡披帛，未施粉黛，未戴钗环，连头发都没有梳齐，只是随意地披散着，仿佛刚睡醒来不及梳洗急匆匆地赶来的。

元曜转头一看，心中狂喜，不再跟鬼王拉扯，急忙转身奔向白衣女子。

"白姬，你终于来了！"

"哎呀，太好了！轩之，你还活着呢！我还以为自己睡过头，来晚了。"白姬笑道。

那无面司仪反应极快，见魔尊的新娘要逃跑，便反手卷起一阵狂风，将元曜制服在原地。

白姬见状，衣袖微微一动，空气之中突然涌动凌厉的风雷之气。

一道雷霆闪过。

无面司仪被雷霆击中，身体颤抖了一下，顿时瘫倒在地上。

元曜没了束缚，便飞奔向白姬。

元曜跑到白姬身边，问："白姬，你怎么现在才来？小生还以为你不来了。"

白姬笑道："这几天我去六欲顶办事，早上才回来睡觉，睡得有些沉。要不是离奴及时叫醒我，我恐怕真会睡过头来不了了。不过，还好我被叫醒了，只是来不及梳洗打扮，就这么凑合着来了。"

元曜心中有千言万语却说不出来。白姬来了，他很高兴，也不再害怕了，可又多了一分担心——这一大群妖魔鬼怪看上去就十分恐怖，再加上那个让人心惊胆战的魔尊波旬，白姬会不会打不过而受到伤害啊。

白姬温柔地笑道："轩之，你不要害怕，也不用担心，有我在，没事的。"

魔尊波旬坐在上首，面无表情地看着这一幕发生。

自铁甲狮鹫的头被扔进大殿里的那一刻开始，魔尊波旬嘴角便浮现出一抹诡异的笑，仿佛期待了一夜的好戏终于拉开了序幕，又仿佛苦心布置了许久的陷阱终于等来了真正的猎物。

魔尊波旬俯视着白姬，说："龙王不请自来，参加本尊的婚宴，真是贵客临门，让整个地下幽都都蓬荜生辉。"

白姬笑眯眯地说："魔尊客气了。自从缥缈阁从鬼市搬走之后，我就疏于拜访老邻居，让彼此的情分淡了一些，这是我的失礼。听说你今天大婚，所以祀人特意前来恭贺。不过你家这两只凶恶的看门狗不许我进来，咬住我不放，我急着进来就下手重了一些，不小心杀了你的看门狗，真是不好意思。"

白姬虽然口中说着抱歉，却并没有一点儿道歉的态度。白姬睥睨着魔尊波旬，神色倨傲冷漠。

魔尊波旬轻轻地说："不过是死了两条看门狗而已，龙王不必放在心上。"

白姬又笑道："魔尊如此宽宏大量，让我大开眼界。这倒是让我有底气说出另一个本来难以启齿的请求了。"

魔尊波旬说："龙王，你还有什么请求？本尊最喜欢满足世人的请求，因为只有满足世人的请求，以他们的欲望作为诱饵，才能吞噬他们的心，让他们发自内心地虔诚地奉本尊为真佛。"

白姬笑道："巧了。魔尊，咱们算是同行，缥缈阁的营生也是满足世人所求。不过我不想成为神佛，只想修得人心。我的请求是希望你能让我带走你的新娘。"

魔尊波旬挑眉，问："为什么？"

白姬说："因为你今晚的这位新娘是对我而言很重要的人。如果失去了他，我会感到很难过。"

元曜闻言，不由得心中一暖。如果失去白姬，他也会觉得十分难过。

魔尊波旬又问："你没有心，为什么会觉得难过呢？"

白姬闻言，不由得愣了愣。白姬也不明白，刚才为什么会下意识地说出这样的话。

白姬笑道："那就换一个说法吧。魔尊，我很喜欢你的新娘，想要抢走她。"

魔尊波旬笑了，说："龙王，你这算是有求于本尊吗？"

白姬笑道："算是吧。"

魔尊波旬说："对于你，本尊还是那个条件。只要你把你的力量献祭给本尊，带着海域众生效忠于本尊，助本尊成为三界六道唯一的真佛，本尊不仅将这个新娘送给你，还会给你一颗圆满的人心。"

元曜闻言，愣了愣。

魔尊波旬想要借助白姬的力量成为真佛？

白姬环顾四周，愁道："失算了！我今天匆忙出来，忘了带离奴一起来了。"

元曜疑惑地问："白姬，这跟离奴老弟有什么相干？"

白姬指着魔尊波旬，说："轩之，我现在很愤怒，却不擅长吵架，没法恰当地以语言表达自己的怒意。这时候，就需要离奴代我骂魔尊波旬一顿呀。"

元曜以手抚额，说："你把离奴老弟当成你的'嘴'吗？"

白姬说："没办法，我忘了带离奴出来，还是自己动嘴吧。波旬，我已经明确拒绝了你无数次。我不会把自己的力量献祭给你，更不会带着海域众生堕入魔道，化身成魔。你就死了这条心吧！虽然我被佛祖惩罚不能入海，与佛祖不是同一立场，但并不代表我跟你就是同一立场。说实话，我不喜欢佛祖，但是更讨厌你。你所描摹的群魔乱舞的邪魔世界比佛祖展示的佛光普照的世界要丑恶多了。"

魔尊波旬仿佛习惯了白姬的拒绝，一点儿也不生气。魔尊波旬的声音突然充满了动摇人心的魅惑，如同魔音。

"龙王，当年的天地大战，你不仅失去了无上的荣耀和尊严，还失去了你的王国和子民。你无家可归，成为西方极乐世界的囚徒。你的部下则几乎全部惨死，活着的沦为败军之将，受了严惩。龙不能入海，是世间最残酷的惩罚。你独自在这人间道收集因果，多么孤独与艰辛，就像是在恒河之畔细数沙砾，永远徒劳无功。你想要达成佛祖无理的要求，是不可能的。你这苦难的修行是没有尽头的。只要你跟随本尊，堕入魔道，本尊会让你摆脱这孤独且苦难的修行，恢复你的荣耀和尊严，让你重获你的王国和子民。你的子民、你的残部，还在海域之中苦苦等候你的归来，你真的不想回到海中吗？"

白姬眼神清明而坚定地笑道："魔尊，这魅音之术我也会，并且经常在收集因果时使用，所以你对我施展没什么用。不过，你确实言中了我的所求，我想回海中，这是我在人间道收集因果的意义。但是，我没有得到一颗人心，所以我没办法回去。"

魔尊波旬说："我可以给你一颗人心，一颗圆满的人心。"

月上中天，金殿重立。

与元曜分别之后，凤炽和胡阿锦悄悄地潜入了魔尊波旬的宫殿。因为魔宫里重楼叠阁，宫宇辽阔，两个人游荡在黑暗之中，不知不觉就迷了路。

凤炽问："傻狐狸，咱们是不是迷路了？"

胡阿锦发愁地说："蠢凤凰，你才发现啊！虽然今晚魔宫的宫墙上没设结界，可是魔宫内布有迷障，以防外人闯入宫室内重要的地方。新月涯的神月宫就是这么布置的。"

凤炽疑惑地问："新月涯的神月宫是哪里？"

胡阿锦说："那是我的外婆家。"

"哦。"

"也不知道今晚过后，我还能不能再见到外婆。"胡阿锦有些伤感。

凤炽拍了拍胸脯，说："放心吧！傻狐狸，我会保护你的。"

胡阿锦更发愁了，说："我还是指望白姬吧，白姬更靠谱一些……哎，你看，那群无面人走进了那座宫殿里。小凤，我们悄悄地跟过去看看。"

凤炽一愣，问："傻狐狸，你刚才叫我什么？"

胡阿锦一边悄悄地跟上无面人，一边说："小凤！奇怪，我为什么要叫你小凤呢，明明蠢凤凰这个名字更适合你。"

凤炽望了胡阿锦一眼，只见这只白色的小狐狸身上泛着莹润的白光，仿若白玉一般。那白玉般的光芒十分熟悉，仿佛时空彼端他前世梦里的某个人。

凤炽急忙摇头，说："不对！不对！不对！若草才是小狐！在洛水边我感应到的是若草的气息。"

胡阿锦见那些无面人进了偏殿里，急忙跟上。胡阿锦回头一看，见凤炽还愣在原地，不由得小声说："蠢凤凰，快点儿！说不定元公子在这殿内，你还愣在那儿干什么？"

听到胡阿锦喊自己，凤炽急忙收了思绪，跟着胡阿锦一起潜入了偏殿。

偏殿之内，光线昏暗，那一队无面人进来之后，就不知道去了哪里。

凤炽和胡阿锦置身在一个巨大的空间之内，一排排多宝槅立于四面八方，中央的位置有一座巨大的八角转轮藏[①]。

[①] 转轮藏，轮藏是佛寺中一种可以回转的佛经书架，又称转轮藏。将书架制作成八角形的书棚，中心立轴，使书棚得以旋转，能捡出所需的经卷。此种书架即称转轮藏，与民间的走马灯相似。

胡阿锦向四面八方的多宝槅望去，但见每一方多宝槅都以黑漆为底，饰以红、白、绿三彩，四门横列，纵向分隔为多个空间，有千百个空间。

多宝槅的每一个空间里都放着一个琉璃瓮，瓮身隐隐泛着光泽，里面似乎有东西在浮沉，但旁人看不清里面装了什么。

宫殿中央的八角转轮藏高数十丈，共有九层，门扇紧闭，外面浮雕着飞天、金刚、菩萨、佛陀和一些吉祥莲花纹图案。

八角转轮藏正如走马灯一般不停地旋转着，关闭的门扇内隐隐泛着红光。

胡阿锦指着八角转轮藏，疑惑地问："小凤，这里面是什么东西？"

凤炽自进入偏殿起，注意力就被八角转轮藏吸引了。凤炽直直地望着转轮藏上紧闭的泛着红光的门扇，神情十分凝重。

"这里面有一股非常强烈的邪魔气息。"凤炽喃喃地说。

胡阿锦灵光一闪，说："这可能是魔尊波旬的宝物。不如我们看看这是什么，如果足够贵重的话，说不定可以拿它去交换元公子。"

凤炽有些犹豫。凤炽是神族，所以对邪魔的气息格外敏感。凤炽觉得八角转轮藏里面的东西太过邪性，并不太像宝物。

胡阿锦见凤炽犹豫，以为他胆小，便伸出手，准备自己打开八角转轮藏的门扇。

凤炽见胡阿锦伸手要碰八角转轮藏，急忙纵身拦在胡阿锦身前，说："小狐，还是我来吧。我是神族，有紫光护体，能辟一般的邪气。你藏在我的身后。"

胡阿锦闻言，便嘟囔着藏到了凤炽的身后。

"我才不是小狐呢！这蠢凤凰真是昏了头。"

凤炽的注意力都在八角转轮藏上，凤炽没有听清胡阿锦的话，甚至没察觉到自己刚才无意中叫胡阿锦"小狐"。

凤炽也十分好奇藏在门扇里的东西是什么。凤炽捏了一个印诀，一片凤凰之火在凤炽的掌心里扩大，继而卷起一阵疾风，向八角转轮藏而去。

当金红色的凤凰之火腾空而起时，借着明亮的光芒，胡阿锦看清了四周多宝槅上的东西，顿时惊得花容失色，说："小凤，这儿有好多心啊！"

凤炽四下一望，也大吃一惊。

多宝槅上放着成百上千的琉璃瓮，琉璃瓮中浮浮沉沉着一颗颗心脏。不知道是人的心脏，还是非人的心脏。这些离开了身体的心脏，还在一张一缩地颤动。

这时，八角转轮藏的门扇被凤凰之火打开了，里面的虚空之中也有一颗颤动的心脏。

八角转轮藏里的心脏暴露的一瞬间，四周的多宝槅上的琉璃瓮顿时发出妖异的红光，整个大殿红光大炽。

一条条血红色的丝线如血管一般沿着琉璃瓮从地下蔓延向八角转轮藏，最终连接在门扇内虚空中飘浮的心脏上。所有的心脏都跟随着中央的转轮藏里的心脏以同样的节奏一张一缩地颤动，那情形仿佛中央的转轮藏里的心脏是一棵大树，而多宝槅上的成百上千颗心脏是大树的枝叶。

"小狐，这是什么鬼东西啊？"凤炽惊讶地问。

第十三章　佛　魔

胡阿锦还没说出"不知道"三个字，就见一道黑色的光从八角转轮藏之中散开，天罗地网一般罩向了胡阿锦和凤炽。

与此同时，之前进入偏殿之后就不见踪迹的那群无面人从黑暗之中浮现出来。

"有闯入者！"

"魔卫何在！"

一群凶恶的魔兽从黑暗之中现出庞大的身形，仿若魔化的狮虎，瞪大着血红的双目，张牙舞爪地扑向了凤炽和胡阿锦。

凤炽急忙驱动凤凰一族的神火破开了黑网的束缚。

一道金红色的火焰破空而起，下一刻，凤炽化身为一只巨大的白凤凰。

白凤凰浑身浴火，白焰万丈，彻底照亮了昏暗的魔宫。

胡阿锦一见，急忙化身为一只白色的九尾狐。

白色九尾狐身姿矫健，骁勇而美丽，九条巨大的白尾迎风招展，仿若飞扬的旗帜，又如锋利的枪戟。

那群魔兽龇牙咧嘴，朝着白凤凰和九尾狐袭去。

白凤凰和九尾狐对望一眼，摆出反击的姿势，与魔兽激战。

魔宫，自在天。

白姬好奇地望着波旬，问："魔尊，你打算如何给我一颗圆满的人心？"

魔尊波旬垂头望着白姬，说："须弥之顶，无相之境，有一座转轮藏。它可以化无为有，凭虚为实，衍生万物。本尊将收集的人和非人的心放入转轮藏里炼制，将它们融合，何愁没有一颗圆满的人心？本尊已经收集了九百九十九颗心，如今那转轮藏里正在形成一颗圆满的心。"

白姬挑眉，问："那些心是你从哪儿弄来的？"

魔尊波旬说："那些心大部分来自本尊的新娘。"

白姬微微一愣，转头望向元曜。

元曜胸口上坠着一颗黑色的魔魂珠。魔魂珠幽光潋滟，正溢出一缕缕黑烟。

白姬急忙伸手，手上闪过一道白色光咒。白姬试图将元曜胸口的魔魂珠扯下，可是魔尊波旬先一步念起了咒语。

一瞬间，魔魂珠没入了元曜的胸口。

元曜突然觉得心口一阵剧烈绞痛，似乎有一股强大的力量将他的心脏裹挟住，要从他的胸膛里扯出。

元曜疼得额头冒汗，无法支撑身体，跪倒在地上。

魔尊波旬停止念咒，喃喃自语："这就是第一千颗心。"

随着魔尊波旬停止念咒，元曜的心绞痛缓和了一些，似乎那股要拽出他心脏的力量松懈了下来。

元曜无力地伏在地上，大口大口地喘气。

白姬望向波旬，问："魔尊，你确定将一千颗心放入转轮藏之中，就能获得一颗圆满的人心？"

魔尊波旬眼中闪过一丝犹豫："本尊不确定。不过，本尊得试一试，才知道能不能成功。本尊还差一颗心，就是这颗，很快就能看到结果了。"

白姬望向魔尊波旬，目光森寒。

"假如你成功了，要怎么把这颗圆满的心给我呢？要知道，我得与这颗圆满的心合二为一，才算是真正拥有了它，才能够回到海中。"

魔尊波旬眼中闪过一丝狂热："很简单。你堕入魔道，化身为魔，将你的心献祭给我，我将这颗炼制出来的圆满的心与你残缺的心交换，你就能拥有这颗圆满的心了。"

白姬一听，怒问："你确定我堕入魔道后就能成功地换得这颗圆满的心？"

魔尊波旬说："不确定。本尊得试一试，才知道能不能成功。也许，你会在换心的过程之中丧命。如果你死了，那就证明你太弱了。弱小者，不配效忠于我，死了也就死了吧。"

白姬十分生气，左右张望。

元曜捂着胸口，有气无力地说："白姬，别张望了，离奴老弟不在，有什么话，你还是亲口对那魔头说吧。"

白姬不怒反笑，说："魔尊，你把转轮藏卖给我，价格随你开。"

魔尊波旬有些疑惑地问："龙王，你要转轮藏做什么？"

白姬笑道："魔尊，感谢你惦记着我没有心，想给我一颗圆满的心。礼尚往来，我担忧你的脑子残缺，想给你换一个圆满的脑子。照你刚才所说，我去集市多买些猪脑投入转轮藏，应该也能炼制出一个比你现在更好的脑子吧。"

魔尊波旬皱眉，说："龙王，你是觉得我疯了？"

白姬还没回答，旁边来参加宴会的啸月魔狼耿直地大声说："义兄，白姬不是觉得你疯了，而是在骂你猪脑子呢！"

白姬莞尔一笑。

元曜一听，也忍俊不禁。

魔尊波旬脸色一阵青，一阵白。

大殿之中，来参加妖宴的妖魔们害怕魔尊波旬，只得拼命忍耐着不敢笑出声。

"哈哈哈，义兄是猪脑子———"

一阵雷霆般的哄笑声在大殿里响起。

众妖魔鬼怪，包括白姬、元曜在内，都十分惊愕，不知道是谁这么大胆，居然敢笑出声。

众妖魔鬼怪一起转头望向不惧怕魔尊波旬、笑得如此畅快的非人。

那是一个肌肉结实的巨型僵尸。

巨型僵尸正是鬼王。

殿内的气氛一下子冷了下来。

鬼王大张着嘴巴，笑声卡在了喉咙里。鬼王这才醒悟过来，意识到自己刚才犯了一个天大的错误。鬼王居然没看场合，下意识地笑出了声，还说魔尊波旬是猪脑子。大概是今晚美酒喝多了，鬼王有些醉醺醺的，一时间没有反应过来，失态了。

魔尊波旬冷厉地望向鬼王，眼中杀意顿起。

鬼王张大嘴巴，表情僵硬而尴尬。鬼王看见魔尊波旬眼中杀意炽烈，手掌中冒出一点儿金光，顿时冷汗直冒，十分恐惧。

该死！因为刚才失态，出言不谨，行为不慎，惹怒了魔尊波旬，今晚我十有八九性命不保，但愿此刻在魔宫广场外的玳瑁和夜叉能够活着逃走。鬼王心想。

就在这时，白姬倏然化作一条须鬣戟张的巨大的白龙。

白龙一爪将元曜抓起，丢向鬼王。

"鬼王，看好轩之，他若少了一根头发，我就扒下你的三层僵尸皮做冬衣。"

白龙转身，浑身散发出金色火焰，如同一道狂暴的火焰疾风卷向了魔尊波旬。

火焰疾风所过之处，众魔物和酒宴器物被卷飞，玉阶粉碎，金殿尽毁。

魔尊波旬顾不得找鬼王算账，倏然身躯变大，化作金刚佛魔之身，背后生出六臂，迎向袭来的白色战龙。

"龙妖，我的僵尸皮怎么做冬衣啊？"鬼王大声怒吼。

鬼王虽然十分生气，但还是伸长手臂接住了元曜，将他横抱在胸前，然后放下。

"书生，别离开本座身边，不然本座也保护不了你。"鬼王说。

元曜急忙作了一揖，感激地说："多谢鬼王陛下。"

和鬼王交好的妖魔一看到这情形，议论纷纷。

"鬼王，你果然和大嫂有一腿，真是让人看不下去！"

"鬼王，你疯了吗？你知不知道你今晚在干什么！"

"鬼王，你今晚惹怒了义兄，闯下大祸，这可如何收场？朋友一场，我真替你发愁。"

鬼王恼怒地说："你们都给本座闭嘴！今晚的情况还不知道怎么样呢。"

那几个妖魔一脸茫然。

"今晚到底是什么情况啊？我们虽然在这里看看，但是除了发现你跟大嫂有一腿，完全没弄清楚其他的情况。"

鬼王气恼地说："谁跟大嫂有一腿啊！你们不要胡说八道！你们根本就没有弄清楚情况，其实本座也没弄清楚究竟是什么情况。"

白色的战龙与金色的六臂佛魔激战正酣。以白色的战龙与金色的六臂佛魔为中心，万道金光随着一阵阵剧烈的震颤激荡开来。

六臂佛魔张开巨臂，似乎打算将白龙钳制住，但是白龙在六臂佛魔的攻击之中灵巧地游走了。风起云涌之间，白龙狂啸如雷霆。

白龙仰天长啸，张开巨口，撕裂了六臂佛魔的一臂。

六臂佛魔断了一臂，但那条断臂处以肉眼可见的速度再长出了一条巨臂。

白龙转身，吐出一道冰蓝和白色交织的龙火，再次扑向金色的佛魔。

整座自在天山摇地动，仿佛地震一般，殿宇的穹顶早就破裂了，玉石地板逐渐龟裂，又有强烈如疾风的煞气在虚空之中乱卷，梁柱开始摇摇欲坠，似要轰塌。

参加婚宴的妖魔鬼怪体形庞大，承受不住地动山摇，都在滚来颠去。

有的忠心耿耿，想去帮助魔尊波旬，好立下功劳。但白龙和魔尊波旬激战如神仙打架，这些恶妖根本插不上手，甚至稍微一靠近就会被罡气卷飞。

这些妖魔鬼怪之中，有的并不是特别忠心于魔尊波旬，只是趋附于强大黑暗力量的乌合之众。它们觉得今晚太危险，还是离开魔宫为妙，但又不敢做第一个逃跑的，怕将来被清算，于是就只能硬着头皮待着。

大部分妖魔鬼怪一脸茫然，不明白发生了什么事。它们参加了无数次魔尊波旬的婚宴，还是第一次遇见今晚这种意外情况。

不过，这些妖魔鬼怪毕竟都是拥有好战本性的恶妖，混乱的状况容易激发它们的战斗本能，让它们心灵失控。它们彼此之间本就不和睦，其中一些妖魔互相有仇怨，今晚是迫于魔尊波旬的威慑才勉强凑在一起，和平宴饮。此时此刻，大家颠来倒去，又因为醉酒而脑子不清醒，早就被勾起了旧日仇怨。

鬼王的旧敌早就按捺不住，借着"若草"在鬼王那儿，打着鬼王居心不良、人伦尽丧，要帮义兄魔尊抢回新娘的旗号，就摆出了和鬼王战斗的架势。

鬼王今晚本就因为各种莫名其妙的情况憋了一肚子气，此时见旧敌们来寻衅滋事，便和它们打起来了。

因为要保护元曜，鬼王打得绊手绊脚，不能尽情施展。

见鬼王被千足蜈蚣、嗜血魔蝠、三头化骨蛇一起攻击，屡屡吃亏，鬼王的几个好友实在看不下去了，便妖化了身形，来帮助鬼王。

"鬼王，虽然你与大嫂的勾当让人不齿，但我们毕竟好友一场，还是不能看你吃亏。"

"今晚大家都疯了吗？我也疯了吗？这可怎么收场啊？"

"疯就疯了吧，我先打个尽兴。那破蜈蚣精之前抢了我的相好的，我们俩大战一场却没分出胜负，我今晚一直想揍它，现在总算是找到机会了。"

一时间，自在天内群魔乱舞，沸反盈天。

看到妖魔鬼怪混战成一团，元曜抱着头蹲在一根梁柱下，十分恐惧，不知道该怎么办。

上空。

白龙一边打斗，一边笑道："哈哈哈！魔尊，你应该感谢我。"

六臂佛魔问："本尊谢你什么？"

白龙说："你应该感谢我替你炒热了气氛。大家死气沉沉地喝酒多无趣，跟参加葬礼似的。你看，现在才像是婚礼嘛，宾客们都在尽情地狂欢呢。"

六臂佛魔十分生气。它身后金光四射，虚空之中突然浮现出一个圆形的咒符阵。咒符阵中画着地藏转轮四圣咒像，咒像不断地旋转着，闪烁着妖异的红光。

六臂佛魔说："龙王，既然大家都在狂欢，那你与本尊的狂欢什么时候达到高潮？"

白龙盯着六臂佛魔背后的符咒阵，金色的瞳孔中映着血红色。

白龙说："别急。你要有耐心！若狂欢的高潮来得太快，那就太无趣了。"

白龙的身后腾起万道金光，那光芒闪动着梵语的咒符，聚集成一个圆球。

红色的圆球如旭日东升一般，彻底照亮了昏暗的幽都。

六臂佛魔一愣，说："梵加夷光？龙王，你去了六欲顶？"

白龙没有回答六臂佛魔，只是愉快地笑道："魔尊，酒宴上总归需要一些行酒令的小道具，才能将气氛推向高潮。这是你的婚宴，不如让梵加夷光来助兴吧。这是我送你的贺礼，请笑纳。"

"龙王，你知道你在做什么吗？"

六臂佛魔结了一个法印，身后的圆形咒符阵如火焰般燃烧，火焰后面涌动着无数魔物。它们蠕蠕涌动，就要破空而出。

圆形的咒符阵似乎就要一分为二，破裂开来。

白龙金眸灼灼，盯着六臂佛魔身后的咒符阵，说："当然知道。魔尊，你把六道之门打开，从地狱深渊放出你的妖魔部下肆虐人间时，我就会以龙王的咒印作为献祭，将梵加夷光化作万华之镜，将你困入虚无空境中。你将被困在鬼市幽都，永远不能从虚无空境中出来。虚无空境中的劫火，会不断地焚烧你的神识、罪恶，一千年、一万年，甚至一亿年。你最后会化作虚无的劫灰。"

"这样一来，你也会死。龙王，你打算与本尊同归于尽吗？"

白龙不以为意地说："魔尊，同归于尽这个词多难听啊！听起来好像我们俩是不共戴天的仇人。我这叫以命相托。在这个世界上，能让我以命相托的人不多，你是其中之一。"

六臂佛魔冷笑，说："那本尊还真是不胜荣幸。不过，献祭出龙王之印，你马上就会死去。本尊虽然被困在虚无空境之中，但还有可能逃脱。只要本尊弃恶从善，潜心改过，立志回归圣光佛位，佛祖为了圆满功德，会再一次将本尊从虚无空境之中放出来的。"

白龙仿佛听到了世界上最好笑的笑话，哈哈大笑，说："江山易改，本性难移，你本身就是三千世界阴暗面的聚集，诞生于邪恶的深渊，不会也不可能真正弃恶从善，潜心改过。佛祖也不会再一次将你从虚无空境之中放出来。不过，佛祖胸怀大慈悲与大智慧，也许会为了圆满的功德再度你一次。波旬，一旦你打开六道之门，生机就只有一半了。而我，会先在虚无的尽头等你。"

白色战龙金眸灼灼，盘旋于虚空，居高临下地睥睨着六臂佛魔，带着雷霆万钧的强大威慑力，身后的梵加夷光如同燃烧的红日，光芒万丈，气势恢宏。

六臂佛魔犹豫了。

第十四章　自　在

就在这时，自在天的门口突然响起了一阵喧哗。

两道白光冲进了大殿里，同时带进来一大堆妖魔护卫。

那两道白光在殿中落定。

一个是光华耀夜、尾羽飞扬的白凤凰，另一个是身姿矫健、毛色雪白的九尾狐。

凤炽和胡阿锦看清了大殿之内的情形，顿时大惊失色。

原来，凤炽和胡阿锦先前在八角转轮藏前被魔宫的护卫发现，双方激战，打斗之下，魔宫的护卫越来越多。

凤炽和胡阿锦一起逃出宫殿，且战且躲，但凤炽和胡阿锦不熟悉魔宫的地形，在魔宫的重重宫殿之中迷失了方向，眼看就要敌不住了。

凤炽突然发现了一道龙气破空而起，知道是白姬来了。

凤炽和胡阿锦大喜，就引着魔宫的护卫们朝着龙气的方向来了。

结果，凤炽和胡阿锦发现自在天内群魔乱舞，恶妖混战，情况更加危险。

凤炽定睛一看，大殿正上空，破开的穹顶处，一条白色战龙和一个六臂佛魔正剑拔弩张地对峙着。

凤炽猜测，跟白龙对战的六臂佛魔就是魔尊波旬。凤炽纵身而起，翅羽飞展，浑身上下激增出炽烈的白色涅槃之火，然后冲向了六臂佛魔。

胡阿锦也飞身而起，打算去帮助白姬，但是胡阿锦妖力尚浅，也没有神族的火焰，尝试了两次，都被罡气阻隔，无法靠近白龙和六臂佛魔的战圈。

胡阿锦只好放弃，朝大殿内环视了一圈，看见"若草"抱着头缩在一根摇摇欲坠的石柱下，而"若草"周围的巨型僵尸、剑齿虎、千足蜈蚣、血红蝙蝠之类的妖魔鬼怪正打得不可开交。

胡阿锦急忙驱动一道狐火，朝着石柱飞去。

"元公子，你还好吧？"

元曜又惊又怕，身处一群激战的妖魔鬼怪之中，正不知道该怎么办，突然看见一只白色九尾狐飞到了自己身边，问候自己的安危。

元曜顿时惊喜地说："阿锦姑娘，你来得正好。现在情况十分混乱，白姬把小生交托给鬼王之后就跟魔尊波旬打起来了。双方打得十分激烈，金光万丈，火焰滔天。白姬没事吧？小生很担心白姬，你快带小生去白姬身边。"

胡阿锦抬头望了一眼光芒万丈的穹顶，说："元公子，我修行尚浅，无法靠近上面。想来，你去了白姬身边也没什么用处，这里太混乱危险了，不如我带你出去，找个清净安全的地方躲起来，再做打算。"

元曜心想：我只是普通人，力量有限，确实帮不了白姬。我担心白姬的安危，但是即使在白姬身边我也只会让白姬分心，给白姬添麻烦，还是听胡阿锦的话比较妥当。

于是，元曜站起身，跟着胡阿锦离开了摇摇欲坠的石柱。

"狐狸，书生就交给你了。他若是在你那儿受了伤，可不关本座的事。"

鬼王看见元曜跟着胡阿锦走了，打斗之时也不忘记交代一句，算是交接过了，撇清责任。

元曜回头，朝鬼王作了一揖，算是感谢。

鬼王不用保护元曜了，不再束手束脚，可以放开手脚大干一场了，心情自然很好。

巨型僵尸浑身溢出碧绿的尸毒，青色的皮肤缓慢地裂开。

鬼王身形瞬间又增大了十倍，几乎与殿宇齐高，酣畅淋漓地和旧敌打斗起来。

就在这时，外面又传来一阵骚乱。

只见一些奇形怪状的魔兽纷纷拥进了自在天里，仿佛正被什么驱赶着，其中一些还受了伤。

玳瑁和夜叉混在这群奔逃的妖兽之中，神色有些紧张。玳瑁和夜叉要进入自在天，正好和要逃出去的元曜、胡阿锦撞了一个满怀。

夜叉十分恼怒，举起铁叉摆出了攻击的姿势，但是看清撞自己的是一个年轻貌美的青衣女子，又放下了铁叉。

玳瑁早已化作猎豹大小的猫妖，与撞自己的白色九尾狐对峙着。

元曜定睛一看，发现是玳瑁与夜叉，急忙说："玳瑁姑娘、夜叉兄弟，你们怎么来了？鬼王陛下在里面和一群妖鬼打斗呢！"

夜叉一愣，问："你是谁呀？谁是你的兄弟？我不认识你，你别套近乎。"

元曜急忙说："是小生啊。"

玳瑁望着天空中，破开穹顶的殿宇上方，正在激烈对战的白龙和六臂佛魔，说："白姬既然在，再听这迂腐的语气，此人肯定是缥缈阁的元公子。"

夜叉说："原来是元公子。天哪，你怎么变成女子了？你们缥缈阁又多管什么闲事了，这次闹得可真够大的。"

玳瑁环顾四周，担心地问："我那笨蛋哥哥在哪里？"

元曜急忙回答："离奴老弟今晚没来。"

玳瑁顿时放心了，说："笨蛋哥哥没来就好。"

夜叉说:"元公子,你们快去魔宫外的广场。那儿来了一群凤凰和神鸟,还有一群翠华山的狐狸精,以及一群鬼市的妖鬼,以心月狐和猫掌柜为首,和魔宫的侍卫们以及那群妖兽打了起来。我和玳瑁看情况不对劲就赶紧来这儿,打算叫鬼王陛下一起离开。"

元曜十分震惊,还没来得及询问,胡阿锦已经开口:"翠华山的狐狸?我的父亲大人来了?"

夜叉回答:"翠华山的老狐王来了。老狐王带着一群战狐在战斗,老当益壮,十分威猛。你们赶快去外面看看吧,想来这些都是你们一伙儿的。"

玳瑁说:"夜叉,你别说废话了!咱们快去找鬼王陛下,然后赶紧离开。虽然不知道发生了什么,但是我觉得今晚的情况太奇怪了,咱们恶鬼道还是不要蹚这浑水为妙。"

胡阿锦一听翠华山的狐妖来了,早就按捺不住,想去找同族了。

"元公子,此地不宜久留,咱们还是赶紧去和我的父亲大人会合吧。"

于是,元曜和夜叉便不再多言,互相作了一揖,便分开了。

元曜和胡阿锦还没走出多远,就看见魔宫之中已经一片混乱。

天上有一群凤凰在飞。那些凤凰骁勇威猛,追赶着魔宫的守卫,焚烧着邪恶的妖兽,以神族的火焰驱散了魔宫上方的阴霾。

元曜远远望见为首的金色凤凰,觉得十分眼熟,似乎是他在白玉京事件中去凤凰栖息的火焰岛上见过的凤王。凤王身上的羽毛有些稀疏,尾羽只有稀稀拉拉的三根,和旁边那些羽毛丰满的凤凰不太一样,不过凤王身上散发出来的涅槃之火是整个凤族部队之中最光华耀眼的。

凤凰还带来了一群神鸟,有青鸾、白鹭、神鹰、云枭等。它们正与魔宫里的一群妖魔鬼怪混战。

魔宫之中,除了天上的凤凰百鸟,地上有一群九尾狐正在和护卫魔宫的妖魔激战。

九尾狐族的战士们英姿勃发,威风凛凛,利爪如刃,撕裂阻挡自己的敌人。

"父亲大人、姑姑、四哥、五哥、八哥、十三哥……"

胡阿锦的眼神好,胡阿锦一眼就认出了自己的亲人,急忙一把抓起元曜飞奔过去。

老狐王、心月狐夫人、胡栗、胡五郎、胡癸、胡十三郎看见胡阿锦,都松了一口气。

老狐王说:"幸好赶上了。阿锦,你还活着,真是太好了!你这孩子真是的，发生了这么大的事情，都不和我们说，还叮嘱十三也不许说。幸好义妹修书一封，我才知道这一切，匆匆忙忙地连夜来神都，幸好赶上了。"

胡阿锦惭愧地说："父亲大人，我是怕自己闯祸给大家添麻烦，想自己解决这个事情，毕竟魔尊波旬非常可怕。"

老狐王慈爱地说："阿锦，家人是什么？家人就是互相扶持、互相帮助的人。即使你惹了天大的麻烦，我们也会齐心协力替你解决，因为我们是一家人。一听到你在神都出事了，你的四哥、五哥、八哥就跟着我赶来了。"

胡阿锦十分感动，哽咽着说："父亲大人、四哥、五哥、八哥，谢谢你们。"

胡栗冷冷地说："阿锦，你自己闯下的祸，自己承担，别总想着依赖家人。我来这儿只是想看一看自己最近修行有没有长进，战斗力有没有提高，毕竟波旬的魔宫是一个试炼战斗能力的绝佳场所。"

胡五郎则习惯性地装冷漠，说："是父亲大人硬要来的，跟我无关。虽然我人在这儿，但无论怎样，横竖都不关我的事。"

胡癸瑟瑟缩缩地说："也是父亲大人逼迫我来的，我根本不想来。我还幼小，还没成亲呢，不想死啊！"

老狐王一听，怒骂胡癸："你这不成材的糊涂东西！你还惦记着成亲？！你就等着吧。你成亲需要父母之命，媒妁之言，等你所有的弟弟妹妹都成家之后，我才考虑给你说亲。"

胡癸哭了："不要啊，父亲大人，孩儿知错了。"

胡阿锦沉默。

胡十三郎急忙说："阿锦，无论怎样，大家都十分关心你，所以才冒着生命危险来了。咱们是一家人，只要齐心协力，同舟共济，一定能携手渡过这个难关。"

胡阿锦感激地说："谢谢你，十三哥。"

元曜在旁边看见狐族相聚，便惦记起了白姬，十分担忧白姬的安危，但是又不知道该怎么办。

就在这时，一群扛着黑色棺材的猫妖迈着奇妙的步伐冲了过来。

猫妖们抬的棺材十分诡异，漆黑的棺身上闪烁着血红的光芒，似乎是某种法器。那些凶猛的魔宫护卫一旦碰触到棺材，就会被强大的力量吸进去，然后消失不见。

为首的猫妖是一只三花猫，正指挥着棺材移动。

为首的猫妖正是太极掌柜。

太极掌柜看见心月狐夫人，问："老妖婆，这些突然飞来的凤凰是怎么一回事？你们狐狸去里面助白姬大人一臂之力，我们猫妖在外面抵挡着魔宫护卫。"

"那些可能是那只傻凤凰叫来的帮手吧。"心月狐夫人看了眼天上盘旋的神鸟，转头对老狐王说："义兄，外面的魔兽就交给这群晦气的抬棺猫对付，我们闯进去帮助白姬大人吧。"

老狐王点头，说："好。"

太极掌柜听见心月狐夫人说它们是"晦气的抬棺猫"，十分生气，正要和心月狐夫人争吵，一只黑猫却先开口了："疯狐狸，你说谁晦气呢！爷看你才疯疯癫癫的，晦气得不行！"

黑猫端坐在黑色的棺材上，一开口，旁人才看出黑棺材上还坐着一只黑猫。

元曜一听这声音，心中顿时狂喜，惊呼："离奴老弟，你怎么也来了！"

第十五章　缝　隙

离奴瞥了一眼元曜，说："你是谁呀？你说话的语气怎么像书呆子的语气？"

元曜说："就是小生啊。"

"原来是书呆子！爷看你这模样觉得有点儿像待在缥缈阁三楼时间荒野里的青狐狸，但是你穿着红衣裳，爷还真没认出来。"

离奴定睛一看，就要跳下黑色棺材。

见离奴要跳下棺材，太极掌柜急忙阻止："离奴，别下来！这吸魂棺必须有一只修行五百年以上的猫妖坐镇在咒符阵中间，才能发挥吸魂的作用。你一下来，这吸魂棺就没用了。"

可离奴已经跳下来了，说："太极掌柜，你活得可比爷久多了，你自己坐上去不就行了。爷得去找主人了，没空陪你们折腾。"

说完，离奴便倏然化作一只猛虎大小、浑身冒着青色火焰的九尾猫妖。

"书呆子,主人在哪里?"

元曜急忙说:"白姬在自在天,正跟魔尊波旬打斗呢!"

九尾猫妖伏地,说:"书呆子,你快上来,咱俩去助主人一臂之力。"

元曜正要上去,九尾猫妖却又站起身来,说:"你这副模样,爷可不想驮你。爷先把你的变身法术解开吧。"

九尾猫妖默念咒语。

元曜身上闪过一道金光,很快就去掉了"若草"的伪装,恢复了原本的样子。

这一路兵荒马乱地闯过来,没有人给元曜解开法术,他一直是若草的模样,因此害得鬼王被众妖误会。

元曜恢复了原本的模样,却依旧穿着华丽的红色嫁衣,梳着繁复的仕女发髻,满头戴着珠翠,整个人看起来十分诡异。

胡十三郎看不下去了,说:"臭黑猫,你就不能顺便给元公子换一身男子的装扮吗?"

九尾猫妖说:"爷能把人变回来就不错了。衣服什么的,他就凑合着穿吧。"

胡十三郎默念咒语,一道红光闪过。

元曜玉簪束发,穿上了一身红褐袍,腰扣玉环带,脚踏乌皂靴。

元曜此时的装扮正是胡十三郎化作人形时的装扮。

胡十三郎羞愧地说:"元公子,不好意思,某只能变出这套自己熟悉的装扮,变不出你平常喜欢的衣饰。"

元曜急忙道谢,说:"这已经很好了,多谢十三郎。"

九尾猫妖伏地,说:"书呆子,别磨蹭了,快上来,咱们去找主人。"

元曜急忙伏在九尾猫妖的背上,风风火火地离开了。

太极见离奴已经走了,只好叹了一口气,自己起身跳上了吸魂棺,坐在符阵之中,成为法器的吉祥物。

"书呆子,这魔宫挺大的,自在天在哪儿?"九尾猫妖一边跑,一边问。

元曜看了看四周混战的妖魔鬼怪,指着天上的凤凰,说:"正是凤凰飞去的方向。跟着它们,我们就能到达自在天了。"

九尾猫妖当即转身追逐着天上的凤凰。

"离奴老弟,你怎么来了?"

"唉！爷放心不下主人和你，在缥缈阁里心神不宁，实在待不住了，就来鬼市看看情况。爷一到鬼市，正好看见太极掌柜和翠华山的一大帮狐狸准备来地下幽都，说是要来助主人一臂之力。爷看大家正好顺路，就跟着它们一起来了。"

"离奴老弟，白姬今晚还颇为想你，总是遗憾没有带你来。"

"什么情况？虽然爷总说自己法力无边，强大可靠，但主人离了爷也不会有什么影响才对啊。"

元曜便把情况粗略地说了一遍。

九尾猫妖笑道："啊！原来主人是要爷帮忙吵架呀！这……当面骂魔尊波旬，爷也有点儿不敢啊！早知道，爷昨天就去一趟寺庙，找个和尚替爷的嘴念一念加持的咒语开个光。爷的猫嘴在佛前被开过光，爷骂魔尊波旬时也会更有底气吧。"

元曜无语。

自在天，苍穹之顶。

白色战龙和六臂佛魔正在对峙，一只雪白的凤凰突然飞了上来，冲向了六臂佛魔。

六臂佛魔一只手臂上扬，凌空画出了一道无形的红光盾牌。

白凤凰撞上红光盾牌。

那红光盾牌顿时化作一条赤红的岩浆铁链，劈头盖脸地锁住了白凤凰。

白凤凰被岩浆铁链束缚住，发出了一声凄厉的长鸣。

白龙仰天长啸，吐出一道冰蓝色的火焰。冰蓝色火焰所过之处，冰封万物，连空气都以肉眼可见的速度逐渐凝固成了寒冰。冰蓝色火焰如灵蛇一般卷向赤红色的岩浆铁链，一点儿一点儿地封冻了灼热的岩浆。因为在炽热和寒冷之间迅速地转换，岩浆一瞬间被封冻而炸裂开来，成了一堆黑色碎石。

白凤凰挣脱束缚，展翅长鸣，飞到了白龙身边。

白龙说："魔尊，你欺负可爱的小鸟有什么意思！不如饶了小鸟，让它展开婉转的歌喉，高歌一曲，为你的婚宴助兴。"

白凤凰一听，气得涅槃之火更盛，说："白姬，谁要为他高歌一曲？再说了，我也不会唱歌。"

被白龙的冰封之术破开了岩浆铁链，加上白龙之前以命相托威胁，六臂佛魔十分恼怒，把所有的怒气都撒向突然飞来的白凤凰。

六臂佛魔突然举起一臂，虚空之中浮现出了一个金杵。金杵上面波光涌动，一阵阵雷霆击向白凤凰。

白凤凰在空中左右腾挪，躲避着雷霆的袭击。

白龙笑道："凤炽，你看吧，你说你不会唱歌，不能助兴，就惹魔尊生气了，要挨雷击。以后，你还是学习唱歌吧。"

"我才不学呢！"白凤凰十分生气，继续左右腾挪。

就在这时，一群火焰灼灼的凤凰飞入了自在天。

凤王一看，自己的儿子正在被雷劈。凤王爱子心切，长鸣一声，急忙带着凤凰一族的战士们冲向六臂佛魔。

六臂佛魔眼见一群凤凰朝自己袭来，还带着神族能够焚烧万物的涅槃之火，急忙停止攻击白凤凰，收回六臂，捏成印诀，结成一张护体的光网。

白姬眼看凤凰一族飞来，便退后了一步，但是白姬身后的梵加夷光如同燃烧的红日，光焰符阵更加明亮耀眼。

白龙说："魔尊，有了凤凰一族的神火，我的胜算更大了。你低头看看，看看你的魔宫现在成什么样子了，还打算继续负隅顽抗吗？"

六臂佛魔没有低头看自己的魔宫，因为这座鬼市幽都的魔宫对六臂佛魔来说根本不重要，这只是六臂佛魔来人间道狩猎龙王以获取海域强大力量的场所。那些义弟对六臂佛魔来说更不算什么，只是六臂佛魔狩猎龙王之余的无聊消遣。那些义弟如同路边的草芥，是六臂佛魔用完就可以扔掉的工具，也完全不重要。对六臂佛魔而言，重要的是眼前的白色战龙。

我该怎样做才能让白龙堕入魔道，才能将白龙毁天灭地的强大力量归于自己所用呢？六臂佛魔暗自思忖。

六臂佛魔需要强大的力量来助自己实现心愿——将所有来自深渊的黑暗释放于三千世界、六道众生，让黑暗侵蚀一切须弥万象，让世界在末日之中沦为崩坏的邪恶地狱。而六臂佛魔，将是地狱之神，万佛之祖，六臂佛魔的统治从末日开始。

之前，六臂佛魔以为龙王的弱点是缺少一颗圆满完整的心。只要六臂佛魔给予龙王一颗圆满的心，加之黑暗的诱惑，就可以拥有龙王海域众生的力量。

六臂佛魔已经收集了九百九十九颗心，只差一点儿就可以成功了。

可是，今天六臂佛魔才知道心并不是龙王的弱点。

龙王确实没有心，可龙王的灵魂是圆满的。

龙王没有弱点，龙王的灵魂强大到看不见一丝可以让黑暗渗透的缝隙。

或者，从另一种意义上来说，龙王就是黑暗本身。

龙王也是到达过深渊，并且从深渊带走强大力量的存在。

六臂佛魔身后的六道之门金光大炽，红光妖异。但是，六臂佛魔没有异动。六臂佛魔似乎正在权衡利弊，故而显得犹豫不决。

就在这时，一只九尾猫妖驮着一个红衣书生飞跃而上，趁着凤凰神火打破了罡气，来到了白龙身边。

"白姬——"

"主人——"

元曜和离奴大喊。

白龙闻声，扭头而视，血红的双眸逐渐变成金色，流露出了温柔如水的光芒。

"轩之、离奴，你们怎么来了？"

元曜看见白姬，心中一暖，说："白姬，你平安无事，真是太好了！"

白龙温柔地说："轩之，你就爱瞎操心。我怎么会有事呢？我可是世界上最强大的存在，将来要做天下最可怕的大魔王！"

元曜说："白姬，你快别胡说了！子曰：'谨言慎行，才是君子之道。'你要注意自己的言行，修磨自己的品性，争取做一个端方君子。"

"哦，知道了。"白龙须鬣戟张，不高兴地说。

九尾猫妖望着六臂佛魔，虽然六臂佛魔散发出来的威严霸气让九尾猫妖的猫毛都不由自主地竖了起来，但九尾猫妖还是咽了一口唾沫，问："主人，离奴现在就开骂吗？"

白龙眯着金眸，说："你先不用骂了。魔尊正为难着呢。"

凤凰一族发出更炽烈的涅槃之火，熊熊燃烧的火焰正焚烧着六臂佛魔结出的佛光障壁。

六臂佛魔站在佛光障壁之后，犹豫着要不要打开六道之门，放出自己真正的部下，让从黑暗深渊之中爬出的恶魔肆虐人间道。

白龙身后的梵加夷光如同一轮光华万丈的红日，一旦六道之门打开，"红日"就会炸裂开来，吞噬六臂佛魔，将其囚禁于虚无之境。

六臂佛魔权衡利弊，犹豫不决。

在红衣书生出现的那一刻，六臂佛魔眼前一亮，好像看见了破死局之棋。因为红衣书生出现后，白色战龙的血红双眸瞬间变成了金色，由冰冷无情变得温暖，仿佛一个空心的容器忽然间有了生命的温度。

六臂佛魔蛊惑过无数人心，甚至连佛祖成佛之前都被其扰乱过心境。

六臂佛魔看见过太多心灵的缝隙，只要有一丝缝隙，就可以让黑暗从缝隙里滋生壮大。

无论是多么强大的存在，哪怕是没有心的人，只要灵魂里有那么一丝缝隙，六臂佛魔就可以带着来自深渊的黑暗力量从缝隙之中蔓延开来，将之占有或者彻底摧毁。

在元曜出现之后，六臂佛魔就做出了决定。

"今晚有些累了，本尊就不陪你们玩了。你们有的煞费苦心准备礼物，有的不远万里跨越三界来参加本尊的婚宴，那就请留下继续玩吧。招待不周，请自便。"六臂佛魔说完，倏然万道金光爆裂开来，遮天蔽日，光华流转。

一时间，大家眼前白光刺目，完全看不清东西，都纷纷闭了眼睛。

等大家再度睁开眼睛时，万道金光消失了，魔尊波旬和六道之门也消失了，魔宫之中来自深渊的守卫也都消失了。

整座幽都魔宫没有了金色佛光，陷入了一片黑暗。

第十六章　魔　魂

自在天中，所有的光源只剩下白色战龙身后的一轮"红日"和一群凤凰身上燃烧的涅槃之火。

大家还没反应过来，都不明白发生了什么事，顿时陷入了沉默。

离奴首先反应过来，大骂："这波旬自知打不过我家主人就逃了，真是一只缩头乌龟，胆小如鼠。爷都瞧不起波旬！什么魔尊波旬，叫魔龟波旬还差不多。"

虽然魔尊波旬消失了，但是魔尊波旬的那群义弟及其属下和妖兽还在。不过因为魔尊波旬跑了，它们从来没有遇见过这种事情都有些震惊，一时间忘了彼此之间的恩怨，停止了打斗。

离奴低头一看，看见这群正在大殿里发呆的妖魔鬼怪，顿时又大骂："波旬都扔下宫殿逃了，你们这群没脑子的妖怪还站在这儿干什么！你们还不赶紧夹着尾巴滚！给一只缩头乌龟做义弟，你们也不嫌丢人现眼！爷要是你们，从此羞愧得躲进深山里，没脸再出来害人了。"

恶妖们看见天上一条白色战龙威风凛凛，一群火凤凰虎视眈眈，知道留着也是自讨没趣，便都纷纷走了。

鬼王带着夜叉、玳瑁欲悄悄地离开。

离奴眼尖，看见了玳瑁，大声地说："玳瑁，哥哥刚才是骂它们，没骂你。你不要生气。打了半天，想必你也肚子饿了。你别走，跟哥哥回缥缈阁，哥哥做好吃的夜宵给你吃。"

玳瑁十分尴尬，大声地说："笨蛋哥哥，你就少说几句吧。我才不跟你去缥缈阁呢！"说完，玳瑁就跟着鬼王、夜叉走了。

离奴有些忧伤地说："唉！玳瑁嫌爷话多，爷是不是真的有点儿话多啊？"

元曜有些茫然地问："白姬，魔尊波旬怎么消失了？小生不太懂……"

凤王在天上倨傲地展翅，说："魔尊波旬肯定是惧怕我们凤凰一族的神威，自知打不过，所以逃走了。"

见众妖魔鬼怪散去，白龙收了身后的梵加夷光，化作一名白衣女子，施施然落了地。

九尾猫妖急忙跟上去，落在了一片狼藉的地上。

元曜从九尾猫妖身上下来，跟在白姬身边。

白姬沉吟片刻，也很茫然，说："我也觉得很奇怪，波旬怎么突然就走了。我都做好更坏的打算了。凤王，我早就让岐鸣给你带了信去，说要借凤凰一族的涅槃之火一用，你怎么现在才来？"

凤王飞到白姬身边，说："我这不是来了吗？岐鸣回火焰岛传信的时候，我恰好去了青鸾族，岐鸣又跑去青鸾族找我，所以耽误了一点儿时间，不过我最后还是及时赶来了。龙王，你看，还是我们凤凰一族比你们龙族要强一些。如果没有我的涅槃之火，哪能让魔尊波旬害怕到逃走？所以，按照实力强弱排序，凤龙才是正道，而不是龙凤。"

元曜哭笑不得。

这凤王对于龙凤在世人口中的排序执念也太深了，居然还耿耿于怀。

凤王望了一眼凤炽，说："龙王，我这不孝的逆子在人间给你添麻烦了，这一次我还是很感激你的。虽然我是高高在上的神族，你是低入凡尘的罪妖，我比你强一些，但是这次我很感谢你对小儿的照拂。"

离奴一听，心里很生气，正要开口。

白姬一转眼珠，却笑眯眯地先开口了："凤王，你客气了。我跟凤炽很投缘，十分喜欢凤炽，一看见凤炽就忍不住心生怜爱，如同疼爱自己的亲孙子一般。咱们都是一家人，说什么麻烦不麻烦，照拂不照拂的，见外了。"

白姬似乎忽然想到了什么，走到元曜身边，把手伸向他的胸口，一道金光闪过，似乎在探寻什么。

凤王过了一会儿才反应过来，怒骂："你这老奸巨猾的妖龙，占我便宜。你说谁是你的儿子呢！"

白姬头也不抬，笑道："凤王，你这就多心了。我只是随口一说，形容我对凤炽这孩子的喜爱，并不是要占你辈分上的便宜。对了，凤王，你的儿媳还在缥缈阁里。你先别回去，等我把这儿的事情处理完，你跟我去一趟缥缈阁，见见你的儿媳。"

凤王一愣，问："什么儿媳？"

凤王转头，望向白凤凰，问："难道是你找到的那个洗手用的盘子？"

凤炽回答："父王，若草不是盘子，是只狐狸。"

凤王说："狐狸也不行！你得跟青鸾族联姻！"

不知道为什么，凤炽向他的父王解释的时候，脑海里首先浮现的并不是若草，而是胡阿锦。凤炽四处张望，在自在天里寻找胡阿锦的身影，却没有看见。

在刚才的乱斗之中，难道胡阿锦出了什么事？

一想到这里，凤炽就十分伤心难过。凤炽后悔刚才一看见魔尊波旬，自己就义愤填膺地飞上了天，离开了胡阿锦。

凤炽正展开翅羽，想要飞出去，去魔宫四处找一找胡阿锦。

翠华山的众狐狸、心月狐夫人、猫掌柜一行妖鬼正好进入了自在天。

胡阿锦也在其中。

凤炽看见胡阿锦，顿时十分高兴，不顾一切地冲向了胡阿锦，说："傻狐狸，你还活着呢！真是太好了！"

胡阿锦看见凤炽平安无事，明显也松了一口气。

"我当然没事啦！蠢凤凰！"

"不要叫我蠢凤凰！我是凤，不是凰。"

"好的，蠢凤。"

"不要再说我蠢！"

"好的，笨蛋凤。"

…………

一只白凤凰和一只白色九尾狐吵闹不休。

白姬在元曜的胸口探寻了一阵，神情有些凝重。

元曜见白姬如此，不安地问："白姬，怎么了？是不是发生了什么事？"

白姬说："轩之，魔魂珠进入了你的体内，无法取出来了。你现在觉得怎么样？胸口疼吗？"

元曜感受了一下自身的情况，说："小生没什么感觉，胸口也不疼。"

离奴关切地问："主人，书呆子是不是出什么事了？"

白姬点点头，说："魔尊波旬打算取一千颗人与非人的心，在转轮藏中炼制成一颗圆满的心。轩之代替若草成为魔尊波旬的新娘，他的心已经与夺心的魔魂珠融合。魔魂珠是魔尊波旬的黑暗意念所化，我没办法将魔魂珠与轩之的心剥离。我一直不明白魔尊波旬怎么这么轻易就逃走了，刚才突然就想到了魔魂珠，原来魔尊波旬已经得到了轩之的心。"

元曜一下子吓蒙了。

"白姬，魔尊波旬要小生的心干什么？"

白姬说："因为你的心对我来说无比珍贵。魔尊波旬可能以为控制或摧毁对我来说无比珍贵的东西，就能让我彻底堕入黑暗的深渊，沦为恶魔，臣服于魔尊波旬，成为魔尊波旬能够支配的力量。"

元曜脸一红："白姬，小生的心对你来说真的是无比珍贵的东西吗？"白姬一愣，仔细地想了想，说："对我来说，你的心好像也不那么珍贵，不过一想到它被魔尊波旬抢走了，我就火冒三丈，觉得很不开心。"

元曜有点儿失望，继而又问："白姬，魔魂珠能与小生的心分离吗？如果魔魂珠一直在小生的体内，小生的性命是不是危在旦夕？"

白姬安慰元曜："轩之，你暂时不会有事。魔尊波旬如果想要你的性命，离开时就会驱动魔魂珠捏碎你的心脏。总之，我们慢慢想办法吧。魔魂珠也不是全然不能驱除，我们总会有办法的。"

"好吧！白姬，小生相信你。"元曜虽然十分害怕，但是相信白姬。

魔尊波旬和魔宫守卫消失了，参加婚宴的妖魔散去，幽都魔宫成了一座人去楼空的空殿，只剩下一堆妖魔鬼怪的尸体躺在血泊之中，成为今晚鬼市幽都这场混战留下的唯一痕迹。

白姬、凤王、翠华山老狐王、心月狐夫人、太极掌柜等一起商议，最后决定由老狐王、心月狐夫人、太极掌柜带着鬼市的众妖鬼收拾幽都魔宫的残局。白姬、凤王、凤炽等先回缥缈阁。

胡阿锦惦记着若草,怕若草担心自己,跟着白姬、元曜一行人去了缥缈阁。

南市,缥缈阁。

里间,河图洛书屏风后,七枝铜灯发出橘色的光芒。

白姬、凤炽、凤王、若草、胡阿锦跪坐在青玉案旁,正在争执。准确来说,是凤炽一直和凤王争执。若草和胡阿锦也在和凤炽争执。从鬼市幽都回来之后,这几个人就争执到了现在。

白姬昏昏欲睡,不停地打着哈欠。要不是因为必须尽主人的陪客礼仪,白姬早就上楼去睡觉了。

元曜站在一边,也困得鸡啄米似的,打起了瞌睡。一只双目炯炯的紫鸟停在他肩膀上。紫鸟正是岐鸣。

离奴比较聪明,一回缥缈阁就去后院睡觉了。离奴早就用青草团堵住了耳朵,蜷缩在回廊上的蒲团里,盖着小被子睡着了。

若草、胡阿锦、凤炽争论的焦点是谁是凤炽前世所爱的白玉狐花盘。

众人回到缥缈阁,对若草说了今晚发生的事情。

若草听到众人所做的一切,十分感动。

凤炽向凤王介绍了若草,说若草就是自己苦苦寻找的前世恋人。

若草虽然十分感激凤炽不惜豁出性命救自己,使自己免于一死,但还是拒绝承认自己是凤炽前世的恋人,因为若草根本想不起来。

凤炽说之前在洛水边初遇,自己感受到了若草身上带着一股熟悉的玉灵之气,那是前世的小狐的味道,是白玉狐花盘的灵气。

若草一听,若有所悟。若草说当时自己佩戴着胡阿锦送的宝玉,那块宝玉是胡阿锦出生时口中衔着的,说不定胡阿锦才是凤炽要找的白玉狐花盘。

胡阿锦一听,震惊之余,坚决不承认自己前世是一个洗手用的盘子。而且,胡阿锦很讨厌凤炽,不想跟凤炽前世有什么瓜葛。

若草不承认,胡阿锦也矢口否认,都不想和凤炽前世有什么瓜葛。

就这样,凤炽、若草、胡阿锦起了争执。

凤王和凤炽争执的原因更简单——不管凤炽前世的恋人是若草,还是胡阿锦,都是狐狸,都不是凤王能接受的儿媳。凤王都不同意。

眼看着他们争了一个多时辰,白姬实在是困得不行了,十分想去睡觉,打着哈欠,出了一个主意。

"凤炽啊，你想要知道若草姑娘和阿锦姑娘究竟谁才是你前世的小狐也简单，明天我陪你去一趟月老那儿。月老和我是故交，而且还欠我一份人情。咱们找月老通融一下，在三生石上看清楚，看看究竟谁才是你前世的小狐。一旦看清楚了，铁板钉钉，证据确凿，想必若草姑娘或阿锦姑娘也不会不承认。不过，即使你们前世有缘，也不代表今生可以重续前缘。小狐今生还喜不喜欢你，这还得看你们今生有没有姻缘。凤王啊，你们凤凰一族的亲事，我也没法多言，要不你回火焰岛跟凰后再商量一下？凤炽已经长大了，有想法了，你看要不要尊重一下凤炽的想法？毕竟是凤炽娶妻，不是你娶妻。我实在太困了，眼睛都快睁不开了，就先去睡觉了。轩之，你替我陪着客人。"

元曜一下子惊醒了。可他太困了，没听清白姬说了些什么，半梦半醒之间就懵懵懂懂地回答："哦，好的。"

白姬飘上楼，睡觉去了。

第十七章　月　老

第二天，元曜睡醒时已经是中午了。

元曜有些茫然。他回想了一下，依稀记得昨晚在鬼市幽都大闹了一场，妖魔鬼怪混战成一团，最后魔尊波旬消失了。白姬、凤王、胡阿锦等回了缥缈阁，和若草相见，大家言谈之中争执了起来。白姬去睡觉之后，胡阿锦和若草借故去三楼的时间荒野里睡觉了，只留下凤王和凤炽还在争论不休，他在旁边礼节性地作陪。

直到东方泛白，隐约听见鸡鸣声，凤炽和凤王才停止争吵。凤炽变成白凤凰，去后院的菩提树上睡觉了。凤王好像带着岐鸣离开了，还跟元曜说了告辞的客套话。不过，元曜实在太困了，只是勉强应付了一下。

凤王离开后，元曜才回房间睡下，一觉就睡到了现在。

春光明媚，杂花生树。

元曜走出房间，进入里间时，看见白姬、胡阿锦、若草三人正在簪花。白姬、胡阿锦、若草采摘了一篮子的各色花朵，有牡丹花、芍药花、山茶花、海棠花、桃花，替彼此簪在发髻上，一片欢乐。

元曜从轩窗往后院一看，发现凤炽正独自跪坐在七宝莲花池畔发呆，心事重重的样子，不知道在想什么。

元曜心中好奇。

白姬看见了元曜，笑道："轩之，你醒了！我给你留了一枝开得最旺盛的桃花。快过来，我替你簪上。"

元曜不由得生气，说："多谢你的好意。小生不是女子，才不要簪花呢！"

白姬掩唇笑道："轩之，你有所不知，男子簪花亦是风雅。"

元曜连连摆手，说："这种风雅，我不要也罢。白姬，你还是自己附庸风雅好了。"

胡阿锦和若草都笑了。

离奴做好了午饭，跑到轩窗外，大声招呼大家吃饭。

元曜肚子有些饿了，先去后院的古井边打水梳洗，然后和大家一起吃饭。

一张水曲梨花木案摆放在后院的廊檐下，木案上摆着十分丰盛的饭菜：一条烤得焦香四溢的大草鱼；一盆汤浴绣丸，只不过肉丸被离奴换成了鱼丸；一盘八和齑拌莼菜豆腐；一盘金银夹花平截；主食是雕胡饭。因为食客中有两个小姑娘，所以离奴还贴心地做了饭后甜品，是若草爱吃的樱桃莓果胶牙饧。

凤炽一边吃午饭，一边催促白姬下午去清净天，求月老解开疑惑。

白姬十分迷茫地问："凤炽，我有说过去找月老吗？"

凤炽说："你当然说过。"

胡阿锦也说："白姬大人，您昨晚临睡前确实出过这个主意。"

若草笑道："想必是白姬大人当时太困了，说了什么话，自己都不记得了。"

凤炽放下饭碗，说："白姬，我刚才在莲花池畔思考了半天，决定一定要弄清楚小狐究竟是谁，毕竟我来人间就是为了寻找小狐的。"

白姬吃了一口金银夹花平截，笑道："凤炽，你弄清楚谁是小狐又有什么意义呢？若草，如果你是小狐，你会和凤炽再续前缘吗？"

若草笑了笑，说："虽然很感谢凤炽公子舍命救我，这份大恩大德我今生都不会忘，日后必定涌泉相报，但是我真的不能与凤炽公子再续前缘，因为我从小就不喜欢禽鸟，与禽鸟命格不合，难以相处。我更喜欢同族。"

凤炽有些受打击。

白姬又笑着问胡阿锦："阿锦，如果你是小狐，你会和凤炽再续前缘吗？"

胡阿锦头摇得跟拨浪鼓一般："我不喜欢这只幼稚的蠢凤凰。虽然我不排斥禽鸟，但是我喜欢成熟稳重的男性。这只幼稚的蠢凤凰跟成熟稳重丝毫不沾边。"

凤炽更受打击。

白姬嘻嘻笑道："凤炽，你看，若草、阿锦都不喜欢你。你就算弄清楚谁是小狐，意义也不大。"

凤炽固执地说："不，我还是要弄清楚谁是小狐。"

白姬笑道："好吧，吃完午饭，我就陪你去一趟清净天吧。"

胡阿锦和若草相视一眼。

"白姬大人，我和若草就不去了。我一点儿也不关心前世的事，只想过好今生。"

"白姬大人，我和阿锦下午打算回鬼市心月楼。出来这么久，我很想念心月楼的姐妹们。"

白姬笑道："也行，我陪凤炽去就够了。"

元曜一听白姬要去见月老，十分好奇。

"白姬，这世界上真的有月老吗？"

白姬眨了眨眼，笑道："当然有呀！你想去见一见，顺便求个好姻缘吗？"

元曜说："小生还真想去见一见月老。求姻缘就算了，小生好像只有妖缘，没有姻缘。"

离奴不知道想到了什么，说："主人，离奴也想去见一见月老。"

白姬笑道："可以。不过，月老只是掌管着尘世之中人类男女的姻缘，猫的姻缘可不归月老管。"

离奴一听，失望地说："啊，月老不管猫的姻缘吗？我还想着给玳瑁求一个好姻缘呢！玳瑁整天跟着鬼王不干好事，可能就是因为没有好姻缘。有了好姻缘，成了家，玳瑁可能就懂事了，不会再干歪门邪道的事情了。"

白姬笑道："离奴，月老不管猫的姻缘，你不能向月老替玳瑁求姻缘。你还去清净天吗？"

离奴扒拉着碗里的饭，说："主人和书呆子都要去，那离奴还是一起去吧。"

计议商定后，众人继续吃饭，打算吃完午饭后各忙各的。

清净天,都罗山,风月姻缘之地。

白云缥缈,山水十分秀美,如同一幅浓淡相宜的水墨画卷。华丽的宫殿楼阁重重叠叠,掩隐在浅淡的山水之中,沿着水岸高低错落地排布。一些宫殿之中有司缘神官捧着卷轴走来走去,很是忙碌。

白姬、元曜、离奴、凤炽进入风月姻缘之地,向守门的小神官自报家门,求见月老,然后就被引进了缘神殿里,等候在缘神殿之中。

不一会儿,一个慈眉善目的红衣老头疾步走了出来。红衣老头出来得太匆忙,手里还缠着一堆乱成一团的红线。

"贵客临门,蓬荜生辉啊!白姬大人,您今天怎么有空驾临我这荒凉冷清的都罗山?"红衣老头客气地说。

白姬笑眯眯地说:"月老,好久不见了。今天我来您老这儿,是为了请您老帮忙,给我的一个朋友解惑。"

月老闻言,有些犯难地说:"天机不可泄露,姻缘不可逆改。如果老头子我私下乱来,会遭天罚。"

白姬指着凤炽,笑道:"我知道您这儿的规矩,不会为难您,让您受到责难的。我请求您帮的忙与天机、天命都无关,更不需要逆改什么,只是想借您的三生石窥探一下这只凤凰前世的感情纠葛。我们只是看一看,不必改变什么。"

月老一看到凤炽就不由得生气,说:"这不就是之前串通阿鸳偷偷进入三生石的家伙吗?阿鸳现在还被我关在后山思过崖呢!"

凤炽一听,急忙求情:"月老大人,一切都是我强迫阿鸳干的,阿鸳是不得已而为之,请您饶恕阿鸳。"

月老说:"等思过期满,我自然会放了阿鸳。"

白姬笑道:"月老,麻烦您带凤炽去看一下三生石,弄清楚他想知道的事情。"

月老说:"本来三生石是不可以给外人看的,但是白姬大人既然亲自开口了,那我就破例一次。我只是给你们看一看,不逆改天道,倒也不算是犯天规,但是泄露天机也是不妥的,下不为例。"

白姬笑道:"多谢月老。"

凤炽也急忙道谢:"多谢月老。"

月老说:"你们先等一会儿。我刚才出来得太匆忙,手上的红线一团乱麻,缠得手指都张不开,不能去三生石。我得把这些红线解开,你们先坐着喝茶。"

说话间，小神官已经端来了四杯仙茶和一些果品。

白姬、元曜、离奴、凤炽坐着喝茶，月老在旁边埋头解手上的红线。

元曜一边喝着仙茶，一边欣赏窗外都罗山水的剪影，只觉得十分惬意。

白姬也十分悠闲。

凤炽却有些着急。凤炽想早一点儿去三生石，遂走过去要帮月老解红线，却被月老拒绝了。

"后生，这不是你能解开的东西。"

元曜十分疑惑，心想：红线是什么？是不是传说中牵系男女婚配姻缘的东西？传说中，月老以红线牵系男女，让男女成为夫妻。这红线是什么系法呢？以什么为标准？系红线是有既定的准则，还是全凭月老的心情？我能不能求一根呢？如果能系在我和白姬的身上，我们能成为夫妻吗？不过，人和非人之间是不能系红线的吧？

元曜正在胡思乱想，一会儿窃喜，一会儿失落。

离奴已经忍不住问："老头儿，这红线是干吗的？"

月老一边解红线，一边回答："这姻缘红线是牵系世间男女婚配的。"

离奴想了想，又问："一个人只能牵一根红线吗？爷看人间很多男人三妻四妾，好像有不止一根红线。有些女人改嫁过几次或者有一堆男宠，也有不止一根红线吧？"

月老笑道："没错，有些人是有不止一根红线。一根红线代表一段姻缘，红线越多，代表姻缘越多。"

离奴闻言，陷入了沉思，然后借口内急要去如厕，就独自出去了。

不一会儿，月老解开了手上乱缠的红线，打算去三生石。

白姬懒得动，笑道："我就不去了，去了反正也是站在外面等着，还不如就坐在这儿喝茶。待会儿喝完茶，我再带轩之四处逛逛，欣赏一下风月姻缘之地的美丽风光。"

月老笑道："白姬大人请自便。您若有什么需要，可以吩咐小神官们。"

月老带着凤炽走了。

白姬和元曜继续喝茶闲聊。

元曜问："白姬，月老为什么对你这么恭敬？"

白姬笑道："因为我以前帮过月老，所以月老欠我一个人情。那是很久远的事情了。"

元曜正要细问，却见离奴鬼鬼祟祟地跑回来了。

离奴胸口微微鼓起，不知道藏了什么东西。

白姬见了，问："离奴，你干吗鬼鬼祟祟的？你衣服里藏着什么？"

离奴一脸神秘，嘿嘿一笑，然后从胸前掏出一大团红线放在桌案上，开始给白姬、元曜和自己分红线。

"主人，离奴去偷红线了。刚才月老那老头儿不是说了嘛，红线越多，代表姻缘越多。离奴寻思，咱仨一直都是孤家寡人，没有什么姻缘，肯定是因为没有红线，所以借口去如厕，摸去了放红线的大殿，偷了一大把红线回来。"

白姬、元曜惊得张大了嘴巴。

白姬大怒："这……离奴，你知道自己在干什么吗？"

元曜望着桌案上的一大堆红线，说："离奴老弟，这红线也太多了吧！"

"不多，不多，爷还觉得自己拿少了呢。"离奴一边说，一边分出一大半红线放在白姬面前，说："主人，这些是您的。俗话说，多个朋友多条路，多个郎君多个家。主人，您得多成几个家。这些红线大概能让您成一千个家了。拿了这些红线，您将有一千个郎君。"

白姬震惊。

离奴又数出十根红线，递给元曜，说："书呆子，你娶十个老婆就可以了。剩下的红线都是我的……回头，我再分给玳瑁一半红线……"

元曜震惊之余，不敢接离奴递过来的红线，说："离奴老弟，虽然很感谢你还替小生操心终身大事，但是小生娶一个妻子就够了。而且，你偷月老的红线，是盗窃行为，不是君子所为，是不对的。趁着没被人发现，你快把红线给人家还回去吧。"

离奴一把收回红线，没好气地说："你这书呆子真迂腐！什么盗窃行为，什么不是君子所为，爷还不是为了你的姻缘着想。哼，爷一根红线也不分给你了。"

元曜好言相劝："离奴老弟，你还是赶紧把红线给人家还回去吧。"

离奴不肯。

白姬想了想，笑道："离奴，你真的想给我成一千个家吗？"

离奴说："当然啊！主人，家多一点儿总归是好的。"

白姬笑道："我是离不开你的，我每多成一个家，你就得多给一个家做饭。我倒是没有意见，就怕你太劳累了。"

元曜闻言，忍不住笑了，说："离奴老弟，你让白姬成一千个家，你每天就得给一千个家做饭，不嫌累吗？"

离奴一愣，说："就算累死离奴，离奴也做不了一千个家的饭啊！别说是做一千个家的饭，我就算是做十个家的饭也不行啊！主人，您还是只成一个家吧。"

白姬笑道："一个家都没必要成，我现在就挺好。离奴，月老的红线只对人类男女有用，对于非人是没有用的。而且，红线得月老亲自牵系才有效果。你偷再多，占有太多，也只是普通的红线而已，没有姻缘婚配的效果。要知道，就算是月老，也不能随心所欲地牵系红线。月老是按照天道碑上的姻缘簿所显示的名姓，完成天命任务。月老如果弄错了或者自己乱改内容，是会受天罚的。天道碑在姻缘殿的最底下，是一个十分神奇的存在。"

元曜惊奇："原来月老也只是奉命行事，并不能自由地牵系红线。"

白姬笑道："是的。神仙们都是奉天命行事，不能随心所欲。轩之，难道你也打算求月老替你牵系一份好姻缘？"

元曜脸一红："没有的事。姻缘天定，小生现在也不太在意那种事情了。对了，白姬，月老掌管人类男女的婚配姻缘，那非人的姻缘归谁管呢？"

白姬指了指天上，笑道："红鸾星。严格来说，没有任何神仙司掌，只由星辰运行而形成的爱情缘分，那就更加虚无、神秘了。连红线也没有，更没有姻缘簿，没有任何规律可循，不由任何力量控制，连天道都不能左右其产生与消亡。"

元曜感慨："这听起来好深奥啊！"

离奴哭丧着脸，问："主人，那这些没有用的红线怎么办？"

白姬起身，说："走吧，我和轩之陪你还回去。咱们难得来一次都罗山，就顺便欣赏一下风月姻缘之地的风光吧。"

第十八章　三　生

白姬、元曜、离奴离开大殿，在风月姻缘之地游览。

都罗山叠石成山，林木葱翠，远山上山云相连，水天一色，天边飘浮着层层叠叠的白云，云层虚渺而浓淡相宜。

三人路上遇见了一个小神官，对方自称是月老交代他来照应客人的。

白姬便替离奴将那一大堆红线归还了，说是他们在路上捡到的。

小神官虽然心存疑惑，但看上去还是相信了。

小神官见白姬、元曜、离奴不熟悉都罗山，便带着他们三人游览仙宫。

走了一会儿，元曜眼前出现了一棵参天大树，大树枝繁叶茂，仿佛一把遮天巨伞，枝丫上系满了密密麻麻的红线，还挂着一些小巧的铃铛。

水风拂过，红线飞扬，如同星星点点的火焰；铃铛声响，似一曲缠绵悱恻的哀婉乐章。

小神官笑着介绍："这是姻缘树，与姻缘殿下面的天命碑同根同源，整个风月姻缘之地就是依靠它的充沛灵力而存在。"

元曜仰头观望姻缘树，觉得很神奇。

离奴却对姻缘树完全不感兴趣，注意力被不远处河里一群游来游去的鱼儿给吸引了。

肥鱼跃出水面，摆了一下尾，然后游走了。

离奴"喵"了一声，变作一只小黑猫，沿着河岸跟着鱼儿跑了。

小神官懒得管离奴，继续向白姬、元曜介绍："姻缘树跟三生石是我们风月姻缘之地的标志。你们可以先看一看姻缘树，过一会儿，我带你们去看三生石。"

元曜好奇地问："小生刚才就觉得奇怪，月老只管人类的姻缘婚配，可凤炽并不是人，为什么能在三生石上看见自己的前世今生？"

小神官笑道："三生石不仅能显示人的前世今生，也可以显示非人的。因为六道轮回，轮转不息，人的前世未必是人类，非人的前世未必是非人。人与非人的前世今生是混在一起的。而且，其实有少数特例，天命碑上显示出的人的婚配对象并不是人。但是，大多数时候，人的婚配对象是人。因为六道轮回众生混在一起和极少数的姻缘例外，所以为了方便月老大人查找和管理人类婚配，三生石可以同时显示人与非人的前世今生。"

元曜恍然大悟："原来如此。"

小神官笑道："这姻缘树是风月姻缘之地的灵气所在，如果站在姻缘树下虔诚地祈祷，向姻缘树说出自己喜欢的人，说不定能影响地下的天命碑，让天命碑上浮现出自己和心仪之人的名和姓，让两个人结缘。"

白姬一听，向前走了几步，站在姻缘树下，气沉丹田，放声大喊："我喜欢轩之！在这个世界上，我最喜欢轩之了！神树，你听见了吗？"

白姬的声音如黄钟大吕,伴随着一声龙吟巨吼,声震日月,响彻云霄。估计整个清净天的神仙都听见了。

元曜顿时脸"唰"的一下红了。但是不知道为什么,他心中很甜蜜,有一股浓烈炽热的情感呼之欲出。那份情感不知所起,却一往而深,无法控制。

小神官大惊失色地说:"白姬大人,您在心里默念就行,没必要喊得这么大声,神树又不是聋子。还有,你喊是没有用的,姻缘树只对人类有用。另外,轩之是谁呀?"

元曜犹豫再三,终于鼓足勇气,也想在神树下喊出自己喜欢白姬。

白姬却笑道:"我知道神树管不了非人的姻缘,但是又想和神树说说话,所以就随便一喊。轩之,你不要往心里去,也不要当真。因为经常叫你的名字,你的名字喊起来比较顺口,所以我就喊你的名字了。"

元曜一听,心中十分失落,继而又因为白姬捉弄他而感到生气。

"白姬,你不要随便乱喊!小生刚才差点儿当……生气了!"

白姬笑道:"哎呀,轩之,你不要生气。要不,你也在神树下喊我的名字好了,我绝对不生气。"

元曜一听,没好气地说:"小生才不要在神树下喊你的名字!"

白姬笑道:"轩之,你不要生气嘛,以后我再也不乱喊了。"

元曜转头,不理白姬。

小神官摸摸头,打起了圆场,笑道:"要不,咱们还是去看看三生石吧。"

白姬笑道:"好呀!"

小神官带着白姬、元曜继续走,一路上元曜还是很生气,一直不理白姬。

三生石是一块浮在烟霞水面上的石头,凌空悬于水上,周围烟云虚渺,发出奇妙的五彩光华,下面有一对鸳鸯在游来游去,负责看守。

白姬、元曜站在岸边,遥望着水上的三生石。

小神官说:"三生石的妙处是必须进入其中才能体会到的。三生石之中,记录着人与非人的前世、今生、来世的奥秘。进入三生石中,无论是人,还是非人,都能觉醒前世今生的一部分甚至全部记忆。三生石太玄妙了,记录了生命的秘密和宇宙三界的奥义。任何人知道了三生的秘密都有可能错乱天罡,逆转天道,扰乱天地运行的既定秩序,所以它是一处禁地,月老大人不允许任何人进入。之前看守三生石的阿鸳徇私情让一只凤凰进入了三生石，虽然只是一小会儿，但也被月老大人发现了，现在阿鸳还在思过崖思过呢。"

白姬笑道："其实只是看一看自己的三生，对于天道运行也不会有多大影响。"

小神官说："这个很难说。如果不想改变什么，可能没有影响。但如果一旦看见了自己的三生，起心动念，想要改变什么，那就会影响既定的天道运行。无论是人，还是非人，逆反天地运行的常态规律，知道了自己不该知道的事情，对天道本身来说终归是一个隐患。所以，月老大人才将三生石列为禁地，禁止任何人进入。月老自己也只在对天命碑上的名字有疑问，弄不清楚对错时，才进入三生石追溯因果，用以求证。"

白姬若有所思，笑道："你说得也有道理。比如轩之，如果此刻他走进三生石里知道了他的前世，而他的前世恰好是我最想要的那个人，我不知道会做出什么事来，不知道会用我全部的力量将这天道逆改成什么样。"

元曜一听，忘了生气，问："白姬，你在说什么？"

白姬笑道："我在说，轩之，你这么爱生气，你的前世肯定是一只青蛙，无论什么时候都气鼓鼓的样子。"

"白姬，你的前世才是青蛙呢！"元曜继续生气。

就在这时，三生石上涌现一片五彩祥云，祥云之中浮现出了两个身影，一个是慈眉善目的红衣老头，另一个是一脸呆怔的白衣公子。

二人正是月老和凤炽。

白姬、元曜和小神官便在岸边迎候。

月老和凤炽乘祥云而来，很快就到了岸边。

白姬笑道："有劳月老了。你们此次探询三生石，结果如何？"

月老笑道："天机不可泄露，小老儿不便多言。凤炽想知道的事，已经知道了。"

白姬点点头。

元曜忍不住问："凤炽少主，你弄清楚谁是你前世的小狐了吗？"

凤炽神色恍惚，似乎精神上受了冲击，头脑还没有完全清醒，没有开口。

白姬笑道："凤炽突然知道了前世今生的事情，想必收获了很多意料之外的信息，也得到了一些意料之外的情感体验，需要一些时间来让内心接受。而且，有些事情是凤炽的隐私，未必能对外人言说。轩之，我们还是不要问了。"

元曜点点头。

白姬指着水上的三生石,笑道:"月老,我和轩之能进三生石里去看一看吗?"

"不行!"月老斩钉截铁地拒绝。

"让这只凤凰进入三生石窟探天道的秘密,已经是小老儿破例了。白姬大人,您是绝对不可以进入三生石的。至于这个后生……"

月老仔细地打量了一下元曜,感觉到他身上有一股难以言说的水之气息,其中隐藏着一股巨大的灵脉。

月老想以仙气仔细探究那股灵脉,但去试探的仙气一触碰到那股灵脉,如江河归海,融汇在了那股灵脉之中,根本无从溯源。

"他也不行。"月老严肃地说。

白姬笑道:"月老,您真小气!"

"不行,不行,就是不行。"月老吹胡子瞪眼。

白姬笑嘻嘻地说:"好了,不为难您老了。游玩了半天,我也口渴了,再把您的仙茶给我喝一杯,我就回去啦。"

月老笑道:"这倒是可以。我还有新做的点心可以给您试吃,叫作风月糕,是用人间风月之清露与我都罗山中的情花花蜜做成的,味道浓郁香甜,甘美如情最浓时的甜蜜。"

"一听这名字,我就觉得好吃。月老,等走的时候,您给我打包十斤风月糕带回去吧。"白姬笑道。

"还没试吃,您就想着打包了啊?"月老摸着胡子说。

"您老做的糕点肯定好吃。"白姬笑着夸赞。

"我自己都不够吃,最多送您三斤。"月老被恭维,十分开心。

"也行。"白姬笑道。

白姬、元曜、月老、凤炽回到缘神殿,发现离奴不见了,想是追鱼去了。

月老当即派了一名小神官去沿着河岸找离奴。

白姬和月老一边喝仙茶,一边品尝风月糕,一边闲聊。

凤炽独自坐在角落里发呆,不知道在想什么。

元曜在一旁听白姬和月老闲聊,听着听着,似乎想到了什么,就坐不住了。

元曜说自己内急,想要去如厕,就出去了。

月老望着元曜匆匆走出去的背影，笑道："白姬大人，恭喜您，您已经找到您的姻缘了。"

白姬笑道："月老，您真是老糊涂了！轩之怎么可能是我的姻缘？他是一个凡人。"

月老说："他身上有水的气息，体内蕴藏的灵脉和您的十分相似，浩瀚无垠，不可见底，如四海风雷，宇宙苍穹。"

白姬脸上的笑容逐渐消失："轩之是一个很奇特的凡人。对我来说，他是世界上独一无二、绝无仅有的重要的存在。可是，他并不是我的姻缘。我的姻缘曾与我相逢，却又擦肩而过。我的姻缘停留在过去，而我奔向未来，我们再无相见之日。春秋复万年，因为迷茫，我曾经迷失过，沉溺于杀戮暴虐，攫取各种各样的鲜活生命以填满自己空洞的心。甚至后来我误以为佛祖是无所不能的，以为只要我成为万佛之祖，就可以让时光倒流，让停留在过去的存在苏醒，让我的姻缘奔赴彼此错过的时间来与我相聚。结果，这份荒唐的妄念引发了天地大战，让生灵涂炭，血染三界。我也受到了惩罚，失去了我的海之国，成为人间的囚徒。而我的妄念，不过是竹篮打水一场空。因为后来我才知道，即使我赢了天地大战，成为万佛之祖，也不能让我的姻缘从过去苏醒，跨越时间向我而来，而我也不能回到过去，穿越时间去与我的姻缘相见。"

月老笑道："或许，冰夷会以另一种方式跨越你们错过的时间朝你奔赴而来。"

白姬指着凤炽，笑道："这就是我跟这只傻凤凰不一样的地方了。我只想要冰夷，并不想要冰夷的来世。对我来说，冰夷的来世是另一个人。"

月老笑道："我当了这么多年的月老，进入过三生石无数次，看过芸芸众生的三世，到现在也没弄清楚前世、今生、来世这三者之间浮脉千里、丝丝相扣的关系。这三者仿佛是流转的，但是又如命运一般不可捉摸。它们之间的流转，仿佛是更大的流转的一部分，而更大的流转最后又分流为前世、今生、来世。小老儿智慧有限，至今也参不透其中的奥义。不过，前世、今生确实不再是同一个人。因为如果将其视为同一个人，命运的轨迹就会出现差错，天道的规律也无法正常运行。所以，从某种意义上来说，你的冰夷永远不会回来了，而凤炽的小狐也永远不在了。"

凤炽听了白姬和月老的对话，神色哀伤，怅然若失。

就在这时，离奴、元曜和小神官一起进来了。

白姬问："离奴、轩之，你们怎么一起回来了？"

元曜有些脸红，没有回话。

离奴说："主人，离奴跟着肥鱼跑，想抓肥鱼，却没抓着。然后，小神官叫住了我，让我回来。我们俩在回来的路上经过那棵姻缘树，结果发现书呆子在姻缘树下跪着，闭着眼睛，不知道在念叨着什么。我们就把他也叫回来了。书呆子，你在姻缘树下跪着干什么？你就算是要偷树上的红线也不至于下跪呀。"

元曜急忙解释："小生才没有要偷红线呢！小生只是……只是在姻缘树下逛一逛，然后跪一跪而已。"

元曜说到最后，声音小得连他自己都听不清了。

原来，元曜刚才想着难得来一趟风月姻缘之地，又看见了神奇的姻缘树，于是想趁白姬告辞回去之前去姻缘树下许一个愿。但是，他又不敢直接说自己要去姻缘树下许愿，怕被白姬嘲笑。于是，他借口去如厕，偷偷地去了。谁知，他正跪在姻缘树下虔诚许愿，却被离奴和小神官逮了个正着。

白姬笑道："原来轩之偷偷地去姻缘树下祈求结缘了。"

"没有……没有的事。"元曜红着脸小声地否认，毫无底气。

白姬一转眼珠，笑道："轩之，你喜欢的人是谁呀？你与其去姻缘树下诉说相思，还不如直接告诉我呢，我可以替你去提亲。你喜欢的人是非烟小姐，还是玉鬼公主，抑或是上官昭容？如果都不是，难道你喜欢的是太平公主，不然就是武皇陛下？玉鬼公主是非人，可能不太行。武皇陛下也不太行，武皇陛下可不是你能喜欢的人，你太好高骛远了。太平公主和上官昭容马马虎虎还凑合吧。非烟小姐最适合你了，但是非烟小姐比较注重美色，喜爱美男子。如果你喜欢非烟小姐，恐怕得先想一个办法变成美男子。"

元曜越听越生气，大声地说："小生才不会告诉你呢！玉鬼公主怎么就不行了？非人为什么不可以和人结缘？"

白姬笑道："原来你喜欢玉鬼公主啊！"

离奴也笑道："原来书呆子喜欢那只不洗澡又十分蛮横暴力的野山猫，也太没眼光了。"

元曜急忙解释："小生才没有喜欢玉鬼公主，小生只是喜欢非人。"

白姬、离奴哈哈大笑。

"轩之，你喜欢非人，亲近非人，很好呀！妖缘鬼分深厚的人，很适合待在缥缈阁里。"

"书呆子,你疯了吧!爷也是非人,爷才不要被你喜欢,更不要跟你结缘!"

元曜十分生气,但是在姻缘树下许愿的事情总算搪塞过去了。白姬不再细问了,他又安心了。

刚才他跪在姻缘树下虔诚祈祷,向姻缘树诉说的名字是白姬。不知道姻缘树能不能听见他真诚的祈祷和深沉的相思。如果姻缘树能够听见就好了。如果姻缘树不能听见,那他就每天在心里继续祈祷,默念这份无法言说的相思,直到生命的尽头。

众人说说笑笑间,时间便一点点过去了。

白姬向月老告辞。

月老赠给白姬三斤风月糕和两罐情花蜜。

白姬笑着道谢,并且邀请月老闲来无事去缥缈阁坐一坐。

凤炽发了半天的呆,告别时似乎下了一个决心。

"白姬,我已经想清楚了。我打算回火焰岛一趟,就不跟你回人间了。等我回火焰岛处理完事情,再去缥缈阁拜会。"

白姬点头,笑道:"可以。凤炽,很多事情,别人没有办法帮你,得你自己想通。只要你自己想通了,做出了决定,一切就好了。"

凤炽点点头。

元曜十分好奇:凤炽究竟在三生石中看见了什么?若草和胡阿锦究竟谁才是凤炽前世深爱的小狐?

但是凤炽现在不愿意说,元曜也不好开口问,只能把好奇压在心底。

众人向月老告辞,离开了清净天。

白姬、元曜、离奴回人间,凤炽回了火焰岛。

第十九章　尾声(上)

春阳和煦,烟水明媚。

洛阳,缥缈阁。

离奴去集市买菜了。

白姬、元曜闲来无事，并坐在廊檐下，一边晒太阳，一边烹茶。

红泥火炉上煮着沸水，千峰翠色茶具光华莹润，梨花木案上放着一盘春日里采摘的野莓果，还有一盘月老送的风月糕。

风月糕是红蔷薇色的，做成了五瓣花朵的形状，散发着花蜜的香气，入口浓甜馥郁，如同男女情爱最深时的酣美甜蜜的滋味，妙不可言。

入口浓甜的点心，自然要配清爽的蒙顶甘露。

白姬和元曜在千峰翠色茶具上烹的正是蒙顶甘露。

白姬一边喝着蒙顶甘露，一边愉快地品尝着风月糕。

元曜不喜欢风月糕，觉得它的味道非常甜腻，会让人心绪不宁，神思不安。

于是，元曜便只喝清茶。

元曜心中有些许烦忧。因为他有一个不能对外人说的秘密——从清净天回到缥缈阁之后，他偶尔会觉得心口隐隐作痛。他在自己的房间里解开衣服，查看胸口，竟然发现那里隐隐浮现出一团漆黑的印记。黑色印记呈现出半透明的烟雾状，形状浑圆如珠，就像是他代替若草伪装成魔尊波旬的新娘时，被迎亲的骷髅司仪戴在胸口的魔魂珠的样子。

元曜心中十分不安。他想去告诉白姬，但是又不想白姬为自己担心，所以就没有开口。可是，黑色印记一直存在于他的胸口，扰得他心神不宁，惴惴不安。

白姬望了一眼元曜，笑道："轩之，你还在为自己的'心'而担忧吗？"

元曜一愣，问："白姬，你都知道了？"

白姬笑道："我当然知道。轩之，魔魂珠现在已经侵入你的心，我也没办法。如果早知道魔尊波旬娶新娘是为了用魔魂珠来摄心，收集各种心拿转轮藏来炮制成一颗完整圆满的心，我决不会让你冒这个险。如今，我们说这些也晚了。魔尊波旬不会善罢甘休，我们只能看他下一步要做什么再作打算了。"

元曜悲伤地问："白姬，小生会死吗？"

白姬温柔地说："不会的，轩之。波旬如果想杀你，你早就已经死了。轩之，我向你保证，我一定会找到方法让魔魂珠消失，使你的心恢复正常。对我来说，你的心可是世界上最珍贵的宝物。"

元曜笑道："谢谢你，白姬。对小生来说，你也是世界上最珍贵的存在。"

白姬、元曜相视而笑，然后一起望向阳光下的七宝莲花池。

也许是春气浓如酒的缘故，七宝莲花池今天心情十分明媚，一池莲花都宿妆淡粉，如胭脂染红了少女娇嫩的双颊，微醺如醉酒，灼灼似粉霞。

元曜感叹："白姬，魔尊波旬实在是太疯狂了！魔尊波旬残害了那么多人，就只是为了炼制成一颗圆满的心。而魔尊波旬想要这颗心，只是为了让你受到诱惑，堕入魔道。"

白姬笑道："轩之，神、佛、魔，还有你常常挂在口头的圣贤，都是疯狂的、不可理喻的，你习惯了就好。"

元曜一惊，急忙说："圣贤和佛祖是很正常的。"

白姬说："在我看来，圣贤和佛祖也很疯狂。"

元曜严肃地说："白姬，你要谨言慎行，见贤思齐，时刻修磨自己，不可信口妄言，对圣贤与佛祖无礼。"

白姬叹了一口气，说："我知道啦！"

元曜又担心地问："白姬，魔尊波旬去哪儿了？魔尊波旬还会回鬼市幽都吗？"

白姬眼露寒光，冷冷地说："魔尊波旬会回来的。即使魔尊波旬不回来，我也会去找魔尊波旬的。"

从月老那儿回来之后，白姬和元曜又去了一趟鬼市，跟心月狐夫人和太极掌柜等妖鬼讨论善后事宜。

白姬大闹幽都魔宫，把魔尊波旬赶走了。听到这个消息之后，整个鬼市和幽都的妖鬼都震惊不已，惶惶不安。它们被魔尊波旬压迫奴役了很多年，畏惧魔尊波旬的强大，从来不敢反抗魔尊波旬，一直都忍气吞声，唯命是从。现在，魔尊波旬突然跑了，没有魔尊波旬再压迫自己，大家一时间不知道该怎么办。

有些苦魔尊波旬淫威已久的大妖鬼倒是很欢喜，因为魔尊波旬跑了，它们就可以在鬼市幽都作威作福了。大部分普通妖鬼则忧心忡忡，害怕魔尊波旬卷土重来，毁灭整个鬼市，到时它们可就遭殃了。

鬼市的秩序和平静被扰乱，众妖鬼虽然都惶惶不安，有各种不好的猜测，但是都不敢当面质疑和埋怨白姬，只敢跟心月狐夫人和太极掌柜等跟着白姬一起杀入魔宫的妖鬼争吵，埋怨它们太过冲动。本来，献出若草就完事了，死一只狐狸就可以换取鬼市十年太平，犯不着跟魔尊波旬硬杠，把事情闹得这么大，还把魔尊波旬给赶走了。若是把魔尊波旬打死也就罢了，关键是魔尊波旬是打不死的，赶走了魔尊波旬，魔尊波旬说不定会带着更大的怒气卷土重来，施降惩罚于整个鬼市和幽都。

被一些胆小怕事的妖鬼埋怨，平常天天吵架的心月狐夫人和太极掌柜这下不吵架了，狐狸和猫团结一心，一致对外，回骂别的妖鬼。

白姬在幽都魔宫转了一圈，看见了八角转轮藏和九百九十九颗心。一想到魔尊波旬说要给白姬换心，白姬心中就愤怒不已，想要喷出龙火把整座魔宫烧掉。

白姬当即化作一条巨龙，准备喷火烧掉整座魔宫，却被跪下求情的众妖鬼制止了。它们担心白姬把魔宫烧掉会彻底惹怒魔尊波旬。连心月狐夫人和太极掌柜也认为不能烧，恳请白姬放过魔宫。

白姬不听。

众妖鬼苦苦哀求。

元曜替妖鬼们说话，苦苦劝止。

白姬便只烧了八角转轮藏和九百九十九颗心。

众妖鬼担心魔尊波旬回来报复，迁怒于它们，使它们遭殃，于是一起恳求白姬将缥缈阁迁回鬼市。

白姬觉得鬼市的生意肯定没有人市的生意好，收集不到足够的因果，便不同意。

最后，大家商议决定，拿出一千两黄金，请白姬在魔宫的广场上留下一个巨大的龙脚印，以示抢夺魔尊波旬的新娘、赶走魔尊波旬、烧毁八角转轮藏和一部分宫殿，都是白姬一个人干的，与鬼市的妖鬼们无关。

白姬看在一千两黄金的分儿上，欣然留下了龙爪印。

其实，白姬和魔尊波旬在婚宴上正面对战一场，即使不留下龙爪印，魔尊波旬也知道自己的敌人是她。而白姬因为元曜胸口的魔魂珠，还有恩怨要和魔尊波旬清算，也希望魔尊波旬来找自己，免得自己上天入地地去找魔尊波旬。

元曜说："白姬，小生其实有一个疑问。"

白姬笑道："轩之，你有什么疑问？"

元曜说："魔尊波旬是因为你从西天来到了人间收集因果，才从六欲顶来到了人间吗？"

白姬想了想，说："也许吧。最初和魔尊波旬在鬼市相逢，我就知道魔尊波旬是为了我的力量而来。魔尊波旬想要我堕入魔道，沉沦于黑暗，让海域众生也成为魔尊波旬的力量。"

元曜想了想，说："魔尊波旬可能认为与佛祖对抗过的你和魔尊波旬是同一立场。"

白姬笑道:"所以说,魔尊波旬太天真了,头脑也太简单了。即使我与佛祖对抗过,也不代表我和魔尊波旬是同一立场。世界上,并不只有黑和白,还有很多其他的呢。"

元曜问:"可是,魔尊波旬为什么想到要以娶新娘的方式收集人心呢?"

白姬思索了一番,说:"这个问题我这几天思考了一下。仔细算来,魔尊波旬收义弟和娶新娘差不多是同一时间开始的。那天晚上,婚宴上有一群恶妖邪魔乱舞,你也看见了。我认为,魔尊波旬可能只是想找一个理由定期把那群义弟聚在一起,清算一下人数,盘算一下力量增减,顺便欣赏一下吧。婚宴是最好的聚集义弟们的理由了。"

元曜蒙了,问:"什么叫作欣赏一下?"

白姬想了想,说:"打个比方,我也会定期让你把仓库里的那些宝物搬出来,清点和欣赏一番。你攒月钱购买和收集的那些放在杂物间和房间里的书,你难道不想定期摆出来清点和欣赏一下吗?魔尊波旬大概就是这个心理。"

元曜以手抚额,说:"原来,魔尊波旬娶新娘是为了定期盘点和欣赏自己的义弟们……难道那些义弟对魔尊波旬来说就跟物件一样吗?"

白姬冷笑道:"对魔尊波旬而言,那些义弟恐怕连物件都不如呢。反正,对魔尊波旬来说,娶新娘、收义弟都是在人间散播黑暗之余的无聊消遣。魔尊波旬也想让我成为其中之一的物件。我光是想一想就十分生气,真想打败魔尊波旬,让魔尊波旬彻底消失在这个世界上。"

元曜望着白姬,心中十分难过。

他很少看见白姬动怒。这么久以来,白姬只动怒过两次,一次是对龙隐,另一次就是对魔尊波旬。

白姬对龙隐动怒是因为龙隐生性邪恶,野心勃勃,表面忠心恭顺,实则包藏祸心,想要杀白姬,取代白姬成为龙王。白姬对魔尊波旬动怒,是因为魔尊波旬苦心积虑,谋划布局,想要白姬丧失本心,堕入魔道,成为魔尊波旬野心之路上的助力,成为效忠于魔尊波旬的傀儡。龙隐和魔尊波旬都威胁到了白姬的生命,想要毁灭白姬的自由,摧毁白姬灿烂而鲜活的灵魂,所以白姬十分愤怒。

元曜一向淡泊宁静,没有妄念,此时此刻却突然很想获得强大的力量,强大到能够与神佛一般无所不能,无坚不摧。只要他比龙隐、魔尊波旬都强大,就可以保护白姬,将一切危险和威胁与白姬隔绝,让白姬继续自由、肆意、鲜活、无忧无虑地欢笑着,甚至还可以实现真正的心愿……白姬真正的心愿是什么呢?她真正的心愿是回归大海,还是让冰夷复活?

元曜心口突然传来一阵剧烈的绞痛,他一只手捂住胸口,险些端不住茶杯。

白姬急忙接过元曜手中的茶杯,扶住了他,关切地问:"轩之,你怎么了?魔魂珠又在侵蚀你的心吗?"

元曜疼得无法说话,靠在白姬身边,慢慢地喘气,缓缓地平复心痛。

白姬说:"轩之,魔魂珠是魔尊波旬的念力所化,会察觉人心的幽暗缝隙,伺机而动。你不要胡思乱想,也不要有虚无的妄念。你不必担心,有我在,一切都会没事的。"

元曜有些悲伤,小心翼翼地问:"白姬,你一直在实现众生的心愿,那你的心愿是什么?你的心愿是……让冰夷复活吗?"

白姬一愣,继而笑道:"轩之,你不要胡思乱想了。我的心愿怎么可能是让冰夷复活呢?冰夷不可能复活。我的心愿是成为这个世界上最可怕的大魔王,然后随心所欲地干坏事。"

元曜急了,说:"白姬,你不可以成为大魔王,也不可以做坏事。你要以圣贤为标准,以真善为美,修磨品性,向圣人看齐,争取成为一条圣贤之龙。"

"圣贤之龙?听起来,那是一条死气沉沉、毫无趣味的龙呀。"白姬笑道。

过了一会儿,元曜又问:"白姬,刚才你说世界上并不只有黑和白,那你的立场是什么颜色呢?"

白姬想了想,笑道:"我的立场应该像是彩虹一般。"

元曜蒙了,问:"什么意思?"

白姬笑道:"只有黑和白的世界太无趣了。我的立场就站在这个黑白世界的那一道五颜六色、光华绚丽的彩虹上。"

元曜一听,笑了。

"白姬,对小生来说,你确实像一道美丽而神奇的绚烂的彩虹。遇见你之前,小生的世界里没有那么多色彩。遇见你之后,小生眼前才展开了一个五彩缤纷、光怪陆离的美妙世界。"

白姬开心地笑道:"那你就把我当成你人生中最绚烂美丽的彩虹吧。"

元曜点点头,笑道:"嗯!"

第二十章 尾声（下）

白姬、元曜正在闲聊，突然有一个人走进了缥缈阁里。

那人见大厅里没有人，便驾轻就熟地穿过里间，径自来到了后院。

那是一个容颜俊美、风度翩翩的白衣公子。白衣公子捧着一大束桃花，桃花开得旺盛，红如云霞。

白衣公子正是凤炽。

凤炽正好听见了白姬说的后半句"人生中最绚烂美丽的彩虹"，当即接话："白姬，彩虹哪有桃花好看，桃花才是最美丽的。"

元曜看见凤炽，高兴地问："凤炽少主，你怎么来人间了？"

白姬却不高兴，说："凤炽，你越来越没有规矩了。长辈在说话，你作为晚辈，随便插什么话！轩之，回头你教一教凤炽人间的礼仪。"

凤炽说："白姬，你才不是我的长辈呢！不过，人间礼仪我确实要学一学，因为我决定在人间待一阵子。轩之，回头你再教我一些人间的常识吧。"

元曜笑道："好。"

凤炽把那一捧桃花递给元曜，说："刚才来缥缈阁的路上，我路过洛水，见洛水两岸的桃花在春风中开得娇艳，十分美丽，忍不住摘了一些。送给你们。"

元曜接过，说："多谢。凤炽少主，请坐，小生去把桃花插瓶。"

"好。"凤炽坐下，笑道。

白姬拿出一个干净的杯子，给凤炽倒了一杯蒙顶甘露。

元曜拿着桃花离开了。

元曜在里间找了一个羊脂玉圆肚花瓶，将花瓶装满水，然后将盛放的桃花插入花瓶中，将花瓶摆在朝向后院的轩窗旁边。

白姬和凤炽正在闲聊，一回头，便能看见盛放的桃花。

元曜插好桃花，便又回去和白姬、凤炽一起晒太阳喝茶了。

白姬和凤炽正好聊到凤炽为什么来人间。

凤炽说："我来人间是为了和小狐在一起！"

"噗——"元曜忍不住喷出一口茶。

白姬笑道："凤炽，你居然还没死心啊！"

元曜问:"凤炽少主,谁是小狐呀?在清净天时,你从三生石中归来后一脸愁容,心事重重。当时我们不好问你,你现在可以告诉我们吗?"

凤炽似乎有些不好意思,小声地说:"小狐是阿锦。"

元曜感慨:"原来是阿锦,居然真的不是若草姑娘啊!"

凤炽说:"那是一个误会。阿锦和若草互赠礼物,若草把祖传的凤首箜篌送给了阿锦,阿锦便把从前世带来的灵玉送给了若草,所以我当时错把戴着阿锦的灵玉的若草当成了小狐。真正的小狐,是阿锦。"

白姬、元曜点头。

凤炽继续说:"在三生石中,我明白了一切因果。所以,我回了火焰岛,与父母说清楚了,又去青鸾族亲口回绝了婚事。我打算在人间追求阿锦。我追求阿锦,不是因为前世。之前追求若草,是因为我误以为若草是小狐,想要再续前世的缘分。而这次追求阿锦,是因为我真的喜欢阿锦。即使阿锦前世不是小狐,我也喜欢阿锦,想要和阿锦共度一生。"

凤炽不想和青鸾族联姻,是因为凤炽真的不喜欢青鸾族长公主。凤炽在朋友阿鸳的帮助下,在三生石上偷窥了前世的一星半点儿,觉醒了关于小狐的一点儿记忆。然后凤炽来到了人间,在洛水边偶遇胡阿锦和若草,错把若草当成了小狐。凤炽纠缠若草,想要再续前缘,其实只是凤炽的一个执念。

后来,凤炽在与胡阿锦的相处之中逐渐被胡阿锦吸引了。胡阿锦充满了正义感,真诚而坚强,有着自己的人生信念,能够为了朋友不顾性命。凤炽和胡阿锦为了保护若草,常常吵架,但是吵着吵着,凤炽越来越被胡阿锦吸引,总觉得他们俩好像有一种莫名其妙的熟悉和牵绊。凤炽和胡阿锦为了保护元曜,一起闯入魔宫,共同出生入死之后,凤炽就发现比起若草,自己更喜欢胡阿锦。这与前世凤炽和胡阿锦的感情纠葛无关。凤炽的内心告诉自己,哪怕前世的小狐是若草,凤炽今生也更喜欢胡阿锦。虽然青玉飞凤匣和白玉狐花盘是前世的恋人,但今生凤炽不是青玉飞凤匣,是凤炽。凤炽喜欢胡阿锦。

从三生石中归来之后,凤炽弄清楚了一些浮脉千里的姻缘因果,思考了很久,终于下定了决心,来到了人间。

白姬说:"可是,凤炽,阿锦好像不喜欢你呀。"

凤炽说:"我觉得阿锦可能是没发现自己喜欢我。所以,我要向阿锦表明心迹并且追求阿锦,直到阿锦喜欢上我。"

白姬笑道:"这……凤炽,你还真是自恋自大啊!从这一点上能看出,你跟凤王是亲生父子。"

凤王和凤炽加起来,都比不上白姬你自恋。元曜暗自腹诽。

白姬笑道:"不过,人有时候不太能看清楚自己的内心。所以,人与人总归要多接触,才能发现自己真正的心意。你和阿锦多接触一下,也是好的。但是,如果阿锦真的烦你,你就不要再死缠烂打,惹阿锦厌烦了。"

凤炽说:"这是肯定的。凤凰也是有尊严的。我觉得阿锦虽然经常和我吵架,但是阿锦并不是真的讨厌我。"

元曜想了想,也觉得凤炽和胡阿锦郎才女貌,金童玉女,十分般配。不过,男女情爱的事情,外人觉得般配也没用,得凤炽和胡阿锦两情相悦才行。凤炽喜欢胡阿锦,但愿胡阿锦也能发现自己内心是喜欢凤炽的。凤炽和胡阿锦互相喜欢自然可喜可贺,若胡阿锦实在不喜欢凤炽也没有办法。

白姬笑道:"凤凰和狐狸也是很般配的。不过,老狐王好像不太喜欢禽鸟,不知道老狐王能不能接受跟凤凰一族做亲家。啊,这都是后话了,我们现在考虑这个太早了。对了,凤炽,你答应给我的凤王的羽毛呢?"

凤炽笑道:"我带来了,放在客栈里了。另外,还有母亲托我送给你的礼物——母亲为你缝制的一套衣裙,上面绣了九条华丽的飞龙,还有一对凤羽金步摇。母亲很感激你在人间对我的照顾,保护我免于被魔尊波旬伤害。父亲的羽毛和母亲的礼物,下午岐鸣会一起带来缥缈阁。"

白姬开心地笑道:"凰后太客气了!我好久没穿过凰后替我缝制的衣服了,一定会很珍惜的。凤炽,你让岐鸣带一些月老做的风月糕,还有人间的金谷酒回火焰岛送给凰后,当作我的回礼。"

凤炽笑道:"行。对了,白姬,其实若草曾出现在我和小狐的前世中。"

"什么意思?"白姬问。

凤炽说:"若草前世就是那只青鸟。青鸟在过国遇见小狐,情投意合,相处融洽,帮小狐千里迢迢地飞来斟鄩的皇宫给我传信,又被我央求送我去小狐身边。然而,因为受到春雷的惊吓,青鸟不小心把我摔碎了。后来,青鸟飞回小狐身边,告知了小狐这个不幸的消息。小狐无法原谅青鸟。青鸟十分厌恶自己是飞鸟,就像我前世厌恶自己是不能动的器物一样。青鸟认为如果自己是走兽,就能把我平安地带回小狐的身边,不会因为区区一个春雷就惊吓得把我摔碎了。其实,小狐也不是真的生青鸟的气,只是因为失去我,受到了沉重打击,一时没办法接受,迁怒于青鸟。后来,又一场兵祸开始了。乱兵闯入过国的宗庙,在器物室里打砸抢夺。青鸟为了保护小狐不被摔碎,飞去拦截乱兵,被乱兵刺死。小狐也在混乱之中被摔碎了。"

元曜听了，心中悲伤。

白姬感慨："凤炽，你们仨的前世还真是一场悲剧啊！"

凤炽叹了一口气，说："谁说不是呢？白姬，我在三生石里得知这些事情的来龙去脉，受到了打击，一时间难以接受，好几天都没缓过劲来。现在好多了，我都能说出来了。不过，我不打算把这些前世的纠葛和我们的过去告诉若草和阿锦。一来，因为这是一个悲剧，我一旦说了，好像只会更让若草和阿锦伤心。二来，月老说过三生是众生的秘密，若草和阿锦知道这些秘密反而不好。如果我们想要逆改什么，又会违逆天道，受到命运的惩罚。我还是不说了。前世、今生应该区别对待。转世的同时，让众生忘却前世，是命运对众生的慈悲。"

白姬若有所思地说："虽说前世和今生应该区别对待，可是前世和今生似乎又在命运这条神秘的长河之中有着千丝万缕、不可言说的关系。冥冥之中，自有因缘定数。若草前世是那只帮助过你和小狐的青鸟，所以今生你和阿锦帮助了若草，让若草没有成为魔尊波旬的第一千个新娘，让若草免于死亡的悲剧命运。尤其是阿锦，不惜舍命帮助若草，因为前世青鸟也舍命帮助了阿锦。还有，若草曾经说自己讨厌禽鸟，前世那只青鸟因为有负小狐所托，所以自怨自艾，希望自己不是飞禽，而是走兽。所以，这一世若草成了狐狸。"

凤炽说："你这么一说，倒是有点儿道理。我前世也曾厌恶自己是一件不能动的器物，渴望成为一只自由的飞鸟。今生我就成了凤凰。仔细一想，前世今生与命运还真是有着千丝万缕的联系呢。"

元曜感叹："前世今生与命运的联系是神秘而玄奥的！"

白姬笑道："不管怎么玄妙，前世的自己与今生的自己确实不是同一个人。人与非人都不需要背负跨世的命运，活好今生、做好今生的自己就行了。来世，更是虚无缥缈，不可追寻。"

元曜和凤炽点头。

白姬掩唇笑道："凤炽，话说回来，你刚才说的小凤、小狐和青鸟的前世故事里，我怎么觉得小狐和青鸟才是生离死别、爱恨交加，小狐和青鸟才是情感羁绊更深的一对佳侣。青鸟最后还为了保护小狐而死，多么情深义重，感人至深啊，而你只是一个早早离场的陪衬。"

凤炽闻言，生气地说："白姬，你胡说什么！我和小狐一起在太庙里待了很多年，一起参加过很多祭典，我们的感情是很深厚的。"

元曜也不由得感慨："青鸟对小狐情深义重，为了小狐跋涉千里，去传递小狐对你的思念。后来，青鸟又为了保护小狐而死。小狐临碎前，还没原谅青鸟，内心肯定充满了对青鸟的各种感情，有感激，有愧疚，有悔恨，也有爱意。小狐临碎前，想青鸟肯定多过想你。"

凤炽反驳说："轩之，你不要胡说！小狐临碎前肯定是想着我的，不会想什么青鸟！"

白姬恍然，说："因为小狐和青鸟感情深厚，所以阿锦和若草今生才会一见如故、生死相交，感情好得不得了。"

凤炽不高兴地说："你们不要胡说八道！我和阿锦才是前世一对，今生一双，没有青鸟什么事，也没有若草什么事。若草和阿锦只是朋友，我和阿锦才是情侣！"

白姬笑道："谁知道呢！阿锦不是还没回应你的一片深情吗！"

元曜也说："虽然小凤和小狐的结局挺让人遗憾，可是青鸟和小狐的感情更让人感动。在那个前世的故事里，小生最为青鸟和小狐而感动。"

凤炽生气地说："你俩快住口！你们俩再这样说，我以后就不来缥缈阁了！"

白姬笑道："别！我不说了。凤炽，你没事的话还是多来缥缈阁坐一坐吧。凰后嘱托我保护你，我得确保你在人间的安全，毕竟你是凰后唯一的孩子，我不能让你在我的眼皮底下出事。"

元曜也笑道："小生很好奇你和阿锦姑娘将来会怎么样。凤炽少主，你没事的话还是多来缥缈阁闲坐一番，说一说你和阿锦姑娘的后续吧。"

凤炽一听，转怒为喜，笑道："我和阿锦肯定会有一个圆满的结局，到时候一定邀请你们俩来参加婚宴。"

听到婚宴，白姬和元曜不约而同地想起了不久前魔尊波旬的婚宴。那是一场天翻地覆的骚动和混乱，佛龙大战，群魔乱舞。在宴会的高潮时，六臂佛魔骤然消失，只留下一个充满危险的悬念。

魔尊波旬什么时候归来，又会带来怎样可怕的风暴，来摧毁白姬和元曜平静的生活，这是让人不安的悬念。

白姬、元曜对望一眼，愁绪泛起，心有千千结。

过了一会儿，白姬笑道："轩之，今天春光明媚，我们不要辜负了这平静美好的时光，下午去洛河边看桃花吧。"

元曜笑道："好呀！不如把离奴老弟叫上，带上火炉和清酒，一起去洛河边，我们可以一边赏花，一边品酒、吃烤鱼。"

凤炽说:"我也要去,我还要去鬼市邀请阿锦一起去。"
白姬笑道:"可以呀,人多更热闹。"
白姬、元曜、凤炽笑语闲谈,安排下午的赏花行程。
一阵熏风吹过粉红色的七宝莲花池,绕过轩窗边盛放的桃花枝。
桃花纷飞,花瓣缱绻,洛阳的仲春又到了。

第五折 半面妆

第一章　楔　子

六十年前，长安。

夏日午后，王侯深宅。

小男孩儿吃完午饭后，正趴在屋里的雕花罗汉床上玩。

从四面大开的轩窗往外望去，能看见后院的一架蔷薇花在烈日下葱翠欲滴，一树石榴花绽放似火。

小男孩儿玩累了，就拉过一张薄薄的织锦毯盖在身上，开始午睡。

突然，天空乌云密布，白昼一下子变成黑夜，天边响起了震耳欲聋的惊雷声。

"轰隆隆——"

一瞬间，晴朗的夏日午后就变得阴沉如夜，雷鸣电闪。

小男孩儿大惊。

就在这时，一只毛茸茸的小动物猛地从屋外蹿了进来，一下就跳上了罗汉床，一头钻进了小男孩儿的怀中。

小动物蜷缩在小男孩儿的怀里瑟瑟发抖，小爪子还紧紧地攥住小男孩儿的衣裳。

小男孩儿心生怜爱，认为这只小动物可能是害怕惊雷，就抱着它一起藏进了毯子里。

小动物比狸猫还小，一身花毛，全身脏兮兮的，湿漉漉的毛黏成一团，蹭了小男孩儿一身脏泥。

小男孩儿却还是任由它躲在自己的怀里，没有因为它又脏又丑而扔掉它。

不一会儿，天空放晴了。

乌云散去，雷电消失，又恢复了夏日午后的骄阳似火，云淡风轻。

小动物迅速地钻出毯子，跳下了床。

小男孩儿坐起身来，身上裹着织锦薄毯，一脸茫然。

小动物本打算直接跑掉,却又似乎想到了什么,回头望了一眼裹着薄毯坐在罗汉床上的小男孩儿,垂头行了一个礼,才转身一溜烟儿地跑了。

小男孩儿低头一看,只见自己浑身是脏泥,便大声喊人。

侍女们听见呼喊声,纷纷走了进来,看见小男孩儿一身脏泥,不由得笑了。

"世子,你怎么又玩得一身脏泥啊?"

"王妃说下午还得带你去会客呢!"

"快去准备洗澡水,给世子沐浴更衣。"

六十年后,洛阳。

深夜,齐王府。

寒冬时节,刚下过一场大雪。王府的庭院里积了一层晶莹的薄雪,在月光的映照下,看上去像是三更的幽露,又像是草上的积霜。

忽然,寒草动了。

雪地上出现了一个脚印。

一个脚印浮现之后,另一个脚印印在了薄雪上,仿佛是谁无声无息地走过。

夜空下,女子悲婉凄绝的哭泣声响起。

"好冷啊……开门啊……求求你,开门啊……"

"哇——哇哇——"

女子的哭泣声中,还夹杂着婴儿撕心裂肺的哭号声。

宅院深处,一个房间里亮着橘色的灯火。

房门紧闭,窗户也紧闭着。

紧闭的房间里,一名男子双手抱着头蜷缩着蹲在墙角的柜子边。

男子三十多岁,锦衣华服,面白微须。他因为心中恐惧,身体抖如筛糠。

不远的地方,一具女尸从房梁上垂吊下来。

那是一名年轻妇人。

年轻妇人正是男子的妻子。

还有两名婢女昏死在吊尸的下面。

家宅之中,有厉鬼作祟。男子今晚回到内宅,走进房门,就看见久病床榻的妻子上吊而死。妻子的尸体晃晃荡荡地垂吊在房梁上,两名婢女昏死在地上。

然后,庭院里就响起了恐怖的声音。

男子急忙喊人,偌大的王府内却没有下人回应他。

男子吓得瑟瑟发抖，只能躲在墙角的柜子旁边。

"好冷啊……开门啊……求求你，开门啊……"

"哇——哇哇——"

女鬼在外面徘徊哭泣。

窗户骤然摇动起来。

女鬼似乎在外面摇动窗户。

男子吓得面如死灰，颤声说："求求你，不要再纠缠我了……"

"好冷啊……开门啊……"

"哇哇哇——"

女鬼和婴儿在庭院中凄厉地号哭着。

窗户摇动得更厉害了。

不一会儿。

"吱呀"一声，窗户缓缓地打开。

男子抱着头，颤巍巍地向窗外望去。

黑暗中，浮现出一张女人的脸。

女人脸色惨白，黑发如云。她的脸十分诡异，一半妆容精致，眉目细心勾画，风情万种，脸颊贴着花钿，唇上胭脂如血。另一半却没有妆容，惨白如纸，憔悴枯槁，眼神如枯井一般死寂，浸透了怨恨和绝望。

"宦娘，你不要再来纠缠我了。"男子惊恐地哀求。

继而，他看见吊死的妻子。他猛地站起身来，从墙上取下一把宝剑，抽剑出鞘，朝门外跑去。

男子一把拉开大门，跑到外面，在雪地上左右劈砍，胡乱挥舞着宝剑。

"你再来做怪，我就请一个厉害的法师让你永远消失！"

雪地上，脚印频繁地浮现，又逐渐消失。

男子因为恐惧而疯狂地挥舞着剑，一剑劈在了廊柱上，一个站立不稳，跌倒在地上，继而晕了过去。

夜空下，不断地传来鬼哭声。

"好冷啊……开门啊……"

"哇哇哇——"

女鬼哀号，婴鬼啼哭，

号哭声如怨如诉，不绝如缕。

第二章　媚　灶

小寒时节，万物萧瑟。

洛阳，缥缈阁。

元曜发现白姬最近有些不太对劲。

白姬对什么都提不起兴趣，一副意兴阑珊的丧气样子。

以往白姬平常没事时就爱和元曜、离奴说说笑笑，可现在白姬大部分时间只是沉默地坐着。吃美食，白姬没有胃口，连平时最爱吃的点心也只吃一口就放下了。看闲书，白姬也看不进去，总是只看了一行字就把书放下了。宰客人，白姬好像也没有兴趣，总是刚开口报价就意兴索然，改口叫元曜来招待客人，自己借口身体不舒服，上楼去了。

白姬总是垂头丧气、了无生趣的样子，看起来有些像高公公。不过元曜确定，白姬已经大半年没有见过高公公了，这种丧气的情绪应该不是高公公传染的。

这究竟是怎么一回事呢？

元曜不明白，只是很担心白姬。

当元曜试探性地表示："白姬，这个月小生不要工钱了。"

白姬也丝毫不开心，更毫无兴趣，只是轻轻地说："哦。"

元曜终于忍不住了，问："白姬，你是不是遇见什么困难了？如果你有什么烦心事，可以对小生说。小生一定会竭尽全力替你排忧解难。你不要把烦心事藏在心中，独自承受。"

白姬一愣，说："轩之，我没有什么烦心事。"

元曜问："那你究竟是怎么了？你最近为什么总是一副情绪低落、十分丧气的样子？"

白姬丧丧地说："非人有时候也会受情绪的支配，不由自主地陷入低落的情绪之中，身不由己。我最近正好到了情绪低落期，对什么都不感兴趣，不想说话，不想吃饭，不想做事，甚至不想做人。"

元曜说："你不想做人？白姬，你本来就不是人啊！"

白姬改口："我不想做非人。"

元曜惊诧地问："那你想做什么？"

白姬想了想，垂头丧气地说："我什么都不想做。轩之，我只想做一朵蘑菇，在幽暗的墙角静静地发霉。"

元曜说："你这样丧气可不行。白姬，你得打起精神来。"

白姬轻轻地说："我尽量吧。"

一连几天过去，白姬还是意兴阑珊，对什么都提不起兴趣。

这天早上，白姬没有起床吃早饭。

元曜去二楼叫白姬吃早饭时，发现她的情绪更低落了。

元曜十分担心，吃早饭时，就和离奴商量这件事。

离奴听了，说："书呆子，你有所不知，主人偶尔会这个样子。人偶尔会有情绪莫名其妙低落的时候，非人也会有。主人也不总是兴高采烈，隔几百年也会有情绪低落期。没什么大事，过一阵子，主人自然就好了。"

元曜发愁地说："离奴老弟，白姬都快情绪低落半个月了，再这样下去也不是事，咱们还是得想办法帮白姬打起精神来。"

离奴想了想，说："主人上一次情绪低落是周朝的时候，爷当时跟着易牙①学会了做八珍②，就做给主人吃，让主人打起了精神。这样吧，爷去楼上的仓库把周鼎扛出来，你去集市买菜。今天中午爷不做鱼了，做淳熬、捣珍和炮羊给主人吃，让主人打起精神来。"

元曜大喜："那太好了！有劳离奴贤弟了。"

于是，吃过早饭之后，离奴把做淳熬、捣珍和炮羊需要用的食材告诉元曜，让元曜去集市买回来，自己就去二楼的仓库扛鼎了。

元曜去集市采购了几趟才买齐了离奴交代的东西：一只宰杀好的全羊、三斤猪肉、两斤牛肉、两斤麋肉、两斤鹿肉、两斤獐子肉、一些干红枣、一些芦苇、一些稻米。

缥缈阁开着，今天照旧生意冷清，无人上门。

---

① 易牙，春秋时期的著名厨师，也有写成狄牙的。他是齐桓公宠幸的近臣。易牙是第一个运用调和之事操作烹饪的庖厨，好调味，善于做菜。据说，易牙是第一个开私人饭馆的，所以被厨师们称作祖师爷。

② 八珍，出自《周礼·天官》"珍用八物""八珍之齐"。八珍具体是指淳熬（肉酱油浇饭），淳母（肉酱油浇黄米饭），炮豚（煨烤炸炖乳猪），炮羊（煨烤炸炖羊），捣珍（烧牛、羊、鹿里脊），渍珍（酒糖牛羊肉），熬珍（类似五香牛肉干）和肝膋（网油烤狗肝）。《礼记·内则》对这八种食品的原料、调料、烹制工艺乃至炊具及注意事项都有具体的记载，从而为我们保存了两千多年前的这一名食的珍贵资料。

白姬因为情绪低落，日上三竿了，还在二楼睡觉。

离奴扛了两口青铜周鼎下来，一大一小，都放在后院里。然后，离奴在后院的荒草地上挖了两个土坑，堆砌了一些石头，作为石灶。

离奴指挥元曜在两个石灶下堆了柴火，一个石灶上放大周鼎，另一个石灶上准备烤全羊。

炮羊的烤法和普通烤全羊的烤法不一样。

离奴因为自己要在周鼎里炒稻米捣粉，忙不过来，就吩咐元曜洗羊。

元曜本来是君子远庖厨，不愿意干厨房里的事，但是因为做这顿饭是为了让白姬打起精神来，是他拜托离奴做的，离奴忙不过来，他不得不帮着干。

元曜按照离奴的吩咐把买来的宰杀好的全羊放在井边，以井水洗干净。

元曜洗羊洗得很累。大冬天的，井水又很冷，他洗得很辛苦。他觉得，离奴平常只做鱼吃是一件十分明智的事情。鱼比羊小多了，清洗起来也省事多了。

元曜好不容易洗完了羊，又按照离奴的吩咐把红枣干塞进羊的腹腔内，然后用芦苇和黏土把整只羊密密实实地裹起来。

元曜拉长了苦瓜脸，蹲在地上，挽起袖子，努力地给羊裹芦苇和黏土。

就在这时，有两个人走进了缥缈阁的大厅里。

那是两名锦衣玉饰的年轻公子。

一个公子玉面红唇，俊俏潇洒，穿着一身毛裘滚边的圆领冬衣，脚踏鹿皮靴子；另一个公子英武挺拔，丰神俊朗，穿着一身黑色的窄袖胡服，腰上佩带着金错刀。

两名公子正是韦彦和裴先。

裴先因为倾慕白姬，对白姬怀有爱慕之心，所以走进缥缈阁里时心里有些紧张。

韦彦走进缥缈阁里却像是到了自己家一般，十分熟悉，毫不见外。

韦彦见大厅里没有人，撇嘴说："估计又是没生意，他们都在后院晒太阳、喝茶呢。走吧，我们进去。"

韦彦和裴先走进里间，转过河图洛书屏风，还是没有看见人。他们从轩窗望向后院，只见离奴在一口大鼎边炒稻米，空气中浮动着稻米的清香。

元曜蹲在水井边，正在拿黏土糊一只羊。

韦彦和裴先不由得愣了愣。

韦彦大声地问："轩之、离奴，你们在干什么？"

元曜抬头，看见了韦彦和裴先。

客人上门，却没人招呼，未免有些失礼。

元曜急忙起身，顾不得擦掉手上的黏土，便走到了轩窗边，笑道："丹阳、仲华，你们怎么有空来缥缈阁？小生和离奴老弟正在做美食呢！"

韦彦笑道："你们俩好悠闲，不做买卖，却做起了美食。白姬不责骂你们俩偷懒不干活儿吗？"

元曜愁道："白姬最近情绪十分低落，连责骂我们俩的心情都没有。小生和离奴老弟就想做点儿好吃的，给白姬解忧呢。"

裴先一听，急忙问："轩之，白姬姑娘怎么了？"

元曜说："白姬没遇到什么麻烦，一切都好。白姬就是无端地情绪低落，对什么都提不起兴趣。此刻，白姬还无精打采地在二楼睡觉呢。"

裴先一听，十分担心，就想去二楼探望白姬，顺便倾诉衷情。

韦彦急忙阻止："姓裴的，你这未免也太失礼了。白姬好歹算是一位女子，你擅闯白姬的房间，这像话吗？"

裴先仔细一想，这么做确实失礼，便打消了上楼探望白姬的念头。

元曜说："要不，小生上楼去通报一声吧。"

韦彦说："没事，现在时间还早，等白姬睡醒了，自己下楼吧。离奴，你们在做什么好吃的？"

离奴一边炒稻米，一边回答："淳熬、捣珍和炮羊。"

韦彦说："没听过。"

元曜笑着解释："离奴老弟这是在做周朝的八珍。"

韦彦一听，垂涎欲滴。

"离奴，我们今天能留下来吃午饭吗？"

离奴想了想，说："可以，反正肉挺多的，主人、书呆子和爷也吃不完。不过，爷有一个条件——你们俩得帮着打下手。书呆子笨手笨脚，糊只羊都能糊半天，动作太慢了。食不厌精，脍不厌细，周朝做美食的步骤特别烦琐，需要人手，你们俩也来搭把手吧。"

裴先本来不想答应，可是韦彦已经替他答应了。

"没问题，打下手的事情就交给我们。"

裴先说："姓韦的，我是有事来找白姬的，不是来缥缈阁帮厨的。"

韦彦笑道："白姬不是还没起床吗？我们反正闲着也是闲着。再说，你那个事情都是捕风捉影，很有可能是人祸，跟怪力乱神无关，需要找的是不良人，而不是白姬。"

裴先沉默不语。

元曜问:"仲华,你来缥缈阁找白姬有什么事情?"

裴先还没回答,韦彦已经抢先说:"没事,没什么要紧的事。我们还是先做八珍吧,八珍听起来就很好吃的样子。"

于是,韦彦、裴先也挽起了袖子,开始在离奴的指挥下帮厨。

元曜、韦彦、裴先一起用黏土把羊糊好了,然后放在火上烤。

裴先很擅长烤羊,翻转腾挪羊身,指挥韦彦添加柴火。

元曜在旁边扇火。

很快,他们便把羊烤熟了。

离奴看了看烤全羊的状态,看烤得差不多了,就吩咐元曜、韦彦、裴先把烤全羊上的泥巴拍掉。

离奴又让元曜、韦彦、裴先洗干净手,把烤全羊的皮肉表面的一层薄膜搓掉,再在稻米粉之中加水,拌成稀粥,细细地敷在羊的身上。

离奴则在小周鼎之中加入油脂,然后将敷好稻米粉的烤全羊放入油脂之中,油脂多到没过烤全羊。

接着,离奴继续添加柴火,往大周鼎中加水,再将装有烤全羊的小周鼎放入大周鼎之中,水不可超过小周鼎的高度,然后加热,慢慢熬煮。

离奴又指挥元曜、韦彦、裴先把羊肉、牛肉、麋肉、鹿肉、獐子肉搅拌在一起,反复捶打,不停地搅拌。

离奴自己则开始拿酱、醋、香料调配调味料。

韦彦看着离奴忙忙碌碌的样子,不由得笑道:"与其媚于奥,宁媚于灶。何谓也?"①

元曜一听,摇头晃脑地接话:"子曰:'不然,获罪于天,无所祷

---

① 与其媚于奥,宁媚于灶:出自《论语·八佾》。原文为:"王孙贾问曰:'与其媚于奥,宁媚于灶,何谓也?'子曰:'不然,获罪于天,无所祷也。'"意思是说:"与其讨好奥神,不如讨好灶神。"这句话是当时流行的一个俗语。奥神虽然身为家中的正神,但高高在上,不太管实事。可灶神就不同,掌管着家中的吃喝用度。因此,百姓在祭祀的时候出于私利之心,对灶神十分看重。以现代的角度去看,有点儿类似于"县官不如现管",与其拍领导的马屁,还不如直接讨好管事的,这样对自己的前程更有帮助。王孙贾这么问孔子,是在暗示孔子自己在卫国掌有实权,讨好国君还不如讨好他。

也。'①"

说完,两个人相视而笑。

中午过后,白姬终于起床了。

白姬十分丧气地飘下楼来,看见坐在里间喝茶的韦彦和裴先,只是意兴阑珊地打了一个招呼,让元曜好生招待,便去后院的古井边打水梳洗了。

白姬在后院闻到了离奴做的八珍的香味,好像也没什么兴趣。

白姬梳洗完毕,来到里间坐下。

"韦公子、裴将军,好久不见。不知二位今天来缥缈阁是为了什么事?"

裴先刚想回答,韦彦已经抢先说:"白姬,你怎么看上去无精打采,情绪如此低落?"

白姬趴在青玉案上,说:"不瞒韦公子,我最近陷入了低落的情绪之中,觉得人生无趣,甚至都不想做非人了。"

裴先一惊,说:"啊?你怎么连非人都不想做了?这可不行。看来,比起我的事情,还是先让你恢复精神比较重要。"

韦彦说:"白姬,要不你试一试观赏和把玩恐怖诡异的器物。听说,那种幽森诡秘的气氛能触动人的神经,让人兴致勃勃,情绪高昂。"

白姬无精打采地说:"韦公子,缥缈阁的仓库里有一大堆诡异恐怖的器物,可我看来看去也没什么兴致呢。"

韦彦当即闭嘴了。

元曜说:"白姬,你可以读一读四书五经。圣贤的教诲总是能让人如沐春风,精神振奋。"

白姬发愁地说:"读四书五经,我还不如看一看恐怖的器物呢。"

离奴在窗外说:"主人,要不咱们先吃午饭吧。离奴今天做了淳熬、捣

---

① 子曰:"不然,获罪于天,无所祷也。"这句话出自《论语·八佾》。面对王孙贾的诱导,孔子并没有上当,而是以"不然,获罪于天,无所祷也"作答,向对方明示道理——如果违背了天理,昧了良心,必将招祸,到时候谁也帮不了。孔子此言既婉拒了王孙贾的私利相诱,也提醒他做官要走正道,否则不会有好下场。在孔子看来,做官要走正道,要忠于君上,和于同僚,造福民众。若为一己之私,求名求官,不论是"媚于奥"还是"媚于灶",都不会有好下场。

珍和炮羊。上次您情绪低落，就是吃了这些才恢复精神的。"

白姬丧丧地说："行。那我就吃一点儿吧。韦公子、裴将军，如果不嫌弃缥缈阁饮食简陋的话，也一起尝尝离奴的手艺吧。"

裴先说："多谢白姬相邀，那我们就恭敬不如从命了。"

韦彦说："白姬，这些古代的饮食可不简陋，烹饪步骤烦琐，实在是麻烦。这些都是我、裴先、元公子打下手做的。为了剥开烤羊上的黏土，我的手掌都烫红了。"

因为冬天比较冷，缥缈阁后院风大，所以他们都是在暖和的里间吃饭。

离奴端来了五碗淳熬，也就是五碗稻米饭，上面浇着炒熟的调味肉酱，还淋了滚烫的油脂。

离奴又端来了一大盘捣珍，也就是捣成肉泥并蒸熟的羊肉、牛肉、麋肉、鹿肉、獐子肉。捣珍的旁边配着一碗调味酱和一碗醋。他们吃的时候，可以把捣珍盛在自己的小碗里，按自己的口味加醋和酱料调味。

离奴切好了一大盘炮羊，端了上来。炮羊烤熟之后以油脂炖煮，软烂到入口即化，香润无比。

元曜、韦彦、裴先吃得津津有味，赞不绝口。

白姬却还是兴味索然。

离奴只爱吃鱼，不爱吃别的肉食，所以虽然做了八珍，却也不是特别爱吃。

离奴问："主人，您这次怎么不爱吃了？是不是离奴厨艺退步了，做得没有以前好了？不对，即使做得不好，也不是离奴厨艺退步了，一定是他们仨帮厨帮得不到位的缘故，毕竟今天都是他们动手在做。"

白姬说："不是佳肴不好，也不是离奴你做得不好，是我的心情不好，所以食之无味。"

离奴愁道："这次连美味佳肴都行不通了，主人您要怎么样才能打起精神呢？"

裴先想了想，说："我心情不好的时候，一般会纵情声色犬马，去烟花柳巷寻乐，这样就能恢复精神了。"

白姬眼睛一亮："这倒是个不错的建议，听起来有点儿意思。我好久没去铜驼巷陌的温柔相思之地了。我去观花饮酒，看看美人歌舞，说不定心情就能好一些，情绪能高昂一些。长安的平康坊我熟，但好久没回洛阳，这边的温柔相思之地我都不熟悉了，现在神都最有名的歌舞艺伎有哪些，我都不知道了。"

裴先说："说到温柔相思之地，我最熟悉了。我带你去，保证让你玩得尽兴,忧愁顿消。"

白姬笑道:"好。那我们今晚就去逛一逛吧。"

韦彦一边扒拉饭,一边说:"我也要去。"

元曜急忙说:"小生也得去。"

白姬笑道:"行,咱们一块去吧,人多热闹一些。离奴,你去吗?"

离奴急忙说:"主人,离奴就不去了。离奴对花枝招展的女人没什么兴趣,对歌舞更没兴趣。"

裴先说:"白姬,我还有一些衷情想对你倾诉。自第一眼看见你起,我就对你一见倾心,不能自已,倾慕之情,激荡心怀……"

白姬一听,顿时头痛,笑道:"裴将军,我们现在在吃饭呢。你对我有什么衷情,等咱们去温柔相思之地,一边看歌舞,一边慢慢地饮酒细谈。"

先前裴先也总是向白姬倾诉爱慕之情,而白姬不喜欢他,基本不理他,有时敷衍了事,有时直接拒绝。

元曜对这种情况习以为常,也没往心里去。不过,裴先很少来缥缈阁,今天来好像是有什么特别的事情,他很好奇是什么事情,想问裴先,但是总被韦彦岔开了话题。不过,看裴先也不是很着急的样子,应该不是什么要紧的大事,等回头他再找时机细问一番吧。

第三章　龙游(上)

铜驼陌,桃花春。

铜驼陌是洛阳东城的一个里坊,南靠洛水,北临瀍河。

洛阳城中的花街柳巷与长安的不一样。长安之中,歌舞艺伎多集中于平康坊,而洛阳城中的红楼温柔乡没有一个集中的地方,东城里坊有,西城里坊也有,其中最著名的是位于铜驼陌的桃花春。

冬寒时节,万物凋敝,桃花春里却一片春意盎然。

红烛高烧,炭火温暖,乐师们演奏着奔放而欢快的异域曲调,波斯的舞娘们红衣似火,在舞台上跳着胡旋舞。穿着红粉鹅黄衣裙的各色美人儿迎来送往,空气中浮动着胭脂水粉和花香酒气混合的甜腻浓香。

二楼的一间雅室之中，灯烛辉煌，花团锦簇。

白姬、元曜、韦彦、裴先在夜宴欢饮。

几名陪酒的美人儿如同花蝴蝶一般穿梭在四人中间。美人儿们鲜衣丽饰，温柔多情。大家行着酒令，畅快饮酒，笑语喧哗。

白姬穿着一身胡服男装，锦衣玉饰，丰神俊朗，跪坐在上首，举着一杯罗浮春，望着夜宴上欢笑的众人，时不时陷入沉默，好像只是勉强应酬，并不太开怀。

元曜因为行酒令总是输，被迫喝了很多酒。屋里炭火温暖，脂粉香浓，他感觉脑袋有些晕乎乎的。

一名美丽温柔的陪酒歌姬见元曜头晕，便笑吟吟地替他揉着太阳穴，还微微张开樱桃小嘴替他吹着气。

元曜本来觉得男女授受不亲，歌姬替他揉太阳穴，还在他脸旁吹风，有违圣人教诲，待要拒绝。但不知道为什么，从歌姬的樱桃小嘴里吹出的冷风凉爽爽的，让他因为过量饮酒而昏沉隐痛的头舒服多了。

白姬转目一看，只见一只巨大的桃花水母①盘踞在元曜身边，正拿冰凉的透明触手给元曜揉太阳穴，嘴里还吐出冰爽滑腻的刺囊。

白姬偷偷一笑，侧过脸去。

裴先因为难得和白姬相处，总想向白姬倾诉衷情。他觉得，此情此景之下，吟一篇诗赋表达爱慕之意会更风雅浪漫。但是他平常不爱读书，临时做不出抒情的诗赋，就偷偷地问左右的陪酒歌姬有没有什么可以用来倾诉相思的华丽辞藻。两个歌姬并不是文思敏捷、才华横溢的人，被裴先考到了，一整晚都有点儿呆呆的，暗中苦思冥想，在心中替裴先构思诗赋的词句。

韦彦倒是左拥右抱，饮酒行令，十分快乐。

韦彦笑道："白姬，你怎么还是没什么精神？"

白姬说："我还是更喜欢长安的平康坊。三曲之中，佳人如云，各有特

---

① 桃花水母，一种在淡水里生活的小型水母。其生活在清洁的江河、湖泊之中，生命周期由无性繁殖和有性繁殖阶段组成。桃花水母是名副其实的"活化石"，具有极高的研究价值和观赏价值。作为生物进化过程中形成的一个物种，它的地位丝毫不逊于大熊猫的地位。

色。美人儿不能只是好看，还得有趣。夜来幽默诙谐，阿纤能歌善舞，雅君会诗词歌赋，百花争艳，各有千秋。我和夜来、阿纤、雅君一起玩乐很开心。这桃花春里的美人儿虽温柔多情，但只会喝酒和调笑，没什么意思。"

韦彦说："白姬，你不要太挑剔嘛。"

裴先赞同白姬的话，说："平康坊确实有趣一些，我最喜欢那里的夜来。"

元曜揉着太阳穴，说："白姬，你也太失礼了！你怎么能当着诸位佳人的面说她们是无趣之人呢？"

白姬身边的歌姬笑道："龙公子说得没错，我们这些都是来凑数的庸脂俗粉，连名气都没有，完全不能代表桃花春。不过，说起来，得怪你们来得突然，实在不凑巧，诸位姐姐今天各有宴会赴约，无法来招待你们。"

韦彦说："桃花春里最出名的是三位花娘子——虚花、空花、镜花。这三位佳人都才貌双全，倾城倾国，仿佛神仙妃子。三位花娘子位列神都十大名妓前三。咱们想见她们，得提前写花笺预约。今天咱们临时起兴，来得确实突然，见不到她们也很正常。"

白姬放下了酒杯，一脸人生无趣的样子。

裴先说："白姬，你不要苦恼。我明天就投递一张花笺，替你约见三位花娘子，大不了多花一些银子。这个月，我们俩总能见她们一面的。"

白姬小声地说："我跟你一起见她们，有趣也变无趣了。"

裴先没听清，问："白姬，你说什么？"

白姬举起酒杯，笑道："我没说什么。来，裴将军，我们干一杯，多谢你带我来桃花春散心。"

裴先急忙饮尽杯中的罗浮春，笑道："能为白姬你解闷，是我的荣幸。只要你不嫌弃，我可以常常陪伴你，替你排忧解闷。"

白姬笑道："裴将军，你今天去缥缈阁找我肯定是有什么事情。现在反正也是无事清谈，你不妨说说看。"

元曜也很好奇裴先今天去缥缈阁有什么事情。

裴先想了想，不知怎么开口。

韦彦见了，便替裴先说了："白姬、轩之，你们还记不记得裴玉娘？"

白姬、元曜回忆了一会儿，想起来了。

裴玉娘是裴先的堂妹。之前，在长安相思鸟事件之中，白姬、元曜见过裴玉娘。岭南的刘章来长安做官，半路上被一个叫马四的强盗害了性命。马四冒名顶替了刘章。裴家把裴玉娘嫁给了马四，夫妻俩琴瑟和鸣，感情不错。三年后，刘章的妻子翠娘因为思念丈夫生魂离体，化为飞鸟，来长安寻夫。事情几经波折，尘埃落定，因果报应不爽。马四和强盗们给刘章偿命，刘章夫妇化为一对相思鸟离去。

马四死了，裴玉娘就守了寡。为了保全裴家的声誉，裴家和白姬等知情人士对外没有揭穿马四冒名顶替刘章的丑闻，外人看起来是刘章和强盗拼命才不幸身亡。所以，过了两年，裴家又给守寡的裴玉娘议定了亲事，这一次让裴玉娘嫁的人是齐王李顾的儿子李钰。李钰曾经娶了一个妻子于氏，成婚没几年，于氏病死了。李钰丧妻，裴玉娘亡夫，再加上父母之命，媒妁之言，两个人也算门当户对，一番撮合下来，两个人就喜结连理了。

白姬说："记得。玉娘怎么了？"

韦彦喝了一口酒，说："裴玉娘又嫁人了，这次嫁入了齐王府。"

白姬笑道："这不是很好吗！"

元曜问："难道裴玉娘又出什么事了？"

裴先终于还是开口了："前几天，我的叔父生辰，玉娘回娘家给她的父亲祝寿。我们俩在内宅遇见，她见四下无人，便拉着我说了一会儿话。玉娘心事重重，精神也不太好。她说她在齐王府好几次遇到危险，怀疑有人要害她。但是，她不清楚究竟是有人要谋杀她，还是有妖鬼作祟要谋害她。"

韦彦说："肯定是人。世界上哪有那么多妖魔鬼怪害人？妖魔鬼怪也有自己的事情要做，无缘无故的，不会去害人。我听完你的描述之后，觉得肯定是李钰的侍妾或婢女想谋害裴玉娘。后宅之中，女人最恐怖了，因为忌妒和争宠什么事情都干得出来。不如让玉娘把她们全部卖掉，也就平安无事了。"

裴先一愣，说："不一定是侍妾或婢女干的，玉娘觉得齐王府里似乎有妖鬼。"

裴先喝了一口罗浮春，缓缓道来。

裴玉娘嫁入齐王府之后，一开始没什么异常。

齐王李顾德高望重，端方正直。齐王妃尉迟氏宽厚仁慈，温柔和善。他们俩对待裴玉娘就如同对待自己的亲生女儿，温和而慈爱，是一对非常好相处的公婆。

李钰也是一个谦谦君子，对待裴玉娘温柔体贴，彬彬有礼。夫妻俩相敬如宾，相处融洽。

李钰有两个侍妾，一个是徐氏，另一个叫阿紫。徐氏长得十分美丽，花容月貌，身段窈窕，能歌善舞，是李钰买回来的歌姬，放在身边做妾。

阿紫长得非常丑陋，身材矮小，骨瘦如柴，脸上还有一大片紫色的胎记。阿紫一开始是王府买的粗使丫鬟。她自言父亲原是走方郎中，自己从小耳濡目染，跟着学了一点儿医术。齐王曾经得了一场大病，几近死去，多亏了阿紫的偏方才活了过来。李钰也曾经被鬼怪惊吓得了失心疯，也是多亏了阿紫的偏方才好转。

李钰有一次喝醉，和阿紫同床共枕了，事后又嫌弃阿紫丑陋，想把阿紫赶走。

齐王知道了这件事，心念阿紫对王府有恩，就痛骂了儿子一顿。他为了感谢阿紫，还命令儿子娶了阿紫做妾，不许儿子嫌弃阿紫貌丑。

父命难违，李钰就纳了阿紫为妾。李钰虽然不喜欢阿紫，但也不敢表露出来，只是对她不如对徐氏好，基本不去她那儿过夜。

李钰的原配夫人是于氏。三年前，于氏病死了。

裴玉娘因为自己是李钰的续弦，在齐王府谨言慎行，尽量做到了举止得体、温和宽容，不让下人拿她和于氏比较，在茶余饭后议论于氏的不是。所以，裴玉娘对待李钰的两个侍妾都温柔和气，并不苛难。

一开始日子过得好好的，裴玉娘挺满意自己在齐王府的生活，直到后来发生了几件事。

有一天晚上，李钰应酬未归，裴玉娘早早地就睡了。半梦半醒之间，她突然听见有人在轻叩门扉。

"谁呀？"裴玉娘迷迷糊糊地问。

"好冷啊……开门啊……"门外有一个女子幽幽地说。

裴玉娘心想：现在是夏天，十分炎热，酷暑难耐，怎么可能会有人喊冷呢？一定是我听错了。

她便不理会那个声音，翻身继续睡觉。

"砰砰砰——"

"咚咚咚——"

突然间，卧房的窗户和大门都响起了急促拍打的声音。

"好冷啊……开门啊……"

女子凄哀的哭喊声时断时续，不绝如缕。

裴玉娘一下子睁开了眼睛，看见罗汉床上空，黑暗的屋梁间隐隐浮现出一张人脸。

那是一张女人的脸。

女人脸色惨白，黑发如云。她的脸十分诡异，一半妆容精致，眉目细心勾画，风情万种，脸颊贴着花钿，唇上胭脂如血。另一半却没有妆容，惨白如纸,憔悴枯槁,眼神如枯井一般死寂,浸透了怨恨和绝望。

裴玉娘大惊失色,想要呼喊,却喊不出来。她想要坐起身来,却仿佛被梦魇镇住了,无论怎么用力,都无法坐起身来。

黑暗的虚空之中,那张半面盛妆的女人脸发生了扭曲,渐渐地变得很大。

不一会儿,女人脸就由皮球大小变大到水缸大小。她嘻嘻嘻嘻地笑着,脖子伸长如蛇,向躺在罗汉床上的裴玉娘扑去。

"啊——"

裴玉娘惊恐万分,一下子惊醒了。

房间里一片黑暗,死一般寂静,既没有半面妆的女人脸,也没有敲门窗的声音。

裴玉娘在黑暗之中坐起身来,满头冷汗,惊吓不已。

裴玉娘的丫鬟嘉儿睡在外间,听见了动静,急忙坐起身,走下床,掌灯进来,问:"娘子,您怎么了?"

裴玉娘问:"嘉儿,你听见有人敲门窗了吗?"

嘉儿疑惑地说:"我没有听见。"

裴玉娘冷静下来,心想:可能是自己做了一个噩梦吧。

于是,裴玉娘屏退了嘉儿。

因为自己是李钰的续弦,不欲多生事端,裴玉娘没有把这个噩梦告诉其他人,也叮嘱嘉儿不要对别人说她做噩梦的事情。

然而,裴玉娘遇到危险的事情刚刚开始。

有一天,裴玉娘闲来无事便独自烹调花草茶。在茶具上一番烹煮之后,她将红色的茶汤倒入茶杯,正要品尝。

正要入口的时候,裴玉娘觉得茶汤不对劲,好像和她平常烹煮出来的茶汤颜色不一样,今天茶汤的颜色未免太暗黑了,而且还隐隐带着一股腥味。是不是烹煮时,泥炉之中的炭火烧得旺了一些,花茶饼煎老了?

裴玉娘便放下茶杯,打开茶锅的盖子查看其中的茶渣。这一看,裴玉娘大惊失色,纤纤玉手拿不住茶盖,茶盖一下子摔落在地上。

茶锅之中,一条死去的蜈蚣混在茶渣里,死状狰狞。蜈蚣的毒已经混在了茶水之中,所以茶汤隐约冒着一股腥味。

如果裴玉娘刚才粗心一点儿,直接喝下去的话,即使侥幸不被毒死,也得大病一场。

裴玉娘心想:肯定是茶饼放在仓库里放得太久了,所以里面爬进了蜈蚣。

此时此刻,她除了感谢上苍保佑,让她逃过一劫,也没有多想别的。

秋日的下午,裴玉娘在嘉儿的伺候下准备沐浴。

秋冬天寒,大户人家沐浴的时候,为了保持水温,不受冷冻,要么在浴桶里不时地添加烧热的鹅卵石,让沐浴的水一直温热。要么浴桶直接连接一个外面挖的土坑,让仆人在外面的土坑里烧柴火,并盯着柴火不要烧得太旺。

齐王府的秋冬沐浴方式是烧柴火。

裴玉娘裸身在浴桶里浸泡着。她性格腼腆,不喜欢太多人围着她,伺候她沐浴,所以只留了嘉儿照应,屏退了王府的丫鬟婆子们。

浴室外面,只有一个粗使小丫鬟在烧火。

嘉儿在薰笼上薰衣服,因为香料用完了,便告诉了裴玉娘一声,就回房间取薰衣服的香包去了。

裴玉娘独自一人泡在温水里,觉得十分舒服。正昏昏欲睡时,她突然觉得水越来越烫。

裴玉娘一开始没在意,后来实在受不了了,就大声呼喊嘉儿,却没得到回应,这才想起嘉儿去取香包了。她急忙放声呼喊外面的丫鬟,喊了几声,也没人回答。

水温越来越高。裴玉娘急了,站起身来,打算自己翻出浴桶。但她是大户人家的千金小姐,平常起卧皆有人伺候,本来就行动不太灵活,此刻被热水烫得昏昏沉沉,浑身乏力,根本翻不出浴桶。

裴玉娘脚一滑,抽了筋,倒在浴桶里,脚疼不已。

裴玉娘又疼又烫,放声大呼,却没有人应答。

裴玉娘十分恐惧,惊慌失措,觉得自己可能要被烫死了。

第四章　龙游(下)

就在裴玉娘绝望的时候,嘉儿回来了。

嘉儿一回来,便在外面和别人吵闹着什么。

"嘉儿——嘉儿——救命啊——"裴玉娘急忙呼喊嘉儿。

嘉儿听见呼喊声，疾步走进里面，看见裴玉娘在浴桶里挣扎，急忙丢了香料，扶她出了浴桶。

原来，在外面烧火的小丫鬟昏睡在了火堆边。柴火不知道被谁烧得十分旺盛，几乎能煮开一缸水了。

嘉儿刚才在外面看见小丫鬟睡着了，就大声责骂小丫鬟。然而小丫鬟也没有醒过来，嘉儿正好听见裴玉娘的呼喊声，便先进去救下了裴玉娘。

嘉儿跑出去喊人，丫鬟婆子们便闻声而来，去摇晃烧火的小丫鬟。

过了好久，烧火的小丫鬟才悠悠地转醒。被告知发生了什么事，她大惊失色，十分恐惧。

裴玉娘沐浴时遇险的事情很快传到了齐王夫妇和李钰的耳中。他们十分震惊，急忙请大夫来给裴玉娘医治。还好嘉儿回来得及时，救出了裴玉娘。裴玉娘只是受了惊吓，没有受伤。

齐王夫妇和李钰认为是烧火的小丫鬟贪睡偷懒导致的，便责打了她，还打算将她卖掉。

裴玉娘为了显示自己是一个宽厚仁慈的主母，在齐王夫妇跟前替这个粗使丫鬟求情，留下了她。

裴玉娘事后仔细地查问，但这烧火的丫鬟年纪小且糊涂，只说自己不是故意的，只因为烧火的时候特别困乏，不知不觉就睡着了，还睡得十分沉。

这次事件之后，裴玉娘隐隐觉得不对劲。

后来，裴玉娘又遇见了几次意外，比如被子里爬进了一条毒蛇；比如她带人在府库里取祭祀要用的器物时，放在高处的箱子忽然摔落下来，险些砸伤她；比如她在藏书楼上登高望远时，栏杆腐朽断裂，让她从二楼摔落，跌伤了腿。

自从跌伤腿之后，裴玉娘便笃定这些并不是意外，她的身边充满了危险，是因为有人想害她。

裴玉娘不敢惊动齐王夫妇，只告诉了丈夫李钰。李钰却并不在意，认为是妻子想多了。

裴玉娘怀疑有人谋害自己之后，便细细地查访了栏杆被蓄意破坏和毒蛇被藏进被子的事情。在裴玉娘查问之下，嘉儿猛然记起，在被子里发现毒蛇之前，她好像看见徐氏进了裴玉娘的房间里，但也不敢十分肯定。因为她是站在后花园假山高处的八角亭里远远看见的，不确定是不是徐氏，只是那个人像徐氏。

至于藏书楼的栏杆腐朽断裂，一个洒扫庭院的老妈子说看见阿紫去过藏书楼。阿紫没有抵赖，只说自己经常去藏书楼找医书看，栏杆断裂的事情她一概不知情。

因为没有确凿的证据，裴玉娘也不能说是阿紫想谋害自己，而且平心而论，她更加怀疑徐氏。从她内心深处来说，比起容貌丑陋且不受宠的阿紫，美貌且深得李钰宠爱的徐氏更让她不安。她对徐氏还有一丝不能对外表露的隐隐的忌妒。

当裴玉娘告诉李钰这些事的时候，李钰笃定是阿紫干的，并且打算禀告父母，赶走阿紫。

裴玉娘看出李钰这么做只是因为他嫌弃阿紫而已，急忙拦住了他，保住了阿紫。

裴玉娘偶尔会想起一开始做的那个噩梦，那个诡异恐怖的半面盛妆的女人。因为经历过相思鸟事件，裴玉娘对于怪力乱神的事情是相信的。她潜意识里觉得自己经历的危险可能和徐氏、阿紫都没有关系，或许是妖鬼作祟。然而，她只做过那一次噩梦，后来并没有再梦见奇异的事情，也没有灵异的经历。

裴玉娘也不清楚自己的危险遭遇究竟是妖鬼作祟，还是人祸阴谋，所以十分苦恼，茶饭不思，日渐憔悴。

裴玉娘的父亲过生日时，她回娘家给父亲祝寿，在内宅遇见了裴先。相思鸟事件中，裴先是穿针引线的人，是他将白姬等人带入了裴府。裴玉娘还记得白姬身怀能通鬼神的异能，便把自己在齐王府的遭遇和苦恼向堂兄裴先倾诉了一番，希望堂哥裴先能帮自己解忧。

裴先很担心自己的堂妹裴玉娘，就打算找白姬问一问，但因为不知道缥缈阁在哪里，所以就只好先去找韦彦了。

韦彦得知事情的原委之后，就带着裴先来缥缈阁了。

听完了裴先的叙述，白姬陷入了沉思。

元曜在心中感慨：没想到裴玉娘再嫁之后，发生了这么多事情。

白姬说："裴将军，人对于事情的描述都是从自身的视角出发的，带有倾向性，且十分片面。玉娘告诉你，你转述出来，其中失去了很多完整的真实情况。光听你的描述，我也不清楚这是妖鬼作祟还是别的什么。我得去齐王府看看，才能知道是怎么一回事。"

裴先说："这个不难。等我去找玉娘商议之后，就邀请你去齐王府做客。"

白姬笑道："行。"

韦彦喝了一口罗浮春,笑道:"我不去齐王府都知道这是怎么一回事,肯定是那个徐氏想谋害玉娘。"

元曜惊奇地问:"丹阳,你怎么认定就是徐氏,不是阿紫呢?"

韦彦说:"徐氏貌美受宠,玉娘死了,她虽然身份低贱,是奴籍,无法被扶正,但是会得到李钰更多的宠爱。李钰的前一个妻子叫于氏是不是?说不定于氏都是她害死的。而那个阿紫长相丑陋,又不受宠,没有必要害死玉娘。因为即便害死玉娘,李钰也不会宠她。相反,一旦此事暴露,她会被打死,何苦费这心机?"

元曜觉得韦彦说得好像有一点儿道理,但是细想又觉得没道理。

"不对啊,丹阳。即使玉娘遭遇不测,李钰也会再娶一位门当户对的妻子。如果徐氏为了得到更多宠爱而谋害主母,那得害死多少个主母啊?①"

韦彦一时语塞,想了想,说:"有一个词叫'蛇蝎美人',长得好看的女人都心肠恶毒如蛇蝎……白姬,我没说你,你不要往心里去。不过,你虽然不恶毒,但是狡猾奸诈,诡计多端,像一只老狐狸。"

白姬倒是也不生气,笑道:"多谢韦公子夸赞。"

裴先说:"我倒是怀疑一切都是那个长相丑陋的阿紫干的。毕竟有一句俗话,叫丑人多作怪。"

元曜说:"仲华,你这是以貌取人,有失偏颇了。"

白姬也说:"仲华,你不能以貌取人,长相的美丑和一个人内心的善恶关系不大。说到底,这一切都是玉娘没有实际根据的怀疑。我得去齐王府看看才知道究竟是什么情况,说不定既不是徐氏,也不是阿紫。"

裴先点头,说:"也是。"

白姬笑道:"我略懂相面之术,上次看见玉娘,就想告诫她一些事情,但是因为相思鸟的事情,当时的气氛很凄凉悲哀,最后还是没说。从玉娘的面相来看,她的命数也有些特异之处。她与妖鬼比较投缘,人生之中难免会遇到怪力乱神的事情。而且,她山根断裂,印堂低狭,一生的姻缘可

---

① 唐朝妻妾等级分明,男人以妾为妻是犯法的。《唐律》规定:"以妾及客女为妻,以婢为妾者,徒一年半。各还正之……妻者,齐也秦晋为匹。妾通买卖,等数悬殊。"意思是说,以妾为妻的人,要接受为期一年半的刑罚,而且最终还要回归于妻妾分明的制度。妾可以随意买卖,不是自由人。

不止两次。"

元曜、裴先闻言一愣,正在错愕之时,外面的走廊里响起了一阵欢声笑语。

韦彦对裴玉娘的面相命数不感兴趣,倒是好奇外面的动静,便问旁边的歌姬外面怎么了。

那歌姬便站起身,走到门边,推门出去打探了。

裴先比较关心裴玉娘的事情,急忙问:"白姬,你说的话是什么意思?"

白姬笑着搪塞,说:"没什么,我只是随口一说,面相命数之类的东西其实也做不得准。"

不一会儿,歌姬又推门进来了,笑道:"是虚花姐姐回来了。她今天去赴宴,宴会提前散了。因为赴宴的地方也在铜驼陌内,离得很近,她就回来了。"

白姬笑道:"这不就是缘分吗!我还挺好奇桃花春的三位花娘子之一的虚花是怎样的绝色佳人。麻烦你去请虚花娘子来见一见。"

歌姬有点儿为难,笑道:"这……虚花姐姐和我们不一样,不是您说见就能见的。请虚花姐姐相见,需要先写花笺邀约,还得备上金帛,知会假母[①]。"

白姬明白了,从衣袖里拿出两根金条递给歌姬,笑道:"仓促之间,我没有准备风雅的花笺,但是俗气的金帛还是有的。请你拿去给假母,就说这是见面礼,让假母安排一下吧。"

歌姬看见金条,知道这是足够见三位花娘子的。歌姬眉开眼笑地说:"龙公子,您出手真阔绰!我这就去告知假母。想来,您要见虚花姐姐是没有问题的。"

歌姬笑着走了。

韦彦笑道:"白姬,今天太阳从西边出来了。你平时爱财如命,一毛不拔,今天居然如此大方!"

白姬笑道:"今天我是龙公子,不是白姬,而且是特意来游戏花丛的,当然要出手大方一些,才能受各位娘子的欢迎。而且,轩之说这个月不要工钱了,我省了一些开销,就破费一些,让轩之见一见美丽的花娘子吧。"

元曜说:"白姬,小生说这个月不要工钱,是为了让你打起精神来,并

---

① 假母,指唐朝时青楼艺伎的义母,也就是老鸨。

不是真的不要工钱啊。而且，明明是你自己想要见花娘子，不要找借口推脱给小生。"

白姬笑道："轩之，因为你不要工钱，所以这花娘子算是我们俩一起见的啦。"

韦彦咋舌，半晌才小声地说："因为省了两吊钱，就花出去两根金条，白姬，我都不知道你究竟是精明还是愚蠢了。"

众人说笑间，大门外有人喊道："虚花娘子来了。"

白姬、元曜等人便不再说笑，都正襟危坐，等着见虚花娘子。

两名婢女推开门，一位绝色佳人抱着一把螺钿紫檀五弦琵琶轻移莲步，袅袅娜娜地走了进来。

绝色佳人正是虚花娘子。

虚花娘子不过二八年华，穿着一袭石榴红的夹缬花裙，披着一条长长的银泥绉纱披帛，身形娉婷婀娜，长得十分娇美。她有一双含情脉脉如春水一般的眸子，顾盼多情。她的脸上贴着艳丽的花钿，笑起来，有两个酒窝。

虚花娘子与众人见过礼之后，便抱着螺钿紫檀五弦琵琶坐在了白姬的身边。

白姬称赞说："洛水两岸的桃花加在一起绽放，都比不上虚花娘子明媚娇艳。"

虚花娘子妩媚一笑，说："龙公子真会说话！"

元曜问："白姬，你的精神好一些了吗？"

白姬笑道："我看见虚花娘子，心情好多了。"

虚花娘子笑着问道："龙公子怎么了？是心情不好吗？"

白姬说："我最近莫名其妙地情绪低落，对什么都提不起兴致，郁郁寡欢，心情难以舒展，所以今晚就和他们三个一起来桃花春散心。"

虚花娘子想了想，笑道："真有意思！达官贵人们是不是都会莫名其妙地抑郁呀？刚才我参加了一个宴会，见到了齐王世子，他也是一副郁郁寡欢的样子。席间，他和于校尉一言不合起了冲突，打起来了。宴会这才不欢而散了。"

裴先闻言，停止喝酒，问："齐王世子？李钰？"

韦彦好奇地问："他们为什么打起来呀？"

虚花娘子笑道："这齐王世子我也不熟，今晚第一次见到，不知道他叫什么名字。那于校尉的姐姐好像嫁给了齐王世子，后来死了。于校尉说是齐王世子逼死了他姐姐，害得他姐姐悬梁自尽。可齐王世子说于校尉的姐姐是病死的。两个人酒后起了争执，就打起来了。大家急忙劝止。可那于校尉十分威猛，大发酒疯。众人根本制止不了，还有客人不慎受伤了。宴会只好散了，举办宴会的主人十分苦恼，后悔自己不该同时请这两位客人。"

白姬、元曜、韦彦、裴先十分震惊。

裴先说："她说的齐王世子应该就是李钰了。那于校尉应该就是李钰的前妻于氏的弟弟。不过，于氏不是病死的吗？于校尉怎么会说她是悬梁自尽的呢？"

白姬笑道："玉娘的前夫马四也不是正常死亡，这李钰的前妻于氏之死估计也有不能告人的隐情，这还真是夫妻都有秘密呀！"

韦彦忍不住说："从某种意义上来说，他们还真是绝配。"

元曜说："这真是让人震惊。"

裴先发愁地说："这到底是什么情况啊？如果早知道李钰的前妻死得不明不白，我们裴家才不会把玉娘嫁过去呢。"

韦彦说："玉娘都嫁过去了，裴家现在知道不妥也迟了。"

元曜安慰裴先："仲华，你不要着急，现在咱们什么都不清楚，你着急也是白着急。等白姬去齐王府看一看，弄清楚事情的真相，总能想出解决的办法。"

白姬也说："裴将军，这个事情你现在发愁也没用，回头我去一趟齐王府，看看究竟是怎么一回事吧。"

裴先一想，现在着急确实也没什么用，而且正值宵禁，连铜驼陌都出不了，一切只能等明天再说了。

于是，众人又开始谈笑，喝酒行令。

虚花娘子十分擅长察言观色，活跃宴会的气氛，众人都玩得十分愉快。

闲谈间，白姬说起最近情绪低落，不知怎么排解。

虚花娘子便笑道："龙公子，你是不是在洛阳待得太久了？"

白姬说："也不算太久，我刚从长安搬过来。"

虚花娘子笑道："龙公子，那你是不是很久没出远门去游山玩水了？"

白姬想了想，说："确实很久没出去走动了，我不是在长安，就是在洛阳，大多数时候待在缥缈阁里，即使出门游逛，最多在都城周边走一走。"

虚花娘子笑道："人在一个地方待久了就容易陷入颓靡低落的情绪，因为生活中缺乏更广阔的风景，更有趣的见闻，内心得不到新鲜的活力来滋养,精神自然也就颓靡了。四海广阔,山川锦绣,龙公子不妨出去走一走,视野开阔了,心境也就开阔了,精神自然就振奋了。"

白姬陷入了沉思。

元曜觉得略有不妙。

虚花娘子又说:"我没有倾城倾国的姿色,更没有令人惊艳的才华,唯独会一点儿弹奏琵琶的雕虫小技,略可见人。不如我为大家演奏一曲琵琶,助一助宴会的酒兴吧。"

桃花春的三位花娘子之中,虚花娘子以弹奏琵琶的技艺见长。虚花娘子弹奏琵琶的技艺十分精湛,声名远播,在全神都洛阳都能排进前三位。

虚花娘子手抱螺钿紫檀五弦琵琶,纤手微拂,开始弹奏。

虚花娘子的纤纤玉手轻拢慢捻,翻转如电,一阵嘈嘈切切的弦音响起,如同大大小小的珍珠滚落在玉盘之中。

虚花娘子檀口微张,一边弹琵琶,一边唱《游四方》。

北冥有鱼,其名为鲲,逍遥游四方。
化而为鸟,其名为鹏,逍遥游四方。
天之云,地之海,风起长空,蓬山万重,天地任俯仰。
山川无极,扶摇而上,鲲鹏凌云志,逍遥游四方。

第五章 落井(上)

虚花娘子弹琵琶的技艺精湛,弦音婉转。她的歌喉也十分美妙。她弹唱这一曲《游四方》,让白姬、元曜、韦彦、裴先等听得如痴如醉,遐思无限。

白姬更是听得入神,似乎在思考着什么,一副似有所悟的样子。

元曜则隐隐觉得不妙。

众人正陶醉在虚花娘子的琵琶声和歌声中,白姬突然站起身来,不发一言,退出夜宴,走向外面。

在唐朝，这种夜宴群欢的场合，有人不发一言地离开，一般都是饮酒太多，内急去如厕了。因为并不是离席不回来了，而且如厕不是什么雅语，所以离开的人不需要知会其他人，知会了反而是不懂礼数的行为。

元曜、韦彦、裴先和众歌姬以为白姬离席去如厕了，都没有放在心上。

陪坐在白姬左边的歌姬很遵守待客的规矩，怕白姬初来乍到不熟悉桃花春，走错地方，所以起身默默地跟了出去，以作照应。

元曜转头看着白姬离开的背影，隐隐觉得不安。可是，白姬去如厕，他也不能跟着，只好坐在原地。

虚花娘子一曲琵琶弹完，元曜、韦彦、裴先齐声喝彩。她施施然行了一礼，谦虚了几句，就给客人们祝酒。

元曜和虚花娘子等人正在酬答，忽听外面起了一阵骚乱，像是一滴水落入了滚油之中，骤然人声鼎沸起来。

不一会儿，之前跟着白姬出去的歌姬一阵旋风般跑了进来，脸色煞白，十分惊恐。

"龙公子跳河了！龙公子直接跳下去了，然后就不见了！"

因为惊恐惶急，歌姬甚至忘了对客人们使用敬语，也忘了礼数，语无伦次。

元曜、韦彦、裴先、虚花娘子大惊，急忙问是怎么回事。

歌姬便结结巴巴地说了经过。

原来，白姬出门之后，从回廊走到了栏杆边，站在夜风中，凭栏临望。

栏杆外面，是运河。

运河往外，直通洛水。

歌姬摸不准白姬想干什么，但是歌姬陪侍过很多场宴会，深知一些文人雅客偶尔也会这个样子，独自离开喧闹的宴席，在栏杆边站一站，吹吹夜风，看看河景。

歌姬没往心里去，只是在白姬旁边安静地侍立着。

"龙游四方……"白姬望着夜空，喃喃自语。

不远处，另一间雅室之中有几个文人墨客也在开夜宴。白姬从大开的窗户望进去，他们玩得比较风雅，一边欢笑饮酒，一边挥毫落墨，分别在一面墙壁上即兴写诗。

美丽的歌姬们在旁边研墨捧砚，还吟唱着诗人们刚写下的诗句。

白姬看见笔墨，便飞快地推门而入，闯进了那些文人墨客的宴会里。白姬抢走了一位白胡子墨客的毛笔，蘸上了美人儿捧的墨，在墙壁上飞快地写下了一行字。

写完,白姬便扔掉了毛笔,又快速地出来了,然后纵身跳下了栏杆,像一颗白色的流星掉进了运河里。

侍立在白姬身边的歌姬还没明白发生了什么事,白姬已经完成了闯进宴会里、抢笔书写、摔笔出来、跳进运河里这一系列动作。

等到运河中响起了"哗啦"一声重物落水的声音,歌姬才反应过来。

龙公子跳河了!

因为白姬抢笔乱写而追出来的几个文人墨客也看见白姬跳河了,大惊失色,急忙大喊救人。

会水的仆人们急忙跳下运河捞人,结果水里什么都没有。

白姬已经消失了。

歌姬急忙跑回来,告知众人。

元曜闻言,只觉得眼前一黑,脑袋一阵眩晕。

"白姬——"元曜心中焦急,急忙奔了出去。

韦彦、裴先、虚花娘子急忙跟出去,去白姬落水的地方查看。

假母也被惊动了,匆匆忙忙地赶来,想知道落水客人的安危。

众人早已围聚在白姬落水的地方,议论纷纷。

仆人们在运河上下寻找,结果一无所获——白姬活不见人,死不见尸。

元曜倒是完全不担心白姬会在运河中淹死,毕竟白姬的真身是一条龙。没有龙会在运河中淹死。

元曜冷静下来之后,问歌姬:"龙公子在哪儿写的字?"

歌姬指着雅间,说:"在那里面的墙壁上。"

元曜分开看热闹的众人,进入雅间,走到墙壁边。

韦彦、裴先、虚花娘子跟了进去。

雪白的墙壁上,笔墨纵横,残句铺陈,零零散散地写了一些文人墨客饮酒时即兴题写的诗句。其中,墨汁最新的一句不是诗,而是告别语。

轩之:

我云游四方去了,你和离奴照看好缥缈阁。

元曜一看,顿时生气了。

白姬也太任性了,就这么说走就走,云游四方去了。

元曜气恼了一会儿,又觉得无可奈何,不知道该怎么办。

韦彦、裴先、虚花娘子也看见了这句话。

韦彦笑道:"白姬的行动力真强啊!行李和仆从都不带,白姬直接就散心去了。"

虚花娘子惊愕地说:"哪有龙公子这样三更半夜跳进运河里去散心的?这也太邪门儿了吧!"

裴先发愁地说:"白姬什么时候回来?玉娘的危机还没解决呢。"

韦彦笑道:"姓裴的,你要怪就怪这虚花娘子,是她说了那些让白姬出门散心的话,还弹唱了一曲《游四方》,才把白姬给劝走的。"

虚花娘子急忙辩解:"这……我是劝龙公子出门散心,可没让龙公子深夜跳运河啊……龙公子难道是会奇门异术的异人,不然龙公子怎么能从运河离开呢?"

元曜怕虚花娘子怀疑白姬不是人,便说:"是的,龙公子会一些神异化形之术。既然知道龙公子是自己走的,大家就不必惊慌担心了,也不必寻找。龙公子没事的。"

于是,众人震惊之余,渐渐地散去了。

韦彦、裴先和虚花娘子等人回去继续宴饮。

元曜独自一人站在白姬跳河的栏杆边,似乎是在等待白姬回来。然而,白姬并没有回来,只有元曜在那里呆呆地站了一夜。

第二天。

元曜和韦彦、裴先在桃花春分别,独自回到了缥缈阁。

离奴从元曜口中得知白姬突然跳下运河云游四方去了,十分震惊。震惊之余,离奴又很生气。离奴把白姬的出走归咎于虚花娘子的巧言撺掇。

于是,离奴飞快地跑去了铜驼陌,打算去桃花春骂一顿虚花娘子。

元曜想要阻拦离奴,却没拦住。

中午时分,离奴才气呼呼地跑回来。

黑猫全身上下都是水粉和胭脂,猫毛泛白,浓香迫人。

离奴闯进桃花春里大骂虚花娘子。

虚花娘子和众姐妹都伶牙俐齿,见离奴来找碴儿,便跟离奴对骂。她们还拿手边的胭脂水粉和簪饰鲜花打离奴。

离奴见她们是娇滴滴的女子,又是人,不好还手,便只动口和躲闪。

最后,离奴被打了一身的脂粉浓香,变成一只小黑猫,跑了。

元曜发愁地说:"离奴老弟,白姬云游四方去了,也不知道什么时候能回来。这日子,我们可怎么过啊?"

离奴想了想,说:"我们就这么凑合着过呗。主人不在,书呆子你就一切听爷的。爷还是做饭给你吃,你依旧负责店面相关的事情,比如卖东西、记账、清点货物。对了,洒扫、洗衣服等活儿也归你干。"

元曜点点头,继而想到了什么,又问:"白姬不在,那缥缈阁还收不收因果呢?"

离奴想了想,说:"收!书呆子,主人不在,咱们也得为主人尽一份力。主人最近心情忧郁,情绪低落,肯定是因为佛祖给的压力太大,必须收集的因果数目太大,难以达成。主人干不完这活儿,所以焦虑抑郁。主人现在不在,咱俩就尽量帮主人多收集几个因果吧。"

元曜苦着脸说:"话是这么说。可是,离奴老弟,咱俩就这点儿能力,能收集到因果吗?"

离奴说:"书呆子,你是不行。但是,爷可以呀。爷老早就想替主人分忧,给主人收集因果了。主人现在不在,爷正好试一试身手。"

元曜见离奴干劲十足,也就不说什么了。

于是,离奴和元曜继续在缥缈阁里生活,分工协作,一个负责买菜做饭,另一个负责店面经营和干杂务,日子居然也就这么过下去了。

元曜思念白姬,有时候会去铜驼陌的运河边站一站,看有没有白姬回来的迹象。这呆呆的小书生没有意识到,其实他根本不需要去铜驼陌,因为白姬即使回洛阳,也不会从运河游回桃花春。

离奴偶尔还会去桃花春骂虚花娘子,但是怎么也骂不过桃花春里伶牙俐齿的娘子们,每次都是铩羽而归,并且被娘子们打得一身胭脂水粉。

这一天,元曜在玉鸡坊送完货物。正好旁边是铜驼陌,他又想起了去云游四方的白姬,便站在浮桥上望着运河发呆。

大江南北,山川万里,白姬不知道沿着洛水游到哪儿去了。白姬是南下了,还是北上了?白姬现在是置身于重峦叠嶂,还是行走在山林之中的小路上?白姬是面对着江河湖泊,还是泛一叶扁舟游荡于水中央?白姬的心情有没有好些?白姬是不是在山河万里的美景之中振奋了精神,情绪不再低落了?无论怎样,白姬也该托一只鸿雁传书回洛阳报平安,以免自己和离奴老弟担心她啊。哦,现在是小寒时节,已经没有鸿雁了。

"轩之,你怎么在这儿?"

一个熟悉的声音打断了元曜的胡思乱想。

元曜回头一看,原来是裴先。

裴先旁边还有一名青年,他们俩好像刚从铜驼陌出来。

那名青年元曜不认识,便打量了他一眼。

青年不过二十岁出头,穿着一身圆领窄袖胡服,仪表端正,气概英武。

元曜笑道:"原来是仲华啊!小生刚在玉鸡坊送完货物,顺便来此看一看。"

裴先问:"轩之,白姬回来了吗?"

元曜发愁地说:"还没呢。"

那胡服青年见裴先和元曜寒暄,便拱手向裴先告辞。

"仲华兄,我还有事,就先告辞了。我昨天对你所言千真万确,绝无虚言,我一定要替姐姐讨回公道。"

裴先面露愁容,拱手说:"请自便!如果有什么我能帮上你的,尽管开口。"

胡服青年欲言又止,拱手回礼,转身走了。

胡服青年离开之后,裴先站在元曜身边唉声叹气。

元曜忍不住问:"仲华,你这是怎么了?"

裴先说:"我在愁玉娘的事情。轩之,白姬会回来吗?白姬什么时候回来?"

元曜说:"白姬肯定会回来的,但是时间说不准。目前,小生和离奴老弟没有收到白姬的任何音信。"

裴先说:"那天夜宴上,白姬答应我替玉娘解忧,结果却突然失踪,音信全无。玉娘的事情可怎么办啊?"

元曜说:"最近几天,小生忙缥缈阁的各种琐事忙得晕头转向,忘了问玉娘的事情了。玉娘还好吗?"

裴先说:"玉娘一点儿也不好。玉娘这次掉到水井里了,幸好救得及时,性命保住了,目前还在卧床休养。"

元曜震惊地问:"好好的,玉娘怎么掉入井里了?"

第六章 落井（下）

裴先脸上露出忧愁之色，缓缓道来。

白姬去远游的隔天早上，裴先和元曜、韦彦在铜驼陌桃花春分别后，就急忙去了齐王府见裴玉娘。

花厅之中，裴先、裴玉娘兄妹两个人相见。

叙礼之后，裴先便把昨天桃花春里发生的事情说了。

听到白姬连夜去云游四方了，自己拜托的事情没有着落，裴玉娘有些失望。裴玉娘又听见裴先说了李钰和于校尉争执的事情，脸色顿时有些变了。

裴玉娘待在齐王府的这些日子里，其实无意中听到了下人们私下的一些只言片语，说于氏不是病死的，而是上吊而亡。

裴玉娘不愿相信，也不敢深究。

自从嫁入齐王府后，公婆李顾夫妇、丈夫李钰都不愿意提及于氏，平常裴玉娘偶尔提及于氏，他们都会急忙岔开话题。他们既然隐瞒了于氏的真实死亡原因，不愿意让自己知道，那玉娘又怎么好追根究底呢？即便玉娘追问了，又有什么意义？就算于氏是上吊自杀的，玉娘知道了又能如何？玉娘已经嫁给了李钰，没有办法离开齐王府了。更何况，玉娘的前夫马四的死也是有隐情的。其实，从某种意义上来说，裴家也欺骗了齐王府。

李顾夫妇待玉娘如同亲女儿，李钰与玉娘相敬如宾，夫妇和谐，一切都还不错。只要日子能过下去，玉娘没有必要追问于氏是怎么死的。

裴先问："玉娘，你要不要查一查于氏是怎么死的？"

裴玉娘摇头，逃避似的，说："兄长，我们还是不要查了。于氏即使真是上吊而亡，也不过是与公婆不和，与丈夫不睦，因为冤屈怨念而萌生死志。于氏的死与我现在的处境是没有关系的。既然公婆和夫君都说于氏是病死的，那就当于氏是病死的吧。"

裴先说："可我总觉得于氏的死和你现在的危险处境有关系。"

裴玉娘惊恐地问："兄长，你是觉得于氏死后阴魂不散，冤屈难申，所以便化作厉鬼在王府里作祟，我才连番遇见危险？"

裴先发愁地说："是的。妖鬼的事情，白姬最擅长解决。本来我和白姬说好了，白姬会来王府看一看到底是妖鬼作祟还是人祸，结果白姬连夜远游去了。"

裴玉娘思忖，说："解决妖鬼作祟的事，也未必需要白姬。兄长，咱们裴家不是有祖传的辟邪宝刀千妖斩吗！"

裴先说："辟邪宝刀千妖斩是裴家的祖传之宝，要把千妖斩请出祠堂，要么需要武皇陛下的圣旨，要么需要得到族长的首肯。我是没办法把千妖斩拿出来给你的。要不，你回娘家一趟，求一求叔叔？"

裴玉娘说："这个事情，还是不要让父亲大人和母亲大人知道为好，免得他们担忧。这样吧，兄长，你在外行走方便，帮我去找个靠谱的和尚或道士，给我求几张能够驱鬼辟邪的符箓。"

裴先说："行。"

就在这时，有仆人过来说李钰让仆童回来传话，说昨天遇见多年不见的故交好友，承蒙盛情邀请，要去对方家里住几天，暂时不回王府，让裴玉娘收拾几样换洗的衣服和一些馈赠物品，交由仆童带去。

裴先猜测："他可能是昨晚和于校尉打架受伤了，不想让他的父母和你知道，所以找借口说要见故交好友，实则是躲在外面养伤吧。"

裴玉娘叹了一口气，说："他们到底还隐瞒了我多少事啊！"

裴先告辞离去。

因为金吾卫事情颇多，一连几天，裴先公务缠身，不得空闲。三天后，他才有空去郊外的栖云观求了几张驱鬼符箓，派亲信送去齐王府给裴玉娘。

亲信去了一趟齐王府，火速回来禀报说裴玉娘掉入了井里，如今昏迷不醒，齐王府一片混乱，齐王夫妇正要打死一个叫阿紫的侍妾。

裴先大惊，急忙带领亲信随从，骑马赶去了齐王府。

齐王夫妇听见裴先来了，便把他请入了内堂。

裴玉娘躺在罗汉床上昏迷不醒，嘉儿在一边照顾。

李钰也在。

李钰一脸悲愁，身边站着一个貌美如花的侍妾。

那侍妾原本正对着昏死的裴玉娘哭泣，看见裴先入内，便避嫌退下了。

一个容貌丑陋的侍妾被绑缚着压倒在地上。她沉默不语，脸上的紫色胎记狰狞，身上衣衫凌乱有血迹，还有横七竖八的鞭痕。

一根皮鞭被扔在了李钰的脚边。

裴先给齐王夫妇行了礼，又与李钰见过礼之后，才说："敢问齐王与世子，好好的，舍妹怎么会沦落到如此境地？"

齐王指着嘉儿，说："你说！"

嘉儿急忙说:"大将军,娘子今天打算亲自下厨给王妃做一道药膳。娘子在厨房里配食材,我在一边伺候。因为阿紫颇通医理,娘子就叫阿紫打下手。随后,娘子说灶边有阿紫帮忙就够了,让我出去候着。我就在外间大厨房里看厨娘们舂胡麻,做胡麻花饼。我从窗户往外望去,正好能看见水井。我看见娘子从小厨房里走出来,垂手在水井边站着。我很纳闷,猜想是不是娘子需要什么东西,就准备出去照应。我刚走出门,就看见阿紫不知道什么时候走到了井边,和娘子拉拉扯扯,不知道在干什么。下一刻,我看见阿紫把娘子推进了水井里。我十分惊恐,急忙呼叫大家救娘子。幸好厨娘们中有人身强力壮还会水,跳下水井救起了娘子,娘子才保住了性命。如果等着外面的男仆进来帮忙,娘子恐怕早就没命了。"

阿紫闻言,开口:"我没有推娘子入井!"

阿紫不卑不亢,十分平静。

嘉儿十分生气地说:"我看见是你把娘子推下水井的,你还矢口否认!娘子平日里待你不薄。因为世子厌弃你,一些仆妇都不把你放在眼里,偷偷克扣你的月例和赏钱,让你入冬了还没有冬衣穿。娘子怜悯你,把自己的新冬衣送给你。上次你要被卖掉,也是娘子为你求情,留下了你。你为何要恩将仇报,谋害娘子?"

阿紫微微张了张嘴,似乎要说什么,却又仿佛想起了什么,最后沉默了。

李钰见状,面露嫌弃和厌恶。他弯腰捡起脚边的皮鞭,又开始抽打阿紫。

"这个丑陋的贱婢,不打她,她是不会说实话的。"

皮鞭重重地抽打在阿紫的身上。一道道血痕在她的衣衫下浮现,血迹蔓延。

阿紫微微皱眉,却倔强地不躲闪,不求饶。

"住手!"一直没开口的齐王李顾大声呵斥。

李钰闻言,急忙住手。

李顾走到阿紫面前,低头望着她,眼神充满慈爱。

"阿紫,你一直是一个好孩子。本王不认为你是心肠恶毒的人。这究竟是怎么回事?"

阿紫抬头望向鬓发斑白的李顾,眼角有了一道泪光。

阿紫望着自己的丈夫李钰时眼中没有任何情感,仿佛在看一个陌生人。而她望向李顾时眼神温柔,眼中充满了真挚而深沉的情感。她那一滴眼泪并不是为自己的悲惨遭遇而流,而是为那些无可奈何的孽仇、善与恶交织的复杂因果而流。

阿紫摇摇头,沉默地垂下了头。

齐王妃尉迟氏说:"阿紫,你什么都不说,王爷与我即使有心为你做主,也不知道该怎么办啊。"

李钰说:"父亲、母亲,这个贱婢肯定是心虚才不敢说话。她把玉娘推进了井里,此事是嘉儿亲眼所见。证据确凿,我们不如打死她。"

阿紫仍旧倔强地沉默着。

李钰冷漠地望着阿紫。

李顾悲伤地望着阿紫。

嘉儿愤怒地望着阿紫。

裴先茫然地望着阿紫。

珍珠帘幕后,徐氏小心翼翼地用纤手拨开珠帘,露出半张美丽的脸来窥看。她看见躺在罗汉床上昏迷不醒、半死不活的裴玉娘,又听到李钰说要打死阿紫,不由得开心地笑了。不过,此情此景,她不该笑,嘴角上扬的笑突然化作了装模作样为主母的安危担忧的悲容。

李顾说:"这样吧。裴将军,既然你来了,你来决断这件事情。阿紫听凭你的发落。"

裴先一愣,感到有些为难。

裴先低头望向阿紫。

阿紫抬头迎向裴先的目光,毫无惧色,也不心虚。

不知道为什么,裴先觉得阿紫不像是谋害主母的人,但嘉儿口口声声说看见阿紫把裴玉娘推入了水井。嘉儿是裴玉娘从裴家带入齐王府的贴身丫鬟,对裴玉娘忠心耿耿,是不会说谎的。

难道真的是阿紫干的?

裴先正在思考,不知道该怎么决断。

突然,罗汉床上的裴玉娘猛然坐起身,双手乱舞,对着虚空大喊:"阿紫救我——阿紫救我——"

话还没说完,裴玉娘就两眼泛白,浑身抽搐地倒下了。

众人大惊。

阿紫望着虚空,脸色骤变,突然站起身。不知道怎么回事,阿紫身上绑缚着的绳子自动断裂了。

阿紫疾步走到裴玉娘的身边,在罗汉床边坐下。

裴玉娘瞳孔放大，脸色迅速地变紫，呼吸逐渐微弱。

阿紫见状，急忙伸手扶起裴玉娘，将手心覆在裴玉娘的天灵盖上，闭上了眼睛。

嘉儿离裴玉娘最近，看见阿紫的一番动作，以为阿紫又要对裴玉娘不利。

嘉儿正要拼命阻止，但是又看见阿紫的手覆上裴玉娘的天灵盖之后，裴玉娘的瞳孔恢复了正常，脸上的紫色消失，呼吸也恢复了。

阿紫自己却满头大汗，似乎十分疲惫。

嘉儿不明白是怎么回事，只是直觉阿紫是在救裴玉娘，于是便不阻止了。

嘉儿又回想起自己在厨房里看见的那一幕。

嘉儿只看见阿紫和裴玉娘在井边拉扯，之后裴玉娘掉入了水井，就认定是阿紫把裴玉娘推入了水井。

那天会不会是我搞错了？也许，娘子是自己失足落井，阿紫伸手是去拉她却没有拉住。不然，为什么娘子昏迷之中会呼喊阿紫救她？嘉儿陷入沉思。

裴玉娘情况逐渐稳定下来，又闭眼昏迷了过去。

阿紫将裴玉娘放下，神色悲哀。

"娘子暂时醒不过来了。"阿紫站起身，走回自己刚才挨打的地方，跪在地上。阿紫似乎下定了决心，坚定地说："这一次，我一定会救回娘子的。"

自刚才起，裴先一直惊讶地盯着地上的绳子。

当绳子自动从阿紫的身上断裂时，裴先就震惊不已。

这只是一条普通的粗绳，但是一般人被它困住，是没办法挣开的。

裴先常年习武，但如果被这条绳子绑住，要挣开恐怕也得费一炷香的时间。

阿紫却轻而易举地就让绳子断裂了，可见阿紫不是普通人。而且更奇怪的是，阿紫明明可以轻易解开绳子，却甘心跪着挨打，这究竟是为什么？

这个面容丑陋的侍妾太让人感到奇怪了。

嘉儿突然跪下，说："王爷、王妃，是奴婢看错了。阿紫没有推娘子入井，娘子是自己失足跌入水井的。阿紫是想伸手拉娘子，但是没有拉住。"

裴先正惊异于嘉儿态度的转变，无意中侧头，瞥见半张美丽的女人脸隐隐地露出珍珠帘。那半张脸看似在哀伤地哭泣，眼底却掩藏不住笑意。

裴先不由得打了个寒战。

这齐王府里的人太奇怪了。

第七章　于　氏

李钰把此事交由裴先决断。

裴先满心疑惑，望着昏迷不醒的裴玉娘，又看了一眼垂头不语的阿紫，没有办法做出决断，不知道该怎么办。

裴先思忖：我对齐王府此事的内情一无所知，如果因为我的错误判断冤枉了人，那就不好了。

裴先以自己不便插手齐王府的内务为由，推说一切都听凭齐王处置。

齐王本就有心偏袒阿紫，再加上嘉儿临时推翻了口供，说阿紫是无辜的，就以裴玉娘自己不慎失足落井结案了。

裴玉娘仍旧昏迷不醒。

裴先是男子，不便留在齐王府的内宅照看堂妹，便殷殷叮嘱嘉儿，让嘉儿一定好好照顾主人，如果有什么事情，务必第一时间差人去裴府向他通报。

裴先离开了齐王府，一连几天，都在记挂裴玉娘的事情。

裴玉娘一直昏睡着。

裴先十分忧心，思考了一番，主动去接近李钰的亡妻于氏的弟弟——于校尉。

于校尉与裴先虽然隶属不同阵营，但也是武将。于校尉为人爽朗，裴先与于校尉结交，问起于校尉死去的姐姐的事情，于校尉也没有隐瞒。

据于校尉所言，他的姐姐于氏嫁入齐王府后，一开始一切都好，后来于氏似乎遭遇了什么不好的事情，回娘家与嫡母、姐妹闲谈之间仿佛有什么难言的隐情。

于校尉的父亲有一妻五妾，所以于校尉的兄弟姐妹很多，可父亲对于众子女都不太在意，在意的只是自己的仕途。

于校尉和于氏是一母所生,在众兄弟姐妹之中,他们姐弟俩的感情格外亲厚。他们的母亲早就去世了,嫡母虽然从未苛待他们,但毕竟不是他们的生母,而且因为于家子嗣众多,也并没有格外疼爱他们,只是维持着外人看起来满堂和睦的美满景象。

于氏内心有苦楚,回娘家是说不出口的,也不知道可以对谁诉说,无法寻求到真正有用的帮助。

于家的人只知道于氏出嫁之后身体不好,经常生病,以致逢年过节回娘家后也神思忧虑,疑神疑鬼。

当时,于校尉还不是校尉,只是一名京畿营里的兵士。他一直待在京畿营地之中,常年不在家。于氏出嫁后,他一年也难得见姐姐一次,所以当时并不知道姐姐的处境,更不知道姐姐内心的苦楚。

记忆中,于校尉最后一次见到姐姐时,是寒冬时节从京畿营地回家休沐假。

京畿营的沐假有半个月,于校尉趁着休沐假就去齐王府探望许久不见的姐姐。

当时,于校尉简直没认出自己的姐姐。

于氏从内室走出来,形销骨立,死气沉沉,虽然化了美丽的妆容,脸颊贴着华艳的花钿,但是满脸都是愁苦之色,无神的双眼里写满了忧惧。

于校尉十分吃惊,试探着和姐姐叙话,想知道姐姐为何愁苦忧惧。

可于氏不发一语。

在于校尉的记忆里,姐姐一直是一个开朗爱笑、性格爽朗的人。到底是什么让她变成了这样,仿佛换了一个人似的?

这一次相见,于氏并没有对弟弟说什么。两个人相聚时,她一直魂不守舍,沉默寡言。

于氏留于校尉在王府里吃饭,但于校尉早就与同僚约好聚会,不能留下。

最后,离别时,于氏脸上终于焕发了一丝神采,对弟弟说:"入冬了,天寒地冻,军营里生活清苦,你要记得添衣,多吃饭。"

于校尉点头。

于校尉便告辞离开了。当时,他想着反正自己的沐假有半个月,可以过几天再来齐王府看望姐姐,到时候再和姐姐好好聊一聊。

谁知,这一别,他们便阴阳相隔,不复相见。

两天后,于氏的死讯传到了于家。

齐王府给出的说法是，于氏因病而亡。

于校尉得到这个消息时只觉得天旋地转，眼前发黑。

于校尉的父母接受了这个说法，于家和齐王府上下都在哀悼亡人。

于氏的葬礼十分隆重。

于校尉在姐姐的葬礼结束之后一直神思恍惚，浑浑噩噩。

当时，于校尉并没有怀疑姐姐的死因，跟大家一样接受了"姐姐病死"这个说法，并在心中对姐姐华年早逝而感到悲伤，为自己失去了最亲的姐姐而难过。

三年后。

于校尉在父亲的协助之下升上了校尉，从京畿营调到了南衙任职。回到家里生活后，他无意中知道了当年姐姐死亡的一丝真相。

一次宴饮时，父亲喝醉了酒，告诉于校尉他的姐姐根本不是病死的，而是上吊而亡的。

当年，嫡母接到丧报，带着众女眷去齐王府为女儿敛尸哀悼时，发现死去的于氏的脖颈处有绳索的勒痕。

齐王妃尉迟氏见瞒不过去，便坦白了于氏是上吊自杀的。

于氏上吊自杀这种事情一旦传扬开去，无论是对齐王府，还是对于家，都是莫大的丑闻，会被人指指点点。到时，齐王府和于家都会沦为众人的话柄。所以，为了两家的面子，齐王府认为最好把于氏的死亡原因掩盖，谎称为病死。

于氏确实生了很长一段时间的病，精神惶恐，上吊自杀也是生病的缘故。

嫡母震惊，不知道该怎么办，赶紧回去告诉了自己的丈夫。

于校尉的父亲根本不关心女儿是怎么死的，反而痛骂于氏不争气，居然如此短命无福。在于校尉的父亲看来，不管她受了什么委屈，受了什么惊吓，受了什么折磨，都不应该自寻短见。

在于校尉的父亲的规划中，只要于氏熬到齐王去世，世子承袭齐王的爵位，于氏就是王妃了，而他就是齐王妃的父亲。齐王虽然还有几个儿子，但都是庶出，年纪也小，影响不了世子承袭爵位。于校尉的父亲好不容易才给于氏攀上齐王嫡子这门好亲事。

于校尉的父亲毫不犹豫地接受了于氏病死的这个说辞，因为他不希望丑闻和流言影响他的仕途，影响他接下来给别的子女议定的拓展自己人脉的亲事。如果于氏上吊而亡的丑闻传开，必然会发酵成更无稽的流言蜚语，那么他想攀附和结交的人家可能会受流言的影响，不愿娶他家的女儿，也不愿将女儿嫁到他家。

于校尉的父亲还担心于氏一死，自己失去齐王这个姻亲，在仕途上失去靠山，甚至打算再把别的女儿嫁给齐王世子。但是，他的这个提议被齐王一家婉拒了。

于校尉的父亲酒后失言，却不是哀悼早亡的女儿。于校尉的父亲没有一点儿悲伤，只是絮絮叨叨地向于校尉抱怨，抱怨于氏短命无福，早早退场，浪费了他的人脉，打乱了他规划的棋局。

于校尉震惊。震惊之余，于校尉又十分悲伤，继而愤怒。姐姐明明是那么开朗爱笑、乐观爽朗的人，怎么可能因为生病了就萌生死志，上吊自杀呢？肯定是李钰杀了她！即便不是李钰杀了她，也是因为李钰她才会觉得生不如死，最后选择上吊而亡。是李钰害死了他的姐姐，是齐王府害死了他最亲的姐姐。

于校尉越是思念姐姐，就越不能原谅李钰和齐王府。他曾经去质问过李钰，李钰却不承认，只一口咬定于氏是病死的。

于氏下葬都三年了，尸体早已腐坏，于校尉没法开棺验尸，而且他的父亲也站在齐王府那边，帮着齐王府掩盖自己女儿的真实死因。于校尉拿李钰没有办法，只是义愤填膺，仇恨难抑，一见到李钰就忍不住和李钰起冲突。

裴先从于校尉口中得知这些事情后，更愁了。

昨天下午，于校尉突然派人给裴先传来消息，说是知道了当年于氏的死因，于是两个人相约晚上在铜驼陌的桃花春相见。

原来，于校尉自从得知姐姐是上吊而亡后便一直在打探齐王府的事情。最近，他找到了一个因为偷窃被赶出齐王府的婢女。

那个婢女在齐王府当差时，正好是于氏还活着的时候。

于校尉给了那个穷困潦倒的婢女一些银子，那个婢女便向他吐露了一些齐王府的秘密。

"裴将军，齐王府闹鬼，我的姐姐可能是被鬼害死的。"于校尉对裴先说。

裴先惊奇地说："你说来听听。"

"那个婢女说，我的姐姐还没嫁入齐王府时，齐王府里就已经开始闹鬼了。那是一个可怕的女鬼！据见过女鬼的下人说，她的一半脸美艳绝伦，另一半脸却丑陋可怖，怀里还抱着一个啼哭的婴儿。"

据婢女所说，那女鬼一直在齐王府阴魂不散，曾经把齐王都吓得大病一场。

李钰曾经有两个美貌的姬妾，被那女鬼纠缠，最后都死了。后来，李钰才纳了阿紫和徐氏。

齐王府忌讳闹出流言蜚语，就把王府闹鬼的消息封锁了，不许下人在外言谈。王爷曾秘密请了一些和尚、道士去驱逐妖邪，但是都没有什么用，后来不了了之。

当时，主母于氏曾经屡次被鬼惊吓，缠绵病榻，神思衰竭。

据婢女回忆，她被卖出齐王府时，于氏还在被鬼惊扰。

于校尉说："我的姐姐曾经被女鬼纠缠，惊吓患病。令妹如今的遭遇，只怕也和齐王府的女鬼有关。"

裴先发愁地说："如果是怪力乱神的事情，本来也好解决，我认识一个擅长解决这种事情的朋友，可是这位朋友突然远游去了。"

于校尉说："裴将军，我有一件事情想不通。"

裴先问："什么事？"

于校尉说："齐王府闹鬼，并不是什么奇事。东都西京里一直不乏妖邪作祟、祸乱扰人的事情。上至皇宫王府，下到市井民宅，都有这些鬼魅的踪迹。我奇怪的是，这女鬼在齐王府作祟，齐王夫妇没事，齐王世子没事，家仆奴婢没事，为什么出事的唯独是李钰的妻子和姬妾呢？我的姐姐嫁给李钰，死得不明不白。您的妹妹嫁给李钰，如今命悬一线……李钰曾经还死过两个小妾。"

裴先一听，也顿时觉得疑惑。

可是，齐王府的谜团太多，他知道的消息太少，根本看不透迷雾中的真相。

于校尉也是疑惑重重，愁绪满怀。

裴先和于校尉相对无言，喝了一夜闷酒。

洛水，浮桥上，元曜听完裴先的转述，不由得有些惊讶。

裴先忧愁地说："轩之，如今玉娘命悬一线，我也不知道该如何是好了。此事涉及怪力乱神，我本想求助于白姬，白姬也答应相助了，可是白姬突然走了。"

元曜也十分担心裴玉娘的安危，又想到离奴说过即使白姬不在，也得帮白姬收集因果，而离奴平时吹嘘自己妖力强大、法力无边，想来也能对付得了齐王府里的女鬼。

白姬离开前，确实答应裴先替他解决裴玉娘的事情，那这也算是缥缈阁承接的一桩生意，不如让离奴去降伏女鬼，这样既能救裴玉娘一命，也能帮白姬收集一个因果，一举两得，再好不过。

念及此，元曜便说："这样吧，仲华。小生回去跟离奴老弟商量一下。虽然白姬不在，但是离奴老弟也有一些降妖除鬼的道行。如果真是女鬼在齐王府作祟，那离奴老弟解决这件事情应该没有问题。你明天抽空来一趟缥缈阁，小生和离奴老弟会给你回话。"

"啊？那个离奴也会降妖除鬼？我还以为离奴只会做饭呢！"裴先惊愕地说。

元曜笑了，说："离奴老弟降妖除鬼的能力和做饭的厨艺一样高超。这件事情问题不大，离奴老弟肯定愿意帮忙。"

裴先闻言，虽然有些不放心，但还是说："那好，我明天去一趟缥缈阁。"

商议已定，元曜和裴先便在浮桥上分别了。

第八章　丫　鬟

元曜回到缥缈阁，看到离奴已经买菜回来了，正在水井边一边哼着小曲儿，一边洗菜。

元曜顾不得坐下喝口热茶，急忙走到水井边，把裴玉娘的事情和裴先的请求说了一遍。

离奴听完后，一边洗菜，一边漫不经心地说："这多大点儿事啊，爷晚上睡觉前去一趟齐王府把鬼捉了就完事了。"

元曜惊讶地问："这么简单？"

离奴说："书呆子，你以为这件事有多复杂啊？"

元曜想了想，说："当时，白姬是打算以客人的身份受邀去一趟齐王府，见到裴玉娘后，再从长计议。"

离奴抖了一下胡子，说："书呆子，这就是爷和主人不一样的地方。主人收集因果是为了获得一颗人心，所以得在因果之中观察人心。要观察，要思考，主人就得跟着人心的发展变化走，做起事情来难免就有些磨磨叽叽，绕来绕去。爷就不一样了。爷不关心人心，也懒得磨叽，直接除了鬼，完成因果，就完事了。"

"这……"元曜一时间不知道该说什么，只好问，"那……一晚上的时间，够离奴老弟你除掉齐王府之中的女鬼吗？"

离奴说："爷都不用一个晚上。爷今晚就去一趟齐王府，除完鬼回来后还能美美地睡上一觉呢。"

元曜说："那就这么办吧。离奴老弟，你千万小心，小生今晚就不陪你去了。"

离奴说："爷本来就没打算带你去。你碍手碍脚的，会影响爷的发挥。主人最奇怪的地方就是每次收集因果总喜欢带上你，可你明明是一个没有用的累赘。"

元曜闻言，生气地说："小生才不是没有用的累赘呢！"

离奴吐吐舌头，继续洗菜。

晚上，弦月东升，满城死寂。

离奴见时候不早了，就对坐在青玉案边读《论语》的元曜说："书呆子，爷去齐王府除鬼了。你临睡前替爷把被子铺好，用手炉暖好床铺，爷应该还能赶回来睡觉。"

元曜从《论语》中抬头，说："好的。离奴老弟，你千万要注意安全，早去早回。"

离奴点点头。

离奴从轩窗跳到了后院，在草地上倏然化作一只猛虎大小的九尾猫妖。

九尾猫妖碧睛灼灼，低吼一声，踏着月色跃起，向齐王府的方向而去。

元曜继续在冬日的灯火下读《论语》。

元曜有些不放心离奴，心绪紊乱，根本读不进圣贤书。他抬头望向窗外夜空中的弦月，不由得开始思念白姬，担心白姬有没有冷到，有没有饿到，现在究竟到了什么地方，眼前有着怎样的风景。

元曜一边担心离奴，一边思念白姬，一边读《论语》，很快就到了子夜时分。

元曜有些困倦了。

离奴还没回来。

元曜想着子夜正是闹鬼的时候，说不定离奴正在和女鬼搏斗，不会那么早回来，于是便在里间给离奴铺上了寝具，还用铜手炉给离奴暖被子。

　　做完这一切后，元曜便吹熄灯火，打着哈欠去房间睡觉了。

　　第二天，天刚蒙蒙亮，元曜便醒了。

　　元曜急忙起床，去里间看离奴回来了没有。

　　里间中，离奴的寝具还是昨晚元曜临睡前铺的那个样子，一点儿也没有动过，被子里的铜手炉都冷了。

　　离奴一夜没回来。

　　元曜心乱如麻，担心离奴出了什么事情。

　　离奴平常总吹嘘自己妖力强大，但在元曜看来，离奴只是一只会做饭的小猫妖。

　　千妖百鬼畏惧白姬强大的力量不敢对离奴怎么样，所以离奴横行霸道，无所顾忌。该不会，其实离奴的妖力还不如一个女鬼的吧？天哪，自己昨天真不该同意让离奴独自去齐王府抓什么女鬼，应该阻止离奴的。

　　如果把离奴弄没了，白姬回来，他怎么向白姬交代？而且，离奴如果有个三长两短，他也会心碎难过，无法承受失去离奴的痛苦。

　　元曜十分担心离奴，顾不得梳洗，胡乱穿了外衣，就要冲去齐王府找离奴。

　　谁知，元曜刚踏出缥缈阁的大门就看见一只黑猫踏着灰蒙蒙的晨雾，从死巷外缓缓走来。

　　黑猫垂头耷耳，无精打采。

　　元曜一见到黑猫，顿时欣喜地说："离奴老弟！太好了！谢天谢地，你平安无事！"

　　黑猫抬头，看见元曜，问："书呆子，这么早你就起床了？大清早的，你准备去哪儿？"

　　元曜说："离奴老弟，你一夜没回，小生以为你出了什么事情，正打算去齐王府找你呢！"

　　黑猫一听到齐王府，耳朵耷拉得更低了。

　　黑猫无精打采地说："爷没事。不过，齐王府的事情有点儿麻烦……今天爷不想做早饭，刚才回来时看见胡人的馎饦铺子已经开了，你去买些馎饦当早饭吧。"

　　元曜点头，说："行！小生这就去买。离奴老弟，你想吃什么馅儿的饦饦？"

黑猫说："爷没胃口，不想吃早饭。你买自己吃的就行了，不用买爷那份儿。"

黑猫垂头丧气地走进了缥缈阁里。

元曜看见离奴这副无精打采的模样，料想是昨晚在齐王府发生了一些不好的事情。不过，不管怎样，离奴能平安回来就已经很好了。

元曜转身从柜台的陶罐里取了几枚铜钱，去胡人的店铺买饦饦了。

虽然离奴说不想吃早饭，但是元曜担心离奴上午会饿，还是买了离奴最爱吃的胡麻饦饦。

离奴一回到缥缈阁便钻进了自己的小被子里，一觉睡到了上午。

元曜没有打扰离奴，梳洗之后，吃了饦饦，然后在晨光熹微之中打开了店门，迎接今天有缘上门的客人。

离奴一觉醒来，先坐在被子里发了会儿呆，才慢慢地起床，收拾寝具，开始洗漱。梳洗完毕，离奴来到了大厅，看见元曜正在柜台边记账。

刚才来了买香料的客人，元曜做成了一桩买卖。

缥缈阁里偶尔会来结浅缘的客人。他们会走进店铺里，买一些香料、宝石之类的东西。

离奴走到柜台边，说："书呆子，爷来看店吧。"

元曜望着心事重重的黑衣少年，说："离奴老弟，小生给你买了胡麻饦饦，放在里间的青玉案上，你吃了吗？"

离奴说："爷看见了，没胃口，不想吃。"

元曜试探着问："离奴老弟，昨天在齐王府到底发生了什么事？"

离奴皱眉，说："爷不能告诉你。爷答应了表妹，不告诉任何人。"

"表妹？什么表妹？谁的表妹？"元曜大吃一惊。

离奴平静地说："爷的表妹。"

元曜觉得不可思议："离奴老弟，你居然还有表妹？！"

离奴一仰头，不服气地说："就书呆子你表哥多，爷怎么就不能有表妹了？"

"这……好吧。离奴老弟，你当然能有表妹。"元曜讪笑。

离奴又说："其实，爷跟这个表妹也不是很熟，只是小时候见过几次面，说起来也不是很亲。"

元曜问："此话怎讲？"

离奴说："就好比书呆子你和韦公子吧，论起来，他也算是你的表弟，但其实你们没什么血缘关系。"

元曜想了想，说："其实我们还是有一点儿血缘关系的，丹阳的母亲和小生的母亲是堂姐妹。"

离奴想了想，说："爷重新打个比方，就好比书呆子你和韦公子的妹妹，就是那个喜欢美男子的非烟小姐。论起来，她也算是你的表妹，但其实你们俩也没什么血缘关系。"

元曜说："非烟小姐和小生确实没有血缘关系，但是论起来她算是我的表妹。"

离奴说："爷跟这个表妹就是这种论起来算表兄妹的关系。"

元曜好奇地问："你的表妹在齐王府干什么？昨晚你们又发生了什么事？"

离奴说："爷不想说。爷答应了表妹，让表妹自己处理齐王府的事情。可是，爷还是不放心。表妹修为尚浅，妖力很弱，真的能处理好这件事吗？表妹实在是太天真善良了，跟书呆子你一样，对恶鬼也抱有同情怜悯之心，想要感化恶鬼，唉……"

元曜听得一头雾水，问："这究竟是怎么一回事？"

离奴说："爷不想说。"

元曜又问："那齐王府的事情怎么办？今天仲华会来缥缈阁听消息，咱们怎么答复他？"

离奴发愁地说："爷也十分苦恼。书呆子，你别聒噪，让爷用神都第一聪明的脑瓜子来好好琢磨一番。"

元曜便不说话了。

中午，裴先冒着小雪匆匆忙忙地来到了缥缈阁。

元曜在里间客气地招待了裴先，给他端来了热气腾腾的阳羡茶。

裴先喝了一口阳羡茶，急忙问："轩之、离奴，你们愿意帮忙吗？"

元曜还没有开口，离奴已经率先说："裴将军，既然主人临走前答应替你解决这件事，那爷和书呆子肯定会完成主人答应的事情。这件事情，我们接下了。"

裴先当即起身，说："事不宜迟，咱们这就去齐王府。"

离奴制止他，说："裴将军，齐王府爷昨晚已经去过了。齐王府发生的事情，爷已经知道个大概，但是爷现在不能告诉你们。这个事情挺复杂的，爷不能直接解决。不过，爷有一个主意。"

裴先坐下，问："什么主意？"

离奴说："爷思来想去，觉得还是待在齐王府的内宅里暗中观察，才能放心。你把爷和书呆子都送进齐王府里，就说是送给你的堂妹的丫鬟，以便照顾你那昏迷的堂妹。爷和书呆子会见机行事，顺便保护你的堂妹的安全。"

裴先吃惊地说："你的意思是你们俩伪装成丫鬟，我把你们俩送进齐王府的内宅，让你们俩和女眷们一起生活？"

离奴点头，说："是的。"

裴先不赞同："可你们俩是男子，我把你们俩送进人家的内宅里，万一露馅儿了，或者你们俩跟齐王府的女眷闹出了什么麻烦，到时即使我不被齐王打死，也会被我的叔叔骂死。"

元曜也苦着脸，说："离奴老弟，你那神都第一聪明的脑瓜子琢磨了半天，就琢磨出了这么一个馊主意吗？"

离奴说："这是最好的主意了。裴将军，你放心吧，爷和书呆子以前时不时穿女装，都习惯了，不会露馅儿的。至于和女眷闹出麻烦，那更是不可能的事情，我们俩都对女人不感兴趣。"

裴先大惊地说："你们俩以前时不时穿女装，还对女人不感兴趣……你们俩……你们俩……"

元曜一听，急忙解释："不是的，仲华，不是你想的那样。小生时不时穿女装，是因为被白姬威逼利诱。为了帮白姬去解决一些事情，我才不得不如此。离奴老弟穿女装则纯属贪玩。我们俩并没有对女人不感兴趣，只是小生遵守圣贤之道，恪守礼制，决不会违礼。而离奴老弟天真烂漫，不知男女有别，对于女性从没有非分之想。"

离奴说："裴将军，你放心吧。爷跟书呆子决不会露馅儿，给你惹麻烦的。等事情解决后，你再找个借口把我们俩要回来，一切做得神不知鬼不觉。"

裴先说："你们俩真的能保证玉娘的安全？"

离奴拍着胸脯，说："没问题，一切包在爷的身上。"

裴先犹豫了一下，最终还是同意了。

元曜苦着脸，说："离奴老弟，你自己去齐王府当丫鬟也就罢了，为什么还要拉上小生？"

离奴笑道："爷第一次当丫鬟，不太懂当丫鬟的规矩，多个书呆子你在身边，也能有个照应。"

元曜说:"可小生也没当过丫鬟呀!"

离奴说:"一回生,二回熟,咱俩一起学当丫鬟吧。下次若再干这种勾当,你就熟了。"

元曜嘴角抽搐。

裴先说:"玉娘身边的人也就嘉儿靠得住。我先去一趟齐王府,找嘉儿安排一下,到时候嘉儿会掩护你们俩的。"

"行。"离奴应道。

第九章 表 妹

第二天,元曜和离奴穿上了女装,把发髻梳成了妇女的样式,打扮成了丫鬟,化名为小轩和小离,被裴先以送礼物的名义送进了齐王府里。

唐朝社会,奴仆不是自由人,可以被主人随意地赠送或买卖。侯门士族互相赠送奴仆,是很常见的事情。

因为是被送给裴玉娘的,元曜和离奴进入内宅后就被安排在嘉儿手下干活。

嘉儿虽然被裴先事先打过招呼,但是看见元曜和离奴站在自己眼前时,还是不由得平复了一下心情,才勉强接受了现实。

嘉儿打量着元曜和离奴,说:"还好你们俩的身形都不魁梧,容貌也不奇特,妆容化得浓一点儿,应该能蒙混过去。不过,为了不被人察觉你们俩是男的,你们俩最好少说话。事情不用你们俩干,你们俩假装在照顾娘子就行了。晚上你们俩不能和别的丫鬟一起睡在厢房里,就睡在耳房旁边的杂物间里吧。唉,这都是什么破事啊!我警告你们,可千万别露馅儿了。"

元曜连连点头,说:"好的,一切全凭嘉儿姑娘安排。"

离奴说:"丫头,带爷去见你的主母。"

嘉儿不高兴地说:"什么丫头,我叫嘉儿。在这王府里,你得叫我嘉儿姐姐。"

离奴只好改口:"嘉儿姐姐,带爷去见你的主母。"

嘉儿带着离奴、元曜掀开珠帘，进入内室。

裴玉娘还昏睡在罗汉床上。

因为窗边的红泥火炉上熬着药，所以空气中浮动着药草的香气。

元曜远远地看了一眼，只觉得比起上次，裴玉娘消瘦憔悴了不少。他不敢细看，只远远地站着。

离奴却跑到罗汉床边仔细地观望了一番裴玉娘，还在她的身上嗅来嗅去。

元曜问："嘉儿姑娘，玉娘……啊，不，主母一直昏迷不醒，不进食吗？"

嘉儿回答："娘子偶尔会醒一会儿，能喝点儿汤药、吃点儿米粥，但是精神恍惚，不太清醒，也不能正常说话。"

元曜不知道该说什么。

嘉儿问："你们俩既然是将军找来的高人，那你们俩看看，娘子什么时候能清醒。"

离奴翕动鼻翼，说："你天天给她灌这迷魂药，她是清醒不了的。"

嘉儿震惊地说："迷魂药？！这汤药可是阿紫送来的。她颇懂医术，曾经救过齐王，我觉得她不会害娘子才相信她，用了她送的药。"

离奴闻言，顿时不说话了。

"爷想去见见齐王。嘉儿姐姐，你能不能找一个借口让爷见他？"离奴问。

嘉儿说："这很容易。齐王和齐王妃很关心娘子的情况，吩咐我每天派人去他们跟前汇报，今天就你去呗。"

离奴点头，便要去。

嘉儿问："小离，这汤药怎么办？我要把阿紫叫来质问吗？"

离奴说："别管它。你就假装不知道吧。你叫一个人给爷带路。爷去见见齐王。爷对他很好奇。"

嘉儿便叫了一个小丫鬟领着离奴去见齐王了。

元曜和嘉儿待在内室，一起照顾裴玉娘。

嘉儿对着红泥火炉上的药罐发呆。元曜有很多疑惑，想要询问嘉儿，但是因为问题太多了，千头万绪，不知道从何问起。

元曜和嘉儿各自想着心事，相对无言。

就在这时，外面传来一些动静，似乎是有人走了进来。

元曜抬头一看，就见走进来一个衣饰华美、妆容妖冶的美貌女子。

那女子轻移莲步，袅袅娜娜地走了进来，怀里还抱着一只小小的白猫。

嘉儿一见便迎了出去，说："徐娘子来了。"

徐氏悲戚地说："妾身过来探望主母。"

嘉儿说："有劳徐娘子记挂了。"

徐氏说："主母还不醒，这可如何是好？世子昨晚还跟妾身说起，主母一直昏睡，腊月的家祭由谁来操持？这个月的内务没人安排，账目没人过目，下人们的月钱怕是不能按时发放了。"

元曜一听，便知道这是李钰的爱妾徐氏。

元曜虽然愚笨，但是也听得出来，这徐氏与其说是担心裴玉娘的安危，不如说是关心齐王府内宅的理家大权。她只是一个妾室，身份是奴籍，似乎不该如此僭越。

嘉儿没好气地说："徐娘子，您不用担心，主母就快醒了，耽误不了腊月的家祭。至于这个月的内务账目，王妃说她会暂时接手，不需要您来操心。"

徐氏悲伤地说："妾身只是担心主母罢了。咦，这个丫鬟看着眼生，我以前似乎不曾见过。"

嘉儿说："她叫小轩，新来的。"

徐氏打量了元曜一眼，觉得其相貌并不出众，便不在意了。

徐氏又说要嘉儿借她一些主母喜欢的绣样。她打算照着绣样给主母绣一些鞋袜饰品，算是她对主母关切的心意。

嘉儿没有理由推辞，便带着徐氏去对面的厢房找绣样。

因为怕猫儿在厢房里抓坏东西，徐氏便把怀里的小白猫放在地上，并嘱咐元曜替她照看。

嘉儿和徐氏去了对面的厢房，元曜便留下来照看小白猫。

白猫像一个小雪团，十分可爱，蹲在地上喵喵叫。

元曜低头望着小白猫，突然想起离奴说自己的表妹在齐王府。

离奴的表妹莫非就是这只小白猫？

肯定是。

这小白猫的眉眼和脸型跟离奴的长得差不多，一看就是离奴的亲戚。

元曜对着小白猫作了一揖，说："表妹，你好。小生名叫元曜，字轩之。"

可小白猫根本不理元曜，只是蹲在地上喵喵叫。它明显未开灵智，不通人性。

元曜又走向小白猫,低头说:"这位表妹,小生有很多疑惑,是关于齐王府的,不知道你能不能给小生解疑?"

齐王府的事情,离奴不肯告诉元曜。元曜有很多疑问,不知道该问谁。如今遇见了离奴的表妹,元曜正好可以问一问。

小白猫见元曜向自己靠近,不由得有些害怕,龇牙咧嘴,然后转头便跑了。

"哎,表妹,你别跑啊——"元曜急忙向小白猫追去。

小白猫刺溜一下蹿出了房门。

元曜追到房门外,正好和准备进来的人撞了一个满怀。

那人被元曜一撞,退后了两步。

元曜抬头一看,发现是一名华服男子。男子身段高挑修长,穿着华美的大衣,有着刀削般的脸庞,直挺的鼻梁,但一双细长的眼睛里隐藏着冷酷薄情。

男子立定,望了一眼元曜,呵斥:"你是新来的?你胡乱跑什么,怎么这么没规矩!"

元曜不认识这个人,正不知道该怎么办。

嘉儿和徐氏正好从对面的厢房里取了绣样回来,见到男子,急忙行礼。

"世子。"

"世子。"

元曜这才知道,刚才自己撞上的人是齐王世子李钰。

元曜急忙也行了一礼,然后退到一边。

李钰心事重重,倒没在意元曜冲撞了自己,问:"嘉儿,玉娘今天好些了吗?"

嘉儿行了一礼,说:"回世子,娘子还是老样子。"

李钰又问:"听说,裴将军送来了两个丫鬟?"

嘉儿嘴角抽搐地伸手指着元曜,心虚地说:"是的。这是小轩,还有一个叫小离,刚才被我派去齐王那儿回话了。"

李钰扫了一眼元曜,不高兴地说:"裴将军这是什么意思?难道齐王府买不起丫鬟,要他送人来?难道他觉得齐王府的人信不过,要谋害他的妹妹?"

李钰声音里透露出一股怒意,令嘉儿有些害怕。

嘉儿捏着裙角,小心翼翼地说:"不是的,世子,裴将军不是这个意思。"

徐氏见李钰发火,便走到李钰身边,笑道:"世子,您消消气。主母变成如今这个样子，我们大家都很担忧和难过。您生气也无益，不如去我那儿歇一会儿，喝杯新雪茶消消火。"

李钰闻言，便跟着徐氏走了。他虽然说是来探望裴玉娘的，却没有走进内室里看她一眼。

嘉儿望着李钰和徐氏一起走远，啐了一口，说："呸！这狐狸精真讨厌！"

元曜站在原地，似乎正在发呆。

嘉儿见了，没好气地说："小轩，你还发什么呆！裴将军说娘子变成这样是妖鬼作祟，你和小离都是玄门高人，能救娘子，我才冒险让你们两个男的装成丫鬟进入内宅。你和小离真的能救娘子吗？你们俩既然是玄门高人，倒是行动起来啊，省得娘子一直昏迷不醒，让那个姓徐的狐狸精在我眼前嚣张跋扈，惹我生气。"

元曜之所以发呆，是因为看见刚才李钰和徐氏站的地方有一团浓幽如夜的黑气萦绕飘动，那是很强烈的怨恨和执念。

元曜被嘉儿一骂，才回过神来，问："嘉儿姑娘，齐王府以前发生过怪力乱神的事情吗？"

嘉儿闻言，犹豫了一下，才说："其……其实，是有的。我早就听说过一些风言风语。他们私底下说，娘子如今变成这样，跟世子的亡妻于氏的情形一样，都是女鬼作祟所致。那个女鬼在于氏过门之前，就存在于齐王府里了。她曾经作祟，害死了世子早先娶的两个姬妾。后来，她还惊得齐王大病一场，险些丧命。多亏了阿紫，齐王才捡回一命。齐王曾经请过和尚、道士作法驱鬼，但不知道为什么，最后不了了之。后来，齐王也不请人驱鬼了，还不许大家谈论怪力乱神的事情。"

嘉儿的话和于校尉走访的那个婢女的话差不多。

看来，可以确定齐王府有女鬼作祟，于氏的亡故和裴玉娘如今的险境都和女鬼作祟有关。

元曜不理解，问："既然女鬼作祟，让王府屡次遭遇不幸，为什么王府上下都不处理这件事呢？神都之中有很多能够降妖除鬼的高人，比如光臧国师、江城观的道长。若把他们请来王府，定能除掉女鬼，以后就什么怪事都没有了。"

嘉儿撇嘴，说："谁知道呢！王府不仅不驱鬼，还对女鬼的事情讳莫如深，不许谈论，大概是有什么不能说的秘密吧。每座深宅大院里都有秘密，不想公之于众的秘密。"

一阵冬风卷了进来，在虚空中打了一个旋儿，吹散了满屋的黑气。

怨念与仇恨的黑气随风飘飞，散落到齐王府的每一个角落里。

第十章　宜娘（上）

傍晚过后，离奴才回来。离奴还带回来几样钗环，说是齐王和齐王妃赏赐的。

原本离奴去见齐王和齐王妃，是向他们汇报裴玉娘的情况的。结果，齐王和齐王妃十分担忧，愁得吃不下饭。离奴见状，自告奋勇下厨做了几样精致可口的菜肴。齐王和齐王妃吃了，赞不绝口，十分喜爱离奴，就给了离奴赏赐。

晚上，嘉儿没交代事情给他们俩做，他们俩就待在杂物间里，打算铺床睡觉。

离奴说："那齐王确实人还不错，气息干净纯澈，跟书呆子你一样，是我们非人喜欢亲近的那种人。"

元曜说："对了，离奴老弟，你见过齐王世子了吗？小生觉得他身上有一股很强烈的怨气，让人不舒服。他身上的怨气都溢出来，成为黑雾了。"

离奴说："我见过了。吃饭的时候，他来给齐王夫妇请安，爷就在旁边伺候，看了他一眼。他气息污浊，浑身戾气，不是个好人。"

元曜说："小生也觉得那个世子让人不舒服。离奴老弟，玉娘要怎样才能醒过来呢？她一直不醒，让人担心。"

离奴说："让她醒过来，很容易。爷给她一点儿灵力，她就能醒了。"

"啊？！"元曜站起身来，拉扯离奴，说，"那我们还在这儿铺什么床啊！离奴老弟，你快去外面施法，让玉娘醒过来。"

离奴挣脱元曜的手，说："我让她睡着，是在保护她。她现在醒过来，只会再次让女鬼发狂，成为女鬼攻击的目标。我还是先把女鬼收拾了，再让她醒吧。"

元曜问："那你打算怎么收拾女鬼呢？"

离奴发愁地说："爷要收拾女鬼，简直易如反掌。现在的问题是，爷的表妹不让爷收拾女鬼，害得爷跑来齐王府当丫鬟，愁死了。"

元曜问："这究竟是怎么回事？"

离奴说："我不想告诉你。"

元曜生气地说："你不告诉小生也无妨。小生今天已经见过你的表妹，还和你的表妹说了话。明天小生再去找表妹，向表妹打听事情的原委。"

离奴惊奇地问："书呆子，你见过爷的表妹了？爷回来时，还去找表妹聊了一会儿，表妹没说见过你呀。"

元曜说："当然见过了。你的表妹就是徐娘子养的小白猫呀。"

离奴嘴角抽搐地大吼："什么小白猫，那不是爷的表妹！"

"那白猫不是你的表妹吗？"元曜大惊。

"不是！书呆子，你不要替爷胡乱认亲！"离奴气呼呼地蒙头睡下了。

不一会儿，被子里便传出了离奴打呼噜的声音。

离奴睡着了。

元曜虽然满心疑惑，但又不好把离奴叫醒问个所以然，只好也在自己的寝具上和衣躺下，闭眼睡觉。

如果白姬在的话，这件事情肯定很容易解决，他和离奴根本用不着跑来齐王府当丫鬟，大冬天的深夜，还得在脏兮兮的杂物间里睡觉。

元曜一边思念白姬，一边胡思乱想，不一会儿便睡着了。

半梦半醒之间，元曜似乎听见了急促的敲门声。

"砰——砰砰——"

元曜蓦地睁开了眼睛，却还似在梦中。

"好冷啊……开门啊……求求你，开门啊……"

"哇——哇哇——"

女子悲婉凄绝的哭泣声中，还夹杂着一声声婴儿撕心裂肺的哭号声。

元曜在黑暗中睁大了眼睛，十分疑惑。

元曜转头四望，发现自己并不是睡在齐王府的杂物间里，身边也没有离奴。

元曜置身于无边无际的黑暗之中。

黑暗中，浮现出一张女人的脸。

女人脸色惨白，黑发如云。她的脸十分诡异，一半妆容精致，眉目细心勾画，风情万种，脸颊贴着花钿，唇上胭脂如血。另一半却没有妆容，惨白如纸，憔悴枯槁，眼神如枯井一般死寂，浸透了怨恨和绝望。

元曜十分害怕，心想：这莫非就是齐王府里的女鬼？

"你……你是谁？你要干什么？"元曜颤声问。

那半面盛妆的女鬼逐渐向元曜飘近，头颅变得越来越大，以扭曲的角度张开了鲜艳的红唇，一口吞掉了在黑暗中瑟瑟发抖的元曜。

元曜跌入黑暗之中，进入了一个梦境。

元曜梦见了一座农舍。

农舍十分简陋，柴扉微闭，坐落在一个小村庄里，周围田陌青青，溪水潺潺。

院子里种着一棵杏树，花开繁盛，如锦似霞。

一名农家少女正站在杏树下喂鸡鸭。

少女荆钗布裙，头饰朴素，布裙太旧，已经洗得发白，脚上的绣鞋也有补丁。虽然衣饰简陋，但是少女长得十分美丽。她明眸皓齿，芙蓉如面柳如眉，娇艳如满树盛放的粉红杏花。

元曜觉得这少女看起来有些眼熟，看那五官轮廓，似乎就是刚才见过的半面盛妆的女鬼。

当少女在杏树下喂鸡鸭时，一名锦衣华服、骑着银鞍白马的年轻公子正好带着仆从浩浩荡荡地路过农舍。

元曜仔细地打量那华服公子，竟是李钰。

李钰从柴扉外骑马路过，隔着矮矮的篱笆看见少女，不由得勒住缰绳，回头看去。

那少女也侧头望来。

李钰被少女的美貌吸引，目光流连。

少女见李钰目不转睛地盯着自己，不由得有些害羞，放下箩筐，走进屋里。

少女被李钰的锦衣华服和王孙排场吸引，虽然走进了屋里，却又悄悄地打开一点儿窗户，从缝隙里偷偷地望他。

李钰和少女四目相对。

李钰目光炙热。

少女十分害羞，急忙关上了窗户。

元曜心中纳闷：李钰和这少女是怎么回事？

此时，梦境又换成了另一个场景。

清明时节，天阴多雨。

李钰又一次路过简陋的农舍。这一次他只身一人，没有带仆从。

李钰敲门,请求避雨。

一位老翁出来开门,恭谨地把李钰让了进去。

老翁是少女的父亲。

老翁请李钰进屋落座,还吩咐少女烧水沏茶。

少女端来茶水呈给李钰。

李钰痴痴地望着少女。

少女回望了李钰一眼,害羞得低下了头。

老翁说:"这是小女宦娘。"

宦娘对着李钰行了一礼,便退下了。

李钰久久地望着宦娘进入内室的背影。而宦娘进入内室后,也痴痴地隔着墙壁望着李钰的方向。

雨停了,仆从找来了,李钰便离开了宦娘家。

隔天,李钰派人送来了一些礼物,说是感谢老翁让他避雨。

然而,礼物并不是庄稼人需要的粮食器物,也不是实用的金银铜钱,而是一套用绫罗绸缎做成的女衣,一些一看就是贵族女眷使用的用料讲究、制作精良的胭脂水粉。

老翁有些发愁地说:"我们家贫苦,需要钱粮度日,世子的这些赏赐都没有什么用,就是拿去卖也卖不出去。附近都是庄户人家,谁有闲钱买这些啊!"

宦娘却很喜欢这些礼物。

宦娘从小贫苦,从未见过如此精美奢华的衣饰。丝绸和绫罗的衣料,她只远远地见一些乘马车出行的贵妇穿过,因为隔得太远,都没看清楚究竟是什么样子的。如今伸手抚摩眼前的华贵衣料,她只觉得丝绸如此柔滑,仿佛蝉翼一般轻薄。锦缎那么华艳,刺绣那么精美,这套衣裳比春天的百花还要美丽,比夏夜的星空还要灿烂。

宦娘又打开贝壳形状的精巧的胭脂盒,闻到了浓郁的花香。那脂膏十分细腻,在她的唇上抹开,颜色如血一般激滟。

活了十六年,宦娘从未见过如此美好的东西。

宦娘穿上绫罗丝绸做成的锦衣,用胭脂水粉修饰了本来就十分美丽的容颜,看着铜镜中越发美丽的自己,觉得自己仿佛成了先前她只能远远拜望的鲜衣丽饰、乘马车出行的贵族女眷。

宦娘心中燃起了一团火焰,眼中流露出了渴望。

后来,李钰又找了一些借口来到宦娘家拜访。并且,每次来他都带着丰厚的礼物。

因为他每次都带着礼物来，而且身份显赫，宦娘的父母并不反感他，每次都谦恭且热情地招待了他。

宦娘也和李钰渐渐地熟悉了。

李钰住的别院离村落不远，在一处风景如画的山下。

宦娘的父母为了感谢李钰送来礼物，采摘了一些田里的新鲜蔬果，让宦娘和她年幼的弟弟一起送去别院，当作庄户人家的小小回礼。

宦娘去李钰的别院里送瓜果时，李钰非常高兴和热情，找了一个借口把她叫到内堂，对她倾诉了自己的爱慕之情。

也许是被李钰的热情感动，也许是因为看见庄院之中的雕梁画栋、琳琅满目的珍宝陈设，以及对自己客气恭顺的仆从婢女——这些都是宦娘做梦都没有见过的东西，没有享受过的待遇，是她渴望的全新的生活。

宦娘接受了李钰的爱慕，与他私定终身。

李钰和宦娘经常私会，有时候是在李钰别院的内堂卧室里，有时候是在郊外的山水之中。

干柴烈火，如胶似漆。

爱意缱绻，难舍难分。

元曜觉得这是不妥的，有违圣人的教诲。在元曜看来，李钰的做法违背礼数，即使他喜欢宦娘，也应该先禀明宦娘的父母，然后三媒六聘，去宦娘家提亲。

宦娘的做法更令人不齿，就这么轻易地和李钰私定终身了。

宦娘虽然是贫穷的农家女，但也是平民，不是奴隶。她的终身大事，似乎不该如此草率行事。

不过，这是梦境，元曜觉得再不妥也无法开口劝阻，更无法阻止接下来发生的悲剧。

第十一章　宦娘（下）

李钰独自待在青州的别院里，是因为齐王一派在朝廷的势力争斗之中暂时失势。作为齐王的嫡子，他被迫与父亲分离，远离京城，困居封地。

朝廷里的势力争斗风起云涌，诡谲无常。

今年，齐王一派又重新得到圣眷。

初夏时节，李钰便得到了消息——他很快就有机会回京城了。

得到这个消息之后，李钰待在别院里修身养性的时间变少了。更多的时候，他会去青州城的主宅处理各种事情。

不知道是因为心心念念地想回京城，还是因为别的什么，李钰对宦娘逐渐失去了热情。

李钰不再去见宦娘，不再与她花前月下、私会欢好，也不再给她家送去丰厚的礼物，甚至她主动来别院找他，他也会吩咐门仆找借口打发她走。

宦娘见不到李钰，整天失魂落魄。

宦娘察觉到李钰是在故意躲避她，十分生气伤心，但又不甘心，还抱着一丝希望。她觉得自己那么年轻美丽，李钰不会不爱她。

宦娘经常去别院门口，怀着幽怨不甘的心情，远远地徘徊。可是，她始终没有见到李钰。

有一次，宦娘又来别院附近徘徊，终于遇见李钰带着仆从乘坐马车正好出门。

李钰要去青州城。

宦娘急忙拦住了李钰。

李钰被宦娘拦住，有些尴尬。

李钰屏退了仆从，与宦娘站在别院外的柳树下谈话。

李钰脸色不豫地说："宦娘，你不要再来找我了。我很快就要回京城了。我会派人送一些金银去你家，就当作是你将来的嫁妆。"

宦娘十分难过地问："难道你对我的爱意与浓情都是假的吗？"

李钰说："那些并不是假的。在经过你家门前，看见杏树下的你时，我确实被你的美丽所吸引，想要与你亲近。我们在一起时，我十分快乐，对你的爱意与浓情不是假的。"

宦娘又问："那你为什么不再见我，还躲着我？"

李钰沉默了一下，才说："突然发生了一些事情，我最近很忙，而且我不会再待在这里，要回京城了。"

宦娘悲伤地问："那我怎么办呢？你不想娶我吗？"

李钰说："宦娘，我……我从未承诺过要娶你。再说，我也不能娶你。我是齐王世子，我的婚姻大事自己做不了主，得由圣上指婚或者父母做主。

我不能自作主张，娶一个平民女子。"

宦娘望着李钰，说："那你要抛弃我吗？"

李钰说："我们俩缘分已尽。我会派人送一些金银去你家，当作你将来的嫁妆。你那么年轻美丽，再加上丰厚的嫁妆，一定会嫁一个如意郎君的。"

宦娘说："世子，我这么年轻美丽，还不够让你娶我吗？"

李钰沉默了半响，才说："宦娘，京城之中，美女如云，一个个都是绝色佳人。王侯贵胄，豪门望族中的年轻美丽女子多如繁星，数不胜数。她们不仅年轻美丽，还精通歌舞，一舞动四方，艳冠东都西京。有的女子才华绝世，掌管制诰，可秤评天下诗文；有的智谋无双；有的权势滔天；有的富甲一方；有的家世显赫。她们跟你一样美丽，但又不仅仅只有美丽……不瞒你说，父亲已经在给我议亲了，我未来的妻子要么是安南王的大女儿，要么是于将军的第三个女儿，要么是崔宰相的侄女，她们都跟你一样美丽。"

宦娘流下了眼泪，说："世子，其实我也没有奢求过做你的妻子。我知道，你是高高在上的齐王世子，而我只是一个贫穷的农家女，门第相差太大了，你是不可能娶我的。可我还是……我不奢求做你的妻子，只要你不抛弃我，带我一起去京城，我愿意为婢为妾侍候你。"

李钰摇头，说："宦娘，我的婢妾也不能只有美貌……我们还是就此别过吧！你不要再来别院找我了，我此去青州城有很多事情要忙，不会再回来了。"

李钰说完，便抛下了宦娘，带着仆从离开了。

宦娘呆呆地站在原地，站了很久。

李钰离开别院后，果然就待在青州城的主宅里，不再回来了。

不久之后，李钰遵守承诺派人给宦娘家送来了一箱银子。

宦娘的父母十分高兴，觉得李钰为人慷慨，乐善好施，是一个好人。

宦娘却十分伤心，又不甘心。

一开始，宦娘就知道双方门第悬殊，李钰不可能娶自己，所以当李钰向她表达爱意时，她并没有要求李钰娶她。她知道，如果要求他娶她的话，他可能会消失在她的生活中。

宦娘只想和李钰产生交集，希望能够长伴他身边，摆脱自己原先的生活，拥有不一样的人生。她不想像自己的母亲一样，将来嫁给邻村的村民，成为农人的妻子，在田间地头上辛苦地劳作一辈子。

李钰是她改变命运的最后一丝希望，能让她住进那座奢华的别院中，有穿不完的绫罗绸缎、巧夺天工的钗环首饰、制作精良的胭脂水粉来装饰自己的美貌，还有仆人伺候自己，让自己不用再忍受贫苦和辛劳。甚至，有朝一日，他能够带她离开这个偏远的乡下，去往富庶繁华的东都西京。

宦娘本想凭借年轻貌美来改变命运，然而现在因为李钰的绝情，争荣夸耀的希望落空了，只换来了一箱银子。

宦娘本想放弃妄想，继续过平淡而贫苦的生活。但是，发生了一件事情，又燃起了她争荣夸耀的希望。

宦娘怀孕了，已经四个月了。

她接受李钰的爱慕，和李钰开始约会，正好是四个月前。

宦娘怀了李钰的孩子。

宦娘的父母一开始十分生气，责骂宦娘，后来知道孩子是李钰的，就沉默了。

因为李钰不再回别院，宦娘请求父亲去青州城告诉李钰自己怀孕的好消息。

宦娘的父亲带着路费干粮去了青州城，却在主宅外被门仆拦住，根本见不到李钰。

在青州城徘徊数日，宦娘的父亲路费用尽，也见不到李钰，只好回家，如实告知宦娘，劝宦娘死了这条心。

宦娘已经身怀六甲，挺着大肚子也不能去青州城，只能在家等待分娩。

十月怀胎，一朝分娩。

在第一场冬雪降临之时，宦娘生下了一个男婴。

小寒时节，李钰回到了别院。

他是来收拾行李的。

李钰已经收到了回家的诏令，就要离开青州回京城去了。

李钰大半年没有回别院，别院之中的丫鬟仆人早就被他召回了青州城的主宅，别院成了一座只有看门人留守的空宅。

李钰这次回别院，主要是取一些字画和重要的信件，没打算待很久，所以带回的仆人不多，只有三四个随从和一个美丽娇媚的歌姬。做饭的厨娘是他临时从村落之中雇的，所以村子里的人都知道别院的主人回来了。

宦娘得知李钰回别院了，顾不得还在产褥期，勉强支撑着身体，不顾母亲的劝阻，穿上了李钰曾经送她的华服，涂抹上李钰曾经送她的胭脂水粉，盛装打扮了一番后，打算去往别院。

已经下过几场大雪，天地间银装素裹，仿若琉璃世界。

宦娘踏着积雪艰难地走到别院外，敲门求见，终于见到了李钰。

李钰正在花厅中和歌姬喝酒。

歌姬不仅容颜美丽，千娇百媚，还有着夜莺一般婉转动听的歌喉。她的歌声靡丽，勾魂摄魄，让人心神荡漾。

李钰的神思都在歌姬身上，他完全没有多看华服盛装的宦娘一眼。

在李钰看来，宦娘的美丽已经没有丝毫吸引力了。

宦娘告诉李钰，自己已经生下了他的儿子。

李钰愣了一下，才说："我不能接受他。父母已经给我选定了新娘，我回京城后马上就要成亲了。我将来会有很多的孩子。"

宦娘愣住了。

歌姬仍旧在唱歌，婉转靡丽的歌声绕梁不绝。

李钰一边着迷地听着歌姬唱歌，一边漫不经心地说："这样吧。宦娘，我临走前会再让人给你送一些银子。这个孩子，你扔了也行，养着也可以，反正跟我没有半分关系。"

宦娘伤心地说："世子，他是你的亲儿子。他很聪明可爱，长得很像你。你看他一眼，就会改变主意了。"

李钰冷漠地说："我不想见他，他跟我没关系。"

宦娘扑向李钰，扯住他的衣袖，边哭边说："世子，你……你不能如此绝情，连自己的孩子都不认。"

李钰起身，挣开宦娘的手。

宦娘被李钰推倒，跌在地上。

李钰冷冷地说："来人，送客！"

宦娘哭泣，泪水花掉了她精心描画的妆容，妆容只剩下一半。

两名仆从闻声冲过来，把宦娘拉走了。

仆人推搡着哭哭啼啼的宦娘，将她赶出了别院，并且关上了大门。

宦娘不停地拍门，想要再次求见李钰。

"世子，你不能抛下我们母子。求求你，带我们一起走吧。"

门仆听见宦娘一直在拍门，不肯离去，不知道如何是好，只好进去禀报。

李钰正在和歌姬温存说笑，不耐烦地让仆人把门关紧，不要理会宦娘。

宦娘拍了许久的门，也没人给她开门。

宦娘心灰意懒，绝望之中，突然灵光一闪，想到李钰如此薄情，如此决绝,肯定是因为没有见过孩子。

　　世界上,哪有不爱自己孩子的父亲呢?如果她把孩子抱来让李钰看一眼,他一定会舐犊情深,回心转意,接受他们母子。

　　念及此,这个可怜而虚弱的女人强撑着身体,忍耐着严寒,踏着厚厚的积雪回到了家里。

　　家里人都出去了,宦娘的父亲因为响应里甲的征招最近每天都早出晚归,去给朝廷修佛寺。母亲给父亲送饭,还没回来。弟弟贪玩,应该是去同村的小伙伴家里玩了。婴儿在襁褓之中安静而香甜地睡着。

　　宦娘站在铜镜前,看见自己的脸,一半妆容因为哭泣都脱落了。

　　现在的她一点儿都不美。

　　宦娘想起那个娇媚的歌姬。她的容貌是那么美丽迷人,歌声是那么婉转动听。

　　宦娘急忙拿出李钰曾经送给她的胭脂水粉,用颤抖的手再度仔细地描摹和修饰自己憔悴的脸。

　　雪白的珍珠粉,让她暗沉的肌肤呈现出细腻的光泽。

　　艳红的胭脂,让她憔悴的容颜瞬间如火焰般耀眼。

　　暗黑的黛笔,让她死沉的表情有了一丝生命的活力。

　　精致而细碎的花钿,让她绝望的内心燃起了一丝微弱的希望。

　　宦娘再度盛装修饰了一番,望向铜镜中的身影。

　　铜镜中的自己是那么美丽,那么华贵,仿佛她每次远远望见的、被仆从护卫簇拥着的、乘着马车出行游玩的贵妇淑媛。

　　宦娘想到了李钰,希望李钰能够带她去繁华的京城。

　　她想住进齐王府里,那是她做梦都无法想象是什么样子的地方,那里一定像仙宫一般梦幻而华丽吧。

　　她想过锦衣玉食的日子,能够每天穿着绫罗绸缎,吃着精致丰盛的食物,还有奴婢伺候。

　　她每天只需要用华贵的钗环、高级的脂粉精心修饰自己的美丽,让李钰喜欢自己就可以了。

　　想到李钰,宦娘急忙收敛心神,抱起了襁褓之中熟睡的婴儿。

　　婴儿被母亲粗鲁的动作弄醒,哇哇地哭了起来。

　　宦娘哄了一下婴儿,不顾婴儿不舒服,就抱着婴儿离开了家。

　　不知道什么时候天空下起了大雪,纷纷扬扬,如同鹅毛。

　　积雪越来越厚了。

宦娘抱着婴儿，冒着风雪走向了别院。

第十二章　恩怨（上）

大雪纷飞，天寒地冻。

宦娘抱着婴儿，踏着厚厚的积雪，艰难地走到了别院外。

"砰砰——"宦娘伸出冻红的手敲门。

门仆打开门，看见还是她，急忙要关门。

宦娘哀求："请你去告诉世子，我带着他的儿子来看他了。即使他厌弃我，也求他务必见孩子一面。"

门仆本来要关门，但是看见宦娘怀里抱着的婴儿，顿时犹豫了。

"你等着，我进去禀报。"

门仆关上门，搓着冰冷的手，进去传话了。

别院，内室中。

李钰和歌姬还在寻欢作乐。他们对雪温酒，对酒当歌，已经喝得半醺了。

门仆隔着门禀报。

"世子，那个女人抱着一个婴儿又来了，说请世子您务必见一见您的儿子。"

李钰醉醺醺地说："赶走！我都还没成亲，哪里来的儿子？"

歌姬笑道："世子，这么冷的天，要不您还是让她进来避避风雪，别把孩子冻着了。"

李钰说："不要让她进来！我不想看见她！美人儿，她哪里有你赏心悦目，令我心情愉快呢？你再给我唱一首《长相思》吧！"

歌姬笑了笑，便微微侧头，展开歌喉，唱起了缠绵悱恻的《长相思》。

李钰一边喝酒，一边陶醉地听着。

门仆在外面问："世子，那她再敲门怎么办？"

"别给她开门，不要理她。"李钰冷漠地说。

在歌姬婉转缠绵的歌声之中，门仆退下了。

门仆回到大门口,隔着门大声说:"喂!你快回去吧!世子不愿意见你。"

"不,世子不会不见我的。即使他不想见我,也一定会想见他的儿子。求求你,开开门,让我进去。"宦娘边哭边说。

门仆说:"世子不想见你和你的儿子。你快回去吧!太冷了,我得进去烤火了。"

"砰——砰砰——"

"开门,求求你——"

宦娘不放弃,仍旧用冻红的手敲门。

门仆有点儿烦,就不再理会宦娘,搓着手去里面烤火了。

门仆到了里面的门房里,一边在火炉边烤火,一边拿起烧酒喝了起来。

"砰——砰砰——"

宦娘一直在拍门,手都快冻僵了。

"好冷啊……开门啊……求求你,开门啊……"

"哇——哇哇——"

因为太过寒冷,宦娘怀中的婴儿发出了撕心裂肺的哭号声。

烧酒很烈,门仆很快就醉了,沉入了梦乡。

内室之中,歌姬婉转缠绵的歌声绕梁。

李钰半醉半醒,陷入温柔乡之中,根本听不见外面宦娘拍门叫喊的声音。

没多久,宦娘的声音逐渐低微,婴儿的哭声逐渐变为呻吟。

宦娘意识到李钰是真的不会给她开门了。

怀中婴儿的脸冻得青紫,哭声变为呻吟,而自己也越来越疲惫乏力,宦娘知道自己必须离开了。

如果不赶紧找一个取暖的地方,她和孩子都会冻死。

宦娘转身,突然一个趔趄,跌倒在地上。

婴儿也摔倒在了地上。

这一摔之下,婴儿僵直了身体,再也发不出声音了。

宦娘想站起身,却根本站不起来,她的双腿已经冻麻木了。

宦娘颤抖着朝冻僵的婴儿伸出了手。

"孩子……我的孩子……"

宦娘意识到孩子已经冻死了,顿时崩溃了。

因为寒冷入骨,宦娘意识越来越模糊,一腔憎恨与怨念在绝望之中燃烧起来。

"世子，你好狠的心，居然不顾你的亲生骨肉！

"我恨你！我要诅咒你，诅咒你的家人，诅咒你将来的妻子和婢妾！我要让她们全死去！"

宦娘的声音越来越低微，但是强烈的怨恨刻入了她不能闭上的眼睛里，燃烧在她执念太深、不甘轮回的灵魂中。

一夜风紧，寒雪如刀，夺去了两条可怜且弱小的生命。

第二天，门仆酒醒之后，打开别院的大门。

眼前的一幕，吓得因宿醉而脑袋昏沉的门仆瞬间清醒了。

大门口，一个女人倒在雪地上，身体冻僵了。离她一步之遥的地方，一个婴儿身体冻僵了，没有丝毫生息。

女人穿着华丽的衣服，脸上化着精致艳丽的妆容。但是因为被泪水晕染，她脸上的妆容只剩下了一半。

她一半盛妆的脸十分美丽，另一半脱妆的脸却布满了怨恨。

门仆吓得跌跌撞撞地跑进去通知李钰。

李钰从睡梦中被叫醒，不情愿地穿上衣裳，出门去看。

李钰看见冻死在别院门口的宦娘和婴儿，不由得愣住了。

半晌，李钰才回过神来，吩咐门仆："找人把她和这个婴儿送回村子，给她的父母一箱银子，让他们好好安葬她和婴儿吧。"

宦娘的父母老实巴交，不敢得罪齐王世子，只能收了银子，埋葬了女儿和外孙。

李钰离开青州，回到了京城，很快就忘记了这件事。

元曜十分悲伤，同情宦娘的遭遇，更可怜那个被冻死的婴儿。

"呜呜——呜呜呜——"元曜在睡梦中忍不住哭了起来。

"书呆子，你睡觉就睡觉，哭什么丧啊！"

元曜睁开泪水迷蒙的眼睛，才意识到自己刚才是在做梦。

黑暗之中，元曜好像看见一只黑猫在拍他的脸。

"离……"

元曜刚要张嘴，却被黑猫伸过来的爪子堵住了。

离奴压低声音，说："嘘！书呆子，别说话，外面有动静。"

元曜一惊，便不再作声了。

离奴悄悄地走到了杂物间的门口，轻手轻脚地把门拉开了一条缝隙。

元曜悄无声息地爬了过去，和离奴一起向外望去。

外面有一间内室，是裴玉娘平时烹茶读书、煮酒调琴的地方。内室再往里一些，隔着一张珍珠帘，里面是裴玉娘的卧室。

正常情况下，裴玉娘应该躺在罗汉床上昏迷不醒，嘉儿和另一个守夜的小丫鬟应该在油灯下轮番值守。但是，此时此刻，嘉儿和小丫鬟躺在地上，不省人事。

屋梁上悬下一条白绫，一个人影把昏睡的裴玉娘抱起，试图将她的脖子套入白绫做的环中，然后再将白绫吊上去。这样子，看起来就像是裴玉娘悬梁自尽了。

元曜定睛朝那个人望去。

在幽暗的油灯光晕里，从珍珠帘的缝隙之中，元曜看清了那个人是李钰。

元曜震惊之余又担心裴玉娘的安危，想要冲出去阻止李钰。

离奴却拉住了元曜。

离奴低声说："书呆子，咱俩不能插手。"

"为什么？"元曜问。

离奴说："因为爷答应过表妹，不插手这件事，由她解决。爷来这儿只是为了观察，以防万一。"

元曜着急地说："离奴老弟，玉娘眼看快要被她的丈夫吊死了，你还惦记着你的表妹的嘱咐。"

"书呆子，你是睁眼瞎吗？你仔细看看，那是齐王世子吗？"离奴说。

元曜一愣，平定了一下心神，再一次定睛望去。

李钰在翻弄裴玉娘的身体，试图把她的脖子缠上白绫，此时正好换了一个角度，正面朝着元曜的方向。

元曜朝李钰望去，只见他僵如木偶，脸上没有表情，心口的位置不停地溢出一缕缕黑色雾气。

那股从李钰的胸口溢出的黑色雾气充满了强烈的怨念，让人十分不舒服。

李钰仿佛感应到了元曜的视线，突然停止了动作，抬头朝元曜的方向望来。

李钰抬头时，元曜才发现他的双眼中没有眼白，漆黑一团。

李钰的脸上，重叠出了另一张脸。

那是宦娘的脸。

宦娘脸色惨白，黑发如云。她的脸十分诡异，一半妆容精致，眉目细心勾画，风情万种，脸颊贴着花钿，唇上胭脂如血。另一半却没有妆容，惨白如纸，憔悴枯槁，眼神如枯井一般死寂，浸透了怨恨和绝望。

元曜大吃一惊。

就在这时，外面突然闪过一道紫色光芒。

第十三章　恩怨（下）

一个单薄瘦弱的年轻女子出现在房间里。她长得十分丑陋，脸颊上有一块紫色胎记。

年轻女子正是阿紫。

阿紫拦住了李钰，想要从李钰手中抢过裴玉娘。

"宦娘，不要再伤害无辜，不要再错下去了。"阿紫望着李钰的脸，却是在透过他和宦娘对话。

当年，李钰回到京城后不久，齐王府就开始有半面妆的女鬼作祟。

不到两个月，李钰宠爱的两个姬妾身亡，一个胆小被惊吓而死，另一个则失足跌下楼而亡。

齐王夫妇请了一些和尚、道士来驱鬼，但是没有什么用，后来他们又重金请了一位法力高强的术士来驱鬼。术士告诉齐王夫妇，女鬼寄身于李钰的心底。

女鬼死得太惨，临死前产生了一股强烈的怨念，无法去轮回，所以只能徘徊在人间。女鬼对李钰的仇恨太深，女鬼已经与李钰融为一体，是无法超度和驱逐的。

齐王夫妇大惊失色，急忙询问李钰是怎么回事。李钰便把在青州发生的事情说了一遍。

齐王夫妇大怒。尉迟氏狠狠骂了李钰，齐王还打了李钰一顿。

齐王夫妇为人善良，觉得儿子做得太过分，才使得宦娘母子死得太凄惨。可事已至此，他们也无法让死者复生，只能安抚死者了。

齐王让人去了一趟青州，将宦娘母子的坟墓修缮了一番，又送重金给宦娘的父母，以期平息宦娘的怨怒。

可宦娘的怨怒并没有被平息，她还是在齐王府作祟。

自从两个姬妾死了之后，李钰没有妻子，也没有婢妾，宦娘便把怨恨的矛头指向了齐王夫妇。

齐王受到惊吓，大病一场，差点儿死去。

王府新买的一群丫鬟之中，有一个名叫阿紫的。

阿紫展露了自己的岐黄之术，医治好了濒死的齐王。

齐王病愈，保住了性命。

齐王夫妇赏赐了阿紫。

后来，阿紫成了李钰的侍妾。可是李钰嫌弃她长相丑陋，十分讨厌她。

与此同时，李钰又买了一个能歌善舞的婢妾——徐氏。

齐王夫妇本来担心阿紫和徐氏会被宦娘害死，但不知道为什么，她们俩都平安无事。

齐王夫妇以为宦娘的怨恨平息了，于是开始商议李钰的婚姻大事。

齐王一开始最中意的是安南王的女儿，可是安南王听说过一些坊间流言，就找了一个借口婉言谢绝了齐王的提亲。崔宰相也一样，不肯把侄女嫁给李钰。齐王就只好退而求其次，为李钰议定了于将军的第三个女儿做妻子。

于氏嫁入齐王府后，宦娘的怨念更深了，又开始频繁作祟，最后害死了于氏。

于氏在齐王府的遭遇与裴玉娘的差不多。

齐王夫妇不想家丑外扬，被人说闲话，就把于氏的死说成是暴病而亡。

于氏死后，宦娘消停了一阵子，不再出现在齐王府里。

经过了于氏的事情，齐王夫妇本来不想再给李钰娶妻了，但是裴家主动上门提亲，想把裴玉娘嫁给李钰。

齐王夫妇权衡利弊，觉得与权势滔天的裴家联姻是一件非常好的事情。而且，宦娘已经很久没出现了，说不定害死于氏之后，她内心怨怒已消，不会再出现了。

于是，齐王夫妇同意了与裴家结亲。

可裴玉娘嫁入齐王府后，宦娘又出现了。

裴玉娘几次三番遇险，被吓得惶惶不可终日，最后还跌入了水井之中，昏迷不醒，命悬一线。

李钰抬起头，望向阿紫，发出了恼怒的女声。

"阿紫，你为什么一而再再而三地阻挠我？我是鬼，你是妖，我复仇与你有什么关系？"

阿紫难过地说："齐王对我有救命之恩，我不能眼看着他的人生遭遇灾厄。而且，你也很可怜，你生前被欲望迷惑走错了路，害得自己和孩子惨死，死后还执迷不悟，放弃轮回正道，又踏上了一条不归路。"

宦娘不耐烦地说："阿紫，你是妖，我是鬼，我们井水不犯河水。我放过了齐王夫妇，你也不要干涉我复仇。我不能原谅世子，我憎恨他，憎恨他娶的妻子，憎恨他的侍妾，我要她们都凄惨地死去，跟我和我的孩子落得一样的下场。"

阿紫望着宦娘，悲伤地说："可她们都是无辜的啊！"

宦娘在李钰的背后显现出了身形，盛装的半张脸上露出了恶毒的表情，说："可我更加无辜！你知道在雪地里被活活地冻死是什么感觉吗？那种感觉好痛苦，好难受……我无法原谅，我恨世子，我恨他……"

阿紫又说："宦娘，你已经害死了三个无辜的人。放下执念，离开世子的身体，你去往生吧。"

"不！"宦娘恶狠狠地拒绝。

阿紫说："宦娘，我一直想不明白，辜负你、害死你的人是世子。你报复他，要杀了他，我都不会阻止你。可是，你为什么放过他，一而再再而三地伤害他身边的女人呢？"

宦娘笑了，笑得像哭一样，半张盛妆的脸无比诡戾。

"我没有放过他，我和他已经融为一体了。你们妖怪不懂得人类的情感。我杀了他，就太便宜他了，不够消弭我内心的怨恨。我伤害他身边的人，让他永远孤单一人，才是对他最大的报复，才能平复我内心的愤怒！"

阿紫脸上露出迷茫的神色。

"我只是一只紫貂，道行还很浅，确实不懂人类的情感。"

宦娘怨恨地说："既然你不明白人类的情感，那就应该好好地待在山中修炼，别来齐王府阻挠我的计划！"

阿紫坚定地说："我必须来齐王府，因为我懂得感恩。滴水之恩，应当涌泉相报。齐王小时候救过我，帮我躲避了天雷之劫，所以我必须在他危险的时候相助于他，以报答他的恩德。可是，我也很同情你，希望你能自悟，放下屠刀，为自己修来世，不要再造杀孽了。"

哈哈哈！宦娘狂笑。

"我早已经堕入地狱，化作恶鬼，没有来世了。"

宦娘借着李钰的手,将裴玉娘用白绫吊起来。

"所以,就让我杀了她吧!"

"住手,不要!"

阿紫急忙出手阻止。

可是,一股黑色的鬼气从李钰的身上溢出,化作一张充满了剧毒黏液的巨网,兜头罩向阿紫。

巨网上的恶鬼的黏液散发着腥臭味,带着强烈的怨念,朝阿紫袭去。

阿紫道行尚浅,不敢被恶鬼的黏液沾上,只好闪身躲避。

被白绫勒住脖子吊起来的裴玉娘虽然昏迷着,可是因为还活着,所以求生的本能让她条件反射地蹬着悬空的双脚,拼命地挣扎着。

元曜和离奴实在看不下去了,对望一眼,一起奔了出去,一个扑向裴玉娘,另一个扑向阿紫。

元曜担心裴玉娘被吊死,没法向裴先交代。他扑向裴玉娘,抱住了她的脚,尽力让她的身体抬高一些,不至于被白绫勒断气。

离奴奔向了阿紫。离奴倏然化作一只猛虎大小的九尾猫妖。

九尾猫妖将阿紫护在身后,吐出了一道碧绿的妖火。

那张充满了剧毒黏液的黑网便被妖火焚烧殆尽了。

九尾猫妖又一个跃起,用利爪撕裂了悬挂的白绫。

元曜和裴玉娘冷不防一起跌倒在地上。

阿紫看见离奴,想要说什么。

离奴已经抢先开口:"表妹,你不用说了。爷刚才暗中观察了一下,发现你不太行,脑子不行,妖力也不行,根本斗不过这个女鬼。好在表哥我来了,这件事情表哥管定了!"

元曜大惊,原来离奴的表妹是阿紫。

阿紫说:"表哥,我不是说过,这件事交给我……"

离奴说:"交给你?交给你的话,齐王府还得再死几个女人。你一直在深山里修行,不知道人间的险恶。对付这种怨气冲天的女鬼,你讲道理是没有用的。看我的!我待会儿喷一口妖火烧她,让她魂飞魄散,不能再害人,就完事了。"

阿紫为难地说:"可是,她也很可怜的。"

离奴说:"爷的傻表妹啊!这世界上可怜的人多了去了,可怜之人必有可恨之处,这可怜的女鬼亦是。你跟女鬼继续磨叽下去,女鬼只会更加执迷不悟,害死更多的人。"说完,九尾猫妖便朝李钰走去。

宦娘附在李钰的身上，望着碧睛灼灼、踏着红莲妖火走来的九尾猫妖。

九尾猫妖和阿紫截然不同，九尾猫妖有着妖魔特有的冷酷和杀气，行走时散发着惊人的压迫感和慑人的气势。

恶鬼与妖魔狭路相逢，必有一亡。

宦娘已经开始恐惧了。

第十四章　化　冰

九尾猫妖直接朝着浮在虚空之中的宦娘喷出了一口妖火。

宦娘急忙躲避。

九尾猫妖紧追不舍，一跃而起，袭向宦娘。

因为要与离奴缠斗，宦娘不得不离开李钰的身体。

李钰便瘫倒在地上。

阿紫在旁边紧张地观看着战斗。

"表哥，手下留情！宦娘生前也是一个可怜人，你不要让宦娘魂飞魄散，灰飞烟灭。如果宦娘能醒悟，放下怨恨与执念，踏入轮回，还是能走上正道的。"

九尾猫妖本想喷出一口红莲业火烧死女鬼，但是听见阿紫在旁边哀求，心烦意乱，打斗时动作很犹豫。

元曜守着昏迷的裴玉娘，又看见李钰倒在地上，担心他被离奴和宦娘打斗时的余波波及，便想把他拉过来。

元曜悄悄地爬过去，一只手拖住李钰的衣领，另一只手拽住李钰的胳膊，想要把他拉到裴玉娘身边。

元曜拖动李钰时，因为晃动，竟然使得李钰悠悠地醒了过来。

李钰睁开眼睛，认出了元曜，疑惑地说："小……小轩？"

元曜想起了梦中的前尘旧事，不喜欢李钰的为人，便不理会他。

李钰又看见了昏死在地上的裴玉娘，眼中露出了惊讶和担忧。然后，李钰听见了身后的动静，转头望去，看见一只九尾猫妖和浑身散发着黑气的女鬼正在厮打。

李钰震惊,颤声说:"妖……妖怪……有妖怪!"

元曜不得不安抚他:"世子,别害怕,那猫妖是裴将军请来保护主母的,不会乱伤无辜。"

李钰半信半疑,看见女鬼,愤怒地说:"宦娘,你不要再来纠缠我了!我的人生已经被你搅得一团糟了!"

宦娘在与九尾猫妖对战,本来就十分吃力。宦娘只是一个凭着一腔强烈的怨恨和执念徘徊在人世的恶鬼,哪里敌得过已经修炼出了红莲业火的千年猫妖?只不过,这笨猫妖被那只天真的紫貂说的话扰乱了心神,内心十分犹豫,没有用尽全力,所以才缠斗了这么久。

宦娘望向李钰,只见李钰的眼睛里全是厌恶和嫌弃。

宦娘的心忽然像是被刺疼了。

如果,宦娘还有心的话。

这一瞬间,宦娘忽然觉得这样的报复毫无意义,感觉到了万念俱灰。

有时候,一个无比坚定的信念、一份不能放弃的执着,会在一瞬间、一念间,失去继续支撑下去的力量。

万般执念,烟消云散。

李钰早已嫌弃和厌恶宦娘。即便宦娘杀了李钰身边所有的女人,又有什么意义呢?即使没有她们,李钰也已经不爱宦娘了。

宦娘只有美貌,而只有美貌满足不了李钰的需求,填补不了李钰内心的欲望。

只有美貌,宦娘逃脱不了被李钰抛弃的命运。

宦娘一半盛妆的脸上露出了一抹悲凉的笑。

宦娘不再与九尾猫妖缠斗,翩然飘向了李钰。

一股黑烟如触手一般将李钰卷到了宦娘的身边。

宦娘伸开双臂,迎接李钰。

宦娘对着李钰笑道:"世子,我美吗?"

李钰厌恶至极,但又害怕,可是想起自己被宦娘搅乱的人生,又十分愤怒。

李钰说:"宦娘,你太丑陋了!你是我见过的最丑陋的女人。"

宦娘抱着李钰,笑道:"世子,你知道冰雪中有多冷吗?"

随着宦娘的话音落下,宦娘的身体逐渐变成冰雪。

因为宦娘抱着李钰,所以李钰的身体也开始一点儿一点儿地被冰雪凝固。

元曜大吃一惊。

阿紫悲伤地望着一点儿一点儿逐渐被寒冰包围的宧娘和李钰。

九尾猫妖镇定地望着这一幕。

李钰被寒冰包裹，感觉到彻骨的寒冷，开始恐惧，不断哀求："宧娘，求求你，饶了我吧……"

宧娘一半盛妆的脸上露出了千娇百媚的笑容。

"世子，我美吗？"

李钰苦苦哀求："宧娘，你是世界上最美丽的女子，我是爱你的……求求你，饶了我……"

宧娘将李钰抱得更紧了，温柔地说："世子，再多说一些，我就饶了你。"

元曜觉得李钰可能会被冻死，于心不忍，急忙说："离奴老弟，你要不要去救他？"

九尾猫妖说："不去！"

阿紫也只是安静地看着，无动于衷。

李钰的一半身体已经被冰冻了。

李钰一边拼命挣扎，一边哀求："宧娘，我爱你。你是那么美丽……求求你，饶了我吧……"

宧娘却把李钰搂得更紧了，半张盛妆的脸上露出了幸福的笑容，看上去十分诡异。

"世子，我也爱你。"

李钰哭泣，不停挣扎，说："宧娘……你饶了我……"

宧娘紧紧地抱着李钰，温柔且幸福地说："世子，让我们永远相亲相爱，永不分离。"

不一会儿，宧娘和李钰就被寒冰彻底包围。

李钰被裹在寒冰之中，脸上表情扭曲。

在李钰死去的那一刻，宧娘从寒冰之中消失了。

元曜看见几片雪花从寒冰之中升起，飘飘荡荡地飞到了窗外，然后融入了夜色之中。

一瞬间，寒冰融化，只剩下李钰被冻僵的尸体以诡异的姿势跪在地上。

元曜心中难过。

离奴见没了危险，便恢复了小黑猫的样子。

阿紫望着窗外，喃喃地说："宧娘终于放下执念，走了。"

小黑猫舔了舔爪子，说："书呆子，事情解决了，咱俩回缥缈阁吧。在这里的杂物间睡不好，冷分分的，爷要回去睡暖和的被窝。"

元曜指了指被冻死的李钰，又指了指昏死在地上的裴玉娘、嘉儿和另一个小丫鬟，说："事情还没完呢。世子冻死在这儿，玉娘也还昏迷着，这么不清不楚的情况，会给玉娘和仲华添麻烦的。"

阿紫走过去，扶起裴玉娘，说："主母不会有事的。主母之所以昏迷不醒，是因为我在她身上施了一点儿小法术。当时在水井边，宦娘要杀主母，我和宦娘抢夺主母，才勉强保住了主母的性命。我让主母昏迷不醒，也是为了保护主母。"

离奴说："表妹，你的恩也报了，不如和我一起连夜离开这个是非之地吧。"

阿紫摇头，说："世子死在这里是一件大事。尤其对齐王来说，老年丧子，会很难承受。我打算现在就去跟齐王说清楚，看看还有什么能够为他做的。"

离奴无奈地说："表妹，你好傻呀！"

元曜也说："阿紫姑娘，这不太妥当。齐王如果知道你是妖怪，世子又不明不白地死了，肯定会把一切罪责都归在你的身上。"

阿紫说："即使是这样，我也得去跟他说清楚，免得他不知道今晚发生了什么事。我总觉得齐王其实知道我是谁……他有一次跟我说起，他小时候和一只脏分分的小紫貂一起躲雨，还问我那只小紫貂平安无事吗？"

离奴叹了一口气，说："唉，那就这样吧。爷和书呆子暂时不回去了，以防那齐王丧子之后变得丧心病狂，找你的麻烦。爷和书呆子在齐王府照应你。"

阿紫点点头。

阿紫离开之后，元曜和离奴一起把裴玉娘抬回床上。

阿紫已经解开了法术，但是裴玉娘还没醒，估计还得睡上几个时辰才能自然醒来。

元曜和离奴没有吵醒裴玉娘和嘉儿，因为李钰的尸体还在房间里，怕她们看见李钰的尸体受到不必要的惊吓。

元曜和离奴回到了杂物间，坐着聊天。

元曜问："离奴老弟，你是猫，你的表妹为什么会是一只貂呢？"

离奴一愣，说："爷都说了是表妹啊。爷的表妹为什么不能是一只貂？

而且,爷还有一个表弟,是只猪婆龙①呢!"

元曜震惊地说:"貂也就罢了,猫和猪婆龙是怎么扯上亲戚关系的?"

离奴说:"书呆子,你和韦公子的妹妹是怎么扯上亲戚关系的,爷和猪婆龙就是怎么扯上亲戚关系的。反正,表哥表弟、表姐表妹这些亲戚关系是早就存在的,也不是咱们能够决定的事情。"

元曜陷入了沉默。

离奴问:"书呆子,你怎么不说话了?你在想什么?"

元曜说:"小生在想白姬。离奴老弟,白姬有表哥表弟、表姐表妹吗?白姬有表哥表弟、表姐表妹都是些什么东……不,非人?"

离奴摇头,说:"主人没有什么亲戚。主人出生在囚龙岛,天生是作为金翅大鹏鸟的食物而存在的,连自己的父母都不知道是谁,哪有这些表亲?"

元曜说:"白姬不是有九个侄子吗?"

离奴说:"那些侄子跟主人没有亲戚关系。那是主人不想被叫'龙王',勾起主人战败不能归海的不好记忆,才让那些侄子叫主人姑姑的。"

元曜听了有些难过。

"小生好想念白姬,不知道白姬现在在哪儿。"

离奴叹了一口气,说:"爷也很想念主人,希望她快点儿回来。"

第十五章　尾声(上)

北风吹雪,洛水成冰。

送完货,元曜走在结冰的洛水边,准备回缥缈阁。

出门时还没有下雪的迹象,现在天上已经飘起了鹅毛大雪。

元曜没有带伞,只能冒雪行路。

---

① 猪婆龙,扬子鳄。古代被称作鼍(tuó),民间俗称"土龙"或"猪婆龙"。扬子鳄是中国特有的一种小型鳄类,被列为国家一级重点保护动物。

天寒地冻，洛水边根本没有行人。

元曜被夹雪的寒风一吹，鼻子都冻红了。

齐王府闹鬼的事情结束后，已经过了半个月了。

那天晚上，李钰被宦娘弄死。

李钰死后，宦娘的鬼魂就彻底从齐王府消失了。

阿紫向齐王夫妇坦白了事情的原委。齐王夫妇十分伤心，却似乎又预料到了这个结果，并没有太过意外，最后默默地消化了丧子之痛。

出乎阿紫的意料，齐王得知阿紫其实是他小时候救的那只紫貂后，并没有恐惧和嫌弃身为非人的阿紫，赶阿紫走，反而希望阿紫能够留在齐王府，陪伴他们夫妇二人。

阿紫本想报完恩后就回深山中继续修行，如今齐王夫妇挽留自己，阿紫想着齐王夫妇老来丧子，难免悲伤，就暂时留下来了。

裴玉娘醒来之后得知丈夫暴毙，十分震惊。而得知了事情的原委之后，她又庆幸。幸好死的是丈夫，她自己没有被他连累，像无辜的于氏一样被心里充满怨念的宦娘作祟而亡。

庆幸自己捡回一条命后，裴玉娘又开始发愁。第二个丈夫也死了，她不知道将来该怎么办了。

因为王府闹鬼之事有隐情，齐王夫妇一开始隐瞒了裴玉娘，心里愧疚，所以并没强求她留在齐王府，让她余生给李钰守寡。他们向裴玉娘致歉，并表示尊重裴玉娘自己的选择。

裴玉娘回了一趟裴府，和父母商量之后，决定先给李钰办完丧事，在齐王府守丧三个月，然后就回裴府。将来的事情，以后再说。

李钰暴毙，裴玉娘并没有特别伤心，只是有一丝淡淡的悲伤情绪萦绕心头。马四死的时候，裴玉娘悲痛欲绝，茶饭不思，几个月才缓过来。

裴玉娘想：大概她和马四的感情更深厚一些。马四虽然冒充了刘章，但对她是真心实意的，用整个生命在爱着她。她也曾经深爱过马四，就像翠娘深爱刘章一样。而对于李钰，裴玉娘只有相敬如宾的夫妻情分，加上成婚的时间并不长，并没有太深太浓烈的感情。所以，李钰死了，而且是因果报应，咎由自取，裴玉娘并没有过多伤心，只是烦恼再次丧夫后自己将来该怎么办。

幸好裴家还算是过得去的士族大家，她回到裴府之后也能衣食无忧，不愁生计。父母很疼爱她，堂兄裴先和叔伯们也都是她的后盾。即使是齐王，也对裴家礼让三分，不勉强她，一切都由她自己说了算。

总之，裴玉娘会先在齐王府守丧三个月，然后打道回裴府。

裴玉娘一边思念曾经深爱的马四，一边忧愁自己的未来，不由得悲从中来，便在李钰的灵前哭得十分伤心。

离奴得知阿紫决定不回深山，留在齐王府里，有些担心阿紫，就让阿紫经常来缥缈阁走动。于是，阿紫偶尔会来缥缈阁闲坐，探望离奴。

元曜行走在洛河畔，风雪扑面而来，彻骨寒冷。

宦娘和她的孩子被冻死的时候大概也是这么寒冷吧！

元曜心中十分难过。

这个因果，让元曜难受。

李钰薄情，抛弃了宦娘。宦娘和她的孩子被冻死，化作了厉鬼。可是，她为了报复李钰又杀了无辜的人。

于氏和那两名姬妾因为宦娘的怨恨而无辜丧命，也十分可怜。

甚至连齐王夫妇和齐王府的人也差点儿丢了性命。如果不是阿紫为了报恩努力保护他们，他们也早就死了。

还有裴玉娘，如果不是元曜和离奴潜入齐王府，在千钧一发之际救了她，她也会无辜丧命于宦娘的怨恨之中。

李钰之死，是因果报应。

宦娘对李钰的怨恨，却牵连了太多无辜的生命。

元曜一边走，一边胡思乱想。他感觉十分寒冷，便加快了脚步，想要赶紧回缥缈阁，坐在暖和的火炉边烤火。

"哎呀——"因为走得太快，元曜一个趔趄摔倒在雪地上。

元曜以手撑地，正要爬起来。

突然，元曜的眼前出现了一片雪白的裙裾。

元曜的头顶上不再有雪花飘落，周围的风雪都被隔绝在一把红梅伞的范围外。

一名白衣女子撑着伞走到了摔倒的元曜身边。

白衣女子弯下腰，伸出手，将红梅伞撑在了元曜的头顶。

"轩之，这么冷的天，你怎么一个人趴在地上玩雪？"白姬笑眯眯地问。

"小生才没有玩雪呢！小生是摔倒了！"元曜下意识地回答。

说完，元曜才意识到跟他说话的人是谁。

元曜猛然抬头，就看见了自己日思夜想的白姬。

白姬穿着一袭月下白绣浮云罗裙，挽雪色鲛绡披帛，风雪勾勒出她纤细的身形，妖娆婆娑。白姬头上斜绾着倭堕髻，髻上插着一枝半开的红梅花。白姬脖颈的曲线纤细而优美，肤白如羽，唇红似莲。

白姬笑眯眯地望着元曜，眼神明亮，似星辰闪烁。

"白姬！你终于回来了！"元曜惊喜地说。

白姬朝元曜伸出手，笑道："快起来吧，轩之。你再趴在雪地上，衣服都要湿透了，会着凉的。"

元曜将手放在白姬的掌心里，借着白姬的力量从雪地上站起身来。

白姬的手柔软而温暖，又很有力量。

这份温暖的力量，让元曜觉得十分安心。

风雪好像也没有那么冷了。

元曜觉得整个世界变得明媚而温暖了。

"白姬，你怎么突然回来了？"

元曜起身后拍了拍身上的雪，接过白姬手中的红梅伞，将伞撑在她的头上。

白姬说："唉，开始那几天，我倒是玩得挺开心的。可是，后来不知道为什么，渐渐地，我看山像轩之，看水也像轩之，看飞鸟也像轩之，看游鱼也像轩之，看昆虫也像轩之，看天上的浮云都像轩之。总之，我一直想起轩之，玩得也不开心，想回洛阳，于是就回来了。"

元曜疑惑地问："你为什么觉得那些东西像小生呢？"

白姬也很疑惑："可能因为那些东西看起来像轩之你一样呆头呆脑的。又或者，我总是担心我不在，你会偷懒不干活儿。"

元曜不由得生气地说："白姬，小生哪里偷懒不干活了？你看，这么冷的天，小生还冒着风雪在送货呢。"

白姬笑道："我只是随口一说，你不要生气。由此看来，你还是很勤劳的。"

元曜打量了白姬几眼，说："白姬，你好像清瘦了一些。而且，你出去游山玩水，欣赏了新的风景，增长了新的见闻，不是应该神采奕奕、容光焕发吗？你怎么看起来还是没精神？"

白姬发愁地说："唉，我被虚花娘子骗了。我出门一趟，看了一些新风景，开始那几天，确实是蛮兴奋开心的，后来就累得不行了。这个季节，我出门远游是十分失算的。千里冰封，万里雪飘，到处都十分萧瑟凄凉，看得我更加心情低落了。更重要的是，大冬天的，到处都没有吃的，我好不容易遇见一两家山野食肆，饭菜却都做得粗糙难吃，完全不如离奴做的饮食精细美味。我常常吃不下，吃不饱，所以就饿瘦了。"

元曜哭笑不得地说:"这……看来,白姬你还是不太适合远游。"

白姬望着飞雪,说:"出门一趟,我算是明白了,像我这么懒的一条龙,就适合在缥缈阁里待着,睡睡懒觉,做做生意,收集一些因果。闲了,闷了,就带着轩之你在东都西京附近走一走,逛一逛,就很开心了。"

元曜笑道:"可以,小生很乐意陪着你出去解闷散心。"

"咕噜噜——"白姬的肚子忽然发出了声音。

白姬伸手摸了摸肚子,说:"好饿啊!不多说了,轩之,我们回缥缈阁吃饭吧。我是游回来的,冬天凫水更费力气,好累,好饿。"

元曜惊奇地问:"什么叫游回来的?"

白姬一边沿着洛水走,一边说:"意思是,我是沿着河流从水底游回来的。因为河面结着一层厚冰,在冰底下游,看不清楚河岸,我就游过头了。我本打算游到慈惠坊再上岸,走回南市。结果,等我破冰上来,发现已经游到了延庆坊。没办法,我只能掉转方向走回来。我刚走到浮桥这儿,就看见轩之你了。"

元曜哭笑不得地说:"河水结冰,看不清岸边,你游过了头,确实是很苦恼的事情。白姬,你飞回来会不会快一些?"

白姬说:"我飞回来的话,太耗费妖力了。对龙来说,比起飞行,还是在河里游更舒服一些。而且,延庆坊外的洛水岸边有几树红梅花开得很美,仿佛是几堆雪地里燃烧的火焰。如果飞回来,我就看不见雪地红梅的美景了。"

元曜有些神往地说:"听起来好美,小生也想去看看。"

白姬笑道:"如果雪停了,今天晚上我就带轩之你去踏雪寻梅。现在,我们先回缥缈阁吃饭吧。"

元曜把红梅伞倾斜向白姬,为她遮住了所有的风雪。

元曜笑道:"白姬,你回来得正好。离奴老弟的表妹阿紫姑娘今天来缥缈阁做客,上午离奴老弟买了很多菜,准备做好吃的招待阿紫呢。你要是平时回来,离奴老弟图省事基本只做鱼片馎饦汤。"

白姬笑道:"阿紫?这个名字怎么有点儿耳熟啊!离奴什么时候多了这么一个表妹?"

元曜说:"这件事说来话长。"

第十六章 尾声（下）

冬雪纷飞，白姬、元曜并肩沿着洛水步行。

元曜边走，边把白姬离开之后他和离奴在齐王府里经历的事情说了一遍。

白姬听完之后，抬头望着漫天飘飞的六出冰花，若有所思。

"想不到，我不在的时候，你和离奴已经可以替我收集因果了。那我以后就可以偷懒了。"

元曜一听，急了，连忙说："这可不行。小生和离奴老弟能力有限，都是勉强在做，还险些没有救到玉娘，害得她差点儿丢了性命。因果是因人与非人心中的爱怨嗔痴而起，有些爱恨太深，是生命尽头的不逝执念，会牵扯出人命关天的恩怨。小生愚钝，离奴老弟天真，小生和离奴老弟都处理不好人心的事情，还是需要白姬你来干。"

白姬笑道："确实。这件事情你和离奴办得不漂亮。虽然阿紫的恩报了，宦娘的仇了了，但是于氏和那两个姬妾无辜枉死，对她们而言还是有些不公平。"

元曜说："小生也觉得这件事情办得不太妥当，在于氏和那两位姬妾之死上有失公允。白姬，如果是你，你会怎么处理？"

白姬沉吟了一下，笑道："缥缈阁井底的仓库里有一件宝物，正好可以借给鬼魂力量，让鬼魂化作厉鬼。如果是我来处理这件事的话，就在齐王府招魂，把于氏和那两个姬妾请出来，让于氏和那两个姬妾化作厉鬼，向宦娘索命。四个女鬼打成一团，想必是很壮观的场景。轩之，咱们可以一边喝酒，一边欣赏女鬼斗殴，还可以下注押哪一方能赢。"

元曜震惊地说："白姬，你这个做法更加不妥当，这不是给齐王府添乱吗！"

"嘻嘻，这样子才有趣呀！"白姬笑道。

元曜摇了摇头，说："一群女鬼斗殴，我只是想一想就头皮发麻。"

白姬问："轩之，宦娘长得很美吗？"

元曜回想了一下，说："虽然小生在梦里见过宦娘不施粉黛的模样，但是后来宦娘都是半面盛妆的恐怖样子，小生被宦娘半面盛妆的女鬼状一惊吓，就记不清宦娘原来长什么样子了。不过，宦娘应该挺美的。不美的话，李钰也不会迷恋宦娘。"

白姬又问："那宦娘和虚花娘子比起来呢？"

元曜挠头，说："她们俩都很美。"

白姬再问："那宦娘和裴玉娘、于氏、徐氏这些人相比呢？"

元曜想了想，说："小生说不上来。小生觉得这些女子都很美，各有各的美。"

白姬笑道："这个世界上，美丽的女子很多，数不胜数。她们就像各种各样的花儿，各有特色，都很美丽，很难说谁是最美的。而美貌有时候是一种灾难。"

元曜好奇地问："白姬，美貌为什么会是一种灾难呢？"

白姬笑道："美貌确实是一种灾难。比如对宦娘来说，美貌就是一种灾难。"

元曜疑惑地说："小生听不懂。"

白姬说："宦娘天生貌美，这份美貌让李钰被她吸引，想要得到她。可是，因为宦娘只有美貌，缺乏其他的价值，李钰不愿意一辈子只有宦娘。甚至因为地位悬殊，李钰就抛弃了宦娘。李钰其实还不算是坏到骨子里，毕竟有些貌美女子如果被邪恶凶残的人觊觎，不仅自己，可能连最亲近的家人都会被谋害性命。我这次出门，救了一个美丽的女子。她因为貌美被几个流寇觊觎。流寇们杀了她的公婆、丈夫、孩子。我路过时，正好看见流寇们要侵犯她，就救了她，制服了那几个残暴的流寇。"

元曜震惊地说："这世上还有这种事情？！"

白姬说："当然有。这个世界上，尤其是不太平的地方，不美好的事情很多。我没遇上就算了，遇上了就得管一管。其实，我当时肚子很饿，好想吃掉那几个流寇，但是想起了轩之你说的不能吃人，就没那样做了。"

元曜说："那女子和流寇们后来怎么样了？"

白姬说："流寇们被官府派人带走了。至于女子，怕是要很久才能平复失去亲人的伤痛吧。或许，她一辈子都平复不了这份伤痛。我在官府领了赏钱后，就离开了。"

元曜叹息，说："这还真是让人难过。"

白姬说："人只有美貌，是很危险的。就像是小孩子晚上抱着黄金走在路上，会遭到心怀不轨的人觊觎。"

元曜点点头。

白姬说："只有美貌，未必是一件好事。宦娘因为自己的美貌而看到了踏入另一种人生的可能性，可那不是她能够长久拥有的人生。她只有美貌，没有能力掌控那样的人生。她产生了妄念，不可自拔，最终葬送了自己和孩子的性命。如果她没有美貌，就不会产生不切实际的妄念，或许现在仍然在家乡过着贫穷却安稳的生活。"

元曜好像明白了什么，问："难道女子长得美就是无用的吗？"

白姬笑道："不！轩之，女子长得美当然有用呀！不过，美丽必须有别的东西作为支撑，才能发挥最大的作用，甚至连别的东西也会因为美丽变得更加光芒万丈。"

元曜问："什么意思？"

白姬说："美丽和权势集于一身的人，比如武皇陛下、太平公主；美丽和家世集于一身的人，比如裴玉娘、武夫人非烟小姐；美丽和才华集于一身的人，比如上官大人。她们都很美丽，她们在自己的位置上站得安稳如磐石，过着自己想要的人生，却不只是凭借美丽而已。美丽让她们的权势、家世、才华更加耀眼。再比如我，我比她们还厉害呢！我是美丽、力量、智慧并存，这就是天下无敌的存在了。"

元曜嘴角抽搐地说："白姬，你自吹自擂，怎么都不脸红啊？"

白姬笑道："嘻嘻，我偶尔自吹自擂一下，也是很好的呀！"

元曜说："小生好像明白了。人只有美貌，是灾难。美貌加上其他东西，比如智慧、力量、权势、才华等，才能成为一种真正的优势。"

白姬笑道："人只有美貌，不是一件好事。人与其只有美貌，还不如只有善良呢。善良是一种很神奇的力量。"

元曜说："比如阿紫姑娘吗？阿紫姑娘确实很善良呢！"

白姬望着元曜，笑道："轩之，你也很善良呀！"

元曜笑道："白姬，你也一样心地善良。"

说话间，白姬、元曜已经走到了缥缈阁门口。

白姬踏进了缥缈阁里。

元曜见白姬走进去了，才把红梅伞拿下来。他抖了抖红梅伞上的积雪，准备收伞。谁知，红梅伞却倏然化作一枝美丽的红梅花。红梅花开如胭脂，又似星火，上面还带着点点积雪。

白姬笑道："轩之，找一个花瓶把红梅花插起来吧。"

元曜点点头。

白姬气沉丹田，大声喊："离奴，我回来了——"

小黑猫本来在厨房里做饭，听见白姬一喊，顿时激动万分，顾不上正在熬鱼汤，挥舞着汤勺就跑出来了。

"主人,您终于回来了!"

听见动静,紫貂从里间探出了头。

"主人,一个月不见,您都饿瘦了。"小黑猫围着白姬团团转,蹭着白姬的脚,心疼地说。

白姬蹲下来,伸手摸了摸小黑猫的头,笑道:"离奴,我太想念你了!外面的东西都很难吃!我好想吃你做的饭菜!"

小黑猫挥舞着汤勺,说:"离奴也十分想念主人。离奴这就去做饭,让主人吃个饱!"

元曜正在货架上寻找花瓶,看见探出头来的紫貂,笑道:"阿紫姑娘,这是白姬,缥缈阁的主人。"

离奴也说:"表妹,这是爷的主人。主人,这是离奴的表妹阿紫。"

紫貂立刻起身,怯生生地打招呼:"白姬大人,您好。"

白姬笑眯眯地望着阿紫,说:"阿紫,我早就听说过你了。你不必拘束,就当是在自己家里一样。"

紫貂点点头。

白姬走进里间,坐在青玉案边,和阿紫闲话家常。

元曜找了一个曲颈圆肚白玉瓶,将红梅花插好,拿进里间,放在了多宝槅上。

离奴因为白姬喊肚子饿,而吃晚饭的时间还早,就给她盛了一碗热气腾腾的鱼汤,让她先喝着。

离奴从厨房端来鱼汤时,白姬正在和阿紫聊天。

"阿紫,你打算一直待在齐王府里吗?"白姬问。

阿紫回答:"嗯,我暂时先待着。齐王夫妇打算收我做义女,我就陪伴他们一段时间吧。至于修行的事情,来日方长,我以后还能回归深山的。"

白姬笑道:"这也是缘分。缘分未尽,你回到深山也有牵挂,无法静心修行。"

离奴放下鱼汤,问:"主人,缥缈阁里有没有能让人变美的灵丹妙药?"

白姬一愣,说:"离奴,你想要变美?"

离奴摇头,指了指阿紫,说:"不是离奴,是阿紫。主人,你看阿紫长得那么丑,被齐王收作义女,算是郡主了。郡主长得那么丑,会被人指指点点说闲话的。而且,此事若是在千妖百鬼之中传开了,也丢我们这些亲戚的脸。"

阿紫闻言,有些惭愧。

元曜震惊地说:"离奴老弟,你也太失礼了,快向阿紫姑娘道歉!"

白姬说:"离奴,你这话有些过分了。"

离奴发愁地说:"主人,离奴虽然说话不好听,但是真心地替表妹发愁。大家嘴上说心灵美最重要,其实都会以貌取人。表妹长得这么丑,在深山里自己待着也就罢了,可现在在这神都里生活,肯定会被歧视的。离奴是担心表妹因为长得丑被人欺负,所以希望表妹能变得好看一点儿。"

阿紫说:"表哥,我知道你担心我。谢谢你。可是,我就长成这个样子。我也很喜欢自己本来的样子,并不想靠化形之术或者什么灵丹妙药变美。我觉得,有一颗纯善之心,懂得感恩,能够帮助他人,才是最美的。"

离奴说:"傻表妹,你可太天真了。"

元曜笑道:"小生倒是觉得阿紫姑娘说得很对。"

白姬打量了一眼阿紫,笑道:"阿紫,你将来会变得很美的。非人的修行,是相由心生,容貌能随着时间的变化而改变。你拥有善良的神奇力量,将来会变得无比美丽、无比耀眼。你本来就很美,只需要顺其自然地成长,根本不需要什么变美的灵丹妙药。"

阿紫笑了,问:"白姬大人,真的吗?"

白姬点头,诚恳地说:"真的。"

离奴说:"唉!既然主人都这么说了,那我讨要能够变美的灵丹妙药的事情就算了。阿紫,以后若有谁欺负你,你就来缥缈阁告诉表哥或者告诉你玳瑁表姐。爷为了这些亲戚,真是操碎了一颗猫心啊!"

阿紫笑道:"表哥,谢谢你。"

白姬和元曜也笑了。

一阵风吹来,卷起了漫天飞雪。庭院之中银装素裹,化作了琉璃世界。

寒冬,又到了。

番外 非鱼

一

暮春时节，落花纷飞。

这一天中午，白姬难得大方一回，带着元曜、离奴去离南市不远的鼠楼吃了一顿丰盛的午饭。

白姬、元曜、离奴吃饱喝足，沿着洛水散步，走回缥缈阁。

其实，白姬之所以肯带元曜、离奴去鼠楼吃午饭，是因为离奴最近几天都买不到鱼，巧妇难为无米之炊，故而做不出佳肴。

凑合着吃了几天，白姬觉得食之无味，今天中午起床后肚子饿了，一看离奴还没买菜，就带着离奴、元曜出门吃午饭了。

洛水潺潺，飞花如梦，天上的浮云被春风吹动，变换出不同的形态。

元曜指着天上的浮云，说："离奴老弟，你看，那朵云像不像一条肥鱼？"

离奴瞥了一眼鱼状的浮云，说："书呆子，你真是哪壶不开提哪壶！爷这几天都在为买不到鱼烦恼。阿陆都好几天没来摆摊卖鱼了，害得爷买不到好鱼。"

阿陆是一个渔夫，在南市摆摊卖自己从洛水、伊河、瀍河打上来的鱼。

离奴因为经常买鱼，就和阿陆混熟了，基本上只买他的鱼。

因为是离奴是老主顾，所以阿陆会把自己卖的鱼中最新鲜肥美的留给离奴。

这几天，阿陆都没有出摊，离奴去集市总是扑了个空。别的渔夫要么卖的鱼不够新鲜肥美，要么不肯给离奴留最好的鱼。离奴去的时候，新鲜肥美的鱼都卖空了，只剩下瘦小的鱼了。

没了阿陆，离奴总是买不到好鱼。

白姬说："离奴，阿陆会不会是不打鱼，改行去干别的了？没了阿陆的鱼，难道缥缈阁从此就不做饭了吗？"

离奴说："这……主人，回头离奴再去和别的渔夫处好关系，让他们也留肥鱼给离奴。实在不行，离奴就自己去钓鱼。没了阿陆，咱们也能吃上好鱼。"

元曜想了想,说:"阿陆祖上三代都是渔夫,不可能突然就改行吧!可能是最近有事情,所以阿陆暂时不出摊卖鱼了。"

因为经常帮离奴跑腿买菜,元曜也认识阿陆,知道他的一些情况。比如阿陆祖上三代都是渔夫,他也以打鱼为生;他家住在建春门外洛水的下游,父母都过世了,家里有一个妻子,还有一个儿子。

元曜正想着阿陆的事情,突然看见不远处有一个人在浮桥边站着。

那是一名中年男子,留着络腮胡子,穿着灰色短打,脚踏芒鞋。他身材健壮,孔武有力。

元曜一看,十分眼熟。

那不就是阿陆吗?!

离奴也看见了阿陆,有些好奇:"这阿陆不卖鱼,傻站在桥上干什么?爷去问问他最近为什么不来卖鱼。"

白姬手搭凉棚望了一眼,说:"离奴,别急。看他的样子,像是想要跳河。"

离奴一愣,停下了脚步。

元曜定睛向浮桥上望去,只见阿陆满面愁容,神情哀戚。

阿陆站在浮桥边,呆呆地望着下方奔腾的洛水。他双手紧紧地抓着栏杆,似乎想要翻过栏杆跳下河。但是,他又颇为犹豫,没下定决心。

元曜急了。他担心阿陆一时想不开跳河会有生命危险,就急忙冲上浮桥。

"阿陆,你万万不可自寻短见!"元曜冲向阿陆,拦腰抱住了他。

"你还是让我死了算了。"阿陆沮丧地说。

元曜紧紧地抱住阿陆,说:"无论你遇到什么事情,总会有办法解决的……你千万不可想不开啊!"

阿陆挣扎,悲伤地说:"元公子,你放手,还是让我死了算了。"

元曜不肯放手,阿陆挣扎着往洛水里跳。

"扑通——"

阿陆孔武有力,不小心带着元曜一起跳进了洛水里。

浮桥上的行人不多,都惊愕地望着阿陆和元曜一边拉扯,一边抱着一起掉进了洛水里。

白姬和离奴也吃惊地望着。

元曜和阿陆双双掉入洛水后,元曜被水流一激就放开了手。

元曜不会凫水,湍急的洛水把他卷着冲走了。

阿陆是渔夫,精通水性,自己浮了起来。他一看元曜被水卷走,在水中挣扎沉浮，也顾不得寻死了，急忙沿着水流游去救元曜。

离奴震惊地说："主人，书呆子被水冲走了！"

白姬手搭凉棚，遥遥一望，说："冲得还真远，轩之好像在喊救命呢！渔夫都会凫水，阿陆想跳河，若是后悔了自己会浮起来的，轩之不必去管他的呀！"

"主人，书呆子是旱鸭子，离奴还是去把他捞回来吧。"

离奴见元曜在水里不停地扑腾，就要化身成九尾猫妖去捞他。

"别！离奴，周围有人看着呢。"白姬制止。

浮桥上已经聚集了一些看热闹的行人。

离奴如果在这里变成九尾猫妖，会惊吓到行人，引起骚乱。

白姬红唇微启，低吟了一句咒语。

洛水中突然卷起一道水浪，将在水中挣扎的元曜和游向元曜的阿陆一起温柔地托起来，送到了岸边的草地上。

白姬说："离奴，我们过去看看吧。"

"是，主人。"离奴说。

洛水下游，青草地上。

白姬、离奴沿着河岸走来的时候，阿陆和元曜正相对坐在草地上，在春日的暖阳下晒着湿掉的衣服。

阿陆精通水性，并没有什么事情。

元曜不会凫水，呛了几口水，虽然受了惊吓，但被及时救起，也无大碍。

白姬、离奴走过来时，元曜正在劝慰阿陆。

"阿陆，凡事想开一些，即使遇到困难，也总会有办法解决的。"

阿陆悲戚地说："元公子，真是抱歉！我一时想不开，连累你差点儿丧命。"

元曜说："这倒没什么。小生只是希望你能打消寻死之念。"

阿陆惊奇地说："刚才那道水浪真奇怪，难道是河神也不让我死吗？"

白姬听了，笑着接话："对，肯定是河神在保佑你。阿陆，你就别再寻死了。你要是死了，离奴没处去买鱼，缥缈阁都没法开伙了。"

"白姬、离奴老弟。"元曜看见白姬、离奴，十分高兴。元曜知道刚才那道救命的水浪肯定是白姬用法术变出来的，又说："多谢白姬。"

白姬笑了笑。

离奴说："阿陆，你不卖鱼，寻什么死啊！"

阿陆望了一眼白姬、离奴，见都是认识的人，不由得悲从中来。

"其实我也不想如此,可是世事总有太多无奈。"

白姬席地而坐,说:"说说吧。阿陆,你遇到什么无奈的事情了?"

阿陆愁容满面地说起了事情的原委。

阿陆祖上三代都是打鱼的,住在城外洛水下游的村子里。

去年冬天,一个胡商婆陀路过阿陆住的村子,在阿陆家讨了一口热水喝。

喝水时,胡商婆陀看见了阿陆家厨房里有一块压咸菜坛的石头,十分惊喜,说是要出一百两黄金买下。

阿陆和妻子十分意外,又很高兴。

那石头笨重,胡商婆陀还要去办事情,不方便携带,就拿出三颗黄金弹丸交给了阿陆,算是买石头的订金。

阿陆和胡商婆陀在村长和里甲的见证下写了契据,画了押。

按照约定,明年春天,胡商婆陀办完事情回来后就会补付一百两黄金,然后取走石头。

立下字据,留下三颗黄金弹丸后,胡商婆陀就离开了。

那块石头是阿陆的父亲从洛水边捡回去压咸菜坛子的,是洛水边随处可见的普通石头,漆黑粗糙,朴实无华。因为常年在阴湿的厨房角落里压咸菜坛子,所以它上面长了一些青苔,还有一些脏兮兮的污泥,并且散发着不太好闻的酱菜臭味。

那块普通的脏臭石头怎么看,也不值一百两黄金。

阿陆和妻子都是纯朴老实的人,觉得拿这种石头换取胡商婆陀的一百两黄金有点儿过意不去,而且把脏臭的东西卖给别人也很失礼。于是,夫妻俩烧了一锅开水,拿了皂角、石灰水,仔仔细细地把脏臭油腻的石头清洗得干干净净。

石头变得干净光滑,虽然还是朴实无华,看不出有什么贵重之处,但是至少卖出去不算失礼了。

阿陆夫妇高兴地等着胡商婆陀来取石头。

暮春时节,胡商婆陀办完了事情,按照约定来到阿陆家里取石头。

阿陆夫妇高兴地呈上了干净光滑的石头。

胡商婆陀一看见被清洗干净的石头,顿时怒了,继而失落,最后失望极了。

"你们还我的鱼!"胡商婆陀愤怒地说。

阿陆夫妇一头雾水,急忙询问胡商婆陀是怎么一回事。

胡商婆陀责怪阿陆夫妇不该用热水、石灰水、皂角清洗石头,因为这石头并不是普通的石头，而是世间极为罕见的东西。

这块石头在九重天河和九幽冥河之中流转了一个轮回，其中栖息着一个鱼灵。

如果磨薄这块石头，就能看见石头中的那个鱼灵。鱼灵在石头中游来游去。若有人观望鱼灵悠然游动的样子，便自然地心旷神怡、和光同尘；如果有人用它来修身养性，则可以长生不老。

这鱼灵就叫石中鱼，也叫非鱼。

石中鱼是道家的绝世珍宝。

胡商婆陀曾经学过一些道术，颇有道行，能够看出石中鱼。他当时来阿陆家讨热水喝，站在厨房里喝水时就看见这石头上散发着莹润的灵光，隐约有一道鱼影，所以才想花一百两黄金买下石中鱼。

里面栖息着鱼灵的石头绝对不能碰开水，更不能用石灰水、皂角之类的东西清洗，因为石头碰到这些东西，栖在其中的鱼灵就会死去。

如今，这被洗得干干净净的石头上已经没有莹润的灵光，更没有鱼影了。

胡商婆陀十分惋惜，这样的绝世珍宝被阿陆夫妇毁了。

既然鱼灵已经没了，胡商婆陀就不打算买石头了，并且要求阿陆夫妇归还自己先前给的订金。

二

阿陆夫妇都是老实纯朴的人，自己的过失导致胡商婆陀不买石头了，失去了发财的机会，虽然觉得懊悔和可惜，但也同意把订金退还。

阿陆的妻子走进卧室里，打开一个上了锁的木箱子，翻开一些旧衣服，却突然脸色大变。

阿陆的妻子在木箱子里找来找去，神色焦急，满头大汗。

"阿陆，黄金弹丸……不见了……"阿陆的妻子颤声说。

阿陆连忙说："别急，你再仔细地找一找。"

阿陆的妻子又把木箱子翻了一遍，还是找不到黄金弹丸。

"我还是没有找到黄金弹丸，这可如何是好？"阿陆的妻子都急哭了。

当时，从胡商婆陀那儿得到了三颗黄金弹丸之后，阿陆夫妇就用一块红布把它们包裹起来藏在了卧室里的箱子中，之后就一直没去动它们了。

阿陆夫妇找不到黄金弹丸。

胡商婆陀不肯罢休，限阿陆夫妇十天内折价赔偿。

阿陆十分苦恼，这几天就没去打鱼和卖鱼。

三颗黄金弹丸从家里上锁的箱子里不翼而飞，这令阿陆感到不可思议。

如果三颗黄金弹丸是被贼人入室偷走的，那肯定会有贼人入室行窃的痕迹，而且木箱子不可能还好好的，上面的锁也不可能完好无损。

据阿陆猜测，恐怕是有内贼。

阿陆的父母早已去世，家里就只有他和他的妻子，还有一个七岁的儿子。

儿子这么小，也不懂事，不可能偷黄金弹丸，那八成是妻子偷的。

阿陆这样推测，就把对妻子的怀疑说了出来。

阿陆妻子一听，火冒三丈。她怀疑是阿陆背着她偷偷地把黄金弹丸藏了起来。

于是，阿陆夫妇一言不合就吵了起来，然后还厮打起来了。

儿子小陆看见父母吵吵闹闹，扭打成一团，顿时吓哭了。他瑟瑟缩缩、结结巴巴地坦白了一切。

原来，事情是这样的。

阿陆家得到了胡商婆陀给的黄金弹丸，这件事情就在村子里传开了。

小陆的小伙伴们从来没见过用黄金做的弹丸，都很好奇，就想要开开眼界。

小伙伴们恳求小陆，想看一看他家的黄金弹丸。

小陆架不住小伙伴们的哀求和激将法，也有虚荣心作祟，想要在小伙伴们之间更受欢迎，就同意偷偷地从家里拿出黄金弹丸给大家开开眼界。

小陆趁着母亲不注意，偷了她藏在枕头下的钥匙，小心翼翼地打开木箱子，拿出了用红布包裹着的黄金弹丸。

取出黄金弹丸后，小陆还把木箱子上的锁给锁好了，并把钥匙放回了枕头下。

小陆带着黄金弹丸去见小伙伴们，炫宝似的，向大家展示了一番。

大家满足了好奇心，并夸赞了小陆。

小陆带着黄金弹丸回家时，因为去追一只蝴蝶，装着黄金弹丸的红布包裹从他身上掉到了草丛里，可他都没有察觉。

小陆回到家后，才发现黄金弹丸不见了。

小陆急忙出门去找，四处寻了一遍，也没有找到。

小陆忐忑不安，却不敢告诉父母。幸好一连几天过去了，父母完全没有察觉到箱子里的黄金弹丸不见了。

于是，渐渐地，小陆也就放心了。他经常听见父母在茶余饭后谈论一百两金子。等那个胡商婆陀回来，买下石头，到时他家就有一百两金子了。

小陆心想：等家里有了一百两黄金，我再告诉父母黄金弹丸丢了的事情，到时父母就不会在意黄金弹丸丢了的事情了。我就不会因为丢了黄金弹丸而挨打了。

谁知道，事情发生了变故。

阿陆夫妇清洗了石头，胡商婆陀不肯买石头了，还要求他们归还黄金弹丸。

小陆十分惊恐，又很焦急，看着父母愁容满面，互相埋怨，争吵不休，几天都吃不下，睡不好。

今天，他终于豁出去了，向父母坦白了。

阿陆夫妇听完了事情的经过，十分生气，就把小陆打了一顿。但是，打完了儿子，事情也没有解决，他们还是得赔偿胡商婆陀的黄金弹丸。

黄金弹丸被小陆弄丢了，想必早被别人捡走了。事情已经过了这么久，他们想去追踪都没有线索，肯定是找不回来了。

阿陆夫妇心中愁苦，成天面对面流泪。最后他们俩商议之后，决定变卖家产，找亲朋好友借钱，以赔偿胡商婆陀给的订金。

今天，阿陆进城来找亲戚借钱，结果没有借到。他算了一下手头的钱，离必须赔偿的金额还差了很多。

走到浮桥时，阿陆望着浩浩荡荡的洛水，突然就觉得生而无望，前路漆黑，不如死了一了百了。

元曜听完阿陆的苦恼，十分同情地说："阿陆，赔偿的事情总有办法的，你万万不可再寻短见，要想想你的妻子和孩子啊！你若死了，他们怎么办？小生还攒了几吊钱，可以借给你。"

离奴说："爷还当发生了什么天大的事情呢，就这点儿事，也值得你寻短见？阿陆，爷也有一吊钱，是这个月的月钱，可以借给你。"

白姬说："阿陆，我没钱借给你。不过，你那块石头还在吗？我可以替你看看那石中鱼还能不能活。"

阿陆本来很感激元曜和离奴解囊相助，但是一听到白姬说石中鱼有可能还能活，便一下子扑倒在白姬面前颤声说："白姬姑娘，我早就听说你身怀奇能，我的石中鱼真的还能活吗？只要它活，就还能卖给胡商婆陀，我就没有苦恼了。"

白姬说："我得看一看石头，才能知道其中的非鱼的情况。这样吧，阿陆，你把石头拿到缥缈阁，我替你看看。"

阿陆急忙点头，说："好的，我这就回家去取石头。"

阿陆对着白姬、元曜、离奴千恩万谢，然后急急忙忙地回家取石头了。

白姬、元曜、离奴便回了缥缈阁。

南市，缥缈阁。

白姬、元曜、离奴行走在熙熙攘攘的南市中，慢慢地向缥缈阁走去。

元曜一直在摸自己半湿不干的发髻。

白姬笑道："轩之，暮春时节，在洛水里洗了个澡，你感觉怎么样？"

元曜苦着脸，说："最近天热，暮春像是初夏，洛水倒是不冷，就是小生不会凫水，浮不起来，呛了几口水。今年夏天，小生得学习凫水了，还请离奴老弟教一教小生。"

离奴一听，说："书呆子，爷可不教你。你太笨了，肯定学不会。"

白姬笑道："轩之，我教你。我最擅长凫水了，可以游遍大江南北不用上岸，在水底待上几百年都没有问题。"

元曜嘴角抽搐地说："白姬，你那是本能，不是技能。小生觉得，跟着你是学不会凫水的。"

离奴说："书呆子，爷也教不会人凫水。要不你跟着阿陆学凫水。你答应借钱给他，他肯定会愿意教你凫水的。"

元曜说："这倒是可以。说到阿陆，白姬，那石中鱼究竟是怎么回事？世界上真有那么神奇的宝物吗？"

白姬说："有的。非鱼十分罕见，是道家修身养性、长生不老的异宝，可惜被阿陆夫妇给毁了。"

元曜问："那鱼怎么会进入石中呢？"

白姬笑道："人游于世，便如鱼浮于石。轩之，这是一种没有缘由的造化之境！"

人游于世，鱼浮于石，乃是造化之境。

元曜一边思考白姬的话，一边跟着白姬走入了死巷。

走在最前面的离奴突然停下了脚步，微微歪头，翕动鼻翼。

"主人，你看这里乌漆墨黑、乌烟瘴气的，鬼气都溢出缥缈阁了。咱们仨就出门吃个午饭的工夫，缥缈阁里就进贼了。"

元曜定睛一看，只见死巷里黑气弥漫，阴气森森。

平常，缥缈阁外的死巷里满是荒烟蔓草，十分寂寥，并没有这些黑色瘴气。这些貌似是从黄泉地底涌上来的阴森鬼气。

白姬凤目微眯，却并不在意，笑道："这是从地府而来的阴气，怕是有地府的客人来了。"

白姬、元曜、离奴刚走进缥缈阁里，就听见里间传出了争吵声。

其中一个说："阿答，这都怪你！"

另一个声音说："小安，明明是你贪财，怎么能怪我呢！"

"不怪你怪谁？阿答，说到底，我当年是因你而死的。"

"小安，就事论事，你怎么又扯上那些陈芝麻烂谷子的破事了？"

"哟，阿答，你这是什么意思？难道我的死就是陈谷子烂芝麻的事情，不值一提？"

"小安，我不是那个意思。"

…………

元曜一听，只觉得十分耳熟。

原来是地府里的黑白无常的声音。

黑白无常是地府里的鬼差，白无常叫谢必安，黑无常叫范无答，生前是好友，义结金兰，情同手足。后来，由于某些事情，他们一起死了。阎王赞赏他俩情深义重，就让他们俩一起在地府当了鬼差。

元曜认识黑白无常，是在阴阳镜事件中。上古鏖魔现世，长安沦为活死人之城。黑白无常为了活死人的事情，请求白姬帮忙恢复地府名册。

黑白无常有些贪财，除了干好按地府名册拘魂拿魄的正职工作，偶尔会收受银子，带着好奇地下世界的活人的魂魄游地府，不过怕被阎王知道，所以只敢走到奈何桥。

韦彦十分向往地府，很想去地府一日游，一直拜托元曜找黑白无常帮忙。阴阳镜事件后，元曜一直没有碰见黑白无常，没法帮韦彦，今天终于遇见了。

缥缈阁里都是从地府而来的黑气。这些黑气如河流一般从里间涌出，四处弥散开来，还流出了门外。

白姬心中不高兴，拂动雪袖，带起一阵清风。

清风一吹，缥缈阁内阴冷浓黑的地府之气顿时消散。

外面的天空恢复了清和明朗。

黑白无常察觉到白姬回来了，顿时停止了吵架，一前一后走出了里间。

白姬笑道:"真是稀客,两位鬼差今天怎么有空来缥缈阁里闲坐了?"

黑无常说:"白姬,我们俩是来找你帮忙的。"

白姬一转眼珠,笑道:"好说。两位鬼差请去里间坐下,咱们慢慢说。轩之,去沏茶。"

"好的。"元曜恭敬地应下。

白姬和黑白无常寒暄着走去里间。

离奴吃饱喝足,本来想去后院的菩提树下晒太阳睡午觉,但是离奴又有些好奇这俩吊死鬼遇到了什么麻烦,居然亲自跑来缥缈阁向白姬求助。于是,离奴变成小黑猫,蜷缩着躺在后院的轩窗下,一边晒着太阳,一边听里间的谈话。

元曜去厨房烧水,沏了一壶甘露茶,端去了里间。

三

缥缈阁,里间。

白姬、黑白无常跪坐在青玉案边,正在聊天。

元曜送上甘露茶,便站在一边。

原来,事情是这样的。

昨天,黑白无常按照地府的名册拘了一个阳寿已尽的魂魄,带回地府。这个魂魄叫伯纣,阳寿六十八岁,倒也不是一个坏人,就是一个普通人。

伯纣有一个癖好——爱钓鱼。

伯纣这一辈子最爱干的事情就是垂钓。他曾经走遍五湖四海,就是为了去各地的江河边钓鱼。最后他定居在洛阳,是因为洛阳附近的河流很多,适合钓鱼。

伯纣阳寿已尽,被黑白无常拘了魂魄。可伯纣舍不得自己心爱的钓竿,就恳求黑白无常允许自己带着钓竿去地府。

黑白无常寻思阎王没有规定不让亡魂带东西去地府。这亡魂带一根钓竿上路,也不是什么大不了的事情,他们就同意了。

伯纣带着心爱的钓竿,跟着黑白无常来到了地府。

路过三途川，过奈何桥时，伯绉望着下面滔滔不绝的流水，以及其中混浊的血泥、翻滚的白骨时，钓鱼瘾犯了。

不知道为什么，伯绉就是想站在这奈何桥上挥一钓竿，在这一辈子的尽头，最后再过一把钓鱼的瘾。

无论如何，伯绉也想实现这个心愿。

伯绉希望能在奈何桥上钓鱼，便恳求黑白无常。

黑白无常不同意。

伯绉便从怀中拿出了一个红布包裹。伯绉打开红布包裹，拿出三颗黄金弹丸，呈给黑白无常。

"这是小老儿去年冬天捡到的宝贝，愿意拿来孝敬两位鬼仙大人。还请两位鬼仙大人通融一下，满足小老儿这辈子最后的心愿。"

黑无常不同意："这可不行！奈何桥可不是你垂钓的地方！"

白无常却被三颗黄金弹丸吸引，眼露光芒，心思也活络了。

"阿咎，反正咱们也不赶时间，让伯绉在这儿钓会儿鱼也没关系。"

黑无常一愣，说："小安，这奈何桥是钓鱼的地方吗？而且，三途川沟通四海八荒，水里亡灵无数，充斥着古往今来芸芸众生在生命尽头碎掉的七情六欲，这些强烈的情感和破碎的记忆会孕育出各种妖异恐怖之物。连阎王大人都不知道三途川里有什么妖异恐怖之物，你敢让伯绉在这里钓鱼？"

白无常说："阿咎，伯绉只是一个人类亡魂。即使三途川里充满了妖异恐怖之物，伯绉一个普通亡魂拿着普通钓竿能钓上来什么啊。咱们再给伯绉限一个时间，伯绉什么都钓不到的。咱们多等一会儿，就能白赚三颗黄金弹丸，这笔交易很划算。"

黑无常还是不放心地问："这真的没问题吗？"

白无常说："你放心吧，没问题。"

于是，黑白无常给伯绉定了一炷香的时间。

伯绉同意了。

伯绉站在奈何桥上，挥动钓竿，开始垂钓。

黑白无常站在不远处等着。

钓竿上的钓线垂入了三途川。

三途川的河水十分混浊，且暗流涌动，伯绉看不清下面有什么。

不一会儿，钓线往下沉了一下，似乎有什么东西咬住钩了。

伯绉大喜，急忙往上提。

可咬住钩的东西似乎有些沉,在三途川底与伯绉抗衡。

按照以往的钓鱼经验,伯绉猜测大概是钓上了一条大鱼。

能够在生命尽头的奈何桥上钓上大鱼,伯绉十分高兴。他用尽了全部的力量,一鼓作气,挥动钓竿,拉起了鱼钩。

一只磨盘大小的八足人面蛸①被钓鱼线拉出了三途川。

"两位鬼仙大人,小老儿钓到鱼了!"伯绉兴奋地说。

黑白无常本来正在聊天,没有注意伯绉钓鱼,听见伯绉的呼喊,回头一看,顿感不妙。

那只磨盘大小的八足人面蛸被拉出水面的一瞬间,柔软的黑色身躯迎风膨胀开来。

八足人面蛸张开巨口,一下子就把钓它上来的伯绉吞进了肚子里。

它漆黑柔软的身躯黏黏腻腻地蔓延到了奈何桥上,八只触腕如藤蔓般缠绕在桥身上,仿佛一座巨大的黑色房子。

八足人面蛸张牙舞爪,又对着黑白无常张开了巨口。

黑白无常急忙抄家伙反击。

一番打斗之后,黑白无常根本就打不过这巨大的八足怪物。

黑白无常见势不妙,急忙跑了。

八足人面蛸没有追黑白无常,只是缩了回去,安静地盘踞在奈何桥上。

黑白无常逃到了安全的地方,躲在一棵死树后,远远地望着堵在奈何桥上的巨大的八足怪物,十分惊恐和苦恼。

这个八足怪物把伯绉吞了。黑白无常丢失了应该拘拿的人魂,没办法去冥府交差结档。更要命的是,八足怪物盘踞在奈何桥上,堵住了通往冥府的路。

黑白无常正在苦恼,一个苍老的女声响起:"谁让你们俩财迷心窍,总干一些见钱眼开的勾当,这下子遭报应了吧!"

黑白无常循声望去,原来是孟婆。

孟婆是一位满头银发、慈眉善目的老妇人。孟婆穿着一身紫色衣服,手持一根挂着青铜冥铃的鸠杖,步履蹒跚。

白无常赔笑说:"孟婆大人,您见多识广,还请告诉我们俩,这是什么怪物。"

---

① 蛸,古代称八爪章鱼、石距,又名八蛸。

孟婆说:"这是冥河鬼蛸。它本是海中石距的亡魂,徘徊在三途川中。三途川中充斥着芸芸众生的强烈情感和破碎记忆,就孕育出了冥河鬼蛸。冥河鬼蛸一般栖息在三途川的最下面,是很罕见的东西,没想到居然让你们俩给折腾出来了。"

黑无常讪笑说:"孟婆奶奶,您是我们的亲奶奶,还求您告诉我们现在该怎么办?我们怎么才能让这冥河鬼蛸吐出它吞下的亡魂,并且让它回水底去呢?"

孟婆笑道:"至于这个,老身可就不知道了。老身只是听说过它,这还是第一次看见它。你们可以去找阎王。他是冥府的王,肯定会有办法的。"

黑白无常头摇得跟拨浪鼓似的。

黑无常说:"不行,不行,不能让阎王大人知道这件事!"

白无常说:"阎王大人如果知道这鬼东西是我们俩弄出来的,非得扒掉我们俩的皮!"

孟婆想了想,说:"这冥河鬼蛸是海里的东西,既然你们俩不敢找阎王,那就去找龙王帮忙吧。龙王说不定有办法帮你们。"

于是,黑白无常就来缥缈阁了。

白姬、元曜听完黑白无常的话,都十分震惊。

轩窗外的离奴忍不住问:"喂,吊死鬼,那什么冥河鬼蛸是鱼吗?"

因为心中苦恼,又是来向白姬求助的,黑白无常懒得计较离奴叫他们俩吊死鬼的事。

白无常答道:"是鱼!"

离奴舔了一下舌头,说:"那冥河鬼蛸能吃吗?它看上去好吃吗?"

黑无常没好气地说:"它看上去能吃了你。"

白姬沉吟了一下,笑道:"这听起来还挺有趣!我还从来没有见过冥河鬼蛸呢!两位鬼差,我跟你们去地府看一看吧。"

离奴站起身,说:"主人,离奴也想去。离奴可不能错过了鱼。"

白姬笑道:"行。"

元曜问:"白姬,小生也要一起去吗?"

白姬笑道:"轩之,你就别去了。一来,你是活人,去地府一趟,虽然不会丧命,但会耗损阳气,有损健康。你今天刚跌下洛水,本就阴气侵体,受凉染了风寒,就不要去地府了。二来,冥河鬼蛸能盘踞在奈何桥上,身体庞大如房舍,想来也很危险。三来,按照约定,下午阿陆会带石头来缥缈阁。他来了之后,缥缈阁里如果没人接待他,那就太失礼了。你留下,招待阿陆吧。"

元曜说："好的。白姬、离奴老弟，你们俩千万要小心行事，注意安全。"

"嗯。"白姬笑道。

离奴笑道："书呆子，你好好守着缥缈阁，今晚爷给你做蛸肉宴。"

白姬有点儿嫌弃地说："离奴，冥河鬼蛸听起来就不好吃，你还是不要做来吃了。三途川里的东西沾染了太多冥界的怨气和鬼气，想必都不太好吃。"

离奴问："主人，那海里的八足蛸好吃吗？"

白姬一愣，说："蛸属于海族，力气大，又有八足，善于建宫室堡垒，在海域之中一般是做工程苦力的。我还从来没有吃过蛸。"

离奴笑道："主人，离奴给您打开了新思路。将来您回到海中之后，可以试一试，看看蛸好不好吃。"

白姬说："蛸黏黏腻腻的，柔滑得跟一团泥一样，看上去就不太好吃。"

于是，白姬、离奴一边聊着蛸能不能吃、好不好吃，一边跟着黑白无常离开缥缈阁，去往地府了。

白姬、离奴离开之后，元曜一个人留在缥缈阁里看守店面。

因为掉进了洛水里，元曜先换了一身干净的衣服，又解开发髻，晒干了半湿的头发，然后把头发又扎了起来。

元曜正要洗衣服时，阿陆带着石头风风火火地来到了缥缈阁。

元曜接待了阿陆。

阿陆呈上了石头。

元曜低头望去，只见那块石头比磨盘小一些，是灰黑色的，没什么特别之处。他用手一掂量，大概三十斤重。怪不得胡商婆陀不愿意带着它去办事，确实挺重的。

阿陆带着石头一路跑来缥缈阁，饶是他人高马大、孔武有力，也累得满头大汗，气喘吁吁。

元曜急忙给阿陆端来了茶水。

阿陆急忙问："元公子，白姬姑娘呢？"

元曜答道："突然发生了一点儿事情，白姬和离奴老弟出门办事去了。不过白姬出门时，交代小生招待你。"

阿陆又问："元公子，那你能看出这石头里的鱼还能活吗？"

元曜摇头，为难地说："小生眼拙，看不懂这个宝物。"

于是，阿陆和元曜商定，把石头留下，等白姬回来查看。

阿陆喝完茶水，歇了一会儿，就先回家了。他明天会再来缥缈阁。

阿陆离开之后，元曜把石头搬到了青玉案上，端端正正地放好。

元曜继续去古井边洗衣服，洗完衣服，晾晒完毕，一看时间快到傍晚了，就急忙在下街鼓响之前去胡人的店铺里买了一些饦锣，当作晚饭。因为担心白姬、离奴回来后会饿，所以他买了足够三人吃的分量。

月上中天，花枝纷繁，洛阳城中的春夜寂静且安然。

缥缈阁，里间。

元曜跪坐在青玉案边，点着七枝铜灯，读《论语》。

元曜一边读圣贤书，一边却在担心白姬、离奴。

地府里出现房舍一般大小的冥河鬼蛸，那鬼蛸还盘踞在奈何桥上，他单单想想就觉得很恐怖。

白姬和离奴去处理这件事真的没有问题吗？

因为白姬一直那么强大，无所不能，所以元曜总是习惯性地认为白姬能解决所有麻烦，打败所有怪物，处理好所有事情，总是忘了白姬也只是一个龙妖而已。

白姬会不会出事？白姬会不会被冥河鬼蛸给吃了？

元曜胡思乱想，越想越担心，心烦意乱，便看不进圣贤书了。

就在这时，外面传来了推门声和白姬、离奴的谈话声。

白姬说："离奴，我说了吧，那个玩意儿看上去就吃不得，可你还扑上去啃一口。你看，你的嘴巴、舌头都黑了。你要吐就出去吐，可别吐在缥缈阁里。"

开门的声音响起。

离奴又跑了出去，在死巷外吐得天昏地暗。

元曜一听到动静，急忙起身。

白姬笑眯眯地走了进来："轩之，我回来了。"

元曜打量了白姬一番，顿时大吃一惊。

白姬的一身白衣染上了很多黑色污渍，变成了黑白色，而且散发着一股浓烈的腥味。不过，白姬整个人还是容光焕发，神采奕奕的，看上去毫发无伤。

"白姬，你没事吧？你的衣服……怎么变色了？"

白姬笑道："轩之，我没事，只不过是在奈何桥上跟冥河鬼蛸打了一架。那冥河鬼蛸不仅浑身覆盖着黏腻的体液，还会喷出浓腥的黑液，我没躲开，被喷了一身。"

元曜问："那冥河鬼蛸呢？"

白姬笑眯眯地说:"我带回来了。"

白姬跪坐在青玉案边,从衣袖中拿出一个小木盒。打开小木盒,白姬红唇微启,轻轻地对着小木盒吹了一口气。

下一瞬,从小木盒之中飞出一颗巴掌大小的水珠。

水珠晶莹剔透,表面光华流转,里面包裹着一只张牙舞爪的黑色八足蛸。

那黑色八足蛸还是活的,因为被白姬用法术变小了,又被困在了水珠里,所以张牙舞爪,仿佛一朵不断地闭合又绽开的黑色花。

元曜望着飘浮在空中的八足蛸,说:"原来,这就是冥河鬼蛸呀。"

白姬笑道:"是的。它现在缩小了,看上去还好。像房舍一般庞大时,它的模样还挺恐怖的。这次去地府,我们没有白去,又完成了一桩生意,这个月缥缈阁总算是有进账了。黑白无常给了我一百两黄金,我帮他们解决了冥河鬼蛸,平复了奈何桥上的骚乱。另外,黑白无常还加了三颗黄金弹丸,要我让冥河鬼蛸吐出伯绉的魂魄。哎呀,我激烈打斗,运动过量,肚子都饿了。轩之,我想吃东西。"

元曜起身,笑道:"小生这就去厨房给你拿饦饦。咦,离奴老弟在干什么?怎么还不进来?"

白姬笑道:"离奴看见冥河鬼蛸,觉得它也是鱼,肯定能吃,就扑上去咬了一口,结果沾了一嘴的黑色黏液,就恶心得吐了。离奴已经吐了一路了。"

"这……"元曜震惊。

元曜出门去看望离奴,只见那只黑猫还蹲在死巷里干呕。

黑猫看见元曜,嘶哑着声音说:"书呆子,爷好难受、好恶心。爷不想活了……"

元曜说:"离奴老弟,不是什么鱼都能吃的。对于食物,你切记入口要谨慎,不能……"

黑猫摆摆爪子,打断元曜的话:"行了,书呆子,你别说了。你进去吧,让爷自己安静地吐一会儿。"

元曜只好进去了。

元曜从厨房端出一盘樱桃饦饦、一盘金乳酥,又沏了一壶甘露茶,送进里间。

白姬正对着青玉案上的石头发呆。

半空中,那只被水珠禁锢的冥河鬼蛸一直在靠近石头,不停地盘旋在石头周围。

元曜走过去,说:"白姬,这是阿陆送来的石头。依你看,这石头里的鱼还能活吗?"

白姬摇头,说:"不能活了。石中鱼早就死了。有些东西失去就是失去了,不能失而复得。"

元曜又问:"这可如何是好?阿陆还盼着石中鱼的事情有转机,胡商婆陀还能再买他的石头呢。"

白姬说:"阿陆和发财的事情没有缘分。人命里没有的东西,不可强求。"

元曜发愁地说:"阿陆现在的问题不是发财,而是还债。若石中鱼的事情没有转机,他就欠胡商婆陀三颗黄金弹丸,可他根本还不起这笔钱。"

冥河鬼蛸一直在石头附近徘徊,不断地靠近,却被水珠阻隔。

白姬望了一眼石头,又望了一眼冥河鬼蛸,嘴角浮现出了一丝诡笑。

"轩之,我又能做出一个好玩的东西了。阿陆的石头,我买了。"

第二天,阿陆来到缥缈阁。

白姬告诉他,他的石中鱼没有办法复活了。

阿陆十分失望。一想到要偿还巨额债务,他顿时又觉得万念俱灰,人生无望。

可紧接着,白姬竟然提出要买他的石头,以三颗黄金弹丸作为交换。

阿陆大喜,忙不迭地同意了。

于是,白姬把从黑白无常那儿得到的三颗黄金弹丸给了阿陆。

这三颗黄金弹丸是伯绉有一天钓鱼后回家时在路边的草丛里捡到的。正是小陆丢失的那三颗黄金弹丸。

阿陆把三颗黄金弹丸还给胡商婆陀,还清了债务。

阿陆像往常一样,继续在洛水边打鱼,然后去南市卖鱼。

离奴从此又有地方买鱼了,缥缈阁也能正常开伙了。

这天中午,风和日丽,阳光明媚。

缥缈阁,后院。

元曜和白姬跪坐在绿荫葱茏的菩提树下,黑猫蜷缩着趴在一旁的蒲团上。

白姬、元曜中间放着一块石头。石头一半在阳光下,另一半在树荫下。

白姬、元曜、黑猫都目不转睛地盯着这块石头。

这是白姬做的新宝物。石头是阿陆的那一块,不过被磨得很薄了,像是一面椭圆形的有凸起的镜子。透过阳光望去,石头中游动着一条……不,一只冥河鬼蛸。

冥河鬼蛸模样怪异且丑陋，浑身布满黏液，张牙舞爪，看起来十分狰狞可怖。

看了一会儿，元曜忍不住说："白姬，你不是说人望着石中鱼灵游动便能心旷神怡，和光同尘。一旦心静下来，人便能长生不老吗？可是，我怎么看着你做的石中鱼，心静不下来，只觉得恐怖恶心？"

黑猫闭了眼睛，说："主人，书呆子这次没说错。离奴一看见这玩意儿就想起当时咬它的情形，越想越觉得恶心，今天都不想吃饭了。"

白姬摸了摸下巴，说："嗯，这毕竟是我一时兴起做的仿制品，而且用了冥河鬼蛸做原材料，和造化天成的真正的非鱼还是有差距的。"

元曜实在看不下去了，移开了眼睛。

"白姬，你做的石中鱼真是与众不同，人看了之后可能不增寿，倒是折寿。"

白姬也收回了视线，笑道："这……可能是你看的时机不对。我做的石中鱼，更适合人在深更半夜万籁俱寂时，在惨白的月光下看，越看越恐怖，越看越有诡异的气氛。唉，我做都做出来了，回头高价卖给韦公子吧。"

听白姬说到韦彦，元曜就想起了黑白无常，说："白姬，丹阳一直想游地府，之前托小生向黑白无常求帮忙，可是这次小生没来得及跟黑白无常说。"

白姬笑道："小事情。我回头写一封信让纸鹤带给黑白无常就行了。不过，黑白无常经过这次的事情可能会谨守本分，之后一段时间内不敢带人游地府了。"

"啊？那丹阳岂不游不了地府了？"

"没事，我可以带韦公子游地府。他跟着我游地府，还能过奈何桥呢！只不过，我出的价比黑白无常出的价要高一些。"

元曜嘴角抽搐地说："好吧，那回头小生告诉丹阳。"

白姬笑眯眯地说："轩之，你最好挑缥缈阁没有生意、入不敷出的时候告诉他。和他达成这笔交易，也算是让缥缈阁当月有了保底的收入。毕竟韦公子可是有钱的大主顾，能养活我们三个呢！"

元曜说："唉，可怜的丹阳啊！"

"嘻嘻。"白姬以袖掩唇，笑了。

一阵暮春的风吹过，绿树如浪，碧草低伏，八足蛸在石头中游弋。

初夏，又到了。